Juntos na Solidão

Da mesma autora:

A Estrada do Mar

O Lago da Paixão

O Lugar de uma Mulher

Mais que Amigos

Para Minhas Filhas

Sombras de Grace

Três Desejos

Uma Mulher Traída

Barbara Delinsky

Juntos na Solidão

3ª EDIÇÃO

Tradução
Jacqueline Klimeck Gouvêa Gama
e
Elizabeth Rocha

BERTRAND BRASIL

Título original: *Together Alone*

Capa: projeto gráfico de Leonardo Carvalho

Editoração eletrônica: Imagem Virtual Editoração Ltda.

2002
Impresso no Brasil
Printed in Brazil

CIP-Brasil. Catalogação-na-fonte
Sindicato Nacional dos Editores de Livros, RJ.

	Delinsky, Barbara
D395j 3ª ed.	Juntos na solidão / Barbara Delinsky; tradução Elizabeth Rocha, Jacqueline Klimeck Gouvêa Gama. – 3ª ed. – Rio de Janeiro: Bertrand Brasil, 2002. 504p.
	Tradução de: Together alone ISBN 85-286-0613-9
	1. Romance norte-americano. I. Rocha, Elizabeth. II. Gama, Jacqueline Klimeck Gouvêa. III. Título.
	CDD – 813
97-0961	CDU – 820(73)-3

EDITORA BERTRAND BRASIL LTDA.
Rua Argentina, 171 – 1º andar – São Cristóvão
20921-380 – Rio de Janeiro – RJ
Tel.: (0XX21) 2585-2070 – Fax: (0XX21) 2585-2087

Atendemos pelo Reembolso Postal.

Dedico este livro
— novamente, ainda e sempre —
ao meu marido e filhos.

Agradecimentos

Nenhum escritor é onisciente. Pela ajuda que ofereceram na pesquisa deste livro, meus mais sinceros agradecimentos ao Ten. Jack Hunt do Departamento de Polícia de Needham, a Martha Shepardson da Escola Rivers e a todos do Centro Nacional de Crianças Desaparecidas e Exploradas. Assumo a culpa de qualquer erro que possa ter sido cometido durante a transição do fato para a ficção.

~ Um

Ele não ia gostar. Odiava o ritual da fotografia formal de família, mas a ocasião era perfeita. Dali a quatro dias, sua única filha deixaria o ninho, irrompendo do casulo para um mundo novo e excitante. Se havia uma ocasião para ser registrada, certamente era aquela.

Ingressar na faculdade era um rito de passagem, o início.

Mas era também o término que Emily Arkin temia há anos. Antes do jardim de infância, Jill havia sido só dela. Então passou a ficar fora três horas por dia. E depois seis. Mais tarde sete, oito.

A faculdade absorveria as vinte e quatro horas do dia, os sete dias da semana. Significava o trampolim para a vida adulta e a independência absoluta.

— Que tal estou? — indagou Jill, unindo-se ao reflexo de Emily no espelho do banheiro.

Por um instante, Emily perdeu o fôlego. Isso sempre acontecia quando Jill aproximava-se sem avisar. Aquela jovenzinha que era sua filha nunca deixava de surpreendê-la. Possuía os cabelos castanhos e a pele clara de Emily, a altura de Doug, mas as feições ela herdara de gerações anteriores, e o que havia por dentro era pura Jill. Era doce, sensível e inteligente. Inocente, porém sofisticada, fruto de sua criação interiorana.

Emily não queria que ela perdesse suas maneiras francas. Nem tampouco que a sofisticação se acentuasse. Não queria que Jill se machucasse. *Jamais.*

— Mãe — implorou Jill gentilmente.

Emily suspirou e pegou um lenço de papel.

— Desculpe. Foi sem querer.

— Se você chorar, vou chorar também, e aí *nós duas* vamos estragar a maquiagem. O papai está no telefone. — Fez uma pausa, cautelosa. — Ele vai ficar zangado?

Emily forçou um sorriso.

— E por que ficaria? Ele já está vestido adequadamente para o passarinho. Em dez minutos, tiraremos as fotografias e poderemos sair. — A campainha da porta soou. — É o fotógrafo — disse ela, tomando o rosto de Jill nas mãos. — Está linda. Venha.

O sol se punha no oeste, dourando a folhagem larga dos bordos e as estacas da cerca branca do jardim da frente. Deixando Jill ali, Emily foi à porta do pequeno escritório que Doug tinha em casa e, com um gesto, chamou sua atenção.

Ele ergueu o dedo e continuou a falar.

Com o estômago se retorcendo, como sempre acontecia quando não conseguia estimar seu humor, ela aguardou, observando-o. Aos quarenta e quatro anos, seu porte era ainda mais atlético do que fora aos vinte e dois. Na ocasião, qualquer atividade física era suficiente para deixá-lo em forma. Agora, era necessária a prática diária de exercícios em uma academia de ginástica, para manter o corpo modelado. O abdômen era achatado, a postura ereta, os ombros largos. E vestia-se bem.

Usava roupas boas. Costumava comprá-las quando viajava. As calças pregueadas e a camisa de colarinho aberto, que usava hoje, combinavam mais com a Europa do que com a cidadezinha do interior de Massachusetts.

Emily quase desejou ter comprado um traje novo para as fotos, a fim de parecer tão sofisticada quanto Doug. Mas odiava gastar dinheiro consigo mesma quando havia outras contas a pagar. Antes um amortecedor novo para o carro do que alguma peça de seda que não usaria mais do que uma vez.

Doug desligou o telefone.

— Quem tocou a campainha?

Ela o tomou pelo braço.

— Larry Johnson. É novo no *Sun*. Um fotógrafo. Bom e barato. Pedi a ele que tirasse algumas fotos antes de sairmos.

— Emily...

— Eu sei. Você odeia tirar fotografia, mas Jill partirá em quatro dias, *quatro dias*, e depois disso nossas vidas irão mudar para sempre.

— Pode ser, se ela estivesse indo para Washington, como Marilee. Mas Boston? Fica apenas a três horas daqui.

— Ela não será mais a nossa menininha.

— Há muito tempo que deixou de ser.

— Você sabe o que quero dizer. — Emily tentou persuadi-lo, agora com mais ênfase. — É uma data importante, Doug. Além disso, ela precisa de uma fotografia de nós três para levar para o dormitório. Vai sorrir para ela? Por favor?

Se dissesse que não, ela mandaria Larry para casa. Doug, amuado e derrotado, suspirou e esboçou um sorriso insosso. Aliviada, ela o guiou para fora da casa.

Jill estava sentada no balanço que pendia do bordo mais largo do jardim. Com a luz mosqueada pelas folhas, rododendros e uma cerca branca como pano de fundo, o cenário era bucólico.

Emily lembrava-se das horas a fio que Jill passara naquela árvore, balançando-se, ganhando altura e às vezes caindo, quando o toque estridente do telefone a interrompeu. Doug disparou antes que ela pudesse protestar. Consternada, ela o acompanhou com os olhos, e então resignou-se. Ao menos, ele estava em casa. Prometera passar a semana. Essa era uma concessão que não viria sem restrições. Atender aos telefonemas era uma delas.

Recusando-se a desanimar, virou-se para Jill.

— Quero uma foto sua aqui — disse, e depois que várias chapas foram tiradas, posou ao lado da filha.

Cobriu as mãos de Jill na corrente do balanço e inclinou-se para perto da filha. Os rostos se tocando, sorriu ao sentir o sorriso de Jill, riu ao ouvir sua risada. Subitamente, o tempo parou, e ela voltou ao passado e tornou a ouvir as risadas infantis da filha. Adorava aquele som. Não suportava imaginar o dia em que tudo aquilo ficaria para trás.

Deixando o balanço, as duas foram para o quintal e posaram sobre um afloramento rochoso à beira do lago. Ligeiramente atrás da mãe, Jill deitou os braços sobre o ombro de Emily, que segurou suas mãos. Recostaram-se uma na outra, perderam o equilíbrio, riram, e tentaram novamente, enquanto o fotógrafo continuava a bater as fotos.

— Doug! — Emily gritou em direção à janela do escritório do marido, mas Jill teve outra idéia.

— Uma, só da minha mãe — anunciou ela.

Emily tentou fugir do alcance da câmera.

— Ah, não. Hoje é *seu* dia.

— Mas eu quero uma *sua*.

— E eu quero uma *nossa*. — Emily virou-se para a casa. — *Doug?*

O rosto dele apareceu na janela, novamente com o dedo em riste.

Emily conteve a frustração com um ligeiro suspiro e a certeza de que ele apareceria a qualquer instante. Podia estar ocupado, mas encontraria um tempinho para ela. Não era sempre que ela lhe pedia alguma coisa. Ele sabia disso.

Voltando para a frente da casa, posaram sobre os degraus da varanda, Emily mais acima que Jill, e então trocaram de lugar diante do fotógrafo. Emily sorria naturalmente. Conseguia sorrir mesmo com a cabeça fervilhando de preocupações. Alguns chamariam isso de falsidade. Emily chamava de tirar o melhor proveito da situação.

— Difícil dizer quem é a mãe, quem é a filha — observou o fotógrafo, o que fez Emily rir, ainda que descrente.

— É verdade — disse Jill. — Vão pensar que você é minha irmã.

Emily pensou nas pessoas que veriam as fotos, estranhos em um dormitório a três horas dali, e sentiu um vazio por dentro.

— Mãe — chamou Jill, apertando os dedos da mão que segurava a sua.

— Estou bem — jurou Emily.

— Estarei apenas em Boston. Nós nos falaremos o tempo todo.

— Eu sei.

— Poderemos fazer compras juntas.

— Eu sei. — Mas não seria o mesmo. Nada seria como antes.

Lutando contra o nó na garganta, Emily abraçou a filha e prendeu o choro. Em seguida, ainda abraçadas, viraram-se para a câmera.

Quando a porta de tela se abriu atrás delas, ela achou que tivesse conseguido uma prorrogação de sua pena. Doug era uma distração para seus pensamentos vazios. Era seu marido. Havia sido seu mundo antes de os filhos chegarem e tornaria a sê-lo quando Jill se fosse.

— Onde quer que eu fique? — resmungou ele de um jeito que fez o estômago de Emily revirar.

— Problemas? — indagou ela. Ele era consultor financeiro, um hábil negociador contratado por pequenas empresas para endireitar o que saía errado. Em uma época de anemia econômica, ele representava o que havia de mais moderno no campo da medicina. Nunca fora tão solicitado quanto agora.

Lançou-lhe um olhar exausto.

— Como sempre.

— Onde?

— Pittsburgh.

Entristeceu-se. Concord ou Manchester, até mesmo Boston ele poderia fazer em um dia. Pittsburgh sempre levava mais tempo.

— Tem mesmo de ir?

— Não tenho, mas se eu quiser manter a conta, seria melhor.

— Oh, Doug. — Ele havia lhe *prometido* a semana. Sentiu pena de Jill. Sentiu pena de *si mesma*.

— Droga, não posso dizer não — disse ele bruscamente. — O dinheiro está difícil e as universidades custam caro. Ainda estou engasgado com o cheque que passei na semana passada.

— Está certo — disse Jill rapidamente. — De qualquer forma, ainda temos coisas a fazer que o papai não pode nos ajudar. Estaremos ocupadas, mamãe. Vai estar de volta antes de eu partir, pai?

Ele acariciou seus cabelos.

— Claro que sim. Ficarei fora apenas dois dias.

O fotógrafo tirou várias fotos dos três, com Emily e Jill nos degraus da frente e Doug inclinado sobre o parapeito. Depois, pediu que Doug ficasse na escada e Emily e Jill ao seu lado, e tão logo terminou, Jill apressou-se em pedir:

— Quero uma foto só dos meus pais — disse ela, e dessa vez Emily não se opôs. Desceu mais um degrau e sentou-se entre as pernas do marido, com os cotovelos sobre seus joelhos.

Teria sido a pose mais confortável do mundo. Sentaram-se daquela forma dezenas de vezes quando se conheceram, quando a vida era mais simples.

A vida de Emily continuava simples. Girava em torno de Jill e Doug, em torno da casa que precisava de reparos com os quais não podiam arcar, do seleto grupo de amigos cuja lealdade o dinheiro não podia comprar, e da cidadezinha cuja riqueza consistia na simpatia de seus habitantes.

A vida de Doug foi a única que mudou. Viajava com freqüência, almoçava com empresários poderosos e vivia tão profundamente imerso em técnicas inovadoras de administração que era difícil, para Emily, associá-lo ao modesto fazendeiro com quem se casara. Talvez fosse esse o motivo de sentir-se estranha agora, sentada entre suas pernas com os cotovelos em seus joelhos.

— Mãe! — chamou Jill. — *Sorria!*

Emily sorriu. Por Jill, fazia qualquer coisa.

E não foi tão difícil assim. De todas as coisas que os anos de maternidade lhe ensinara, esconder o pesar era uma delas.

A passos largos, Brian Stasek entrou na drogaria com Julia choramingando em seu colo. Ela não estava feliz, e ele tampouco. Estava faminto, exausto e encalorado. E ela, faminta, exausta e molhada. Ele usara as últimas fraldas descartáveis na última parada que fizeram, cinco horas atrás. Precisavam imensamente delas.

Encontrou a gôndola, o tamanho e o sexo. Juntou um punhado delas e dirigiu-se à caixa registradora. Largou os pacotes sobre o balcão. Julia começou a chorar.

Ele a embalou, enquanto puxava a carteira.

— Já vai. Já vai. Já vai.

— É um bebê lindo — disse a moça da caixa.

Brian resmungou.

— Eu também achava. Até que tive de cuidar dela sozinho, e as coisas mudaram. Deixe-me dizer uma coisa, cuidar de criança não é para os fracos. Lembre-se *disso*, se planeja ter filhos algum dia.

A moça deu um passo atrás. Julia chorou mais alto.

— Desde Chicago — resmungou ele.

— Talvez ela esteja doente — veio a tímida sugestão.

Ele suspirou.

— Não. Apenas cansada. — Havia outro motivo, mas Brian não teve forças para contar o resto, pelo menos não para uma adolescente totalmente estranha. Precisava de fraldas secas, comida quente e uma cama macia, nessa ordem. Então enfiou o troco no bolso, apanhou os pacotes e voltou para o jipe.

A fralda foi trocada sem perda de tempo. Após três dias, Brian estava bastante experiente para saber que de nada adiantava tentar executar a tarefa com perfeição, pois, cedo ou tarde, precisaria trocá-la novamente.

Mais tarde, foi o que aconteceu. Assim, puxou uma fralda seca do pacote, enfiou a encharcada no saco de roupas sujas e ergueu a filha.

— Linda Julia — disse ele com um sorriso e lhe deu um abraço.

Ela começou a choramingar.

O sorriso se foi.

— Está certo. Comida. — Parando apenas para enfiar uma mamadeira no bolso da calça jeans, ele desceu do jipe com Julia nos braços.

Ela começou a se contorcer.

Ele a segurou com firmeza e a fitou nos olhos.

— Se eu deixar você ir andando, vamos demorar o dobro do tempo para chegar.

Ela o olhou de volta assustada. Seus olhos azuis eram iridescentes, argênteos, quase sobrenaturais — exatamente como as pessoas descreviam os seus. Diziam que seus olhos eram sua arma mais letal, que um olhar severo seu fazia congelar até o mais cruel dos homens. Quando Julia o fitou desse mesmo modo, foi como se ela soubesse algo que ele desconhecia, como se soubesse *muitas coisas* que ele sequer imaginava.

— É, eu sei — disse ele na tentativa de mostrar a ela que também sabia. — Há três dias que está viajando nesse carro e está louca para mexer o esqueleto.

Os olhos estavam fixos nos dele.

Ele suspirou.

— Por isso, se está com fome, é melhor irmos direto para o restaurante. — Colocou-a no chão.

Ela foi direto para a rua.

Ele segurou sua mão.

— Ah, por aí não. — Mas levou um minuto para que ele a convencesse a andar na calçada.

Brian pensou em Gayle. Fora ela quem quisera ter filhos, ainda que ele achasse que era cedo. Ambos eram viciados em trabalho. Não seria justo para a criança, alegara ele.

Ela argumentara que já haviam esperado tempo demais e que, mais um pouco, seus ovários não prestariam mais. E que poderia dar conta de tudo: ser esposa, mãe e profissional.

Mas ela morreu, e ele teve de pagar o pato.

E que doce e triste pato ela era, pensou, enquanto admirava seus cachos castanhos, o traseiro acolchoado, os passos incertos. Julia acostumara-se com a ausência de Gayle durante o dia, porém as noites eram mais difíceis, principalmente agora, passadas quatro semanas, e havia ainda o problema da amamentação, que Gayle lhe oferecera dia e noite, até o último dia.

Mas isso ia além de suas possibilidades.

Talvez isso também, pensou, olhando para a filha. Talvez sim, talvez não. Inspirou profundamente e então soltou o ar de uma só vez e, apenas quando sentiu amainada a ansiedade, inspirou novamente.

Grannick não era ruim, se o resto da cidade fosse como a rua principal. Era limpa. Possuía o charme da Nova Inglaterra, que era o estereótipo de uma cidade de universitários. Muita gente passeava sob a luminescência precoce da noite. Pareciam inteligentes e tranqüilas. Casuais. Rústicas. Algumas eram exatamente como ele.

Usava um velho par de calças jeans, uma camiseta preta que um dia fora preta de verdade, um par de tênis surrados e uma barba de três dias. Era seu disfarce. Em sua cidade, estaria informal. Ali, parecia um forasteiro.

Julia caminhava hesitante, choramingando ocasionalmente.

Ao lado da farmácia havia uma locadora de vídeo, cujo enorme letreiro em neon fez Julia parar por alguns segundos, e mais adiante uma livraria, e finalmente, demarcado por elegantes letras douradas em uma placa lustrosa, um restaurante. Brian sentiu-se subitamente revigorado.

— Ora, veja aquilo. Está bem ali o que precisamos. Eu diria que isso é um bom presságio.

O restaurante teria sido uma ótima idéia caso Gayle estivesse ali. Mas Julia estava faminta e exausta, ora mordia o pulso, ora choramingava, nem um pouco satisfeita em estar atrelada àquele lugar; e o menu dizia que a comida era típica do sudoeste, carregada de abacates, couve-de-bruxelas e molhos, e nada disso fazia parte do cardápio habitual de Julia. Ele esperava alguma coisa prosaica como peru assado, purê de batatas e ervilhas. Na lanchonete ao lado, deu-se por satisfeito com hambúrguer e batatas fritas.

O lugar tinha leite, e a garçonete lhe trouxe um copo comprido cheio dele. Sem perder tempo, despejou o líquido na mamadeira, enquanto Julia agitava os bracinhos e berrava impacientemente, até que o bendito silêncio tornou a reinar.

Brian sentou-se na extremidade da poltrona junto à parede e a aninhou em seus braços. Seus olhinhos encontraram os dele, misteriosamente cientes e assustados. Tentou lhe transmitir confiança, pois, como dissera sua mãe, era disso que ela precisava. Dissera ainda que Julia podia ficar com ela, que seria mais fácil para ele até que se estabelecesse, que viajar com uma criança seria difícil, mas ele não lhe dera ouvidos. Precisava levá-la consigo naquele momento, precisava desse pedacinho seu e de Gayle, o melhor de suas vidas, a semente de seu futuro.

Ademais, se não a tivesse levado consigo, teria perdido a calma, coisa que em nada combinava com sua profissão.

No trabalho, era conhecido por manter a tranqüilidade até mesmo em meio a um tiroteio. Mas, diabos, a academia de polícia não o havia preparado para a paternidade. Como todos os detetives, era dinâmico e prático, mas nada disso impressionava Julia.

Brian sabia o que era ver o lado triste da vida e ter de voltar para casa, fechar a porta e deixar tudo para trás. Mas não havia como deixar Julia para trás. Seria sua pelo resto da vida. Tirá-la de junto da avó em Chicago foi a coisa mais ousada que já fizera.

— Hambúrguer e fritas — cantarolou a garçonete, depositando o prato à sua frente. Ele sorriu agradecido, mas não se moveu. Julia continuava a mamar. Ele sabia que ela era perfeitamente capaz de sentar-se, jogar a cabeça para trás e segurar a mamadeira, mas parecia feliz em seu colo.

E, por um instante, ele também estava.

Mas o instante passou. Julia terminou de mamar, sentou-se ao seu lado e comeu alguns nacos do hambúrguer que ele lhe ofereceu, mas parecia exausta. Normalmente asseada e bem-vestida, andava agora desarrumada e chorosa. Esfregou os olhos com as mãos sujas de catchup. Balbuciou qualquer coisa que Gayle teria compreendido, mas que nada significava para Brian. Tentou acalmá-la com mais um pouco de leite, mas ela recusou. Tentou a Coca-Cola que pedira para si, e nada. E quando ela recomeçou a chorar e a chamar pela mãe, ele perdeu o apetite.

Balançando a menina nos braços, pagou a conta e caminhou de volta ao jipe, colocando-a no chão assim que ela começou a se contorcer.

Fazia calor. O ar estava parado, carregado do cheiro das árvores e da relva, tão diferente de onde viera que o fez imaginar se também isso seria um presságio. Nunca teve vontade de morar no campo, mas, dadas as circunstâncias, esta parecia ser a melhor opção. Precisava de um lugar saudável para criar a filha. Precisava de um lugar tranqüilo para curar sua ferida.

A choradeira recomeçou.

Tornou a erguê-la.

— O que foi, meu bem?

— Ma-mãe.

— A mamãe não está aqui, mas o papai está. Tudo vai ficar bem. Está vendo? O jipe está bem ali onde o deixamos. — E intacto, o que era um pensamento urbano, porém não injustificado, uma vez que no veículo estava tudo o que possuía no mundo. Sem mencionar a parafernália de Julia, seus biscoitos e sucos favoritos e o coelhinho de pelúcia sem o qual se recusava a dormir.

O pensamento de Brian demorou-se nos biscoitos e sucos e em seu estômago, que indubitavelmente roncaria horas mais tarde. Os biscoitos e sucos de Julia não seriam suficientes. Tentara na noite anterior.

Entrou no armazém e comprou um saco tamanho família de pipoca com queijo, três barras de chocolate e seis caixas de suco de damasco. Já estava indo embora, com Julia em um dos braços e as compras no outro, quando uma série de gritos agudos chamou sua atenção para os fundos da loja.

Havia ali uma cabine fotográfica, a cortina semicerrada e, atrás dela, mais pernas do que ele podia contar. Sorriu. Lembrou-se de como era divertido.

Ouviu os gritos novamente, uma risada estridente seguida de um clarão e uma frenética movimentação de pernas. A risada cessou, as pernas se paralisaram, o flash acendeu e então começou tudo de novo. Quando terminou, seis pré-adolescentes deixaram a cabine.

Brian não tinha certeza como couberam todas lá dentro, mas elas pareciam felizes e saudáveis, e a azáfama subitamente o remeteu ao passado, uma mudança tão agradável, tão distante do mundo de vídeos e jogos violentos no computador, que ele não pôde resistir.

Deixou a sacola de papel dentro da cabine, tateou o bolso à procura de moedas e sentou-se com Julia no colo.

— A vovó vai *adorar* isso — disse a ela, tentando ajeitar seus cachos e deixá-la com uma aparência melhor. — Se sorrirmos para a câmera, ela verá que estamos nos saindo muito bem. Não é uma *ótima* idéia, Julia?

Julia estava olhando para o interior da cabine como se fosse a casa dos horrores. Arregalou os olhinhos, e subitamente as lágrimas os deixaram embaciados.

— Ah, querida, está tudo bem — assegurou-lhe. — Nada vai machucá-la. O papai não deixaria. Olhe — disse ele entusiasmado —, vou depositar as moedas aqui. Quer me ajudar? Aqui, segure uma moeda...

A moeda caiu no chão.

Ele se inclinou a fim de apanhá-la, inadvertidamente machucando Julia, que soltou um grito de dor. Ele a abraçou e beijou sua testa.

— Xiii. O papai não quis machucá-la. Aqui está. Vamos tentar de novo. — Dessa vez, depositou as moedas ele mesmo, pois ter de apanhá-la novamente no chão daquele cubículo não seria nada fácil e porque notou que Julia havia se acalmado, mas não por muito tempo. — Isso. Agora olhe para cá. — Apontou para o círculo escuro no exato instante em que o primeiro flash disparou.

Sobressaltada, Julia se pôs a gritar e dessa vez não parou, apesar das tentativas de Brian para consolá-la, beijando-a, apertando suas bochechas, implorando por um sorriso. Pouco depois, fora da cabine, esperando que a tira de fotos surgisse, ele imaginou que pelo menos teria a primeira foto antes de Julia começar a berrar. A expressão de espanto seria melhor do que a de tristeza, supôs.

Entretanto, quando viu as fotografias, nem isso ele havia conseguido. Nas três fotos de Julia, ela aparecia chorando de boca aberta, enquanto ele apertava seu rosto. E na primeira, ela estava agachada em seu colo e não aparecia. O que restou foi uma foto da menina com os cabelos emaranhados no alto da cabeça.

Imaginando se isso também seria um presságio, dobrou ao

meio a tira de fotos e a enfiou no bolso. Então ajeitou Julia em seu colo, alcançou a sacola de papel e saiu da loja.

Myra Balch sentou-se na janela do segundo andar de sua casinha de madeira, a fim de ver o mundo passar. Não que fosse um mundo lá muito grande. Morava no fim de uma rua sem saída repleta de casas de madeira não muito diferentes da sua, e de onde estava só conseguia avistar a dos Arkin.

Não que ela não soubesse o que se passava com o resto da rua. Certamente que sim. Sabia o dia exato em que as laranjas semanais dos Wilson chegavam da Flórida, enviadas pela filha, pois o caminhão que as trazia fazia a curva na entrada de sua garagem. Soube quando Abel Hinkley recebeu um aumento, pois o caminhão que trouxera a mobília nova fez o mesmo. Sem falar naquele furgão engraçado pintado como um rato. O exterminador. Na casa dos LeJeune. Novamente.

É claro que havia coisas que sua entrada de garagem não podia lhe contar. Era por isso que costumava caminhar rua acima e abaixo todas as manhãs às sete. Precisava saber das novidades. E também se exercitar. Frank era um bom motivo para se manter em forma. Se ficasse gorda, ele com certeza a deixaria.

As cortinas estremeceram ligeiramente. Myra desejou mais, desejou que uma brisa refrescasse a casa. Frank vivia lhe prometendo um ventilador, mas nunca saía para comprá-lo, e a casa continuava quente.

Inclinou-se para a frente. O fotógrafo dos Arkin estava indo embora. Era o mesmo que fotografara o sexagésimo quinto aniversário de Ginny Haist, e as fotos haviam ficado magníficas. Myra esperava que ele fizesse o mesmo pelos Arkin.

Tricotara uma colcha de lã para Jill levar para a faculdade e planejava entregá-la na noite anterior à sua partida. Sabia que Emily ficaria tocada com seu gesto.

O carro do fotógrafo desceu a entrada da garagem e partiu, deixando a velha caminhonete de Emily só e abandonada. O pobre automóvel já tivera dias melhores.

O carro de Doug era outra história. Era pouco mais que um brilho negro e cromado abrigado na garagem. Imaginou se ele continuaria ali, quando eles alugassem o segundo andar. Imaginou se o locatário iria estacionar na rua. Imaginou de quem teria sido a idéia de alugar o quarto.

Provavelmente de Doug. Iria querer o dinheiro. Não se importaria de conviver com estranhos. Não era *ele* quem iria vê-los entrando e saindo. Não era a privacidade *dele* que seria invadida.

Emily merecia mais. Myra fazia o que podia para ajudar — e seus biscoitinhos de café eram os *melhores* da cidade — mas biscoitos não ajudavam muito.

Mas flores sim. Myra sempre tinha uma ou outra para oferecer a Emily. E, é claro, coisas como luvas ou colchas sempre garantiam um sorriso.

Suspirou. Lá estavam eles, Emily, Jill e Doug entrando na caminhonete enferrujada, rumo ao almoço na casa dos Whittaker. Amanhã à noite haveria uma festa nos Daviese e na noite seguinte jantariam em um restaurante, onde Jill e suas amigas haviam trabalhado como garçonetes.

Uma festa após a outra. Myra não sabia o que levava as pessoas a se passarem por tolas em público. Mas Emily não. Não faria uma festa para Jill. Não via motivo para comemorar a partida da filha. A festa da família seria particular e certamente triste.

— Mas eu não falo nada — jurou Myra ao levantar-se da cadeira. — Nunca falei, nunca falarei nada. Faço meus biscoitos, tricoto meus suéteres e fico calada. E o que eles fazem? Preparam uma festa para *mim*. — Começou a descer a escada. — Eu não quero festa. São *eles* que querem. Saíram de casa na primeira oportunidade, não voltaram por muito tempo e agora se sentem culpados. Por isso trouxeram comida para a festa e tomaram conta da minha casa.

À direita, no fim da escada, a mesa da sala de jantar estava coberta com a toalha de linho bordada de sua mãe, e com o que suas noras trouxeram para comer. À esquerda, a sala de estar estava repleta de filhos e netos, todos grudados na televisão, assistindo a um jogo de beisebol.

Virando para os fundos da casa, ela passou pela cozinha, saiu pela porta, desceu os degraus e atravessou o gramado sem que ninguém a notasse. Parou para admirar o imenso salgueiro-chorão verde-pálido que ficava à margem do lago, antes de se sentar no banco de ferro batido que ficava sob o véu de seus galhos.

Juntou as folhas caídas sobre o banco, então se inclinou e apanhou as que estavam no chão. Agachou-se e limpou a grama sob o salgueiro até que tudo estivesse em perfeita ordem. Por fim, sentou-se a fim de admirar a relva, que há tantos anos cultivava e aparava, e, mais adiante, os lírios. Olhando para a água do lago, suspirou.

Um belo lugar. E tão bem cuidado. Fizera o melhor que pôde. E continuaria a fazê-lo até o fim de seus dias.

Tal pensamento a deixou inquieta e temerosa ao mesmo tempo. Carregava um fardo terrível. Sempre que pensava em morte sentia uma angústia profunda. Juntou forças, recobrou a serenidade e jurou que não morreria tão cedo.

Mas estava chegando a hora. Cada vez mais, a cada aniversário que completava. Seu tempo estava se esgotando.

— Myra? — Era sua nora Linda, a profissional que acreditava que todas as mulheres eram irmãs, independente de idade, e que "mãe" era um título formal demais para sua sogra. — Por que está sentada aqui sozinha?

— Não estou sozinha — respondeu Myra gentilmente. Gostava de Linda. Apesar de ardilosa, Linda era mais tolerante do que os demais. Os outros teriam discutido com ela, mas Linda simplesmente sorriu.

— Queremos tirar fotografias. Vamos entrar?

— Mas por que não as tiram aqui fora? É mais bonito aqui do que lá dentro.

Linda espantou um mosquito.

— Está infestado de insetos.

— Não para mim. Eu uso o perfume certo. Está no banheiro perto da cozinha, caso queira experimentar. Os meninos não vão gostar, mas algumas picadas não farão mal a ninguém. Bem — estava gostando da idéia —, se vamos tirar fotografias, gostaria que fosse aqui. Mas terá de chamar o Frank. Não podemos deixá-lo de fora.

Linda sorriu.

— Vou chamar todo mundo.

Myra devolveu o sorriso, que perdurou em seus lábios. Uma sessão de fotos sob o salgueiro seria perfeito. Então, afinal, havia algo a ser dito para as noras. E certamente para os netos. Mesmo para os filhos, que se sentiram culpados após anos de negligência. Longe dela contar a eles que, na época em que saíram de casa, ela já estava pronta para isso, cansada das brigas que travavam entre si e com Frank, cansada de cozinhar e lavar. Estava mais do que pronta para descansar.

Não que fosse contar isso a *Frank. Deus*, não. Ele ficaria *furioso.* Não gostara nem um pouco do fato de os meninos terem saído de casa.

— Entre, mãe — chamou o mais velho, Carl. — Vamos tirar fotografias na sala de estar.

— Aqui fora! — retrucou ela.

— A luz está fraca aí fora.

Era verdade. O entardecer era iminente. Mas ela não era tão boba como eles pensavam.

— Está mais claro aqui do que lá dentro.

— Usaremos o flash.

— Podem usar o flash aqui fora também. — Sorriu. — Ou será aqui ou em lugar nenhum, Carl. É *meu* aniversário. — O sorriso feneceu. — Terá de avisar ao seu pai que estamos aqui fora. Onde ele está? Pensei que estivesse no depósito de lenha, mas não o vi por lá. Pode encontrá-lo para mim, Carl?

Carl tornou a entrar em casa, mas só por um minuto. Quando voltou, não estava sozinho. Os outros filhos estavam com ele, além das noras e, atrás delas, os netos. Antes que Myra pudesse fazer mais do que ajeitar os cabelos e verificar se a gola estava no lugar, viu-se cercada pela família, ajoelhados à sua frente, sentados ao seu lado, de pé, atrás.

Comprimida entre eles, imaginou que a idéia não havia sido tão boa assim, que a relva sob o salgueiro ficaria marcada, mas parecia tarde demais para dizer qualquer coisa, e havia ainda o problema com Frank.

— Onde está seu pai, Carl? — indagou, olhando à sua volta. Não o viu em lugar algum. — Eu o quero sentado ao meu lado. — Tentou deslocar os netos para a sua esquerda, mas estavam todos muito juntos.

Carl preparou a câmera.

— Olhem todos para cá.

— Onde está *Frank*? Não podemos ser fotografados sem a sua presença.

Houve um murmúrio atrás de Myra e uma ou duas risadinhas abafadas à frente. Ignorou-as, sentou-se mais ereta e tratou de armar uma expressão rígida que Carl certamente não se importaria em registrar.

— Quero Frank aqui — insistiu. — É mais do que justo. Ele faz parte da família.

— Tire a foto, Carl.

— Está escurecendo.

— Mãe, um mosquito me picou!

— Vou contar até três — avisou Carl detrás da câmera.

Myra inclinou-se para frente, tentando ver se Frank estava caminhando em torno do lago. Fazia isso algumas vezes, quando o tempo estava quente.

— Um... dois... olhe para cá, mamãe.

— Mas seu pai...

Detrás dela veio uma voz suave:

— Myra — e a mão de Linda pousou sobre seu ombro. — Está certo. Ele vai chegar. Se você sorrir, poderemos surpreendê-lo com a foto.

Incerta, Myra olhou para ela.

— Será?

— Claro.

— Mas ele pode se chatear por não o termos esperado.

— Ele não vai se chatear. Vai adorar a surpresa.

Myra queria mais do que tudo que isso fosse verdade. Agradá-lo era fundamental. Era a chave para a sua sobrevivência. Era o que a fazia equilibrar o fardo pesado que carregava, o que a fazia esquecer a morte, mesmo quando estava tão cansada para lutar, querendo somente fechar os olhos e sucumbir.

Continuava a viver por Frank.

— Olhe para Carl e sorria — pediu Linda, mas Myra estava abalada demais para sorrir.

— Vamos lá — veio a voz do fotógrafo, que de tão parecida com a de Frank deixou Myra momentaneamente à vontade. — Quando contar três, todo mundo sorri. Um, dois, três...

Houve o sorriso coletivo "giiiiz", e então o flash acendeu.

Myra não sorriu nem disse nada. Afinal de contas, não era Frank que estava atrás da câmera, mas Carl, e ela não estava bem certa de que Frank iria gostar de ser deixado de fora. Se ficasse zangado, discutiria com Carl.

Mas as coisas não funcionavam dessa forma. Era ela que vivia com ele. Era ela que sofria.

Houve uma nova contagem, o sorriso coletivo e o clarão do flash, e então a multidão, que rapidamente se formara em volta dela, dispersou-se feito fumaça. A porta dos fundos fechou-se várias vezes até que finalmente tudo voltou à antiga paz.

Myra cerrou os olhos. Deixou a brisa tépida da noite purificar o ar à sua volta. Então, silenciosamente como sempre, ajoelhou-se e começou a afofar a grama, penteando-a com os dedos, acariciando o solo. Era uma bela paisagem. Foi bom terem tirado um retrato de família ali. O lugar certo para reuniões familiares.

~ Dois

Parte da beleza de se ter um filho, ponderou Emily, era o reflexo que ele trazia para a nossa vida. Por intermédio de Jill, ela se lembrava de coisas que certamente teriam se perdido — das noites que passara rindo com as amigas, do pavor de tomar um chá de cadeira quando a música acabasse, do ardor do primeiro beijo. À medida que Jill experimentava tais coisas, Emily as revivia.

Assim, agora, ela reviveu o dia em que saiu de casa. Reviveu a excitação de fazer compras e arrumar as malas, os últimos encontros lacrimosos com as amigas, o temor da colega de quarto desconhecida, o medo de um fracasso acadêmico. Reviveu ainda o excitamento, pois, percebia agora, ingressar na faculdade dera início à fase mais importante de sua vida. Conhecera Doug na primeira semana. Casaram-se um ano depois.

Funcionara com ela. Mas para Jill, ela queria mais. Queria quatro anos de estudo e diversão, um diploma, viagem com os amigos, um apartamento dividido, um emprego, um nome a ser construído... e só então voltar a viver perto da família.

Pensar no retorno de Jill era um modo de lutar contra a tristeza de sua partida. Outro era ocupar o tempo lavando roupa e cozinhando um prato diferente a cada dia. Mas havia momentos, enquanto Jill andava às voltas com os preparativos da viagem, em que Emily parava para observá-la, imaginando como o tempo passara depressa, desejando que voltasse atrás. Havia sido um alívio saber como Jill gastava seu tempo e com quem. Havia sido um privilégio determinar seus passos.

De agora em diante perderia o controle.

Tinha de ser assim, mas isso em nada atenuava seu temor. O tempo era curto demais, quatro dias se passaram em um piscar de olhos. Antes que parecesse possível, Emily se viu atrás do volante, os olhos de Jill fixos na auto-estrada adiante, e cada milímetro da pista sendo vencido.

Tentou pensar no que poderia ter esquecido.

— Trouxe o seu talão de cheques? — O dinheiro que ganhara durante o verão poderia ser usado na faculdade.

— Está na minha carteira.

— O recibo do pagamento da matrícula? — Precisaria dele para receber a chave do dormitório.

— No meu bolso.

— O mapa do campus?

— Está bem aqui — balançou o mapa na mão.

— Cuidado. Não vá amassá-lo.

Jill o dobrou.

Ao passarem por Springfield, Emily tentou pensar nos últimos conselhos. O tempo voava agora.

— Terá que comprar a cortina e o tapete nas lojas próximas ao campus.

— Eu sei. Trouxe uma lista de lugares.

— Vá com a sua colega de quarto.

— Claro.

— Não saia por aí sozinha.

— Vou ficar bem, mãe.

Passaram por Worcester. A estrada era retilínea, mas o estômago de Emily se contorcia.

— Diga não com firmeza.

— Hem?

— Se algum rapaz tentar pressioná-la. Seja firme. Use o joelho.

Jill suspirou alto.

Quando passaram pelo pedágio de Weston, e Boston materializou-se no horizonte, Emily sentiu um turbilhão de emoções, acompanhado de um vazio, entremeado de pânico. Então Jill pegou sua mão.

Conversaram pouco durante o restante da viagem, de mãos dadas até alcançarem o pedágio de Cambridge. Localizaram o dormitório e descarregaram o carro. Conheceram a colega de quarto de Jill e cruzaram com moças por todos os lados. Encheram as gavetas, o armário, arrumaram a cama e a cobriram com a colcha de Myra. Instalaram o abajur, a secretária eletrônica e o computador de Jill.

Para Emily, o tempo se esgotou abruptamente no momento em que o quarto estava tão arrumado quanto provavelmente ficaria pelo resto do período, e nada mais havia para ela fazer. Então sentaram-se lado a lado na cama e olharam as fotografias que Jill havia levado. Havia uma de Jill e cinco amigas abraçadas e sorridentes na festa dos Davies, uma de Jill e suas duas melhores amigas, Marilee e Dawn e uma delas três e suas mães.

— Gosto muito desta aqui — observou Emily. As mães, Kay e Celeste, eram suas próprias melhores amigas. Guardava uma cópia da foto em um mural de cortiça na cozinha. — Dessa aqui então eu gosto *demais*. — Tratava-se de uma montagem de cinco das fotografias de Larry, com Emily e Jill em poses variadas.

— Minha irmã — brincou Jill.

— Sua mãe.

— Nunca vão imaginar. Pense em tudo que não precisará fazer, comigo longe de casa.

Emily olhou para a filha.

— Está brincando? Vou passar o mês inteiro arrumando seu quarto.

— Não *toque* em meu quarto. Quero que tudo esteja no mesmo lugar quando eu voltar. Então arrumarei tudo. Serão apenas sete semanas até as férias de outono, a menos que eu me sinta muito só. Nesse caso, tomarei um ônibus e a surpreenderei em um fim de semana qualquer.

Emily engoliu em seco. Estava perdendo sua filha. *Oh, Deus.* —

Espero que se divirta aqui, Jill — disse seu lado racional. — Serão seus melhores anos. Tenho certeza.

— E quanto a você, mãe? Vai ficar bem?

Emily sentiu o coração acelerar. Colocou o braço em volta da filha.

— Vou ficar bem.

— Não gosto da idéia de você ficar sozinha.

— Seu pai vai estar em casa no final da semana.

— É. Por dois dias, antes de tornar a partir. Não pode fazê-lo ficar mais tempo em casa? Não é justo para você que ele fique fora o tempo todo.

Emily concordava com a filha, mas decidiu esconder seus sentimentos. Sua lealdade a Doug a fez dizer:

— Ele precisa trabalhar. Não viajaria tanto se não fosse importante.

— Eu sei, mas antes você tinha a mim e agora não terá mais.

— Ainda tenho Kay e Celeste, e John, e todas as outras pessoas que eu conheço na cidade. Eu tenho Myra que adora sentar e conversar, e se não posso arrumar seu quarto, arrumarei o resto da casa, e, quando tiver terminado, limparei o quarto em cima da garagem.

— Meu quarto de brincar? — indagou Jill, perplexa.

— Você não o usa há anos. Posso transformá-lo num pequeno apartamento.

— Meus amigos e eu adoramos aquele lugar. Posso passar o verão lá?

— Não se alguém estiver pagando por ele.

— Alugaria mesmo aquele lugar?

— Por que não?

— Porque é *nosso.* — Foi exatamente isso que Emily dissera a Doug na ocasião em que ele fez a mesma sugestão. Como se houvesse escutado seu pensamento, Jill perguntou: — Foi idéia do papai, não foi?

Emily imaginou se Jill se ressentia do fato de o pai não tê-la acompanhado ao dormitório. Muitos outros pais estavam ali.

— Por que acha isso?

— Porque ele não está em casa o bastante para se *importar* se algum estranho more em nossa casa.

— Não passa de um quarto sobre a garagem — argumentou Emily, como Doug o fizera — e fica a dez metros da casa, com uma entrada em separado. Não veremos ninguém.

— Foi idéia dele ou não?

— Não me lembro de quem foi a idéia — mentiu Emily, pois o autor não importava — mas faz sentido. O dinheiro virá em boa hora. Talvez então seu pai fique mais tempo em casa. — Ela olhou a última foto. Mais uma tirada por Larry. Doug estava sentado na escada da varanda, Emily um degrau abaixo com o braço sobre a coxa do marido, Jill um degrau acima com o braço ao redor do pescoço do pai.

Emily teve a impressão de que elas o estavam enclausurando, prendendo-o ali deliberadamente, o que não era de todo absurdo, uma vez que ele correra para atender o telefone, pouco antes da fotografia ter sido tirada.

— Bela foto — disse Emily, mas subitamente não estava pensando em Doug. Pensava que era chegada a hora, os derradeiros grãos de areia da ampulheta. Podia ouvir a movimentação dos calouros no corredor e sabia que Jill também deveria estar lá fora com os demais. *Oh, Deus.*

— É melhor eu ir — sussurrou, e as lágrimas inevitáveis rolaram em seu rosto. — Comporte-se.

Jill jogou os braços em seu pescoço e a abraçou com força.

— Comporte-se — repetiu Emily no mesmo sussurro embargado — e divirta-se, e estude, e me telefone.

Jill também estava chorando. Emily sentiu o ritmo de seus soluços, e odiou tudo aquilo, mas adorou sentir o calor e a proximidade da filha.

— Telefone para mim — repetiu Emily.

— Pode deixar. Ficarei com saudade. E preocupada.

Emily a afastou, chocada.

— Preocupada? Comigo?

Jill balançou a cabeça, mas não se estendeu no assunto, e Emily estava a ponto de dar início a um dilúvio, sabendo que quanto mais tempo ficasse, pior seria. Assim, levantou-se rapidamente, deu mais um abraço na filha e deixou o quarto.

Mal havia cruzado a porta quando tornou a se virar. Não deveria tê-lo feito, pois Jill sequer teve tempo de se mover. Permaneceu sentada na cama, o rosto banhado em lágrimas, parecendo abandonada.

— Oh, Deus — murmurou Emily, para então dizer: — Não vou direto para Grannick. Passarei no supermercado antes de voltar para casa. Se ligar para mim, não vai me encontrar, mas deixe um recado que eu ligo em seguida. É provável que tenhamos que fazer assim, de agora em diante, até suas aulas começarem e as coisas se ajeitarem. Estarei em casa à noite, mas não amanhã de manhã. Vou tomar café com Kay e Celeste. — Prendeu a respiração. — Oh, Deus — murmurou ela mais uma vez. Correu até a cama e deu em Jill o último abraço. — Quer me acompanhar até o carro?

— *Vá*, mamãe.

— Foi *horrível* — contou Emily no restaurante, emocionada mesmo depois de vinte horas. — Não sei como consegui chegar até o carro, e mal conseguia enxergar a estrada de tanto que eu chorava. Ela parecia tão só, sentada naquela cama.

Celeste sorriu.

— E dois minutos depois que você se foi, provavelmente estava no corredor fazendo novas amizades e se divertindo a valer. Falou com ela ontem à noite?

Emily tateou os bolsos à procura de um lenço.

— Uhm-hum.

— E...?

Seus olhos estavam borrados.

— Uhm-hum. Abre aspas. Divertiu-se a valer. Conheceu moças divertidas, rapazes lindos. Fecha aspas. E você? Têm falado com Dawn?

— Negativo, mas esse foi nosso trato. Ela concordou em ir para a faculdade em Grannick em troca de fingirmos que ela foi para longe. Não posso ligar para ela. Só ela pode me telefonar. E não o tem feito.

— Pelo visto, sou eu que tenho um problema aqui — argumentou Kay, chamando a atenção da garçonete e apontando para sua xícara de café. — Três vezes no primeiro dia, duas ontem. Os livros dizem que isso é normal. O que eles não dizem é que custa caro. Fui prevenida sobre o custo da faculdade, do alojamento, dos livros, mas nenhum deles mencionou a conta de telefone. Terei de pagá-la antes que John a veja. Vai ficar apavorado. Ele preferia que ela tivesse ido para a Universidade de Massachusetts.

— Ah! — exclamou Emily. — John pode gritar o quanto quiser, mas não pode me enganar. — Ela o conhecia bem. Conhecera-o antes de Kay, muito antes de as meninas terem nascido. — John está feliz da vida porque a filha está em Washington. Espere só. Vai torcer para a filha telefonar.

— Três vezes por dia? — indagou Kay e olhou, impaciente, à sua volta. — Preciso de cafeína. Vocês sabem que se eu não as amasse tanto, não estaria aqui a esta hora da manhã.

Emily sabia que a amiga a amava. Os encontros de segunda-feira com Kay e Celeste, sem maridos ou filhos, eram terapêuticos. Haviam tomado o desjejum juntas durante todo o verão e passariam a jantar quando Kay, que lecionava inglês para a oitava série, voltasse a trabalhar.

— Quando começam as aulas?

— Quinta-feira. Ahhh. Aí está ela. — Estendeu a xícara para a garçonete com um sorriso agradecido nos lábios e finalmente pediu um desjejum reforçado.

Emily e Celeste optaram por algo mais frugal.

Celeste observou a garçonete anotar os pedidos e sair.

— Parece que foi ontem que nossas meninas trabalharam aqui.

Emily entendeu o que a amiga queria dizer.

— E foi.

— É estranho acordar numa casa vazia. Vou ao quarto de Dawn a toda hora só para ter certeza de que ela se foi.

— Sente saudade? — Emily quis saber se não era a única a sentir falta da filha.

— Ela acabou de ir.

— Marilee também — disse Kay — e já estou com saudade. Estivemos separadas antes, e por um bom tempo, mas agora é diferente. É mais significativo.

Emily achou que aquilo fazia sentido.

— É apenas uma questão de tempo — garantiu Celeste. — Dawn foi só minha responsabilidade durante muito tempo... o que foi ótimo, se considerar que não precisei dormir com o pai dela todos esses anos, e não tão bom, se pensar no trabalho que tive. Fui eu quem tive que ralhar com ela, que convencê-la a estudar, além de outras coisas. Esse é o lado ruim de se criar os filhos sozinha.

Exatamente quando Emily estava pensando, Kay completou:

— Esse acaba sempre sendo o papel da *mãe.*

— Se eu sinto sua falta? — repetiu Celeste. — Emocionalmente, sim. Racionalmente, não. Sinto-me aliviada por ter conseguido mandá-la para lá, e que alguém esteja agora dividindo a responsabilidade comigo.

— Quem? — inquiriu Emily, ávida por ser tranqüilizada. Tremia só de pensar na filha sozinha em Boston.

— Todos. A faculdade, os professores. *Ela mesma.* Ela é responsável por sua vida agora. Finalmente.

— Acha que ela vai ficar bem? — perguntou Kay, com bons motivos. Das três moças, Dawn era a mais esperta, mas também a mais impulsiva. Mais de uma vez, Jill e Marilee a impediram de fazer coisas das quais se arrependeria mais tarde.

Emily esperava que ela encontrasse novas amigas que também a protegessem. Nesse aspecto, preocupava-se também com Jill, que era eminentemente sensível. Tinha facilidade em fazer amizades. Na pressa de se enturmar com um grupo, poderia cometer algum erro. Pelo que Emily sabia, as moças daquele andar, que se mostraram tão simpáticas, estariam apenas esperando os pais partirem para pôr as mangas de fora. Pelo que sabia, iriam se embebedar todas as noites, cortar os cabelos bem curtos e cheirar cocaína. Os rapazes seriam bonitos e educados, porém completamente devassos. Pelo que sabia, os *serial killers* costumavam atacar as lanchonetes.

Celeste não parecia preocupada.

— Dawn vai ficar bem. Sabe o que eu espero dela. Deus sabe que eu a preveni contra tudo. Na verdade, o pai dela agora é quem está criando problema. Não é engraçado? Depois de todos esses anos, ele finalmente resolve dar o ar da graça. Ela herdou a inteligência dele, e agora ele está pagando a conta. Não sabia o que lhe custaria, quando concordou em pagar a faculdade na pressa de se ver livre de mim.

— Nenhum de nós sabia — observou Emily. — É duro.

Celeste a fitou de um jeito estranho.

— Os negócios de Doug estão indo bem.

— Isso não significa que seja fácil para ele arcar com as despesas da faculdade.

— Mas ele é um profissional liberal. Negocia suas idéias e tem seu próprio escritório. Não tem ninguém mandando nele.

— Mas tem enormes despesas de viagem.

Celeste permaneceu cética.

— Olhando para ele, qualquer um diria que está podre de rico. Da última vez que o vi, parecia ter saído de uma revista.

— Ele tem um fraco por roupas — confessou Emily. — Roupas e carros. Mas não gosta de jogar e não volta para casa com o colarinho manchado de batom.

— Ele não volta para casa, isso sim.

— Claro que volta. Está em casa quase todos os fins de semana.

— Virá com mais freqüência, agora que você está sozinha? — indagou Kay.

— Como poderia, com as contas de Jill? Terá de trabalhar mais do que nunca.

Celeste soltou um gemido.

— Isso não a deixa magoada? Pelo menos eu recebo um cheque no final do mês para aquecer minhas mãos frias.

Sim, aquilo a deixava magoada. Ela e Doug haviam sido inseparáveis, anos atrás. Mas não podia viver no passado.

— Não é tão ruim assim — disse. Bocejou e espreguiçou-se, então pousou os cotovelos sobre a mesa e sorriu. — Tenho o banheiro só para mim. Além disso, as coisas serão diferentes sem Jill. Pela primeira vez em anos, os fins de semana serão somente nossos. Ficaremos juntos e nos *divertiremos*, só nós dois, como nos velhos tempos. — A perspectiva a encheu de esperança.

Kay suspirou.

— Estou com inveja. John não entende nada de diversão.

— John é maravilhoso — contestou Emily.

— É um policial. A vida para ele é uma eterna investigação.

— É um homem decente, íntegro e honesto.

— Ah, claro — concordou Kay. — Mas se preocupa demais. Enxerga coisas que não existem. Por que acha que me dedico tanto ao trabalho? Se desse ouvidos à metade do que ele diz, eu seria uma completa inútil. Não tenho mais Marilee para me distrair. Morreria se não fosse meu trabalho. — Virou-se para Emily. — Você precisa de um.

— Doug não quer que eu trabalhe.

— Se ele nunca está em casa, que diferença isso faz? — indagou Celeste. — Se ele não está por perto, pode fazer o que quiser.

— Mas eu respeito seus sentimentos. Já discutimos o assunto. Sugeri isso, mas ele não aceitou. É uma questão de orgulho.

— Orgulho? Hah! Ele se sente ameaçado.

Emily riu.

— Claro que não.

— Tem medo de você se sair bem e ofuscá-lo. Foi o que aconteceu com o livro.

— Não foi, não. Fiz aquele livro como um favor para John. Não foi minha intenção fazer algo grandioso.

— Você escreveu um livro — argumentou Celeste — e ele foi publicado. Foi um feito e tanto.

Mas Emily via a coisa por outro prisma.

— Eu apenas o escrevi, não o assinei. Sam e Donnie fizeram todo o trabalho policial e me contaram sua história. Tudo o que fiz foi anotar suas palavras e arrumá-las no texto.

Kay começou a falar, parou assim que a comida chegou e recomeçou no instante em que a garçonete se foi.

— Você fez muito mais, Emily. John sabe disso, Sam e Donnie sabem disso, e garanto que Doug também sabe disso. Você ouviu as idéias de Sam e Donnie, entrevistou pessoas e conferiu os fatos, para então juntar tudo e pôr no papel. Foi a única que sentou diante daquela máquina de escrever, noite após noite, depois que Jill ia para a cama. Sempre me incomodou o fato de seu nome não constar na capa.

— Não precisava do meu nome na capa — protestou Emily, rindo novamente. Pegou a colher. — Eu estava lá dentro. Isso bastava.

Celeste a encarou.

— Se fosse comigo, eu teria exigido minha parte.

— Mas o trabalho significou algo para mim. Não o fiz pelo dinheiro nem para ser aclamada. Acredite, fiquei muito satisfeita com a menção que recebi. Nunca aspirei a estar sob os refletores.

— Pode não ter aspirado — contestou Celeste — mas eu sim. — Alcançou um bolinho e o segurou delicadamente, embora não fosse uma mulher delicada. Era alta e magra, possuía um olhar direto e uma boca confiada. Raramente usava maquiagem, não se incomodava em fazer mais do que uma trança no cabelo e fazia tão pouca questão de atrair os homens, que eles se sentiam invariavelmente atraídos. Enquanto Kay preferia blusas e saias e Emily túnicas e *leggings*, Celeste sentia-se mais à vontade usando jeans e uma simples camiseta branca. — Senhoras — declarou ela — chegou a minha vez.

Emily e Kay se entreolharam intrigadas.

— Sua vez de quê?

Celeste deixou de lado o bolinho.

— De viver. Sem Dawn para me censurar, estou com energia de sobra.

— Mas ela *acabou* de partir — disse Kay, como Celeste dissera pouco antes, porém a amiga a ignorou.

— Estive repensando minha vida, de verdade. Virei-a do avesso e analisei cada pedacinho dela. Tenho acordado com o sol, numa casa de pedras vazia, imaginando o que quero fazer daqui por diante. Para começar, vou fazer uma plástica no nariz.

O queixo de Kay caiu.

— Está brincando.

— Mas *por quê?* — quis saber Emily.

— Olhe para ele. É horroroso.

— Mas sempre teve esse nariz. É parte de você.

— Era. A partir de quinta-feira, estará mais afilado e moldado, junto com isto aqui.

Emily não entendeu o que ela havia apontado.

— Isso o quê?

— Meu queixo duplo.

— Não vejo queixo duplo algum. — Virou-se para Kay. — Você vê?

— Não. Você está maluca, Celeste.

Mas Celeste parecia irredutível.

— Eu vejo um queixo duplo e um nariz horroroso. O fato de vocês não acharem o mesmo é irrelevante. Sou a única que importa. É a minha imagem que está em jogo.

Emily não podia contestar tal argumento. Ainda.

— Você não precisa de nada disso, Celeste.

— Mas eu quero. E quando o inchaço ceder e os pontos caírem, vou fazer reflexos nos cabelos.

— Prateados como os meus? — pilheriou Kay, embora fosse difícil para Emily enxergar os reflexos prateados nos cabelos ruivos de Kay.

— Dourados — anunciou Celeste. — Vou pintar de castanho-claro e fazer reflexos dourados. O louro remoça. Isso não vale para você, Emily. Você aparenta ter dezesseis anos até hoje.

Os cabelos negros de Emily eram grossos e brilhosos, cortados um centímetro abaixo do lóbulo das orelhas. Bastavam dois minutos de secador para as pontas se curvarem para dentro. Ela os usava desse jeito desde que tinha, bem, dezesseis anos.

— E depois de mudar a cor dos cabelos — continuou Celeste — vou comprar roupas novas.

— Jeans?

— Só se tiverem botões dourados e mesmo assim se encontrar uma jaqueta que combine com eles, que abotoe até aqui. — Apontou para um ponto abaixo dos seios e então acrescentou a meia voz: — Ou desabotoe, tanto faz.

— Essa não é você — opinou Kay.

— Por que não? Por que não posso mudar?

— Por que iria querer mudar?

— Porque estou *enjoada* de mim mesma.

Emily estava desconfiada.

— Qual o objetivo disso tudo?

Celeste sorriu.

— Homens. Quero sair, ter encontros amorosos.

— Celeste — veio a censura de Kay —, você já tem encontros.

— Eu apenas vou ao cinema com meus amigos, que por acaso são homens. Não chamaria isso de encontros.

Emily foi mais indulgente.

— Se não foram encontros, como serão os de agora?

— Para começar, serão românticos. Vou colocar um anúncio no jornal.

— Essa não.

— Celeste!

— Vou, sim. Quero vinho, rosas, música, poesia. E sexo.

— Não é saudável — alertou Emily. — As coisas mudaram muito nos últimos anos.

— A necessidade física, não. A minha está se contendo há dezessete anos. Mais um pouco e ficarei velha demais para tomar qualquer atitude. Desse jeito, é agora ou nunca.

— Está procurando um *marido*? — inquiriu Emily, sem poder acreditar no que ouvia.

Celeste fez uma careta.

— Está brincando? E liberar Jackson de pagar a pensão? De jeito algum. Quero me divertir. Só isso.

Kay pôs uma fatia fina de *bacon* na boca. Emily empurrou uma amora para o canto do prato com a colher.

— Vocês desaprovam meu comportamento — concluiu Celeste.

Emily largou a colher.

— Colocar um anúncio no jornal é perigoso. Não sabe quem irá procurá-la. Um anúncio é um convite para homens loucos vitimarem mulheres sozinhas.

— E se eu colocar um anúncio numa publicação bem-conceituada, como o jornal dos alunos de Harvard, por exemplo.

— Você não foi para Harvard.

— E daí?

— E daí que alguém que responda pode também nunca ter estudado lá.

— Ora, Emily. Existem mil maneiras de se livrar dos indesejáveis. Já pesquisei sobre isso. Acredite. De qualquer forma — disse ela, presunçosa — se *vocês* me ajudarem a me livrar deles, não vou errar.

— Nossa! — exclamou Kay. — Sabe o que John diria se a ouvisse falando assim? Sabe o que ele diria se achasse que eu a estava ajudando?

Emily assentiu.

— Sinto-me constrangida só de pensar.

— Isso porque você é casada. Se fosse solteira como eu há tantos anos, estaria excitada. Ora, vamos, vocês duas. Tenho sido boazinha. Há anos que espero conhecer um pé-de-valsa, e como ele não apareceu, resolvi guiar a pick-up da igreja nas noites de sábado. Dawn foi para a faculdade, então não serei um mau exemplo para ela.

— Mas e o *anúncio*?

— Bem, olhe, quais são minhas alternativas? Vocês conhecem esta cidade tão bem quanto eu. Não existe nenhum pretendente qualificado, pelo menos nenhum espirituoso, e eu quero *humor.*

— John contratou um novo policial — lembrou-se Kay. — Acabou de chegar na cidade.

— Não me interessa. Nossos uniformes cheiram mal. Agora, se nossos rapazes usassem culotes e capacetes e andassem de motocicleta como os vigilantes rodoviários...

— Esse cara não vai usar uniforme. É um detetive. De Manhattan.

Emily não ouvira falar que um novo homem integrara a força policial.

— Um detetive? Está aqui em missão especial?

— Não. Perdemos um dos nossos para o FBI. John fará apenas uma substituição.

— De Manhattan? — indagou Celeste. — É solteiro?

— Uhm-hum.

— Quantos anos?

— Uns quarenta.

— O que há de errado com ele?

Kay riu.

— Como assim, o que há de errado com ele?

— Se ele ainda é solteiro aos quarenta...

— Quem você acha que seu anúncio irá atrair? — inquiriu Emily, ainda perplexa com a idéia, porém Celeste aguardava a resposta de Kay.

— Se ele ainda é solteiro aos quarenta e está trocando Nova York por uma cidade como esta, deve haver algo de errado com ele. Deve ter sido suspenso por má conduta. Ou foi exonerado. A última coisa que preciso é de um derrotado.

— Ele não é um derrotado — insistiu Kay. — John disse que ele está no auge da carreira.

— Então por que deixou Nova York?

— Porque a esposa foi atropelada e morreu, e ele ficou sozinho com a filha pequena e acha que não conseguirá criá-la numa cidade como Nova York.

— Que horror — disse Emily, imaginando o triste destino do homem. — Quantos anos tem a criança?

— Menos de dois.

— Que *tristeza.*

— Essa não — disse Celeste. — Acabei de conquistar minha liberdade. Ficaria louca se me envolvesse com um homem com uma filha.

Emily perdeu a calma.

— Se ele acabou de perder a mulher e mudou de emprego e de cidade pelo bem da filha, duvido muito que quisesse se envolver com você também.

— Nossa, obrigada.

Suspirou.

— Sabe o que quero dizer, Celeste. De qualquer forma, você tem razão. Ele não está preocupado com liberdade, como você. Ponto para ele. Você me tira do sério.

— Tudo bem — respondeu. — A cirurgia está marcada para quinta. Vocês irão me visitar?

— Na próxima quinta voltarei ao trabalho — disse Kay. — Terá de ser depois da escola.

— E você, rainha do ócio? — perguntou Celeste a Emily.

Emily sorriu.

— Rainha do ócio? Que engraçado.

— E então, vai?

— Vou tentar. Tenho algumas coisas para fazer em casa que estive adiando para depois da partida de Jill.

— É melhor não tocar nas coisas dela — aconselhou Kay.

— Eu não ousaria. Ela foi bem clara quanto a isso.

— E está certa. Dizem os livros que os filhos precisam ter seu espaço preservado.

— Mas seria apenas o armário. Está uma *bagunça.*

— Não importa. Quando ela voltar para casa nas férias, tudo deverá estar exatamente como deixou.

Emily suspirou.

— Certo. Não vou tocar em nada dela, mas há outras coisas para arrumar. O porão, por exemplo. E quero redecorar os banheiros.

— Deixe Doug se ocupar disso — sugeriu Celeste.

— Quando? Sou a única que tem tempo.

— Acho que deveria escrever outro livro — decidiu Kay. — Sua editora ainda lhe telefona?

— De vez em quando, mas apenas para conversar. Ficamos amigas.

— Eu li o cartão que ela mandou junto com a garrafa de champanhe. Adorou trabalhar com você. Nem precisava dizer.

— Está bem, nós duas nos demos bem, mas isso não significa que ela queira que eu escreva outro livro, e mesmo se quisesse, sobre o que eu escreveria?

— Abra os jornais — sugeriu Celeste. — Escolha um crime.

— Uma história verídica faria sucesso — acrescentou Kay.

Mas Emily meneou a cabeça. Não era apenas o orgulho de Doug que a afastava do trabalho.

— Realmente quero ajeitar a casa. E quando tiver terminado, vou mobiliar o apartamento em cima da garagem. — Ficaria meses ocupada.

— Vai alugar mesmo aquele lugar? — quis saber Celeste.

— O espaço está ocioso.

— E porque quer atrair estranhos para sua vida.

— Poderemos usar o dinheiro.

— Pelo amor de Deus, Emily, você não é indigente.

— A mensalidade da faculdade de Jill está deixando Doug doente.

— E ainda assim ele não a deixa trabalhar? — perguntou Kay. — Não o entendo.

— Ele sabia que esse dia ia chegar — contestou Celeste. — Deveria ter economizado para pagar a faculdade da filha.

— E como poderia fazê-lo? — indagou Emily. — Toda a sua renda sempre esteve comprometida com nossos gastos. — Era hábito defender o marido, embora aquilo também a chateasse. Viviam de modo frugal. Seu negócio havia crescido solidamente. Não entendia a razão de viverem com o cinto tão apertado.

Mas se o dinheiro estava escasso, tudo bem. Suspirou. — É só um quarto em cima da garagem. Não será tão ruim. — Com um sorriso acanhado, encolheu os ombros e acrescentou: — Na verdade, será até bom. Para combater o silêncio. Certo?

Três

Era um silêncio repleto de vozes que ela não conseguia distinguir; uma estranha quietude que nem mesmo as suaves notas jazzísticas do saxofone, que saíam do aparelho de som do escritório, conseguiam abafar. Ela aumentou o volume e ouviu, encostada na porta, os braços cruzados. Fechou os olhos e deixou que o compasso da música a levasse dali.

Mas não por muito tempo, nunca por muito tempo. Era ali que ela precisava estar.

Desencostou o corpo da parede e pôs-se a perambular pela casa, de um cômodo ao outro. Havia falado ao telefone com Jill, que estava de saída para um jantar com as amigas e parecia excitada, e com Doug, que estava a caminho de uma reunião e parecia apressado. Esquentara o ensopado de carne que Myra preparara. Assistira ao jornal da noite. Dobrara os lençóis lavados de Jill — havia um limite na regra "deixe-o-quarto-dela-em-paz" — e os colocara de volta na cama.

Depois de afofar os travesseiros na cabeceira da cama, permaneceu ali por um instante segurando o Gato. Seu pêlo estava emaranhado, seus bigodes, escassos, o rabo, esfrangalhado, e faltava-lhe um dos olhos. Lembrou-se de ter lido *O Coelho Aveludado* dezenas de vezes, com Jill sentada em seu colo e o Gato no colo de Jill. Não havia dúvida que o Gato era tão adorado quanto aquele coelho.

Era surpreendente que ela o tivesse deixado em casa. Os filhos costumavam levar seus bichos de pelúcia preferidos para a faculdade. A própria colega de quarto de Jill — "ela é tão legal, mãe" — não levou dois? Mas se Jill queria ter seu espaço em casa preservado, não havia melhor guardião do que o Gato. Assim sendo, Emily o recolocou gentilmente sobre os travesseiros, certificando-se de que seu corpo andrajoso estava devidamente apoiado.

Tomou o corredor, passou por uma porta fechada, pelo banheiro e pelo quarto que dividia com Doug, até alcançar a escada. A passadeira estava gasta. Lembrou-se de quando o tapete era novo. A lembrança a fez sentir-se velha, o que era um absurdo, uma vez que completara apenas quarenta anos. Não obstante, o fato de sua filha não estar mais em casa significava que ela estava, teoricamente, semi-aposentada.

Desanimada, mergulhou no sofá da sala de estar. A sala também estava velha, embora não valesse a pena reformá-la. Ela e Doug raramente recebiam visitas. Ele nunca estava em casa.

Suspirou ao olhar o consolo da lareira. Algumas das muitas fotos que ali estavam a fizeram lembrar do passado, e as lembranças lhe fizeram companhia durante algum tempo. Então se dissiparam, deixando-a só novamente.

Pensou em tomar um banho. Quando Jill era pequena, Emily quase nunca tinha tempo para si. Ou poderia ler um livro. Havia uma pilha deles sobre a mesa-de-cabeceira, pelo menos quatro bons para escolher.

As janelas estavam escancaradas, a fim de que se pudesse ouvir o cricrilar dos grilos e o ruído do lago na noite fresca do fim de agosto. Mais cedo, havia sido o zumbido do aparador de grama, e o cheiro da relva recém-cortada ainda pairava no ar úmido.

Sentada em meio à escuridão da noite tranqüila, sentiu como se sua vida subitamente houvesse parado. Em uma rápida sucessão de eventos, havia sido filha, aluna, esposa e mãe.

E o que ela era agora? Uma esposa sem marido? Uma mãe sem filha?

Levantou-se do sofá, esfregou as palmas úmidas das mãos e

espiou pela janela. Tentou enxergar alguém na rua, mas a noite encontrava-se densa demais para ver qualquer coisa. Assim, ajeitou a camiseta sob o macacão, que pendia frouxo em seus ombros, calçou um par de chinelos e desapareceu pela porta.

A rua estava em silêncio. Do portão da frente, Emily observou a seqüência de cercas elegantes. Não havia dois segmentos exatamente parecidos em estilo, altura ou estado de conservação, mas se uniam para formar uma trilha fantasmagórica que se destacava em meio ao inerte ar noturno.

Iniciou a descida da rua, deixando para trás a casa de Myra e a luz que brilhava da janela do segundo andar, a dos Wilson, dos LeJeune e dos Hinkley. Enquanto caminhava, estudou as sombras — dos jardins frontais, laterais, por entre os bosques — mas nada se movia. A quietude imperava absoluta.

Ao fim da rua China Pond, ela dobrou à direita na Walker, à esquerda na Sycamore até chegar à LaGrange, onde, na altura do muro alto de pedra da propriedade Berlo, dobrou novamente à direita. Uma bruma leve havia começado a descer, mas seus pés conheciam o caminho e não iriam parar. Seus olhos corriam pelas elegantes construções vitorianas por que passava. Iniciou a contagem regressiva de sempre — oito, sete, seis, cinco — até passar pela última casa e alcançar a esquina.

À direita, na quadra seguinte, ficava o enorme prédio do corpo de bombeiros e junto a ele, feito uma arma no coldre, o da delegacia de polícia. Passou por ambos e por mais duas quadras de lojas. No meio-fio, com o coração acelerado, ela parou.

O correio ficava mais adiante, um belo prédio de tijolos aparentes que reluzia na bruma, com um estacionamento tão amplo e aberto que parecia convidar os fregueses a entrar, e além do correio e da quadra de lojas usadas por todos e considerada terra de ninguém, ficava o campus da faculdade de Grannick.

Vá embora, disse sua voz interior, mas seus pés não lhe obedeceram. Manteve-se absorta ante a visão dos alunos que, mesmo na bruma, saíam do campus a fim de tomarem um *cappucino* ou comerem uma pizza.

Aflita, virou-se e, a passo acelerado, iniciou a marcha de volta exatamente por onde viera. Distraiu-se contando as lojas e as quadras por que passava. Estava quase alcançando a delegacia de polícia, quando uma radiopatrulha aproximou-se por trás e parou a seu lado. Ela diminuiu o passo e então, com um ligeiro suspiro ofegante, parou.

— Olá, querida — veio a voz gentil da janela do motorista.

— Olá, John.

— Dando um passeio?

Ela enfiou as mãos por trás do peitilho do macacão, passou os olhos pela rua e encolheu os ombros. — Acho que sim.

— Começou a chuviscar — disse ele no mesmo tom gentil, ele que era mais amigo do que policial, mais pai do que amigo. — Suba. Levarei você para casa.

Enxugando as lágrimas dos olhos, ela deu a volta no carro e sentou-se no banco da frente. Quando já estavam a caminho, disse:

— Minha casa estava silenciosa demais. Saí para refletir um pouco.

Ele guiou lentamente pela rua. Os limpadores funcionavam intermitentemente, deixando um borrão antes de mostrar a realidade.

— É duro ficar sem as meninas — disse ele.

— Hummm. Os dias que antecederam sua partida passaram tão depressa. Agora, não há mais nada.

— Onde está Doug?

— Chicago.

— Quando vai voltar?

— Quinta à noite. — A radiopatrulha dobrou à esquerda na LaGrange, passou pela propriedade Berlo e pela Sycamore. John estudava a rua adiante. Emily o estudava. Não estava de uniforme. — Por que está na rua tão tarde? — indagou ela. Geralmente ele trabalhava de dia, deixando as rondas noturnas para seus auxiliares. — Alguma coisa errada?

— Não.

— Tem certeza?

— Estou sem sono. Minha casa também estava silenciosa demais.

— O que Kay está fazendo?

— Lendo.

Emily sorriu, afetuosa.

— Não devia ter perguntado.

John fez a curva na Walker e continuou a guiar em uma marcha exemplar.

— Ela gosta de ler. Diz que é importante. Para a escola.

Kay era uma profissional de sucesso. Não era isso exatamente que Emily invejava. Era algo que a fazia ter uma vida completamente diferente da sua. — Ela é muito boa no que faz.

— Ahn. — Ele virou à esquerda na China Pond e continuou até chegar à casa no fim da rua.

Percebendo que estava em casa de novo, Emily disse:

— Obrigada, John. Fico feliz de não ter precisado caminhar tudo de volta.

— Teria se molhado.

— Provavelmente.

— Pense nisso da próxima vez. Melhor ainda, ligue para a gente. Iremos ao seu encontro.

— Não, se Kay estiver lendo.

— Nesse caso, irei eu.

— Realmente estou bem — insistiu. — Não quero que se preocupem comigo.

— Se não for com você, então com quem nos preocuparemos, agora que Marilee se foi?

Emily abriu a boca a fim de argumentar, mas as palavras não saíram. Na verdade, estimava a cautela que ele tinha para com ela.

Inclinando-se por sobre o banco, ela deu-lhe um beijo na face. Então desceu do carro, fechou a porta e, sob a garoa, correu até a porta de casa.

* * *

Kay ligou logo cedo na terça-feira.

— John me falou que lhe deu uma carona ontem à noite. Está tudo bem?

— Tudo bem. — respondeu Emily. Era um novo dia. Sentia-se melhor.

— Quer que eu vá até aí?

— Não é preciso. Senti-me um pouco sozinha, mas já estou melhor.

— Quando Doug voltará para casa?

— Quinta-feira à noite. Quero preparar uma sobremesa.

— Torta de morango?

— Como adivinhou?

— Que eu saiba, é a única que você faz. E Doug adora. Olhe, preciso fazer umas compras antes que as aulas recomecem. Por que não prepara sua torta e vem comigo? Podemos almoçar juntas.

— Acho melhor ficar em casa, no caso de Jill telefonar.

— Ela disse que ligaria?

— Não, mas eu não gostaria que a secretária eletrônica atendesse, e ela achasse que estou batendo perna por aí agora que ela não está aqui. Quero que saiba que estou aqui caso precise de mim.

Kay fez silêncio por um instante antes de dizer em tom sereno:

— Não faça isso com você, Emily. Jill vai adorar a faculdade.

Emily agarrou a gola da enorme camiseta que usava.

— Espero que sim. Mas me preocupo.

— Eu também. Mais com você do que com as meninas. Você precisa sair um pouco de casa.

— Estou bem. Mesmo.

— Bem. Não entre em pânico se avistar um carro de polícia estacionar aí em frente. John pode querer parar.

— Ah, Kay. Ele não precisa. Estou *bem*.

— Você sabe como ele é. Vai querer se certificar. Você é sua mais nova preocupação, agora que Marilee não está mais em casa. Está um tanto perdido sem ela. Não tem quem esperar à noite e está me deixando louca, andando de um lado para o outro.

Emily captou um movimento pela janela da cozinha.

— Lá está ele, acabou de virar na entrada da garagem. Na radiopatrulha. Em plena luz do dia. Como ele pode fazer isso *comigo*? Myra sairá em dois segundos para saber o que está acontecendo. Ela vê *tudo.*

— Isso é bom.

Sim e não, pensou Emily. Na maioria das vezes, sim, quando Doug estava viajando. Assim como John a vigiava à noite, Myra fazia o mesmo de dia. Ficaria estarrecida quando visse o carro da polícia.

— Ligo para você mais tarde — disse ela a Kay e desligou o telefone. Abriu a porta de tela e deparou-se com John subindo os degraus. — Estava justamente falando com sua mulher ao telefone. Estou bem. Vocês dois estão preocupados à toa.

— Ótimo. Mas não foi por isso que vim. Foi sobre o apartamento em cima da garagem. Está mesmo pensando em alugá-lo?

Emily franziu o cenho.

— Ainda não. Por enquanto. Por quê?

— Acho que tenho um inquilino para você. Ele tem procurado por toda parte e não consegue encontrar nada que lhe agrade.

— E não vai gostar daqui também. O lugar só deve ficar pronto daqui a alguns meses.

— Podemos vê-lo?

— *Podemos?* — Olhou para a radiopatrulha. Havia um homem sentado no banco traseiro do automóvel, atrás da grade destinada a coibir criminosos perigosos. — John — gritou ela —, quem foi que você *trouxe*?

— É um bom rapaz, Emily. Você sabe que eu só traria o melhor. Venha conhecê-lo. — Tomou-a pelo braço e a guiou para fora.

— Não posso. Estou aguardando um telefonema de Jill.

Mas ele continuou a guiá-la.

— Só vai levar um minuto.

— Se eu não escutar o telefone...

— Também ficarei atento.

— Não estou nem de sapatos.

— Você nunca está.

— Mas isso é completamente prematuro. Há muita coisa a ser feita lá em cima. Ainda não estou à procura de inquilinos. Na verdade, não queria inquilino algum. É Doug quem quer alugar.

— Emily — murmurou John, enquanto o homem saía do carro e se punha de pé —, ignore sua barba. Ele disse que não tem tido tempo de se barbear e por isso a está deixando crescer. Isso deve mudar assim que ele organizar sua vida. Emily Arkin, Brian Stasek. Brian está ingressando na força policial. Detetive.

O novo detetive de Nova York. Emily tentou se lembrar do que mais Kay dissera a seu respeito, mas tudo que conseguiu pensar era que ele não parecia um detetive. Parecia exausto e um tanto desgrenhado. Sua aparência era ainda um tanto reles, graças à barba por fazer, à camisa amarrotada e ao jeans desbotado. Mas se John confiava nele o bastante para contratá-lo, Emily supôs que devia ser uma boa pessoa. E certamente possuía um incrível par de olhos.

— Prazer em conhecê-la — disse ele num tom civilizado.

— Igualmente, mas creio que John deveria ter me ligado antes de trazê-lo aqui. O lugar que eu tenho ainda não está pronto.

— Vamos dar uma olhada — sugeriu John.

— Mas se ele precisa de algo para já...

— Os outros lugares que ele viu são verdadeiros buracos.

— Acredite: este está pior.

— Posso dar uma olhada? — indagou Brian gentilmente, e algo nele a fez ceder. Seu tom de voz era baixo, e ela imaginou que ele não teria forças para erguê-lo. E havia os olhos. Eram de um azul muito pálido, com salpicos cor de prata e fragmentos de mero desespero.

Compadecida, disse:

— Tenho de avisá-lo que o lugar está precisando de reforma.

Ele correu a mão pelo cabelo louro-escuro e escasso no alto, embora não sem atrativo.

— A esta altura — suspirou ele — estou em busca de algo que possua potencial. Nada do que vi chegou perto disso.

Um ruído veio de dentro da radiopatrulha. Lamentando-se, ele enfiou a cabeça dentro do carro. Dessa vez, quando emergiu de lá, segurava uma criança.

Quarenta e poucos anos, Emily lembrou-se. Viúvo. Filha pequena.

Respirou fundo ao ver a criança, bastante pequena e tão desgrenhada quanto o pai. O coração de Emily encheu-se de ternura por ambos, mas foi pelo bebê que se sentiu mais atraída. Era uma linda menininha, apesar de desgrenhada, de pele clarinha, feições delicadas e cachinhos castanhos descabelados, tão iguais aos de Jill naquela idade, que Emily sentiu uma pontada de saudade.

— Qual é o nome dela? — indagou, aproximando-se.

— Julia. Julia, diga olá para Emily.

Julia mordia o punho e encarava Emily com os mesmos olhos pálidos do pai — porém os dela não pareciam tão desesperados e sombrios.

Emily sorriu e tocou seu rostinho.

— Que carinha mais triste.

— Ela não está muito contente comigo.

— Ah, é? E o que você fez?

— Quero dizer, não está contente com a situação em geral. Ela quer a mãe, mas a mãe dela morreu.

— Ouvi dizer. Sinto muito. Deve estar sendo duro para você também.

— Não ficaria tão mal se arranjasse um lugar para ficar. — Suas pálidas contas azuis a paralisaram, liberando-a apenas para olhar a garagem.

Emily buscou a ajuda de John, mas a expressão dele era de benigna complacência. Estava claro que gostava de Brian. Estava claro que gostava da idéia de Brian morar sobre a garagem.

— O lugar está realmente horrível — avisou. — Não sei se você gostaria que sua filha morasse ali.

— Jill e Marilee costumavam brincar lá em cima — afirmou John.

Emily sacudiu a mão de Julia.

— Não nessa idade, e há uma diferença entre brincar e morar lá.

— Tem aquecedor? — perguntou Brian.

— Tem.

— Encanamento?

— Precário. Os canos estão todos lá, mas não há nenhum acessório a não ser no banheiro. Os antigos donos da casa estavam construindo um apartamento para o filho deles, quando resolveram se mudar. Não fizemos nenhuma melhoria desde então.

— Quantos cômodos?

— Um grande e um pequeno.

— Cozinha?

— Ao lado do cômodo maior. Mas não está terminada. Não há peças, utensílios ou armários. Dê uma olhada e verá. Está a anos-luz de ser habitável.

— Emily? — veio a voz do outro lado da rua. Myra corria a passos curtos em sua direção. — O que o carro de polícia faz aí? Aconteceu alguma coisa? Há algo errado? Por que o chefe Davies está aqui?

— Está tudo bem — assegurou-lhe Emily. — Estão aqui por causa da garagem.

Myra olhou apreensiva para Brian.

— O que tem a garagem? Há algum problema com ela?

— Quero dar uma olhada nela — respondeu Brian.

— Mas não há nada lá — respondeu Myra. — *Como* poderia haver? É um lugar danado de apertado. Seria preciso arrancar o piso para que coubesse qualquer coisa lá dentro.

Emily tocou seu ombro.

— Ele está querendo alugá-lo, Myra. É o mais novo funcionário do departamento de John.

— Um policial? — indagou Myra, animando-se. — Ah, que *bom*.

Nunca ocorrem crimes nas ruas em que eles moram. — Franziu a testa. — Mas o Frank não vai gostar disso.

Emily disse suavemente:

— Não precisa contar para ele.

— Não. Não vou contar. Vou?

Julia começou a choramingar.

Brian trocou-a de lado.

— Está impaciente. Seu tempo de concentração é limitado. Posso ver o apartamento agora?

Emily engoliu. Seu olhar era franco e direto. Falavam do seu cansaço, da sua necessidade de fixar-se em algum lugar sem saber onde, de desejarem alguma coisa sem saber o quê.

Emily conhecia aquela sensação.

— Myra — disse ela —, pode me fazer um enorme favor? Vá até a cozinha, sirva-se de uma xícara de chá e preste atenção ao telefone. Não quero perder a chance de falar com Jill.

— Mas não há nada na garagem para ser visto — protestou Myra.

Emily sorriu e a guiou até a porta.

— É o que estou tentando dizer a eles, mas preferem ver com seus próprios olhos. Pode esperar lá dentro enquanto eu os levo lá em cima?

— Se isso for lhe ajudar.

— Irá. Muito. — Esperou até que Myra entrasse, antes de acompanhar os dois homens à lateral da garagem. A porta se abria para um amplo lance de escada. — Para começar, precisamos de fechaduras novas. Estas não estão funcionando. — Descalça, avançou escada acima, pisando com cautela nos degraus ásperos de madeira. Brian a seguia com Julia choramingando em seu colo. John vinha por último.

No patamar, um segundo andar se abria para uma ampla sala. Genericamente falando, possuía piso de madeira, papel de parede e um teto abobadado. Mais precisamente, o assoalho estava arranhado e sujo, o papel listrado estava desbotado, o teto alto estava repleto de teias de aranha e o ambiente cheirava a bolor.

Na tentativa de minimizar os problemas, Emily abriu duas das janelas, estreitas demais para oferecer qualquer alívio, mas que emprestavam ao ambiente uma sensação de amplidão. Não que quisesse que Brian gostasse dali. Mas o lugar lhe pertencia, e ela tinha orgulho próprio. Ademais, guardava ternas lembranças dos tempos em que brincara ali com Jill, dos tempos em que Jill brincara ali com as amiguinhas. Antes, havia mesa e cadeiras infantis, um pequeno quadro-negro, uma estante de livros e um baú repleto de brinquedos. Posteriormente, tudo isso se foi para que Jill e suas amigas dormissem no chão, em sacos de dormir. O que restou dessas épocas foram vários relatos, escritos com canetas coloridas na parede, e manchas de ponche no soalho.

— Triste visão, não? — perguntou ela, limpando a poeira das mãos.

Julia choramingou com mais insistência, mas Brian apenas sorriu.

— Não há nada aqui que um pouco de trabalho não dê jeito.

— Um *pouco*. Isso é que é ser otimista.

— O tamanho é perfeito. — Começou a caminhar pela sala, afagando as costas de Julia.

Emily os observava. Mãos grandes, costas pequenas. Dedos longos e grossos que pareciam ser desajeitados com fraldas e alfinetes, mas que se moviam de maneira suave e gentil.

Imaginou se ele seria um bom ou mau policial, zeloso ou indolente, minucioso ou desligado. Imaginou que tipo de trabalho teria executado em Nova York e que tipo faria ali.

Quando ele pôs Julia no chão, ela disparou.

Parecia um bom homem. Mas Emily realmente não estava preparada para alugar o local. Endereçou um olhar de súplica na direção de John, e o pegou lendo os escritos na parede.

— Não há nada de mais aí — disse ela. — Apenas brincadeiras de adolescentes.

— "Sean Potts carrega uma porção de blusinhas no bolso traseiro" — John leu em voz alta.

— Bem, e você não, quando era do colegial?

— Não tínhamos um sortimento naquela época. Eu carregava apenas uma. Para mostrar aos outros.

— Agora eles andam com uma coleção. Para se mostrar.

— Isso não a preocupa?

— Isso me *apavora*. Não estou preparada para ter uma filha com vida sexual ativa. Porém menos ainda para ter uma com AIDS. — Virou-se e deparou com Brian estudando-a. Julia estava do outro lado da sala, com os dedinhos no parapeito da janela, tentando ficar na ponta dos pés para enxergar lá fora.

— Você não parece ter uma filha com idade de estar na faculdade — observou ele.

Ela supunha que não, com a enorme camiseta cobrindo tudo exceto a bainha puída do seu short, os pés descalços, a cara lavada e os cabelos cortados ao estilo dos dezesseis anos.

— Mas tenho. Fiz quarenta mês passado.

— Eu também. Mas olhe para mim. — Ele apontou o queixo para Julia, que caíra no chão e estava prestes a chorar. Suspirando, exaurido, levantou a menina.

— Passa rápido — disse Emily, quase tomando Julia de seus braços para abraçá-la. Os braços foram feitos para abraçar as crianças. Seus braços estavam vazios. — De qualquer forma — limpou a garganta — pode ver que o lugar tem muitos problemas. Com as peças de cozinha e banheiro e os móveis aqui dentro, não sobrará muito espaço. Ficará apertado e escuro. As janelas são pequenas demais.

— Mas a vista é boa — disse ele. — Dá diretamente para o bosque. Não precisarei de cortinas.

— Terei de mudar o papel de parede, limpar as janelas, repintar os rodapés, lixar e envernizar o piso, consertar a escada — pensar em tudo isso a deixou esbaforida —, e ainda há o problema das peças da cozinha e do banheiro. Levarão semanas para chegar.

— Nããão. Acharemos uma firma que entregue bem rápido. — Ele foi em sua direção e passou por ela, rumo ao segundo cômodo sobre a garagem.

Emily o seguiu.

— Pequeno, não é? Não tem espaço para uma cama e um berço.

— Apenas para o berço. Posso usar um sofá-cama na sala. Este quarto é perfeito para ela. — Ergueu Julia em seus braços. — O que acha, queridinha?

Julia se pôs a chorar. Ele a abraçou mais forte, em vão.

— Sinto muito — disse ele a Emily por sobre a cabeça do bebê. — Ela não é sempre assim. — Fixou o olhar na parede. — Errado, Bri. Ela *é* sempre assim. É mais fácil fazer um delator entregar a própria mãe do que arrancar um sorriso desta criança. Só um.

Emily afagou a cabeça de Julia.

— Ela passou por um trauma.

— Você não sabe a metade da história. Ela estava lá quando aconteceu.

— Quando sua mulher morreu?

— Gayle estava fazendo *cooper*, empurrando Julia num daqueles carrinhos especiais para corredores empurrarem os filhos. — Ele falava alto e rápido, acima dos soluços de Julia. — Havia corrido pelo parque e estava de volta às ruas. Achou que poderia atravessar no último minuto em que o sinal estava fechado. Não queria quebrar o ritmo, nunca queria, droga. Ela era sempre assim, determinada a vencer qualquer disputa, e venceu, até mesmo a última. Deu um empurrão no carrinho uma fração de segundo antes de ser atingida.

— Julia viu?

— Não, mas ouviu os ruídos dos freios, os gritos, as sirenes... xiii, querida, tudo bem. O papai está aqui.

O coração de Emily ficou ainda mais apertado pela menina. Pelo pai também. Sentiu o pânico em sua voz.

Desesperada para fazer alguma coisa, esticou os braços, tomou Julia do colo de Brian e aninhou-a no seu. O choro prosseguiu, mas ela parecia confortável. Ah, sim, os braços foram feitos para abraçar. Ajustavam-se de tal forma que nada feito pelo homem se comparava a eles.

— Quando foi que aconteceu? — indagou ela com doçura.

Brian parecia aliviado por poder descansar um instante.

— Faz quase cinco semanas. Minha mãe ficou com Julia no primeiro mês, então eu insisti para trazê-la comigo. Pensei que estava fazendo a coisa certa... Quer dizer, é o que todos esperam dos pais, que sejam capazes de cuidar dos filhos. Só que ninguém lhes ensina como fazê-lo.

— Ninguém ensina nada para as mães também.

— As mães nascem sabendo.

Ela lhe lançou um olhar hesitante.

— Não? Então como é que se arranjam?

— Tentativa e erro. Bom senso. Está certo, uma pitada de instinto. E muita sorte. — Espiou o que podia enxergar do rosto de Julia. O choro diminuíra. Ela sugava o polegar. — Ela está cansada. A que horas costuma dormir?

— A qualquer hora. Em qualquer lugar. Fica doida quando a deixo com uma babá e não a levo comigo... Estou tentando arranjar um pediatra e uma babá fixos. Na maior parte das vezes ela adormece no carro.

— Jill sempre precisou mais do que um programa. Tinha horários regulares. Dormia de manhã quando tinha esse tamanho, mas ficava com a babá à tarde. Adorava dormir. Após horas e horas de vigilância constante, eu também acabava adormecendo.

O choro de Julia transformara-se em soluços. Seus olhos estavam fechados.

— Ahhh — sussurrou Brian. — Paz.

Emily pensou a mesma coisa, mas por outras razões. Estava adorando embalar Julia, aconchegada em seus braços.

— Ela precisa ter seu próprio cantinho. Mas este lugar não é bom para ela.

— Mas gostei daqui. A rua é tranqüila...

— E tem um lago — advertiu Emily. — É a parte da constante vigilância. Mas você está precisando de um lugar para ficar agora. Esse aqui só ficará pronto daqui a meses.

— Eu poderia arrumá-lo em duas semanas — disse ele, dessa vez com o olhar firme e esperançoso. Confiante, contagiante.

Mas ela não queria um inquilino. Sim, Brian Stasek provavelmente seria um bom inquilino, *mas ela não queria um.* Doug sim. Disse que precisavam do dinheiro, que o lugar era ocioso. Disse ainda que reformar o apartamento valorizaria a casa.

Mas ela não queria um estranho tão próximo.

Ainda assim, Brian era um estranho comovente. Estava só e sofrendo. Era educado, articulado e bem empregado. E tinha Julia, cujas bochechinhas suadas tocavam seu braço como se fosse um sonho.

Mas não estava *preparada.*

— John, ele não vai poder trabalhar aqui, se está trabalhando para você.

John estava agachado e apertava os olhos contra a parede.

— "Beijos de língua são mais gostosos com Chunky Monkey." Que diabos é Chunky Monkey?

— Sorvete. Responda. Como Brian poderá trabalhar aqui, se está trabalhando para você?

— Ele só vai trabalhar para mim daqui a duas semanas.

Ela o fitou.

— Foi o que ele acabou de dizer. — Tornou a olhar para Brian. — Isso é uma conspiração.

Brian parecia mais calmo.

— Realmente gostei daqui.

— Mas é pequeno demais.

— Não para os meus móveis. Estão na traseira do meu jipe.

Ela mal podia acreditar.

— Está certo — admitiu ele —, talvez tenha de comprar algumas outras coisas básicas, mas deixei tudo para trás. Quanto mais simples, melhor. Quanto menos para usar, menos para limpar.

Emily olhava para Julia, que se aconchegara ainda mais em seus braços.

— Você não vai morar sozinho.

— Tecnicamente, não. Praticamente, vou. Tenho responsabilidades hoje que não tinha antes, por isso, quanto menos complexa for a minha vida, melhor. Honestamente. Esse lugar é perfeito. Não poderia dar conta de muita coisa. Quanto quer pelo aluguel?

Ela se virou para John em uma última tentativa de abrandar os ânimos, mas ele havia entrado no outro cômodo. Boquiaberta, tornou a fitar Brian. Fechou a boca. Encolheu os ombros.

— Não faço idéia.

— Emily — chamou John. — Myra está dizendo que Jill está no telefone.

Excitada, tomou fôlego e soltou o ar com um suspiro aliviado, e com um simples "Com licença", gentilmente transferiu Julia para os braços do pai e deixou o apartamento da garagem.

Jill parecia maravilhada. As moças do seu andar eram impressionantes; os calouros que moravam no andar de cima eram legais; os rapazes do último ano que as monitoravam eram incríveis. Havia se matriculado em seus cursos, contou a Emily quais eram e quando teriam início. Baixou o tom apenas quando perguntou como Emily estava indo.

— Estou ótima — respondeu, sincera. Sentia-se melhor agora do que antes. Não havia dúvida que tinha a ver com Julia.

Avistou John e Brian conversando na entrada da garagem. Brian era bem mais baixo do que o metro e noventa e cinco de John, mas algo nele fazia a diferença. Imaginou se seria seu jeito simples. Ou a barba por fazer. Ou o fato de ser de Manhattan e conhecer o mundo. Ou simplesmente seus olhos.

— A casa está vazia? — indagou Jill.

Decisão difícil, como responder honestamente sem aborrecê-la?

— Está. Mas tenho me mantido ocupada.

— Tem falado com o papai?

— Ontem à noite. Perguntou por você. Dei a ele seu número de telefone, mas ele vai estar ocupado nos próximos dias. — Era uma desculpa esfarrapada. Telefones públicos existiam em todo canto, principalmente em saguões de hotéis e aeroportos.

— Onde ele está agora? — perguntou Jill.

— Hoje, em Baltimore. Amanhã e terça-feira vai estar na Filadélfia.

— E de lá ele vai voltar para casa?

— Direto. Espero que os banheiros fiquem prontos até lá. Quero sair com ele neste fim de semana, fazer um piquenique ou simplesmente passear. Ligaremos para você quando ele estiver em casa.

— Sinto sua falta, mãe.

— Eu também, querida.

John e Brian continuavam na entrada da garagem quando ela desligou o telefone, mas o tempo que levara falando com Jill havia sido uma pausa para respirar. Quando juntou-se a eles novamente, sentia-se mais forte.

— O fato é que — disse ela a Brian, que agora usava óculos de sol, enquanto segurava Julia no colo — não tenho idéia do valor do aluguel. Terei de falar com meu marido. A decisão é dele.

— Quando vai saber?

— Ele viajou a negócios. Deve ligar hoje à noite.

— Deixarei um sinal com você.

— Não é preciso.

— Então posso voltar amanhã?

— Se quiser. — Se ela tinha que ter um inquilino, que fosse um detetive de polícia. — E você acha que o trabalho pode ser feito em duas semanas?

Embora os óculos escondessem seus olhos, sua voz foi firme.

— Claro. Julia e eu estaremos morando aí em menos tempo do que isso.

— De jeito algum.

— Estaremos sim — insistiu ele. — Farei o mais urgente no quarto menor e montarei seu berço para que ela possa dormir durante o dia. Com horários certos. De preferência à tarde. Pelo menos nos fins de semana. Talvez ela comece a gostar mais de mim.

— Tenho certeza que sim — disse Emily. — Mas e quanto a você?

— Dormirei no chão até comprar uma cama.

— Nem ao menos o banheiro pode ser usado. A banheira não foi instalada adequadamente. Não vão poder tomar banho.

John interveio.

— Um dos meus homens pode ajeitar isso num dia. — Quando ela lhe lançou um olhar incrédulo, ele disse: — Ora, droga, Doug quer alugar o apartamento, e Brian precisa de um lugar para morar, e eu prefiro que seja ele a morar aqui do que qualquer outro. Posso ajudá-la a trocar o papel de parede. Tem certeza de que foram nossas filhas que escreveram aquelas coisas? Sabendo que você iria ler?

— Era esse o objetivo — explicou Emily. — Que eu visse a extensão de sua rebeldia. Acho que nos saímos bem. — Fez uma pausa. — A menos que venha mais pela frente. Não — espantou o pensamento com uma autocensura —, nem pense nisso.

— É — assentiu John e, com um gesto, apressou Brian a entrar no carro. — Tenho de trabalhar.

Emily também. Se iria passar as duas próximas semanas trabalhando no apartamento com Brian, tinha uma torta para assar agora. Doug chegaria na quinta-feira à noite. Pela primeira vez em vinte anos teriam o fim de semana todo para eles. Queria que fosse perfeito.

Quatro

Emily assou a torta de morango predileta de Doug e um pão de nozes de que ele também gostava. Fritou vários quilos de frango e os congelou, imaginando que, se ela e Doug decidissem fazer um piquenique, seria perfeito levar um bocado. Por fim, preparou uma sopa de cenoura para seu próprio jantar.

Doug não era fã de sopa de cenoura. Não como quando eram recém-casados. Antes, gostava de tudo que era simples e saudável. Seus jantares consistiam basicamente em sopa e pão caseiro, saborosos e politicamente corretos. Afinal, era um agricultor que utilizava somente fertilizantes orgânicos.

Naquele tempo, ele e o sócio trabalhavam em um pedaço de terra do outro lado da cidade, e quando não estavam inventando algo inusitado, planejavam lucrar o suficiente para levarem uma vida confortável em Grannick. Foi então que o cultivo orgânico tornou-se popular, e a fazenda começou a prosperar. Compraram um terreno adjacente. Aumentaram a produção. Contrataram mais mão-de-obra. Doug montou um escritório, aposentou os jeans, as botas e os mocassins e mergulhou no mundo da administração e marketing. Começou a viajar. Conheceu empresários escolados. Mostrou aptidão para a coisa.

Mais tarde, vendeu sua parte na fazenda para o sócio, abriu sua própria firma de consultoria e colocou o pé na estrada.

E mantinha o pé na estrada até hoje.

Emily esperou seu telefonema, e nada. Várias amigas ligaram

para saber como ela estava indo sem a filha. Mas, aparentemente, Doug estava muito ocupado.

Era um homem brilhante, e seu sucesso não foi surpresa para ninguém. Imprimia a seus negócios a mesma percepção que o levara a comprar sua casa em uma época em que mal podiam arcar com as despesas, mas que mais tarde provou ser um excelente negócio. Agora, eles a tinham sem ônus algum.

Quisera Emily que ele houvesse usado a mesma percepção para planejar a educação de Jill.

Mas aquilo eram águas passadas, e só lhe veio à mente porque ela estava ociosa e ansiosa para que ele telefonasse. Preferia se ocupar de alguma tarefa. Não costumava pensar em coisas que iam além de seu controle.

Determinada a não repetir o fiasco da noite anterior, colocou John Coltrane no aparelho de som, virou os alto-falantes em direção ao banheiro do primeiro andar e começou a raspar o papel de parede. Era um pequeno lavabo. Duas noites de trabalho seriam suficientes, imaginou, e se a colocação do novo papel demorasse mais do que ela esperava, então trabalharia até tarde. Afinal, não tinha nada melhor a fazer.

Puxando a última tira, enfiou-a com as demais em um saco e levou tudo para fora, junto com o lixo. De volta, lixou alguns pontos ásperos na parede e os tapou com massa, sempre com um ouvido na música e outro no telefone.

Doug costumava ligar antes do jantar, uma vez que suas reuniões geralmente eram marcadas para a noite. Ocasionalmente, telefonava durante algum intervalo. Certas noites, simplesmente não ligava.

Emily temeu que ele não ligasse aquela noite. Mas precisava lhe falar. Assim, quando as nove horas chegaram sem que ele desse notícia, ela ligou para seu hotel.

A recepcionista informou que ele não estava lá, que nunca esteve e que nem mesmo fizera reserva.

Emily não entendeu. A última coisa que ele lhe dissera no domingo, antes de partir, foi: "Você sabe onde vou estar."

Ora, ela não sabia. E queria encontrá-lo. Aparentemente ele ficara em algum outro lugar. E ela não fazia idéia onde seria.

Voltou ao banheiro e trabalhou um pouco mais, porém, quanto mais pensava no assunto, mais perturbada ficava. Supondo que a recepcionista houvesse se enganado, tornou a ligar. Falou com outra pessoa dessa vez, mas o resultado foi o mesmo.

Na tentativa de descobrir em que hotel o marido estava, tentou ligar para o agente de viagens que reservava seus vôos, mas o escritório já estava fechado.

Na esperança de que ele houvesse deixado Baltimore e ido para a Filadélfia um dia antes, ligou para o hotel de lá, mas ele só estava sendo esperado para a noite do dia seguinte. Desligou, sentindo-se inquieta e solitária.

Segundos depois, tornou a pegar o telefone.

Kay estava recostada na espreguiçadeira da varanda cercada de tela, nos fundos da casa, e deliciava-se com uma biografia de Jenny Churchill e um copo de limonada, quando o telefone tocou no escritório. Pousou os óculos no alto da cabeça e escutou a voz retumbante de John. Como ele não a chamou de imediato, imaginou que a ligação fosse para ele.

Ainda assim, poderia ser Marilee, embora ela normalmente tentasse ligar quando o pai não estivesse. John era um pai rigoroso. Fazia perguntas de uma forma que sugeria que não estava obtendo a verdade.

Ora, diabos, às vezes não estava. Mas quando se tratava de Marilee, que confiava em Kay, o que ele não soubesse não iria magoá-lo.

— É a Emily — disse ele, passando-lhe o aparelho.

— Emily. Oi. O que há?

— Posso lhe confiar um segredo?

Kay ouvia preocupada.

— Claro. Vá em frente.

— Não disse nada a John. Você sabe como ele é. Mas não consigo achar Doug. Deveria estar em Baltimore há dois dias, mas o hotel não tem registro dele.

Kay se sentou.

— Deve estar em outro hotel.

— Faria isso sem me avisar? Não tenho como contatá-lo. E se houvesse uma emergência aqui? Se algo acontecesse a Jill, e eu precisasse falar com ele?

— Ligaria para outros hotéis. Ligaria para a polícia. Iria ao escritório dele e pegaria os números de telefone de seus clientes. Tenho certeza de que tudo não passa de um engano inocente.

Fez-se uma pausa do outro lado da linha.

— Deve ser. Mas é frustrante. A única vez que tento ligar para ele, não o encontro. Não foi muita consideração da parte dele.

Kay também pensava assim, mas ficou surpresa de ouvir Emily afirmar tal coisa. Normalmente defendia o marido até o fim.

— Ele viajou no domingo, exatamente quando Jill se aprontava para partir. Em meio à pressa e à emoção da despedida, deve ter se distraído. Quando foi a última vez que falou com ele?

— Ontem à noite. Mas tenho de falar com ele outra vez. John lhe contou que trouxe o novo detetive aqui para ver o apartamento da garagem?

— Vagamente. — A especialidade de John era formular perguntas, não respondê-las. De longe, preferia as investigações ao bate-papo inocente. As novidades que trazia eram contadas em breves sentenças.

— Bem, Brian Stasek quer alugar o lugar — dizia Emily — e eu preciso da aprovação de Doug.

— O que achou dele?

— Brian? Parece boa pessoa. A filha é adorável.

Kay sorriu.

— Acho que você se apaixonou pela menina.

— E por que não iria me apaixonar? A pobrezinha acabou de perder a mãe, e o pai está ligeiramente desnorteado. Até se ofereceu para ajudar a arrumar o apartamento, mas não posso mover uma palha antes de falar com Doug.

— Por que não?

— Porque a idéia foi dele.

— Parece-me que é você quem está fazendo o trabalho.

— Mas é ele quem paga as contas.

— E daí?

— E daí que ele tem de me dizer quanto vai querer pelo aluguel e quanto eu posso gastar na reforma. O dinheiro é dele.

— E seu também — argumentou Kay. — Você não recebeu nada todos esses anos por ter criado Jill e cozinhado para ele. Tem o direito de levar algum crédito pelo sucesso dele.

— Bem — ponderou Emily —, de nada adianta isso agora. O fato é que eu preciso falar com ele esta noite, mas não faço idéia de onde ele esteja.

— Dê-lhe um pouco mais de tempo. Talvez ele ligue.

— Se não ligar, vou procurá-lo. Você tem razão, posso encontrá-lo através de seus clientes. Mas ele pode se ofender.

— Acho que não. É provável que fique embaraçado por não ter lhe contado onde estava.

— Deve estar ocupado. Só isso.

— É um egocêntrico.

— Tem estado sob grande pressão.

Sentindo que Emily reagiria a cada acusação com uma desculpa, Kay ofereceu algumas últimas palavras de encorajamento antes de encerrar a ligação. Ficou surpresa ao perceber que John ainda estava parado à porta.

— Ela está bem? — indagou ele.

— Vai ficar. Doug não está onde disse que estaria. Provavelmente é um mal-entendido, mas é uma pena que isso tenha acontecido justo esta semana. Está sendo uma fase difícil para Emily.

— Onde ele deveria estar?

Kay lhe contou a história, respondendo brevemente às perguntas disparadas pelo marido, mas quando ele ameaçou fazer algumas ligações, ela protestou.

— Não, John. Por favor. Emily não iria gostar. Doug não está desaparecido, só não sabemos onde ele se meteu. — Abaixou a antena e entregou-lhe o telefone. — Brian Stasek dará um bom inquilino?

— Claro.

— Não que eles estejam precisando muito de um. Doug está ganhando muito bem. Se estivesse em dificuldades, deixaria Emily trabalhar.

— Será mais fácil para ela desse jeito. Quando o apartamento estiver pronto, vai poder descansar enquanto espera o dinheiro do aluguel.

— Ah, mas que interessante — zombou Kay. — Em vez de fazer algo que estimule a mente, ela poderá descansar e esperar o aluguel.

— Mostrou que ainda tem jeito com criança.

Kay teve um horrível pensamento.

— Não está planejando colocá-la como babá daquela menina, está?

— Isso a manteria ocupada. E ele lhe pagaria.

— Mas ela bancou a babá durante os últimos vinte anos. Já é tempo de mudar.

— Talvez ela não queira.

— Talvez queira, mas não tenha coragem de dizer.

Entreolharam-se, mas Kay não recuou. Era raro que o fizesse, quando o assunto girava em torno de mulheres e trabalho. Não que adiantasse muita coisa. John preferia que as mulheres permanecessem sãs e salvas em casa.

— De qualquer modo — prosseguiu ele, sem fazer concessão —, Brian vai cuidar dela. — Virou-se para sair. — Quando foi que Marilee telefonou pela última vez?

— Hoje à tarde.

— O que ela tem feito?

— Ido a festas — disse o demônio que havia em Kay.

— O que isso quer dizer?

— Quer dizer que está fazendo o que deveria fazer.

— Ela deveria estar estudando.

— As aulas ainda não começaram.

— Então por que ela foi para lá? Quanto tempo ainda vai durar esse período de adaptação? É só dar liberdade aos filhos numa cidade grande que eles já arrumam problemas. — Olhou através da tela. — Há uma excelente faculdade bem aqui na cidade.

— Ela não conseguiu as notas necessárias para prestar os exames, muito menos para ingressar.

— E a Universidade de Massachusetts? Por que não está lá?

— Porque metade de seu curso de pós-graduação será lá. Ela queria algo diferente.

— Mas precisava ir para tão *longe*?

— Fica só a uma hora de avião.

— A de Massachusetts não fica nem a uma hora de carro.

— E se ela estivesse lá, sabe o que você iria fazer? Passaria lá todas as noites para patrulhar o campus. Iria mantê-la sob vigilância. É o que faria, John.

Ele fechou a cara.

Ela suspirou. Ele não era mal-intencionado, apenas antiquado. Mais gentilmente, ela disse:

— É possível que ela tenha escolhido Washington para que você *não* pudesse vigiá-la. Ela cresceu, John. E é uma *boa* garota. Sabe o que é certo e o que é errado. Não vai fazer nada que você não fez quando tinha a idade dela.

— É isso o que me preocupa.

Kay pensou no John que ela não conheceu, o solteiro que vivera um bocado, não somente aos dezoito, mas aos vinte e cinco, vinte e oito, trinta e um. Doze anos mais velho do que ela, ele estava pronto para sossegar quando ela chegou em Grannick, e desde então passara a ter um comportamento exemplar. Caso contrário, ela teria fugido dele. Era inocente na ocasião em que se conheceram, e totalmente desprovida de beleza. Não poderia ter competido com outras mulheres. Nem teria tentado. Mas John fora doce e galante, e antes que ficasse para titia, ela se casou.

— Marilee vai ficar bem — insistiu ela. — Jill vai ficar bem. Por outro lado, Dawn — ponderou — pode precisar de um pouco de atenção. — Tomando de volta o telefone de John, ela puxou a antena.

Celeste estava em seu quarto quando o telefone tocou, as costas apoiadas em um enorme edredom dobrado ao pé da cama. Diante dela, sobre a antiga colcha branca, estava uma pequena caixa de charutos que continha as fotografias de seu tempo de menina.

A caixa pertencera ao seu pai, que morrera quando ela tinha dezesseis anos, mas ainda hoje guardava seu cheiro. Evocava imagens de gentileza e simplicidade e de um amor tão puro que narizes grandes não faziam a menor diferença. Ele a amara, com seu nariz feio e tudo mais.

Ocorreu-lhe agora, olhando aquelas fotos pela primeira vez em anos e com um olhar deliberadamente crítico, que ele possuía o mesmo nariz horrendo e, inacreditavelmente, o mesmo queixo duplo.

Era engraçado, mas não se lembrava que seu nariz era igual ao dele. Não havia dúvida de que nunca se dera conta disso porque o amava. E porque os homens lidavam melhor com esse tipo de coisa do que as mulheres.

Herdara dele o nariz e o queixo. E agora estava prestes a eliminá-los. Pela primeira vez, sentiu uma pontada de dúvida, e quanto mais observava a foto do pai, maior ela se tornava.

O telefone era uma prorrogação bem-vinda. Durante os poucos segundos que levou para deixar as fotos de lado e esticar o corpo, para alcançar o aparelho do outro lado da cama, imaginou alguém alto, moreno e bonito, gentil e amoroso como seu pai, do outro lado da linha.

— Alô?

— Prometi a Marilee que pegaria o número de telefone de Dawn. Você o tem à mão?

Não era ninguém alto, moreno e bonito. Celeste respondeu:

— Ela ligou hoje. Eu a instruí sobre tudo e espero que esteja se saindo bem.

— Ah, sim. O poder do pensamento positivo. Contou a ela sobre a operação plástica?

— Não. Não quero que ela se intrometa.

— Ela verá por si mesma.

— Não por enquanto. Jurou que não voltaria para casa antes das férias de outono.

— Talvez apareça sem avisar.

— Só se precisar de alguma coisa.

— Vai ficar chateada, se você não lhe contar.

— Se estiver tudo terminado, talvez ela nem perceba nada. Vai achar que pareço mais bonita, porque faz tempo que não me vê.

— Celeste! Ela tem o seu nariz.

Celeste sentiu um pânico momentâneo.

— É verdade. — Olhou de relance para as fotos sobre a cama. — Kay, será que estou fazendo a coisa certa?

— Não sei dizer. É você que deve decidir. Trata-se da sua auto-imagem, lembra-se?

— É. Mas minha imagem é também o meu legado. Estou me sentindo culpada por destruí-lo.

— Então não opere.

— Mas eu quero *tanto.* Não gosto do meu nariz. Não gosto de me ver no espelho. Não gosto de andar por aí com ele. Quero poder andar de cabeça erguida, mas agora é impossível, e isso só acentua meu queixo duplo. Quero um rosto novo para combinar com minha vida nova.

— Então opere.

— Mas será que viverei para me arrepender?

— Celeste, é apenas um nariz. Não é *você. Você* não vai mudar, sendo assim tire a sorte na moeda.

— Mas e se eu perder? *Há anos* que venho querendo fazer isso.

— A decisão é sua — disse Kay. — Ouça, está ficando tarde. Quero terminar o livro esta noite. Quando vai se internar?

— Amanhã à noite. Emily vai me levar ao hospital. A cirurgia será na terça bem cedinho. Irá me visitar?

— Na quinta à noite. Eu lhe disse que iria.

— Não vai rir se ficar horrível, vai?

— Não vou rir. E no começo vai mesmo ficar horrível. Mas depois ficará maravilhoso.

Ouvir isso de Kay, que não era vaidosa, fez Celeste sentir-se melhor.

— Pode me fazer um favor, Celeste? Ligue para Emily. Está ansiosa para falar com Doug. Tentou contatá-lo hoje em seu hotel habitual, mas ele não tinha reserva. Está confusa.

— E com toda razão — disse Celeste, parecendo irritada. — O que há com aquele homem? Teria sido muito ter dado a ela o nome *certo* do hotel em que ficaria hospedado? Será que não sabe o quanto isso é importante para ela? Ele é *cego*? Ou é apenas homem? Insensibilidade é uma característica comum a eles. Irresponsabilidade também. E ainda dizem que *nós* somos volúveis. Hah!

— Bem, não precisa ligar para Emily. Só vai deixá-la mais nervosa.

— Não vou, não. Você só está me estimulando. Os homens são mesmo uns ratos. O que o seu está fazendo?

— Nesse momento? O meu está sentado na outra sala, pensando em todas as sujeiras que aprontou com as moças aos dezoito anos e imaginando o que algum descarado possa estar fazendo com Marilee.

Celeste ficou intrigada.

— Que tipo de sujeira John fez?

— Terá de perguntar a ele. Nunca fez nada disso comigo. Até onde sei, ele sempre seguiu a cartilha das boas maneiras.

— Se tivesse seguido o *Kama-Sutra*...

— Celeste, por favor.

— Está certo. Vou ligar para Emily. Mais tarde ligo para você.

Emily estava ajoelhada ao lado de um rolo de papel de parede novo e desenrolado, medindo as tiras, quando o telefone tocou. O papel tornou a se enrolar quando ela deu um salto, mas em momento algum reconsiderou sobre a pressa em sentir-se aliviada. Estava ansiosa à espera do telefonema de Doug.

— Não é o Doug — anunciou Celeste sem preâmbulos. — Ainda sem notícias?

Emily soltou um suspiro de decepção.

— Ainda. — Consultou o relógio. Passava das dez. — Pode ser que ele ligue. Só queria saber por onde ele anda.

— Sabe com quem ele está?

— Não. Ele tem cinco contas em Baltimore. Pode estar com qualquer um deles. Eu devia ter perguntado antes de ele viajar, mas minha cabeça estava em Jill. O mesmo aconteceu ontem à noite. Eu devia ter demonstrado mais interesse em seu trabalho.

— Ah, não, não comece a se culpar, Emily. A culpa não é sua. Se Doug fizesse idéia do que você está passando nesta semana, teria lhe fornecido todo o roteiro de sua viagem. E estaria lhe paparicando a toda hora.

— Não preciso ser paparicada.

— Toda mulher precisa. *Todo mundo* precisa. Sempre achei que os homens são mais paparicados do que nós. É uma ironia eles representarem o sexo forte. Mas deve haver alguns verdadeiramente fortes por aí. Talvez eu consiga fisgar alguns. Quer um?

— Não, obrigada. Vou ficar com Doug mesmo. Se ele me ligar algum dia.

— Vai ligar.

— Mas eu queria falar com ele ainda esta noite. — Era estranho pensar na urgência que sentia. Era ela quem não queria inquilino. E agora estava com pressa de fechar o negócio.

Imaginou que fosse por causa de Brian Stasek e sua filha. Eram duas almas perdidas. Se o apartamento da garagem iria ajudá-los a assentar suas vidas, então era um bom motivo para alugar.

— Eu acho — dizia Celeste — que os homens têm um sexto sentido que lhes diz quando queremos alguma coisa. Então sabem o que não devem nos dar. Jackson sabia como atingir alguém no nariz.

— Doug não é Jackson.

— Graças a Deus, embora eu realmente ache que você devia lhe dizer umas verdades, Emily. Ele tinha que lhe dizer onde ia ficar. Tinha que lhe dar um itinerário detalhado toda vez que fosse viajar. O homem dos meus sonhos certamente fará isso. Não, retiro o que disse. O homem dos meus sonhos não vai viajar. Vai estar aqui todas as noites.

— Hummm. Parece ótimo. — A outra linha piscou, e ela sentiu o estômago revirar. — É a outra linha. Deve ser Doug. Falo com você pela manhã. — Apertou a tecla. — Alô?

— Oi, Emily.

— Doug. — Suspirou. — *Doug, onde você está?*

— Em Baltimore. Por quê?

— Em Baltimore, onde?

— O que houve?

— Tentei ligar para você.

— Aconteceu alguma coisa?

— Aconteceu — disse ela, irritada. Era óbvio que havia acontecido. — Não consegui encontrá-lo.

— Mas *o que* aconteceu? — retrucou ele.

Sua insistência a trouxe de volta.

— Com Jill, nada.

— Então por que me ligou?

Porque você é meu marido e eu estou com saudade. Porque minha única filha foi embora e eu precisava ouvir sua voz para ter certeza de que não estou tão só como me sinto.

Como não queria se queixar da vida, simplesmente disse:

— Queria falar com você sobre o apartamento da garagem. Encontrei alguém que quer alugá-lo, um homem que está ingressando no nosso departamento de polícia. Era detetive em Nova York, mas sua mulher acabou de falecer e ele tem uma filhinha para cuidar, por isso está à procura de um lugar tranqüilo. — Presumiu que Brian estivesse tentando escapar das lembranças. Tentando começar outra vez. Invejava-o por isso.

— O apartamento não é pequeno demais para um homem e uma criança? — indagou Doug.

— Ele diz que um lugar pequeno será mais fácil de cuidar. E também quer ajudar a arrumar o apartamento. Só vai começar a trabalhar daqui a duas semanas. Alega que pode terminar o serviço até lá.

— Quantos meses de aluguel de graça ele quer em troca do trabalho?

— Ele não mencionou nada disso.

— Mas estou certo de que pensou.

Emily não estava tão certa. Realmente não estava.

— Ele perguntou quanto seria o aluguel, e eu não soube responder. Quanto você quer?

— Novecentos.

— Por *mês*? Está brincando.

— Não há mal algum em pedir alto. Além do mais, vamos ter que comprar fogão, geladeira, armários.

— Novecentos é muito dinheiro. — Não conseguiria dar o preço a Brian.

— É um apartamento de quarto e sala.

— É pouco mais do que um quitinete, Doug, aquele segundo quarto é minúsculo. Grannick não é Boston. Nem mesmo Worcester.

— Oitocentos, então.

— Quinhentos. Não posso extorquir o homem. — Lembrou-se de Brian e Julia, e teve *certeza* de que não podia. — Se eu pedir um centavo a mais, ele vai rir na minha cara. Não é um caipira. É de Manhattan. Sabe o que é um valor justo, e mesmo que concordasse em pagar preço tão exorbitante, eu me sentiria mal todo mês ao receber o aluguel. Podemos viver muito bem com mais quinhentos dólares.

— Teremos que pagar a reforma.

— Isso é capital de investimento... como tirar os rendimentos da venda da fazenda e colocá-los no seu negócio. Salda a dívida. Então, mesmo que cada centavo do aluguel durante os primeiros meses sirva para pagar a reforma, mais tarde teremos um apartamento totalmente montado que nos dará um lucro líquido e certo.

— E quanto às taxas?

— Está certo. Ele mesmo pode pagar por elas. — Imaginou que não sairiam muito caras num lugar tão pequeno. — Mas o aluguel não pode passar de quinhentos.

— Nossa, você é uma negociante ardilosa, nojenta, desprezível.

— É possível. Mas não estou cobrando um centavo a mais.

— Ótimo. Então por que precisava falar comigo?

Ela abriu a boca e a fechou em seguida, aturdida com sua própria audácia. O que ela sabia sobre acertar um aluguel? Apenas que novecentos, ou mesmo oitocentos, era um preço muito alto. — Eu... ora, só queria me certificar com você, eu acho. Antes de dizer a Brian.

— Brian?

— Stasek. O detetive. — Por que se sentia culpada por ter usado seu primeiro nome? Porque Doug tinha o dom de fazê-la sentir-se culpada. Aquilo não era novidade. — Também queria saber até quanto podemos gastar na reforma e nos aparelhos de cozinha.

— Você sabia quanto cobrar pelo aluguel. Deve saber quanto pode gastar.

Ele estava aborrecido. Ela suavizou o tom da voz.

— Realmente não pensei nisso. Faz muito tempo que não compro eletrodomésticos. Não tenho nem idéia dos preços.

— Ora, então descubra. Eu não posso fazer isso. Estou ocupado demais. Está sendo uma semana estafante, as reuniões têm sido longas demais, as pessoas não têm cooperado. Só poderei estar na Filadélfia daqui a dois dias. Não vejo como poderei chegar em casa antes de sábado à noite.

Emily estava chocada.

— *Doug!*

— Não posso fazer nada.

— Estou tentando me convencer de que quinta-feira chegará logo. Fiz uma torta. Planejei tantas coisas...

— Planejou *o quê*?

— Um piquenique. Uma caminhada pelas montanhas. Visitar os antiquários de Great Barrington.

— Não costumamos freqüentar antiquários.

— Costumávamos freqüentá-los quando nos mudamos para cá.

— Isso foi na ocasião em que sonhávamos comprar uma das casas vitorianas da rua LaGrange e mobiliá-la com peças de antiquários, mas esse sonho acabou, Emily. Compramos uma ótima casa. Não vamos a lugar algum.

— Nem que seja por diversão? — indagou ela. Não queria outra casa. Tudo o que queria era um tempo a sós com o marido.

— Se eu fosse fazer alguma coisa para me divertir, iria jogar golfe.

Ela quase riu.

— Você não joga golfe.

— Jogo, sim.

— *Golfe?*

— É uma ferramenta de negócios. Não imagina como as idéias se tornam mais claras ao final dos dezoito buracos.

Emily estava estupefata. Aquilo se opunha à imagem de executivo que ela tinha de Doug, sentado em uma mesa de escritório coberta de papéis, pessoas entrando e saindo num ritmo frenético.

— Mas você *não sabe* jogar golfe — argumentou, talvez inutilmente, pois sentia-se traída.

— Eu aprendi. Não é difícil.

— E quanto aos sapatos de golfe, aos clubes?

— Eu os alugo ou peço emprestado.

— Estou boquiaberta. — Era um lado dele inteiramente desconhecido para ela. — Você nunca me disse nada.

— Nunca tive oportunidade. É algo que eu faço pelo trabalho. Como disse, se tivesse tempo livre faria isso por diversão, mas meu tempo nunca é ocioso, e, de qualquer forma, Grannick não possui campo de golfe, por isso era irrelevante lhe contar.

— Não era, não — disse ela, magoada. — Às vezes não sei quem você é, Doug.

Ele suspirou.

— Olhe, tive um dia longo demais. Tenho de estar no trabalho às sete da manhã. Podemos discutir o assunto quando eu chegar em casa?

— *Quando?* Se não pretende voltar antes de sábado à noite e se vai viajar de novo no domingo à tarde, quando iremos conversar?

— Domingo de manhã, está bem?

O tom de Doug era mais de cansaço do que de conciliação, o que a fazia sentir-se ainda mais culpada, como se fosse uma resmungona. Mas era a primeira vez que isso acontecia. Era a primeira vez que o imprensava contra a parede. Antes, ele passava mais tempo em casa.

Bem, talvez não muito tempo. Mas quando Jill estava em casa, Emily não se importava tanto.

Seria apenas uma semana perdida. Supôs que não deveria entrar em pânico. Todavia, as lembranças que tinha era de que, havia meses, anos, Doug passava um ou dois dias da semana em casa apenas para buscar roupas limpas. Tivera um casamento medíocre. Tivera uma vida medíocre.

— Emily?

Sentiu vontade de chorar.

— Domingo de manhã. Está bem.

— Ligarei assim que chegar à Filadélfia.

— Certo. — Desligou o telefone e só então percebeu que continuava sem saber onde ele estava, o que significava que não poderia ligar de volta, ainda que quisesse, mas não queria. Inflamava-se de raiva toda vez que se falavam.

Não sabia qual era seu problema.

Sabia que ele não havia perguntado sobre a filha. Ou sobre ela.

E continuava sem saber quanto deveria gastar com a reforma do apartamento.

Cinco

Emily atacou as paredes do lavabo do primeiro andar, não para agradar Doug, uma vez que ele não estaria em casa antes de sábado à noite — *sábado* à noite —, mas para manter-se ocupada. Não queria pensar, não queria remoer as idéias que povoavam sua mente, não queria sofrer. Tampouco queria sair para caminhar. Assim, assobiando Thelonius Monk, entregou-se ao trabalho até colocar nas paredes a última tira de papel, pressioná-las com o rolo e limpar o excesso de cola, e ao terminar, cobriu os interruptores de luz.

A essa altura eram três da manhã, e seu corpo estava moído. Tomou um banho quente e demorado, até despejou na água uma tampa cheia do óleo perfumado que Jill lhe presenteara.

Dormiu por duas horas, acordando com o sol, precisando se ocupar novamente. Às sete da manhã, quando Doug estaria chegando ao trabalho, ela estava no apartamento da garagem com caneta e papel na mão, fazendo uma lista do que iria precisar.

Ençabeçando a lista, havia um telefone sem fio. Doug possuía uma linha exclusiva para tratar de negócios e uma secretária eletrônica, por isso não teria de se preocupar com suas ligações. Preocupava-se, entretanto, com as ligações de Jill. Não queria perder nenhuma enquanto estivesse trabalhando no apartamento, e, quando tudo estivesse pronto, poderia falar ao telefone com Myra sob o salgueiro.

Todo mundo tinha um telefone sem fio. Já era hora dos Arkin também o terem — e para o inferno com os possíveis protestos de

Doug. Deixara que ela tomasse as decisões com relação ao apartamento. Bem, era o que faria.

Fez uma lista do material de limpeza de que precisaria. Em seguida relacionou os eletrodomésticos e os armários de cozinha, tomando as medidas de cada canto do apartamento. Incluiu uma lixadeira, que poderia alugar, e verniz, além de um ventilador de teto, porque mesmo de manhã cedo, com as duas janelas abertas, o lugar era abafado. Ademais, um ventilador preso no centro do teto alto da sala seria um belo toque.

Lembrou da tinta para as paredes e rodapés e de piso novo para o banheiro. Listou os suportes de lâmpada, pois os que ali havia estavam em péssimo estado. E fechaduras novas.

Comprou o telefone e o material de limpeza em sua primeira ida ao centro e, na volta, parou para um café. Enquanto esperava pelo café junto com os operários que ali estavam, cuja maioria ela conhecia dos anos que freqüentava o Nell's, combinou com um eletricista e um encanador para passar na garagem no final da tarde.

Do outro lado da cidade, em um pequeno quarto do Hotel Grannick, Brian Stasek remexia em sua mochila. Estava certo de que tinha um par de meias limpas. Levara a roupa suja para a lavanderia dois dias antes — passara a metade da maldita noite correndo de um lado para o outro na lavanderia, cuidando de quatro imensas trouxas de roupa — e estava *certo* de que lavara uma calça jeans. Jogou camisetas, meias e shorts para fora da mochila. Virou-se para a cômoda e revirou as gavetas e então dirigiu-se ao armário.

O jeans estava na última prateleira. Puxou-o e amaldiçoou os cobertores extras que vieram com ele.

— Não é o meu dia — resmungou, enfiando os cobertores de volta. Pelo menos Julia estava quieta. Sentada em frente à televisão, em meio aos cereais mergulhados em um copo de suco.

Esteve irrequieta quase a noite toda. Estava exausta.

E ele também. Esteve preocupado quase toda a noite, convencido de que ela estava, sucessivamente, doente, com dor ou morrendo. Finalmente pegara no sono e sonhara que deixara o quarto para lavar mais roupas e, ao retornar, encontrara o lugar em chamas. Podia ouvir os gritos de Julia, mas não conseguia ultrapassar o fogo, nada podia fazer para salvá-la.

Acordara sobressaltado, banhado em suor, o coração acelerado, os nervos à flor da pele. Não precisava de um psiquiatra para lhe dizer que se sentira impotente diante da morte de Gayle. Quanto a Julia, sentia-se impotente diante de quase tudo o que lhe dizia respeito.

Precisavam se estabelecer. Planejava dar um banho em Julia e vesti-la de modo que ficasse irresistivelmente linda. Então tomaria seu próprio banho de modo que não parecesse assustador e guiaria direto para a casa de Emily Arkin e lhe imploraria misericórdia.

Gayle teria dito que o lugar era pequeno demais, mas ela não estava mais com eles — além disso, Gayle sempre sentira atração por couro macio, aço cromado e mármore. Não iria entender seu gosto pela madeira nem o entusiasmo que sentira por aquele pequeno e inacabado espaço sobre a garagem, tão diferente de sua vida pregressa, que o estimulava a recomeçar. Precisava de coisas novas. Precisava daquele apartamento.

Quando ouviu uma batida na porta, vestiu o jeans e a abriu. O gerente, um tipo estranho, espiou nervosamente o interior do quarto.

— Sua filha está bem? — indagou com a voz esganiçada.

— Está sim.

— Recebi reclamações de que ela estava chorando a noite passada.

Seu tom acusatório deixou Brain desconfiado.

— Quem foi que reclamou?

— Os outros hóspedes. Recebi algumas ligações, mas instruí o gerente da noite para não incomodá-los. — Soltou uma risadinha estridente. — Também tenho filhos. Às vezes não há nada que os faça pararem de chorar. Este quarto é muito apertado. Como está indo a procura do apartamento?

— Está indo.

— Encontrou alguma coisa?

— Talvez.

— Ora, isso é bom. Quando vai deixar o hotel?

A desconfiança de Brian aumentou. Não gostava de ser pressionado.

— Ainda não sei. Está havendo algum problema com minha permanência aqui?

— Bem, este não é o lugar adequado para uma criança tão pequena.

— O Hotel Grannick se anuncia como um hotel familiar.

— A maioria das nossas crianças são mais velhas.

Brian começou a se irritar. Estava pagando caro por aquele quarto.

— Tive que agüentar os gritos das crianças mais velhas a semana inteira. Ficam acordando minha filha. Talvez você devesse falar com elas.

— Não ficam mais do que dois ou três dias. O senhor está aqui há mais tempo do que todos. — Tornou a espiar quarto adentro. — É uma pena que não possamos entrar para dar uma boa limpeza no quarto, mas com todas essas roupas e brinquedos espalhados, bem... — Deu de ombros.

Brian lançou-lhe um olhar grave que derreteu o sorriso adulador que havia no rosto do homem. Em meio-tom, disse:

— Enquanto eu estiver pagando, vocês irão fazer minha cama, trocar os lençóis do berço da minha filha, limpar o banheiro, aspirar o carpete, dia após dia, até que eu deixe o hotel ou acabarão com um processo por discriminação tão grande e tão inesperado que nem saberão o que os atingiu.

O homem recuou.

— Não precisa fazer ameaças.

— Isso não é uma ameaça. É uma promessa. Agora, se me der licença, minha filha e eu temos mais o que fazer. — Fechou a porta na cara do homem, virou-se e recostou-se nela por um minuto. Foi então que percebeu que Julia o encarava.

Ele sorriu.

— Como me saí, queridinha? Impressionei você? — Afastou-se da porta e ergueu a menina nos braços. — Seu velho pai sabe usar as palavras certas, o tom certo, o olhar certo. — E falando mais baixo: — É claro que só não funciona com você, não é?

Julia continuava a encará-lo.

— Que tal um sorriso? — Empurrou os cantos da boca com os dedos. — Só unzinho? Ora, droga, estamos nisso juntos, não estamos? — Lançou-lhe um olhar de súplica e então suspirou. — Está certo. — Olhou à sua volta. — O que vai ser? O macacão cor-de-rosa? O vestido vermelho? *Nós dois* vamos impressionar Emily Arkin hoje. Certo?

Emily fazia uma pausa no meio da manhã, sentada no chão da sala, tomando o que sobrara do café frio, quando a voz de Brian se fez ouvir do pé da escada.

— Olá.

— Aqui em cima! — Estivera imaginando quando ele voltaria, ou mesmo *se* voltaria. Ocorreu-lhe mais de uma vez, durante a longa noite passada, que ele pudesse ter encontrado outro lugar ou mudado de idéia. Imaginava agora se teria vindo até ela para dizer-lhe isso.

Desejou que não. Após a discussão com Doug, após ter agarrado o touro à unha, sentia-se comprometida. Ademais, gostava de Brian. Gostava de pensar que o teria por perto.

Seus passos anunciaram sua chegada, momentos antes de entrar pela porta com Julia em um braço e uma sacola na outra.

— Bom dia — disse ele.

A primeira coisa que ela notou foi que ele havia se barbeado. A segunda foi que seus olhos eram admiráveis, exatamente como se lembrava deles. A terceira foi que Julia estava fabulosa.

Emily cruzou a sala.

— Olá, Julia. Está tão linda. — Tirou-a dos braços de Brian e, em tom confidencial, disse: — *Adorei* seu jeans. Você mesma os escolheu? E seus tênis. E o arco em seu cabelo. — Era um arco vermelho que combinava com a camiseta de jérsei. — *Quem* botou esse arco aí?

Julia a olhava com uma expressão séria.

— É a segunda vez que faz isso — disse Brian. — Nunca deixa ninguém segurá-la no colo. Ela grita toda vez que eu tento.

Emily deu de ombros.

— Eu adoro bebês. Ela deve sentir isso.

— Mas às vezes ela grita comigo também. Será que ela não sente o *meu* amor?

— Claro, mas, se estiver cansado ou tenso, ela também sentirá. — Alisou os cachinhos de Julia. — Talvez ela perceba a minha experiência. Ou o meu desespero. Já faz muito tempo que eu tive a minha menininha. É delicioso. Daqui a um ou dois anos ela não vai querer que ninguém a segure, por isso esta época é *muito* especial.

Brian limpou a garganta.

— Esse não é exatamente o adjetivo apropriado. Acho que auto-suficiente seria melhor. Podia usar a fala para me dizer o que quer.

— Julia ainda não fala? — Emily perguntou a ela. — Aposto que pensa o tempo todo, apenas não está pronta para compartilhar suas idéias. Não é isso, Julia? — A menina esfregou um dos olhos. — Minha filha não falava muita coisa até completar três anos.

— Como você conseguiu sobreviver?

— Eu sabia o que ela queria.

— Mas como?

— Eu a conhecia. Sabia como agradá-la.

Brian suspirou.

— Talvez eu aprenda com o tempo. Preciso passar mais tempo com ela. Quer café? Parei num lugar ótimo.

— No Nell's. Reconheci a sacola. Metade da cidade freqüenta aquele lugar.

— Você também?

— Estive lá hoje de manhã cedo. Mas adoraria outra xícara.

Brian acocorou-se ao lado da xícara vazia de Emily e começou a descarregar o conteúdo da sacola.

— Hummm — disse Emily a Julia. — Estou vendo algo gostoso. Julia está com fome?

Julia fixou o olhar no que Emily lhe mostrara e soltou um gemido. Emily a colocou no chão e a observou correr até Brian, que pôs uma rosquinha em sua mão.

— Rosquinhas pequeninas para gente pequenina, roscas grandes para gente grande. — Retirou da sacola várias roscas enormes.

Emily sentou-se de pernas cruzadas no chão.

— Amanteigadas. Minhas favoritas.

— Sério?

Ela balançou a cabeça.

— São um deleite.

— Na verdade são uma tentação — opinou Brian, sentando-se ao seu lado. — Quero ficar com o apartamento.

Ela sorriu.

— É seu.

— Quanto custa?

— Quinhentos por mês, mais as taxas.

— Combinado.

Ela deu uma mordida na rosquinha, sentindo-se felicíssima. Além de ser detetive, ele era uma boa pessoa.

— Ainda quer ajudar na reforma?

— Pode apostar. É a minha especialidade. Meu pai era carpinteiro. Eu costumava passar os verões trabalhando com ele, antes de ingressar na polícia.

— Seus pais ainda moram em Nova York?

Ele balançou a cabeça.

— Chicago, mas agora só tenho minha mãe. Meu pai faleceu há alguns anos. — Destampou uma das canecas de café e entregou a ela. — Freqüentei a escola em Nova York e adorei, então fiquei para trabalhar. Depois de algum tempo, conheci Gayle. Era uma arquiteta respeitada na cidade. Não havia motivo para sairmos de lá. — Esfregou a sobrancelha. — É engraçado como as coisas acontecem.

— Quanto tempo ficaram casados?

Ele destampou a segunda caneca e sorveu um gole.

— Dez anos. Investimos muito no futuro. Cada um de nós tinha sua própria carreira que absorvia todo o nosso tempo. Havia semanas em que só nos víamos durante algumas horas da noite. — Soltou o ar num longo suspiro. — Mas sinto saudades dela. Levávamos uma vida interessante. Uma vida adulta, comparada à que levo agora. Meus dias se resumem a entrevistar babás, assistir "Vila Sésamo" na televisão, picar bananas e trocar fraldas.

— Vai melhorar — disse Emily com um sorriso.

— Quando?

— Em breve. Ela vai comer a banana inteira.

— Formidável.

— Teve sorte com alguma babá?

— Difícil dizer. Eu não estava brincando quando disse que você era a única que conseguia segurá-la no colo. Qualquer outro que se aproxime, ela começa a chorar. Há uma mulher do centro da cidade que tem potencial.

— Janice Stolski.

Os olhos de Brian reluziram.

— Você a conhece?

— Ela é um amor. Limita o número de crianças que atende para que possa dar mais atenção a cada uma. Ficará com Julia?

— Ela disse que sim. Mas será que Julia ficará com ela? Essa é a questão. Farei uma tentativa amanhã enquanto estiver trabalhando aqui. Seria perigoso trazer Julia para cá, além disso, é melhor fazer logo esse teste. Tenho que encontrar a pessoa certa antes de começar a trabalhar na polícia.

— O que vai fazer no departamento?

— O que for preciso.

— O que fazia em Nova York?

— Homicídios. Embora não no início. Comecei usando uniforme. Mas era bom em lidar com as pessoas. Conseguia que confiassem em mim, e uma vez que confiam na gente, fornecem-nos as informações de que precisamos. E assim eu fui subindo.

— São os seus olhos — disse ela. — Inspiram confiança. — Além de outras qualidades, que ela não quis citar. Se dissesse que eram intrigantes ou sensuais, poderia ser mal interpretada. — Impossível deixar de notá-los.

— Mas existia um lado ruim nisso tudo. Eu tinha que usar lentes de contato coloridas quando estava disfarçado. — Olhou para Julia. — No fundo foi bom eu ter saído. Com ou sem lentes, após algum tempo, alguém nas ruas começa a reparar em você, e o resto você sabe...

Emily estava perplexa.

— De qualquer forma — continuou ele —, Grannick deve ser bem mais tranqüila.

— Temos crimes por aqui.

— Mas não é como Nova York. Nada é como Nova York. — Serviu-se de uma rosquinha.

— Houve um seqüestro na cidade há vários anos — contou Emily. — De uma estudante que pertencia a uma família abastada do meio-oeste.

— Ela foi encontrada?

— Foi. Por dois de nossos próprios agentes, mas só em troca de dois milhões de dólares.

Brian resmungou.

— Motivo?

— Vingança. Um empregado deixou escapar. Já trabalhou num seqüestro?

— Já. São difíceis de solucionar. Na maioria dos assassinatos, a vítima e o algoz se conhecem. Isso é menos freqüente nos seqüestros. As vítimas são sempre inocentes.

— Crianças.

— Nem sempre. Mas acontece. E há ainda a dor dos pais.

Emily assentiu. Virou-se para Julia, sentada entre eles.

— Está gostoso, querida? Opa. Esse quase caiu. Aqui está. — Colocou o pedaço farelento de rosca na mãozinha de Julia e, ao virar-se novamente, deparou com o olhar perdido de Brian. — Pensando melhor?

— Não sobre este lugar. É perfeito. Já é quase um lar.

— Ainda falta muita coisa.

— O trabalho será uma terapia... pelo menos para mim. Quero que me desculpe por tê-la feito apressar as coisas. Deve ter outros afazeres.

— Não, na verdade a época é apropriada. Minha filha foi para a faculdade, e meu marido viaja o tempo inteiro. Gosto de me manter ocupada.

Ele sorriu e arregalou os olhos, insinuando que aquilo a manteria bastante ocupada, e então ergueu os olhos ao teto.

— Alguma chance de pôr aí um ventilador de teto?

— Já está na minha lista.

Seus olhos voltaram-se para a parede.

— E quanto a uma janela nessa parede? Uma que fosse arqueada e substituísse essas duas pequenas, ficaria um pouco maior. Deixaria o ambiente amplo e mais aberto para o bosque.

Emily imaginou o janelão. Mas não imaginara fazer mudança tão radical.

— Isso não envolveria obras estruturais?

— Na verdade, não. Já fiz esse tipo de coisa antes. Não é difícil. Se fornecer a janela, farei o serviço de graça.

Emily não pôde recusar a oferta. A janela permaneceria ali por muito mais tempo do que Brian. E a mão-de-obra era a parte mais cara.

Lembrou-se do que Doug dissera.

— Isso parece justo, mas o resto não. Gastará suas duas semanas de férias trabalhando aqui.

Ele a fitou intrigado, e ela perguntou:

— O que quer em troca?

— Quero o apartamento.

Ah! Doug estava errado!

— Abrirei mão do primeiro aluguel — ofereceu ela.

— Não estou pedindo nada.

— Eu sei, mas me parece justo.

— Por quê? Fui eu que me ofereci para ajudar. Estou ansioso para me mudar.

Quanto mais nobre mostrava ser seu caráter, mais o dela o queria ser também.

—Mas precisa aceitar algo em troca. —Teve uma idéia. —Posso ser sua babá.

— Não — respondeu ele depressa e, acanhado, coçou a nuca. — Quando parei na estação antes de vir para cá, John me avisou sobre isso. Disse que sua mulher pediria o divórcio caso eu usasse você dessa maneira.

—Não estará me usando. Estou me oferecendo.

Mas seus olhos diziam que ele não poderia aceitar, e seus olhos não mentiam jamais.

—Bem —concluiu ela —, está me deixando constrangida. Estou levando vantagem sobre você. Não é justo.

—Há uma coisa.

—O quê?

—Você podia me deixar usar sua lavadora e secadora. Será melhor do que usar a lavanderia do hotel. Poderia usar seu porão de vez em quando para lavar a roupa de Julia.

Emily sorriu.

—Tenho uma idéia melhor. —Olhou para a parede onde ficaria a cozinha. —Colocarei um modelo vertical das máquinas naquele canto e o fecharei com portas sanfonadas.

—Não é necessário.

— Mas é o correto — disse ela, satisfeita. — Doug queria que isso aqui se transformasse num apartamento, então é o que vai ser, e os apartamentos hoje em dia têm lavadoras e secadoras. Pelo menos a maioria. —Fez uma pausa. —Não têm? —Mas já estava decidida. —Quero assim.

—Olá. Alguém em casa?

— Estou aqui, Myra — respondeu Emily. E disse a Brian: — Myra faz sua ronda pela vizinhança todas as manhãs. Não há dúvida de que viu seu carro lá fora e quer saber quem está aqui. —Lembrou-se. —Não veio dirigindo a radiopatrulha, veio? Ela entra em pânico quando vê uma radiopatrulha.

— Não. Vim de jipe.

— Bem, olá novamente — saudou Myra de um modo cantarolado, que sugeria conhecer muito bem o visitante.

Emily imaginou que ela devia estar à janela quando ele chegou.

Myra se agachou.

— Essa é a Julia, não é? Oi, Julia. — Levantou-se. — E esse deve ser o seu pai policial. Mas você não está de uniforme, oficial.

Brian sorriu.

— Ainda não comecei a trabalhar.

— Ele é detetive — disse Emily. — Não vai usar uniforme.

— Não? Ah. Mas isso é bom. Menos trabalhoso. — Dirigindo-se a Emily, num tom confidencial, murmurou: — Ainda não contei nada a Frank. Se não vai haver uniforme, talvez ele nunca venha a descobrir. — Seus olhos voltaram-se para Brian. — A menos que você ponha aquelas luzes brilhantes em cima do carro.

— Não vou colocar — assegurou-lhe Brian. — Não nesta rua.

— Então por que está aqui, se não pretende passar por esta rua?

— Ele está aqui — informou Emily calmamente — porque havia uma vaga em nosso departamento, exatamente quando ele precisava sair de Nova York. Sua esposa faleceu recentemente. Ele quer um lugar pacato para criar a Julia.

Myra mordeu o lábio.

— Que história *triste*. Mas não se engane — ela disse a Brian. — Grannick não é tão pacata assim. Acontece muita coisa por aqui.

— É por isso que estou aqui.

— Ah, eu *sabia*. Está vendo, Emily, eu *sabia* que ele estava aqui para resolver algum problema. Mas quem vai tomar conta de Julia, enquanto ele faz isso?

— Ele está procurando uma creche na cidade.

— Ora, mas isso é uma tolice. — Para Brian, disse: — Eu posso tomar conta de Julia. Promovo as melhores tardes de chá sob o meu salgueiro. Não é mesmo, Emily?

Emily tocou seu braço.

— Julia precisa conviver com outras crianças.

— Não quando estiver doente. Não poderá sair de casa. Não gosto de creches. Frank também não. Diz que lugar de criança é em casa. — Myra lançou um olhar implacável para Brian. — Se Julia adoecer, pode me chamar que eu ficarei aqui com ela. Promete que fará isso? É o mínimo que posso fazer; afinal, você veio para cá para nos proteger. Faço biscoitinhos *deliciosos*. E tomo conta *muito bem* de Emily... Não é, Emily?

Emily pôs o braço em seu ombro e a guiou para a porta.

— Muito bem. Já lhe contei que colocamos a colcha que você fez para Jill na cama dela, no dormitório da escola?

— Foi mesmo? Que ótimo! Sinto falta de Jill. Se eu fizer biscoitos, podemos mandá-los para ela?

— Você os prepara, eu os mando. Combinado?

— Combinado.

Emily esperou até a vizinha descer a escada antes de desculpar-se com Brian.

— É uma senhora muito doce e inofensiva e, realmente, prepara biscoitinhos deliciosos.

Brian concluiu seu pensamento.

— Mas eu não devo deixá-la tomar conta de Julia.

Emily sentiu-se desleal. Ainda assim, balançou a cabeça.

— Ela não é exatamente biruta. Na maior parte do tempo, é perfeitamente lúcida. Sua família quer interná-la num asilo, mas isso a mataria... e não há necessidade. Ela é inteiramente capaz de tomar conta de si mesma. Infelizmente, vive com Frank.

— Ele tem algum problema?

— Depende de como encara esse tipo de coisa. Ele morreu há seis anos.

— Ahhh.

— Por algum motivo, ela não aceita sua morte. Cozinha para ele, reserva um lugar à mesa para ele e se refere a ele nas conversas.

— Foram casados por muito tempo?

— Foram.

— E eram muito chegados?

— Suponho que sim. — Emily nunca compreendera completamente a relação do casal. — Frank era um homem difícil. Não era muito sociável. Bebia. Não sei se batia em Myra, mas costumava ser verbalmente abusivo. Eu mesma fui testemunha disso por mais de uma vez. Tinha poder sobre ela, que por sua vez o temia. Honestamente, pensei que, quando ele morresse, Myra fosse se libertar, mas é como se não pudesse esquecê-lo.

— Triste.

— Bastante. — Encontrou seu olhar. — Mas não a deixe afugentá-lo daqui. Ela é uma vizinha maravilhosa. Sempre olhou por mim e por Jill, trazendo comida e presentinhos em troca de nos sentarmos com ela sob o salgueiro. É só o que ela quer. Não é perigosa.

— Não achei que fosse. Ela não vai me afugentar. Principalmente porque estou pregado a este lugar. — Sua boca se curvou num sorriso afetuoso. — Se me deixar colocar um janelão aqui.

A janela estava tão certa quanto o preço do aluguel. Restava apenas assinar os papéis.

A papelada ficou pronta ao final da semana, e o material foi pedido em caráter de urgência, e nesse meio tempo Emily e Brian trabalharam arduamente no apartamento antes que os pedidos chegassem. Sábado à tarde, anos de sujeira haviam sido removidos, os papéis, raspados das paredes, e elas, emassadas e prontas para receber a única demão de tinta branca que Brian iria aplicar. O eletricista instalara o ventilador de teto, o que melhorou de imediato as condições de trabalho, a fiação necessária para a nova iluminação e as máquinas de lavar e secar inicialmente planejadas. O encanador deixara o banheiro funcionando plenamente, como John previra. A companhia telefônica instalara uma nova linha.

Com exceção do tempo que ficara com Celeste, que voltou da cirurgia enfaixada e arroxeada, com imensa necessidade de encorajamento, Emily passou todas as horas do dia trabalhando no apartamento.

Doug telefonou da Filadélfia na noite de quinta-feira e não ficou muito tempo ao telefone, mas ela estava ocupada demais para se importar. *Às vezes não sei quem você é, Doug.* As palavras continuavam a ecoar em sua mente. Ao telefone, ele era um estranho, envolvido em seu outro mundo. Quando chegasse em casa, ela disse a si mesma, seria seu marido novamente. E então poderiam conversar.

No sábado de manhã, ela tirou a galinha do congelador, já pensando no piquenique à tarde no lago. Tirou a torta da geladeira e a deixou sobre a bancada, a fim de que atingisse a temperatura ambiente. Comprou milho fresco de uma fazenda nos arredores da cidade, alface de Boston, rabanetes, azeitonas pretas picadas, pinhas e couve-de-bruxelas. Parou na loja de discos para comprar a nova fita de Streisand que Doug estava querendo. Colocou para gelar a garrafa de champanhe que sua editora em Nova York lhe enviara, na ocasião da publicação de seu livro, e que ela escondera dele na época. Champanhe era festivo. Doug não precisava conhecer sua procedência.

Acontece que ele não chegou em casa antes das onze da noite, após Emily ter desistido de esperá-lo e guardado, item por item, a comida de volta na geladeira e desfeito a cesta de piquenique. Quando ele chegou não havia sequer sinal de que ela esperava que chegasse mais cedo. Fora ela que presumiu que ele estaria em casa a tempo para o jantar. Simplesmente presumira errado. O erro fora seu.

Ele a beijou mecanicamente e caiu na cama, dormindo em seguida. Ele ainda dormia, quando ela acordou na manhã seguinte, e, embora tivesse desejado acordá-lo para fazer as coisas apropriadas às manhãs dominicais, resistiu bravamente. Estava claro que ele precisava descansar. Se o acordasse, exausto como estava, provocaria sua ira e não seu desejo.

O desjejum de domingo era a segunda melhor coisa do dia. Abriu uma embalagem de mistura de bolo de café e o pôs para assar; arrumou morangos e kiwis em uma tigela. Após voltar ao quarto, pé ante pé, para juntar a roupa suja do marido e colocá-la para lavar, reuniu os ingredientes para o preparo de uma omelete de queijo, pôs a frigideira no fogo com uma colher de manteiga e, achando que o desjejum pudesse se transformar em uma comemoração, dispôs mimosas no jarro de vidro para enfeitar a mesa.

Doug entrou na cozinha às dez e meia, passou os olhos pela mesa repleta e, com o dedo em riste, avisou:

— Não quero nada disso. Meu estômago não anda nada bem. Essa comida é gordurosa demais. Parece comida de hotel.

Emily recuou.

— Uma fruta, então — sugeriu, tentando ser compreensiva, ao que ele concordou. Guardou os ingredientes da omelete e a garrafa de champanhe. — Café? — Os grãos e a água já estavam na cafeteira.

Mas ele balançou a cabeça.

— Talvez mais tarde. Só uma fruta por enquanto.

Só uma fruta por enquanto. Está certo. Queria que ele ficasse feliz por estar em casa. Também ela comeria só uma fruta por enquanto, se isso o faria feliz.

Encheu duas tigelas e sentou-se ao seu lado na mesa festiva da cozinha, disposta com louça de vidro, guardanapos de linho e a contribuição de Myra para as boas-vindas, malmequeres amarelos. Não o pressionou a conversar de imediato. Seria melhor, pensou, deixá-lo relaxar um pouco.

Algum tempo depois, ele assentou a colher.

— Tem notícias de Jill?

— Está ótima. Tem ligado todos os dias. As aulas terão início amanhã.

— Bons cursos?

Emily havia lhe relatado as cadeiras que a filha cursaria, quando se falaram ao telefone na quinta-feira. Provavelmente ele tinha esquecido. Paciente, repetiu o que dissera antes. Sem nada comentar, ele perguntou:

— Como é sua colega de quarto?

— Simpática, ao que parece.

— Isso é bom. — Apanhou novamente a colher e terminou de comer.

Emily examinou seu rosto. Não parecia exatamente exausto. Entediado, talvez.

— Está tudo bem, Doug?

— Claro. Por que pergunta?

— Parece distante.

Cortou um morango ao meio.

— Tenho muita coisa na cabeça.

— Quer falar sobre isso?

— Na verdade, não. Passei a semana inteira convivendo com os mesmos problemas. Quero um descanso.

Para ele estava tudo perfeitamente bem, para ela nem tanto. Ele precisava de silêncio, ela precisava conversar.

— É a conta de Baltimore?

Ele deu de ombros.

— O problema não foi solucionado antes de você voltar?

Ele deitou a colher na tigela.

— Estamos progredindo. — Esticou o braço e alcançou o jornal.

— E quanto à Filadélfia?

Desdobrou o jornal com uma sacudidela.

— O que tem a Filadélfia?

— Como foram os negócios por lá?

— Bem. — Concentrou-se na primeira página.

Ela esperou. Observou o movimento de seus olhos, mas não tinha certeza se ele estava realmente lendo.

— Fale comigo, Doug — disse ela delicadamente.

Ele baixou o jornal apenas o suficiente para encontrar seus olhos.

— É o primeiro dia da semana que posso relaxar no café da manhã e ler o jornal. Para mim isso é um luxo. Colabore.

Posto dessa forma, ela sentiu-se culpada. Era ele quem estava sempre viajando, quem trabalhava a semana inteira, quem vivia sob constante pressão para produzir e ganhar dinheiro. Supôs que, se estivesse em seu lugar, também acharia um luxo poder ler o jornal.

— Vamos almoçar à beira do lago? — indagou ela. Seria uma distração.

— Almoço. Não posso pensar em almoçar agora. Acabamos de tomar café.

— Só comemos frutas. Não é muita coisa. Preparei galinha frita, milho fresco e salada. E torta de morango.

— Torta de morango? — Pelo menos uma indicação de interesse. — Você que fez?

Ela assentiu, orgulhosa.

Ele foi até a bancada.

— Onde está?

— Na geladeira.

— Posso comer um pedaço agora?

— E quanto ao seu estômago?

— Por um pedaço dessa torta, vale a pena arriscar. É a *melhor*.

Aliviada por ter conseguido a atenção do velho Doug, saiu da mesa e lhe serviu um pedaço. Em seguida, observou-o devorar até a última garfada. Assim que ele terminou, ela o tomou pela mão.

— Venha. Quero lhe mostrar uma coisa.

— O que é?

— O apartamento da garagem. Você nem vai reconhecê-lo.

— Deixe eu me vestir primeiro.

— Não é preciso. — Ele usava um robe atoalhado na altura do joelho. Para Emily, parecia confortável e familiar. O urbano consultor financeiro encontrava-se a quilômetros dali. Ela não o queria de volta.

Guiou-o pela porta da cozinha, desceu a escada e cruzou a passagem que levava à outra extremidade da garagem.

Ao abrir a porta, apontou para as fechaduras.

— São novas. E encomendei um corrimão para esta escada. — Começaram a subir. — Ficará mais segura para uma criança.

— Jill se arranjou bem sem um corrimão.

— Jill não teria nos processado se tivesse caído.

— E esse homem teria? Talvez seja um erro alugá-lo para um policial.

— Não será um erro. É um bom homem. Estou apenas pensando como uma senhoria. — Entrou na sala e sorriu. — Diferente, não está?

Esperou pelo sorriso em resposta. O que obteve foi algo que beirava o desânimo.

— As paredes estão nuas.

— Serão pintadas na próxima semana.

— Bem, suponho que qualquer coisa seja melhor do que aquele papel de parede encardido e rabiscado.

Emily não pensava assim.

— Guardei o papel para ela. Algum dia vai rir muito do que escreveu ali. São como crônicas de sua adolescência. John ficou estarrecido.

— Quando John esteve aqui?

— Quando trouxe Brian para ver o apartamento — respondeu ela, arrependida de ter mencionado o nome de John. Outrora amigos, ele e Doug haviam rompido. Além das filhas, os dois tinham muito pouco em comum. Havia vezes em que Emily percebia uma certa animosidade entre eles. Nunca perguntou a causa, nunca quis saber.

— O que são aquelas marcações ali? — inquiriu Doug.

— Vamos colocar uma janela arqueada.

— Meu Deus, o buraco vai ser enorme.

— Vai ficar um charme quando estiver terminado.

— Isso é mesmo necessário? Por quinhentos dólares por mês? E o ventilador de teto é novo. Esse cara está fazendo um tremendo negócio.

— E nós também — disse Emily, defendendo-se. Estava orgulhosa do que havia feito ali e cansada de ser humilhada. — Ele mesmo vai colocar a janela.

— Vai pagar por ela?

— Não, mas vai entrar com a mão-de-obra.

— Achei que tivesse dito que ele era um policial.

— Trabalhou como carpinteiro quando era mais moço. Já lhe disse que ele se ofereceu para ajudar na reforma.

— Isso não é reforma. É construção. Será que ele sabe o que está fazendo? Já o viu trabalhando? Como sabe que não vai acabar com um telhado desmoronado ou com uma janela que vaza na chuva?

— Não tenho certeza — argumentou. — Mas não teria ainda que contratasse um construtor.

— Pelo menos um construtor ofereceria garantia.

— Mas custaria caro, enquanto que Brian está saindo de graça. Estou trabalhando com ele há três dias. Já o ouvi conversar com o eletricista e com o encanador. Entende das coisas. E, de qualquer forma, se fizer algo errado, é ele mesmo que vai ter que conviver com isso.

— Mas seremos nós que teremos que consertar.

— Confio nele, Doug — insistiu Emily. — E você também confiaria se o conhecesse. Quer encontrá-lo mais tarde? — Gostou da idéia. Queria que Brian conhecesse Doug.

Mas Doug respondeu com um aceno impaciente.

— Não tenho tempo a perder com um inquilino. Partirei às três. Tenho que estar em Atlanta hoje à noite para a reunião de segunda-feira de manhã.

— Às *três* — repetiu Emily consternada. Esperava que ele saísse pelo menos às quatro ou cinco da tarde. — Isso não nos deixa muito tempo.

— Tempo para o quê?

— Para *conversar.* Você prometeu que conversaríamos quando chegasse.

Ele a fitou, e então pôs as mãos na cintura.

— Está bem. Estou aqui agora. Fale.

Tempo, lugar, atmosfera — estava tudo errado para o que ela queria falar. Esperava um humor melhor, um cenário mais acolhedor. Mas se só havia aquela chance, não havia o que contestar.

Assim sendo, resolveu dizer de uma só vez:

— Jill está fora de casa, e eu estou sozinha. Pensei que ficaríamos juntos na quinta-feira, e quando isso não aconteceu, esperei por você no sábado, e agora você mal chegou, já vai embora, e não fizemos nada do que planejei para nós. Queria que passássemos algum tempo juntos, Doug. Quero sair com você. Quero me *divertir,* como costumávamos fazer quando éramos jovens.

— É, bem, isso seria ótimo. Posso me aposentar. Mas quem iria pagar as contas nesse caso?

— Não se trata de aposentadoria. Mas precisa passar algum tempo em casa.

— Emily, tenho um negócio para tocar.

— Outros homens também, mas eles arranjam tempo para suas esposas.

— Está dizendo que não sei organizar meu tempo?

Ela pensou em recuar, mas as palavras lhe escaparam.

— É uma questão de prioridades.

— E acha que não tenho prioridades? Você é *inacreditável.* Dou um duro danado para que minha mulher e filha desfrutem de uma vida confortável, e você fica aí reclamando? O que *há* com você?

Ahhh, a culpa.

— Sinto-me só.

— Ora, eu também, preso em quartos de hotéis, em cidades estranhas, e não estou pagando um preço alto só para passear.

— Podia ligar com mais freqüência. Podia me contar sobre o seu dia, e eu lhe contaria sobre o meu.

— Fazemos isso.

— Não todas as noites, e quase sempre sou eu quem fala. Houve um tempo em que você também costumava fazer isso.

A voz de Doug tornou-se lenta e pedante.

— A vida era mais simples naqueles dias. Costumávamos conversar sobre o tempo ou sobre a plantação de alface, ou ainda sobre o novo trator que eu havia encomendado. Meu trabalho é mais complexo agora.

— Não sou burra. Posso entender perfeitamente bem.

— Mas por que deseja tanto saber?

— Porque o seu trabalho me interessa.

Ele lhe lançou um olhar frio.

— Está dificultando as coisas.

— Por quê? — indagou ela, incitando-o. — *Conversar* comigo é difícil?

— Está me pressionando.

— Tudo o que eu quero é um pouco de tempo.

— Não tenho tempo para lhe dar — bradou. — Por Deus, Emily, a vida já é bastante complicada. Não piore as coisas.

Ela o estudou por alguns instantes, incrédula, e então suspirou, derrotada. — Não era essa a minha intenção.

— Ah, ora, nunca é — retrucou ele.

— O que quer dizer com *isso*? — quis saber ela.

Doug dirigiu-se à porta.

— Você é muito ingênua.

— Isso é ruim?

— *Imensamente.* — Começou a descer.

— Doug? — Ela correu para a porta. — *Doug?* — Mas ele não olhou para trás, e em segundos havia sumido, deixando-a vagamente em choque e imaginando o que diabos havia acontecido.

Ela permaneceu com aquela vaga sensação de choque durante as poucas horas em que Doug ficou em casa. Não tentou conversar novamente, simplesmente esteve ali, com sua doce presença, como estivera nos últimos vinte anos.

Esse parecia ser o seu papel no casamento. Não pensara antes a esse respeito uma vez que Jill fizera parte de sua vida em tempo integral. Contudo, agora, tudo levava a crer que Jill, ainda que viesse passar as férias em casa, ensaiava os primeiros passos para uma vida independente.

O futuro de Emily seria com Doug. Se este fim de semana era um indicativo do que os anos lhe reservavam, não sabia o que fazer.

Por isso mesmo, não quis se estender no assunto. Dobrou as roupas limpas do marido e arrumou sua mala, enquanto ele se ocupava em seu gabinete. A fim de mostrar que compreendia a importância de seu trabalho e que sabia fazer concessões, serviu-lhe o almoço lá mesmo. Era uma versão caseira do piquenique que não existiria, e quando ele finalmente lhe deu uma oportunidade, ela ligou para Jill.

Queria que a filha ouvisse suas vozes juntas. Parecia tão importante quanto deixar seu quarto intacto.

~ Seis

Na radiante manhã de segunda-feira, Brian vestiu Julia e a levou à casa da babá. Sentia um nó no estômago só de pensar o quanto a filha iria chorar.

Ela não o desapontou. O choro começou no minuto em que ele a tirou do carro.

Senti-la agarrada a ele, como se o venerasse, e simplesmente não pudesse suportar separar-se dele não lhe serviu de consolo. Sentiu-se um ogro, entregando-a aos braços do carrasco, e não a uma mulher que o impressionara com sua experiência e referências, devidamente confirmadas por ele. Uma a uma. O endosso de Emily fora bastante significativo.

— Calma — sussurrou ele, enquanto Julia berrava em seu colo —, ninguém vai machucá-la. Vai se divertir a valer, e eu vou voltar para apanhá-la mais tarde, vou sim, vou voltar.

Janice a ergueu dos braços de Brian.

— Ela ficará bem assim que o senhor se for. Isso não é incomum, principalmente na primeira vez. — Caminhou em direção às outras crianças.

Os gritos de Julia aumentaram. Seus bracinhos se estendiam na direção de Brian, tocando o ar e o coração do pai. Não conseguia tirar os olhos dela.

— Talvez não seja uma boa idéia — chamou ele, desesperado. — Nós dois passamos cada minuto do dia juntos. Meu rosto é o único que ela conhece. Somos inseparáveis. Sou tudo que ela tem.

— Ela ficará bem assim que o senhor se for, Sr. Stasek.

— Ruídos altos a assustam. Ela ainda sente falta da mãe. Não compreende o que aconteceu com Gayle. Vai pensar que eu também vou partir para sempre. Talvez fosse melhor eu ficar.

Janice estava ajoelhada junto às crianças que brincavam com blocos gigantes de montar.

— Olhe, Julia, está vendo os blocos? O que acha que estamos construindo? O que está fazendo, Adam?

Julia continuava a berrar, os olhos grudados em Brian, que se sentia mais cruel a cada minuto.

— Posso ficar? — apelou ele.

— Definitivamente, não. Ela ficará bem assim que o senhor se for.

— Pus duas mudas de roupa na bolsa. É o bastante?

— É o bastante.

— E o seu coelho. Não dorme sem ele.

— Ela o terá.

— Estarei na cidade. Já lhe dei o número. Posso chegar aqui em cinco minutos, se for preciso. Posso vir ao meio-dia para ver como ela está?

— Não, a menos que queira que ela volte a chorar.

Isso o fez supor que ela pararia de chorar. Brian queria muito pensar que sim, mas ela parecia ter entrado numa crise que só iria piorar e que fazia pouco de sua esperteza de detetive.

Ela costumava sorrir, largar o que estivesse fazendo para olhar para Gayle ou para ele. Agora seu rostinho estava vermelho e molhado. Brian se perguntou se ela algum dia voltaria a sorrir.

— Se não me encontrar no telefone que lhe dei, ligue para a delegacia de polícia. Eles sabem como me achar. Irão me buscar imediatamente. — Imaginou que não custava lembrá-la de seus contatos.

Janice continuava a falar mansamente com Julia, sobre os brinquedos e as outras crianças, e sobre o que fariam naquela manhã. Algo que ela dissera deve ter surtido efeito, pois embora Julia não houvesse parado de chorar, arriscou tirar os olhos de Brian.

Ele saiu pela porta e voltou ao jipe sentindo-se um covarde, um traidor e muito assustado.

Ocorreu-lhe que as referências não eram verdadeiras.

Mas as outras crianças não estavam chorando.

Então talvez houvesse algo errado com Julia.

Mas se houvesse alguma coisa, Janice ligaria para ele. Presumindo-se que ela fosse realmente honesta. Mas Emily não falara bem dela?

Pensar isso lhe deu uma dose de calma. Emily fazia isso com ele, e não apenas quando se tratava de Julia. Desde o instante que a conhecera, encontrara uma certa paz. Era franca, honesta e surgiu em uma hora em que sua vida estava desmoronando. Ela era a personificação da vida simples de que ele tanto precisava.

Lá pelo meio-dia, o lugar no apartamento sobre a garagem onde seria colocado o janelão estava a meio caminho de tornar-se um enorme buraco, e Brian sentia-se melhor. O trabalho braçal sempre o satisfizera, e mais ainda quando exigia concentração. Quebrar uma parede na medida exata da janela requeria músculos e cérebro.

Tirou Julia da cabeça. Mas não por muito tempo. Tinha responsabilidade sobre ela.

Exatamente quando estava imaginando o que ela estaria almoçando e o que ele próprio iria comer, Emily surgiu com um prato de sobra de frango frito e uma jarra de limonada, deixou tudo no chão junto com uma pilha de guardanapos e fez um sinal para que se juntasse a ela.

— Isso está além do combinado — protestou ele, embora o frango parecesse mais apetitoso do que qualquer coisa que ele vinha comendo havia semanas. E cheirava muito melhor do que ele. Quase tudo cheirava melhor do que ele. Emily, certamente. — Eu poderia ter ido à cidade comprar uns sanduíches.

Ela sorriu.

— Se não comermos, vai estragar. Preparei o frango para o fim de semana, mas meu marido chegou e partiu tão depressa que não teve tempo de comer quase nada.

Seu marido era um idiota.

— Ele é sempre tão ocupado?

— Ultimamente tem sido pior. — Seu sorriso tornou-se acanhado. — Eu devia agradecer. Existe tanta gente desempregada por aí, e Doug está transbordando de serviço.

Ela lhe passou um copo de limonada. Ele bebeu tudo e mordeu um grande naco de frango.

— Gratidão é bom, teoricamente. Eu era grato por Gayle ter uma profissão. Tinha por ela todo orgulho e respeito do mundo, mas odiava quando eu estava em casa e ela não.

— Ela devia sentir o mesmo em relação à sua profissão.

— Talvez sim, talvez não. Era uma mulher auto-suficiente em quase tudo. Não precisava de mim.

— Mas se casou com você.

— Não por necessidade. Por desejo.

— Melhor ainda.

Brian não estava tão certo.

— Estava sempre de saída. O casamento nada significava para ela. Tampouco ter um bebê. Foi criada dentro dos padrões de uma família tradicional, onde casamento e filhos eram imperativos. Sua carreira não lhe deixava muito tempo para ambos, mas, sem eles, nada teria conseguido.

— O mesmo aconteceu com você? — indagou Emily.

Serviu-se de outro pedaço de frango.

— Minha profissão não era mais generosa do que a dela. Virava dias e noites consecutivas trabalhando.

— Investigando assassinatos?

— Mmm. — Mordeu o frango, salivando antes mesmo de a carne tocar sua língua.

— Era necessário achar um corpo para se iniciar uma investigação de assassinato?

Ele sacudiu a cabeça e terminou de engolir.

— Mas precisávamos de alguma prova do crime. Não necessariamente uma prova física. No caso de pessoas desaparecidas, geralmente não havia provas, não no sentido de haver coisas manchadas de sangue. Mas havia outras coisas que nos faziam investigar.

— Como o quê, por exemplo?

— Como um carro abandonado num lugar suspeito. Uma maleta jogada numa lata de lixo. Compromissos perdidos. Esses casos sempre foram um desafio. É como achar as peças de um quebra-cabeça, uma a uma, e depois juntá-las.

— Sempre conseguia resolvê-los?

— Quase sempre... mas levava tempo, o que significava muitas horas longe de Gayle e Julia. — Imaginou se Julia estaria tirando um cochilo. Nunca se perdoaria se ela chorasse até se cansar e dormir. Mas jamais iria saber, pois ela não saberia lhe contar.

Sentiu-se desanimado.

— Há momentos em que me pergunto se conseguiremos, Julia e eu. Estou andando em campo minado.

— Minado não, é apenas novo. Meu marido sentiria a mesma coisa se, de repente, tivesse que bancar a mãe de Jill.

— Ele não foi um pai faz-tudo?

— Não exatamente — disse ela de modo arrastado, em seguida ergueu a mão, arrependida. — Mas não havia como. Ele tinha o seu trabalho, e eu fui perfeitamente feliz cuidando de Jill. Não queria que ele se preocupasse com ela. Por isso, se alguém é culpado por ele não ter se envolvido, esse alguém sou eu.

— Ele tem sorte de ter você. Mães em tempo integral são raras hoje em dia.

— Pude me dar a esse luxo, porque ele sustentava a casa.

— E quando vou poder conhecê-lo?

— Logo. Quando ele voltar.

— John disse que ele é um consultor financeiro. Tem escritório aqui em Grannick?

— Em nossa casa. Seu computador possui *fax* e *modem*, além de programas que fazem coisas incríveis. Ele acessa seu correio eletrônico e as mensagens que recebe várias vezes por dia. Na verdade, é bastante interessante. Mas você deve conhecer tudo isso. A polícia não utiliza tecnologia eletrônica?

Brian deu de ombros.

— Usamos os computadores para conferir impressões digitais, licenças e placas de automóveis, levantar antecedentes criminais mais rapidamente do que antes. Mas nada substitui o bom e velho trabalho externo. — Enquanto comia, pensou em alguém trocando a fralda de Julia, entregando-lhe o coelhinho para que ela pudesse dormir, esfregando suas costas. — É como criar filhos. Os computadores não conseguem fazer isso.

— Ela está bem — Emily lhe assegurou, lendo seus pensamentos. — Você já ligou duas vezes. Ela não estava chorando em nenhuma delas.

— Provavelmente chorou até adormecer.

— Provavelmente está entretida com as outras crianças.

— Nunca ficou junto de outras crianças por muito tempo. Tínhamos babá em casa.

— Então será bom para ela.

Ele imaginou que Emily devia estar com a razão, uma vez que criou a filha sozinha.

— É difícil imaginar Julia interagindo com outras crianças.

— Ainda vai demorar para que isso aconteça. Por enquanto ela vai observá-las. E imitá-las. Vai aprender que não poderá ter qualquer brinquedo a qualquer hora. E vai aprender que, embora seu pai a deixe, ele sempre volta para buscá-la e levá-la para casa.

Brian lembrou-se do pesadelo que foi ter de deixá-la de manhã.

— Dói pensar que ela está se sentindo abandonada.

— Está lhe dando muito crédito. Não que ela não seja inteligente. Não que ela não seja a criança mais inteligente de lá — disse isso com um meio sorriso nos lábios — mas as crianças são volúveis. Distraem-se com facilidade. Basta mostrar-lhes um brinquedo novo e já estarão se divertindo. Ela pode até chorar todas as manhãs quando você deixá-la lá...

— Isso não vai passar? — interrompeu ele, apavorado.

— Com certeza. Jill chorou por muito tempo na época em que freqüentou a creche. Já naquela época éramos muito chegadas.

— Aposto que sente muito a falta dela.

Emily examinou a parede quebrada.

— Seis semanas até as férias de outono. É por isso que essa reforma está sendo boa para mim. Estou me distraindo. — Franziu o cenho ao olhar pela janela. — E se chover esta noite?

Ele mudou de assunto de repente, deixando de lado a maternidade e voltando a falar em carpintaria, assunto que lhe era mais familiar.

— Fecharei o buraco com uma tábua antes de sair. Dois caras da delegacia virão amanhã de manhã para me ajudar com a janela. Terminaremos tudo lá pelo meio-dia.

No dia seguinte, pouco depois do meio-dia, Emily sentou-se no mesmo lugar, admirada. A janela em semicírculo ficara espetacular. Filtrava a luz do sol e proporcionava alegria ao ambiente. Doug não telefonara na noite anterior. Após o fiasco do fim de semana, isso doía. Esperava que ele quisesse se desculpar, redimir-se dos erros passados ou simplesmente saber como ela estava. Aparentemente não queria nada disso.

— Então, o que acha? — quis saber Brian. De pé, ele olhava para a janela com um orgulho merecido.

Emily deixou que o bom ânimo de Brian a contagiasse. Ele era tão diferente de Doug, tão positivo, tão *naturalmente* puro e sensual.

— A sala ficou especial. Jill vai ficar furiosa por não termos pensado nisso quando ela estava aqui. — Ofereceu-lhe um sanduíche. — Rosbife no pão de centeio com molho russo.

— Pensei que fosse minha vez de comprar o almoço.

— Amanhã — prometeu ela, imaginando que, de outro modo, ele pudesse contestar. O almoço era um preço módico a ser pago pela ajuda que estava oferecendo, sem mencionar a companhia. Gostava dele. Era uma excelente companhia.

Sentou-se ao lado dela e desembrulhou o sanduíche.

— Como ela vai indo... sua filha?

Emily suspirou.

— Não está tão empolgada com as aulas como estava no início, mas vai ficar bem. — Pelo menos era nisso que Emily queria acreditar. Jill finalmente percebera que havia algo mais na faculdade do que festas. Estava se sentindo intimidada e só. E não parava de perguntar pelo pai.

— Vocês dois têm que tirar umas férias — dissera Jill. — Uma viagem de verdade, agora que não estou aí. Os pais da minha colega de quarto acabaram de voltar das Bermudas, onde comemoraram a liberdade. Adoraram a viagem.

— Seu pai viaja a semana inteira. — De jeito algum iria concordar em sair de férias por uma semana, sem contar a despesa extra que tal passeio lhe traria. Emily sabia que não deveria pedir. — Ficar em casa para ele é tirar férias.

— Mas não para você.

— Estou bem.

— Sério, mãe? Está bem sem mim?

— Como está indo sem ela? — perguntou Brian.

Emily levou um minuto para separar sua pergunta da de Jill e outro decidindo se seria honesta em sua resposta. Poderia mentir e dizer que estava indo bem. Mas estava cansada de mentir. Essa certamente não era a verdade.

— Sinto saudade. — Jill aquecia seu coração. — Há um buraco enorme em meu peito. Ela foi o meu mundo por muito tempo. — Respirou fundo. — Mas é melhor eu me acostumar com a idéia, certo? Foi para isso que a criei, para deixá-la ir. — Certa vez, lera isso numa caneca. Era verdade.

— Você já trabalhou?

E de outra caneca:

— Toda mãe trabalha.

— Fora de casa.

— Não. Formalmente, não. Saí da faculdade para me casar com

Doug. Quando Jill estava com idade de ir para a escola, voltei a estudar, porém mais para me distrair do que para trabalhar.

— Tirou o diploma?

Ela assentiu.

— Em inglês. Sempre gostei de escrever. Às vezes escrevo para o jornal da cidade. Substituo o repórter regular.

— É mesmo?

— É. É divertido.

— Aposto que sim.

— Quando fui tirar o diploma, já conhecia os professores. Às vezes, eu corrigia alguns trabalhos para eles ou ajudava a organizar suas pesquisas, como se fosse a editora particular deles. Era um livre acordo. Fazíamos uma troca: meu trabalho por cursos extras gratuitos. Fiz alguns muito bons. Criminologia. Psicologia para Excepcionais. As pessoas me interessam. Suas histórias. Por que erram ou enlouquecem ou fazem coisas bizarras. Por que um pistoleiro abre fogo aleatoriamente contra um metrô lotado de gente. Por que um motorista joga seu carro contra uma multidão de consumidores de Natal. O que realmente aconteceu ao bebê Lindbergh.

— Foi raptado — disse Brian.

— Alguns dizem que o pai o raptou de brincadeira, e que a brincadeira se tornou realidade. — Tal pensamento a fez estremecer, contudo ela lera sobre o assunto, levara em conta cada argumento a favor e contra a teoria.

Brian ficou pensativo enquanto comia. Por fim, sacudiu a cabeça.

— Havia a escada usada no seqüestro, o bilhete do resgate, o dinheiro... tudo apontava para Hauptmann. Ele tinha antecedentes. Escapara de uma prisão alemã.

Emily estava encantada por ele conhecer o caso. Certamente não podia discuti-lo com Doug.

— Mas não havia testemunhas. A esposa de Hauptmann atestou sua inocência até o fim.

— E quanto às recentes ameaças contra os Lindbergh? Foi Lindy quem as fez?

— Talvez — disse ela, porque tudo era possível em mentes perversas. — Não estou afirmando que ele as tenha feito. Mas certamente era uma pessoa complicada.

— Muitas pessoas são complicadas. Nem sempre existe resposta para tudo o que elas fazem. Suas razões são as mais diferentes possíveis. Que o digam os maníacos.

— Alguma vez esteve envolvido na busca de uma criança desaparecida?

— Em Nova York? Claro. Crianças desaparecem todo o tempo por lá.

— Sempre as encontra?

— Depende da situação. Se uma criança apenas se perdeu dos pais, acaba aparecendo. Se foi seqüestrada, a coisa é diferente. Geralmente conseguimos resgatá-la se houver dinheiro envolvido, pois a intenção é sempre fazer uma troca. Se o seqüestro for o resultado de uma batalha para se obter sua custódia, a culpa é de um dos pais. Se há perversão envolvida, sexual ou de insanidade mental, não é nada bom.

— Quando a família não é contatada, então não há pista?

— Em parte. Principalmente porque estamos lidando com loucos. Podem ser brilhantes em encobrir rastros. Podem mentir com convicção.

Emily engoliu em seco. Era um pensamento angustiante.

— Já trabalhou em algum caso em que a vítima estivesse desaparecida há anos?

— Uma vez, seis anos.

— Como foi que o solucionou?

— Conseguimos uma informação.

— Ei! — veio uma voz do andar de baixo. — Alguém em casa?

Agora não, suplicou Emily silenciosamente, ressentindo-se da interrupção. Mas era tolice. Sua conversa com Brian podia esperar. Afinal, não era urgente.

— Deve ser o homem do piso — sussurrou ela, levantando-se. — Vai fazer o banheiro esta tarde.

* * *

No final da tarde de terça-feira, estava colocado o piso de azulejo branco rajado de cinza-claro que imitava mármore, e que Emily assegurara a Brian que esconderia a sujeira. Convenceu-o ainda que as paredes do banheiro forradas de vinil resistiriam melhor à umidade e a uma criança do que uma simples pintura, e que o quarto de Julia também forrado com vinil ficaria mais alegre. Guiou até a cidade e encontrou vários rolos de xadrez azul-marinho e cinza e vários outros listrados com cores primárias, pintadas sobre um fundo branco lustroso, e começou a medir as tiras para o banheiro e para o quarto de Julia respectivamente, enquanto Brian dava o toque final à janela em arco.

Na quarta-feira, o banheiro estava pronto e os armários de cozinha haviam chegado. Na quinta, foram colocados os armários e entregues os eletrodomésticos. Na sexta, os eletrodomésticos foram instalados, bem como a nova e moderna iluminação.

— Nada mal para a primeira semana — concluiu Brian, olhando ao redor.

Emily concordou. Ambos estavam um tanto sujos, suados e cansados, mas tinham muito do que se orgulhar.

— Podemos terminar na próxima semana, se quiser — observou ela.

— Duvidou de mim, hem?

— Talvez um pouco, no início. Mas estou aprendendo.

— Daremos um jeito nas paredes na segunda.

— Talvez eu comece amanhã. Doug vai se atrasar. — Tentou demonstrar indiferença, mas estava chateada. Ele havia ligado na noite anterior, aparentemente pelo único propósito de contar isso a ela, uma vez que nada mais teve a dizer. Recusou-se a falar de sua semana de trabalho, e quando ela lhe contou sobre a reforma do apartamento, ele respondeu com ah-hãs. Cinco minutos depois ele havia desligado, imaginou ela, bastante aliviado.

— Está tudo bem? — perguntou Brian. Ele a estudava com aquele par de olhos iridescentes que enxergavam longe.

— Está — respondeu, sorrindo, e então franziu a testa e balançou a cabeça. — Não. Eu queria que ele chegasse amanhã. Estou desapontada. Estou assustada com suas viagens constantes.

— Assustada por ter de ficar sozinha?

— Não. Assustada... — gesticulou. Era difícil expressar-se em palavras — ...com seu trabalho. Ele nunca tem tempo.

Assustador era pensar que essa era a sua vida. Doug não estava se desculpando. Não estava dizendo que as coisas iriam mudar. Sempre que alegava sentir-se só, ele se zangava, como se a culpa fosse dela, algo que ela causasse a si mesma.

Talvez fosse verdade. Mas isso em nada aliviava sua dor. Se não conseguia fazer com que Doug a compreendesse, que rumo tomariam suas vidas?

— Quer fazer compras comigo e Julia amanhã? — Brian a convidou. — Vamos comprar os móveis.

O convite a deixou mais animada.

— A que horas vocês vão?

— Somos flexíveis. A que horas é melhor para você?

Ela e Kay passariam a manhã paparicando Celeste, mas estaria livre à tarde.

— Meio-dia? Uma hora? Duas? — disse ela, com simplicidade.

— Meio-dia. — Ele sorriu. — Até lá.

Compraram um sofá-cama comprido, de estrutura de carvalho, e duas poltronas que combinavam com ele. Compraram uma mesinha de centro, um guarda-roupa espaçoso, algumas prateleiras e uma mesa com cadeiras também de carvalho. Compraram ainda duas enormes telas com paisagens impressionistas para a sala de estar e dois pequenos quadros infantis para o quarto de Julia. E um cabideiro de vime.

Ficou acertado que tudo seria entregue na próxima sexta-feira.

* * *

Doug voltou para casa a tempo para o jantar de sábado. Emily serviu costelas de carneiro, pelas quais pagara um preço exorbitante, um prato de massa absurdamente complicado de preparar e brócolis frescos. Para sobremesa, bolo inglês.

Doug começou a comer, deu uma risadinha e anunciou que passaria duas semanas em Londres.

Emily levou um choque.

— Duas *semanas*?

— É uma conta nova. Uma das grandes. Sem contar que será um dia de viagem para ir e outro para voltar.

— Mas restarão doze dias lá. Você nunca passou doze dias trabalhando numa só conta.

— Estou falando de Londres, Emily, de uma porta que está se abrindo para mim.

— É maravilhoso — disse ela, tentando ver a coisa pelo mesmo prisma. — Mas aonde isso vai nos levar?

— Ficaremos financeiramente mais estáveis.

Emily foi tomada por uma fúria súbita diante de tanta insensibilidade.

— Dane-se o dinheiro. *Aonde* isso vai nos levar?

— Do que está falando?

— De nós, Doug. Você e eu. Do nosso casamento. Do tempo que deveríamos estar passando juntos, agora que Jill foi para a universidade.

— Não sei quem lhe falou que haveria esse tempo. — Jogou o guardanapo sobre a mesa e se levantou. — Isso não passa de fantasia. — E saiu.

— Espere! Vamos conversar!

Ele se virou e lhe lançou um olhar resignado.

— Conversar sobre o quê? É o meu trabalho. O que posso fazer?

— Mude a programação. Encurte a viagem. Não precisa ir para tão longe. — Parecia desesperada. *Estava* desesperada. Seu marido estava se tornando cada vez mais estranho, mais distante. Achou que se não procurasse trazê-lo de volta agora, nunca mais o faria.

— Está brincando? — disse ele. — Há anos que espero por um contrato desses. Não vou desistir.

— Posso ir com você?

— Não.

— Por que não?

— Não seria adequado.

— Por que não? Posso passar os dias visitando os museus.

— E depois? O que faria à noite enquanto eu estivesse em algum jantar de negócios?

— Ficaria ao seu lado. Faria companhia a você durante o jantar.

— E o que teria a dizer àquelas pessoas? — inquiriu ele em tom de menosprezo. — Absolutamente nada. Seu mundo está a anos-luz dos deles.

— E do seu? — indagou ela, lembrando-se do homem que antes andava de jeans e transpirava saúde e honestidade.

Ele foi lento ao responder, porém não menos confiante.

— O meu está em algum lugar no meio dos dois. Quero me aproximar mais do mundo deles durante essa viagem. Você não entende — protestou —, isso pode vir a ser a grande virada em meus negócios. Pode ser o início de uma reputação internacional. Você entende o que isso significa?

Ocorreu a Emily que ele não a estivesse ouvindo. Não fazia idéia do que ela estava tentando dizer e pior, não se importava nem um pouco com isso. Os dois estavam lutando em lados opostos. Talvez, para ele, ela fosse apenas sua criada, levando-se em conta o nível de envolvimento entre eles.

Tal pensamento a deixou desconcertada.

— Estarei no escritório — anunciou ele.

Ela tirou a mesa, empilhou os pratos na pia, encheu a lavadora de louça, então voltou para a mesa onde ficara o bolo inglês. Era uma bela criação, coberta de frutas, encharcada de xerez e creme chantilly, e estava tão artisticamente bonito quanto indecentemente gostoso.

Levantando a travessa pela haste, despejou o bolo na pia e deixou que a massa escorresse pelo ralo.

Na manhã de segunda-feira, ela estava de volta ao apartamento da garagem, trabalhando ao lado de Brian, pintando as paredes enquanto ele se ocupava do serviço de marcenaria. Tentava não pensar em Doug — pensar nele lhe trazia dor e mágoa — contudo, tais pensamentos eram tão teimosos como suas emoções. Consumiam-na, monopolizando sua mente.

— Emily?

Ela pulou, espantada em descobrir Brian ao seu lado.

— Está com cara de quem vai chorar. Há algo errado?

Ela saçudiu a cabeça.

— Estou apenas pensando em coisas que não deveria.

— Como o quê?

Ela suspirou.

— Como envelhecer. — De certo modo, era verdade. Era isso que era a vida após os filhos, decidir como passaria o resto de seus dias.

— Você ainda tem muita vida pela frente.

— Obrigada.

— Não me agradeça. Digo isso em meu próprio benefício, já que temos a mesma idade.

Ele lhe endereçou um sorriso afetuoso e voltou ao trabalho, deixando Emily imaginando por que motivo Doug nunca sorrira para ela daquele jeito. Ora, Doug era seu marido. Estavam casados há vinte e dois anos. Construíram uma vida juntos, compartilharam um grande trauma.

Os traumas geralmente uniam ou separavam as pessoas de vez. Já que os dois haviam permanecido casados, ela sempre achou que a primeira opção havia prevalecido. Agora duvidava.

* * *

No entardecer de quarta-feira, haviam terminado a pintura do apartamento. Na manhã de quinta, lixaram o piso de madeira. Ao fim do dia, haviam envernizado as tábuas, deixando que secassem.

— Isso merece uma comemoração — disse Brian. — Tem cerveja na geladeira?

Emily fez ainda melhor, abrindo a garrafa de champanhe que chegara, havia tempo, junto com seu livro. Como Doug não quis bebê-lo, muito menos saber de sua existência, ela não via mal em dividi-lo com Brian.

Ele ergueu o cálice.

— A um trabalho bem-feito.

Ela sorveu um pequeno gole, e então recostou-se contra as pedras. Estavam no jardim, à beira do lago. A tarde avançava serena.

— Foi isso o que me chamou atenção nesse lugar — observou Brian. — A paz. É disso que Julia e eu precisamos.

— Fico feliz. Espero que funcione com você.

— E quanto a você?

Ela o fitou, perplexa, porém apenas por um instante. Seus olhos penetrantes diziam que de nada adiantava tentar enganá-lo.

— Talvez funcione comigo algum dia — confessou, sentindo um aperto na garganta.

— Quer dizer que não é isso o que quer agora?

Esperou que o aperto diminuísse.

— Estou passando por um momento difícil. As coisas estão mudando.

— Com Jill?

— E Doug.

— Estão com problemas?

Problemas? Emily suspirou e ergueu os olhos em direção às folhas das árvores.

— Pode-se dizer que sim. — Voltou a sentir a gargantar apertar.

— Quer falar sobre isso?

Não olhou para ele, temerosa de que, se o fizesse, fosse chorar. Era um homem tão amável. Era gentil e compreensivo, e ela ansiava por isso.

— Não precisa, se não quiser — disse ele. — Afinal, não nos conhecemos há muito tempo. Mas nos tornamos amigos. Respeito você e o que fez na vida.

Emily não sabia por quê.

— Não fiz muita coisa.

— Não acha muito ter constituído uma família? Ou ter criado uma filha? Ou esperar pacientemente pela chegada do seu marido?

— Mas não é como ter uma profissão, como teve a sua mulher.

— Havia uma inversão. Ela não era uma mãe ou uma esposa como você. Não tinha paciência para isso, nem autoconfiança.

Agora ela olhou para ele.

— Autoconfiança? Pelo que você me contou, ela se saía bem em qualquer situação. Se fosse convidada para passar duas semanas em Londres, saberia o que dizer durante o jantar.

— Ela precisava de um contracheque. Era a única forma de julgar seu sucesso. Queria um filho, mas não soube abrir mão do trabalho. Não tinha autoconfiança para dizer aos colegas, "Agora chega, tenho que ficar com minha família." — Fez uma pausa. — Não tinha autoconfiança, nem vontade. — Esfregou a sobrancelha. — Não sentia vontade. Ponto final.

Exatamente como Doug, pensou Emily, e efetivamente, olhando para Brian, cujo rosto possuía fortes traços de bondade, sentiu os olhos se embaçarem. Doug não queria passar o tempo com ela. Não sentia vontade. Ponto final.

Virou o rosto.

— Sou um bom ouvinte — insistiu Brian.

Ela assentiu, balançando a cabeça.

— Está parecendo pior a cada dia — observou ele.

— É que estou pensando mais — justificou-se.

Ele se calou. Ela sabia que ele não podia forçá-la a falar, se não quisesse. E ela queria. Mas era difícil.

— Vou me mudar amanhã — disse ele num tom mais leve. — É excitante.

— Sim, é. — Mas depois de duas semanas de correria, o trabalho estava terminado. Emily não sabia o que faria quando chegasse segunda-feira.

Talvez o banheiro do segundo andar.

Mas por quê? Doug nunca estava em casa. Escolhera o papel de parede pensando nele. Se o banheiro fosse só seu, teria escolhido outro.

Poderia escolher o papel que quisesse agora. E então veria o que Doug teria a dizer quando se dignasse a visitá-lo.

Foda-se, provavelmente. Não, isso não. Certamente nem iria notar. Não ligava a mínima para a decoração dos banheiros. Não ligava a mínima para *ela*. Havia mudado.

E ela, havia mudado?, pensou, sentindo o peito apertado. Deitou a cabeça sobre os joelhos e tentou afastar o pensamento.

Sentiu a mão de Brian tocar seu ombro.

— Tudo vai dar certo — disse ele, mas não foi a voz dele que ela ouviu. Foi a de John, dizendo a mesma coisa há dezenove anos atrás. Mas não foi assim. As coisas *não deram certo.*

Emily se pôs de pé e afastou-se de Brian.

— Tenho que ir. — E se foi, cruzando o gramado.

Num instante ele estava ao seu lado.

— Quero ajudar.

Mas ela não podia falar, não podia pensar. Culpa, medo, desespero ressurgiam dentro dela. Por que agora?, pensou, e, embora não encontrasse resposta, era o que sentia.

Sem Jill por perto, estava só.

Uma hora mais tarde, Brian entrou na Delegacia de Polícia de Grannick, atravessou a passos largos a sala do esquadrão e irrompeu no escritório de John sem nem mesmo ter batido. Julia estava em seu colo, absolutamente calada, parecendo saber que não era hora de criar caso, bem como todas as pessoas por quem passou.

John o fitou surpreso.

— Fale-me sobre ela — ordenou Brian.

— Quem?

— Você me apresentou a Emily Arkin. Insistiu na idéia de que eu poderia ajudá-la a reformar o apartamento, e você sabia que eu trabalharia ao seu lado. Bem, foi exatamente isso que aconteceu, e eu já vi olhares tristes e melancólicos. Mas há mais coisas sobre Emily do que pode me dizer seu olhar. Quero que *você* me diga.

John olhava fixo para ele, a boca apertada, mas foi a aflição em seu olhar que deixou Brian apreensivo.

— Já perguntou a ela?

— Há uma semana que não faço outra coisa. O merda do marido a está abandonando, mas meu faro diz que isso não é tudo. Quero saber por que ele não quer ficar com ela. Quero saber por que só tem uma filha, já que adora crianças. Quero saber por que está tão interessada em meu trabalho. Faz perguntas diretas, sempre sobre o mesmo tema. Meu faro me diz que você sabe que assunto é esse, e muito mais. Eu podia virar este lugar de cabeça para baixo em busca de respostas, mas levaria tempo demais. Poupe-me o esforço, está bem?

John o fitou por mais um minuto. Por fim, parecendo mais triste do que nunca, quase vencido, apoiou as mãos nas extremidades da mesa e se levantou da cadeira. Caminhou até o arquivo do canto da sala, abriu a última gaveta e puxou de lá uma pasta com alguns centímetros de espessura. Jogou-a sobre a mesa. Brian olhava para ela, o coração descompassado, quando John jogou um livro sobre a pasta.

— É melhor dar uma olhada nisso também. Vai lhe dizer o que ela sabe. — Quando Brian ergueu os olhos, John acrescentou: — Se tiver alguma sugestão, serei todo ouvidos. Também me sinto culpado.

Por um breve segundo, Brian duvidou se realmente desejava saber alguma coisa. Então lembrou-se de Emily e da promessa de serenidade que ela trouxera à sua vida confusa, e sabia, mais do que qualquer outra coisa, que se não tentasse manter a promessa, também se sentiria culpado.

Sete

Emily Arkin tinha dezenove anos quando nasceu seu primeiro filho, um menino. Seu nome era Daniel, como o de seu bisavô paterno, e ela e Doug eram loucos por ele. Doug, que possuía uma fazenda nos arredores da cidade, freqüentemente passava em casa no meio do dia para vê-lo. Durante o dia, Daniel era a única companhia da mãe e, como tal, tornou-se bastante conhecido na cidade.

Relutava em dormir à tarde e constantemente caía no sono durante os passeios de carro com Emily. E assim aconteceu no dia primeiro de outubro, quando o garoto estava com dois anos. Ela deixou o carro no estacionamento da agência dos correios, viu que Daniel estava dormindo, e, sabendo que não iria demorar, deixou-o no carro e correu lá para dentro. Demorou-se por cinco minutos. Ao voltar, encontrou o cinto que o prendia ao assento ordenadamente desatado e nenhum sinal de Daniel.

A polícia local chegou em minutos. Enquanto Emily jurava que Daniel não poderia ter soltado o cinto de segurança e saído do carro sozinho, os policiais procediam a uma busca pelo estacionamento e áreas vizinhas na esperança de que ele houvesse feito exatamente isso e se afastado dali. Interrogaram os outros clientes da agência, bem como aqueles que saíram enquanto Emily estava lá dentro. Investigaram as lojas do bairro, vasculharam o centro e se espalharam pelo resto da cidade.

Daniel se fora.

O despachante da polícia comunicou à polícia estadual e aos departamentos das cidades vizinhas a fim de alertá-los sobre o desaparecimento do menino. Todavia, sem a descrição de um veículo ou de um suspeito havia pouco a ser feito. Fotos de Daniel foram enviadas para todo canto. O FBI foi notificado.

John Davies, o agente designado para o caso, interrogou Emily e Doug exaustivamente. Qualquer dúvida que houvesse surgido desse interrogatório foi totalmente explorada e descartada. Ao mesmo tempo, os Arkin faziam vigília ao lado do telefone na esperança de receberem alguma informação. Entretanto, isso nunca aconteceu.

Nas semanas seguintes, principalmente devido à insistência de Emily, foram feitos apelos que se estenderam às cidades e estados vizinhos, mas, dispondo apenas da fotografia de Daniel, o caso não obteve bons resultados. Passado algum tempo, outros assuntos ocuparam a polícia de Grannick, e embora o caso Arkin permanecesse em aberto, foi definitivamente esquecido.

Brian leu o relatório que John havia escrito, os dois breves relatórios arquivados imediatamente após o desaparecimento da criança, e um outro, mais recente e extenso, que detalhava completamente a investigação. Examinou as fotografias de Daniel, uma delas só, outra com os pais. Observou cuidadosamente o interrogatório de Emily e Doug, seus vizinhos e amigos, os empregados de Doug, os donos das lojas que Emily visitara antes de parar na agência de correios. Prosseguiu a leitura de uma lista de tentativas de outras forças policiais que o departamento de polícia de Grannick havia acionado.

Então, abriu o livro que Emily escrevera e o leu de ponta a ponta. O livro tratava do caso que ela mencionara, o seqüestro de Susan Demery, uma estudante local, por um ex-empregado desgostoso de seu pai. A menina fora levada do dormitório da faculdade em uma madrugada de inverno e mantida, amarrada e amordaçada, em uma oficina que ficava no subúrbio onde trabalhava um dos seqüestradores.

O seqüestro Demery acontecera há cinco anos, quatorze anos após o desaparecimento de Daniel. O caso foi conduzido segundo os avanços da tecnologia investigativa, ocorridos durante aqueles quatorze anos, que ia desde a rede de computadores instalados nos departamentos de polícia e comparação de impressões digitais até a análise das fibras do carpete do dormitório de onde a garota fora levada.

O livro era bem organizado, o caso claramente apresentado, o texto brilhantemente escrito, dada a dor que Emily teria experimentado durante sua execução. Brian sequer pôde imaginar tal dor, ou a dor que ela sentia ainda hoje ao lembrar-se de Daniel.

Dormiu por uma hora e acordou com a voz de Julia, que conversava com seu coelhinho. Jogou o braço sobre os olhos e lamentou que as crianças acordassem tão cedo.

Então lembrou-se que passara a noite inteira lendo, e seu ressentimento se foi. Apoiou o corpo sobre os cotovelos e observou a filha brincar, e, com isso, foi capaz de perceber muito mais. Desde a morte de Gayle, seus sentimentos por Julia restringiam-se a inquietação e cuidados. Preocupava-se com minúcias e deixava de enxergar o todo. Esquecera-se de que as crianças eram milagres — e não teve importância se, a princípio, preferia esperar mais tempo para ter um filho, estivera na sala de parto quando Julia nasceu. Sentira admiração diante da aparição daquele ser humano em miniatura, totalmente formado, perfeito e sadio que ele ajudara a fazer.

Esquecera-se daquela admiração. Esquecera-se do orgulho, do sentimento de posse e do aperto na garganta, que sentira durante as primeiras semanas de vida do bebê, antes que as exigências de seu trabalho o tirassem de perto dele.

O sentimento voltou a valer. Com a imagem de Daniel Arkin flutuando em sua mente, olhou para Julia com outros olhos.

Sua brincadeira era inocente. Tentava sentar o coelho, mas ele caía assim que ela o soltava. Então as pernas do coelho se abriam e ele tombava sobre elas. Julia tornava a sentá-lo e o observava cair.

Fez isso várias vezes, as bochechas rosadas, a pequenina boca úmida, os cabelos revoltos em cachos, e o tempo todo falava coisas que ele não podia compreender. Ou talvez pudesse. Escutou. Observou a repetição dos sons. Sim, claro, ela parecia dizer "coelhinho" em meio a outros sons indistintos, um vago "senta" e muitos "ihhhs" de surpresa.

Ele saiu da cama e acocorou-se ao lado do berço.

Ela olhou para ele. Seus olhinhos eram mais ternos, mais azuis pela manhã. Imaginou que ela estivesse feliz ao ver que ele havia acordado.

— Oi — disse ele baixinho. — Brincando com o coelhinho? — Através das grades do berço, ele levantou o brinquedo e o sentou diante dela. — Oi, Julia — imitou a voz do coelho. — Quer brincar? — O coelho deu um salto para frente e coçou a barriga dela com a cabeça.

Julia arqueou o corpo e soltou uma risadinha espremida. Era um som divino. Ele afastou o coelho e o fez saltar contra sua barriga novamente. A gargalhada era espontânea, preciosa. Brian estava espantado com a facilidade com que o riso viera.

Mas era assim a infância, como o raiar do dia. Quando Julia sentia dor, chorava. Quando sentia cócegas, ria. Suas reações eram impulsivas. Nada nela era racionalizado.

Mas seguia o exemplo de quem estava à sua volta. O que foi mesmo que Emily dissera... Que Julia podia sentir a tensão em seus braços quando ele a segurava? E ele estava tenso. Ficou atemorizado quando soube que teria de criar sozinho a filha. Imaginou se Julia teria sentido isso, se a infelicidade de sua filha teria origem em seu próprio temor e não na morte de Gayle.

Desejando muito abraçá-la, tirou-a do berço e apertou-a em seus braços.

— Eu a amo, Julia Stasek. Posso ser um pai meio desajeitado, mas vou aprender. — Mudou-a de braço para que ela pudesse vê-lo, e sorriu. — Nós dois vamos aprender. O que acha? Se o papai errar, você diz a ele. Se Julia errar, eu digo a ela. Se nós dois acertarmos, comemoramos. Acha justo?

Ela não sorriu, mas havia uma calidez naqueles seus olhinhos, que pareciam querer dizer alguma coisa.

— Justo — interpretou ele. Em seguida, feliz por ela estar sã e salva e relativamente contente em seus braços, disse: — Sabe que dia é hoje? É o dia da mudança. Vou deixá-la com Janice... não, não faça beicinho, porque você *sabe* que está começando a gostar dela. Não fez pintura manual ontem? Não foi divertido? Não brincou na caixa de areia? Não tomou *sorvete de casquinha*? Foi, você fez todas essas coisas, e as suas roupas sujas estão aí para provar. E vou lavá-las hoje à noite naquela novíssima máquina de lavar, na nossa novíssima casa. Eu estou muito animado. Imagine só. Não vou mais precisar correr para a lavanderia, enquanto você dorme, e colocar moedas e mais moedas na máquina, e me programar para voltar antes que algum filho da mãe as roube. Mas eu não tenho a menor idéia de por que alguém iria querer roubar suas roupinhas, você tem?

Brian deu continuidade ao monólogo, durante a troca de fraldas, e funcionou. Julia o escutava atentamente, parecendo entender tudo o que ele dizia. Não gostou muito quando ele começou a vesti-la. A malha que ele escolheu encolhera muito na lavagem — ele não sabia por quê — e não queria entrar pela cabeça, por isso ele puxou com força, enfiando-a pela metade, até descobrir que a roupa não havia encolhido, mas estava abotoada no pescoço. Lutou com os botões, imaginando como iria *retirar* a peça, e quando se deu conta de que Janice devia tê-la abotoado antes de guardá-la, o cabelo de Julia havia se enrolado em um dos botões.

Ao tentar desenroscá-lo, ela começou a chorar. Mexeu no emaranhado de fios por um minuto, mas ele era desastrado demais, e, não encontrando uma tesoura, usou sua navalha para cortar o nó.

Não retornaram àqueles momentos de comunhão de antes, mas Brian não desanimou. Uma vez que ele e Julia estivessem instalados no novo apartamento, suas vidas ganhariam uma aparência mais organizada.

Hoje, quando chegassem à casa de Janice, ele a abraçaria por mais um minuto antes de entregá-la a ela.

Quinze minutos depois, ele entrou no gabinete de John. A sensação de vazio que tomara seu estômago durante a noite estava de volta. Deixou-se cair na cadeira diante da mesa.

— Quero conversar.

— Imaginei isso — disse John, recostando-se na cadeira. — Leu os relatórios?

— Cada frase. O livro também. Foi você quem sugeriu que ela o escrevesse?

— Foi, mas isso não me custou nada. No instante em que o caso Demery chegou a público, Emily veio a mim. Acompanhou o desenrolar das investigações, e não tivemos como impedi-la. Conhecíamos sua história. Eu juro que ela nos mantinha alerta sem dizer uma única palavra.

— Você a conhecia antes do desaparecimento de Daniel?

— Como qualquer policial conhece os moradores da cidade. — Fez uma pausa, constrangido. — Bem, talvez um pouco mais. Tivemos alguns problemas com uns estudantes que protestavam contra isso e aquilo, e então dois deles fizeram sucesso vestidos de hippies, querendo plantar brotos de alfafa sem agrotóxicos. Passamos a observá-los de perto. Mas foi só no seqüestro do garoto que ficamos sabendo que eles eram boas pessoas.

— Então não acha que o marido teve algo a ver com isso.

John recuou.

— Está maluco? Ele adorava o garoto. Você leu o relatório. O cara estava trabalhando no campo quando aconteceu. Três pessoas diferentes confirmaram a história. Por que achou que ele estivesse envolvido?

Porque Brian não gostava de Doug Arkin.

— O homem é esquisito, o modo como trata a esposa, e está sempre viajando. Além disso, Emily mencionou alguma coisa, enquanto trabalhávamos no apartamento. Algo sobre uma teoria que afirma que Charles Lindbergh seqüestrou seu próprio filho. Conhecia todos os argumentos a favor. Fiquei imaginando se haveria algum paralelo.

John sacudiu a cabeça com convicção.

— Se tivesse havido pedido de resgate, eu talvez achasse que Doug queria o dinheiro para ampliar seu negócio, mas não havia seguro feito em nome do garoto, nem dinheiro para pagar algum suposto resgate. Além disso, nunca houve pedido de resgate.

Brian lembrou-se claramente do que Emily dissera.

— A teoria Lindbergh afirma que Lindy era muito brincalhão, e que tudo não passou de uma brincadeira. Poderia ter acontecido o mesmo com Doug?

John balançou a cabeça antes mesmo que ele terminasse.

— Doug não é brincalhão. Nem possui muito senso de humor, pelo menos não que eu saiba, e Kay e eu somos amigos deles há muitos anos. Talvez ele fosse mais bem-humorado antes do seqüestro. Talvez o seqüestro o tenha mudado. Mas isso seria outro argumento contra o seu envolvimento.

— Na maioria dos seqüestros os pais são os responsáveis.

John continuou a defender seu ponto de vista.

— Não nesse. Também não gosto do cara, mas não foi ele o seqüestrador.

— Por que você não gosta dele? — Brian imaginou se suas razões seriam as mesmas.

Eram.

— Porque ele é nojento com Emily. Ela é uma das melhores pessoas que eu conheço. Tem bom coração. É generosa. Capaz de lhe dar a roupa do corpo, e ainda por cima passá-la a ferro para você. Foi uma segunda mãe para minha filha. Cuidava dela sempre que Kay não estava. Devo muito a ela.

— Então gosta dela.

— Acabei de dizer que gosto.

— Você a vê com freqüência?

— Vejo-a por aí.

— Vocês dois são mais do que amigos?

Fez-se uma pausa, e então:

— Como é?

— É puramente social... você e sua mulher, e Emily e Doug?

Novamente, John perguntou cauteloso:

— O que está dizendo?

Brian sabia que estava errado. Não sabia por que levantara a questão... sim, sabia. John dissera que sentia remorso. Brian queria saber o que ele quis dizer com isso. — Você sente alguma coisa por Emily.

— Isso mesmo, sinto. Por todas as razões que já lhe disse e mais ainda.

Parecia furioso. Por um instante, Brian imaginou se teria perdido o emprego.

John prosseguiu:

— O fato é que isso não é da sua conta. — Parou, pensativo. — Mas já que leu aquele relatório, está morando no apartamento dela e pode formar sua própria opinião e talvez ajudar em alguma coisa, vou lhe contar. Uma vez e nunca mais, e se voltar a tocar nesse assunto, estará fora do seu juízo normal. — Com um tom de voz mais baixo, revelou: — Conheci Emily durante a busca de Daniel, e depois que tudo esfriou, tornamo-nos amigos. Ela estava grávida de poucos meses quando levaram o garoto, e minha mulher também. Nossas filhas são muito amigas, como Emily e Kay, e eu gosto dela e fico triste por ela. Ainda me sinto responsável.

— Por que não conseguiu solucionar o caso?

— Ora, o que que eu tinha para trabalhar? — desabafou, traindo sua frustração. — Você leu o relatório. Não havia nada. Foi como se alguém o tivesse feito desaparecer com uma varinha de condão — resmungou. — Nunca houve pistas para seguir. Em toda a minha vida profissional, esse foi o caso mais difícil que peguei.

Parecia mesmo não ter havido nada de malicioso entre Emily e John. Brian farejava mentiras no ar e parecia não ter ouvido nenhuma até então. Havia culpa, mas não em relação a sexo. Não importava que o FBI houvesse sido envolvido ou que John fosse apenas um patrulheiro na época. Foi ele o oficial designado para o caso e se envolvera demais.

— Considerando tudo, Emily parece surpreendentemente normal — observou Brian. — Deve ser uma mulher de ferro. Ou isso ou é muito religiosa.

— Não é religiosa. Não sei se era antes do seqüestro, mas depois, bem, que tipo de Deus faria o que Ele fez para ela?

— Ainda assim, existe alguma coisa que a mantém de pé até hoje. A menos que eu desconheça algum detalhe da história. Será que ela ficaria muito abalada se eu mencionasse Daniel?

— Não. Acho que não.

Brian aproveitou a deixa.

— Continue.

John o fez com clara relutância, como se odiasse trair um segredo, porém desejava que Brian soubesse de tudo.

— Durante meses após o sumiço de Daniel, ela vagou pela cidade, subindo e descendo ruas, procurando, tentando ouvir algum choro, como se o menino pudesse estar escondido entre os arbustos. Parou de agir desse jeito quando Jill nasceu, mas eu a flagrei fazendo isso há algumas semanas. Logo depois que Jill foi para a faculdade. O garoto teria hoje vinte e um anos e também estaria na faculdade. Deve estar sendo muito difícil para ela.

— O marido não a ajuda em nada.

— Ele sempre foi assim. Creio que jamais compreendeu o que Emily sentiu. Talvez tenha sido difícil demais perguntar. Também estava sofrendo. Foi então que ele mudou. Como se estivesse cansado de sofrer.

— Depois de quanto tempo?

— Alguns anos. Mantivemos o caso em aberto o máximo que pudemos, até que não houvesse mais nada a fazer. Depois disso, Doug só quis esquecer. Fez Emily se livrar das fotografias do garoto.

— É muita frieza.

— Não — discordou John, cauteloso. — Imagine só. Pense em como se sentiria se fosse seu filho, se não soubesse se ele está vivo ou morto, saudável ou mutilado, feliz ou infeliz. Pense nas coisas grotescas que podem ter acontecido a ele. Imagine-o chorando sem parar, sem entender por que você não aparece. Então imagine que você não pode fazer porra nenhuma por ele. Isso o consumiria vivo, mas ainda assim se veria totalmente impotente diante da situação. — Lançou um olhar triste para Brian. — É provável que você também quisesse esquecer e começar de novo.

Brian pensou em Julia.

— Eu nunca esqueceria.

— Usei a palavra errada. Que tal "preencher sua vida com outras coisas"? Emily preencheu sua vida com Jill e suas amigas e os filhos das amigas; e em cuidar de Doug. Ele, por sua vez, deixou que o trabalho a preenchesse. Foi quando começou a trabalhar com gerenciamento e marketing e começou a viajar. É terrível ter de dizer isso, mas ele nunca teria transformado a fazenda no que ela era quando a vendeu, nem teria o negócio que tem agora se aquele garotinho não tivesse desaparecido.

— Emily estaria bem melhor sem nada disso — concluiu Brian. — Perdeu o filho, depois o marido.

— Ele a sustenta. É mais do que a maioria dos homens consegue fazer.

Ocorreu a Brian que, como marido, não fora muito diferente de Doug. Incomodado com tal pensamento, tentou outro.

— Emily foi uma mãe superprotetora para Jill?

— Às vezes. Mas sabia que não podia sufocá-la. Mas se quer saber, nunca deixou aquela menina sozinha no carro. Nunca a deixou sozinha *em lugar algum* durante seus primeiros anos de vida. Não quis arriscar. E teve problemas mais tarde também. Quando Jill atingiu a idade de começar a sair sozinha, Emily sofreu muito, mas sabia que a filha precisava levar sua própria vida, por isso a deixou ir. A mulher merece o nosso respeito.

Brian levantou-se da cadeira.

— É. Bem, eu a respeito, mas isso não ajuda muito, ajuda?

— Claro que ajuda. Ela precisa de apoio.

— Precisa mais do que de apoio. Precisa de uma bola de cristal que lhe diga o que aconteceu com o garoto. Precisa de uma conclusão. — Correu a mão pelos cabelos.

— Tem alguma idéia? — indagou John.

Tinha algumas, mas eram apenas palpites. O caso estava fechado há anos. Não havia surgido nenhuma pista. Nem agora, nem antes. Nem mesmo uma pista *falsa.*

— Vou pensar no assunto. Talvez possamos tentar alguma coisa. Posso ficar com os relatórios por mais algum tempo?

— São todos seus. Mas me faça um favor. Não diga nada a ela. As chances são quase nulas, sabe como é?

Emily estava lendo o jornal quando Brian chegou. Escutou o jipe encostar na entrada da garagem e começou a se levantar, na intenção de se esconder — fazendo a cama, lavando roupa, espanando a sala — qualquer coisa que evitasse o diálogo, caso ele passasse em sua casa a caminho do apartamento. Sentia-se uma tola, tendo lavado a roupa suja diante de um estranho.

Bem, ele não era exatamente um estranho. Pelo menos, não se sentia como tal.

Com isso, tornou a sentar-se lentamente. Olhou para o jornal e aguardou. Não ergueu os olhos, nem mesmo ao escutar seus passos na escada da frente, e quando ele bateu à porta, uma nova onda de constrangimento a deixou paralisada.

— Posso ver que está aí — cantarolou ele do outro lado do vidro.

Lentamente, Emily pôs de lado o jornal.

— Tenho rosquinhas amanteigadas.

Ela sorriu diante da falta de acanhamento dele.

— E café. E tempo para conversar, se quiser.

Ela queria? Não. Sim, queria.

Finalmente olhou para cima e fez um sinal para que ele entrasse. Prontamente, Brian deixou a sacola sobre a mesa, retirou de lá e destampou duas xícaras de café e desembrulhou as rosquinhas.

— Não pode continuar fazendo isso — disse ela.

— Por que não?

— Vou acabar engordando.

Ele puxou a cadeira ao seu lado e entregou-lhe o café.

— Duvido.

Emily envolveu a xícara com as mãos.

— Mas você está certa. Não poderei continuar com isso. Começo a trabalhar na segunda-feira.

Estava sendo gentil e encantador, mas ela não conseguia esquecer a última conversa que tiveram, que não havia sido exatamente uma conversa. Ela havia começado a chorar.

— Está preocupado por ontem à noite. Mas não fique. Fico deprimida às vezes. Isso passa — disse, embaraçada.

— Fiquei sabendo sobre Daniel — disse ele delicadamente.

Ela arregalou os olhos.

— Li o relatório — explicou.

Estranhamente, ela se sentiu aliviada. Queria que ele soubesse. Daniel era parte dela.

— Foi há muito tempo.

— Mas nunca foi solucionado. Deve ser um tormento.

— Só quando me lembro — disse ela com um sorriso oblíquo nos lábios. — Tento não pensar no assunto. Não vai me levar a lugar algum. Se ele não estiver morto, certamente está longe daqui. Aceito isso. — Estudou a xícara de café. — Costumava sonhar que alguém que estava desesperado para ter um bebê passou por ali, viu que ele estava sozinho no carro, tirou-o de lá e foi embora, e que, quem quer que tenha sido, educou-o e o criou com o mesmo amor que eu sinto por ele. — Emily não pôde encará-lo. — Bobagem, não é?

— Não.

— Mas não é comum. Que tipo de pessoa roubaria o bebê de outra? Não alguém que saiba discernir o certo do errado. Como tal pessoa poderia educar bem o meu filho? — Sentiu o antigo pânico crescer dentro do peito e respirou calma e profundamente. — Havia outro sonho que tinha dois finais possíveis. Daniel foi levado pelo seqüestrador, que atravessou o país rumo a uma parte remota de Montana, onde foi abandonado num posto de gasolina. No primeiro final, ele foi encontrado e criado por uma boa alma que percebeu que ele havia sido abandonado pelos pais.

— E no segundo?

— Ele saiu do posto de gasolina e foi criado por lobos. — Emily o fitou com um sorriso zombeteiro no rosto.

Mas seus olhos azul-claros e complacentes não zombaram dela.

— Eu sonharia as mesmas coisas, se fosse meu filho. O que Doug diz?

Emily sentiu um aperto na garganta ao ouvir o nome do marido. Estava pensando em Daniel, não em Doug. Duas fontes de dor e caos. Só havia espaço para um de cada vez.

Considerou mentir. Mas apenas por um instante. Brian era seu amigo. Queria que ele soubesse.

— Doug não diz coisa alguma. Lida com o seqüestro fingindo que Daniel nunca existiu.

— Como ele pode fazer isso?

Como não discutiam o assunto, ela só podia supor.

— Daniel foi seu primeiro filho. Era bonito, sensível e esperto, tudo o que um pai podia querer. Doug não consegue lidar com a dor de tê-lo perdido.

— Isso a incomoda?

— Às vezes. No aniversário de Daniel — respondeu com a voz embargada. Olhou fixamente para o café, um minuto antes de engolir e prosseguir. — Não posso esquecer que o pari. Meu corpo sabe que isso aconteceu. Lembro-me das contrações e as sinto novamente.

— Doug estava na sala de parto com você?

— Sim, mas nunca estava em casa no aniversário do filho.

— Nossa!

— Tudo bem. Eu choro sozinha.

— Jill sabe sobre o irmão?

— Sabe. Mas escondi a história por muito tempo. Não queria que ela achasse que o mesmo fosse acontecer a ela. Ensinei-lhe as regras: dizer onde ia, sair com outras crianças, correr e gritar se alguém lhe fizesse alguma ameaça... Mas tentei fazer com que parecessem apenas precauções.

— É notável que tenha conseguido manter o equilíbrio depois de tudo o que passou.

— A outra alternativa era torná-la uma neurótica — e isso Emily se recusara a fazer. Já era ruim demais que houvesse deixado Daniel sozinho e desprotegido no carro. Estragar a vida de Jill por causa disso só aumentaria sua culpa.

— Como ela reagiu quando soube o que aconteceu ao irmão?

— Insistia em dizer que tinha de haver alguma coisa que pudéssemos fazer para encontrá-lo. Tentei lhe explicar que tudo havia sido feito e que já havia se passado tempo demais. Agora ela aceita o que houve, como eu. Não se pode viver com uma coisa dessas dia após dia. Há ocasiões em que não penso em Daniel por muito tempo... como Doug, eu acho. E então alguma coisa acontece e eu me vejo de volta àquela delegacia de polícia, relatando seu desaparecimento e revivendo o horror da ocasião. — Estava revivendo o drama naquele exato momento, ouvindo o vozerio proveniente do pânico geral. — Achei que fossem encontrá-lo. Juro que achei. Não fiquei no correio por mais de cinco minutos. Não podia ter ido muito longe.

Ela parou. Dessa vez, sorveu um gole do café, e ao deixar a caneca de lado, Brian alcançou sua mão, e ela apertou-a contra a dele.

— Nunca devia tê-lo deixado sozinho no carro. Foi minha culpa. Mas eu não estava numa cidade estranha — ponderou. — Se eu estivesse em qualquer outro lugar, não o teria deixado no carro. Mas estávamos em *Grannick*. — Ela apertou mais forte a mão de Brian, desalentada. — Ninguém viu coisa alguma. John e os outros interrogaram metade da cidade, mas ninguém viu *coisa alguma*. É estranho. Este lugar é provinciano. Se alguém compra um carro novo, as pessoas logo espalham a novidade. O mesmo acontece se alguém tem um filho ou se separa. As fofocas voam por aqui. Mas parece que ninguém estava prestando atenção em nada naquele dia. Ninguém viu *coisa alguma.* — Conteve-se e inspirou profundamente. Endireitou-se na poltrona. Endereçou a Brian um sorriso e, relutante, largou sua mão e deitou a dela sobre o colo. — Ele estaria com vinte e um anos agora.

— É. John me falou.

— As coisas são diferentes hoje. Agora existe o Centro Nacional de Crianças Desaparecidas e Exploradas, redes de emissoras como a CJIS e a NCIC, que circulam notícias de seqüestros rapidamente em nível nacional. Se Daniel tivesse desaparecido hoje, o FBI iria rastrear todo o interior do carro à procura de detalhes como impressões digitais e fios de cabelo. Sua fotografia circularia aos milhões. A história estaria nos noticiários da televisão, seria assunto no programa da Oprah, na revista *People,* estaria estampado nas caixas de leite. Nada disso aconteceu na ocasião.

Sentira-se frustrada por nada mais ter sido feito. Insistira para que fizessem mais, mas nada mais havia para ser tentado. Insistira mais e mais, até que a dor de atingir o muro repetidas vezes finalmente a deixara insensível. Só então parou.

— Quer ver o quarto dele? — convidou ela. Brian arregalou os olhos, e ela completou: — Eu tiro o pó, mas não mexi em nada. — Nem nunca o havia mostrado a ninguém. Mas Brian tinha o direito de conhecê-lo.

Sabendo que ele a seguiria, ela encaminhou-se para o quarto do menino. Subiu a escada, atravessou o corredor e sentiu a dor lhe atingir o peito, uma ferida aberta, sensível e inflamada, mesmo após tanto tempo. Não precisou olhar para ver a fileira de carrinhos miniatura, os animais de pelúcia, os blocos de montar. Viu quando Brian olhou os livros de história na estante e quando abriu a porta do armário para ver as roupinhas penduradas, e ainda quando ele observou, uma a uma, as diversas fotografias que enfeitavam a prateleira sobre a lareira, antes de serem banidas dali por Doug. Parada sob o alizar da porta, o olhar perdido, ela estava envolta pelo aroma de bebê de dezenove anos atrás, e embora soubesse que isso era impossível, sua lembrança o trouxe de volta e o tornou real.

Levou a mão à testa, determinada a não chorar, mas a emoção era mais forte, impossível de ser sufocada. Daniel era tão pequeno, tão indefeso, tão inocente. Havia brincado com ele enquanto o vestia, cantado, rido, abraçara-lhe a barriguinha, os braços e as pernas rechonchudas em volta dela. E então ele se foi.

Chorou silenciosamente, incapaz de conter-se, e quando Brian a puxou contra seu peito e a envolveu em um abraço, ela continuou a chorar. Não se lembrava de quando se dera ao luxo de chorar por causa de Daniel nos braços de alguém. Assim, saciou a vontade até que as lágrimas cessassem.

Com o braço sobre seu ombro, ele a retirou do quarto. Emily ouviu a porta se fechar e sentiu um alívio, como se tivessem tirado um peso de suas costas. Mais leve, soltou o ar num longo suspiro.

Ele a guiou escada abaixo. Nos últimos degraus, ela suspirou mais uma vez, limpou as lágrimas do rosto e terminou de descer sozinha. Com um sorriso acanhado, disse:

— Agora já sabe.

Ele estava com as mãos nos bolsos. Seus olhos azuis a olhavam sensibilizados.

— Agora já sei. — Sua voz e expressão eram tão suaves que ela quase chorou novamente, dessa vez não por Daniel, mas pela compreensão que não tinha do homem que lhe deveria dá-la.

Jurou a si mesma que ainda havia esperança. Mas com Doug na Inglaterra por mais uma semana, era praticamente impossível.

Assim, naquela mesma manhã, quando o pequeno apartamento sobre a garagem subitamente se encheu com a mobília e as malas que chegaram no jipe de Brian, ela resolveu subir para ajudar na mudança. Ajudou a dispor os móveis, a pendurar os quadros nas paredes, a montar o berço e colocar os brinquedos nas prateleiras do quarto de Julia. Saiu com Brian para comprar plantas, lâmpadas e comida. Adorou ver o apartamento ganhar vida a partir de cada toque, e quando ele a convidou para jantar com eles, não pôde desapontá-lo.

~ Oito

Emily chegou à casa de Celeste na manhã de domingo com os braços carregados.

— O que traz aí? — indagou Celeste, surpresa, ao abrir a porta.

— Vou preparar o café da manhã.

— Para mim, não. Estou de dieta. Preciso de um corpo magro para combinar com meu rosto. — Virou o rosto para Emily. — O que me diz?

Emily estudou o rosto de um lado ao outro. Gostava da velha Celeste. Aquela ali lhe era um tanto estranha.

— A inchação diminuiu, finalmente.

— Emily!

Emily sorriu.

— É um belo nariz.

Celeste ergueu a cabeça de modo que Emily pudesse enxergar embaixo do seu queixo.

— Os pontos caíram ontem. Veja como a cicatriz é pequena. Vai desaparecer por completo. O mesmo vai acontecer aos meus olhos castanhos. Ficarão verdes. Amarelo será minha próxima escolha. — Esfregou as mãos. — Tudo está saindo conforme planejei. Quando eu estiver parecendo humana, vou começar a receber respostas para o meu anúncio. O prazo de entrega termina amanhã. Quero que me ajude com o texto.

Emily estava mais inclinada a dissuadi-la da idéia e prestes a lhe dizer isso, quando Kay estacionou na frente da casa.

Celeste sorriu.

— Ah, ótimo. Três cabeças pensam melhor do que duas.

Deixando-a à porta, Emily foi até a cozinha. Iria preparar o desjejum mesmo que Celeste não quisesse comer. Era um exercício que Emily precisava praticar.

As duas juntaram-se a ela instantes depois, e Kay foi logo lhe perguntando:

— Emily, Jill tem falado com Dawn?

Emily retirou as roscas do saco.

— Faz alguns dias que não se falam. A secretária eletrônica sempre atende.

— O mesmo com Marilee. O que ela está fazendo, Celeste?

— Sei lá — respondeu Celeste.

— Ela tem ligado?

— Tem, sim.

Emily pôs o melão sobre a bancada.

— E então?

— Diz que está bem. Quando eu pergunto por onde anda, diz que tem estado muito ocupada e que está tudo ótimo. Quando peço mais detalhes, ela me dá detalhes de coisas totalmente irrelevantes.

— Esperta — observou Kay.

— Diz que eu sou controladora demais. Sou controladora demais?

Emily ocupou-se em fatiar o melão. Nunca achou Celeste controladora. Tinha fixação por notas, mas apenas porque queria que Dawn tivesse sucesso na vida.

— Sou? — repetiu Celeste, cutucando Kay.

— Não mais do que nós — respondeu Kay com diplomacia. — Mas você tem mais coisas para controlar. Dawn tem um temperamento mais difícil do que Marilee ou Jill.

— Ora, Dawn vai se sair bem. Acreditem. Se não estudar, vai ser reprovada, e se fizer isso, vai ter que voltar para casa e morar comigo outra vez. — Celeste soltou um gemido. — Não sei quem estaria sendo punida nesse caso, se ela ou eu. — Limpou a garganta. — Mudando de assunto... — Abriu uma pasta. — Como acham que soaria isso: "Loura *sensual* e divorciada..."

— Você não é loura — afirmou Kay.

— Serei. "Loura *sensual...*"

— "Sensual", não. É explícito demais. Precisa ser mais sutil. Pense no tipo de homem que vai atrair usando esse palavreado.

— Exatamente — admitiu Celeste. — Não quero um eunuco. Quero um macho viril. Além do mais, se eu for sutil, meu anúncio vai desaparecer. Acredite, vai sair em negrito.

— Use "inteligente". Tem mais classe.

Celeste suspirou.

— Está bem. Inteligente. "Loura inteligente..." — Fez uma careta. — Não tem o mesmo apelo.

— Talvez devesse falar mais a seu respeito — sugeriu Emily, pouco animada, na tentativa de participar. — Podia dizer que é magra e espirituosa...

— Deixe-me terminar. "Loura inteligente e divorciada, recomeçando a vida, procura cavalheiro alto com armadura brilhante para compartilhar Montrachet, Harley e Tanglewood."

— Harley? — ecoou Kay. — Celeste, você vai atrair *motoqueiros*. Homens tatuados, de jaqueta de couro e defensores do sexo grupal.

— Não vou, não. Vou atrair alguém como eu, que tem idéias jovens.

Emily começou a fatiar o melão.

— Não mencionou sua idade.

— E deveria?

— Sim.

— Certamente não vai poder escondê-la.

— Kay! — protestou Celeste.

— O que ela quer dizer — disse Emily, virando-se — é que, a menos que decida esconder Dawn, quem quer que venha namorar vai saber que você tem mais de trinta. Não teria tido uma filha aos doze anos.

— Mas poderia. Poderia ter ficado noiva ainda menina.

— Essa é a mais recente preocupação de John — afirmou Kay. — Perguntou como eu me sentiria se Marilee engravidasse. Como se eu não tivesse ensinado a ela os fatos da vida. Como se eu não tivesse *insistido* na idéia de sexo seguro com ela.

— E como se sentiria? — quis saber Emily. Preferia bem mais conversar sobre as meninas do que sobre conquistar homens pelo jornal, muito embora fosse melhor do que pensar em Doug.

Kay considerou a questão.

— Não ficaria emocionada. Gosto de pensar que ela está se guardando.

— É sério?

— Se é sério? John tiraria do armário sua velha espingarda. Não que eu ache que ele fosse precisar. Marilee almeja receber o diploma avançado. Sabe que não vai consegui-lo caso dê um passo impensado. E você? E se Jill tivesse um bebê agora? Como se sentiria?

Emily não tinha que pensar duas vezes.

— Preocupada. Acho que dezoito, dezenove anos, é muito cedo.

— Você se casou aos dezoito.

Ah, era verdade, e olhe como estava agora.

— Talvez tenha sido um erro.

— Um erro? — indagou Celeste. — Como assim?

Emily cruzou os braços.

— Éramos jovens demais. Hoje somos pessoas diferentes.

— Diferentes um do outro? — surpreendeu-se Kay.

Muito diferentes. Irrevogavelmente diferentes. Emily estava fingindo havia semanas, meses, talvez mais — contudo, tornara-se óbvio demais para ignorar. Sofria ao pensar em Doug, sofria ao perceber que seu casamento não estava certo e nunca estaria.

Queria que suas melhores amigas lhe dissessem que estava enganada.

— Jill era a nossa ligação. Quando ela se foi, não restou muita coisa.

— Tem de haver restado.

— Você está apenas triste por causa de Jill.

— Não — insistiu Emily. — Já fiz concessões demais.

Celeste jogou a mão no ar.

— Ora, droga, você e Doug devem ter alguma coisa em comum para terem vivido tantos anos juntos!

— Não creio que ele esteja querendo viver comigo agora.

— Por que diz isso? — quis saber Kay.

Emily sorriu tristemente.

— Posso me enganar o quanto quiser, posso me deixar enganar pelo que Doug diz, mas ele não precisa viajar tanto quanto viaja. Tem um escritório em casa equipado com os mais modernos aparelhos eletrônicos. Podia reduzir à metade suas viagens e ainda assim obter a mesma renda.

Parou, aguardando. Olhou para Kay e Celeste.

— Não vão argumentar?

— Já disse isso a ele? — inquiriu Celeste.

— Não. Só agora pude admitir para mim mesma.

— Vai dizer? — perguntou Kay.

— Acho que vou. A qualquer momento. A menos que as coisas subitamente mudem para melhor. — Quando Kay e Celeste afirmaram que mudariam, ela soltou um gemido. — É uma situação terrível.

— O que quer que aconteça?

— Não sei.

— Acho que deveria enfrentá-lo — sugeriu Celeste, com conhecimento de causa, uma vez que vivia separada do marido. Não se sentiria ameaçada por um confronto. Não tinha nada a perder.

Emily tinha.

— Não sei se estou pronta para encarar as conseqüências — admitiu. — Não estou preparada nem para *imaginá-las.* De qualquer forma, é por isso que não quero que Jill se case muito cedo. Quero que amadureça primeiro. E que o mesmo aconteça com seu futuro marido.

— Doug era mais velho que você.

— Não muito. Éramos jovens demais. Crescemos e nos tornamos pessoas diferentes.

— Sinto-me tão mal por você.

— Há alguma coisa que possamos fazer?

Ela sacudiu a cabeça e esboçou um sorriso.

— Num desses fins de semana, Doug há de passar mais de um dia em casa. Precisamos de algum tempo juntos. Só isso. Uma boa conversa acertaria as coisas. Ainda não estou desistindo de tudo. — Limpou a garganta, pronta a mudar de assunto, já que não ouvira nenhuma cura milagrosa para suas feridas. — Em todo o caso, desejo mais para Jill. Sua vez, Celeste. Como se sentiria se Dawn tivesse um bebê na idade dela?

Celeste levou mais um minuto para esquecer o assunto anterior, e só então respondeu.

— Eu iria odiar. Sou jovem demais para ser avó.

Kay salientou:

— Aos quarenta e três, você é jovem o suficiente para poder curtir um neto.

Celeste sacudiu a cabeça.

— Ainda não.

— Disse isso a Dawn?

— Não nessas palavras. Já disse a ela, e Deus sabe quantas vezes, que ela tem inteligência o bastante para fazer grandes conquistas na vida, desde que não estrague tudo. Ela diz que pode não querer realizar grandes coisas.

— O que ela quer fazer?

— Nunca me diz.

— Não quer ter uma profissão?

— Quem sabe?

— Você não perguntou?

— Dezenas de vezes.

— Não fica curiosa?

— Kay, *já chega* — protestou Celeste. — Não posso responder às suas perguntas. Deus do céu, está falando como John.

Kay olhou para Celeste e depois para Emily.

— Quer saber da última? Ele sugeriu que fôssemos para Washington no próximo fim de semana. Para passear. — Celeste soltou uma gargalhada, Kay acrescentou: — Disse que poderíamos ficar num bom hotel e ter um fim de semana romântico.

Emily sentiu uma pontada de inveja. Há tempos que vinha planejando fins de semana românticos para ela e Doug. Na ocasião, *Kay* pareceu ter sentido inveja. Agora, o jogo se invertera.

— E você achava que ele não era romântico — ralhou, mas estava distraída, imaginando se Doug estaria gostando de Londres, se estaria passeando, se seu cliente estaria satisfeito com seu trabalho e o que tudo isso significaria para o casamento deles.

— John não é romântico — Kay respondeu. — Nem está interessado em passear. Monumentos e museus o entediam e o fazem querer voltar para casa na mesma hora. Não, ele não quer passear.

— Quer visitar Marilee — sugeriu Celeste.

— *Espionar* Marilee — corrigiu Kay. — Deve estar entediado com o trabalho. Ou passando por uma crise com dez anos de atraso. De qualquer forma, Marilee lhe disse que estava preocupada com Dawn. E desde então ele tem me interrogado a esse respeito. Por isso, se estou falando como ele, perdoe-me. Não há dúvida de que ele vai estar me esperando na porta de casa querendo saber tudo o que você disse.

Celeste suspirou.

— Dawn tem dezoito anos. Diz que sou controladora. Bem, talvez eu seja mesmo controladora. Ela está morando sozinha, a dez minutos daqui.

Emily queria que Jill estivesse assim tão perto. Talvez fosse melhor ela não estar. Emily precisava de tempo, antes de ver a filha, para descobrir o que estava acontecendo com Doug.

— Não fica nem um pouco preocupada? — Kay perguntou a Celeste.

— Claro que fico, mas ela está numa excelente faculdade, convivendo com excelentes estudantes, e já atingiu a maioridade. É livre para cometer seus próprios erros.

— Mas se pode ajudá-la a evitá-los...

— Como? — perguntou Celeste. — Não posso estar *lá*. Não *posso*.

Naquele instante, Emily percebeu que Celeste não era indiferente em relação a Dawn como parecia. Isso era tranqüilizador.

— Então? — Celeste disse no mesmo tom frustrado. — O anúncio está bom?

Kay franziu a testa e arrancou o papel de sua mão.

— Tire a parte da Harley. Pode desencorajar algum ótimo sujeito que tenha um Porsche.

Era uma tática brilhante, pensou Emily.

Celeste riscou a parte da Harley.

— Melhor ainda — acrescentou Kay —, escreva algo mais genérico. Diga "bom vinho, aventura e boa música". E coloque sua idade.

— Está certo — disse ela, apaziguando-se. — "Loura sensual..."

— Pensei que tivesse mudado "sensual" para "inteligente".

— Não, se terei que cortar "Harley". Ficará insípido demais.

— "Loura sensual e divorciada, 40 anos..."

— Você tem quarenta e três.

— Por que não posso dizer então "na casa dos quarenta"?

— Porque vão pensar que tem quarenta e nove.

— Não vão, não.

Kay passou os olhos pelos anúncios que Celeste recortara do jornal.

— A maioria informa a idade. Aqui tem um que não. Diz que está à procura de um médico entre trinta e cinco e quarenta e cinco anos. Quantos anos acha que *ela* tem?

— Quarenta e cinco — respondeu Emily.

Celeste nada disse.

— Por que não trinta e cinco ou menos? — Kay perguntou a Emily.

— Porque teria colocado a idade se fosse mais jovem.

— Exato. Quando não se é específico, as pessoas imaginam o pior.

Celeste acenou concordando.

— Está bem, está bem. Vou informar minha idade, mas isso é contra o meu feitio. Minha idade não deveria interessar. Meu corpo pode ter quarenta e três, mas meu espírito tem vinte e cinco.

— Bem, pode ser — reconheceu Kay. — Mas os homens não vêem as coisas dessa forma. É com o corpo físico que eles estão preocupados.

Emily lembrou que havia semanas que Doug não a procurava com paixão. Escolhera culpar seu cansaço, mas muitos homens exaustos faziam sexo, e ainda havia as manhãs em que certamente estaria descansado. Era como se ele a tivesse superado fisicamente também.

Não entendia como isso pôde acontecer. Antigamente, costumava interessá-lo. Então a química não era eterna? Ela não engordara. Não estava enrugada, grisalha ou curvada. Está certo que as coisas não eram como há vinte e dois anos, mas ela ainda era atraente.

Ou não?

— Emily?

Ergueu os olhos e deparou com Kay e Celeste paradas à sua frente.

Kay tocou seu braço.

— Você parece atormentada. Talvez devesse passar uns dias aqui com Celeste.

— Eu adoraria — disse Celeste, tentando persuadir a amiga. — Tenho um quarto vazio.

Mas Emily queria voltar para casa, no caso de Jill ligar, no caso de Doug ligar. Como as placas sob a crosta terrestre no momento de um terremoto, os pilares de sua vida estavam se movendo. Tudo que podia fazer era se abrigar sob a estrutura mais estável que houvesse e aguardar.

Após o café da manhã, Emily guiou para casa, com as melhores intenções. Tendo passado o sábado inteiro com Brian e Julia, estava determinada a deixá-los a sós hoje. Julia precisava ligar-se ao pai.

Brian precisava ficar mais à vontade com a filha. Precisavam gozar sozinhos do apartamento novo, sem a presença invasiva de Emily.

Entretanto, mal entrou na cozinha, avistou Myra contornando a garagem, vindo do apartamento. Curiosa e um tanto preocupada, Emily foi ao seu encontro.

Myra virou-se para ela e anunciou:

— Acabei de fazer uma visita ao detetive Stasek e sua filha. Que homem adorável ele é. Receio que cheguei antes que ele tivesse chance de se barbear. Espero não tê-lo embaraçado. Sabia que ele cresceu em Chicago? Imagine, agora a força policial de Grannick possui um homem viajado. Eu trouxe hemerocales do meu jardim, e como o detetive Stasek não tinha vaso, fui em casa buscar um dos meus.

— Quanta gentileza, Myra.

— É o mínimo que posso fazer. Ainda não consigo acreditar que ele está morando bem aqui na nossa rua. O departamento de polícia estava mesmo precisando de gente nova. O chefe Davies está lá há tempo demais.

Emily defendeu John.

— Ele tem realizado um ótimo trabalho.

— Está velho demais. Não enxerga as coisas. Não, precisamos de sangue novo. O detetive Stasek será bom para a comunidade. — Franziu o cenho. — Engraçado, sua mulher devia ter um vaso. Quase todas as mulheres têm.

— Tenho certeza que sim, mas ele deixou quase tudo que era dela para trás.

Myra assentiu, inclinando a cabeça.

— Por causa das lembranças. Entendo. Mas às vezes é bom preservá-las. É por isso que eu cuido da grama em torno do meu salgueiro. Os salgueiros são árvores que fazem muito estrago, espalhando suas raízes pela terra úmida à beira do lago. Sabia que a porção superior do meu salgueiro corresponde a quase o dobro do que há embaixo da terra? Quase. Não exatamente.

Emily a deixou divagar. Myra tornava-se um tanto estranha quando falava do salgueiro, mas era uma mulher gentil. Não deve ter sido fácil para ela viver com Frank, que fora uma pessoa terrivelmente má. Emily costumava ouvi-lo gritar à noite.

Nunca passara por isso com Doug. Raramente levantava a voz e certamente jamais levantou a mão para ela. Nesse ponto, teve sorte.

Talvez estivesse sensível demais. Talvez por causa da tristeza pela partida de Jill. Talvez estivesse sendo egoísta, esperando que ele ficasse o tempo inteiro ao lado dela. Talvez pudesse estar pedindo demais.

— Sabe — prosseguia Myra —, lembro-me do que você disse sobre o detetive não usar uniforme, por ser um detetive, e já que é esse o caso, vou convidá-lo para tomar chá comigo e com Frank. Acha que ele iria se arrumar caso eu o convidasse? Frank não gosta de barba. Diz que gosta de ver o rosto do homem que fala com ele. Quer saber com quem está lidando. Se não souber, fica nervoso.

Emily pôs a mão em seu ombro.

— Myra, Frank está morto.

— Sim, mas eu acho que devemos ter cuidado assim mesmo. Frank fica assustador quando está nervoso. — Virou-se e tomou a direção de casa.

Emily a observava atravessar o final da rua quando Brian aproximou-se silenciosamente. Era verdade que estava barbado e despenteado, exatamente como ela o vira pela primeira vez, mas não parecia desesperado como antes — tampouco sua aparência era desonrosa, apesar da preocupação de Myra. Emily, todavia, achou que ele parecia incrivelmente másculo, com os olhos sonolentos e um sorriso cálido e receptivo nos lábios.

— Myra trouxe flores — disse ele, deixando o sorriso tornar-se oblíquo e engraçado.

Subitamente, Emily deixou de pensar em Doug ou sentir falta de Jill. Sentia-se estranhamente anestesiada.

— Ela me disse. Espero que não o tenha incomodado.

— Nãããão. Ela é um doce, no máximo, exótica. Queria me contar que a casa dos LeJeune tem ratos. Está preocupada que se alastrem pela rua, ou pior, pelo lago. Perguntou como saberia caso isso viesse a acontecer, e se eu poderia ir até lá dar uma olhada. Está preocupada com seu salgueiro.

Emily tentou esconder o sorriso.

— Sua árvore está perfeitamente a salvo. O lago não tem ratos, e nem os LeJeune. Acontece que, a cada três meses, eles chamam uma desinsetizadora para uma visita preventiva cuja caminhonete tem a forma de um rato. Myra tirou conclusões precipitadas.

Deixou que o sorriso aflorasse, pois Brian também estava sorrindo, e era impossível não se contagiar pelo seu bom humor.

Ele enfiou as mãos nos bolsos da calça jeans.

— Procurei por você mais cedo. Julia e eu fomos dar um passeio no bosque. Queria que você nos acompanhasse para que não nos perdêssemos.

— Claro que não se perderam. — Teria adorado acompanhá-los. — Julia está dormindo?

— Profundamente. O exercício lhe fez bem.

— Que gracinha.

— Ela é.

Emily gostava de sentir-se feliz.

— Quer uma cerveja?

— Quero.

Fez um sinal com a mão para que ele a acompanhasse, entrou, tirou duas latas do estoque que Doug guardava na geladeira e entregou-lhe uma.

— É o último vestígio da outra vida que meu marido levava. Quando éramos jovens e pobres, preferíamos cerveja ao vinho. Hoje, Doug gosta mesmo é de um bom vinho, mas, quando está diante da televisão assistindo a uma partida de futebol, ainda prefere cerveja.

— Quando ele estará de volta?

— Sexta-feira.

— Para o fim de semana?

— Por mais tempo, espero — respondeu ela de uma forma indiferente que quase a fez acreditar. E por que não? Estivera fingindo anos a fio. — Vamos lá para fora. Podemos nos sentar nos fundos e escutar caso Julia chore. — A caminho da porta, ela apanhou o telefone e guiou Brian em direção à sombra de um carvalho retorcido. A árvore era larga o bastante para que os dois se recostassem, e ainda sobrava espaço.

— Bonito lugar — disse ele, acomodando-se contra o tronco. — Diferente de onde eu vim. Tínhamos o Central Park, mas não era como aqui.

— Levava Julia para passear lá?

— Às vezes. Gayle a levava mais do que eu. E a babá mais do que Gayle. — Bufou. — Será que sempre fui um pai desnaturado?

— Seu trabalho exigia demais de você — disse Emily.

— É, bem, lá isso é verdade, mas não tinha que ser assim. Fazia serão demais. Não precisava ter feito isso.

— Você era consciencioso.

— Em relação ao trabalho, sim. Mas e quanto a Julia? Minhas prioridades estavam invertidas.

Emily deu de ombros.

— Diz a tradição que o homem deve prover o sustento da família, não cuidar dos filhos.

— E olhe para mim agora.

Era exatamente o que ela estava fazendo.

— Está se saindo muito bem.

— Neste instante, pode ser, sentado aqui, tomando cerveja na companhia de uma mulher bonita, enquanto o bebê dorme. Mas logo, logo ela vai acordar e terei que arranjar alguma coisa para distraí-la.

— Por quê? Ela pode brincar com seus brinquedos — disse Emily, embora tivesse desejado estender-se na parte da mulher bonita. Estava *ávida* por comentários daquele tipo.

— Os brinquedos não são suficientes. As crianças necessitam de estímulos diferentes.

— Uhm-hum. Brinque com Julia. Leia para ela. Leve-a ao parque. *Fique* com ela. Faça o que sempre fez aos domingos e leve Julia com você.

— Ela não iria gostar de corrida de cavalos.

— Bem, talvez não. Mas pode levá-la para muitos outros lugares.

Ele a olhava como se quisesse acreditar no que ela dizia.

— E quanto às coisas de crianças, como balé?

Emily tentou manter-se séria, pois ele falava sério.

— Ela ainda é muito nova para isso.

— Mas o que farei quando chegar a hora? Não sei nada sobre balé. Não sei como vestir nela uma saia de bailarina. Sequer saberia comprar uma.

— Há uma loja de balé na cidade. Irão lhe ajudar.

Sua expressão era séria, a testa franzida, enquanto fitava a grama. Então virou-se para ela.

— Não saberia comprar roupas para ela. Por ora ela tem o bastante, mas logo, logo vai crescer e precisar de roupas novas. Nunca comprei roupas para ela antes.

— É fácil.

— É fácil para você, que é mulher e já passou por isso. Mas não será nada fácil para mim. Tenho dificuldade em comprar minhas próprias roupas.

— Brian — insistiu —, *é fácil.* É só ir à loja de departamentos mais próxima, procurar a seção infantil e dizer à vendedora do que Julia precisa.

Ele estava cético.

— Como vou saber do que ela precisa?

— Vai saber. Quando chegar o inverno, saberá que ela precisa de casaco, e verá que os macacões são mais fáceis de se vestir.

— E se Julia não gostar?

— Difícil — disse ela docemente. — Vai usar assim mesmo. Quando estiver maior, vocês dois irão juntos à loja, e ela lhe dirá o que mais a agrada. Antes que perceba, ela estará comprando suas próprias roupas.

— E quanto ao seu cabelo?

— A maioria dos macacões têm capuz.

— Mas e quanto aos cortes e tranças e laços que as meninas gostam de usar?

— Eu vi seus laços. São muito bons.

Ele soltou um gemido de dúvida e desviou o olhar.

Ela tocou seu braço.

— Vai se sair bem. Veja onde já chegou. Veja o que faz por Julia hoje e compare com o que fazia há alguns meses atrás.

— A necessidade é a mãe da invenção.

— E a vida não é sempre assim? Quando chegar ao ponto de não saber como arrumar o cabelo de Julia, irá a um cabeleireiro para cortá-lo. Quando os sapatinhos dela estiverem difíceis de entrar, irá a uma sapataria e comprará novos. Quando seus dentes começarem a apodrecer e cair... — Ele a olhou horrorizado. Ela apertou seu braço. — Estou brincando.

— Quando terei que levá-la ao dentista? — perguntou ele, desanimado.

— Quando ela completar três anos.

— E quando ela terá que aprender a usar o banheiro?

Emily recostou-se.

— Isso depende. Jill estava pronta aos dezoito meses. Daniel não conseguia deixar a fralda mesmo aos dois anos. — Pensar em Daniel lhe trouxe de volta uma antiga e conhecida dor. Rapidamente, acrescentou: — Talvez ele estivesse me punindo antecipadamente por deixá-lo sozinho naquele carro.

Brian a encarou.

— Você sabia, estatisticamente falando, que ocorrem mais seqüestros nas pequenas do que nas grandes cidades? É que os habitantes das cidades pequenas vivem e respiram confiança. Pode não ser sensato, mas existe alternativa? Não podemos viver como se estivéssemos sitiados. Droga, foi por isso que saí de Nova York e vim para cá. Você não foi negligente, Emily. Meu palpite é que você era melhor mãe do que muitas por aí. — Suspirou. — Os pais não são perfeitos. Certamente você tem as respostas para as dúvidas que me tiram o sono. E eu a vi com Julia. Você é espontânea.

Ele parecia sincero — não estava sendo condescendente como Doug. Ela nunca acreditou completamente nas palavras do marido. Mas acreditava em Brian. Talvez porque fosse um policial, um observador imparcial, com um olhar extraordinariamente penetrante.

Seus olhos eram realmente impressionantes, brilhavam como aço, porém sem sua dureza. Eram quase sobrenaturais. Se ele dissesse que ela não agira errado, ela acreditaria.

— Talvez eu devesse abrir uma creche — disse ela, caçoando de si mesma. Sabia que Doug jamais lhe daria ouvidos, muito menos um empréstimo. — Estava contando que a reforma do apartamento me mantivesse ocupada por meses. Mas já está tudo pronto, e as modificações que pretendo fazer em minha casa não levarão muito tempo. O que farei então?

— Você é escritora. Escreva.

— Aquele livro foi algo que jamais se repetirá.

— Gostou de escrevê-lo?

— Gostei. Foi uma terapia. Escrever sempre foi uma terapia para mim. — Fitou o gramado. — Fiz algumas anotações depois que levaram Daniel. Mantiveram-me equilibrada. — Arrancou um tufo de grama. — Talvez eu escreva para o *Sun.* Ou para os amigos da faculdade. — Doug não precisava saber. — É claro que Jill estará em casa dentro de três semanas e meia, depois, no Dia de Ação de Graças, e depois, em dezembro, quando ficará o *mês inteiro.* E Doug chegará bem antes disso.

— No fim de semana.

— Uhm-hum. Isso mesmo.

Doug tinha pouco a dizer. Chegou na noite de sexta-feira, declarando que comera no avião, e após responder a algumas breves perguntas de Emily sobre Londres, saiu para fazer ginástica na academia da cidade. Ao retornar, plantou-se diante da televisão, de onde só saiu depois que ela já havia pegado no sono, cansada de esperá-lo. Quando acordou de manhã, era ele quem estava dormindo.

Ela estudou seu rosto, buscando brandura, familiaridade, esperança, mas só encontrou distância. Não soube por quê. Dormindo, certamente sua expressão não era diferente de antes.

Tentou voltar no tempo e lembrar-se de quando ainda se entendiam, porém as únicas boas recordações que guardava dessa época era de quando eram recém-casados. E, talvez, quando Daniel ainda era bebê. Lembrava-se dos três deitados na cama, lembrava-se de olhar para o filho e para o marido e imaginar o quanto tinha sorte.

Não se lembrava de se deitar na cama com Doug e Jill. Mas Jill viera depois de Daniel. Deitara-se menos, sentira-se com menos sorte e correra mais de um lado para o outro, tentando agradar o marido, querendo cuidar de Jill, desejando compensar o trágico episódio que eles jamais discutiram. Aprendera a seguir o exemplo de Doug e esconder seus sentimentos em relação a Daniel e, cada vez mais, em relação a Doug.

Presumiu que era essa a distância que sentia agora. Desejou estar apenas imaginando coisas, mas à medida que o fim de semana foi passando, tudo tornou-se mais claro. Ela e Doug raramente discutiam qualquer coisa. Ele ficava em casa por tão pouco tempo que ela não queria aborrecê-lo. Assim, observou-o deixar de lado o suco de laranja, dizendo que preferia suco de abacaxi, e concordou docemente quando ele perguntou se suas camisas estariam passadas a tempo, e, quando ela sugeriu que saíssem para jantar no sábado à noite, e ele optou por ver um filme, ela não argumentou.

Algo dentro dela se rompeu ao vê-lo com Brian. Estivera aguardando esse encontro, mas a sobreposição deixou evidente as enormes diferenças que havia entre os dois. Lá estava Brian — usando jeans, um suéter e sem sapatos, carregando Julia, vestida igual — falando com Doug, que usava calças de pregas, camisa recém-passada e mocassins lustrados. Brian sorria mais, habilmente direcionando a conversa desde o apartamento, o qual ele levou Doug para ver, à administração fiscal de Grannick e à potência do precioso carro de Doug.

Ao lado de Brian, Doug parecia grande e pesado. Brian era mais cordial e muito mais atraente. E isso a enfurecia. Estava zangada com

Doug por ser tão distante, tão superior, e zangada consigo mesma por compará-lo a Brian. Desculpando-se, voltou para casa.

Minutos depois, Doug juntou-se a ela e disse com entusiasmo:

— É uma boa pessoa. Estou feliz que tenha alguém como ele por perto, enquanto estou fora. Sinto tê-la deixado sozinha.

Ela o olhou fixamente.

— Estou sozinha aqui há anos, e você nunca se importou.

— Você estava com Jill.

— Jill é minha filha. Não é o mesmo que ter você por perto.

Ele a fitou e em seguida desviou o olhar.

— Não comece.

— O que está havendo, Doug? Nós nos vemos cada vez menos, quando deveria ser o contrário.

Ele revirou os olhos.

— Já discutimos esse assunto.

— Mas eu não entendo. Você fala como se o dinheiro que possa vir a ganhar fará alguma diferença em nossas vidas, mas nada disso faz sentido. Seu negócio está indo de vento em popa... e, claro, nós temos contas para pagar — disse ela, antes dele —, mas elas não são maiores do que as dos outros.

— Eu tenho uma filha na universidade.

— Como tantos milhões de pessoas, e eles sobrevivem. Não somos esbanjadores. Levamos uma vida modesta. Pelo menos, eu levo.

— O que isso quer dizer?

— Quer dizer — disse ela com um suspiro — que deveríamos ter dinheiro mais do que suficiente para viver confortavelmente, com mensalidade de universidade e tudo mais. Então por que você não pode passar mais tempo em casa? Antes de Jill partir, você ficava.

Com as mãos nos quadris, ele a encarou.

— Meu volume de trabalho aumentou.

— Recuse alguns clientes. Tire uma folga.

— Mas gosto do rumo que meus negócios estão tomando.

— Gosta de viajar cinco dias na semana? Seis, às vezes. Não

quer passar mais tempo em casa? *Nunca?* Ou só fará isso quando Jill estiver aqui? Para se mostrar.

Ele bufou.

— O que está sugerindo agora?

Por um breve instante, ela considerou voltar atrás, mas havia ido longe demais e estava zangada demais. Sua única concessão foi baixar a voz.

— O que espera do nosso casamento?

— Um lugar para o qual voltar. — Olhou à volta. — Esta casa, esta cidade, você, Jill.

— O que eu faço para você, além de lavar suas roupas?

— Você é minha mulher.

— Gosta de estar comigo?

— Claro que gosto.

— Oito dias no mês.

— Emily, o que há de *errado* com você?

Ela apertou os olhos, levou a mão à testa e sacudiu a cabeça. Talvez a culpada fosse *ela*. Endireitou o corpo, baixou a mão.

— Não sei quem sou. Não sei o que devo fazer ou que caminho seguir. Como devo ocupar meu tempo? Tudo o que faço é preencher minhas horas cuidando da casa. O que farei depois que tudo estiver terminado?

— Está querendo trabalhar! — Ele jogou as mãos no ar. — Emily, já discutimos isso também. Não está qualificada para fazer *nada*. Tudo o que conseguirá é trazer uma ninharia para casa, que só irá aumentar nossos impostos e formar uma montanha de trabalho para mim. — Caminhou para a porta. — Por que você simplesmente não... assiste à televisão?

Ela o seguiu.

— Não sou totalmente desqualificada. Tenho um diploma.

— É. Em Inglês. Aquele diploma, mais vinte e cinco centavos, não lhe comprará uma xícara de café.

Ela revirou os olhos, mas só por um instante. Em seguida, o seguiu escada acima.

— Não é verdade, Doug. Há várias coisas que eu posso fazer. Mas você não quer que eu trabalhe.

— Por motivos que já expliquei dezenas de vezes. Por que não entram na sua cabeça?

— Porque não fazem sentido. E não são justos.

Ele sussurrou um palavrão e tomou a direção do quarto.

Ela segurou no batente da porta.

— Preciso fazer alguma coisa. Não posso ficar sentada aqui o dia inteiro.

— Por que não? Minha mãe ficava.

— Ela tinha marido.

Ele a encarou.

— O marido dela não tinha o tipo de trabalho que eu tenho... nem *ganhava* o que eu ganho.

Por fim, uma confirmação de que ele não estava prestes a falir.

— Mas de que adianta o dinheiro, se não somos felizes?

— Eu sou feliz. Sou perfeitamente feliz. Ao menos quando você não está por perto para me aborrecer. — Lançou-lhe um olhar fulminante. — Dê uma folga, está bem?

Emily finalmente recuou. Saiu da casa e caminhou até o lago, ficando lá até que Doug veio se despedir. Nada ficara resolvido. Sentia-se pior do que antes.

Mas temia que, caso insistisse no assunto, ele não voltasse mais para casa, e se não voltasse, seu casamento estaria terminado, e se terminasse, Jill ficaria magoada.

Era essa sua grande preocupação — o que era interessante, já que havia tantas outras coisas que deviam preocupá-la, como o que seria da casa, se seu casamento chegasse ao fim, como faria para comprar comida e roupas, o que diabos faria se seu carro quebrasse.

Só então, sentada à beira do lago, novamente sem o marido por perto, e com o futuro se avultando à frente, ela percebeu o quanto era dependente.

Nove

Emily permaneceu sentada à beira do lago até o dia escurecer. Pela primeira vez, não estava preocupada em não ouvir alguma possível ligação de Jill. Não saberia o que dizer caso ela telefonasse. Ter de mentir sobre o "maravilhoso" fim de semana com Doug estava se tornando cada vez mais difícil, e a filha, Deus do céu, sempre perguntava.

Jill era sua melhor amiga. Abraçavam-se. Choravam uma no ombro da outra. Emily estava precisando muito abraçá-la e chorar em seu ombro. Mas não podia lhe contar o que estava acontecendo.

Pensou em ligar para Kay ou Celeste. As duas vinham em segundo lugar na categoria "melhor amiga", e Emily tinha certeza de que estariam imaginando como tinha sido o seu fim de semana. Mas não ligou para elas. Estava receosa de conversar com quem quer que fosse sobre tal assunto.

Pela primeira vez em anos, desejou ter uma mãe que a abraçasse e nada perguntasse. Era isso o que fazia por Jill, quando ela estava aborrecida demais para conversar. O abraço ajudava a afrouxar o nó na garganta, e, inevitavelmente, a pessoa se sentia mais à vontade para conversar.

Mas a mãe de Emily havia morrido há muito tempo, e mesmo quando viva, fora uma criatura fria. Enviuvara cedo e precisara trabalhar para sustentar a si e à filha. Nunca deixou que Emily esquecesse disso.

Emily não tinha parentes. Havia tempos que perdera o contato com tios e primos. Não havia ninguém com quem pudesse contar.

Por isso, permaneceu sentada na escuridão. Quando o ar noturno esfriou, ela entrou e preparou uma xícara de chá. Então sentou-se no escuro novamente, dessa vez na sala de estar, na companhia de um fumegante clarinete que saía do aparelho de som.

O telefone tocou várias vezes, uma era Jill, outra, Celeste. Deixou que a secretária eletrônica atendesse a ambas e não se moveu, a não ser para se enroscar mais ainda no sofá.

A música já havia terminado há tempos quando ela finalmente se levantou e subiu. Da porta do quarto, examinou o que restara da vinda de Doug. O armário e uma gaveta da cômoda estavam abertos. Uma camisa fora jogada sobre o braço da cadeira, uma meia desgarrada jazia no chão ao lado da cama. Sobre a mesa-de-cabeceira, havia uma profusão de moedas, a maioria de um centavo.

Como uma gorjeta! Uma gorjeta *nojenta*!

Virando-se rapidamente, desceu a escada, vestiu uma jaqueta e saiu, batendo a porta da rua. Alcançou a calçada num passo acelerado, seguiu até o fim da rua China Pond, desceu a Walker, a Sycamore e entrou na LaGrange, passando pela propriedade Berlo. Enquanto andava, não viu coisa alguma. Estava cega de ódio do marido.

Não comece — quando ela disse que gostaria que ele passasse mais tempo em casa. *O que há de errado com você?* — quando tentou fazer com que ele definisse seus sentimentos. *Não está qualificada para fazer nada* — quando ela mencionou que queria trabalhar. E quando ele se cansou de tudo aquilo: *Dê uma folga, está bem?*

Ele não a ouviu, não a entendeu, não lhe deu importância. Emily queria aproximar-se dele, mas não sabia como fazê-lo, o que era patético. Estavam casados há vinte e dois anos. Tinham uma filha que amavam. Emily não queria se divorciar.

A questão era se ela conseguiria sobreviver sozinha. Tinha tanto para dar, tanto amor e afeto, que às vezes se sentia sufocada por não ter com quem compartilhar tais sentimentos.

Passou pelo centro da cidade, atravessou a rua e resolveu voltar.

O ritmo da caminhada diminuiu e sua ira se dissipou. Em seu lugar ficou um profundo vazio que lhe tragou toda a esperança, a ternura, todo o prazer de viver. Sempre achou que o desaparecimento de Daniel fosse a causa de sua tristeza, mas agora imaginou se o culpado não seria Doug.

Fechou o zíper da jaqueta, levantou a gola da blusa e enfiou as mãos nos bolsos. Mesmo assim, continuava tremendo.

As sombras moviam-se furtivamente em ambos os lados, mas Emily não olhou para elas ao passar. Mantinha os olhos voltados para frente, a mente concentrada em chegar em casa, deitar na cama e se entocar sob uma montanha de cobertores. Imaginou que poderia ficar lá para sempre.

Isso era tolice. Pensaria em algo melhor.

Tentou clarear as idéias concentrando-se na respiração, inspirando e exalando o ar, relaxando os músculos das coxas, dos braços, das costas, enquanto caminhava, mas o frio a combatia, tensionando tudo o que ela tentava afrouxar. Quando alcançou a China Pond, desistiu de lutar. A eternidade sob uma montanha de cobertores soava menos tola a cada passada contra o ar gelado.

Aproximava-se de casa quando o viu sentado nos degraus da porta. Levantou-se ao vê-la. Ela diminuiu o passo. Seus joelhos amoleceram de repente, mas suas pernas, apesar de rígidas de frio, conduziram-na até ele.

— Eu a vi sair — disse ele. — Está tudo bem?

— Ah, Deus — suspirou. — Nem sei.

Ele abriu os braços, e ela atirou-se neles. Sentiu seu abraço apertado, a mão grande pressionar sua cabeça contra o peito e um alívio imenso. Se havia indecência naquele abraço, ela não se importava. Brian era terno e forte. Emily imaginou que se pudesse desfrutar de uma parte, ainda que pequenina, de uma dessas qualidades, já estaria com sorte.

Não se deu conta de quanto tempo ficaram ali, ele com os braços entrelaçados em torno dela, ela com os olhos cerrados e sua vida momentaneamente esquecida. Relaxou como queria relaxar na caminhada para casa. Inalou seu calor. Soltou um leve gemido de prazer e em seguida um de protesto, quando ele começou a se afastar.

— Está congelando — disse ele num semi-sussurro. — Deixeme levá-la para dentro.

Dentro era a casa dele, e ela não contestou. O apartamento estava agradavelmente bagunçado e tranqüilo. Não lhe trazia mais as lembranças de antes, uma vez reformado e repleto das coisas de Brian.

O chocolate quente que ele lhe ofereceu desceu perfeitamente bem. Bem como sua presença. Ele usava um conjunto de calça e casaco de malha de algodão, que lhe caíam muito bem. Emily simplesmente se sentou e deixou que a visão de Brian fizesse por ela o que seus braços haviam feito lá fora.

Ele sentou-se ao seu lado no sofá.

— Está melhor?

Ela assentiu. Segurava o chocolate quente com ambas as mãos e mantinha os olhos fixos nele.

— Hoje Julia falou "papai". Na verdade, gritou "papai", em protesto. Eu a estava trocando. Ela estava com assaduras. Eu não sabia o que fazer.

— Tente ungüento de zinco.

— Ungüento de zinco?

— Faz uma tremenda sujeira e cheira forte, mas geralmente funciona.

Imaginou o que via de tão atraente nele. Feição por feição, ele não era tão bonito quanto Doug, mas seu conjunto era bem mais interessante, mais másculo, até mesmo mais acessível. Mais do que isso. Difícil de resistir.

Sem estar certa do rumo que tais pensamentos tomariam, apontou o queixo para as pastas espalhadas na mesa de centro.

— O que está lendo?

— São os arquivos de todas as delinqüências juvenis cometidas na cidade nos últimos anos. John quer que eu fique alerta. Os jovens daqui não são tão inocentes como pensei.

— Está falando dos atos de vandalismo. — Poucos meses atrás, houve uma explosão de pequenos incidentes: pichações, janelas quebradas e até profanação de um cemitério.

— O vandalismo parece estar em voga ultimamente, mas sempre há a eventual corrida de caminhões na pedreira e a mais do que freqüente orgia na ponte ferroviária. As corridas e orgias são obra dos alunos da escola técnica e coincidem com o calendário escolar. O vandalismo é mais esporádico, um tanto aqui, outro tanto lá. Os indivíduos têm mais chance de estarem por trás disso do que as gangues. Verei o que posso descobrir na escola secundária. Tenho jeito para lidar com adolescentes.

— E pensar que tem medo de Julia — caçoou Emily.

— Julia é minha filha. É diferente. Além disso, não sabe falar.

— Muitos adolescentes também não — disse ela, na mesma hora sentindo-se hipócrita. Também não conseguira dizer a Brian o que a levara a caminhar àquela hora. A razão? Gostava de estar com ele. Não queria contaminar aquele momento com seus problemas. Não queria demorar-se em seus problemas e ponto final. — Já esteve na escola?

— Ainda não. Primeiro preciso da ajuda de um policial que conheça bem a cidade. Sam Webber tem me levado com ele em suas rondas.

— Não vejo Sam faz algum tempo. Passamos um bom tempo juntos quando fizemos o livro. Como ele está?

— Bem, eu acho. Desconfiado. Sou novo na polícia. — Balançou a mão, afastando o problema. — Mas vai melhorar. — Suas mãos caíram entre os joelhos. Olhou fixamente para ela durante um instante. Então suspirou e sorriu.

Naquele instante, Emily desejou deixar a xícara de chocolate de lado e retornar aos seus braços.

Pensou melhor, deixou a xícara de lado e se levantou.

— É melhor deixá-lo trabalhar.

Ele estava ao seu lado antes que ela alcançasse a porta e a seguiu escada abaixo. Por fim, ela se virou e olhou-o na altura do peito.

— Obrigada.

— Não fiz muita coisa.

— Fez sim. Acredite.

— Queria poder fazer mais.

Ela fechou os olhos a fim de esquecer o tormento que era ter Doug longe e Brian tão próximo, Doug tão frio, e Brian tão terno. Essa era mais uma complicação em sua vida da qual não precisava.

Ah, precisava, sim. Quando Brian a puxou para si, seus braços o envolveram. Inalou seu cheiro, imaginou o que não devia e gostou de sentir um calor interior — mas apenas por um breve e proibitivo instante. Então afastou-se e, sentindo-se culpada, sorriu e se foi.

No início da manhã de segunda-feira, Brian pôs Julia no jipe, jogou suas pastas no banco da frente e estava prestes a se sentar atrás do volante, quando relanceou os olhos para a casa. Não havia sinal de vida, coisa incomum, já que Emily geralmente deixava a porta da cozinha entreaberta. A manhã não estava fria, mas ela não apanhara o jornal da porta, o que normalmente fazia antes das sete. Depois da noite passada, ele ficou apreensivo.

Apanhou o jornal do chão, subiu os degraus, bateu e esperou com a mão no quadril e a cabeça inclinada. Como não houve resposta, bateu mais forte. Protegeu os olhos da luz e espiou lá dentro. Estava tudo em ordem. Não havia sinal de violência.

Não que esperasse isso. Não de Emily.

Mas tampouco esperava que Gayle fosse atropelada. Aparecera tarde demais para poder fazer qualquer coisa a respeito. Mas se o aborrecimento de Emily na noite anterior culminara no pior, e se ele fosse embora como o cretino do marido dela e voltasse tarde demais, jamais se perdoaria.

Tentou a campainha, embora ela houvesse despertado com suas batidas, pois ele mal tirara o dedo do interruptor quando a viu cruzar a cozinha, amarrando o robe. Emily passou a mão pelos cabelos, abriu a porta e lhe endereçou um sorriso sonolento.

Subitamente, ele se sentiu um tolo.

— Ei. Desculpa.

Ela balançou a cabeça.

— Não tem problema. Dormi demais. Custei a pegar no sono.

Certamente pensando no marido.

— Sinto muito tê-la acordado.

Ela repetiu o gesto.

— Não tem problema.

— Bem, de qualquer forma, sinto muito. — Um ruído veio do carro, mas ele o ignorou. Emily precisava mais dele do que Julia naquele momento. — Com certeza eu a acordei. Fiquei preocupado. Odeio vê-la deprimida.

Desejou que ela lhe contasse o que havia acontecido entre ela e Doug. Certamente nada gratificante, de outro modo não teria se agarrado a *ele* daquela maneira ontem à noite.

Mas ela não traiu o marido. Tudo o que disse foi:

— Acho que estou melhor — com um sorriso trêmulo nos lábios. — Obrigada pelo cuidado.

— Por nada. — De quem era a culpa? Do vácuo deixado pela morte de Gayle? Da injustiça inerente à situação de Emily? Do fato de ela ser sua senhoria ou, como dona-de-casa, uma espécie em extinção? Ou simplesmente por sua aparência frágil e vulnerável?

O que quer que fosse, ele se sentia seu protetor.

Entregou-lhe o jornal.

— Volte para a cama.

— Pode ser. — Ela baixou o olhar. — Bela gravata.

A cor era berrante, só atenuada pela camisa branca, o par de jeans e a jaqueta de beisebol em veludo cotelê. Estava prestes a dizer algo sobre estabelecer uma identidade no departamento, quando Julia tornou a gritar.

— Seu fã-clube o chama — disse Emily, dando uma olhadela para o jipe.

— Vamos passar na farmácia. Ungüento de zinco?

Ela assentiu e acenou, quando o carro desceu a rua. Com esta imagem na cabeça, ele guiou para a cidade.

Feliz porque o carro estava se movendo, Julia era uma linda

visão no espelho retrovisor. Ele tentara algo novo naquela manhã, deixando-a brincar na banheira enquanto ele se barbeava, e só então a enxaguou, junto com ele, no chuveiro. Julia não gostara tanto da parte do chuveiro quanto da banheira, mas Brian achou que ela se acostumaria. Economizara tempo com isso.

— Como está indo, queridinha? Sente-se bem? Eu também. — Em sua mente, Emily continuava a acenar. — Olhe aquelas árvores! — Suas folhagens eram vermelhas e cor-de-laranja, vibrantes no sol de outono. — Não são assim em Nova York, sabia, nem mesmo no Central Park.

Brian imaginou se ela se lembrava.

— Ma-mãe.

Aparentemente, bastante.

— A mamãe não está aqui. Só o papai. Vou levá-la à farmácia e depois à casa de Janice. Onde está o coelhinho?

Ele soltou o ar aliviado quando ela acenou com o coelho na mão. Ontem ele o havia esquecido e precisou voltar para buscá-lo. Chegara atrasado no trabalho, o que não incomodara John em absoluto, mas Brian sentiu que os demais haviam notado. Sam não era o único que desconfiava dele. Todos desconfiavam. Não era somente o cara mais novo na cidade, vindo de *Nova York*, mas também o detetive-assistente, que respondia somente a John.

Não estava desesperado pela aprovação dos demais. Não estava em busca de amizades, não tinha tempo para elas, agora que tinha de cuidar de Julia. Mas um bom relacionamento com os colegas resultaria em um ambiente de trabalho mais agradável, e na falta da adrenalina da criminalidade, isso era fundamental. Chegar atrasado dois dias seguidos não o ajudaria em nada.

Embicou o carro diante da farmácia, pulou de dentro e estava a meio caminho do destino quando ouviu o protesto de Julia. Voltou, abriu a porta de trás e se inclinou.

— Ungüento de zinco. É o que vou buscar. Dois segundos. Será mais rápido se você ficar aqui.

— Ahnnn.

— Não quer fazer companhia ao coelhinho?

— Não.

Ele suspirou e a pegou.

— Está certo. Então vamos logo. — Com Julia embaixo do braço, Brian caminhou até a farmácia a passos largos. O dono e sua esposa já estavam a postos. — Como vai, Harold?

— Nada mal, detetive.

— Ungüento de zinco?

— No topo da última prateleira.

Brian foi até lá e encontrou o ungüento em um instante. Imaginando que devido à facilidade de encontrar o remédio e sua brilhante idéia de colocar Julia na banheira mais cedo, estaria adiantado para o trabalho, dirigiu-se à cabine fotográfica nos fundos da loja.

Enfiou a mão no bolso e puxou um punhado de moedas.

— Vamos tirar outra, queridinha. Dessa vez, uma boa. É tudo o que a vovó quer. Você, eu e minha bela gravata. Ficará orgulhosa. — Entrou na cabine. — Não, não, filha, não se vire. Fique quieta, enquanto eu enfio as moedas aqui. — Atrapalhou-se com as moedas; Julia arqueava as costas e se contorcia, e finalmente quando ele conseguiu colocar a primeira moeda na fenda, um alarme estridente soou do lado de fora da cabine.

Julia resolveu competir com o alarme e se pôs a chorar sem parar.

Brian tirou a cabeça para fora da cabine. Abafando seus gritos com a camisa, ele abriu o coldre do revólver escondido sob a jaqueta e moveu-se furtivamente por trás da última prateleira a fim de poder avistar a caixa registradora.

Harold estava lá, conversando calmamente com um rapazinho. O alarme parou. A mulher de Harold, Mary Elizabeth, juntou-se a eles. Nem ela nem o marido pareciam assustados.

Endireitando-se, Brian diminuiu a força com que segurava a filha, cujos gritos transformaram-se em fungadas. Enfiando o revólver de volta no coldre, aproximou-se da parte dianteira da loja.

O rapaz aparentava ter entre dezessete e dezoito anos e, a julgar por suas roupas, dinheiro. Vestia jeans e camiseta de boa qualidade e uma jaqueta de couro que esbanjava estilo. Sua mochila era da griffe L.L. Bean e jazia aberta sobre o balcão, deixando à mostra o enorme vidro de vitamina C que disparara o alarme. Harold segurou o vidro junto com duas barras de chocolate.

— Devem ter caído aí quando fui pegar o dinheiro — dizia o garoto, sem soar tímido ou embaraçado.

Harold disse tranqüilamente:

— Vai comprar isso?

O garoto enfiou a mão no bolso e puxou uma nota de vinte.

— Está tudo bem aí? — indagou Brian.

Harold lançou-lhe uma olhadela enquanto registrava a venda.

— Tudo bem. Sem problemas.

Brian não ficou convencido e olhou para fora da loja, imaginando se o rapaz teria cúmplices e se uma ameaça ainda maior pairava sobre a loja. Não avistou nada mais suspeito do que um reluzente carro esporte aguardando junto ao meio-fio.

Quando o rapaz guardou o troco e dirigiu-se ao carro, Brian depositou o ungüento de zinco e uma nota de cinco sobre a mão estendida de Mary Elizabeth.

— Foi um acidente? — perguntou a Harold, que meneou os ombros. — Já aconteceu antes?

Dessa vez, ele arqueou as sobrancelhas.

— Não é um mau rapaz.

— Qual o nome dele?

— Richie Berlo.

— Berlo, da mansão murada na esquina da Sycamore com La-Grange? — Passava pelo local todos os dias a caminho da cidade. Sam havia lhe resumido a procedência do dinheiro da família, o que agora explicava o carro e a nota de vinte.

— O próprio.

— O pai sabe que o garoto tem esse problema?

— Não chega a ser um problema.

Era verdade, o rapaz não tinha ficha na polícia. Brian se lembraria se tivesse lido o nome em um dos arquivos que estavam no carro. Entretanto...

— Furtar em lojas é contra a lei. Por que outro motivo você instalou esse sistema de alarme?

— Olhe, detetive — começou Harold calmamente —, sei o que está pensando, e tem razão, o alarme está aí para pegar ladrões, mas Richie Berlo é filho do maior filantropo de Grannick. Nestor Berlo construiu uma livraria e um centro para os idosos da cidade, e é o principal mantenedor do colégio, e o colégio emprega muita gente daqui. — Soltou um risinho. — Era apenas um vidro de vitamina C, e o garoto acabou pagando por ele. Sinto muito o alarme ter assustado sua filha.

Brian pegou o tubo de ungüento e o troco. Não estava preocupado com Julia, que se acalmara facilmente.

— Talvez não esteja fazendo um favor àquele garoto vendo as coisas dessa forma. Está passando a mão na cabeça de alguém que tem um problema.

Harold apenas sorriu e o acompanhou até a porta.

Poderia ter ficado e argumentado se não estivesse atrasado, mas levara mais tempo na farmácia do que pretendia, e quando deixou Julia na casa de Janice e comprou café no Nell's e rumou para o departamento de polícia, já tinha outras coisas em mente.

No departamento havia dois computadores. Esperava poder usar um deles para digitar as observações que fizera após ter lido os antecedentes juvenis, uma vez que John jamais conseguiria decifrar sua caligrafia. Mas ambos os computadores estavam sendo utilizados quando ele chegou, por isso, apanhou o relatório da noite anterior.

Houve uma prisão por direção perigosa, um vagabundo suspeito, uma parada cardíaca e um roubo de carro — uma noite monótona para os padrões de Brian, uma noite típica para Grannick.

Deixando o relatório de lado, tornou a checar os computadores. Como continuavam em uso, dirigiu-se ao escritório de John.

— Tem um minuto? — perguntou da porta.

John fez um gesto para que ele entrasse.

Caminhou pela sala com as mãos nos bolsos.

— Reli o caso de Daniel Arkin. Presumi que você não estava à frente das investigações na época. — Quis sondar até onde estava livre para falar o que quisesse, sem insultá-lo.

— Fui designado para interrogar Emily e Doug. O chefe dava as ordens. Vá em frente.

Brian aceitou o convite.

— A investigação deixou algumas lacunas. Havia pessoas na agência de correios na hora do seqüestro que jamais foram interrogadas.

John não pareceu surpreso.

— Ficaram lá dentro o tempo todo. Alegaram que não viram coisa alguma. O chefe não viu sentido em arrolá-los como testemunhas.

— Às vezes as pessoas vêem coisas sem saber que viram. Um deles pode ter saído por algum instante para fumar, ou ter visto algo fora do comum, sem se dar conta. Havia ainda as outras pessoas das lojas do outro lado da rua que também não foram interrogadas. Os donos o foram, mas não os clientes.

— O chefe achou que, numa cidade como Grannick, se algum deles tivesse visto alguma coisa, teria vindo depor espontaneamente. Não quis importuná-los.

Brian parou diante da mesa.

— Minha nossa, John, um garotinho desaparece e tudo o que pensam é em não *importunar* as possíveis testemunhas?

John ergueu a mão.

— Só estou lhe dizendo como era a linha de pensamento do chefe. A maioria das pessoas conhecia Emily. A maioria gostava dela. O chefe presumiu que, sendo assim, quem tivesse algo a declarar fosse fazê-lo pelo bem dela.

Brian suspirou.

— Bem, parece razoável, mas nós dois sabemos que as coisas nem sempre funcionam assim. E se alguém tiver visto outra pessoa, um amigo ou um amigo de um amigo fazendo algo suspeito e não quis comprometê-lo?

— Emily falou com algumas pessoas que estavam nas outras lojas. Continuou a interrogá-las por mais tempo do que nós. Não queria desistir. Mas nunca fez estardalhaço sobre o assunto. Seguia nossos passos sem se intrometer. Eu mesmo fiz algumas perguntas extras por minha conta. Quando a conheci, envolvi-me pessoalmente na história. Mas eu pouco podia fazer na época, uma vez que o chefe encerrara as buscas, e agora, bem, muitas delas se foram, mudaram-se para outros lugares.

— E por que Emily ficou? — inquiriu Brian. — Seria mais do que natural ela querer se mudar daqui e ir para algum lugar que não lhe trouxesse lembranças tão dolorosas.

— Ela não pôde partir. Este foi o único lugar que Daniel conheceu. Enquanto o caso continuar sem solução, ela ficará aqui.

Brian entendeu a dupla dor que ela sentia.

— Então ela se tornou prisioneira deste lugar. Mais um motivo para eu interrogar quem encontrar pela frente.

John manteve-se cético.

— As lembranças desaparecem depois de algum tempo.

Brian discordou.

— Não estamos falando de um dia qualquer do calendário. Todos que moravam na cidade naquela época sabiam que Daniel Arkin havia sido seqüestrado. Meu palpite é que qualquer um que tenha algum suspeito, não se esqueceu de detalhe algum.

— Acha que o garoto ainda pode estar vivo?

Brian deixou-se cair na cadeira.

— Não. Mas não vejo que mal possa haver em interrogar as pessoas que não foram chamadas para depor na época. Poderíamos ainda ampliar a foto de Daniel no computador até chegarmos a alguém que possa se parecer com ele hoje, e eu faria as comparações das impressões digitais.

— É. Onde iria conseguir a impressão digital. — Isso não foi uma pergunta.

— De um dos livros de história do garoto. Ainda estão no quarto dele. As digitais se espalham à medida que a pessoa cresce, mas os pontos e as curvas permanecem os mesmos. Faria ainda no computador uma rechecagem dos seqüestradores conhecidos na época em que Daniel foi levado e faria uma lista dos pervertidos sexuais de Grannick.

John recuou.

— Não faz sentido? — quis saber Brian.

— Não pensávamos assim nos anos setenta.

— Mas já havia pervertidos.

— Claro. Mas não os culpávamos por todos os crimes e não colocávamos os seus nomes em listas. Não em Grannick. Não até dois anos atrás.

Brian estava estarrecido.

— Por que não?

— Porque essa é nossa gente. Não gostamos de comprometê-la. Se um dos nossos fez algo errado e cumpriu pena, achamos que tem o direito de voltar e recomeçar com ficha limpa.

— Então por que só começaram a fazer isso há dois anos?

— Porque foi preciso. A faculdade nomeou um professor que havia cumprido pena por estupro, os moradores ficaram sabendo e armaram um barulho dos diabos. Eu, pessoalmente, não tive problemas com ele. Passou cinco anos em outra escola antes de vir para cá e sua ficha estava limpa. E continuava limpa. Mas havia muita gente nervosa. E então o direito à proteção pública levou vantagem sobre o direito individual.

— Presumo que sua lista seja confidencial.

— Claro.

— Então o direito à privacidade também é respeitado.

— Exceto quando sujeitos como você queiram cavucar a lista e questionar os que constarem dela.

Brian não poderia ignorar tal lista.

— Se alguém seqüestra um garotinho e não manda um bilhete de resgate, logo se exclui a cobiça como sendo o motivo, certo? E o que resta? — Lembrou-se do sonho de Emily. — Seria ótimo se eu descobrisse que alguém simplesmente queria um bebê para criar, mas as chances disso ter acontecido são mínimas. A verdade é que a maioria das crianças seqüestradas por estranhos são molestadas sexualmente.

— Ele era só um bebê.

— Para um louco não importa.

John franziu as sobrancelhas.

— Mencionou isso com Emily?

— Deus, não.

— Não faça isso. Vai deixá-la muito mal.

— Acha que ela não imaginou tal coisa? — Como John não respondeu, ele disse: — Pode ter certeza de que ela acompanha todos os casos de crianças desaparecidas que aparecem nos jornais, e o que não imagina por conta própria, a mídia trata de pintar com cores bem vivas.

John permaneceu calado.

— Deixe-me fazer uma tentativa — pediu Brian. — Serei sutil. Não precisa ser uma reabertura formal do caso.

— Basta começar a interrogar as pessoas — avisou John — para que os rumores se espalhem. É sempre assim em Grannick.

— Direi que estamos organizando os arquivos de modo que pensem que é tudo o que estamos fazendo. Direi que sou novo aqui, que o caso me fascinou e que achei que seria uma boa oportunidade de conhecer os moradores da cidade. Vão engolir.

— E quanto a Emily?

— Nem uma palavra. Aceitou o fato de que ele morreu. Não posso reacender suas esperanças depois de todo esse tempo.

John parecia contrariado. Finalmente, resmungou:

— Seja discreto. Se eu ficar sabendo que você anda importunando as pessoas desta cidade, cancelarei tudo. Droga, esse caso é antigo demais e nem ao menos temos uma pista concreta. Só você, apaixonado por Emily Arkin.

Brian ergueu a mão.

— Espere aí. A mulher é casada.

— Tente se lembrar disso, está bem?

* * *

Uma coisa era lembrar que Emily era casada, outra era parar de pensar nela. Brian gostava muito dela. Algo nela o deixava tranqüilo, mesmo agora, que sabia que a vida dela estava tão confusa quanto a sua. Sempre que a via ou pensava nela, sentia-se profundamente entusiasmado.

Não era nada sexual. Pelo menos achava que não. Duvidava que pudesse estar pensando em sexo, quando Gayle mal esfriara na cova, e Julia não lhe dava tempo nem para respirar.

Se estivesse pronto a se interessar por sexo, estaria interessado em Emily. Mas ainda não estava pronto para isso. Era apenas amizade. E como amigo de Emily, estava preocupado.

Foi por isso, enquanto Julia entretinha-se perseguindo lanugens de dentes-de-leão junto à cerca branca do jardim, que ele bateu à porta da cozinha dela, após ter voltado do trabalho naquela noite. Ah, claro, um calor interno. E foi o que sentiu, quando ela abriu a porta.

— Oi — disse ela com suavidade.

Ele estudou seu rosto.

— Parece bem melhor. Eu só queria me certificar.

— Voltei para a cama, depois que você saiu.

— E dormiu?

— E dormi — confirmou ela, sorrindo.

Seu sorriso permaneceu em seus lábios, revirando os cantos de sua boca de tal forma que só intensificava o profundo calor que ele sentia, e naquele instante lhe ocorreu que a atração também era sexual — a menos que estivesse interpretando mal seus sentimentos, o apelo de seu sorriso, de seu corpo pequeno e delicado, dos seios que se insinuavam debaixo do suéter ou ainda da suave lembrança de seu abraço na noite anterior.

— Então. — Limpou a garganta. — O que fez hoje?

— Nada demais. Uma coisa aqui, outra ali. Falei com Jill. Ela me pareceu bem. Isso sempre me anima.

— Quando vou conhecê-la?

— Daqui a duas semanas e meia.

Julia aproximou-se, segurando um dente-de-leão parcialmente pelado.

— Ah, que lindo — disse Emily, descendo os degraus, agachando-se e puxando-a para si. — Você o soprou? — Após uma demonstração ruidosa, levou a flor aos lábios da menina. — Agora é a sua vez. Sopre. Não quer? Está bem. E se a sacudirmos? — E a sacudiu com vigor. Quando as lanugens voaram em variadas direções, Julia soltou um gritinho agudo de satisfação, ao mesmo tempo em que pulava e se acocorava. Emily riu e então lhe deu outra sacudidela, incitando-a novamente. E quando sobrou apenas o caule da flor, Julia correu para buscar mais.

Brian estava sorrindo quando Emily se levantou.

— É bom ouvir Julia rir. É bom ouvir *você* rir também. Vai encontrar suas amigas hoje à noite? Afinal, é segunda-feira.

— Ahã.

— Vai contar a elas? — indagou, a respeito do fim de semana com Doug.

Seu sorriso murchou, o que significava que ela havia entendido a pergunta.

— Acho que vou.

— É bom desabafar — opinou, e por ser seu amigo e sentir que deveria, ele a puxou para si num rápido e alentador abraço, antes de voltar-se para Julia.

Myra viu o abraço da janela da sala de jantar e não podia ter ficado mais feliz. Não imaginou nem por um minuto que Emily estaria agindo de maneira imprópria — não a Emily — mas quanto mais ela e o detetive se tornassem amigos, melhor.

Ele era a chave. Myra tinha certeza. Podia sentir em seus ossos, junto com a artrite que a fazia lembrar da idade e a amedrontava com a proximidade do fim, quando ainda havia tanto a fazer.

De volta à cozinha, a mesa estava posta e o pernil, assado. Cortou uma fatia caprichada para si e duas para Frank, colocou-as nos pratos, serviu uma batata pequena para si, uma maior para Frank, acrescentou os feijões e um fio de azeite. Satisfeita com o colorido da refeição, pôs os pratos na mesa.

— O jantar está pronto, Frank! — chamou e começou a comer. — Está muito bom. O tamanho do pernil é perfeito. Vou poder levar um pedaço para Emily e outro para o detetive. — Comeu outro bocado. — Vou amassar as batatas para a garotinha. As crianças adoram purê de batata.

Imaginou quando seria o aniversário de Julia e considerou que uma festa sob o salgueiro era uma idéia genial. Mas algo lhe dizia que o aniversário da menina não seria antes da primavera. Mal podia esperar.

Outubro já havia chegado. Se não fizesse logo alguma coisa, o solo iria congelar com a neve, e então toda a sua esperança iria por água abaixo, até chegar a época do degelo. Mas ela não agüentaria esperar tanto tempo.

Uma festinha à tarde não seria boa idéia. O detetive não se interessaria por isso, como seus filhos nunca se interessaram, apesar de sempre convidá-los. Talvez um jantar. Ou um churrasco. Isso. Um churrasco. Emily traria a churrasqueira, e Myra faria o resto.

Mas tinha que ser logo. O outono se aproximava. As folhas estavam mudando.

Espiou pela janela em direção ao lago, e no instante seguinte pulou da cadeira, disparando pela porta dos fundos e descendo a escada.

— Xôôô! Xôôô! — gritou e observou os gansos selvagens levantarem vôo. — Pestinhas bagunceiros — resmungou. — Fazendo sujeira debaixo do meu salgueiro. — Examinou com minúcia o gramado, relaxando um pouco mais após certificar-se de que tudo estava em ordem. Abaixou-se a fim de apanhar uns poucos fiapos que se acumularam desde a última vez que saíra no jardim. Então sentou-se no banco de ferro batido e imaginou o dia em que poderia relaxar completamente. Ansiava tanto, mas tanto, por esse dia que havia vezes em que temia ter um ataque do coração ou uma crise de artrite que a paralisasse para sempre.

Um churrasco. Era isso. Um hambúrguer o atrairia, se ele fosse como seus filhos, e uma vez que estivesse ali, ele saberia. Ela não precisaria dizer coisa alguma.

Era assim que queria que fosse.

~ Dez

Mais uma longa semana se passou. Emily caminhou lentamente até chegar ao restaurante na noite de segunda-feira. Após ter sido sucessivamente açoitada pelos altos e baixos de seu humor, encontrava-se emocionalmente machucada, incapaz de vislumbrar respostas.

Grata ao menos por saber aonde estava indo naquele momento, concentrou a atenção em Kay e Celeste e rumou na direção das duas, mas parou ao avistar Brian e Julia em uma das mesas do restaurante.

Seu coração acelerou o compasso para então transbordar de ternura. Brian a deixava assim. Era um dos responsáveis por seus raros momentos de alegria.

— Ei — disse ela, sorrindo. Dois pares de ternos e afetuosos olhos azuis voltaram-se para ela. — Como vão vocês?

— Nada mal — respondeu Brian pelos dois. — Decidimos sair para jantar. — Olhou à volta. — Imaginei que este lugar ficasse vazio às segundas-feiras, mas creio que metade da cidade está aqui.

— Recuperando-se do fim de semana — completou Emily. Julia lhe ofereceu uma batata frita, e ela aceitou. — Que menininha mais gentil. Obrigada. — Deu uma mordida. — Hummm. Que gostoso. Vai dar um pouco para o papai também? — Ela sorriu quando Julia enfiou uma batatinha na boca de Brian, e continuou sorrindo quando ele a sugou como se fosse macarrão.

Ah, ele era forte, sensual e perigosamente tentador, fitando-a com aquele belo par de olhos. Quase desejou poder jantar ali mesmo.

Mas tinha outro compromisso. Olhou por sobre o ombro e disse:

— Minhas amigas estão me esperando. Vejo-os mais tarde?

Ele assentiu. Assim que os deixou, ela pensou na virada do destino. O inquilino que não desejava ter provara ser sua tábua de salvação. Brian era tranqüilo, compreensivo e encantador — razões suficientes para que ela mantivesse a devida distância, mas não conseguia. Acordava todas as manhãs desejando encontrá-lo.

Correto? Não. Excitante? Seguramente.

Ainda exultante quando encontrou as amigas Kay e Celeste, sentou-se à mesa com um sorriso nos lábios.

— Olá, garotas.

— Aquele é o Brian? — quis saber Celeste.

Emily tirou a jaqueta.

— Hum-hum.

— Bonito. Másculo.

— Ele tem uma filha — lembrou-lhe Emily. — Você não está interessada.

— E que olhos. Reparei neles quando entrei. Deixam qualquer uma paralisada, entendem o que eu digo?

Emily entendia.

— Eiii, ficou *ótimo* — disse ela, examinando o rosto de Celeste

— Bem, também achei — disse Celeste em tom de lamúria — e foi por isso que concordei em jantar fora novamente. — Lançou um olhar tristonho para a clientela do restaurante. — Acredita que ninguém reparou?

— Isso não é ótimo? Não é melhor mesmo que ninguém saiba? Que as pessoas a achem mais bonita, mas se sintam constrangidas em dizer, para não insinuar que não era bonita antes?

— Emily tem razão — opinou Kay.

Mas Celeste continuava em dúvida.

— Ainda está um pouco inchado. Provavelmente devem estar pensando que há algo errado comigo.

Emily correu os olhos pelo restaurante e reconheceu alguns rostos. — Alguém está olhando? Não. E você sabe que estariam se achassem que algo estava errado.

— O cirurgião me disse para esperar seis semanas. Só se passaram quatro semanas e meia.

— Vai ver que é por isso — disse Emily.

Kay virou-se para a amiga.

— Você está animada. Isso quer dizer que as coisas deram certo entre você e Doug?

Mas Emily não estava preparada para falar sobre Doug.

— Primeiro vocês, garotas. — E virando-se para Kay: — Como está o colégio?

— Ótimo. Os alunos finalmente estão se adaptando. As férias de verão os deixam muito preguiçosos. Levam um mês inteiro para voltarem ao ritmo normal.

— Olá, Sra. Arkin — disse a garçonete, Jenny Yeo. — Vai beber alguma coisa?

Emily viu chás gelados diante de Kay e Celeste.

— Vou beber o mesmo que elas. Querem pedir agora? — perguntou às amigas. Não comia uma refeição de verdade desde o café da manhã reforçado do dia anterior e conhecia de cor o cardápio. — Estou faminta.

Celeste pediu a salada Sudoeste, Emily quis *fajitas* de frango, e Kay, tortilhas com bastante queijo e pimenta *jalapeña*. — Sinto-me ousada — explicou Kay, e quando Jenny saiu, disse: — Há anos que venho trabalhando por isso, e acabei de receber o sinal verde. Vamos montar um grupo de debate.

— Na oitava série? — perguntou Celeste.

— Claro. Está certo que os debates não serão profundos, mas será um bom começo para aprenderem a expor as idéias publicamente. E competiremos em todo o estado nas tardes de sábado.

— Competirão? Você também? — inquiriu Emily.

— Serei a mentora do grupo.

— John sabe disso?

— Não, mas não vai se importar. Nunca conta comigo aos sábados.

Emily imaginou se seria por opção ou falta dela. Kay sempre parecia ter alguma coisa para fazer aos sábados, algo que a mantinha ocupada e inacessível. Em determinado ano era um projeto de serviço comunitário, em outro, um contrato de estágio de uma turma com o jornal da cidade, e agora, o grupo de debate. Por mais nobres que fossem as atividades, Emily não sabia se *ela própria* mergulharia de cabeça em um projeto semelhante, se tivesse um marido tão doce como John.

— Quanto mais cedo iniciarmos os jovens — dizia Kay —, mais chances teremos de que formem suas próprias opiniões e as exponham, antes que atinjam aquele estágio desagradável em que se sintam inibidos diante de um grupo ou sociais demais para quererem divergir dos outros. O que aconteceu com nossas meninas?

Emily voltou no tempo.

— Com Jill, um pouco dos dois. A inibição veio a partir da consciência social. Ela queria se misturar e não se destacar.

— Marilee já era envergonhada muito antes de se conscientizar socialmente. Não gostava do seu cabelo, não gostava da sua aparência, não sabia o que fazer com as *coisas* que cresciam em seu peito.

— Dawn nunca teve esse problema — comentou Celeste secamente. — Tem seios pequenos até hoje, mas é rebelde demais para se importar com tais coisas.

— Foi exatamente por isso que ganhou a competição sobre Shakespeare no ano passado — disse Kay. — Não é inibida. Simplesmente foi lá e deu o máximo de si.

— É. E começou a se preparar com dois dias de antecedência. Senti-me mal por aqueles jovens, que passaram semanas ensaiando. Não me pareceu justo. Eu disse isso a ela. Algum dia vai querer alguma coisa e pensar que será igualmente fácil, mas não será. Ficará desapontada.

— Ela é brilhante. — Emily saiu em defesa de Dawn.

— Como os outros alunos com os quais está competindo agora. Se não estudar, ficará fora do páreo.

— E ela está estudando afinal?

— Diz que está. E que está adorando. Eu lhe disse que se quiser continuar adorando, é melhor se preparar para ser alguma coisa na vida, do contrário vai acabar sendo reprovada e tendo que voltar a morar comigo, e nesse caso ficarei *furiosa* com ela.

— O que ela respondeu?

— Que fugiria primeiro.

— Rindo, naturalmente.

— Infelizmente.

— Mas você tem que admitir — sugeriu Kay. — Ela tem coragem.

— Herdou isso de mim. — Com um gesto floreado, Celeste sacou do colo um enorme envelope pardo e o abriu. — Estão prontas?

— Essa não.

— Respostas para o seu anúncio?

— Meu Deus, quantas cartas.

— Não tenho certeza se quero ouvir isso.

— São interessantes — avisou Celeste, apanhando a primeira. — "Querida GC403", é o número da minha caixa postal. "Tenho quarenta e oito anos, sou alto e também gosto de bom vinho, boa música e aventura. Minhas ex-mulheres dizem que não sou exatamente um cavaleiro com armadura reluzente, mas estou me esforçando."

— Ex-mulheres, no plural? — assustou-se Kay.

Celeste passou para a segunda carta.

— "Querida loura sensual. Tudo a seu respeito parece maravilhoso, pena que você não mencione seu peso. Se tem vergonha do seu corpo, não fomos feitos um para o outro. Sou praticante do nudismo."

— Esse foi direto — ponderou Emily. Apertou uma mão contra a outra e admitiu. — Tem razão. São interessantes. — E certamente a distraía de seus problemas. — Continue.

— "Querida GC403, sou cirurgião-gastroenterologista do Hospital Geral de Massachusetts. Graduei-me na Escola Choate, em Harvard, e na Escola Médica de Harvard. Servi em três diferentes mandatos presidenciais e escrevi cinqüenta e seis artigos em vinte e uma renomadas publicações médicas em dez países estrangeiros."

— Modesto.

— Espere — disse Celeste, sorrindo, deixando o médico de lado. — Essa aqui é melhor. — Ergueu a próxima carta para que elas a vissem. — Datilografada, espaço simples, bem no alto da página e *sem* cabeçalho. — Começou a ler. — "Sou presedente", escrito errado, "de uma grande corperação", escrito errado, "que possui escritórios em Nova York, Texas e San Antonio."

Emily riu.

— Celeste, são *terríveis.*

— Não tem nenhuma melhor? — quis saber Kay.

Celeste assentiu, ainda rindo.

— Mas vocês têm que ouvir mais essa aqui para poderem apreciar as boas. — Acenou com um pedaço de papel amassado. — Aqui está meu anúncio. Esse sujeito o circulou e escreveu à margem "Mande uma foto" junto com o número de sua caixa postal. Dane-se ele — disse ela com vontade e partiu para a seguinte. — "Querida GC403, também sou louro, e meus amigos dizem que eu sou *sexy,* mas como não me acho interessante, não sei se dizem a verdade. Sou branco, solteiro, tenho um metro e noventa e cinco e meu esporte preferido é varar corredeiras. Quando não estou descendo rios, escrevo artigos para uma revista regional. Adoro ficar ao lado de uma fogueira de acampamento e fazer amor sob as estrelas. Se você não tem nada contra namorar um cara mais novo, ligue para mim."

— Mais novo? — perguntou Emily. — *Quanto* mais novo?

— Ele pôs a idade em letras bem pequenas ao pé da página como se realmente achasse isso irrelevante.

— Quantos anos? — insistiu Kay.

— Vinte e cinco.

— E ele sabe que você tem quarenta e três? Deve sofrer de complexo de Édipo.

Celeste pareceu duvidar.

— Ele parece ser um doce, sem falar que também é honesto e interessante. Além do mais, adoro carne fresca.

— Por favor, Celeste — protestou Kay e virou-se para Emily. — Diga a ela que está louca.

Emily não podia fazê-lo. O homem realmente parecia doce, honesto e interessante. Não que Emily fosse querer sair com um rapaz de vinte e cinco anos, caso fosse solteira. Iria preferir alguém da sua idade.

— Essa era a melhor? — perguntou ela a Celeste por sobre o recém-chegado chá gelado.

— Não. Tem uma que é uma gracinha. "Tenho quarenta e quatro anos, sou alto, moreno, bem-apessoado e definitivamente *sensual*. Sou banqueiro por profissão. Sou ainda um leitor ávido que acabou de descobrir a beleza das poesias e que gostaria de ter alguém com quem discuti-las. Antes de mais nada, preciso lhe dizer que cumpri dois dos cinco anos de pena na Penitenciária Federal de Allentown..."

— Vamos ouvir as *boas* agora — sugeriu Kay.

— Não quer ouvi-lo contar como se tornou uma vítima da vida?

— Não.

— Ou sobre o cara que diz que é louco por renda preta?

— *Não.*

— Está bem. — Celeste separou um punhado de cartas. — Aqui. Essa aqui não é ruim. — "Querida loura sensual, sou um viúvo de cinqüenta anos, com três filhos. Agora que o meu mais moço entrou na faculdade, estou querendo fazer novas amizades. Sou inglês de nascimento e um lorde por natureza, e realmente gosto de bons vinhos, boa música e aventura. Se um metro e setenta for o suficiente para você, escreva-me um bilhete." — Celeste ergueu os olhos. — Acha que ele deve ser muito formal?

Kay encolheu os ombros.

— Ele diz que gosta de aventura.

— Mas e se estiver dizendo isso só porque eu disse?

Emily estava constrangida com a perspectiva de Celeste sair com alguns daqueles homens.

— Não é isso que você tem que perguntar a si mesma? Será que seus pretendentes estão sendo honestos?

— Ele não disse que é lindo de morrer — ponderou Celeste. — Não disse que é superalto. E certamente está no mesmo estágio de vida que eu. Mas se for formal demais...

Kay apontou para as cartas na mão da amiga.

— Leia outra boa.

Deixando o viúvo de lado, Celeste passou os olhos pela carta seguinte.

— Esse aqui é bastante franco. Começa dizendo que é a primeira vez que responde a um anúncio sentimental, mas que odeia clubes de solteiros quase tanto quanto encontros arranjados por amigos. Diz ainda que não lhe agrada a conversa mole dos namorados. "Trabalho no Ministério da Saúde. Sou maratonista, o que significa que sou alto e magro, mas também que ocupo grande parte do meu tempo livre treinando e por isso não tenho tempo a perder. Procuro uma mulher que seja franca comigo sobre as coisas que deseja ou não fazer."

— Olá, meninas.

— John! — disse Kay. — O que faz aqui?

Ele deu de ombros e lançou um olhar indolente ao redor.

— Não tinha nada para fazer em casa. Pensei em dar uma volta. O carro me trouxe até aqui.

— Ótimo, mas não poderá comer conosco. Nenhum homem pode se sentar nesta mesa.

Ele parecia solitário. Emily solidarizou-se com o amigo.

— O que tem aí, Celeste? — indagou.

— Aqui? — Celeste olhou para os papéis em sua mão. — Ahnnn, cartas. Cartas que escrevi para os meus pais. Em diferentes épocas. Quando era menina.

Ele esticou o pescoço.

— Alguma coisa engraçada?

— Nããão — respondeu, empurrando a pilha de papéis para o lado. — Coisas de garota.

— Ah. — John enfiou as mãos nos bolsos. — O que pediram?

— Saladas, *fajitas* e batatas fritas — respondeu Kay. — Viu que o Brian está ali?

John se virou.

— Ah. Talvez eu vá até lá. Tomar um café com ele. Parece que o bebê está dormindo.

Julia realmente havia adormecido. Emily desmanchou-se ao ver os dois, ela com a cabeça no ombro do pai, e ele com as costas apoiadas na parede e as pernas esticadas no banco. Ele também parecia sonolento quando fez um sinal para que John se aproximasse.

— Quase — suspirou Kay quando ele saiu.

Celeste soltou um gemido.

— Detesto mentir.

— Podia ter dito a verdade.

— Tem razão. — Tornou a puxar as cartas para si. — Então? Qual é o veredicto sobre o maratonista?

Emily o achou melhor do que os outros.

— Nada mal.

— Regular — decidiu Kay. — Quantos mais escreveram?

— Só mais dois. — Celeste ergueu a carta do primeiro. "Querida loura sensual e divorciada, fiquei atraído pela parte do seu anúncio que dizia que você estava recomeçando a vida. Sinto o mesmo em relação à minha. Meu casamento de doze anos terminou quando minha mulher me trocou por um homem bem mais jovem do que eu."

— Coitadinho — desmanchou-se Kay.

Celeste prosseguiu.

— "Sou veterinário, com anos de prática. Uma vez que sempre gostei de animais, considero-me um homem de sorte por poder fazer o que gosto. Muitas pessoas não conseguem tal feito. Não sou um conquistador, mas sou romântico. Prefiro jantar a dois em casa, diante da lareira, a freqüentar restaurantes sofisticados. Gosto de Bach, Beethoven e Liszt, embora também me divirta ouvindo Eagles, Cat Stevens e

Simon and Garfunkel. A propósito, sou eu que corto minha própria lenha. Estou interessado em conhecer alguém que me mostre coisas novas ao mesmo tempo em que valorize meu estilo pacato de vida. Talvez eu esteja tomando o caminho errado ao responder a um anúncio de jornal que começa com 'loura sensual', mas se houver substância em você além de aparência, por favor me escreva."

— Uau — disse Emily.

Kay concordou.

— Parece o mais normal até agora.

— Partindo do princípio de que não tenha uma coleção de animais em casa — disse Celeste, cautelosa. — Mas espere. Guardei o melhor para o fim. Ouçam. — Apanhou a última carta. — "Querida GC403, não estou bem certo de como responder ao seu anúncio. Não sou nenhum Apolo, embora seja bem-apessoado. Não sou aventureiro, embora goste de tentar coisas novas. Sou moreno, olhos castanhos, tenho quarenta e um anos, um metro e oitenta de altura, noventa quilos, e ganho a vida projetando casas para pessoas com muito dinheiro. No passado, meus negócios me faziam viajar o tempo todo, mas agora que consegui uma certa estabilidade profissional, posso me dar ao luxo de passar mais tempo em casa. Estou procurando fixar raízes e, ao mesmo tempo, cultivar um relacionamento que meu trabalho jamais me permitiu. Dinheiro não é problema. Quero companhia e diversão. Se o amor surgir, ótimo. Sou maduro o bastante para reconhecê-lo e jovem o bastante para me empenhar ao máximo e construir um sólido relacionamento."

Celeste pousou o papel sobre a mesa e ergueu as sobrancelhas.

— Tentador, não?

Emily olhou para Kay.

— Parece ser inteligente, articulado e modesto demais. Tem dente de coelho aí.

— O dente de coelho — disse Kay a Celeste — é exatamente o que você perguntou a respeito de Brian Stasek quando o mencionei pela primeira vez. Lembra-se? Você quis saber o que havia de errado com ele, uma vez que era solteiro aos quarenta anos. A desculpa de Brian é a morte da mulher. Qual a desculpa desse aí?

— Seu trabalho — respondeu Celeste. — Como o trabalho o fazia viajar o tempo todo, ele nunca conseguiu manter um relacionamento duradouro.

— Mas você disse que não queria se casar novamente — lembrou Emily.

— E não quero. O sujeito não falou em casamento, e só mencionou o amor como conseqüência. Mas eu não tenho nada contra relacionamentos profundos. — Celeste inclinou-se para frente. — Vejam desse modo. Ele é um profissional bem-sucedido. É viajado, o que significa que tem uma certa experiência. Tenho certeza de que, vez por outra, ainda precisa fazer alguma viagem de negócios, e assim eu não ficaria presa a alguém o tempo todo. Além disso, deve trabalhar num escritório colossal que ele mesmo projetou, e uma vez que é seu próprio patrão, seus horários devem ser flexíveis. Vocês o ouviram. Dinheiro não é problema para ele. As possibilidades são inúmeras.

— Se é que ele está dizendo a verdade — alertou Kay. — Como pode ter certeza?

— Não posso.

— Marcaria um encontro com ele sem saber se está sendo sincero?

— Sim. Combinaria tomar um drinque com ele num local bastante badalado e lhe diria para procurar uma loura com uma rosa na mão. Ele não sabe meu nome, muito menos meu endereço ou telefone. Se o encontro fosse um fracasso, terminaria ali mesmo. Ele não tornaria a me procurar.

— E se ele a seguisse?

— Eu ficaria atenta para que isso não acontecesse.

— Como?

— Ora, Kay, existem mil maneiras.

— Por exemplo?

Celeste suspirou.

— Chamar um táxi e pedir ao motorista que dê uma volta para despistar, antes de me levar novamente ao meu carro. Se eu realmente desconfiasse que o cara é perigoso, iria direto para a delegacia de polícia mais próxima. Estou lhe dizendo. Existem mil maneiras de se livrar de alguém indesejável.

— E realmente quer arriscar?

Celeste a encarou.

— Sim, quero. Tenho bom senso e sólidos instintos. Não vou me meter em nenhuma confusão.

Emily tocou o braço da amiga.

— Nós nos preocupamos com você. Só isso. Não queremos que nada lhe aconteça.

— Nada vai me acontecer — assegurou-lhe Celeste, tornando a se recostar na cadeira e aguardando a rendição de Kay.

A comida finalmente chegou. Como se o simples ato de separar uma tortilha coberta de queijo da pilha em seu prato a tivesse acalmado, Kay disse:

— Está certo. Está determinada a ir até o fim com essa história. O que pretende fazer?

— Entrar em contato com os homens que me interessarem e marcar um encontro.

Para Emily, aquilo parecia doentio, mas quem era ela para falar qualquer coisa de alguém. Passara o dia criticando sistematicamente seu casamento, passo a passo, item por item.

— Qual deles vai escolher?

Celeste começou a comer sua salada, enquanto separava algumas cartas da pilha.

— O arquiteto é o melhor. Quanto a isso, não há dúvida. Os próximos, em ordem de preferência, são o veterinário, o maratonista e o viúvo. Por via das dúvidas, devo acrescentar o médico e o rapaz de vinte e cinco anos.

Kay lançou-lhe um olhar de protesto.

— Por que o rapaz?

— Por que não?

— Porque você tem quarenta e três. Está em ótima forma, Celeste, e não aparenta mais do que trinta e cinco, mas mesmo assim tem dez anos a mais. Ele deve ter a pele macia, mãos lisinhas e coxas firmes. Você se sentirá velha ao seu lado.

— Se ele se sentir atraído por mim, ficarei lisonjeada. Além do mais, não tenho vergonha do meu corpo. Você tem?

— Meu corpo não está em questão. John e eu estamos casados há tempo demais para nos preocuparmos com esse tipo de coisa.

— E John é doze anos mais velho do que você. Por que é perfeitamente aceitável que o homem seja mais velho do que a mulher e não o contrário?

— Porque sempre foi assim.

— Não é mais assim. Não hoje em dia. Existem diversos relacionamentos em que a mulher é a mais velha.

— Em Hollywood.

— Esses são os de que ouvimos falar, mas existem outros.

— Cite um.

Celeste balançou a mão no ar.

— Ahn... — Franziu as sobrancelhas. — Ora, acontece o tempo todo. Só não estou me lembrando de nenhum nome neste momento. — Desviou o olhar. No instante seguinte, relaxou a expressão do rosto. — É, eu me lembro. — Baixou o tom e se inclinou para frente, sem tirar os olhos da pessoa em questão. — Cynthia Berlo. Há anos que mantém um caso com o contador do marido.

— Puro boato — opinou Kay.

— Ela tem cinqüenta e oito, e ele, trinta e cinco.

— Não existem provas de que têm um caso.

— Foi a costureira de Cynthia, Enid Hildridge, quem me contou. Disse que Cynthia levou o contador com ela ao seu ateliê, e que os dois entraram juntos no provador.

Kay parecia atordoada.

— O que um homem de trinta e cinco iria querer com Cynthia?

— Acontece que ela está em grande forma.

— Mas tem *cinqüenta e oito.*

— E daí? Isso não significa que não tenha mais desejos ou que não sinta prazer sexual, e certamente não significa que não possa atrair um homem. O sexo não acaba com a menopausa, Kay.

— Eu não disse isso.

— Meninas — interrompeu Emily, erguendo as mãos entre as duas. — Não há motivo para discutirem, principalmente por causa de Cynthia Berlo. Ela está longe de ser um exemplo.

— Concordo — sussurrou Kay. — Comparações com ela me deixam doente.

— *Não existe* comparação. Estamos falando de pessoas diferentes. Celeste é ativa e inteligente. Olhe, fico nervosa só de pensar que ela vai se encontrar com esses homens, mas ela já decidiu, e a vida é dela.

— E quanto à sua? — inquiriu Celeste. — Como foi o fim de semana?

Emily suspirou. *Ainda* não estava pronta para falar em Doug. Entretanto, precisava desabafar. — Não foi grande coisa.

— O que foi que ele fez? — quis saber Kay.

— Nada. Esse é o problema. Ele chega em casa e não demonstra o menor entusiasmo, não quer fazer nada. Sugeri que fôssemos a Stockbridge; ele deu de ombros. Sugeri que fôssemos assistir a uma conferência na faculdade; ele deu de ombros. É impossível provocar qualquer reação naquele homem.

— Não seria culpa do cansaço?

— Se fosse assim, passaria o fim de semana dormindo, mas que nada. Só não está interessado em fazer coisas comigo. Eu tento puxar conversa sobre o que acontece no mundo, já que ele se orgulha de estar no meio de tudo, mas ele se recusa a conversar sobre qualquer assunto. Retruca alguma coisa e se envolve em outra atividade qualquer. É como se eu o entediasse. Ora, se querem saber, é *ele* que me entedia.

— Nossa — disse Kay suavemente. — Isso é uma confissão.

— Bem, não posso defendê-lo para sempre — bradou Emily em desespero. — Não tenho idéia do que ele quer para o nosso casamento. Não sei se quer manter um relacionamento monótono para equilibrar sua agitada vida profissional ou se quer que eu seja diferente de alguma forma. Ou será que quer o divórcio?

— Já perguntou a ele?

— Sobre o divórcio? Não exatamente.

— Talvez devesse.

— E se ele concordar? — Seu coração disparou. Não queria se divorciar. Queria que as coisas fossem exatamente como eram há vinte e dois anos, o que era um absurdo. Ela e Doug não eram mais os mesmos.

Pensativa, aflita, Kay resolveu opinar.

— Você merece mais do que isso na vida, Emily.

Mas ela não queria desistir. Não ainda.

— Minha vida não é tão ruim assim. Falei com Rod Meany do *Sun* na quinta-feira passada. Ele me deu algumas matérias para desenvolver. Coisas rasas, divertidas, com pouca essência.

— Você merece essência.

— Conseguirei isso com Petra Drovski. — Petra era diretora do departamento de inglês da faculdade. Emily falara com ela também. — Precisa de ajuda para editar uma coleção de análises críticas sobre as obras dos autores americanos do início do século. É um projeto interessante.

— Mas não vai aquecê-la à noite — alertou Celeste. — Esse é o papel de Doug, ao menos nos fins de semana, mas ele nunca está em casa. Só é seu marido no papel.

Emily reconheceu que a amiga tinha razão. Havia semanas que eles não conversavam, que não riam juntos, que não *faziam amor.*

— O que pretende fazer? — Celeste quis saber.

Não adiantava tentar seduzi-lo, se ele não queria ser seduzido, pelo que ela percebera.

— Continuar tentando, eu suponho. Não posso simplesmente jogar fora vinte e dois anos de vida em comum. Ele prometeu que nos encontraríamos em Boston para um fim de semana na faculdade de Jill. Quem sabe um quarto de hotel não o inspire? Quem sabe se ficarmos longe de casa... — Ocorreu-lhe que Grannick pudesse ser o problema.

— Doug já conheceu Brian? — indagou Kay.

A imagem dos dois juntos lhe veio à cabeça, Brian muito mais alto do que Doug, e muito mais atraente.

— Trocaram algumas palavras. Só isso. Por quê?

— Achei que ele fosse ficar com ciúme. Por você estar morando praticamente na mesma casa de um homem atraente como Brian. Pensei que ele fosse voltar correndo para reclamar seus direitos.

Emily também pensara assim. Lembrou-se de ter se sentido culpada ao referir-se a Brian pelo nome na primeira vez que falou dele para o marido. Mas Doug não ficara enciumado.

— Nem lhe passa pela cabeça que eu possa me sentir atraída por outro homem.

— E está? — perguntou Celeste.

Estava. Muito. Mas ainda tinha esperanças de salvar seu casamento, por isso respondeu apenas:

— Brian é um homem maravilhoso. Se eu fosse do tipo infiel, ele até que poderia tentar me seduzir.

— Ele poderia tentar *me* seduzir — disse Celeste.

Kay lhe deu um tapinha de leve.

— Fique quieta.

— Ora, ele bem que poderia. Eu adoraria fazer *strip-tease* diante daqueles olhos. Mas ele tem uma filha. Pode ficar com ele, Em.

Emily quase desejou poder. Na verdade, mais do que isso. Sonhara com ele uma ou duas vezes, e embora em suas fantasias não houvesse *strip-tease,* tampouco seus sonhos haviam sido puros. Ambos despertaram sentimentos adormecidos e fizeram-na sentir-se culpada.

Era melhor, decidiu ela, mais seguro e sensato, concentrar-se no que possuía de concreto. Jill estaria em casa dentro de dez dias.

Onze

John estava recostado em um poste, o olhar perdido na rua, quando Kay saiu do restaurante com Emily e Celeste. Disse a si mesma que deveria agradecer por ele estar ali, dadas as queixas de Emily. Ainda assim, sentiu-se vagamente ressentida.

— Pensei que tivesse voltado para casa — disse ela, seguindo a direção do olhar do marido. — Aconteceu alguma coisa?

John virou-se para ela.

— Não. Apenas achei que não fazia sentido que Celeste a levasse em casa já que estou aqui.

— Mas você saiu do restaurante há uma hora. — Com Brian, pensou ela.

— Dei umas voltas. Peguei alguns estudantes fumando atrás da pizzaria.

— Quem? — Ex-fumante, Kay não tolerava sentir cheiro de cigarro, ver alguém fumando, muito menos imaginar tal coisa principalmente quando se tratava de adolescentes. Tinha toda a intenção de repreender os infratores no dia seguinte.

Mas John não quis citar nomes.

— Prometi que não iria entregá-los, se apagassem os cigarros. Passei-lhes um bom sermão.

Quanto a isso Celeste não duvidava. Ao menos, este consolo.

John afastou-se do poste.

— Vamos?

Não, ela quis dizer. Adorava as noites de segunda-feira e costumava premiá-las com a presença de Emily e Celeste. Não gostava de se sentir culpada por abandonar o marido à noite, mas aquela noite era dela, e ele sabia disso.

Mas parecia tolice relutar. O jantar havia terminado, e John estava ali. Era óbvio que iria levá-la para casa.

Às outras, disse secamente:

— Meu guarda-costas me chama. Falo com vocês amanhã. — Acenou e partiu ao lado de John.

— Está chateada? — indagou ele.

Sim, estava. Não gostava de ser vigiada.

— Às vezes eu acho que você está me seguindo.

— Por que eu faria isso?

— Sei lá. Você tem uma mente muito fértil.

— Eu não a estava seguindo. Estava entediado, só isso.

O carro estava estacionado no final do quarteirão. Felizmente era o carro de Kay e não a radiopatrulha. Ele esperou que ela entrasse, deu a volta pela frente e sentou-se atrás do volante.

— A casa fica vazia quando você não está lá. Odeio isso.

— Há anos que saio nas noites de segunda.

— Quando Marilee estava em casa era diferente.

Kay revestiu-se de coragem para formular as perguntas que desejava. *Quando foi que falou com ela pela última vez? O que ela tem feito? Com quem tem saído? Está estudando?*

Nenhuma delas saiu. Fitou-o. Os olhos de John concentravam-se na estrada.

— Será bom tê-la de volta — disse ele.

Faltavam dez dias para as férias de outono. Kay também não via a hora de rever a filha. Entretanto, preveniu:

— Não pense que ela vai ficar em casa o tempo todo. Todos os seus amigos também estarão de volta e decerto ela vai querer reencontrá-los.

— Mas nós somos seus pais.

— Ela nos verá primeiro, em seguida vai correr para os amigos.

— Mas quero passar algum tempo com ela.

Kay também o queria, contudo, estava sendo realista.

— Os pais não são prioridade quando se tem dezoito anos.

— Não é justo. Nós a amamos.

Era verdade. Mas isso não lhes dava o direito de mantê-la encarcerada dentro de casa.

— Se a amamos, daremos asas a ela. Voará para longe para estabelecer sua independência e poderá voar de volta sempre que quiser.

— E quando será isso? — indagou ele um tanto amuado, um tanto impaciente e estranhamente afetuoso.

Kay sorriu.

— Não agora. Ela acabou de descobrir que tem asas para voar. Dê-lhe algum tempo. — Havia lido a respeito e sabia o que esperar. — As férias de outono são um refrigério para os calouros. Correm um para a casa do outro, triunfantes por terem sobrevivido às sete primeiras semanas da faculdade, e, quando voltam ao antigo colégio, descobrem que foram destronados. Lembra-se do último ano do colégio? Lembra-se de como Marilee estava eufórica? Está pensando que será a mesma coisa, mas não. É triste, como todos os ritos de passagem. O velho tem de sair para dar lugar ao novo.

— Ahn. Não tenho certeza se gosto do novo.

Kay suspirou, lembrando-se da discussão da noite.

— Talvez não seja o único. Os Arkin estão tendo dificuldades de lidar com isso.

— Como assim?

— Emily está frustrada. Doug nunca foi grande coisa como marido, e está pior agora que Jill se foi. Emily quer programar passeios, mas ele nunca tem ânimo para fazer coisa alguma.

— Como pode ter ânimo se nunca está em casa?

— Exatamente.

Kay pensou em Emily pelo resto do caminho. Das três, era a mais vulnerável, a que mais precisava do marido, agora que a filha estava longe. Celeste estava aproveitando a liberdade, e Kay tinha seu trabalho.

E Kay tinha John, que, assim que chegaram, entrou com ela em casa pela porta da cozinha e atravessou o corredor.

— Emily vai ficar bem? — quis ele saber.

Ela virou-se ao pé da escada.

— Por enquanto. Mais tarde, eu não sei.

John recostou-se na porta da frente, as mãos nos bolsos, e franziu o cenho.

— A hora não é boa. Está perdendo Jill e o marido. — Franziu mais ainda a testa. — Tudo muda quando os filhos se vão. O estádio se modifica. Um novo jogo se inicia.

Kay estava bestificada. John não era dado a analogias. Nunca achou que ele fosse capaz.

Seus olhares se encontraram.

Ele tinha algo em mente. O instinto — ou simplesmente seu olhar atordoado — dizia-lhe que ele não estava pensando nos Arkin. Um novo jogo? Kay não gostou da comparação, principalmente se dizia respeito a *eles*.

Como ele parecia não saber como prosseguir, ela indagou:

— Que novo jogo é esse?

Ele deu de ombros.

— Está falando de *nós*?

Ele olhou para o chão.

— John, está tentando me dizer alguma coisa?

Levou algum tempo até que ele respondesse:

— Pode ser.

Kay esforçou-se para tentar descobrir o que seria, mas a única coisa que lhe veio à mente era inaceitável. John a amava. Não iria querer o divórcio. Não iria querer *outra mulher.* Iria?

Desconfiada, sentou-se no degrau da escada.

— É algo muito importante?

Ele ergueu apenas um dos ombros dessa vez.

— John, não faça suspense. Diga logo o que há de errado. Está infeliz... conosco, *comigo*?

— Não — confessou —, mas eu queria que fizéssemos mais coisas juntos.

— Mais o quê?

Ele jogou a mão no ar.

— Sei lá. Mais.

— Quando? Nós dois trabalhamos.

— Ainda restam as noites e os fins de semana. Mas você insiste em preenchê-los com outras atividades.

Estaria ele *enciumado*?

— Apenas uma noite na semana com minhas amigas.

— Estou falando de outra coisa. Das atividades escolares.

— É o meu trabalho.

— Precisa ser voluntária de comitês que se reúnem três noites por semana?

— É uma questão de experiência. Eles precisam de mim nesses comitês.

— Talvez eu precise de você aqui.

— Para fazer *o quê*?

— Não sei. Alguma coisa. E quanto aos sábados? Por que tem de trabalhar aos sábados?

— Porque a semana é curta demais para fazer tudo o que quero.

— Os sindicatos não trabalham aos sábados.

— Nem a maioria dos meus colegas, mas isso é problema deles. O meu é a dedicação.

Kay armou-se para apresentar sua defesa, mas John apenas fitou o tapete, trocou a perna de apoio e cruzou os braços sobre o peito.

— Você é a melhor professora que eles têm. E sei que gosta do que faz. — Ergueu os olhos. — Mas, se quisesse ficar comigo, certamente arranjaria tempo.

Estaria ele com *pena* de si mesmo?

— Algum dia eu disse que não queria ficar com você?

— Você está sempre planejando alguma coisa para ficar distante.

Kay estava desnorteada. Imaginou se o marido, aos cinqüenta

e sete, estava passando pela crise de meia-idade que não teve aos quarenta ou se estava apenas se adaptando à ausência da filha. Em ambos os casos, ela estava sendo injustamente atacada.

— Lembra-se de quando nos casamos — perguntou ela — e eu parei de trabalhar para cuidar de Marilee, e ficava aqui sozinha, dia após dia, inclusive à noite, enquanto você fazia serão para conseguir uma promoção? Alguma vez eu reclamei? Alguma vez eu lhe acusei de estar trabalhando demais?

— Eu estava construindo minha carreira. Você compreendia.

— É, eu compreendia. Mas nem sempre era fácil. Sentia-me só. Provavelmente queria que você passasse mais tempo em casa.

Ele pôs as mãos nas cadeiras.

— Então deve saber como me sinto agora.

— Não sei, não. Não precisa de ajuda para cuidar de um bebê. Ou da casa. Ou da comida. Está bem crescidinho.

— Isso mesmo. E gente grande gosta de coisas de gente grande.

— John. *Aonde* está querendo chegar?

Ele desviou o olhar. Após um minuto de cara amarrada para a parede, disse:

— Acho que estou cansado de trabalhar. Até onde isso vai? Até morrermos? Teremos de trabalhar até cair? A vida não será mais do que isso?

— Mais o quê? O que você quer?

Ele soltou um grunhido.

— Seria bom — disse, olhando para ela — se você me tocasse de vez em quando. Os homens gostam de saber que são amados.

Ela estava perplexa.

— Você sabe que eu o amo. Sempre lhe *digo* isso.

— Você diz com palavras.

— E não é a melhor forma? Ser franca e direta?

— É uma das formas. Existem outras.

— E eu digo de outras formas também. Quando lustro seu distintivo e engraxo seus sapatos. Preparo o jantar para você até mesmo quando vou sair com minhas amigas. Não são formas de demonstrar amor?

John olhou em seus olhos.

— Estava pensando nas maneiras físicas.

Kay teria que ser estúpida demais para não pegar a deixa, e em uma fração de segundo, observando-o ali recostado na porta, de braços cruzados, ela voltou vinte e dois anos no passado, quando ainda era a nova professora de Grannick que topou com um dos homens mais charmosos da cidade, elegantemente fardado, recatado e absolutamente másculo. John fora tão carinhoso com ela naquela noite que a fez deixar de lado as inibições.

Kay tinha então vinte e três anos. Estava bem mais velha agora. Mas o tempo havia sido generoso com John. Aos cinqüenta e sete, ele ainda era eminentemente um homem viril. Alto, de ombros largos, e, embora os quadris não fossem tão estreitos como antes, ele continuava esguio. Não tinha barriga de cerveja nem queixo duplo. Possuía todos os dentes e todos os fios de cabelo que, já grisalhos, tornaram-se ainda mais bonitos. Assim como as rugas nos cantos de seus olhos.

John Davies era um homem bastante atraente, que pela primeira vez falava de suas necessidades físicas, como supunha Kay. Seu rosto corou na mesma hora.

— Não acredito que esteja dizendo isso.

— Há dias que estou tentando lhe falar.

— Desde quando?

— Desde quando sugeri que passássemos um fim de semana em Washington.

— Para visitar Marilee.

— E ficarmos a sós.

— Estamos a sós aqui.

— Ah, é. Quando tento me aproximar de você, encontro-a lendo ou fazendo alguma coisa para a escola. Mesmo esta noite. Esperava que ficasse feliz por eu tê-la trazido para casa, mas parece que isso não fez a mínima diferença para você.

Ela ficou ainda mais ruborizada.

— Pelo amor de Deus, John.

— O que foi?

— Estamos casados há anos. Não somos dois adolescentes.

— O que isso tem a ver com o assunto?

Ela abriu a boca para responder, mas não conseguiu emitir som algum. Era *óbvio* que não eram adolescentes. Era *óbvio* que não eram recém-casados. Porém, com o passar dos anos, as pessoas tendem a viver uma rotina, e a rotina dos Davies não era muito sexual.

Pensar que John gostaria que fosse a deixou desconcertada. Não se casara com um garanhão, mas com um corajoso policial. Fazia anos — sem falar nos quilos e celulites a mais — que não pensava em si mesma em termos sexuais.

Sentindo-se constrangida e se odiando por isso, ela consultou o relógio.

— Está tarde. Tenho uma aula para preparar. — Levantou-se e, sem olhar para trás, subiu a escada até o quarto vazio que fazia as vezes de escritório. Deixara ali seu caderno quando voltara da escola e agora o abriu na página marcada, mas isso foi tudo o que conseguiu fazer. Sua mente não estava nos planos de aula. Estava em John.

Ele queria intimidade, toque, sexo. Mas ela não era uma pessoa carnal. Casara-se com ele aos vinte e três anos, e nem mesmo naquela época fora carnal. Não que eles não houvessem levado uma vida sexual ativa. Porém, com o passar dos anos, o excitamento amadureceu e tornou-se um prazer mais relaxado. Se faziam sexo em um intervalo de algumas semanas, tudo bem. Ela se satisfazia. E achava que ele também.

Após olhar para o plano de aula pela terceira vez sem assimilar coisa alguma, fechou o caderno e permaneceu por algum tempo na escrivaninha, massageando os músculos cansados das costas, tentando escutar algum ruído de John. Somente após ter caminhado furtivamente pelo corredor, conseguiu captar o barulho da televisão no andar de baixo.

Certo. Ele havia cedido. Assistiria à TV até pegar no sono, acordaria dali a uma ou duas horas e iria para a cama. Ela já teria adormecido, mas ele se aninharia bem perto dela, o que seria ótimo. Havia calor nisso. Havia *amor* nisso. Não havia?

Repetiu a pergunta para si mesma durante o percurso até o banheiro, e nem sequer chegou perto de encontrar a resposta quando a banheira terminou de encher. Despiu-se rapidamente e escondeu-se sob a manta de sabão.

Não precisava ver seu corpo para conhecer seu formato e tamanho, e não que fosse um corpo *ruim* para uma mulher de quarenta e cinco anos de idade. Era ereto e, apesar da celulite, não estava tão acima do peso. Possuía curvas generosas, porém, como uma escultura de gelo por tempo demais no calor, tais curvas haviam perdido o frescor e se transformaram em grumos.

Por isso usava blusas que escondiam a cintura, saias que disfarçavam os quadris e cores neutras que jamais chamavam atenção para o seu corpo. Sua mente era o que contava, e esta estava em grande forma. Na verdade, melhorava com a idade. Vivia dizendo isso a si mesma. O que era um consolo, comparado aos seus cabelos agora sem vida, à pele sem viço e às mãos cobertas de veias. Não podia alterar a natureza.

Quisera ela ser do tipo *mignon* como Emily ou alongada como Celeste. Ou possuir um metabolismo que lhe permitisse devorar batatas fritas sem ganhar peso ou o tipo de estrutura óssea que a fizesse parecer elegante do nascimento à morte.

Quisera ela que John jamais houvesse levantado a questão sexual porque, por mais que desejasse, não haveria no mundo nada que a transformasse em uma *femme fatale*.

Dez dias. Celeste estudou o calendário. Desde o princípio, seu objetivo era estar linda nas férias de outono — e iria conseguir, uma vez que a primeira parte do seu plano fora executada. A segunda seria realizada quando Dawn voltasse para a faculdade.

Havia seis homens na sua lista. Três deles haviam lhe fornecido o número de telefone — o maratonista, o veterinário e o jovem de vinte e cinco anos. Os códigos de área a ajudaram a descobrir que o maratonista era do leste de Massachusetts, o veterinário, de Vermont, e o rapaz, do norte de Nova York. Os outros forneceram apenas as caixas postais, um da revista, e dois, supunha ela, de casa. Se tal suposição estava correta, os códigos postais lhe permitiram descobrir que o médico era de Maryland e o viúvo, de Connecticut.

Não fazia idéia de onde morava o arquiteto; entretanto, o mistério só fazia crescer seu interesse.

Em um papel de carta simples, ela rabiscou algumas breves palavras aos três que enviaram o número da caixa postal. Para cada um, revelou apenas que morava no oeste de Massachusetts e que estava interessada em marcar um almoço ou um drinque à tarde.

Um encontro bastante inocente. E bastante seguro. John não iria entrar em pânico.

Ao encerrar os bilhetes, borrifou-os com uma colônia fresca antes de selar os envelopes e deixá-los de lado para serem postados pela manhã. Passava das onze quando terminou tudo, e embora desejasse telefonar para um ou outro, agora que Emily e Kay haviam lhe dado apoio, hesitou em fazê-lo. O maratonista treinava o tempo todo. Estaria dormindo. O veterinário também, se seus dias fossem tão ocupados como ela imaginava que seria a rotina de um profissional de Vermont. Só restava o rapaz de vinte e cinco anos.

Um garoto. Ela teve que rir. Kay ficara escandalizada, com certeza. Não que Celeste estivesse seriamente interessada nele. Não sabia ao certo o que dizer a um rapaz de vinte e cinco. Ainda assim, era lisonjeiro pensar que ela pudesse interessá-lo. E tinha que admitir que estava curiosa a respeito de sexo. Ele era jovem. Seu corpo seria firme, sua energia inesgotável. E era especialista em descer corredeiras. Que fôlego ele não teria.

Enquanto seu lado prático apontava o arquiteto como o melhor da leva, o de vinte e cinco era uma tentação.

Releu sua carta... "Branco, solteiro, um metro e noventa e cinco, escritor." Celeste jamais havia descido uma corredeira em toda a sua vida. Jamais estivera diante de uma fogueira de acampamento ou fizera amor sob as estrelas, como ele disse que gostava de fazer. Jackson nunca teria sonhado com tais coisas. Não era do tipo espontâneo.

Então por que se casara com ele? Naquela época, tinha vinte e dois anos de pura espontaneidade e passara quatro deles cursando a faculdade. Planejava graduar-se e por pouco não obteve êxito, e não tinha a mais vaga idéia de aonde ir ou o que fazer. Órfã e perdida, precisava de alguém que lhe ajudasse a conduzir sua vida. Jackson parecia ser a solução.

Era um gênio do computador que programava cada aspecto da sua vida e havia estabilizado a dela. E como. Na época em que Dawn nasceu, Celeste traçara suas próprias diretrizes. Sabia como organizar a própria vida, mas o que faria sozinha com um bebê? Não poderia, sequer quis tentar. Sabia que estaria fadada ao fracasso.

Com uma saraivada de ofensas, sem dúvida resultantes da depressão pós-parto, ela o mandou embora — e ele foi. Este havia sido seu único grande pecado.

Fora rebelde o bastante para manter a decisão que tomara.

Ainda rebelde, apanhou o fone e pressionou o número de telefone do rapaz de vinte e cinco anos. Ouviu dois toques até que uma voz de tenor disse:

— Alô?

Por uma fração de segundos, ela emudeceu. Ele soava mesmo muito jovem. Então se recompôs.

— É... Oi — disse ela num tom que esperava que soasse como desinteresse. — Aqui é GC403. — Seu dedo estava prestes a desconectar a ligação caso aquele não fosse o homem que procurava. Ele era alto. Esperava uma voz mais grave.

Contudo, a voz era interessante.

— Oi, GC403 — respondeu.

— Estou ligando muito tarde?

— Para mim? Não. — Ela ouviu um sorriso. — Não tinha certeza se você iria ligar.

Sua franqueza foi bem-vinda e a fez relaxar um pouco.

— Nem eu. Ainda não tenho certeza se deveria. — Franqueza merecia franqueza. — É bem provável que você tenha algum sério problema.

Ele riu.

— Não tenho.

— Então por que respondeu ao meu anúncio?

— Porque fiquei curioso. Já namorei garotas da minha idade. Quero tentar algo diferente.

— Ahhh. O aventureiro.

— Não era isso o que queria?

— De certo modo — disse ela, embora a diferença de idade não fosse o que tinha em mente de início. — Já sei que você pratica canoagem e é escritor. Conte-me mais.

— Cresci em Schenectady. Meus pais ainda moram lá.

— Tem fixação pela sua mãe?

Ele riu novamente.

— Sou o mais jovem de seis filhos. Minha mãe tinha quarenta e um quando eu nasci. O que significa que é muito mais velha do que você, praticamente de outra geração. Eu a amo, mas não tenho fixação por ela. Por isso, a resposta é não. Eu não estaria pensando nela se você e eu nos encontrássemos.

— É bom saber. Como foi que se tornou escritor?

— Tenho um diploma. Na verdade, dois. Licenciatura e bacharelado.

— Em jornalismo?

— Inglês. O jornalismo é o que paga minhas contas, enquanto escrevo o grande romance americano.

— Entendo. Então... nossa conversa... qualquer relacionamento... é uma pesquisa.

— Não. É a vida real.

O telefone de Celeste piscou.

— Pode aguardar um segundo?

— Claro.

Pressionou outra tecla.

— Alô?

— Oi, mãe.

— Dawn. — Não era exatamente a pessoa com quem desejava falar naquele momento. — Meu Deus, já é tarde.

— Acabei de falar com Jill. Está preocupada com a mãe. Emily está bem?

— Está ótima. Mas eu estou exausta. — E ocupada, querida.

— Jill me pareceu realmente chateada. Achei que seria bom se eu fosse a Boston neste fim de semana para vê-la. Posso pegar o carro?

— Não, não pode. Vou precisar dele. Além do mais, vai vê-la no próximo fim de semana.

— Mas se posso ajudá-la agora, não é para isso que servem os amigos? Ela sempre se preocupou comigo. É justo que possa contar comigo agora. Além disso, não vou ter nada para fazer aqui neste fim de semana.

— Nenhuma festa? Achei que fariam uma festança antes das férias de outono.

Desapontada, Dawn soltou um gemido.

— Está todo mundo estudando para os exames do fim do semestre.

— E você também não deveria estar?

— Eu vou estudar. Levarei os livros comigo.

— Desse jeito não vai conseguir estudar direito. Não, Dawn. Não pode ir.

— Mas eu disse a Jill...

— Falaremos nisso amanhã.

— Jill disse...

— Não posso ficar no telefone agora, Dawn.

— Mas, mãe...

— Torne a ligar amanhã. Boa noite. — Pressionou novamente a tecla do rapaz. — Ainda está aí? — indagou, imaginando se ele teria desistido.

— Ainda estou aqui — respondeu ele com sua voz um tom acima do esperado. Então ocorreu a ela, com a voz de dezoito anos de Dawn ecoando em seus ouvidos, que ele certamente era mais apropriado para sua filha do que para si própria. Tal pensamento a deixou desbaratada.

— Sinto muito — disse ela, subitamente precisando de uma pausa. — Tenho que atender outro chamado. Podemos nos falar em outra hora?

— Foi você quem ligou — disse ele de modo tão à vontade que a fez pensar que não se importava muito, e isso a aborreceu. Queria um homem convicto, não um fraco. Queria um homem que não desistisse dela, como Jackson, sem lutar. Queria um homem forte. *Isso* era aventura.

— Claro — disse ela e desligou o telefone. Foi *ela* quem ligou. Enviaria as cartas na manhã seguinte e telefonaria para os outros dois nos próximos dias. Com sorte, quando as férias de outono terminassem e Dawn tivesse voltado para a faculdade, sua agenda estaria repleta de encontros marcados.

Emily aguardava as férias de outono ao mesmo tempo excitada e apreensiva. Ansiava pela volta da filha, mas não estava bem certa de como Doug estaria. Ah, seria gentil com Jill. Disso não duvidava nem por um minuto. Mas se demonstrasse muito desinteresse por Emily como vinha fazendo ultimamente, Jill certamente iria notar. E Emily não queria isso.

A solução encontrada por ela, após muita reflexão, foi planejar o fim de semana de antemão, preenchendo-o totalmente com eventos, de preferência com a ajuda e a aprovação de Doug. Pretendia resolver a questão enquanto ele estivesse em casa no fim de semana.

Na manhã de quarta-feira, ele ligou para dizer que pretendia adiantar o trabalho durante o fim de semana e por isso não voltaria para casa antes de Jill.

Emily não protestou. Não argumentou. Não se lamentou, embora uma parte dela quisesse saber o que havia de errado com ela para ele não querer retornar para casa. A outra parte ficou aliviada.

Os fins de semana com Doug estavam se tornando cada vez mais tensos. Emily vivia com o estômago revirado, o coração descompassado, as esperanças e necessidades oscilando.

Está certo. Ele estaria em casa com Jill. Esse fim de semana seria só seu.

Inspirou profunda e longamente. Escreveu uma breve nota a respeito da lanchonete que Rod havia inaugurado na igreja e encaminhou-a à redação do jornal. Em seguida, saiu para almoçar com Alice Baker, a editora de textos do *Sun*. Durante o almoço, juntou-se a elas a irmã de Alice, funcionária da biblioteca, que insistiu para que Emily fosse até lá a fim de ver alguns livros recém-chegados. Quando Emily finalmente voltou para casa, já havia se passado quase toda a tarde.

Caminhando pelo jardim, ela trepou nas pedras que davam vista para o lago e deitou-se sob o sol. O auge do verão havia terminado, o sol estava mais fraco, e sua luz pálida, mais preciosa. Com a chegada de novembro, as manhãs estariam geladas, as árvores, nuas, o lago, sombrio. Hoje, entretanto, o calor se prolongava e enriquecia o cheiro úmido de terra e folhas secas.

A natureza, ao contrário de seu medíocre casamento, nunca mudava. Tal pensamento era reconfortante.

Perdeu a noção do tempo enquanto esteve ali. Sua mente registrou partes de sua vida sem estender-se em nenhuma delas e, ao invés disso, concentrou-se na brisa que tocava seu rosto e acariciava seus cabelos. Espreguiçou-se, endireitou-se, e subitamente novos pensamentos povoaram sua mente.

Estava no auge de seus quarenta anos. Sua principal responsabilidade deixara de ser sua principal responsabilidade. Tinha facilmente tantos anos pela frente quanto tivera para trás. E era mulher.

O último pensamento chegou de repente e a tomou de surpresa, mas ela não o afugentou. Não era um pensamento desagradável, uma vez que estava de bom humor. Sentia-se sensibilizada, indolentemente deitada ali sobre a pedra, sob os raios de sol oblíquos do entardecer.

Ouviu o jipe estacionar na entrada da garagem, a porta bater e a voz de Brian:

— Ei, você! Aonde pensa que vai? Volte aqui, mocinha!

Emily sorriu ao escutar o som de uma risadinha espremida e virou a cabeça para ver Julia correndo em sua direção, os cachinhos balançando, os bracinhos acenando. Brian a alcançou e jogou-a em seu ombro, provocando outra onda de gargalhadas, antes de colocá-la no chão novamente. Assim que tocou o gramado, começou a correr, dessa vez em direção ao lago. Emily desceu da pedra e interrompeu seu percurso.

— Ah, não, aí não. — Envolvendo a menina com os braços, Emily inclinou-se por trás, detendo-a. — Essa água é fria e profunda demais para uma garotinha como você.

— Lalá — disse Julia, apontando para o lago.

Emily olhou para Brian, que surgiu logo atrás.

— Água — interpretou ele.

— Ahhh. Lalá. Como foi que eu não entendi? — Para Julia, disse: — Quer dar uma olhada de perto? — Caminhou com ela até a margem, apanhou um seixo e o atirou na água. — Olhe. Está vendo os círculos que faz?

— Lalá — repetiu Julia.

Emily atirou outro seixo, deixou que Julia observasse as ondulações e em seguida ofereceu-lhe um cascalho.

— Quer tentar?

Julia fechou o punho em torno da pedrinha, ergueu a mão para atirá-la na água, mas não conseguiu. Não abriu o punho a tempo e a pedra foi ao chão bem ao lado do seu tênis.

— Opa — disse Emily, apanhando uma outra. — Vamos lá. Tente de novo. — Foram mais duas tentativas antes de finalmente conseguir, e Emily juntou as mãos da menina, dizendo: — Isso mesmo! Julia conseguiu!

Julia bateu palmas e sorriu triunfante para Emily e depois para o pai. Emily sentou-se ao seu lado e lhe deu um abraço.

— É incrível como elas precisam da nossa aprovação — disse a

Brian. — Pode imaginar um pai ou uma mãe que não incentive o filho?

Ele se agachara ao lado delas.

— Já vi isso antes. Os filhos tentam de tudo para chamar a atenção dos pais. Quando não conseguem nada pelos meios lícitos, tentam pelos ilícitos, e mesmo assim nem sempre a mensagem é decodificada. Alguns pais simplesmente não querem saber.

— E o que acontece?

— Os filhos passam algum tempo presos. Conhecem outros infratores e ficam sabendo de coisas maiores e melhores e, antes que se dêem conta, já esqueceram dos pais e querem a aprovação de seus novos amigos. É um ciclo revoltante.

— Como se pode interrompê-lo?

— Sei lá. O exército não é a panacéia que muitos acreditam. Pode-se dar a um garoto uma nova auto-imagem num novo ambiente, mas se o colocar de volta no seu antigo meio, ele recupera a velha auto-imagem junto com as más companhias. Então aí está sua resposta. Infelizmente, numa democracia, não se pode dizer a alguém aonde ir.

— Deve ser frustrante para você.

— Muito. Uma das maiores batalhas que um policial enfrenta é contra seu próprio cinismo. Por isso é tão importante mudar de ares de vez em quando. Como eu fiz, mudando para cá. Sinto falta da ação, mas não da tensão que ela traz. Estou dormindo melhor.

— O apartamento é confortável?

— É perfeito.

Ele sorriu, fazendo-a sentir-se feminina.

— Quando Doug estará de volta?

Emily pronunciou cada palavra.

— Daqui a uma semana.

— Não virá para o fim de semana?

— Quer adiantar o trabalho para compensar o próximo. — Como Brian pareceu desapontado por ela, Emily tratou de dizer: — Está tudo bem. De certa forma, isso torna tudo mais fácil. — Sentindo-se culpada, desolada e até mesmo, naquele instante, irritada com Doug, inspirou profundamente. — Pensei em fazer algo especial.

— O quê?

— Não sei. Não tenho nada em mente.

— Julia e eu vamos explorar os arredores da cidade. Rumaremos para o norte e deixaremos que a estrada nos leve aonde for. Quer vir?

Emily gostou da idéia. Gostou mesmo.

— Parece ótimo, mas talvez você e Julia queiram ficar a sós.

— Ficamos a sós todas as noites. Acho que ela aprovaria a mudança. Eu adoraria.

Emily foi. Partiram na manhã de sábado e rumaram para o norte. Almoçaram em Hanover, New Hampshire, e passearam pela cidade. Então seguiram para o leste, em direção aos lagos de Maine. Pararam para que Julia corresse pelas trilhas salpicadas de agulhas de pinheiros, e depois, porque ela adormecera no banco traseiro do carro e porque não conseguiam pensar em um bom motivo para voltarem, prosseguiram. Ao cair da tarde, alcançaram a costa. Jantaram lagosta cozida em um restaurante rústico, diante do fogo da lareira a fim de evitarem o frio da noite, e uma vez que o promontório parecia ser tentador demais na alvorada, alugaram dois quartos em um motel próximo dali.

Em seu quarto, nua debaixo das cobertas uma vez que não se preparara para pernoitar, Emily desfrutou o prazer de sentir o calor do corpo contra os lençóis da cama. Havia muito tempo que não sentia isso, e não estava certa se já o sentira.

Não analisou profundamente suas sensações. Simplesmente, deixou-se levar pelo prazer que aquilo lhe causava, e o prazer estendeu-se pelo café da manhã, durante a caminhada na praia e a sossegada viagem de volta para casa. Sentia-se feliz quando passaram pelos limites da cidade e entraram em Grannick, e, quando viraram na rua China Pond, ela desejou que o dia não houvesse terminado.

Foi então que duas radiopatrulhas estacionadas diante da casa de Myra roubaram sua serenidade. Endireitou o corpo no banco do carro.

— Aconteceu alguma coisa.

Brian estacionou. Emily pulou do carro, atravessou a rua e correu até a porta da casa da vizinha, que foi empurrada antes que ela o fizesse.

— Aí está você! — gritou Myra, trêmula e pálida. — Fiquei tão assustada. Primeiro as luzes não acenderam na sua casa, e então não acenderam no apartamento da garagem, e como o jipe não voltou, imaginei que você tivesse saído com ele para algum lugar. Fiquei esperando e vigiando, mas como não voltaram *hoje*, achei que algo terrível tivesse acontecido.

— Estou bem — Emily lhe assegurou. Seus olhos percorreram os três patrulheiros e pousaram nos de John.

Mas Myra não havia terminado.

— É tão incomum você sair sem dizer aonde vai. Pensei que ele tivesse feito alguma coisa com você.

— Brian? — indagou Emily, intrigada. — Ele não me faria nenhum mal.

— Ora, é claro que *Brian* não lhe faria mal. Não estou falando dele.

— Então, quem? — perguntou John.

Myra pareceu surpresa com a pergunta.

— Ora, essa, *qualquer um* — disse ela. — *Doug* poderia ter voltado. É seu marido. Os maridos machucam as mulheres o tempo todo.

— Sinto muito — Emily desculpou-se gentilmente com John. — Saímos ontem de manhã e resolvemos seguir viagem até hoje.

John ergueu a mão com um gesto que dizia que ela não lhe devia desculpas nem explicações. Mas pareceu menos clemente na presença de Brian. Contudo, antes que Emily pudesse sair em sua defesa, Myra adiantou-se.

— Não quis sugerir que o detetive tivesse feito algo errado. Graças a Deus, você está bem — disse ela a Brian, e virando-se para

Emily: — Tive tanto medo. Vocês virão ao meu churrasco na noite de quarta-feira, não virão?

— É claro — assegurou-lhe Emily. — Vou trazer a churrasqueira.

— Ahhh — disse Myra, suspirando aliviada. Juntou as mãos e sorriu. — Isso é bom. Muito bom. Talvez as coisas finalmente se acertem.

Doze

Emily preparava-se impacientemente para a volta de Jill. Sem a interferência de Doug — ele não perguntara sobre seus planos nem oferecera qualquer sugestão ao telefone — ela decidiu simplesmente estocar comida o suficiente para lidar com qualquer tipo de situação que surgisse. Assou os pratos favoritos de Jill, encheu o congelador com gulodices, abasteceu a despensa. No andar de cima, abriu as janelas para ventilar o quarto da filha, espanou cuidadosamente cada objeto, tendo o cuidado de recolocar cada um exatamente no lugar em que estava. Não abriu uma gaveta sequer do armário.

Na noite de terça-feira, entediada e sem ter o que fazer, tornou a forrar as paredes do banheiro do segundo andar, dessa vez com o papel que Doug preferira.

Ao meio-dia de quarta-feira, estava ansiosa para fazer qualquer coisa, mas Kay estava trabalhando, Celeste havia ido ao cabeleireiro fazer reflexos, e Myra recusava-se a deixá-la cozinhar para o churrasco.

Sendo assim, saiu a pé pela rua na intenção de aproveitar o dia radiante de outono. O ar estava fresco, o dia, claro. Sob o calor do sol e com um conjunto de calça e casaco de moleton, ela estava agradavelmente aquecida e mais calma do que de costume, porém apenas durante o tempo em que parou de pensar. E então, feito sombras sob o sol, as velhas dúvidas voltaram.

Quem sou eu? Aonde estou indo?

Tomou seu caminho habitual até a cidade, contando as casas vitorianas na rua LaGrange até forçar-se a parar. Mas se não contasse, *o que faria? Quem seria?*

Parou na farmácia para conversar com Mary Elizabeth e na livraria para dizer olá para Connie Yeo. Uma vez que o dia estava tão bonito, resolveu prosseguir até a faculdade de Grannick, passando pelas lanchonetes freqüentadas pelos estudantes, rumo ao prédio da faculdade.

Havia trabalho a ser feito ali, além do serviço que prestava a Petra. Se estivesse desesperada, poderia ensinar a arte de escrever. Haviam-lhe oferecido o emprego, mas ela o recusara, preferindo seguir seu próprio ritmo de trabalho, em seu próprio tempo.

Não seria nada mau escrever outro livro, se Doug aceitasse seu trabalho, mas Emily duvidava disso. Imaginou se Kay e Celeste estariam certas, se ele realmente se sentia ameaçado pelo possível sucesso da esposa.

Aturdida, fez a volta nas pilastras de pedra que marcavam a entrada da faculdade e tomou o caminho de volta pela via menos pitoresca, passou pela loja de peças de automóveis, pela loja de encanamentos até o terminal de ônibus. Ao aproximar-se, um enorme ônibus encostou e abriu a porta para um bando de estudantes com mochilas nas costas que esperavam junto ao meio-fio. Ao vê-los subir, Emily podia jurar que Dawn estava entre eles.

Ergueu a mão na intenção de acenar, mas a moça já havia entrado. O ônibus fechou a porta, engrenou a marcha com um ronco e eliminou uma fumaça nociva do cano de descarga, deixando a estação. Emily imaginava se teria realmente visto Dawn, quando ouviu uma buzina. Olhou à volta e avistou o jipe de Brian. Sorriu, foi até o lado do carona e deitou os cotovelos sobre a janela aberta do carro.

— Está perdida? — inquiriu ele, sorrindo de volta.

Seus olhos, ahhh, seus olhos. Faziam qualquer um esquecer-se da vida.

— Não. Só estou dando uma volta. Está um lindo dia. Ei, bela gravata. — Era repleta de porquinhos cor-de-rosa.

— Achei que causaria impacto.

— Com certeza. Está fazendo a ronda?

— Vagamente. — Ele esticou o corpo e abriu a porta do carona.

— Isso é permitido?

— Se eu digo que é, é.

Incapaz de argumentar diante de tal lógica, ela entrou. Estar na companhia de Brian era tão fabuloso quanto uma agradável tarde de outono.

— Estou começando a conhecer algumas ruas e rostos — disse ele, dando a partida. — Está vendo aqueles senhores ali? — Havia três idosos sentados em um banco de cimento, sob um velho toldo diante de um prédio. — Estão sempre ali. Às nove da manhã, ao meio-dia, às três, chova ou faça sol, durante a semana ou nos fins de semana. A vida deles é olhar a rua. — Brian acenou ao passar. Eles acenaram de volta. — Já conhecem meu carro. Isso é bom. Pessoas assim são sempre bem-vindas. Vêem tudo.

Emily relanceou os olhos aos homens antes de voltar-se para Brian. Ele era um estudo de contrastes: conhecedor de Nova York, admirador de Grannick; policial linha-dura, pai-coruja; corpo musculoso, voz gentil. Vestia jeans, camisa, gravata e jaqueta, e tinha suavidade no olhar. E havia ainda seu cheiro, puro e másculo, impregnado em seu carro.

Brian lançou-lhe não menos do que três distintas olhadelas, enquanto Emily o estudava descaradamente, antes de perguntar:

— O que a fez sair de casa para caminhar?

— O sol.

Tornou a fitá-la, dessa vez com uma ponta de dúvida no olhar.

— É sério — assegurou-lhe, tocada por sua preocupação. — Não foi como naquela noite. Terminei tudo em casa, o dia estava bonito, e eu queria me mexer.

Estavam contornando a faculdade, passando pela parte do campus conhecida como cozinha, por ali residiam vários de seus funcionários. Era uma área em cujas casas já haviam morado duas ou três famílias, com varandas assimétricas, varais de roupa amontoados e caminhonetes enferrujadas. O aspecto miserável do lugar se agravou quando o sol se escondeu atrás das nuvens.

— Não gosto de ficar à toa — disse ela.

— E quanto ao *Sun*?

— Mais dois artigos e estará pronto. Levo menos tempo para escrevê-los do que Rod leva para distribuí-los. Preciso de mais coisas para fazer. Se Doug ficar fora de casa tanto quanto Jill, terei problemas.

— Que tipo de problemas?

Oh, Deus. Por onde começar?

— Tédio... solidão... frustração... impaciência... inveja... desejo. — O último saiu de forma absolutamente espontânea, do mesmo modo que se sentira feminina no outro dia. Ambos estavam intimamente relacionados.

— Que tipo de desejo? — indagou Brian.

O tipo proibido, pensou ela, misericordiosamente salva por um ruído de estática que veio do radiotransmissor.

Brian escutou.

— Está havendo um problema a três quadras daqui— disse, apanhando o monofone. Após informar sua posição, comunicou-se com o despachante. Em seguida, engrenou a marcha. — Uma mulher acabou de dar queixa sobre um *voyeur*. Quer dar um passeio?

O que fazer? Quem ser? Guiar feito uma bala com Brian era exatamente o que queria.

— Quero.

— O nome dela é Leila Jones.

— Conheço Leila. Estava muitos anos à frente de Jill na escola, mas jogaram o torneio de futebol da cidade juntas.

— Eram amigas?

— Não. Não deu tempo. Leila foi transferida para outra divisão. Depois, engravidou e largou a escola, o time de futebol, tudo.

— Quantos anos tinha?

— Quatorze quando o primeiro nasceu. Desde então teve outros.

Ele soltou um gemido de frustração e dobrou na rua de Leila. Momentos depois, estacionou diante da casa mais humilde. Possuía três andares, a pintura descascada, janelas cobertas com tábuas de madeira pichadas e brinquedos quebrados espalhados pelo gramado.

Brian soltou o cinto de segurança.

— Prefere esperar no carro?

— Não é necessário. — Estava cansada de ser espectadora do jogo dos outros.

— Não posso envolvê-la nisso — tentou ele.

Ela desceu do carro e começou a subir os degraus da porta da frente.

Alcançando-a com facilidade, Brian apressou-se para tocar a campainha antes dela.

— Deixe-me ao menos falar com ela.

— Não creio que a campainha vá funcionar.

Ele bateu. Sons de crianças misturados ao som da TV vinham de dentro da casa. Ele bateu com mais força.

— É a casa dela? No primeiro andar? — Emily quis saber.

— Foi o que disseram.

A porta se abriu. Emily reconheceu Leila de imediato, mesmo com uma criança nos braços e outra agarrada à sua perna, embora estivesse impressionada com o estado da moça. Seus cabelos estavam desgrenhados, as roupas, surradas, os olhos, esbugalhados e cansados. Parecia quase tão velha e desmantelada quanto a casa — o que punha as coisas em perspectiva para Emily. Por tudo que lhe concernia, sua vida era de longe muito mais segura e estável do que a da moça.

Brian mostrou o distintivo.

— Sou o detetive Stasek. Fui informado que a senhora está com problemas.

Leila olhou para Emily com certa desconfiança, até que Brian finalmente disse:

— A Sra. Arkin é a minha parceira da tarde. — Leila afastou-se para dar passagem aos dois.

O interior da casa era tão deprimente quanto o exterior, onde quase tudo era velho, quebrado ou remendado. Além das duas crianças agarradas a Leila, outras duas brigavam por um brinquedo, enquanto uma terceira chorava, dentro de um caixote de madeira.

— Quieto, Joey. — Leila deu um tapa no que chorava, o que só o fez chorar mais ainda. — Não pode brincar com os outros porque você os morde.

— Mãe, é a *minha* vez — gritou um dos brigões. — Me dá, Lissie! *Me dá!*

— Ainda não terminei — bradou Lissie.

— Já ficou com ele tempo demais!

— Lissie, deixe Davis brincar um pouco!

Lissie apertou o brinquedo contra a barriga e inclinou-se para a frente, o que fez Davis começar a socá-la.

Leila correu até os dois, deixando cambaleante a criança que estava agarrada à sua perna.

— Davis Jones, não bata na sua irmã. — Arrastou o menino pelo braço para longe da irmã. Atrás dela, a criança abandonada sentou-se e se pôs a berrar.

Emily a levantou.

— Ei, ei — disse suavemente.

— É o que eu ouço o dia inteiro — lamentou Leila sobre a histeria generalizada. — Tudo o que fazem é gritar e brigar.

— Quantos anos têm as crianças? — perguntou Brian.

Leila apontou.

— Sete, cinco, quatro, dois e dez meses.

— Quandos anos você tem?

— Vinte e um.

— Elas têm pai?

— Deveriam ter, os dois menores, mas ele também não suportou o barulho e foi embora. Todos vão. Deixam os bebês comigo, mas como posso cuidar deles sozinha? Como posso fazer tudo o que eles não podem?

— A mais velha não deveria estar na escola?

— Eles a mandaram para casa por causa dos piolhos, por isso

tive de tratar dela para que os outros também não pegassem, mas não adiantou, nunca adianta.

— Pensei que sua mãe lhe ajudasse — disse Emily.

— Ela me ajudou até o nascimento do último bebê, então disse que, se eu era estúpida o bastante para engravidar de novo, então poderia cuidar deles sozinha. Mas estou tendo problemas para dar conta de tudo, e eles não param de chorar. — Virou-se para o que estava no caixote, que continuava a berrar. — Quieto, Joey! — Leila apontou o dedo trêmulo para Brian e abrangeu as outras crianças em seu olhar. — Sabe quem é esse homem? É um policial, e ele vai trancá-lo na prisão e deixá-lo lá, se você não parar de chorar *neste minuto*!

Emily apertou a cabecinha da criança contra o peito. Se a voz estridente de Leila a perturbava, imaginou o que não fazia às crianças. Leila lhes transmitia pânico. E elas entravam em pânico.

Falando num tom bem mais sereno, Brian disse:

— Conte-me sobre o homem que estava olhando pelas janelas. Você o conhece?

— Não.

— Ele já esteve aqui antes?

— Não sei.

— O que exatamente ele estava fazendo?

— Estou com *fome*, mamãe!

— Quero sair!

Leila tentava se livrar dos dois mais velhos que, tendo esquecido do brinquedo que momentos antes disputavam, agarravam-se à sua saia.

— Não pode sair — disse ela à garotinha. — Vai chover. — Virou-se para Brian. — Estava rondando a casa, olhando pelas janelas. Não me puxe, Davis! Lissie, vá pegar um biscoito para o seu irmão.

— Não quero biscoito. Quero queijo.

— Não temos queijo. Lissie, pegue um biscoito para ele.

— As janelas ficam ao nível da rua — observou Brian. — Tem certeza de que ele estava espiando por elas?

— Tenho.

— Pode descrevê-lo?

— Cabelos pretos, roupas pretas.

Brian tomava nota em um bloquinho.

— Branco?

— Sim.

— Quero sair, mãe — choramingou Lissie.

— Já lhe disse para ir buscar um biscoito para Davis!

— Quantos anos aparentava ter? — inquiriu Brian.

— Não sei. Estava usando um boné.

— Que tipo de boné?

— Acho que era um boné de beisebol.

— Havia alguma coisa nele?

— Não sei. Talvez.

— Alguma coisa escrita? Uma figura?

— Não deu para ver.

— Mãe, quero ver TV.

— Não, Davis! Está quebrada! — Davis correu para o quarto. — Joey, *pare* de chorar!

— Saberia estimar sua altura? — perguntou Brian.

Ela ergueu a mão o mais alto que pôde.

— Era pesado?

Ela franziu o cenho e encolheu os ombros.

— Havia nele alguma coisa incomum? Algo que chamasse a atenção?

— Não reparei em nada, estava muito nervosa. Ele ficou rondando a casa, olhando para nós aqui dentro. Estava assustando as crianças. Não parecia estar apenas passando, sabe, estava querendo alguma coisa.

Emily estava justamente imaginando se o homem estava decidindo o que consertaria primeiro, quando Brian indagou:

— Acha que ele pode ter sido contratado para pintar a casa?

— Não havia nada em suas mãos. Estava simplesmente rondando a casa e olhando aqui para dentro.

— De quem é esta casa?

— Ray Telly. Mora no terceiro andar.

Brian anotou.

— Esse homem que estava rondando a casa... ele viu que você também o viu?

— Creio que sim, porque as crianças ficaram olhando para ele, e eu fiquei gritando para que elas saíssem de perto da janela, mas elas não me atenderam. Ele vai voltar. Sei que vai. Talvez queira fazer mal a alguma das crianças.

Emily sentiu um arrepio na espinha.

Gentilmente, Brian perguntou:

— Por que ele iria querer fazer isso?

— Não sei, mas algo terrível pode acontecer se ele voltar. Não posso olhar todas as crianças o tempo todo. — Um ruído estridente veio dos fundos da casa. Ela correu na direção do barulho. Brian veio logo atrás.

Emily os seguiu.

Leila já estava gritando antes mesmo de chegar à cozinha.

— *Davis, o que foi que você fez? Eu estava esquentando a água para dar banho no bebê, e agora você espalhou tudo pelo chão. Por que fez isso?*

Brian tocou seu braço.

— Gritar com ele não vai adiantar.

— E o que adianta? — gritou com Brian. — Já tentei de tudo, mas eles nunca me ouvem. — Seu corpo magro estava trêmulo. A moça estava à beira da histeria.

Emily sentiu um aperto no coração.

— Não há ninguém que possa ajudá-la?

Ela mudou o bebê de posição, apanhou um pano sujo em cima da pia e o jogou sobre a poça no chão.

— Ninguém. E se eu ficar aqui sozinha, aquele homem vai voltar e fazer alguma coisa conosco.

— Não tem nenhuma idéia de quem possa ser? — Brian quis ter certeza.

— Não. Já lhe disse. Nunca o vi antes.

Brian enfiou o bloco no bolso.

— Vou dar uma volta pelo bairro. Depois, perguntarei aos vizinhos se viram alguma coisa. — Virou-se para Emily, mas ela foi mais rápida.

— Ajudarei Leila com as crianças até você voltar.

Fez o que pôde. Quando ele retornou, os dois mais velhos haviam tomado banho e vestido roupas limpas, e os outros três brincavam de forte apache sob a mesa forrada com um cobertor. Na cozinha, Leila cozinhava espaguete.

Olhou para Brian apreensiva.

— Não descobri muita coisa — confessou —, mas vou checar as informações que obtive na delegacia. Ficaremos de olho na casa por alguns dias. Está bem assim?

Leila engoliu em seco. Olhou para Emily, depois para Brian e finalmente meneou a cabeça, assentindo.

— O que foi que descobriu? — indagou Emily assim que entraram no carro.

— Pegadas. De diferentes tamanhos ao redor da casa. E pontas de cigarro de marcas diferentes. Interroguei os vizinhos de ambos os lados da rua e os dois moradores de cima. Ninguém viu nenhum estranho rondando o local.

— E o que nós vamos fazer?

— Nós? — perguntou ele, endereçando-lhe um sorriso de esguelha. — *Nós* não faremos nada. *Eu* farei o registro da queixa e manterei a casa vigiada.

— Ela precisa de ajuda.

— Precisa é de controle de natalidade. Por que essas adolescentes continuam a engravidar com tanta freqüência? Não pode cuidar de quatro e engravida de novo? Não faz sentido.

— Talvez o sexo seja seu único prazer — sugeriu Emily. — Talvez seja o único momento na vida em que se sinta amada.

— Está bem. Então que *faça* sexo. Mas *use* alguma coisa, pelo amor de Deus. — Ele se inclinou contra o volante e espiou o céu. — Está escurecendo. Acha que vai chover?

— Deus, espero que não. Myra ficará furiosa.

— A que horas temos que estar lá?

— Às seis.

— Vou deixá-la em casa e voltar para a delegacia. Em seguida, buscarei Julia. Certo?

— Certo.

Julia estava quieta quando Brian chegou. Caminhou a passos vacilantes em sua direção. Brian a pôs no colo e deitou sua cabecinha em seu ombro. Sentiu que algo estava errado, antes mesmo que Janice dissesse:

— Acho que ela não está bem. Talvez esteja pegando um resfriado.

Brian sentiu uma pontada de temor. Julia não havia adoecido desde que se mudaram para Grannick. Aliás, jamais havia adoecido.

— O que faço se ela estiver mesmo resfriada?

— Comece com aspirina infantil. Ela deve se sentir melhor. Se precisar de um descongestionante, o pediatra pode indicar o mais adequado.

Brian não quis arriscar precisar do remédio e ficar sem ele. No caminho de casa, parou na farmácia para comprar aspirina e o descongestionante que Harold disse ser o preferido do pediatra de Julia. Comprou ainda xarope para tosse e uma quantidade extra de antiácido.

Julia permaneceu calmamente recostada em Brian, enquanto ele pagava os remédios. Em seguida, por estar quente e extraordinariamente dócil, ele a levou aos fundos da loja.

Tirou do bolso algumas moedas e as depositou na cabine fotográfica.

— A vovó nunca vai saber que você estava adoentada. Não creio que ela vá acreditar em mim quando eu lhe contar que estamos nos saindo bem, por isso quero tirar uma fotografia e mandar para ela. Vamos lá. Fácil e rápido. — As moedas foram caindo uma a uma. — Agora! — Ele endireitou o corpo e cutucou a filha para que fizesse o mesmo. Como ela não se moveu, ele resolveu checar seu rosto. Ela estava com os olhos fechados, a boca aberta e úmida. Pegara no sono.

Ele resmungou assim que o primeiro flash piscou e lhe deu outro cutucão.

— Acorde, queridinha. Está na hora de sorrir para a vovó. — Trocou-a de lado, mas seu corpo estava mole e moldava-se ao seu pescoço feito um cachecol, independente da posição em que a colocasse. O segundo flash acendeu enquanto ela respirava pesado em seu pescoço. Suas bochechas estavam coradas. Ele as tocou, estranhando a quentura. Suspirando, perguntou: — Nada de fotos, não é? — enquanto o terceiro flash piscava, e finalmente se deu por vencido. — Fazer o quê? — e preparou um vasto sorriso para a última foto.

Ela não acordou quando ele a pôs de volta no carro e dormiu durante o caminho de casa. Apenas quando tentou deitá-la no berço é que Julia começou a chorar, o que acabou por facilitar para que ele lhe desse a aspirina. Feito isso, pegou-a nos braços e sentou-se na poltrona. Ela aninhou-se em seu colo, feliz.

Myra espiou o céu e franziu o cenho. Não podia entender. O dia estivera tão bonito — o sol radiante, o céu azul, o ar fresco. Agora que se aproximava a hora de seu churrasco, havia nuvens por toda a parte.

Seus convidados chegariam às seis. A chuva teria de esperar. Talvez nem chovesse. Talvez as nuvens apenas encobrissem o céu, e nesse caso eles poderiam ficar no jardim. Reservara algumas velas para quando anoitecesse, velas brancas em pequeninos e mimosos castiçais parecidos com os que havia na igreja.

Ligou o rádio da cozinha e moveu o seletor para ambos os lados, pulando as músicas, parando nas palavras até encontrar a estação que queria.

— "... Dia claro na região sul. A previsão do tempo, no entanto, não é tão promissora para o fim do período. Nuvens se aproximarão..."

— Já estão aqui! — gritou ela.

— "Haverá chuva ao cair da noite que deverá continuar por toda a madrugada."

Myra desligou o rádio e lançou um olhar preocupado para o relógio. Eram cinco e meia. A noite cairia às seis e quinze. Ainda havia uma chance.

Mas se as nuvens já estavam entrando, Grannick estava na frente do resto do mundo, o que significava que poderia chover a qualquer minuto.

Tentou ligar para Emily, mas apanhou o aparelho e desligou em seguida. Contou até dez e tornou a discar, tornando a desligar e contando novamente. Repetiu a seqüência por mais três vezes antes de Emily atender.

— Emily, eu *sei* que você estava no banho, e sinto muito tê-la interrompido, mas você disse que me ajudaria com o carvão para o churrasco, e já está na hora.

— Myra! Deus do céu, você me assustou. Não fazia idéia de quem estaria ligando com tanta insistência.

— As nuvens já estão chegando, o que significa que deve chover mais cedo do que diz a previsão. Isso não pode acontecer.

— Não tem problema, Myra. Podemos comer dentro de casa.

— Mas programei um *churrasco.* Comer churrasco *dentro de casa* vai contra o nosso objetivo. Achei que, se você viesse agora, poderíamos começar. Ligaremos para o Brian tão logo aqueçamos o carvão. Venha, Emily.

— Terá que me dar dez minutos para eu me vestir.

— Dez minutos. Oh, Deus. Acho que é melhor eu começar a tirar as coisas da geladeira. Você não vai demorar, vai?

Desligou o telefone e espiou pela janela. Embaixo do salgueiro, perto do banco, sobre a relva, jazia a bela manta verde que ela havia estendido, e nela, os pratos de papel coloridos e os guardanapos que comprara na cidade. As cores pareciam mais vivas sob as luzes do jardim. Fazendo o contraste, o céu parecia mais escuro.

Apressada, pôs-se a retirar da geladeira o resultado de dois dias de trabalho. Preparara três diferentes saladas: de batata, de cenoura com passas e a salada de feijão que Frank tanto adorava. Assara broas de milho e recheara cogumelos. Fatiara tomates e cebolas roxas, fizera uma compota de frutas e ponche. Sem saber exatamente do que Brian gostava, comprara batatas palha, batatas fritas e batatas para churrasco, sem falar do catchup, dos pimentões verdes e vermelhos, da mostarda amarela e marrom, e das azeitonas verdes e pretas.

Correu de um lado para o outro, da cozinha para o jardim, deixando saladeiras e mais saladeiras sobre a manta. Estava justamente levando a travessa de carne quando Emily chegou.

— Ah, até que enfim. Depressa, Emily. Acenda a churrasqueira. Não há tempo a perder.

— Hambúrguer, cachorro-quente e galinha? Myra, você tem comida aqui para um batalhão!

Myra observou o salgueiro balançar.

— Ai, meu Deus. O vento está aumentando. Depressa, Emily, depressa. — Porém, enquanto falava, sentiu os primeiros pingos de chuva. — Ah, *não* — lamentou-se. — Esperei tempo *demais* por isso. *Não pode* chover agora! Meus planos estão *arruinados*.

— Não estão, não — disse Emily, enchendo os braços com as travessas que Myra acabara de carregar para fora. — Comeremos dentro de casa. Levaremos tudo lá para dentro.

— Mas tinha que ser *aqui* — bradou Myra. — Era esse o objetivo.

Com os braços carregados, Emily correu para dentro. Myra olhou fixo para a manta repleta de comida, tão bela há apenas alguns minutos e agora molhada, e pensou na oportunidade que estava perdendo.

Olhou para o céu. Frank devia estar lá. Não podia imaginar outra explicação. Continuava a controlar as coisas.

— Rápido, Myra! — gritou Emily, pegando-a pela mão. — Está ficando encharcada.

Myra não percebeu os pingos frios de chuva que escorriam por dentro do seu vestido, molhando sua pele, enquanto era levada para dentro. Tudo que notou foi a velha e familiar sensação de ter sido derrotada.

Brian estava feliz por estarem comendo dentro de casa. Era mais confortável, com Julia debruçada em seu ombro. A pobre Myra, entretanto, parecia desolada, apesar de todas as tentativas que ambos fizeram para animá-la. Elogiaram a comida, a bebida, os pratos de papel com motivo floral. Brian, por sua vez, comeu mais do que queria apenas para mostrar a ela como estava boa a comida e ficou mais tempo do que deveria, por causa do resfriado de Julia.

Inevitavelmente, porém, chegou a hora de partir.

— Obrigado, Myra — despediu-se ele à porta. — Foi bom ter-nos convidado.

Ela parecia profundamente infeliz.

— Queria que tivéssemos nos sentado lá fora.

— Quem sabe em outra oportunidade.

Ela considerou a proposta por um minuto, então olhou para ele.

— Sério?

— Sério.

— Em breve?

— Se a neve deixar. Se não, na primavera.

— Talvez eu não esteja mais aqui na primavera.

Emily envolveu-a com o braço.

— Vai estar, sim. Obrigada pelo jantar, Myra. Estava tudo maravilhoso.

Brian abriu o guarda-chuva, enquanto Emily segurava Julia. Abraçou as duas para que não se molhassem ao atravessarem a rua.

À porta, Emily disse:

— Eu o convidaria para entrar, mas Julia precisa ir para a cama.

Ele olhou para a filha. Seu nariz estava escorrendo.

— É a primeira vez que ela tem um resfriado, desde que estamos juntos.

— Continue lhe dando a aspirina. Se ela estiver muito quente e debilitada, dê-lhe um banho morno. Isso deve baixar a temperatura. Pode ser que ela acorde choramingando de vez em quando, mas é porque não sabe o motivo de estar se sentindo tão mal. Apenas fique ao seu lado, que ela ficará boa.

Brian agarrou-se àquelas palavras. Deu um banho morno na filha e vestiu seu pijama, deu-lhe outra dose de aspirina e a embalou por algum tempo. Muito tempo depois de ela haver adormecido, ele ainda a tinha em seu colo, e não porque achava que Gayle teria feito o mesmo. Ao contrário, já teria ido para a cama na expectativa da manhã de trabalho atarefada que enfrentaria no dia seguinte. Não, estava com Julia em seus braços porque lembrava-se de ter sido segurado quando criança. Lembrava-se de ter sido protegido e amado. Queria que Julia sentisse o mesmo.

Eram quase onze horas quando ele finalmente a pôs no berço, deitou o coelhinho ao seu lado e os cobriu com o cobertor. Ficou ali por um minuto a fim de se certificar de que ela estava realmente dormindo. Então tomou uma ducha rápida, deu mais uma espiada na filha e voltou para a sala, onde abriu o sofá-cama e se deitou.

Mal teve tempo de se sentir só ou amedrontado antes de pegar no sono. No entanto, ambas as sensações o tomaram de assalto quando, horas mais tarde, acordou com um barulho assustador.

Vinha do quarto de Julia.

Treze

Julia estava sentada no berço, chorando, mas o som do seu pranto era totalmente estranho para Brian. A primeira coisa que passou em sua cabeça foi que ela estivesse sufocada, mas quando a segurou nos braços e acendeu a luz, ela não estava roxa. Suas faces estavam coradas e o nariz escorria sem parar. Parecia tão assustada com o barulho que estava fazendo quanto ele.

Com Julia enrolada no cobertor, Brian correu até a sala e, ao mesmo tempo que calçava o tênis, apanhou o telefone e ligou para Emily.

Ela atendeu sonolenta.

— Alô?

— Julia está fazendo um barulho horrível quando respira. Ouça. — Segurou o telefone próximo da menina, que chiava ininterruptamente. — Ouviu? Vou levá-la ao hospital.

— Não, Brian. Não há necessidade. Pelo menos, ainda não. Ela está com crupe.

— Crupe?

— Laringite de bebê. Precisa de umidade. Tenho um umidificador de ar que foi de Jill. Vou levá-lo para você. Nesse meio tempo, leve-a ao banheiro, feche a porta e abra a água quente do chuveiro. Deixe o banheiro ficar bem úmido. A porta de baixo está destrancada?

— Vai estar em dois segundos.

Ele desligou, desceu a escada e destrancou a porta, então voou para cima e entrou no banheiro, com Julia no colo todo o tempo.

— Vamos lá — disse a ela quando abriu a água do chuveiro. — Força total, bem quente. — Limpou o nariz da filha com um lenço de papel. — Isso vai ajudar. Emily sabe das coisas.

Por um instante, ele se imaginara numa sala de emergência de hospital, com tubos, respiradores e médicos retirando-o de lá, enquanto, com os olhos transbordando de pesar, tentava se desvencilhar dos braços dos enfermeiros. Imaginou que a estava perdendo.

Mas ela estava segura em seus braços, parecendo alerta e consciente, olhando o banheiro que aos poucos se embaçava. O ruído rouco continuava a soar sempre que ela respirava, porém menos agourento, agora que tinha um nome.

Emily puxou o umidificador de cima da última prateleira do armário de roupa de cama e, parando apenas para vestir um suéter sobre a camisola, atravessou, sob a chuva, a entrada de carros, até alcançar a porta do apartamento de Brian. Entrou e subiu rapidamente a escada, passou pela sala e bateu suavemente à porta do banheiro.

Ele a abriu apenas o suficiente para que ela entrasse. Emily deixou o umidificador sobre a pia e virou-se para Julia.

— Ei, lindinha — tocou seu rosto —, deu um susto no papai?

Julia tocou o rosto de Emily de um modo que a fez se derreter, e mais ainda quando disse com a vozinha rouca:

— E-mi.

— Pobrezinha, está com a voz terrível e provavelmente não sabe por quê. Não é?

Julia apontou para o chuveiro.

— Pa-pai la-lá.

— É crupe mesmo — disse Emily a Brian.

— Em quanto tempo costuma ceder?

— O pior terá passado até de manhã. Na verdade, o pior deve passar agora, com o pânico da primeira vez.

— Aposto que você não sentiu pânico.

— Está brincando? Achei que Jill tivesse se sufocado com alguma coisa que *eu* havia esquecido no berço. Doug corria de um lado para o outro, gritando comigo. Foi um pesadelo. — Abriu a extremidade do umidificador e começou a enchê-lo de água. — Vou ligar isso no quarto dela.

Não demorou muito. Quando uma névoa fina começou a se espalhar pelo quarto, ela fechou a porta a fim de que a umidade não se dispersasse e voltou ao banheiro. Brian estava sentado no chão com as costas apoiadas na banheira. Julia estava entre suas pernas, lendo um livro de vinil.

— Ela não parece esgotada — observou Brian. — Queria poder dizer o mesmo de mim. Devo ter envelhecido um ano com o susto.

Não parecia, pensou Emily. Achou-o maravilhoso, com os braços musculosos e as pernas peludas de fora. Era a própria imagem do pai moderno cuidando da filha, e havia uma ternura, uma suavidade naquilo tudo que a abalou. O fato de ele não estar usando nada além de um short cinza de malha intensificava ainda mais o contraste entre o homem e a criança.

Brian olhou para Julia.

— Ela parece sem sono.

— Eu também. É engraçado como o medo nos faz ficar alerta.

Brian dirigiu-lhe um olhar terno e exausto.

— Sinto muito tê-la acordado.

— Não seja bobo. Eu teria ficado chateada se você não tivesse me chamado. Não que eu saiba tudo, e se ela estivesse pior agora, eu mesma estaria levando vocês ao hospital. Mas se existe a chance de fazer algo mais simples, por que não tentar?

— Sou grato a você.

Ela sorriu.

— É por isso que é tão bom ajudá-lo. — Pensando que Doug nunca lhe foi grato por coisa alguma, ela alcançou a torneira e desligou a água. — A umidade deve permanecer no ar por mais algum tempo.

— Quanto tempo mais temos que ficar aqui?

— Mais dez minutos. Até lá o quarto dela já deverá estar bastante úmido. — Ocorreu-lhe que deveria voltar para casa, mas estava realmente sem sono, e Julia estava se levantando e correndo para ela com o livro nas mãos. — O que é isso? Um livro? Que *lindo.* É sobre o quê? —Julia virou a página. —Uma casa que fala? O que ela diz? —Agachou-se e olhou para o livro com a menina, que agachou-se ao seu lado. Após um minuto, simplesmente pareceu mais confortável sentar-se no chão. Julia subiu em seu colo.

—Como ela é sociável à uma da manhã —ponderou Brian. — Isso é uma amostra do futuro?

—Nãããão. Ela também ficou assustada. Está apenas aliviada.

— Cão — disse a voz rouca de Julia, apontando para o livro, enquanto virava o rosto para cima e olhava para Emily.

—Na verdade —observou Emily —acho que isso é um esquilo, mas como é difícil de se pronunciar, vamos chamá-lo de cão.

—Jill costumava adoecer com freqüência?

—Durante um período, quando começou a conviver com outras crianças. Depois, adquiriu imunidade.

—Então Julia pegou isso na casa de Janice.

—Provavelmente, embora o crupe seja a própria resposta do seu corpo ao resfriado. Outra criança pode pegar um resfriado que não evolua para o crupe. Jill até hoje tem laringite.

Julia desceu do colo de Emily, deixando o livro com ela, em direção ao pai. Quando ele a ergueu, ela deitou a cabeça em seu ombro e enfiou o dedo na boca.

—Isso é bom —disse ele. A tosse rouca de Julia fez seus cachinhos tremerem. Brian estava mais calmo agora e passou isso para a filha.

—É melhor eu ir —disse Emily, mas os olhos de Brian encontraram os seus, e então, como se para selar seu protesto, Julia tossiu novamente, dessa vez mais forte e mais alto. — Tem xarope para tosse?

—Na pia da cozinha.

—Já lhe deu alguma dose?

—Ainda não.

Emily levantou-se para buscar o frasco de remédio. Voltou com o xarope e a aspirina infantil e ajoelhou-se ao lado de Brian, enquanto ele virava Julia em seus braços. A aspirina foi facilmente aceita. Julia até sugou a colher. O xarope foi outra história. O cheiro, de alguma forma, chegou às suas narinas entupidas antes mesmo do líquido ter sido provado e a fez contorcer o corpo a fim de evitá-lo. Quando Brian tentou segurá-la com mais força, ela lutou contra ele.

Por fim, precisaram usar as quatro mãos e desperdiçar duas medidas para conseguirem administrar a dose adequada, e, a essa altura, o peito de Brian e o pijama de Julia estavam melados do remédio, e o choro da menina havia se transformado em tossidelas secas, curtas e repetidas.

Lentamente, ele a levou para o quarto, enquanto conversava com ela e esfregava suas costas a fim de aquietá-la. Emily a tomou de seus braços para que ele pudesse se lavar. Ao voltar, ela havia trocado a menina e a embalava na cadeira de balanço, sob a luz fraca do abajur.

— Quer que eu assuma? — perguntou ele.

Mas Emily estava feliz. Estava fazendo o que melhor sabia fazer na vida, o que mais gostava.

— Estou bem. Você deve estar exausto. Vá se deitar. Vou ficar aqui com ela por mais um tempo.

— Ela é minha responsabilidade.

— O trabalho também. E precisa trabalhar amanhã. Eu não.

— Não gosto de me aproveitar de você.

— Por que não, se estou me oferecendo? Vá dormir, Brian.

Ele se deitou de barriga para baixo sob o tapete à frente do berço, e tentou alcançar a almofada que Emily tirara do lugar ao sentar-se na cadeira de balanço. Pensou em lhe dizer que não teve a intenção de mandá-lo dormir no chão, mas ele já havia se ajeitado.

Assim, continuou a balançar a cadeira, com o calor do corpo de Julia contra o seu, e embora tentasse desviar o olhar, seus olhos teimavam em admirar seu corpo esguio deitado de bruços. Estava úmido do banho, o cabelo mais escuro do que o habitual castanho-claro.

Suas costas eram bem torneadas e musculosas, a cintura, firme, e as nádegas, rígidas.

Cantarolou baixinho para Julia e cerrou os olhos, mas a imagem dele permaneceu por trás de suas pálpebras, e então pequenas lembranças começaram a povoar sua mente — o conforto e o prazer que sentiu quando ele a abraçou, o modo com que seu olhar a fazia vibrar, o dia em que disse que ela era bonita. Lembrou-se da excitação que experimentou ao deitar-se sobre a pedra à beira do lago, de sentir-se sensualmente feminina, de ter falado de desejo antes mesmo de saber o que sentia.

Não precisava lembrar-se do torpor que a dominava toda vez que estava ao lado de Brian. Estava entorpecida agora.

— Ela está dormindo — sussurrou ele, junto ao seu ouvido. Emily abriu os olhos, enquanto ele deslizava os braços contra seu corpo, tomando Julia no colo e colocando-a gentilmente no berço.

Emily ainda vibrava com o toque de seus braços quando ele a tomou pela mão e a levantou. Ela ouviu sua respiração entrecortada e seus olhos encontraram os dele. Subitamente, talvez pela pouca iluminação do quarto ou talvez não, não havia nada de sobrenatural em seu olhar. Era simplesmente humano, absolutamente másculo e repleto de desejo.

— Estava deitado ali — disse ele num sussurro resoluto — dizendo a mim mesmo que deveria estar pensando na minha filha e agradecendo a Deus por ela estar bem, mas na verdade não estava pensando em Julia, só estava querendo você. — Quando ele a puxou para si, ela sentiu o quanto ele a queria. Com os braços trêmulos em torno dela e a respiração ofegante contra sua têmpora, ele prosseguiu. — Sei que não é o melhor momento em sua vida para isso, sei que você não é livre, e eu também não sou, mas saber disso de nada adianta. Se você não quiser, é melhor ir embora agora.

Emily estava tão aturdida com sua franqueza quanto com seu pedido. Uma coisa era fantasiar sobre ele, outra era estar com ele, em carne e osso, e ouvir dele que queria fazer amor.

Ele estava certo. O momento não era bom para ela. Era casada com outro homem.

Mas aquele outro homem não a queria há muito tempo, e ela sentia-se tremendamente atraída por Brian. O fato de a atração ser mútua, de ele a querer com tamanho desejo que deixava sua voz trêmula e seu corpo tenso, era excepcional. Seu desejo a excitava tanto quanto tudo o mais nele. Era um bálsamo nas feridas deixadas pela indiferença de Doug.

Emily esfregou o rosto em seu peito. Os olhos de Brian finalmente provaram ser humanos, mas seu cheiro era divino — não apenas limpo e másculo, mas *sexy* — a tal ponto que mesmo se alguma pequena parte dela quisesse ir embora, ela não poderia dividir-se ao meio. Ali encontrara conforto, excitamento e calor, muito calor. Irradiava da pele de Brian e ia mais fundo, da pele de Emily e ia mais fundo, sem falar no nó em seu estômago, que crescia a cada instante, deixando-a trêmula de tensão.

Precisava tanto, *tanto*. Quando abriu a boca contra a pele dele a fim de inalar seu cheiro, Brian soltou um gemido gutural. Tomou seu rosto nas mãos e se pôs a beijá-lo suavemente de cima a baixo. Logo, os repetidos beijos tornaram-se menos suaves e mais úmidos, até que sua boca estivesse na dela e suas línguas estivessem enroscadas.

Desejo era uma palavra para o que ela sentia, desespero era outra. Ansiava ser amada, de corpo e alma.

Não protestou quando se viu na cama de Brian no cômodo ao lado, nem quando ele tirou seu suéter pela cabeça. Tudo que conseguia pensar era em abraçá-lo novamente.

Brian ocupava sua boca com longos e ternos beijos, que diziam que ela era preciosa, e a tocava sobre a camisola. O nó que se formara no estômago de Emily começou a queimar. Contorceu-se de calor. Foi um alívio quando ele tirou sua camisola, mas que durou pouco. Quando ele tirou o short e seu corpo nu tocou o dela, Emily sentiu o calor aumentar dez vezes de intensidade.

Emily nunca sentira tanta excitação num único contato carnal. Talvez fosse a novidade, a textura do corpo, o cheiro de Brian. Talvez fosse a carência pela qual vinha passando. Talvez o excitamento fosse proveniente da química que havia entre eles ou do modo como ele se movia sobre ela e entre suas pernas. O que quer que fosse a tinha pego com uma imensa necessidade de estar perto, cada vez mais perto, de ser parte e absorvida, e quando ele finalmente a penetrou ela gritou de puro alívio.

Só esta vez, jurou ela num dos raros pensamentos fragmentados que ele lhe permitiu, pois a tornara irracional, uma criatura meramente sensitiva. Sentiu calor e desejo ao arquear o corpo e alcançar sua mão e sua boca, e gemeu quando ele a acariciou. E gemeu novamente quando ele retirou completamente e tornou a entrar, e a agraciou com sua voz rouca. Na iminência do clímax, ela foi às alturas.

Agarrou-se a ele enquanto tudo à sua volta desaparecia e o desejo se aguçava, e quando ele aumentou o ritmo e a força e protelou até finalmente explodir.

A descida foi lenta e doce, momentos de prazer entremeados com momentos de choque. Quando a palpitação em seu peito diminuiu e sua respiração voltou ao normal, quando ela relaxou os dedos sobre seu peito úmido e peludo e sentiu os batimentos acelerados de Brian, quando seus membros repousaram enroscados nos dele, Emily apertou o rosto contra o pescoço de Brian.

Segundos depois, ele lhe deu um abraço apertado, como se também estivesse relutando em terminar o ato. Inevitavelmente, relaxou o abraço e apoiou-se sobre o cotovelo.

— Não estou nada arrependido — declarou.

Só esta vez. Por algo tão enaltecedor, tão gratificante.

— Nem eu. — Ela desviou o olhar. — Isso faz de mim uma depravada?

— Não para mim. Ele não satisfaz as suas necessidades básicas, e não estou falando de sexo. Ele nunca está com você. Não faz nada para amenizar sua solidão, seu tédio, ou a falta que você sente de Jill. Não conversa com você, e nunca está aqui para abraçá-la quando você chora, e claro, sem falar em sexo. Quando foi a última vez que foram para a cama?

Emily não conseguiu se lembrar exatamente da data, mas sabia que fazia muito tempo.

— Tentei me convencer de que o declínio sexual era conseqüência da idade.

— Você não entrou em declínio — disse Brian com uma risadinha. Ela tentou não acompanhá-lo, uma vez que a situação não era cômica, mas não conseguiu se conter por completo.

No entanto, sua risada continha um quê de constrangimento.

— Eu juro que não estava esperando por isso.

— Não se sinta culpada.

— Não posso. Eu *sou* culpada.

— Você é linda, é isso o que você é.

Estava confusa — o cabelo desgrenhado, o rosto nu — mas seus olhos espelhavam suas palavras, fazendo-a acreditar.

— E também muito sensual — completou ele.

— Eu não acho.

— Acredite em mim. Você é.

Lembrou-se dos sonhos que vinha tendo, de pele com pele, de mãos que tocavam lugares proibidos e sussurros e respirações ofegantes em esconderijos secretos.

— Pode ser — admitiu ela, enrubescendo.

— Sensual. Ah, é. — Brian sorriu, então deitou a cabeça sobre o travesseiro e virou-se para ela. Vendo-o daquele jeito, Emily encheu-se de desejo novamente.

— O que foi? — perguntou ele.

— Eu não esperava por isso. — Seus olhos encheram-se de culpa ao percorrerem seu rosto. — O que vou fazer? — sussurrou, pois o desejo que ressurgia nela crescia a cada instante. — Ele é meu marido. Acredito em fidelidade. Se ele fosse infiel comigo, eu ficaria arrasada.

Brian encostou os dedos em seus lábios e em sua face, antes de escorregá-los por seus cabelos, e durante todo o tempo a olhou nos olhos, transmitindo vontade e desejo, e até amor, se ela quisesse mesmo acreditar nele.

Prendeu o ar quando ele desceu a mão por seu abdômen e alcançou seu ponto mais sensível.

A voz dele estava rouca.

— Adoro esse som, o modo como se surpreende ao sentir. Acontece sempre que a toco.

Ela tornou a prender o ar quando seus dedos escorregaram mais fundo.

— Brian.

— Hummm.

— Não posso fazer isso.

— É bom?

— É, sim.

— Você quer?

— Quero.

— Então deixe-me amá-la.

Ser amada era tudo que ela sempre quis. Por isso casara-se com Doug tão cedo, por isso deixara de lado sua dor para construir um agradável ninho para a filha e o marido. Foi por isso, supunha, que sentira-se atraída por Brian, que lhe oferecera compaixão e afeto desde o início.

Não pensou em Doug ou Jill. Pela primeira vez, pensou apenas em si mesma e em Brian. Tocou-o, sentindo-se novamente excitada, e quando ele cresceu em sua mão, ela experimentou uma nova sensação de poder. Em vez de sentir-se ameaçado, como Doug teria se sentido, ele a induziu com sussurros e um suave balanço de corpo, até que ela o puxou para si. O ato foi selvagem, escandaloso, menos brando do que o anterior, ponderou ela mais tarde. Não que houvesse tido vontade de parar ou diminuir o ritmo. A impetuosidade foi para ela uma nova experiência. Considerou-a tremendamente excitante.

Dessa vez, quando tudo acabou, risadas esbaforidas misturaram-se aos gemidos. Brian abraçou-a com força, sua boca contra os cabelos dela.

— *Minha nossa*. O que foi que você *fez*?

— Não sei. Apenas *fiz*. O que *você* fez?

— Sei lá, mas que foi bom, foi.

Ahhh, foi. Se Emily fosse amaldiçoada por trair o marido, ao menos teria se divertido.

O peito de Brian estava úmido, os pêlos castanho-escuros enroscados de um jeito absolutamente másculo. Ela baixou a cabeça a fim de olhar para algo nele que era ainda mais masculino. Foi com espanto que se deu conta do que havia feito e sentido, e *ainda* sentia.

Subitamente, Brian arregalou os olhos.

— *Deus.* — No instante seguinte pulou da cama e correu ao quarto de Julia. Reapareceu minutos depois, recostando-se por um breve momento no alizar da porta, antes de cruzar a sala e voltar para a cama. — Ela está dormindo. Que pai que eu sou. Esqueci-me completamente dela.

E Emily também.

— Teríamos escutado se ela tivesse acordado.

— Eu não. Estava fora do ar.

— Sério?

— Totalmente. — Olhou para ela. — Parece surpresa.

— Doug nunca saiu do ar.

Ele a puxou num abraço.

— Bem, eu saí.

Emily o sentiu relaxar, sentiu sua respiração lenta crescer ritmicamente à medida que ele pegava no sono.

— É melhor eu ir— sussurrou ela.

— Nããão — murmurou ele de volta, puxando-a para si.

Ser desejada era uma experiência inebriante. Mais do que isso. Irresistível. Faria algum mal se ela passasse a noite com ele? Só desta vez. Fazia tanto tempo que não dormia abraçada com um homem, tanto tempo que não sentia esse conforto. Uma noite apenas não faria mal.

Quando amanhecesse, teria que enfrentar as conseqüências. Por ora, enroscou-se em seus braços.

* * *

A aurora trouxe a inevitável culpa e a sensação de que ter feito amor com Brian deixaria mais uma ruga em uma vida já repleta delas. Mas Emily era uma vencedora. Vivia um dia após o outro.

Doug estaria de volta na sexta à tarde.

Jill voltaria na sexta à noite.

Brian não passaria do inquilino do apartamento sobre a garagem.

Emily era especialista em recalcar problemas — primeiro fora o desaparecimento de Daniel, depois, a carreira de Doug. E agora, recusava-se a assumir o que havia feito com Brian. Haveria tempo. Mais tarde.

Jill chegou no ônibus das cinco. Feliz por ter deixado Doug na academia, Emily encontrou a filha e não parou de abraçá-la ou de sorrir nem mesmo durante o passeio por Grannick que Jill insistira em fazer, nem durante a triunfante chegada à rua China Pond, a efusiva descida do carro, a ávida entrada na casa.

Quando o telefone tocou, Emily já esperava que a ligação fosse para a filha, mas era Celeste, num estado moderado de pânico.

— Não tenho idéia de onde Dawn possa estar. Tinha certeza de que chegaria em casa à tarde. Ela me disse que um amigo a traria para casa, senão eu mesma teria ido buscá-la. Ninguém atende em seu dormitório.

— Quando foi a última vez que falou com ela? — Emily a tinha visto na tarde de quarta-feira.

— Ela ligou na terça. Falamos pouco tempo. Ainda está chateada porque eu não a deixei visitar Jill no fim de semana, mas não achei que fosse necessário, uma vez que Jill estaria em casa hoje.

Desconfiada, Emily encostou o bocal do fone no pescoço e perguntou à filha:

— Quando foi a última vez que falou com Dawn?

Jill consultou o relógio.

— Cinco horas atrás.

— Onde ela estava?

— No meu dormitório. Esteve comigo desde quarta-feira à noite. — Apertou os olhos e tirou o fone da mão de Emily. — Vai ficar por lá mais um dia. Disse a mim que você estava sabendo.

— Não, não estou! — Emily chegou a ouvir o berro de Celeste. — Disse que voltaria hoje para casa. Como é que vai chegar aqui amanhã?

— Ela conheceu um cara. Ele vai lhe dar uma carona.

— Que cara?

— Um amigo de uma garota do meu andar.

— Deixe-me falar com sua mãe.

Com um olhar que já esperava o que vinha pela frente, passou o fone para a mãe.

— Ela conheceu um cara — começou Celeste. — Que ótimo. Será que precisa ter um em cada porto?

Emily lembrou-se da lista dos cinco homens — ou seriam seis — que chegaram em resposta ao anúncio de Celeste.

— Vai ver é apenas um amigo.

— Essa menina está impossível.

— Não é mais uma menina. É isso que ela está tentando lhe dizer.

— Ora, mas você não acha que fazer uma viagem até Boston seria uma tolice?

— Acho, mas ela não, e provou que é maior de idade e pode fazer o que bem entender.

— Com o meu dinheiro.

— Com o dinheiro de Jackson. Respeite seu espaço, Celeste.

— Você respeita o espaço de Jill?

— Claro. — Emily enganchou o braço no da filha. — Mas eu não tenho com o que me preocupar. Ela não é rebelde.

— Então sorte sua. Eu é que tenho uma filha-problema.

— Não tem, não. Apenas aceite o fato de que Dawn está com dezoito anos. Pensei que *quisesse* que ela fosse independente.

— Não quando estou esperando por ela em casa.

— Então mostre a ela que está preocupada.

— Ah, claro.

— Mãe — sussurrou Jill —, posso dar um pulo na casa dos Davies antes que o papai chegue?

Emily consentiu, meneando a cabeça. Para Celeste, disse:

— Virá com ela aqui amanhã à noite, não virá? — Jill iria oferecer uma festa de regresso ao lar. Doug não estava muito satisfeito com a idéia de ter a casa cheia de jovens, mas Jill insistira, e Emily quis provocar o marido. Jill passara sete semanas longe de casa, e Doug, quase isso.

— Estaremos aí, se algum dia ela voltar para casa — respondeu Celeste. — Quantas pessoas vocês convidaram?

— Quantos convidados, Jill?

Jill virou-se da porta.

— Vinte, talvez vinte e cinco. — Virou-se novamente no momento em que Brian e Julia surgiram atrás do vidro.

Emily sentiu um arrepio de excitamento. Havia semanas que aguardava ansiosa a oportunidade de mostrar Jill a Brian.

— Preciso desligar, Celeste. Vai ficar calma?

— Vou, vou.

Ela desligou o telefone e juntou-se à filha.

— Jill, quero que conheça Brian e Julia.

— Oi — disse ela sorridente. — Então são vocês que estão morando no meu quarto de brincar?

— Nós mesmos — respondeu Brian.

Para Julia, ela falou de um modo infantil:

— Ora, o-lá. Sabia que você é muito bonitinha?

— Diga olá — pediu Brian à filha, mas a menina apenas encarou Jill. — Leva algum tempo. Seu rosto é novo para ela. Mas para mim, não. Já a conhecia por fotografias. Você tem uma mãe muito orgulhosa.

Jill enrubesceu.

— E nada coruja.

— Nem um pouco.

— A mamãe falou que o apartamento ficou ótimo.

— Quer ver?

— Posso, mais tarde? Agora tenho que ver uma amiga antes que meu pai chegue.

— Claro. — Brian segurou a porta para que ela passasse. — Dirija com cuidado. — Ela virou-se, achando graça, e ele sorriu acanhado e deu de ombros.

Jill riu.

— Se você não tivesse dito isso, a mamãe o diria.

— Dirija *com cuidado* — repetiu Emily por precaução e observou-a sair da garagem.

— Ela é igual a você — comentou Brian.

— É o que Doug diz sempre que desaprova o comportamento da filha.

— Doug é um idiota — disse ele, e essa era uma das coisas que Emily apreciava nele. Sempre saía em sua defesa. Nunca a culpou por ter perdido o filho. Além da atração física, ele a fazia sentir-se bem.

Não que a atração física fosse menos importante. Havia uma nova intimidade em seus olhos — naqueles incríveis olhos penetrantes — que sugeriam coisas indecentes. Faziam-na sentir-se nua e excitada. Faziam-na corar.

Desviando o olhar, ela pegou a mãozinha do bebê.

— Como está Julia?

— Melhor do que antes.

— Ótimo. Vocês virão a nossa festa amanhã à noite?

— Nós dois?

— Claro. Doug não vai poder ficar o tempo todo, mas John e Kay virão, e Celeste, e todas as amigas de Jill. — Bastante gente. Bastante seguro. — As meninas vão enlouquecer quando virem Julia.

Ele lhe endereçou um sorriso que fez disparar seu coração.

— Obrigado. Passaremos por aqui. — Voltou-se da porta. — Aproveite bem sua filha.

— É o que pretendo.

Seus olhos permaneceram nos dela enquanto descia de lado a escada.

— Tenha um bom jantar.

— Você também.

— O que vão comer?

— Picadinho de vitela. É o prato preferido de Jill.

— O meu também — disse ele com um sorriso malicioso nos lábios.

— Você não pode vir.

— Imaginei. — Ele foi andando de costas pela entrada da garagem. — Não fique acordada até tarde conversando com Jill.

Ela sorriu e encolheu os ombros. Quando ele finalmente se virou, ela respirou fundo. Diante do sorriso, do olhar e daquele corpo musculoso, ela estremecia. Permaneceu por mais um instante parada à porta com a mão junto ao peito, serenando as batidas aceleradas do coração, punindo-se por ser tão suscetível a um homem que não era seu marido.

Então baniu tal pensamento.

Jill estava em casa, Doug estava em casa, eram novamente uma família, e teriam picadinho de vitela para o jantar.

Quatorze

Sábado chegou com Celeste esperando por Dawn. Leu os jornais com um olho na entrada da casa. Depois, vestiu uma jaqueta e foi varrer as folhas no jardim. Ao voltar para dentro, andou ansiosa de janela em janela, comendo pedaços de cenoura. Meio-dia chegou, se foi. Ainda esperava angustiada, quando uma caminhonete azul deixou Dawn em casa e partiu em seguida. Estava presa no laço.

— Oi, mãe! Cheguei!

Celeste já entrou na cozinha com os braços nos quadris:

— Onde você esteve? — falou rispidamente. Nem se lembrou do que Emily havia lhe aconselhado. Não conseguia esconder a raiva.

— Boston — respondeu Dawn, deixando as malas no chão. — Eu falei com você que ia.

— Não. Você me disse que ia no fim de semana passado, até eu lhe tirar a idéia da cabeça.

— Sim, aí esperei até quarta-feira para ir. Fiquei com Jill. Ela não falou nada com você?

— Claro. Depois que quase enlouqueci de preocupação, ela me disse o que eu, aliás, já imaginava. Dawn, eu a esperava em casa *ontem*. Você me disse que *ontem* os dormitórios já estariam fechados.

Finalmente, um sinal de acanhamento.

— Bem, pois é... Tive alguns problemas quando voltava, pois só tinha comigo uma mochila em Boston, e tinha de pegar o resto das minhas coisas.

— Que coisas? — Celeste olhou para as malas no chão. — Você vai ficar apenas quatro dias. O que tem dentro delas?

— Roupa suja.

— Ah, roupa suja! Ótimo! Você me deixa quase louca de preocupação, e quer que eu lave sua roupa suja? Sem essa!

— Eu mesmo lavo — respondeu Dawn fazendo um trejeito defensivo com o queixo e franzindo as sobrancelhas. — Você está tão estranha...

— Obrigada. Pelo menos você me parece bem. — Cabelos louros caindo sobre os ombros. Nenhuma diferença da garota de quinze anos nos quadris cobertos pelo jeans. — Irresponsabilidade sempre combinou com você.

— Mãe, pare com isso. — Ela continuava intrigada olhando. — Por que você está diferente?

Celeste não agüentou e respondeu:

— Talvez porque você não me veja há sete semanas.

— Ah, eu a vejo sim! Na minha mente eu a vejo todos os dias me mandando fazer o dever de casa.

— Sei, sei.

Dawn chegou mais perto.

— Você pintou os cabelos, não pintou? Fez reflexos, como eu queria fazer e você não deixou.

— Você tem dezoito anos. Eu tenho quarenta e três.

— Isso não é razão — respondeu Dawn, continuando a fitá-la. — Mudou a maquiagem também? Não... É o nariz! — Com o olhar incrédulo, ela estudava Celeste de um lado para outro. — Você teve coragem! Você operou o nariz e não me *disse* nada! Como *pôde* fazer isso comigo?

— Eu fiz por mim e por mais ninguém. Apenas por mim. Não compreendo por que o drama.

— Mas eu sou sua *filha*. Você resolve fazer uma *cirurgia* e não me diz nada? Muito obrigada. Tudo isso me faz muito bem. Estudo perto de casa e você me deixa de fora? O que acha que vou fazer? Correr pela vizinhança para contar a todo mundo?

— E por que o fato de você estudar na cidade mudaria alguma coisa?

— Eu poderia ter ajudado se precisasse.

— Engraçado! Você só concordou em ir para uma escola perto daqui se viesse para casa somente nas férias de outono. Foi você quem disse para eu telefonar *apenas* se não houvesse outro jeito.

— Mas eu pensei que estava tudo normal. Não podia imaginar que você tivesse feito plástica no nariz. Você me diria, caso eu não houvesse percebido?

— Claro. Isso não é segredo, e também não é nada tão importante. Era somente uma coisa que eu queria fazer.

— Eu também. Só que você não deixou.

— Vou lhe dar um conselho — falou Celeste. — Você termina a faculdade, se casa, tem uns dois filhos e quando *eles* forem para a faculdade, você faz a sua plástica. Que tal?

— Viva! — disse Dawn e se virou para sair. Puxou uma das malas para a mesa da cozinha. — Farei no momento em que puder pagar pelas minhas despesas. — Abriu o zíper da mala. — Será *ótimo* não ter de mendigar por tudo. — Ela jogava camisetas de um lado para outro.

— O que está fazendo? — gritou Celeste, imaginando a casa que esteve impecavelmente limpa por sete semanas de repente se tornando uma pocilga.

— Separando as roupas claras das escuras. Não foi isso que você sempre me ensinou?

— Mas você precisa fazer isso aqui e agora?

— Por que não? Não tenho nada melhor para fazer. A não ser que você tenha outros planos, como me levar para almoçar ou qualquer outra coisa. Isto é, se não estiver pedindo muito.

— Eu a teria levado com muito prazer para almoçar fora se você tivesse chegado na hora do almoço. Agora são duas e meia da tarde.

— Bem, desculpe. Se eu tivesse meu próprio carro, poderia ter saído de Boston mais cedo. Tive de esperar por algumas pessoas e ainda precisei voltar para pegar minhas coisas no dormitório. Como podia chegar mais cedo?

— Querida — disse Celeste —, se você tivesse chegado ontem, como todo mundo, nós teríamos tido tempo de fazer muitas coisas juntas hoje.

— Então, teremos amanhã, segunda e terça. — Ela jogou um par de jeans na pilha de roupa escura e olhou para Celeste. — Três dias inteirinhos.Você não está vibrando?

Celeste respondeu:

— Você pode não acreditar, mas eu estava louca para vê-la.

Dawn deu as costas para ela e disse, separando as roupas:

— Imagino!

— Senti muito sua falta.

— Sei.

— É verdade. A casa estava tão sem vida.

— Você sempre adorou as coisas dessa forma. Sempre.

O telefone toca. Dawn revira os olhos.

— Ah, meu Deus. Agora vou ter de agüentar. — Ela muda a voz, imitando a mãe e diz: — "O telefone está tocando, o telefone *novamente*, novamente o telefone. Se essa droga não parar de tocar vou jogá-la na parede."

— Bem, ele *tocou* sem parar, no ano passado — disse Celeste, tirando o fone do gancho. — Alô?

— Oi, Celeste, ela chegou?

Celeste segura o bocal com a mão:

— É Marilee. Ela já ligou três vezes.

Dawn pegou o telefone com um sorriso radiante.

— Marilee! Como vai?

Celeste foi até o outro lado do aposento, o que era o máximo de privacidade que permitia. Ela não via Dawn há sete semanas. Difícil de acreditar. Sete semanas.

Dawn estava bem. E surpresa! surpresa! Celeste tinha sentido falta dela mesmo. Vê-la agora fora ótimo. Tê-la em casa era fantástico. Saber que ela voltaria para a faculdade em quatro dias era bom, também.

Celeste tinha esquecido a quantidade de energia que sempre acompanhava a filha.

Mas não se esquecera das brigas. Desde que Dawn era pequena, as duas discutiam por quase tudo. Depois de sete semanas longe uma da outra, nada havia mudado. Celeste se perguntou se mudaria algum dia. Algumas mães e filhas eram unha e carne e outras fogo e água. Era o caso delas.

Dawn desligou o telefone, com os olhos brilhando.

— Todo mundo vai para a casa de Marilee. Posso ir?

— Resumindo, você está perguntando se pode levar o carro.

— Olhe por outro prisma. Se eu for de carro, chego em casa mais cedo. Poderemos jantar juntas antes de irmos para a festa de Jill. Você vai, não?

— Lógico!

Os dedos de Dawn acharam as chaves do carro como se fossem um ímã. Ela deu uma rodopiada e se dirigiu à porta.

— Você é o máximo, mãe. Obrigada. Não demoro.

Celeste sentiu o silêncio que se seguiu, com uma sensação de surpresa e lástima. Ela *estava* esperando tanto para vê-la, e o que recebera? Cinco minutos? Dez?

Olhou para a pilha de roupa suja no chão e pensou: era verdade, estivera esperando tanto pelo momento de ver a filha chegar em casa, mas, com sinceridade, não sabia bem dizer por quê.

A partir das nove horas da noite de sábado, os carros começaram a estacionar na rua China Pond; do final da rua, que termina num retorno, até o meio da Walker. O que havia começado como uma pequena reunião, parecia haver se transformado numa reunião de colégio. Emily não dava a mínima importância. Jill resolvera improvisar aquela festa em agradecimento pelos anos que o seu pequeno número de amigos respeitara os finais de semana de Doug.

E onde estava Doug? Falando de negócios com o reitor da universidade. Ele perguntara a Jill se ficaria muito zangada se ele se ausentasse por algum tempo. Ela o mandara embora com um abraço.

O estéreo enchia a casa com sons que Emily não conhecia. Mas ela conhecia a garotada e ia de um grupo a outro, ouvindo, rindo de suas piadas e brincando com eles. A mesa da sala de jantar estava cheia de coisas que ela havia feito. Quando acabaram, Emily telefonou para uma pizzaria. Mais tarde, John saiu para comprar mais refrigerantes.

Comendo e bebendo na cozinha juntamente com os pais que entravam e saíam para dizer alô, estavam Kay e John, Celeste e Brian. Julia fazia parte do grupo jovem, passou de mão em mão até cair nos braços de Brian. Ele já estava tão entrosado que, quando disse que precisava ir embora para colocar a filha na cama, todos protestaram. E os protestos eram sinceros.

Em certo momento, chegando à cozinha com uma sacola cheia de latas vazias, Emily parou na porta e ficou olhando o grupo.

— Alguém está muito satisfeita consigo mesma por aqui — observou Celeste.

— E *estou mesmo.* — Ela deixou a sacola em cima da pia e voltou para sentar-se entre John e Brian. Seus dedos encontraram os cabelos encaracolados de Julia.

— Eu sempre tive vontade de dar uma festa aberta para os amigos; sentir essa sensação de alegria à minha volta. Lamento não ter feito antes.

Ela se sentia contente pensando que, se Doug estava feliz na universidade há horas, e se ela e Jill estavam se divertindo, no final todos saíram ganhando. Foi quando o telefone tocou.

Era Linda Balch, a nora de Myra.

— Desculpe incomodá-los — disse ela falando apressada —, mas nós estamos tentando falar com Myra desde ontem. Pensamos que ela houvesse saído, mas não podemos imaginá-la na rua até esta hora.

Emily também não.

— Tenho certeza de que vi as luzes acesas. Talvez haja algo de errado com o telefone. Vou até lá checar.

— Ah, desculpe, estou vendo, pelo barulho, que estão dando uma festa.

— Não se preocupe, Linda. Não levará mais de dois minutos. E me dê o seu telefone para eu retornar a ligação e lhe dar notícias.

Quando ela disse aos outros onde ia, Brian começou a se levantar. John colocou a mão em seus ombros e o fez se sentar novamente.

— O bebê está dormindo. Eu vou.

Deixando o som da música para trás, Emily e John atravessaram a rua. As luzes estavam acesas, mas quando tocaram a campainha não tiveram resposta. Tentaram novamente. Bateram na porta. Olharam através da janela. Nenhum sinal de Myra.

Emily começou a ficar preocupada.

— Vamos dar a volta e olhar nos fundos — disse John. — Talvez ela não esteja ouvindo.

O jardim, nos fundos da casa, estava escuro e cheirava a umidade. Subiram os degraus e bateram na porta. Emily viu que estava destrancada e a abriu.

— *Myra?* — chamou Emily. Ouviu um som indistinto. — Onde você está? — perguntou.

Ela entrou na cozinha, quando ouviu a voz de John atrás de si:

— Aqui fora!

— O quê?

— Ela está aqui fora. Por ali.

Emily correu escada abaixo em direção à grama. Myra era uma figura espectral, sentada, como se estivesse presa, a uma cadeira com ornamentos de ferro batido.

— O que você está fazendo *aí*, Myra? Está muito escuro e frio para você ficar do lado de fora a esta hora! — Pegou Myra pela mão e tirou-a da cadeira. As mãos magras de Myra estavam frias. Disse para John: — Vamos levá-la para dentro.

Myra entrou docilmente. Não protestou quando Emily a sentou na cadeira da cozinha e envolveu-a com um cobertor. Tomou o chá quente que Emily lhe passou.

— Talvez nós devêssemos levá-la para o hospital — sugeriu John baixinho, mas Myra ouviu e balançou negativamente a cabeça.

— Nada de hospital.

Emily se jogou em uma cadeira.

— Por que você estava lá fora?

— Queria ficar perto do salgueiro.

— Linda está preocupada. Estão tentando falar com você desde ontem. — Olhou para John enquanto ele pegava o telefone para ver se estava funcionando. Estava.

— Escutei o telefone tocar — disse Myra, antes de Emily perguntar. — Somente não estava com vontade de responder. Não queria falar com ninguém.

— Por que não?

Myra tomava seu chá, em pequenos goles, olhando para o fundo da xícara.

— Por que não, Myra? — repetiu Emily.

— Porque as pessoas não escutam. Não escutam o que eu digo. Sou uma velha gagá. — Pousou a xícara na mesa. — Obrigada, Emily. Acho que vou me deitar agora.

— Você gostaria de ir até lá em casa um pouquinho?

Myra fez um gesto de recusa com as mãos. Levantou-se e dirigiu-se para a porta. Emily tentou ajudá-la, mas não foi preciso.

— Venho vê-la amanhã. — Depois, disse a John enquanto se afastavam. — Ela é muito só. Sua família pensa que está ficando caduca. Não concordo com eles.

— Nem depois de hoje?

— Não. Ela não é irracional. Apenas triste. Como será a velhice? — Olhou para John procurando uma resposta que ele também não tinha.

Em casa, ligaram para Linda e sem maiores comentários disseram-lhe que tudo estava bem. Isso pareceu acalmá-la. Emily voltou para a festa e estava cercada na sala pelas amigas de Jill, quando Brian a chamou, e ela retornou à cozinha.

John estava parado na porta dos fundos como se fosse sair. Julia dormia no colo de Kay, sugerindo que Brian iria com John. Emily pensou que fosse algo relacionado a Myra, mas antes que pudesse imaginar qualquer coisa, Brian falou:

— John recebeu uma chamada da delegacia sobre um roubo de automóvel. Acha que temos de ir até lá.

— Por causa de um carro roubado? — perguntou Emily surpresa.

— O carro roubado foi a Lotus de Nestor Berlo — respondeu John.

— Ah, então está explicado. Vocês vão demorar?

— Depende do que encontrarmos e quando.

Brian acrescentou:

— Kay disse que levaria Julia para casa, se a festa terminasse antes de voltarmos.

Mas Emily teve uma idéia melhor.

— Julia pode ficar comigo. Farei uma caminha para ela no sofá. Celeste deixará Kay em casa.

Brian ficou sossegado e satisfeito com o combinado. Gostava de ter uma desculpa para voltar a estar com Emily. Queria saber o que se passava com ela e gostaria que Doug soubesse que eram amigos.

E daí? Com ciúmes. Talvez com raiva. Talvez exasperado. *Seja lá o que for eu estarei aqui.*

Brian não se importava se Doug gostava de passear. Não mudava em nada a vida de Emily, a não ser pelo sentimento de culpa que não sentiam quando ele estava fora. Fora assim desde que se tocaram pela primeira vez.

John dirigiu até a propriedade de Berlo, dobrou o muro de pedras e entrou pelo portão, acompanhando a trilha que levava à garagem para quatro carros. As quatro portas da garagem estavam abertas. A radiopatrulha estacionara com os faróis acesos em direção à garagem e as luzes azul e vermelha piscavam iluminando a noite.

Nestor, longe do guarda da radiopatrulha, esperava por eles e foi logo dizendo a John, quando ele desceu do carro:

— Quero que esse assunto seja tratado sem alarde.

Brian ficou confuso. John não, tanto que respondeu:

— Entendo. Quando deu pela falta dele?

— Um pouco antes de telefonar para você. Eu saíra à tarde com o Jaguar, que estava estacionado atrás dele numa das quatro vagas. Assim que cheguei, percebi tudo.

— Você não acha que sua mulher pode ter saído com ele?

Ele fez um gesto em direção ao Mercedes esporte na outra vaga.

— É o carro dela. Ela nunca dirigiu a Lotus.

— Ela estava com você?

— Não. Está com um amigo.

Brian se perguntava por que um casal sairia separadamente em uma noite de sábado, quando John indagou:

— Seu amigo poderia ter levado a Lotus?

— Se tivesse, seu carro estaria estacionado aqui. É um Oldsmobile.

O único outro carro na garagem era um carro esporte novo em folha.

— Então foi o garoto — disse John.

— Droga, é isso! — respondeu Nestor.

— Você acha que ele pode ter ido longe?

— Acho que não. Deve estar passeando pela cidade. Vocês vão encontrá-lo rapidamente.

— O que quer que façamos?

— Deixem-no preso por uma noite.

— Tem certeza?

Nestor virou-se e finalizou:

— Passo por lá amanhã para apanhá-lo.

Um pouco mais tarde, rastreando toda Grannick procurando a Lotus, Brian perguntou ao seu chefe:

— O que está acontecendo?

John encolheu os ombros.

— Ele tem dinheiro. Nosso dever é atendê-lo.

— O Chefe de Polícia, bancando a ama-seca, em uma noite de sábado?

John encolheu de novo os ombros e Brian continuou:

— Esse Berlo é tão importante assim para a cidade?

— Ele solta dinheiro. Vale a pena atendê-lo.

— O que significa?

— A família toda é uma bagunça.

— Como assim?

— O marido tem amante, a mulher também. O filho mais velho foi para universidade e nunca mais voltou.

— Nunca?

— Talvez por um ou dois dias, de tempos em tempos. Até onde sei, nunca mais pôs os pés na cidade depois que se formou. E isso já tem dois anos

— E o mais moço?

— Ele não é um mau garoto.

— Engraçado, é exatamente o que Harold me disse quando o rapaz roubou um vidro de vitamina C da farmácia.

John olhou-o com espanto por um momento. Desceu uma rua e subiu pela seguinte antes de perguntar:

— O que ele queria com um vidro de vitamina C?

— Isso não é importante. O negócio é que ele tinha dinheiro com ele. Não precisava roubar. Tenho a impressão de que ele já havia feito isso antes. Então?

John pensou durante um tempo que, para Brian, pareceu muito longo. Insistiu:

— Então, qual é o problema do garoto? Simples rebeldia?

John encolheu os ombros.

Brian voltou à carga:

— O pai é tão durão quanto parece?

— Ele é durão com os filhos.

— Abusivo?

— De certa forma.

— *De que* forma? — Brian perguntou, impaciente. O protecionismo comum às pequenas cidades era uma das coisas das quais não gostava em Grannick. — Fale logo, John.

— O pai é bicha.

— *Bicha?* — Brian não havia pensado nisso. — Como você sabe?

— Houve um problema algum tempo atrás.

— Que tipo de problema?

— No campo de golfe em Melon Falls. Ele estava tendo um caso com um dos carregadores de tacos. O rapaz era de Grannick. Nestor pegou-o em casa para levá-lo ao campo, só que nunca chegaram lá. Quando os pais do rapaz souberam, ficaram assustados e muito aborrecidos.

— Imagino. Sei também como acabou. Berlo não foi condenado, foi?

— Não, eles se calaram.

— Seu nome não está na sua lista dos molestadores sexuais de Grannick.

— Nós devemos muito a ele pelo que faz pela cidade. Esse incidente que acabei de contar aconteceu há muitos anos.

— Quanto tempo?

— Dezessete, dezoito anos.

— Agora essa! — Brian exclamou. — Havia um maníaco sexual na cidade quando Daniel Arkin desapareceu, e seu nome não apareceu nenhuma vez no noticiário. Ele alguma vez foi chamado para dar declarações?

— Oficialmente, não. Eu lhe falei, nós não tínhamos casos de pedofilia naquela época. Além do mais, ele estava fora da cidade na ocasião.

— Isso foi confirmado?

— Lógico. Além disso, Nestor nunca foi violento. Ele nunca forçou o garoto. Só dava presentes. Foi como os pais descobriram. O garoto começou a chegar em casa com uma bicicleta nova, tênis caros. Ali está a Lotus.

John parou atrás do carro. Era um dos quatro carros estacionados na alameda em que os casais iam para namorar. Brian tentava imaginar o que iriam descobrir.

Richie estava sozinho. Olhava para fora da janela, com ambas as mãos no volante. Percebeu que tinha companhia.

Os ocupantes dos três outros carros perceberam a mesma coisa. Com velocidade cômica, ligaram os carros e sumiram.

John se apoiou no vidro entreaberto e pediu que o rapaz abaixasse a janela. Brian mantinha-se apoiado contra o capô do carro do chefe.

— Como vai, cara? — perguntou John.

— Tudo bem.

— E tudo bem com o carro também?

— Sim.

— Seu pai está pensando que é mais do que isso. Ele acha que é algo mais sério

Richie fez um som de desagrado. John prosseguiu:

— Ele não está nada satisfeito com o que você fez.

Richie permaneceu em silêncio.

John abriu a porta.

— Venha agora. Vamos até a delegacia.

Brian esperou que ele fosse protestar. Apenas perguntou tristemente:

— Ele vai estar lá?

— Só amanhã.

As mãos no volante afrouxaram um pouco.

— E o carro?

— Meu parceiro o levará para casa.

Brian se aproximou. Richie olhou-o com desconfiança. John os apresentou.

— Richie Berlo, Brian Stasek.

Se Richie reconheceu Brian daquele dia na farmácia, não deixou transparecer. Simplesmente perguntou:

— Você sabe dirigir este carro?

Brian deu uma olhada naquela bonita máquina, sorriu secamente e respondeu:

— Eu me viro.

— É melhor não forçar a mudança. Ele vai perceber. É louco por este carro.

— Foi por isso que você o pegou?

Richie ficou furioso de repente. Pareceu que ia explodir, tal o efeito das palavras de Brian. Mas se acalmou:

— Foi por isso mesmo.

— Vamos embora — disse John, antes que Brian dissesse mais alguma coisa. — Já é tarde.

Richie saiu do carro do pai e entrou no de John. Sem vacilar, sentou-se no lugar do carona.

Brian esperou até que John saísse para entrar na Lotus, mas enquanto dirigia não pensava na suavidade ou na potência do carro. Pensava na vida tumultuada de Richie Berlo e que, independentemente da ajuda que seu pai dava à cidade, alguém tinha que tomar conhecimento dos fatos. O rapaz estava pedindo por isso.

Brian se perguntou o que o garoto rico tentaria da próxima vez.

Mãe e filha estavam sentadas na cama de Jill, abraçadas aos travesseiros. Exaustas mas felizes. A garota sorriu entre um bocejo e outro:

— Foi ótimo. Obrigada, mãe.

— Não me agradeça. Eu me diverti tanto quanto você. Você tem excelentes amigos.

— Quero que você conheça o pessoal da faculdade. São ótimos também.

— Parecem ser. Pelo menos os dois com quem falei, pareceram. Quem é Adam? Ele foi um dos que telefonou. — Emily não queria deixar transparecer que se importava com isso. Somente queria saber quantos anos ele tinha, de onde era, o que estava estudando, se era puritano ou devasso.

— Um amigo. Ele é legal, mas não tenho pressa em me prender

a ninguém. Não quero me sentir presa quando existem tantos caras legais. Até que tenho sorte.

— Sorte não tem nada a ver com isso. Pessoas legais atraem amigos legais.

Jill fez uma cara que pretendia ser cômica.

— Então como foi que você atraiu papai?

Emily afagou seu cabelo.

— Ei! De onde saiu isso?

— Ele não é sociável. Acho que demorou para voltar pra casa, porque não queria conhecer meus amigos.

— Você mesma lhe deu permissão para sair.

— Porque estava na cara que era o que queria. Festas o deixam nervoso. — Ela sorriu. — Mas foi uma grande festa. Adorei ver todo mundo. Brian é tão gentil!

Emily há muito se indagava o que Jill pensaria dele, mas não tivera coragem de perguntar. Fazia o possível para não pensar nele. Algumas vezes funcionava, outras não.

— Ele tem uns olhos incríveis — disse Jill.

— Concordo. Tem boas maneiras e uma filhinha que é um encanto.

— Estou feliz por ele estar morando aqui. Ele me faz sentir que você está menos só. Os banheiros ficaram ótimos. O que mais você vai fazer?

— Com a casa? Limpar este quarto.

— Não. Não este quarto. Não agora.

— Jill, está uma bagunça!

— Mas é a minha bagunça. Eu gosto deste jeito. Estava nervosa no ônibus na vinda para casa, pensando que ia encontrar tudo diferente. É bom ver que estava errada.

Emily sentiu uma pontada de culpa. As coisas tinham mudado. Grandes coisas. Como ter um amante. Mas essas coisas os olhos de Jill não haviam percebido.

Emily não sabia o que fazer em relação a Brian.

— Então o que você pretende fazer? — perguntou Jill. Como

Emily não respondeu, continuou. — Já que você não tem mais muita coisa para fazer em casa, por que não sai de férias com papai?

— Nós vamos. Dentro de duas semanas.

— Esse é o fim de semana de visita dos pais. Não vale.

— Claro que vale.

— Você devia ir para longe, bem longe.

Era como se, agora, o que Jill sugeria pela segunda vez tivesse mais força. Doug não iria por vontade própria. Mas eles precisavam de um tempo sozinhos, um bom tempo, para que pudessem conversar sobre suas vidas. A última coisa que Emily imaginara era trair o marido. Mas quando não se alcança nem o mínimo... Não, não havia desculpas.

— Vou ver se o convenço — disse.

— Você tem feito mais trabalhos para o *Sun*?

— Sim, o que quer que seja que Rod e Petra precisem. — Emily rezava que precisassem logo. Jill voltaria para a faculdade em três dias. Pensar nisso fez crescer um vazio interior. Tudo novamente. Doug voltaria ao seu trabalho, em algum outro lugar, essa semana. Sem nenhum tipo de diversão, Emily poderia pensar em assuntos em que não deveria pensar. — Connie Yeo precisa de ajuda na sua livraria. Eu adoro livros. Vendê-los poderia ser interessante.

— Já pensou em escrever?

— Estou pensando no assunto.

— Sobre o que você escreveria?

— Não sei ainda. — Há anos ela vinha fazendo anotações sobre Daniel. Pequenos fragmentos de pensamentos. Ela tinha um livro inteiro na cabeça.

— Você tem um escritório completo, com computador e tudo, lá embaixo. Eu acho que você deveria pensar no assunto, mãe. Dessa vez pode ser seu próprio livro, do começo ao fim. Dessa vez poderemos fazer uma *grande* celebração.

— Mas nós celebramos da última vez.

— Nós fomos jantar fora com Sam e Donnie. Não foi exatamente uma celebração. — Sua voz ficou mais exaltada. — Eu farei uma festa para você dessa vez.

Emily riu.

— Ah, é?

— É sim, como fez para mim esta noite. Foi incrível, mãe! Obrigada.

O coração de Emily se encheu de alegria. O futuro continuava um enigma, mas enquanto houvesse momentos calorosos como este, ela sobreviveria.

Marilee voou para Washington na segunda à tarde. Kay ia ligar para a escola, alegando que estava doente se John não tivesse chegado e anunciado que ele tiraria um dia de folga para almoçar com a filha e levá-la ao aeroporto.

Kay estava surpresa. John sempre fora exigente em relação ao cumprimento do dever. Ela se lembrava dele trabalhando doente, quando o pai morreu, quando Marilee nasceu, quando ela se formou. Ele e Kay a levaram para a faculdade em um final de semana, de modo que ele nunca havia perdido um só dia de trabalho. Estava surpresa com aquela sua atitude de tirar um dia inteiro de folga.

Mais surpresa ficou quando ele trouxe Marilee para lhe dar um último adeus, depois do almoço, antes de levá-la ao aeroporto. Kay tinha sentido muito ao se despedir da filha pela manhã, e ele havia percebido.

Ela não sabia dizer por que a partida dessa vez fora mais difícil. Ela não tinha tido muitos problemas em agosto. Talvez porque naquela ocasião era tudo novidade. Agora era para valer, e ela entendia seu significado mais profundo. Agora ela podia ver o que não havia visto na outra ocasião. A partida de Marilee deixou-os sozinhos um com o outro, para o resto de suas vidas.

Esse pensamento acompanhou-a até o carro estar bem longe do estacionamento da escola. Continuou pensando ainda sobre o assunto quando, naquela tarde, colocou material na maleta e foi para casa.

Ela amava John. Ele era firme e seguro. Casando-se com ele, ela teve o lar estável que desejava e a filha que quase chegara a perder as esperanças de ter. Com a filha criada, ela e John estavam cada um na expectativa do outro. Ela se sentia insegura.

A radiopatrulha estava no estacionamento. Ela estacionou ao lado e entrou em casa, como se esperasse encontrar um maníaco sexual aguardando para levá-la direto para a cama.

No entanto não havia nada do que imaginara. Somente John, inclinado na bancada da cozinha, segurando um buquê de rosas amarelas.

— Para mim? — perguntou, e murmurou em seguida: — Imagino que sim, pois não há mais ninguém além de mim nesta casa.

— Obrigado pelo agradável fim de semana. Por Marilee e por mim.

Kay estava encantada.

— Elas são lindas. Não precisava se incomodar.

— Eu quis. Imaginei que poderiam fazê-la ficar mais alegre. Ela voltará para casa em breve.

Kay fez que sim com a cabeça. Estranhamente, sem conseguir dizer nada, ela pegou as flores.

Ele sorriu, alisou o queixo e foi ver as notícias na TV, antes que ela tivesse tempo de dizer qualquer coisa.

Emily estava deitada na cama, completamente desperta. Doug havia partido pela manhã depois de uma profusão de abraços superficiais que a deixaram deprimida. Mas foi a partida de Jill, à tarde, que a fez chorar. Emily pensava se a dor de uma partida seria menor se o silêncio da casa fosse menos absoluto.

A fornalha estalava de tempos em tempos, jogando calor através dos canos, à medida que a casa esfriava. Mas Emily não estava preocupada com o frio. Além da dor e do silêncio, havia alguma coisa a mais, alguma coisa perturbadoramente quente e escondida. Algo alojado em seu peito e que crescia cada vez mais, quando ela pensava em Brian.

Jogando as cobertas para o lado, foi até a janela. As luzes da casa de Myra piscavam por detrás das folhas que se espalhavam em frente ao jardim. Além do jardim a cerca pálida, além da cerca, a rua escura.

Era uma típica noite de Grannick. Mas dentro de Emily não havia nada de típico. Ela queria. Queria de maneira egoísta e colossal.

Foi ao banheiro, tomou um copo d'água, mas isso não a fez se sentir melhor. Foi ao gabinete de Doug para se cercar de suas coisas. Sentou-se na cadeira dele com os pés na mesa, e ligou a televisão. Foi de canal em canal, duas vezes, antes de desligá-la.

Colocou uma música suave no estéreo, foi até a janela da sala acompanhando com o corpo os movimentos da música. Na verdade, se sentia sensual. Antes que a música acabasse, estava na cozinha tirando as últimas uvas vermelhas do cacho que Jill começara a comer.

Tentava se sentir culpada por ter desejo, mas ele era tão incrivelmente grande... Nem a culpa nem a razão poderiam acabar com ele. A vergonha, então, não tinha a menor chance.

Foi para a porta dos fundos, segurou a maçaneta por alguns instantes, girou-a e ficou parada. Pensou em Jill. Queria sentir a dor da separação, mas Brian voltou rápido para sua mente, apesar de tudo que havia dito para si mesma; tudo que não deveria fazer.

Isso é errado, isso é errado, dizia. Mas de seu corpo vinha outro som; as batidas do seu coração. Ela vestiu a jaqueta e saiu. Pegou o caminho longo, escuro e frio que levava à garagem, dando-se oportunidade, a cada passo, de mudar de idéia. Mas o coração batia forte e o calor da paixão a guiava.

Bateu suavemente na porta. Ele não poderia ouvi-la, sabia, mas não queria tocar a campainha e acordar Julia. Bateu novamente, ainda suavemente, então encostou-se na porta e esperou.

Tinha duas opções. Retornar ao seu bom senso, dar a volta e ir para casa, ou congelar e se esquecer de sexo.

Ambos os aspectos se tornaram discutíveis quando ouviu passos descendo as escadas. Com o pulso acelerado, ela esperou de cabeça baixa, imaginando o que dizer e fazer. A porta se abriu. Ela levantou os olhos se sentindo uma depravada.

— Eu não devia estar aqui — disse, mas antes que ela pudesse dar meia-volta, ele a segurou com força e a puxou para dentro da casa, para longe do frio, e fechou a porta. Ela ficou de frente para ele. — Não devia estar aqui. Estava deitada. Não conseguia dormir.

— Você está sentindo falta de Jill.

— Alguma. — Ela olhou para sua camisa, de um tecido pesado e desbotado, aberta sobre a calça jeans. — Você não estava dormindo?

— Não. Estava lendo. Meio dormindo. Nem me lembro.

Os jeans não estavam totalmente fechados. Seu umbigo à mostra fez seu calor aumentar. Sem saber o que dizer, mas precisando, precisando, ela foi até ele e o abraçou pela cintura.

— Deixe-me ir — implorou ela.

Em um sussurro gutural, Brian respondeu:

— Não posso.

— Meu marido acabou de partir.

— Você fez amor com ele?

— Não. E mesmo que tivesse, não estaria pensando nele. — Ela passara aqueles dias rezando para que ele não a procurasse por esse motivo. A traição teria sido pior ainda.

A respiração de Brian estava acelerada, e seu corpo tenso contra seus dedos. Ela pôs o queixo no seu peito.

— É essa... terrível... tensão que não vai embora. — Ela o tocou, quando não conseguia mais aprisionar seu desejo. O cabelo do seu peito era macio em contraste com a pele firme. Sua mão estava no paraíso, sabendo o que queria e tomava contra a vontade da mente. As batidas do coração de Brian em seu ouvido ajudaram a vencer suas últimas resistências. Ele puxou-a ainda mais para junto de si.

Ele a queria. E isso fazia com que ela o amasse mais ainda.

Tudo isso parecia tão necessário à vida — o tesão, o desejo. Tantos ensinamentos orientados para as mulheres completamente esquecidos nesse momento. Ela esfregava a boca no seu peito, puxava a lapela de sua camisa, tocava com a língua seu mamilo duro e quente. Era uma outra pessoa, uma mulher diferente daquela que havia se casado com Doug.

Uma mulher diferente. Assim era melhor. Mais fácil de aceitar.

Incitada pelo vacilar das mãos de Brian em suas costas, ela se movia impaciente contra ele. Ela precisava sentir mais, mais toques, mas a fome não era saciada. Parecia que gostos e toque não eram suficientes, não para ela, e nem para ele. Quando ele, fora de si, colocou sua mão mais embaixo, ela abriu o zíper de sua calça e deixou-o livre

Indomáveis é a palavra para o que aconteceu depois. Brian deixou sua camisola cair até a cintura em um segundo, suas mãos por baixo dela e em suas costas contra a parede. Com rapidez ele a havia penetrado tão profundamente que ela pensou que fosse estourar, mas ele aominava a situação, golpeando-a com força e carinho, fazendo seu prazer crescer mais e mais, muito além do que ela poderia imaginar que suportaria. Com seus braços e pernas agarrados a ele, ela agradeceu à vida e se perdeu, para se achar novamente, embalada de forma tão gentil na umidade e escuridão; na pequena entrada que dava para a escada, sobre a garagem.

~ Quinze

Celeste entrou no Sunflower com uma rosa na mão e permaneceu imóvel na sala de espera, logo depois do lugar da recepcionista. O restaurante ocupava uma área que parecia uma espécie de bolha de vidro ligada ao hotel, no centro de Springfield. Ela o havia escolhido por ser bem aberto e claro. Na verdade, preferiria ter ido de dia e não à noite. Mas, infelizmente, com a viagem e o trabalho, seu companheiro não poderia almoçar com ela, a menos que tirasse um dia de folga. Ela não poderia culpá-lo por isso. Ele não sabia seu nome ou se gostaria dela. Nem sabia se, na verdade, ela compareceria ao encontro.

Ela também não sabia se ele iria, mas dirigir de Grannick para Springfield era tão simples que, caso não acontecesse nada, somente seu ego saberia.

Então raciocinou. Eram sete horas. No exato momento em que ela deveria encontrar o maratonista para uma ceia. Nada de jantar. Ceia. Ela deixou isso bem claro. O Sunflower era especializado em saladas e sanduíches. Nada mais pesado do que um jantar para atrapalhar um encontro. Além do mais, levava horas. Se o maratonista fosse um chato, ela tomaria uma sopa rápida e daria o fora.

Ele chegou. Ela o reconheceu imediatamente. Ele dissera que era alto e magro, e realmente era bem magro, a ponto de parecer macilento. Não que fosse feio. Mas era muito anguloso.

Aproximou-se dela.

— Disseram-me para procurar alguém segurando uma rosa.

— E você a encontrou — disse, estendendo-lhe a mão. — Meu nome é Celeste. — A mão dele era ossuda.

— Craig.

Combinava com ele. Enquanto se dirigia à recepcionista, perguntou a ele:

— Você teve problemas para chegar aqui?

— Não. Eu participo de corridas em Springfield.

E para a recepcionista:

— Por favor, dois lugares para não fumantes.

No trajeto para a mesa, Celeste pensava no impulso que a fizera se meter nessa. Ela odiava conversa fiada, odiava gente esquisita, odiava primeiros encontros. Mas o primeiro encontro leva ao segundo, que já não é tão ruim. Não que achasse que haveria um segundo com Craig. Seu instinto já lhe dissera que não era ele.

Talvez esse negócio de instinto fosse errado. Então sentou-se e preparou-se para, durante a sopa, ver no que tudo ia dar.

Sentaram-se à mesa.

— Você é muito bonita — disse ele de uma forma direta e sincera.

— Obrigada. — Ela pensou em responder algo na mesma linha. A única coisa que conseguiu dizer foi: — Então você é maratonista! Quantas vezes você já correu?

— Sete. — Ele listou o tempo de cada corrida, em seguida o nome dos ganhadores, falou sobre os melhores do momento e sobre os mais notáveis.

— Ahh — respondeu ela. Sorriu e virou-se para o cardápio. — Eles fazem uma excelente galinha Caesar aqui.

— Eu não como ovos.

— Não, não. Estou falando de salada.

— Mas contém ovos.

Ela gostaria de dizer-lhe que o pãozinho que ele estava comendo também continha ovos, mas não quis ser grosseira. Então disse:

— Coma qualquer coisa com moderação que você estará bem.

— *Nunca* como ovos.

Ela fechou o cardápio e colocou-o ao lado.

— O que você come?

— Carboidratos complexos. Massa é a base da minha dieta.

A garçonete materializou-se.

— Querem beber algo?

— Uma garrafa d'água para mim. Eu não bebo álcool.

Celeste olhou a garçonete nos olhos.

— Eu quero um copo de Chardonnay da casa e um *quiche*, por favor. — Então perguntou a Craig: — Você sabe o que vai comer?

Ele pediu um *rotini* com tomates secos e manjericão, sem azeite, sem creme, sem alho, sem sal. Isso soou chatíssimo para Celeste. *Ele*, também, soava chatíssimo.

Mas ela estava determinada a lhe dar uma chance. Então, com paciência, disse:

— Conte-me o que faz. Você me disse que mexia com saúde.

— Eu trabalho no departamento de contabilidade do HMO em North Shore.

— Ahh. Um contador!

— Na verdade, estou procurando outro lugar. Saúde não é mais um campo que dê estabilidade.

Ela já sabia o suficiente para não insistir.

— O que está procurando?

— Algo ligado a equipamentos esportivos. Tenho um amigo que está abrindo uma loja para corredores. Seria o lugar ideal para mim.

— Para vender?

— Não, para trabalhar com os livros. Sou contador.

Como ela poderia ter se esquecido!

— É trabalho de expediente integral? — Não imaginava que fosse. E se não fosse, aonde ele ia conseguir dinheiro para se satisfazer com bons vinhos, boa música e a aventura que, dissera, almejava. Se ele estava procurando uma mulher que bancasse seu relacionamento, estava sentado diante da mulher errada.

— Eu nunca trabalhei em expediente integral — disse. — Se trabalhasse, não teria tempo para treinar. Faço mais de cento e cinqüenta quilômetros por semana.

— Não diga!

— Preciso me manter em forma.

Celeste não via nenhuma forma. Ela imaginou que deveria haver algum músculo em algum lugar, mas era difícil perceber onde. Ele era pele e ossos. Não conseguia se imaginar procurando por aquilo durante a noite.

— Você está em forma? — perguntou ele.

— Eu não corro, se é o que quer saber.

— Mas devia. Você tem bom físico para correr.

Celeste não gostava de correr. Com um sorriso, respondeu:

— Eu não saberia como começar.

Ele então resolveu dizer a ela como. Falou de tênis e camisetas, tiras para a cabeça e luvas. Falou sobre começar devagar e ir aumentando, sobre manter uma rotina, sobre aquecimento e relaxamento. Falou sobre tudo. Até o tipo de relógio que ela deveria usar. Aliás, até sobre o sutiã adequado.

Quando acabou, a comida tinha vindo e voltado, sem o menor interesse da parte de Celeste. Ela olhou para o relógio.

— Tenho de ir embora. Tenho um longo caminho até chegar em casa. — Colocou dinheiro mais do que suficiente para pagar a sua parte sobre a mesa. Então levantou-se. — Gostei muito de conhecê-lo.

— Se você me der seu endereço, mandarei notícias quando meu amigo abrir sua loja. Podemos deixá-la pronta para começar.

— Olha, tenho seu telefone. Quando me bater vontade de correr, eu telefono.

Dois dias mais tarde, Celeste entrou no Sunflower com uma rosa na mão e foi imediatamente recebida pela recepcionista.

— O senhor já a está aguardando. Venha por aqui.

Celeste acompanhou-a para uma mesa de canto, sem privacidade alguma, pois o maravilhoso restaurante era cercado de vidro. Deu sua primeira olhada no viúvo inglês.

Ele dissera ter cinqüenta anos, e os aparentava. Seus cabelos eram grisalhos e seu rosto marcado e redondo. Mas havia uma expressão de amizade e calor humano na face sempre emoldurada por um sorriso.

Ele levantou-se quando ela se aproximou, agradeceu à recepcionista, e segurou sua mão.

— Sou Michael.

— Celeste. Muito prazer em conhecê-lo.

Seu rosto abriu-se num sorriso maior.

— O prazer é todo meu.

Primeiro fez com que ela se sentasse confortavelmente para depois voltar à sua cadeira.

— Está esperando há muito tempo?

— Não. Sou compulsivamente adiantado. — Fez um som com a boca. — Mas não devia estar dizendo essas coisas agora, não é? Não, quando estou tentando impressionar alguém que conheço há tão pouco. — Seu sotaque era discreto e agradável.

— Compulsivo?

— Não é uma característica positiva, ou meus filhos não falariam. E eles geralmente estão certos.

Ele respeita seus filhos. Isso era ótimo.

— Que idade eles têm?

— Vinte e nove, vinte e cinco e dezoito. E você? Tem filhos? Ou a "segunda pessoa" que mencionou no seu anúncio se refere a um casamento que chegou ao fim?

— Meu casamento acabou quando minha filha tinha um ano. Agora ela tem dezoito. Está na faculdade.

Seu rosto resplandeceu.

— Não diga! Bem, temos algo em comum, apesar do meu de dezoito ser um rapaz. Nós somos muito unidos. Sua partida me afetou bastante.

— Há quantos anos sua esposa faleceu?

— Há cinco anos. Foi tudo muito rápido. Não sei o que faria se não fossem meus filhos. Eles me ajudaram muito. Minha filha mais velha é casada, tem dois filhos e mora em Bloomfield. Fica a vinte minutos de Hartford, onde moro. O do meio é um rapaz e trabalha comigo.

— Que ótimo. Qual é o seu tipo de trabalho?

— Faço bugigangas... ou melhor, meus empregados fazem. Eu me sento na mesa, ao lado de uma grande janela que dá para um jardim. Jay... é o nome do meu filho... tem seu próprio apartamento. Confesso que houve vezes nas últimas semanas em que gostaria que ele voltasse a morar comigo.

Celeste não podia imaginar alguém que gostasse do trabalho, da responsabilidade e sentisse falta de um filho que partira. Ela havia respirado aliviada quando as férias de outono acabaram.

— Meus filhos e eu ficamos mais unidos depois que minha esposa faleceu — disse Michael. — Eu precisava deles tanto quanto eles precisavam de mim. Ahh, chegou nossa garçonete. Tomei a liberdade de pedir uma garrafa de vinho. É um excelente Chardonnay. Você gosta?

Seu pedido antecipado a impressionou tanto quanto a relação que tinha com os filhos.

— Chardonnay é o meu favorito — disse ela com um sorriso, enquanto ele a servia.

— É o que o meu filho menor sempre diz. É claro que ele ainda não tem idade suficiente, de modo que não fico assim tão impressionado. Com você, combina. — Ele levantou o copo. — Para uma adorável dama com uma rosa.

Ela tocou seu copo no dele. Ele era galante como dissera. Ou meloso demais. Ainda não estava certa.

— Imagino que você já veio aqui antes, não? — perguntou ele.

— Inúmeras vezes.

— Você tem algo de especial para recomendar?

— A galinha Caesar é boa, apesar de, pessoalmente, comer sempre o *quiche*. É mais do que um lanche, mas penso que as pessoas prestam muita atenção às convenções. O estômago não sabe nunca que horas são. Li artigos que diziam que uma pizza é perfeitamente apropriada para o café da manhã.

O maratonista teria morrido. Michael riu alegremente.

— Meus filhos comem pizza no café da manhã há anos. Mesmo os dois mais velhos, quando moravam comigo, antes da mãe falecer. Ela nunca achou que fosse motivo para brigas. Eu já prefiro um autêntico café da manhã inglês, e não acho que seja motivo para discussões, também.

— Em que consiste o autêntico café da manhã inglês? — Celeste perguntou antes que ele recomeçasse a falar nos filhos.

— Ovos, salmão ou truta, salsicha, tomates cozidos, cogumelos e torradas. É muita coisa. Eu não consigo comer mais assim, claro. Meu médico diz que estou muito gordo. E além do mais, não sou bom cozinheiro hora nenhuma, principalmente de manhã cedo. Agora é só o tradicional. Em ocasiões especiais, quando os garotos aparecem, eles fazem o meu café da manhã inglês. Não com freqüência. Mas é agradável.

Por um momento, Celeste imaginou como seria fazer parte de uma grande família. Logo deixou o pensamento de lado. Grande família significava mais comida para cozinhar, mais roupas para lavar, mais comportamentos para controlar. Ela não queria isso de jeito nenhum.

— Já decidiu? — perguntou Michael quando a garçonete voltou.

Celeste pediu o *quiche*. Durante o tempo que ele levou para pedir a galinha Caesar, notou que seu cabelo era vagamente desgrenhado, assim como suas roupas: limpas mas desarrumadas. Ele tinha um visível jeito de quem seria facilmente domesticado.

Quando a garçonete saiu com os pedidos, ele perguntou-lhe se ela estava tendo os mesmos problemas de se ajustar à casa sem a filha. Não soube mentir. Para seu crédito, ele não pareceu se chocar.

— Deve ser bem pior para uma mulher suportar toda a responsabilidade de um lar sozinha — disse ele e prosseguiu falando sobre os anos desde que sua esposa falecera e de como ele se relacionava com os filhos.

Em um determinado momento, Celeste tentou trazer a conversa para o que ele fazia para se divertir nos seus momentos de folga, mas percebeu que ele só se referia à família. Se não estava visitando os netos, estava levando seu filho mais velho aos jogos dos Whalers, ou estava participando de festas escolares de finais de semana na escola dos netos. Ele tirava férias uma vez por ano, com os dois filhos, a filha, o genro e os netos.

Celeste *não* estava preparada para netos.

Durante o tempo em que comeram, percebeu que também não estava preparada para Michael. Estava cansada de ouvir falar de seus filhos. Ela ainda estava muito ligada ao assunto para querer falar nisso o tempo todo. Admitiu que ele parecia ser um grande pai. Mas ela não estava procurando um pai.

Novamente, quando se despediu dele, sentiu uma ponta de tristeza. Havia algo de carinhoso em seu sorriso. Não era um rosto inspirador ou melancólico. Mas era gentil.

Não que ele tivesse sérios problemas como pretendente, ela concluiu enquanto dirigia para casa. Mas não havia nenhuma química entre eles, e a química era importante.

Ela precisava descobrir com o veterinário. Ele tinha uma voz adorável e grave, que definitivamente era de enlouquecer. Pena que tivesse de viajar para uma conferência no dia seguinte ao que ela lhe ligara. Eles iriam se encontrar na próxima semana.

Enfim, era algo que valia a pena esperar.

O médico. Bem, desse ela tinha algum receio. Marcar a data do encontro tinha sido uma experiência penosa e complexa. Como penosa e complexa fora a carta que ele lhe enviara. Em resposta à sua sugestão do Sunflower, ele mandara seu número de telefone. O primeiro desafio, então, foi encontrá-lo, em vez de sua secretária eletrônica. O segundo fora encontrar um lugar adequado para o encontro. Ele morava em Baltimore e não tinha nada que o levasse até Springfield. Então resolveram se encontrar em Boston, onde ele tinha alguns encontros na semana seguinte.

Ela não havia sentido boa vontade da parte dele. Deu-lhe a impressão de que ela era mais um compromisso numa agenda já cheia. Não sabia por que havia insistido em vez de, simplesmente, desligar o telefone. Talvez porque médicos ganhem bem. Mais provavelmente porque ela já havia voltado do encontro frustrante com o maratonista. No entanto, ainda poderia telefonar e cancelar.

Depois, ufa, havia o arquiteto. Como havia feito com os outros, ela lhe enviara uma nota sugerindo um encontro no Sunflower. Infelizmente, como ela tinha de escrever através da caixa postal da revista, levou tempo para receber a resposta. Mas valera a pena.

"Minha cara GC403. Adorei sua carta. Fantástica a escolha do Sunflower, no entanto, tenho uma sugestão a fazer. Uma das minhas clientes, uma artista, está fazendo uma exposição do seu trabalho numa galeria em Cambridge. Uma grande *open house* está sendo programada para o último domingo de outubro. Se você se dispuser a vir será ótimo, pois, além de ver amostras do meu trabalho, verá também o dela. Haverá pessoas interessantes inclusive artistas e escritores da região. Assim, caso você me ache um chato e não queira me ver na sua frente nunca mais, a sua tarde não será desperdiçada. Se não me achar interessante, poderá considerar qualquer outro presente. Há também uma cafeteria perto do local, onde se pode tomar uns drinques e conversar antes que eu a deixe em seu carro para que você volte para casa."

Era o tipo de aventura que lhe parecia cheia de possibilidades, pensou, antecipando os fatos enquanto dirigia para casa com o rosto gentil de Michael na cabeça. Era algo instigante e apimentado.

Brian olhou com tristeza em direção à cozinha. Potes, panelas e mamadeiras de bebê cobriam a pia. Pratos sujos enchiam o balcão. Embaixo da secadora, a máquina de lavar estava cheia de roupa.

Sentia-se exausto só de olhar para aquilo tudo. Parecia que não fazia nada mais do que lavar pratos, panelas, potes e roupas por dois meses seguidos.

Se existisse um céu, Gayle estaria lá de cima adorando ver a ironia do pai que não fazia nada fazendo tudo. Pelo menos ele estava tentando, o que era mais do que ela havia feito, deixando que um carro a pegasse.

Ele deveria ter limpado a cozinha e dobrado as roupas lavadas na noite passada, mas estava cansado. Por quê? Porque ficara horas fazendo amor com Emily.

Talvez Gayle esteja se divertindo sem rancor.

As mulheres ainda iam matá-lo.

— Brian?

Mas poderia ser uma morte doce. O som da voz dela fê-lo dar um pulo da cama. Ele alcançou a porta no momento em que Emily chegava ao topo da escada. Abraçou-a.

— Não dá para você entrar agora — disse ele.

— Por que não?

— Porque este lugar não está pronto para ser visitado. Preciso de dez minutos.

— Eu não estou olhando.

— Cinco minutos.

Ela soltou-se de seus braços e deu uma olhada em volta.

— Hummm... Você tem razão. Não dá mesmo.

— Eu tento manter tudo em ordem, mas é impossível. Logo que as roupas estão limpas, está tudo sujo de novo. O mesmo com os utensílios de cozinha. Juro que arrumo esse sofá-cama dez vezes por dia. Tiro o pó da mesa e em uma hora está tudo sujo novamente, o que fazer? É fazer e refazer, fazer e refazer. Não acaba nunca!

Ela olhou-o com jeito matreiro.

— Agora você sabe.

— Como as mulheres sobrevivem?

— Você se acostuma, depois de um certo tempo.

— Mas o que fazer até me acostumar?

— Escutar música ajuda. Algumas mulheres falam ao telefone enquanto se ocupam da roupa. Algumas assistem à televisão enquanto fazem as camas. Infelizmente, se não fizermos o trabalho, ele não será feito e nós o queremos feito.

Brian começou a dobrar os lençóis.

— Veja, eu tento deixar de arrumar a cama pensando que ninguém entrará aqui. Quando chego à noite e Julia vê a cama arrumada, ela insiste em brincar em cima dela, tomar sopa, e espalha comida por todo lado. Então tenho de lavar os lençóis.

Emily empurrou-o para o lado.

— Eu faço a cama e você cuida da roupa.

— Não. A cama é minha.

— Eu também passei algum tempo nela esta semana.

— Não o suficiente — resmungou. Ela raramente passava a noite toda. Ele sabia que ela estava lutando com a situação moral desse romance, e que ela vinha até ele contra seu bom senso. Mas ele estava louco para poder acordar ao seu lado. Ela era aquele pedaço de calma em sua vida. Mesmo quando faziam amor, ele se sentia seguro.

Mas não queria pressioná-la. Não enquanto ela ainda estava tão vulnerável. Então ele passou a mão pelos cabelos e disse:

— Desculpe. Eu corri para deixar Julia e poder voltar e arrumar tudo antes de ir trabalhar, mas essa não é bem a minha idéia de como se deve começar o dia.

Sua idéia de começar bem o dia era pegar Emily em seus braços, mas alguma coisa que ela havia dito fez com que pensasse que essa não era a razão de ela ter vindo procurá-lo. Repentinamente com medo, ele pegou sua mão.

Emily enroscou seus dedos nos dele.

— Nós temos de parar.

Seu medo cresceu.

— Você não quer estar comigo?

— Quero. Muito. Eu adoro estar com você. Daí volto para casa e me sinto culpada, e não somente por estar traindo Doug. Quando estou com você não me lembro nem que ele existe.

— Mas isso é o que importa.

— Mas ele é meu marido e nós temos uma filha. A menos que esteja preparada para pedir o divórcio, preciso pensar mais sobre ele. Tenho de tentar salvar meu casamento.

— Por quê?

— Porque ele é meu marido e porque nós tivemos, por um tempo, um bom casamento.

— Isso foi antes de Daniel desaparecer — disse Brian e se arrependeu quando um ar de profunda tristeza passou pelo rosto dela. Mas tinha que ser dito. — Não é verdade?

— Sim, mas uma coisa não tem nada a ver com a outra. Doug cresceu. Ele mudou tanto!

— Você o ama?

— Eu não o reconheço mais.

— Essa não é uma boa resposta.

— Bem, eu não tinha nada melhor, até agora. Tenho que procurar recuperar o que perdi. Estar com você atrapalha essa tentativa.

Brian sentiu sua angústia. E sentiu algum conforto em ouvir o que ela dizia. Sentindo-se desamparada e, pior, numa situação inadequada, ele puxou-a para perto de si.

— Quando você está comigo, você sorri, você dá gargalhadas. Você se diverte. Você merece essas coisas, Emily.

— Talvez algum dia.

Inadequada. Sim, ele sentia isso. Doug era a maior barreira para seu relacionamento, mas não era a única. Daniel estava ali, a seu lado. Ela achava que ele estava morto, mas não saía da casa, ou da cidade em que vivia. Brian sentiu medo que ela não deixasse Doug pela mesma razão.

Ele quase lhe contou sobre a fotografia. Ela havia chegado alguns dias antes. Um computador pegou uma foto de Daniel em criança e transformou-a em como ele seria hoje, aos vinte e um anos. Ele era bonito, jeito meio-estudioso, meio-matreiro. Seu cabelo louro havia escurecido para um tom entre o castanho-claro de Doug e o escuro de Emily. Seu rosto ficara mais fino. Seus olhos eram inteligentes, sua boca gentil. Ele se parecia muito com Jill, com exceção da sombra de barba. Emily ficaria orgulhosa do rapaz da foto.

Mas mostrá-la a Emily não ia adiantar nada. Ele distribuíra aquela foto por todos os lugares e não havia nada a fazer senão esperar. Esperava pelas impressões digitais para checá-las. Também estava se preparando para interrogar as pessoas que não haviam sido interrogadas na ocasião. Ele agora tinha um motivo a mais para levar o assunto adiante.

Em primeiro lugar ficara muito dependente dela. Ela lhe oferecera um tipo de sincera afeição que nunca nenhuma mulher havia lhe dado e que ele adorava. Se sentia mimado, se sentia útil. Enquanto sua relação com Gayle fora programada e dirigida para o casamento e a filha, sua relação com Emily era espontânea e ardente.

Ela o complementava. Ela desafiava a sua mente, trouxera alegria para seu dia. E droga, ele também trouxera o mesmo para ela. Sabia que sim. Mesmo agora, com os braços em volta dele e o rosto escondido em seu pescoço, ele podia senti-la bebendo de sua força, de sua energia, de seu amor. Ao invés de se sentir mais fraco diante do que ela lhe tirava, ele se sentia mais forte.

— Eu não posso deixá-la.

— Mas você tem de deixar — sussurrou ela sem muita convicção.

Ele poderia argumentar mais, mas não queria sobrecarregar sua dor.

— Nós continuaremos a nos ver — disse ela.

Mas não da *mesma* maneira, e da maneira com que fizera que sua relação com ela fosse totalmente diferente das outras. Ele pensou em dizer-lhe que a amava, mas isso só tornaria as coisas mais difíceis. Então ele simplesmente segurou-a mais um pouco. Deixou que ela tomasse a iniciativa de deixá-lo, mas ela não o largava. Então ele apertou-a com mais força. Ainda assim ela não se afastou.

Finalmente, sentindo que ela precisava que ele tomasse a iniciativa, ele soltou-a.

— Eu estarei aqui — disse, tentando sorrir.

Ela concordou com a cabeça.

— É bom saber.

— Julia adora você.

— Eu também a adoro.

Ela olhou em volta, bebendo com os olhos sedentos antes de dizer algo divertido. — Por que os pratos sujos na pia? Há algum problema com a máquina de lavar louça?

— Sim, está cheia. Tudo dentro dela está limpo. Simplesmente ainda não tive tempo de guardar.

Ela deu um suspiro profundo e disse:

— Ok, você dobra a roupa que eu faço a cama.

— John vai me matar.

— John não está aqui. — Ela colocou o novo disco de jazz no toca-discos e começou a trabalhar. Era seu jeito de dizer que mesmo que não dormissem mais juntos, o resto ia continuar como sempre fora.

Isso deu alguma esperança a Brian.

No momento em que Daniel desaparecera, havia quatro fregueses e três empregados dentro da loja dos Correios, sem contar com Emily. O único empregado que havia sido questionado na ocasião fora o que trabalhava atendendo os fregueses. Os outros dois estavam separando as cartas na sala dos fundos.

Um deles havia morrido há nove meses. O outro se aposentara e morava com a filha, duas cidades a leste de Grannick.

— Arthur Terrell? — perguntou Brian, quando o homem de cabelos brancos atendeu à porta.

— Sim?

Mostrou-lhe suas credenciais.

— Sou o detetive Stasek, do Departamento de Polícia de Grannick. O senhor trabalhava nos Correios há dezenove anos quando Daniel Arkin foi levado do carro de sua mãe. O senhor se lembra do dia?

— Arkin. Claro que lembro. Acharam o garoto?

— Não. Estamos fazendo uma rechecagem no caso. O relatório diz que o senhor estava na sala dos fundos, no momento da ocorrência. O senhor se lembra quanto tempo ficou na sala aquela manhã?

— Fiquei muito triste por causa disso. A foto do garoto ficou na nossa parede por um longo tempo. Ele era muito bonito. Minha filha tinha um da mesma idade. Eu não podia imaginar como aquilo aconteceu com ele.

— Senhor Terrell?

— Como posso ajudá-lo?

— Quanto tempo o senhor ficou no quarto dos fundos aquela manhã?

— O quarto dos fundos? Era onde separávamos as cartas. Era tudo feito à mão naquele tempo. Os carteiros iam e vinham para pegar mais.

— O senhor ficou nessa sala o tempo todo em que a senhora Arkin esteve lá?

— Eu nem sabia que ela estava lá. Não se via a frente do prédio. Só soubemos que algo havia acontecido, quando a polícia chegou.

— O senhor não saiu da sala por nenhum instante? Para dar uma olhada lá fora, tomar um café ou fumar?

— Eu não fumo.

— Por exemplo, tomar um pouco de ar puro?

— Eu sempre ficava dentro da sala até que o serviço estivesse concluído. Não se via nada do que se passava do lado de fora, pois não tínhamos nem janelas. — Ele franziu as sobrancelhas. — Acredito que deve ter sido alguém de fora. Ninguém nesta cidade faria uma coisa dessas. Ninguém em Grannick poderia *raptar* o garoto, vendo o quanto Emily sofria. Uma pessoa muito boa. Fiquei inconsolável.

Brian também, mas queria uma pista.

— O senhor disse que os carteiros iam e vinham para pegar mais correspondência. Nenhum deles veio ou saiu durante o tempo em que a senhora Arkin esteve lá?

— Eu acabei de dizer que nem sabia que ela estava lá.

— Está bem. Vou refazer a cena. A polícia chegou dez minutos após a senhora Arkin ter saído dos Correios. O senhor saberia dizer se algum carteiro chegou ou saiu durante, digamos, uma meia hora antes de a polícia chegar?

Arthur pensou um pouco.

— Não consigo me lembrar.

— E sobre sons? O senhor não podia ver o que se passava do lado de fora, mas podia ouvir.

— Alguma coisa.

— O que isso significa?

— Se houvesse uma confusão, podia-se ouvir.

— O senhor ouviu alguma confusão naquela manhã?

— Não.

— Não escutou nada de anormal naquela manhã?

— Não que me lembre. Costumava ficar na sala dos fundos, ouvindo as vozes dos clientes e tentando reconhecê-las, só como passatempo. Entende o que digo, não? Não se conseguia quase reconhecer as vozes femininas. Podia-se ouvir bem a voz de Constance Marret. Ninguém poderia confundi-la. Era alta e queixosa. Já a de Emily era doce como um sussurro. Quando a polícia chegou e contou o ocorrido, me lembro de ter pensando que as vozes estavam muito calmas para algo tão sério. Claro, Constance tinha vindo antes e Archie Hickocks — falou mais alto de repente —, que tinha uma vozinha aguda. — Parou por uns instantes, pensando. — Frank Balch estava lá. Sua voz era a pior de todas. Era fácil reconhecê-la. A voz de uma pessoa má.

— Sua voz soava mais má do que de costume, aquele dia?

— Nem melhor nem pior. Naquele tempo, meu parceiro, o Horace... faleceu há alguns anos... e eu pensávamos que éramos realmente felizes por não trabalhar de frente para a rua.

Brian não conseguiu saber mais nada. Passou-lhe seu cartão e se dirigiu ao jipe, pensando no próximo nome da lista.

Quatro fregueses estiveram dentro dos Correios com Emily, naquele dia. Archie Hickocks tinha saído a pé em direção à rua onde havia uma loja que vendia sanduíches, que deveria ficar onde hoje está localizado o restaurante. Sua chegada à loja fora bem documentada.

Frank Balch entrou no seu carro sem ver o carro de Emily ou a criança. Ele estava contando o troco de uma nota de vinte dólares com que havia comprado selos e achou que faltava um dólar. Estava prestes a voltar para discutir, quando o achou.

Selma e May McDougall deixaram os Correios e foram para uma loja de roupas do outro lado da rua. Também não viram nada.

A dona da loja de roupas havia sido interrogada uma hora após o desaparecimento de Daniel, bem como as duas freguesas que estavam na loja no momento em que as McDougall chegaram. Elas eram Mary Viola e Susan Boyd, mãe e filha. Mary havia se mudado para uma comunidade de aposentados, na Flórida, mas Susan ainda vivia em Grannick com o marido.

Brian mostrou o seu crachá e se apresentou.

— Sou novo em Grannick. Estive lendo antigos arquivos e gostaria de concluir algumas pendências com respeito ao desaparecimento de Daniel Arkin.

Susan pareceu surpresa.

— Daniel Arkin? É um caso muito antigo.

— É só uma checagem — disse, tentando não demonstrar o quanto o caso lhe interessava. — A senhora não foi interrogada na ocasião. A senhora se lembra desse dia?

— Muito bem. Eu tenho dois garotos. Meu marido e eu tivemos pesadelos.

— A senhora viu o carro de Emily chegar ao estacionamento dos Correios?

— Não. Eu estava ajudando minha mãe a comprar um vestido. Ela não é fácil para escolher roupas.

— A senhora não olhou em nenhum momento para o outro lado da rua?

— Só mais tarde. Não sabia o que tinha acontecido até o momento em que estava pagando o vestido de minha mãe. Foi Selma

McDougall que percebeu o carro da polícia chegando. Daí vimos as pessoas se aproximando.

Dezenove anos não haviam mudado a história. Era a mesma história de Belle Fraser, a dona da casa de roupas, e que estava nos arquivos da polícia. A janela de Belle tinha a melhor visão para os Correios.

— Para onde as pessoas se dirigiam? — perguntou Brian a Susan Boyd.

— Para a frente dos Correios e para o estacionamento. Eu vi dois carros, o da Emily e o da polícia.

— A senhora por acaso não viu nenhum movimento periférico?

— Não.

— *Escutou* algo incomum, algum som que possa ter sido registrado, mesmo que estivesse envolvida com sua mãe, como um barulho de pneus?

— O senhor não estaria me perguntando uma coisa dessas se conhecesse minha mãe. Ela fala sem parar. Todo o tempo em que estivemos na loja de Belle... lembro porque quando descobrimos o que havia acontecido nos pareceu sem importância... ela tagarelava como eram desagradáveis os estilos novos de vestidos e que os costureiros os estavam fazendo muito pequenos, de modo que ela tinha sempre que comprar um tamanho maior. Ela ainda reclamou de Frank Balch e de seu velho carro, do horrível barulho que fazia, mas tudo que ouvia era sua voz. Desculpe. Gostaria de poder ajudar.

Mais tarde, sentado no escritório de John, Brian repetia o mesmo tema.

— Todos queriam ajudar. Mas nada do que me diziam era novo. Todos gostavam de Emily. Todos sentiam muito por ela. Ninguém podia imaginar quem poderia ter levado a criança e por quê. O nome de Frank Balch era o mais repetido. Tudo indicava que ele era um bom filho da puta. Será que ele poderia ter feito mais do que dissera?

— Não sei como nem por quê. Ele odiava crianças.

— Talvez por isso mesmo.

— Não. Ele já havia se livrado dos seus. Não ia querer nada com Daniel. Além do mais, nós o interrogamos, duas, três vezes. Sua história era sempre a mesma. Myra confirmou tudo.

— Mas ela não estava com ele.

— Não, mas ela estava em casa quando ele chegou, cinco minutos depois de ter saído dos Correios. O que ele pode ter feito? Pego a criança, afogado e se livrado dela em cinco minutos? Dê-me um motivo.

— Maldade.

— Maldade não é crime. O cara nunca levou nem uma multa por excesso de velocidade.

Brian suspirou.

— Bem, é uma pena que ele esteja morto. Gostaria de poder falar com ele.

— Não, não gostaria, acredite em mim.

Mas Brian continuou firme.

— Caras como esse são de grande ajuda. Eles tem *chips* no lugar do coração. Adoram falar mal das outras pessoas, têm prazer em dizer coisas que as outras têm a gentileza de não dizer. Não protegem ninguém.

— Sem brincadeira. Coitada da Emily, passando por tudo que passou, e a única coisa que Frank fez foi criticá-la por ter deixado a criança sozinha no carro. Cara legal, não?

Myra sentou no banco embaixo do salgueiro. Ela estava coberta por uma grande jaqueta de lã que Frank usava para cortar madeira. Sua nora, Linda, sentou-se ao seu lado. Tinha mais bom gosto. Vestia um casaco longo de lã com capuz.

Myra não a havia convidado para vir à sua casa. Linda simplesmente apareceu e insistiu que conversassem. Então Myra falou.

— Está bem, mas eu vou lá para fora.

Era meio-dia. O tempo estava nublado e frio como costuma estar em outubro. A grama fazia barulho ao se pisar nela, apesar de ainda macia. Isto significava que o inverno estava chegando.

— Nós nos preocupamos com você — disse Linda. — Carl não gosta de pensar em você completamente sozinha nesta casa.

— Eu não estou sozinha. Há as pessoas da cidade. Emily, Brian, e Frank.

— Sim, bem, nós estávamos pensando se você gostaria de se mudar.

— Por Deus, não. Eu não vou me mudar.

— Tem um excelente lugar, apartamentos com jardim a menos de meia hora de nossa casa. As pessoas são adoráveis.

— Eu não posso me mudar.

— Por que não?

— Porque vivo aqui há trinta e sete anos. Tudo que tem importância para mim está aqui.

— Talvez quando Carl, Peter e Nowell estavam em casa, e Frank era vivo. Mas agora você está só.

— É mais do que isso.

— Esses apartamentos são maravilhosos, Myra. Você terá um quarto, um cantinho para leitura e uma sala de estar, tudo acarpetado. A cozinha foi toda reformada. Tem até microondas.

— Eu não sei lidar com microondas.

— Você pode aprender. Está fazendo muito frio aqui fora. Você não gostaria de entrar?

— Não — respondeu Myra. Ela tirava folhas caídas do banco e jogou a cabeça para trás. Os galhos estavam ficando finos. Duas semanas a mais e uma boa chuva os deixaria pelados.

— Você poderia ao menos vê-lo? — perguntou Linda.

— Não. Só daria trabalho para me trazerem de volta para casa. Não tenho nenhum interesse em me mudar. — Ela olhou para o lago. Era do que ela mais gostara quando vira a casa pela primeira vez. Não podia se imaginar morando num lugar onde não houvesse um lago.

— É tão bonito, Myra. O quarto e o escritório são na parte de cima, no final da escada. A sala de estar tem uma parte separada para a área da sala de jantar com uma porta para a cozinha. Tem ainda uma porta de correr que separa a sala de estar de um pátio privativo.

Myra pensou por que Linda achara que ela iria se impressionar com um pátio, quando tinha tudo aquilo.

— O espaço do closet é bom. Tem uma janela no banheiro. Tem até um ventilador de teto no quarto.

Isto fez com que Myra pensasse por um instante, mas somente por um instante.

— Frank não gostaria — disse. Levantou e foi até a borda do lago. Era escuro onde ele passava pelas pedras e acinzentado, mais para cima, onde parecia tocar as nuvens. Ela imaginou o mundo de criaturas que jaziam na escuridão.

— Myra — disse Linda suavemente atrás dela. — Frank está morto.

Myra não se preocupou em responder. Linda não podia compreender que Frank vivia, não menos do que Carl vivia, ou Peter ou Nowell, ou Emily ou Brian podiam viver. Ele vivia. Myra sentia sua força todos os dias e todas as noites.

Enquanto ela permanecia ali, junto ao lago, com Linda falando sobre o apartamento para onde ela não iria se mudar, não poderia se mudar, imaginava que as criaturas debaixo da terra poderiam se erguer uma noite, tomar forma e sair da água. Ela imaginava que elas viriam pela grama até o salgueiro.

~ Dezesseis

Emily se sentou no chão do sótão, pernas dobradas no assoalho de madeira antiga, de costas para uma cartolina onde se lia *Bonecas da Jill*. Abriu uma grande pasta, toda trabalhada, onde guardava tudo o que escrevera após o desaparecimento de Daniel. Não havia nada em ordem. Ela jogava os pensamentos no papel, da forma que vinham, com qualquer coisa que tivesse nas mãos. Dessa forma, os juntara ali. Depois de anos de idas e vindas, ao acaso, se tornaram uma montanha desordenada.

Ela pegou um pedaço de papel e leu: "Segurei no seu cercado e o vi brincando com seus brinquedos no chão. Pisquei os olhos e não vi mais nada, além da minha mente brincando. Me lembro como ele era. Fazendo as coisas de que gostava, e como gostaria de vê-lo fazê-las novamente. Ele se foi há quatro meses, uma eternidade para uma vida tão nova. Cada dia que passa, as chances das coisas retornarem ao que eram se tornam cada vez menores."

Ela pegou novamente uma conta de telefone onde estava escrito no verso: "Perdi o controle de novo hoje. Estávamos jantando em silêncio, o que se tornou um hábito após o desaparecimento de Daniel, quando comecei a suar e a tremer. Deixei a mesa e corri para fora, procurando um pouco de ar. Doug ficou aborrecido comigo, mas não consegui me controlar. Parecia que as paredes estavam se estreitando e se não saísse dali morreria sufocada. Então comecei a descer a rua e continuei andando em direção à cidade. No começo da China Pond eu o vi, ou imaginei tê-lo visto. Estava vestido com as mesmas roupas daquele dia, seu macacão de tecido grosso que escondia suas fraldas, sua camiseta de listras vermelhas, os tênis, o pequeno boné de beisebol, com um broche onde estava escrito 'O GAROTO DO PAPAI', que Doug lhe comprara."

Emily se lembrava claramente desse boné. Se lembrava do macacão, da camiseta e dos tênis. Ela pensava que horríveis coisas poderiam ter acontecido àquelas roupas, imaginando-as rasgadas e sujas de sangue. Ela se lembrava ao se enroscar sobre si mesma na calçada, agarrada aos seus joelhos, esperando morrer ali, naquele momento, pois não poderia haver futuro para ela, com aqueles pensamentos de sangue e roupas rasgadas. Ela se lembrou de John se aproximar, parar e conversar com ela gentilmente.

Ela havia se esquecido desses jantares silenciosos até agora. Quando Jill ficou mais velha e juntou-se a eles, sua presença reavivou o ambiente. Mas houvera silêncio antes disso.

Seu casamento fora bom até o desaparecimento de Daniel. Muito do que atribuíra como "causa e efeito", conforme Brian sugerira, poderia estar errado.

Ela procurou na pasta um pedaço de papel já amarelado que sempre lia. Na ocasião, ela tentava escrever um cartão para Doug, quando ele entrou repentinamente no quarto, querendo saber por que seu sócio vira o carro dela estacionado na frente da clínica de seu obstetra. Não havia mais razão para o cartão, pois ele havia se adiantado. Mais tarde, ela simplesmente escreveu seus pensamentos.

"Estou grávida de novo. Ainda não consigo acreditar. Devo ter concebido pouco antes do desaparecimento de Daniel, porque desde então nunca mais tivemos relações sexuais. Alguém poderia achar tudo isso uma brincadeira cruel com nossas vidas nesse momento. Eu acho que é um milagre. Depois de tantas noites quando, honestamente, não ligaria a mínima de viver para ver o dia seguinte, me acontece isso. Um bebê que chega pode significar uma segunda chance."

Ela colocou o papel amarelado junto com os outros e fechou a pasta com um elástico grosso. Dirigiu-se para o escritório de Doug. Colocou a pasta na mesa, pegou o telefone e discou para Nova York.

Uma telefonista anunciou que ela ligara para Renton Press.

— Kate Cerrillo, por favor.

Ela olhou para fora, em direção ao lago. Com a visão limitada pela moldura da janela, gansos canadenses estavam fazendo buracos com seus bicos na grama do jardim, nos fundos da casa. Eram três, quatro, cinco deles. Logo iriam embora para bem longe em direção ao sul, deixando os pássaros e os esquilos brigarem pelo alimento deixado para trás.

— Kate Cerrillo.

— Oi, Kate. É a Emily.

— Emily! Que bom *ouvi-la*! Tenho pensado em você. Como vai a Jill?

— Está ótima. Voltou para a faculdade depois dos feriados de outono e está fazendo sucesso.

— E você é uma mãe moderninha?

— Não sei não. É diferente. Estou ainda me adaptando.

— Emily, preciso de um livro. — Sempre os negócios.

Emily sorriu. Kate sempre dizia isso.

— O que é agora?

— Um escândalo picante está para acontecer em Washington. Um dos principais assessores do presidente está envolvido com a esposa de um senador da oposição. Você não deve ter lido nada a respeito ainda porque não interessa a nenhuma das partes que o assunto vaze. Mas o vazamento já está a caminho. Eu quero um livro, com seu nome escrito na capa.

Emily não achava o momento oportuno.

— Não é o momento para mim.

— Por que não? Jill já foi embora. Doug viaja. Você é jovem e ativa. Eu o faria, se não estivesse tão velha.

— Você não é velha.

— Para correr de um lado para outro, subindo e descendo escadas? Estou quase com sessenta anos. Além do mais, muita gente me conhece. Você não. Você é uma chavezinha fina que passa por debaixo de qualquer porta que seria fechada na minha cara. Isso pode significar passar algum tempo em Washington. Não se preocupe com dinheiro. Cobriremos todas as suas despesas.

— Não é isso. Estou meio envolvida com outros planos.

— Alguma coisa a ver com escrever?

— É possível.

Houve uma pausa e então um esperançoso:

— Sério?

— Estou começando a chegar lá.

Um pouco ansiosa:

— Sobre Daniel?

Emily sorriu meio sem jeito:

— Como adivinhou?

— Posso ouvir isso em sua voz. É o tom que usa para Daniel. Você está aterrorizada, mas está pensando em todas essas notas que manteve com você por todos esses anos e sabe que não será capaz de escrever nada, antes de escrever sobre ele.

— Mas eu posso escrever sobre isso? Essa é a questão.

— Claro que pode. Escrever sobre o assunto será uma saída para você depois do desaparecimento de Daniel. Vai mantê-la sã. Você me falou sobre isso.

Realmente ela havia lhe falado durante um dos inúmeros almoços que duraram horas e horas. Logo de início houve uma cumplicidade entre Kate e ela — não de mãe para filha, nem de grandes amigas, mas de qualquer forma uma estreita relação.

— Ok, mas vai ser duro reviver todas essas coisas — Kate continuou. — Mas você tem todo o material de que necessita aí mesmo.

— Você estaria interessada em publicá-lo, caso eu o escrevesse?

— Tenho esperado por este livro há anos. Me dê um mês e entraremos em contato com você.

Mas Emily não estava preparada para se comprometer.

— Contrato, não. Ainda não. Eu lhe disse que estava chegando lá, não que já tinha chegado.

— Faça isso, Emily, por favor.

O apelo de Kate ainda soava nos ouvidos de Emily, quando Brian a chamou.

— Vamos almoçar?

Ela iluminou-se. Almoço era algo inocente — fora de casa, durante o dia, encontro entre amigos.

— Pode esperar um momento?

— Claro. Está um dia calmo. Você quer?

— Claro que quero!

— Ótimo, passo aí daqui a pouco.

Quando ele chegou, cinco minutos mais tarde, ela estava vestida. Suéter leve, calças compridas e um agradável sorriso. Correu em direção ao jipe e pulou para dentro.

— Oi — disse ela suspirando.

— Oi digo eu — contestou ele com um largo sorriso, e arrancou.

— Isto é um prazer.

— Meu prazer. Você é a coisa mais bonita que vi hoje.

— Isto pode ser um elogio ou não.

— Mas é. Eu não estava certo de que você aceitaria.

— Mas é seguro, não é?

— Isso depende do que você chama de seguro. Se você acha que não podemos fazer amor dentro do restaurante, você está certa. Mas não posso prometer nada quanto a meus olhos e você pode sentir uma mão por baixo da mesa.

— Você não faria isso...

— Por que não?

— Porque eu lhe pedi que não fizesse, certo?

Ele não respondeu à pergunta. Disse simplesmente:

— Estou feliz por você ter vindo.

Durante o almoço, conversaram sobre a manhã dele; sobre um motorista alcoolizado que ele havia interrogado; uma reclamação sobre ligações obscenas e uma vítima de pichador de carro. Emily contou-lhe sobre sua conversa com Kate. Brian lembrou-lhe que era a primeira vez que eram vistos juntos em público.

— Nós já comemos aqui antes.

— Não sem a Julia. É diferente sem ela. E se as pessoas começarem a falar?

— Se? Deixe que falem. Não me incomodo. — Ela jurara não se envolver mais sexualmente, mas não tinha nada contra a amizade. — Você se incomoda?

— Não. Mas poderá aborrecer ao Doug?

Emily não sabia. Na verdade era um pensamento que a intrigava.

— Ele gosta muito de você. Me disse que ficou feliz em tê-lo ao nosso lado. Disse que se sente mais seguro, sabendo que você está por perto. — Ela achou graça na ironia de tudo, e disse: — Se ele soubesse!

— Detetive Stasek? — Era a garçonete. — O chefe Davies acabou de telefonar. — Passou-lhe então um papel junto com a conta.

Brian leu o bilhete, pegou dinheiro para pagar a conta e a gorjeta, levantou-se e levou Emily para fora do restaurante. No caminho disse:

— Aconteceu alguma coisa. Tenho de deixá-la em casa.

— O que aconteceu?

— Outra visita a Leila Jones.

Enquanto ele a ajudava a subir no jipe, ela perguntou:

— Mas o que aconteceu?

— Ela está tendo problemas com as crianças. — Ele bateu a porta, deu a volta. — Não posso saber enquanto não chegar lá.

Emily aceitou a resposta mais ou menos por trinta segundos. Ele mal tinha dado a volta quando ela disse que ele sabia mais sobre o que estava acontecendo. Quase todos em Grannick conheciam Leila Jones melhor do que Brian. E John queria Brian lá.

Ela alcançou a jaqueta de Brian e tirou a nota que ele havia posto no bolso.

— Emily!

As palavras que ela leu fizeram seu estômago revirar.

— Uma de suas crianças *desapareceu*?

Ele confirmou.

— É o que está escrito.

— Eu vou junto.

— Não senhora. Não vai não. — Ele continuou o caminho, em direção oposta à casa de Leila.

— Eu vou junto — insistiu Emily.

— Mas isso é trabalho da polícia.

— Mas já fui da outra vez.

— Da outra vez foi diferente.

Emily não desistiu. Quem melhor para sair à procura de uma criança do que alguém que já passara por tudo aquilo antes?

— Eu conheço Leila. Sei o que passa pela sua cabeça. Posso ficar com ela e ajudá-la a se acalmar, enquanto vocês procuram a criança.

— Não. Já estamos perto de casa e não quero que você se preocupe.

Ela o deixou continuar dirigindo.

— Eu vou ficar *muito mais* preocupada sentada em casa, esperando por notícias. Vou ficar imaginando que a criança foi raptada por um pervertido, que estará fazendo com ela as mesmas coisas terríveis que devem ter feito com Daniel. Estarei pensando que as primeiras horas são as mais terríveis e em como poderia ajudar se estivesse lá, ao lado de Leila. Poderia lhe fazer algumas perguntas que talvez conduzissem a alguma pista sobre a identidade do raptor. Eu posso ajudar muito, Brian — suplicou. — Não me negue isso, por favor.

Sua boca estava cerrada, seus olhos firmes na direção, mas quando chegou a China Pond, ele praguejou, deu meia-volta e tomou o caminho da cidade novamente.

— Isso não é bom. Eu sei disso. Aliás, não sei por que a escuto. Ou você é a mulher mais persuasiva do mundo, ou eu o maior idiota, que joga todo o bom senso pela janela sempre que ouve a sua voz. —Seu dedo apontava para ela, enquanto mantinha os olhos fixos na estrada. —Se tudo isso a perturbar, não venha chorando para mim. Eu avisei. Tentei protegê-la. Você é *impossível.*

—Mas você me ama.

Ele acenou, sentindo-se vencido.

—Isso é verdade.

O momento de descontração foi se dissipando na medida em que se aproximavam da rua de Leila. Podiam ver as luzes da radiopatrulha parada na porta da casa. Vizinhos estavam aglomerados em pequenos grupos, mantendo distância. Um homem careca e sem camisa assistia a tudo da sacada do terceiro andar.

As memórias do passado e o odor da tragédia faziam o estômago de Emily se contorcer.

Leila estava nos degraus da frente da casa com o bebê em seu colo, e os outros três, olhando para fora, do lado de dentro da porta, como se fossem bichos enjaulados. Olhos arregalados, narizes dilatados, como em uma tela deformada. As crianças estavam em silêncio. Leila era a única que fazia tumulto dessa vez, se lamentando, entre gemidos e soluços.

Imersa na dor de Leila, Emily sentou-se e passou um braço em torno de seu ombro. John e mais três policiais vasculhavam em volta da casa.

Os olhos de Leila se dirigiram para Brian.

— Eu estava lá fora pendurando a roupa no varal. Eu estava com o bebê, mas os outros deveriam estar dentro de casa. Travis veio comigo para fora.

—Travis é o de dois anos? —perguntou Brian.

—Eu lhe *disse* que ficasse dentro de casa, mas ele *nunca* obedecia. *Disse-lhe* que ficasse com os outros, e caso ele fizesse algo errado, ia se ver comigo. Mas o que podia fazer? Ficar tomando conta deles *cada* segundo? Tinha de pendurar a roupa lá fora. Quando voltei, ele não estava mais. Os outros me disseram que ele havia ido para fora.

Retornei para procurá-lo e ele estava lá. No minuto seguinte *não estava mais*.

— Você viu alguém rondando a casa? — perguntou Brian.

— Não vi *ninguém*. Estava ocupada pendurando a roupa. Havia tanto a fazer. Nada fica limpo por muito tempo. Eles estão sempre jogando coisas para todos os lados. Eu tento fazer o melhor que posso, mas não consigo fazer tudo, não com eles berrando o tempo inteiro.

Brian virou-se para John e perguntou baixo.

— Alguém já vasculhou dentro de casa?

— Ele não está *dentro* de casa — gritou Leila. — Ele veio para fora, depois de ter-lhe dito para não sair. Já havia lhe falado *tantas vezes* para ficar dentro de casa com Lissie, Davis e Joey, mas eles estão sempre aprontando coisas terríveis com ele, *mesmo eu brigando com os três*. Por isso ele saía de casa.

— Sam está lá dentro agora — disse John dirigindo-se a Brian. — Hooks e Munroe estão nos fundos. Nós temos a descrição do garoto e vamos divulgá-la.

Brian inclinou-se contra o corrimão da escada, perto de onde Leila estava. Perguntou-lhe:

— Você tem certeza de ter visto Travis lá fora?

— Ele estava aqui em volta de mim, enquanto eu lavava roupa, mexendo em tudo, então lhe dei um tapa na mão.

— E ele?

— Sentou-se e *gritou*.

O bebê começou a chorar. Leila o colocou no ombro e sacudia-o de forma compulsiva. Emily se ofereceu para ajudá-la, mas Leila não respondeu. Olhava fixamente para Brian.

— E aí, o que você fez? — perguntou.

— Fui para os fundos para pendurar as roupas. Ele calou-se e não escutei mais nada.

— Ele não chorava, mesmo quando alguém batia nele?

— Eu não podia *ouvir*. O bebê que dormia na cesta acordou e estava chorando, de modo que não dava para ouvir *nada*.

— Você se lembra da última vez em que estive aqui? — Brian perguntou com os olhos fixos, pedindo uma resposta.

Emily conhecia bem esses olhos.

Leila respondeu que sim.

— Lembra que falou haver visto um homem rondando a casa?

Ela acenou que sim com a cabeça.

— Ele voltou depois daquele dia?

— Não sei. Acho que sim.

— Você o viu?

— Acho que sim. Mas logo que eu ia olhar na janela, alguma das crianças pedia algo e quando eu voltava não havia mais ninguém.

Os olhos de Brian continuavam fixos nela.

— O mesmo cara, com cabelos claros e sujos, shorts, vestindo um capote de lã?

— Eu acho que sim, mas não tenho certeza se ele estava pelos arredores. Como disse, meus filhos estão sempre pedindo alguma coisa, de modo que não tenho um minuto de sossego para procurar nada.

Brian deixou-as e foi falar a sós com John, mas Emily sabia o que ele estava falando. Ele estava dizendo que Leila havia descrito o homem que rondava a casa como moreno, alto, e usando um boné de beisebol. Ele deveria estar dizendo que algo não estava certo. Enquanto isso, outro impulso dentro de Emily gritava, *procurem o garoto, consigam uma descrição, coloquem cartazes em todos os lugares. Não há tempo a perder*. John concordava com Brian.

— Nós vamos dar uma procurada por perto — disse Brian, saindo com John.

Leila parecia desesperada.

— Não consigo ser uma boa mãe nessas condições.

Atrás dela, vozes de crianças: "Onde está Travis, mamãe?", "Estou com fome", "*Podemos* ir para *fora?*"

— Não — disse Leila irritada. — Vocês vão comer quando eu disser, e eu ainda não disse nada.

— Eles não são maus garotos — disse Emily gentilmente.

— Mas não consigo tomar conta deles sozinha. Um quer uma coisa, os outros querem outra, daí o bebê começa a chorar, faz xixi, vomita. Não consigo fazer tudo ao mesmo tempo.

— Ninguém veio ajudá-la depois que estivemos aqui da última vez? — Brian havia conseguido alguém, por insistência de Emily. — Alguém do Serviço Social?

Leila balançou a cabeça, afirmativamente.

— Mas ela não ficou muito tempo.

— O que ela alegou?

— Alegou que estava tudo bem. — Leila começou a balançar a cabeça de forma hipnótica. — Mas não está. Estou sozinha aqui. Preciso de ajuda — dizia enquanto balançava a cabeça.

Nessa situação, há dezenove anos, quando Daniel desapareceu e a polícia chegou, Emily estava em pânico procurando por ele. Ela saíra pelo estacionamento, procurando por todos os lados, embaixo e dentro dos carros dos empregados. Ela mesma fazia perguntas, tal como os policiais.

Leila se comportava de forma diferente. Ela parecia mais atordoada pelas crianças à sua volta do que preocupada com o desaparecimento de Travis.

Então ocorreu a Emily que Leila soubera do desaparecimento de Daniel, assim como toda a cidade e que, talvez, ela estivesse querendo chamar a atenção para o seu problema. A presença de Emily pode ter-lhe dado alguma idéia.

— Onde acha que Travis pode estar? — perguntou Emily.

— Não sei.

— Ele pode ter saído sozinho?

— Talvez.

— Ele já fez isso antes?

— Bem, ele joga bola aqui fora com as outras crianças. Quando elas vão para o outro lado da rua, ele vai também.

Brian voltou. Colocou um pé no degrau da escada e o cotovelo sobre o joelho.

— Você tem alguma idéia de por que alguém quereria levar o Travis?

— Não.

— E o pai do garoto? Não poderia tê-lo levado?

— Eu vivia pedindo a ele que fizesse isso, mas toda vez que o via, ele dizia que estava indo para Boston procurar emprego, de modo que não poderia ficar com Travis. Então eu tinha de ficar com ele. Mas eles nunca estão interessados nas crianças.

— Nós vamos ajudá-la — Emily disse com doçura. — A primeira assistente que esteve aqui deve ter se enganado. Existem diversas maneiras de ajudar jovens mães como você.

— É mesmo?

— Claro que sim.

Leila olhava-a como se estivesse com medo de acreditar, mas acreditar era o que ela mais queria.

Brian falou gentilmente:

— Fale sobre Travis. Ele gosta de brincar de esconder?

Leila começou a tirar pequenas bolinhas de lã do casaquinho do bebê.

— Ele costuma, de vez em quando, seguir os garotos maiores.

— E onde eles costumam se esconder?

Ela continuava tirando bolinhas do casaco.

— Não sei. Embaixo da varanda, no esconderijo dos Henzi. Algumas vezes atrás das latas de lixo.

— Algum outro lugar?

— No buraco.

— Onde?

— No buraco — repetiu Leila carrancuda, olhando para o casaco do bebê. — No final da rua. Onde estão construindo.

Brian e Emily olharam-se por um instante, antes de Brian perguntar a Leila gentilmente:

— Você acha que devo procurar por lá?

Leila não levantou os olhos. Hesitou um pouco e acenou com a cabeça, de forma afirmativa.

* * *

Na segunda-feira seguinte à noite, Emily conversou sobre o assunto com Kay e Celeste.

— Eles encontraram o garotinho num caixote vazio que alguém jogara fora. Ele estava no meio de um bocado de lixo e ficou muito feliz quando foi descoberto. Um dos vizinhos confirmou ter visto Leila levá-lo para lá.

— Ela será punida de alguma forma? — perguntou Celeste.

Kay respondeu:

— John não permitiria isso. Ela já tem problemas demais. Tecnicamente, parece que ela o colocou lá, como se estivesse num cercadinho de criança, mas com a intenção de pegá-lo mais tarde.

— Mas ela anunciou que ele havia desaparecido. Manteve a metade de nosso contingente policial procurando por ele. Isso não soa falso?

— Tecnicamente, sim — disse Kay. — E, se ela morasse numa cidade grande, poderia até ser presa por isso. Mas nós todos a conhecemos. Ela não é má pessoa. Ela está simplesmente sobrecarregada, de modo que faz qualquer coisa para chamar atenção. É o típico *quem não chora, não mama.*

— E ela conseguiu?

— Felizmente. Eu falei com sua mãe. Não senti muita simpatia da parte dela, mas ela concordou em ajudá-la. Brian armou a maior confusão no DSS. Eles vão mandar outra pessoa para lá dessa vez. Uma com mais energia do que a primeira.

— Eles levaram as crianças embora?

— Espero que não. Leila as adora à sua maneira, e de mais a mais, elas não são maltratadas, pelo menos por enquanto. O DSS pode sugerir ficar com elas por algum tempo, até ela se reorganizar. Pode imaginar... cinco crianças e ela com apenas vinte e um anos?

Celeste bufou.

— Eu não conseguia lidar com uma, e já tinha vinte e cinco.

— Foi difícil para você? — perguntou Kay a Emily. — Estar com Leila quando se pensava que seu filho havia sido seqüestrado?

Emily se lembrou da sua chegada à casa de Leila, os vizinhos, as luzes da radiopatrulha piscando.

— No primeiro momento. Me senti transportada para o estacionamento dos Correios. Senti o mesmo pânico. — Desviou o olhar, tentando afastar a cena da memória.

— Como está Doug?

A imagem da criança desaparecida havia partido, mas a sensação desagradável permanecera. Respondeu:

— Doug continua Doug.

— No fim de semana houve briga?

— Para meus padrões, sim. Ele se recusou a falar.

— Sobre *qualquer coisa*? — Celeste perguntou.

— Qualquer coisa de importância.

Emily tentara tudo. Havia sido solícita, gentil, modulou sua voz de modo a ficar inocente, sem tom de ameaça; apenas curiosa.

— Ele não fala sobre seu trabalho. Não pergunta sobre o meu. Não fala sobre Grannick, está se lixando para o que acontece aqui. Fala de Jill. Fala do tempo e de como atrapalha os seus vôos aéreos. É isso aí. Naturalmente não fala sobre Daniel. — Ela olhou para seu garfo. — Brian acha que existe uma ligação entre a atitude de Doug e o desaparecimento de Daniel. Então perguntei a Doug se ele nunca pensava em Daniel.

— O que ele respondeu?

— Disse que não. Então perguntei-lhe se o desaparecimento de Daniel havia afetado sua vida de alguma maneira. Ele olhou para mim como se eu fosse uma imbecil. O que aliás não era nada de novo, mas de qualquer forma era doloroso, particularmente devido à seriedade do assunto. Ele respondeu que claro que havia afetado a sua vida, como qualquer acontecimento importante afeta a vida das pessoas. Quando lhe perguntei de que forma, ele revirou os olhos e respondeu que não estava com vontade de fazer um discurso sobre psicologia elementar e saiu. — Ela olhou para suas amigas. — Acho que ele não gosta mais de mim.

— Idiota.

— Ele não sabe dar valor ao que tem.

Emily se sentia confusa. Por que Doug se comportava daquela maneira?

— Sim — disse. — Bem, ele não parece se preocupar. Eu não consigo fazê-lo falar. Não consigo fazê-lo ouvir. Ele tem sua própria programação e não se desvia dela. Vocês acham que ele estaria tentando me dizer algo?

— Como o quê? — perguntou Kay.

— Como pedir o divórcio. — Odiava essa palavra, mas ela começara a vir com mais freqüência à sua mente.

— Seu marido é uma pessoa centrada em si mesma — argumentou Celeste. — Se ele quisesse o divórcio, já teria pedido.

— Só pelo fato de não falar no assunto, não significa que ele não queira — contestou Emily. Ela tentava encontrar uma razão, tentava se agarrar a esse homem que se tornara tão estranho. — Será que devo continuar brigando para salvar o que ainda resta?

— Você quer isso? — perguntou Kay.

— Acho que sim.

Celeste olhou-a sem entender.

— Por quê?

— Porque sou casada com ele, é meu marido e temos uma filha.

— Em determinados momentos esses argumentos se tornam secundários.

— Talvez ainda não tenha chegado lá.

Por alguns minutos ninguém falou. Emily comeu o que restava de seu sanduíche, pensando se não estaria sendo tola apegando-se a algo tão sem substância; pensando por que *tinha* tão pouca substância e se *poderia* ter mais.

— O que você pretende fazer? — perguntou Celeste.

— Deixar como está, eu acho. Nós estaremos em Boston no Final de Semana dos Pais. Talvez consiga a abertura que preciso.

Sim, ela ia conseguir a abertura que queria. O problema era como Doug reagiria. Emily percebeu que as outras estavam pensando a mesma coisa. Ela podia ver.

— Só um instante: como você chegou a discutir sobre Doug com Brian? — quis saber Kay.

Emily sentiu-se corar.

— Brian mora em cima da garagem. Ele vê quão pouco tempo Doug passa em casa.

— Vocês conversam sobre isso?

— Claro, ele é um policial, como John. — Era um bom argumento, pensou. — Ele faz muitas perguntas. Ele as conduz de forma que fica difícil não responder.

— São os olhos — disse Celeste. — Eu diria para tomar cuidado com eles. — Ela levou sua soda para perto da boca e deu um gole. — Ouvi dizer que vocês almoçaram juntos outro dia.

— Ele estava com pouco serviço e eu também.

— Ouvi dizer que vocês fazem um belo casal.

— Quem disse isso? — perguntou Emily, procurando uma saída.

Mas Celeste era rápida e continuou:

— Vocês realmente fazem um lindo par. Você está interessada nele?

— Eu sou casada.

Celeste levantou uma mão.

— Se você não fosse, estaria interessada nele?

Emily fez um teatro deliberado, mas finalmente encolheu os ombros:

— Por que não? Ele é muito gentil.

— Gentil? Aqueles olhos sozinhos fazem uma mulher se derreter inteirinha.

"Vocês não sabem da missa a metade", pensou Emily, ruborizando-se ainda mais.

— Hipoteticamente falando — continuou Celeste. — Se você não fosse casada com Doug, poderia ter outro homem?

— Não sei — respondeu. Mas ela sabia que sim. Brian seria o primeiro da lista, se não fosse casada com Doug.

— Você estaria interessada em sexo?

— Já que você está perguntando, respondo — disse Emily tentando fingir que não dava importância à pergunta. — Se você quer saber se acho sexo bom para você, acho que é. Só acho que você deve ser mais seletiva com relação aos seus parceiros.

— *Você* quer sexo? — insistiu Celeste.

— Neste momento, não — respondeu Emily de forma brusca, aborrecida com a persistência da outra. — No futuro, sim.

— Você acha que se pode superar o desejo com a idade?

Emily olhou-a.

— Você não acredita nisso. Por que está me perguntando?

— Quero saber se sou normal. Estaria supervalorizando o sexo na minha idade?

— Você só tem quarenta e três anos.

— Quarenta e três não são vinte e cinco.

O assunto veio com uma nota familiar.

— Ah! Você está pensando sobre o rapaz que respondeu ao seu anúncio.

— Ele não é um rapaz, é um homem. Eu já falei com ele duas vezes pelo telefone. Ele é simpático. Parece muito maduro. Se sente totalmente à vontade com a idéia de manter relações sexuais com uma mulher mais velha.

— Ele falou sobre isso? — perguntou Kay. Era a primeira coisa que ela falava após algum tempo.

— Sim. É estimulante. Sexo por telefone é seguro.

— O que vai acontecer quando encontrá-lo? — perguntou Emily.

— Difícil que aconteça.

— Por quê?

— Porque não me sinto à vontade com a idéia de fazer sexo com um homem mais novo. Além do mais, existem outros com idade mais próxima à minha para me manter ocupada por algum tempo, mesmo com o maratonista e o médico riscados da lista.

— Você riscou o médico? — perguntou Emily surpresa. Ela havia pensado que Celeste fosse se encontrar com ele no final da semana.

— Ele mandou uma mensagem urgente através da revista. Me telefonaram dizendo que ele não poderia estar em Boston esta semana.

— Por que você não marca uma outra data?

— Porque: a) ele tem uma secretária para receber as chamadas e b) quando tentei chamar de volta, aliás tentei três vezes, só consegui falar com a secretária eletrônica. Não preciso disso. Não me importa se ele é *rico*. Não quero falar com a sua secretária nem com a sua máquina eletrônica. Além do mais, não quero ser espremida entre um encontro e outro. Nem sei porque ele colocou um anúncio. Uma coisa a favor do viúvo Michael. Fez eu me sentir como se tivesse todo o tempo do mundo só para mim. Pois bem, não houve nenhuma grande novidade. No entanto, gosto da sensação. De mais a mais, vou encontrar com o veterinário na quarta-feira. Depois — ela sorriu — no domingo, o arquiteto.

Emily a ouvia falar do arquiteto há dias.

— Espero que você não se decepcione.

— Não vou. Estou dizendo a vocês que ele vai ser o melhor de todos. Eu sinto.

Kay ficou um pouco para trás quando elas deixaram o restaurante. Enquanto Celeste entrava no carro e partia, ela se encostou no parquímetro e esperou.

Emily se aproximou.

— Você está quieta. O que houve?

— Sinto-me desconfortável.

— Com os homens de Celeste?

— Mais do que isso. — Era tarde. Tinha de levantar cedo para ir para a escola na manhã seguinte, mas havia coisas que a manteriam acordada de qualquer maneira, difíceis de serem expressadas. Ela precisava desabafar com alguém. — Você está com pressa em ir para casa?

— Eu? Para quê?

— Sei lá. Um telefonema de Jill, de Doug.

— Jill sabe que estou com vocês — respondeu Emily. — E Doug só vem por um dia. Não telefonará. — Ela sentou-se no meio-fio e indicou o lugar ao seu lado.

Kay sentou-se, agarrando-se aos joelhos.

— Não me sinto bem em relação a Doug — disse Emily.

— Eu sei.

— Você ainda o ama? A verdade, Emily.

Um minuto se passou e vários carros passaram diante delas, antes que Emily respondesse:

— Eu não sei. Não sinto mais aquela emoção quando ele chega. Somente um certo nervosismo, e esperança e mais esperança de que as coisas possam melhorar dessa vez. Só que nunca melhoram. Nossa relação acabou.

— Vocês dormem juntos?

— Nós dormimos na mesma cama.

— Você sente falta de quando era diferente?

Depois de um minuto pensando, ela disse suavemente:

— Sim.

Elas não se sentiam à vontade falando sobre sexo, apesar da escuridão ajudá-las.

— Você realmente acredita no que disse para Celeste? Sobre sexo? Sobre manter relação com outro homem, caso você e Doug se separem?

— Essa discussão é muito estranha.

— Eu sei.

Elas continuavam sentadas quando Emily falou com seu jeito suave:

— Eu ainda não estou pronta para murchar e morrer.

Kay olhava para o outro lado da rua.

— Você não acha que sexo é demais para pessoas de nossa idade?

— Nós não somos velhas ainda.

— Eu sou mais velha do que você.

— Poucos anos. Você acha que sexo é supérfluo para os *homens* de nossa idade?

— Eles são diferentes. A sociedade aceita que eles continuem e eles não tem menopausa.

— Você não está na menopausa, está?

— Não. — Ela agarrou os joelhos. A menopausa a amedrontava. Ela se sentia muito pouco sensual, mas, pelo menos, ainda era fértil. Ela não conseguia se imaginar sem algo tão feminino como a menstruação. — Sua relação sexual com Doug era boa?

— No começo era. — Emily olhava seus dedos úmidos. — Tudo mudou depois de Daniel.

— Como?

— Tornou-se mecânico.

— Você acha que o casamento pode se tornar chato?

— Acho.

Kay não sabia por que fizera tal pergunta. Seu problema não era esse. Quando estava escuro e John a tocava, ela gostava.

Emily foi com o corpo para frente e segurou os joelhos, também. De forma delicada, perguntou:

— Você está tendo problemas com John?

— Na verdade — desabafou — ele é que está tendo problemas comigo. Ele quer mais, e não estou só falando de relação sexual pura e simplesmente, falo de agrados antes do jantar. Ele quer mais carinho aqui e ali, sem nenhuma razão especial. Você não acha esquisito?

— Não. Acho ótimo.

— Ele quer que eu tome a iniciativa. Não sei se consigo.

— Por que não?

— Não é o meu jeito.

— Você não se sente atraída por ele?

— Sim, mas não consigo me definir como uma pessoa sensual. Não *penso* dessa maneira. Não me *ocorre* ter esses contatos físicos. Pensei que nosso casamento já tivesse passado esse estágio.

— Dirigindo-se para um estágio de casal mais velho? — Emily brincou, batendo uma coxa na outra.

— Você sabe o que quero dizer.

— Sim, se encaixar num padrão.

— Sim. — Mas John queria mais do que ela, e sempre a via satisfeita. Então por que estava sendo tão difícil para ela dar um pouco mais de si? — Eu me sinto uma fraude — desabafou. Emily se mantinha em silêncio ao seu lado, com as pernas balançando confortavelmente. — Quando penso em mim querendo ser sensual, fico arrasada. Eu não sou sensual. Não sou atraente.

— Você é atraente.

— Não como a Sharon Stone ou a Geena Davis.

— John não quer nenhuma delas. Ele está aqui e quer você.

— Estou muito gorda.

— Não está, não.

— Comparada com quando me casei, estou. Meu corpo está envelhecendo. Em pouco tempo estarei igual à minha mãe.

Emily deu-lhe uma palmada na coxa.

— Eu adorava sua mãe. Era a pessoa mais gentil do mundo.

— Ela era obesa. Me lembro que costumava chegar da escola e lá estava ela, na cozinha, comendo doces. — Kay libertou suas memórias e continuou. — Sabe o que ela dizia? "Olhe para sua mãe, Kay, olhe longamente e ponha na cabeça que você nunca será como ela." Então comia outro doce. Era essa a maneira como ela se absolvia. Me advertindo.

— Mas você não come demais.

— Não do modo que ela comia. Mas a cada dez anos, ganho alguns quilos a mais. Quando me olho no espelho, vejo a minha mãe. Como posso me sentir sensual?

Emily virou-se para ela.

— John a ama. Ele não está vendo sua mãe quando olha para você. Ele vê você.

— Mas não me *sinto* atraente.

— Então *faça* algo a respeito.

— Fazer o quê? Não quero fazer plástica no nariz, como Celeste, e se pintar os cabelos daquele jeito, vou me sentir ainda mais uma fraude. Você pode imaginar aquele tipo de cabelo com o meu corpo?

— Se o seu corpo é o problema, faça uma coisa que sua mãe nunca fez. Exercícios.

— Mas eu faço. Corro pela escola o dia todo.

— Entre para uma academia de ginástica aeróbica.

— Emily, vou parecer *idiota* fazendo aeróbica.

— Está bem. Então procure uma academia de ginástica tradicional.

— Vestida numa malha de balé? Imagine!

— Ora, então ande! Coloque uma roupa que cubra o corpo todo, esquente bastante, e ande por meia hora antes de ir para a escola. Faça isso por um mês, dois ou três, e você vai se sentir diferente. Pense no assunto. Sua mãe nunca fez exercício. Ela era muito pesada. Então fuja dessa situação e você se sentirá diferente dela.

Kay quis argumentar. Mas ela queria realmente acreditar.

— Você acha mesmo que vou me sentir diferente?

— Acho.

— Só meia hora por dia?

— É o suficiente.

— E se chover?

— Deixe para o dia seguinte.

— E se alguém me parar na rua e perguntar se estou antecipando o Dia das Bruxas?

— Kay!

— Se John rir de mim?

— Ele não fará isso.

— E se ele fizer?

— Diga a ele que cada dia que você andar representa um dia a mais na sua vida. Diga que pode rir à vontade, agora, mas que quando ele estiver morto e você continuar forte, vai dar uma grande festa sem a presença dele.

— Se eu lhe disser isso, ele é bem capaz de querer caminhar comigo.

— Para protegê-la, queridinha.

Kay deu uma risada e permaneceu sorrindo.

— Faça isso urgente — disse-lhe Emily. — Você não tem nada a perder, a não ser se livrar de algo que a atormenta, Kay. É agora ou nunca.

Dezessete

Brian estava atento à aproximação do Dia das Bruxas, mas não porque o departamento estava orientando as escolas com relação à segurança. Nem porque cada vitrine da cidade exibia abóboras e bruxas, ou porque os vândalos de Grannick já haviam começado com a brincadeira de jogar ovos podres. Ele estava atento porque era seu primeiro Dia das Bruxas como pai solteiro, uma coisa que levava muito a sério. Julia precisava de uma fantasia. Por isso, um dia saiu mais cedo do trabalho, pegou-a na casa de Janice e dirigiu-se para o shopping.

— Bem, vejamos isso — anunciou quando chegaram diante de uma seção cheia de fantasias. — Você pode ser uma bruxa, um fantasma ou a Branca de Neve. — Ele andava de um lado para outro com ela. — Você pode ser um dinossauro, uma tartaruga Ninja, pode ser Aladim. Pode ser a princesa Jasmim, ou uma bailarina; ou uma sereia, ou ainda uma joaninha. — Ele lhe deu um pequeno aperto. — Qual será a escolhida?

Julia olhava espantada para os manequins.

— Bem, vamos simplificar as coisas. A escolha é sua. Não é politicamente correto eu dar palpites, mas, ora bolas, você é minha filhinha. Você pode ser a Branca de Neve, a princesa Jasmim, a bailarina ou a sereia.

— *Eta* — disse Julia, apontando.

— Qual? A sereia?

— *Eta.*

— A joaninha?

— Nia.

Não era uma das escolhidas.

— Veja a Branca de Neve. — Ele se aproximou dela. — Não é linda?

— Nia.

— Vamos ver os tamanhos. — Ele começou a procurar no balcão da Branca de Neve. — Grande, Grande, Médio, Grande, Grande. Bem, não temos Branca de Neve. Que tal a princesa?

— *Nia.*

— A joaninha é esquisita. Ela tem uma cara verde e uns negócios pontudos saindo da cabeça. A princesa foi feita para você. — Ele se curvou para procurar no balcão da princesa. — Médio, Médio, Grande, Grande, Grande. — Olhando em volta, localizou uma vendedora por perto. — Senhorita? Desculpe-me, será que poderia me ajudar aqui? — Quando a vendedora se aproximou, ele explicou. — Minha filha quer ser a princesa Jasmim, mas não tem nenhuma no seu tamanho.

— Só restaram os tamanhos grandes — disse a moça.

— Bem, pode ser que haja ainda alguma coisa no estoque.

— Tudo o que temos está exposto.

— Como pôde acabar se ainda faltam dois dias para o Dia das Bruxas?

— Essas fantasias estão à venda há um mês. A maioria vem comprar mais cedo.

— *Nia* — disse Julia.

A vendedora olhou na pilha.

— Essa tem pequena.

— Eu não gosto da joaninha.

— *Nia,* papai.

— Por que você cismou com a joaninha? — perguntou Brian fingindo estar zangado.

Ela devolveu-lhe o mesmo olhar.

— Papai, *nia*. — Ela alcançou a fantasia e ficou agitada. No momento em que ele conseguiu acalmá-la novamente, a vendedora chegou segurando uma caixa com a joaninha do seu tamanho.

— Obrigado — grunhiu ele gelidamente, e se dirigiu para a frente da loja.

Pouco depois, no McDonald's ali perto, colocou Julia em uma cadeirinha, sentou-se ao seu lado e começou a abrir seu almoço.

— O que, afinal, você viu de interessante nessa fantasia de joaninha?

Ela tinha um pedaço de hambúrguer na boca.

— Você ficaria linda de Branca de Neve ou de bailarina. Por que a joaninha, entre todas?

Julia respondeu-lhe com pedaços de palavras truncadas.

— Ok. É bonitinha. Imagino. — Ele apoiou o braço na mesa. Perguntou, sério. — Mas por que a joaninha? Por que não o fantasminha? Ou o Aladim? — Ele estava intrigado com a certeza dela. Ela era tão pequena para ter uma opinião tão forte.

Ela lhe disse:

— Emmy.

— Emily não sugeriu uma joaninha. Ela disse que tinha uma minhoca no sótão. Uma minhoca não é uma joaninha.

Julia lhe ofereceu um pedaço de carne. Ele aceitou.

— Você realmente gostou da joaninha?

Ele olhou-a e ela parecia estar lhe dizendo: "Mas você não entendeu que a joaninha era a fantasia mais bonita da loja?"

— Ok — concordou ele. — Eu não a escolheria, mas quem vai usá-la é você, certo? O que importa é que tenha gostado. Você será uma linda joaninha.

Ela sorriu de orelha a orelha, e seu coração derreteu-se ao vê-la tão feliz. Ocorreu-lhe que Gayle poderia ver esse sorriso, e ver sua filha já com opinião formada — Deus do céu, tão parecida com ela! Havia se esquecido de Gayle, da mesma forma que teria se esquecido de um bom amigo. Ela havia sido isso mesmo, e tinha feito parte de sua vida por tanto tempo. Gostaria de poder conversar com ela e lhe contar tudo que havia acontecido desde a sua morte.

Teria lhe contado, inclusive, sobre Emily. Gayle gostaria de Emily, e gostaria da idéia de ter alguém com um coração de ouro junto a sua filha.

Brian sentia falta de Emily, e não somente de sexo. Sentia falta de estar deitado ao seu lado conversando. Estavam sintonizados de uma forma que ele e Gayle nunca estiveram. Ele sentia falta de discutir problemas com ela. Ele sentia falta das brincadeiras e da paz que ela lhe dava. Emily o havia ajudado num momento muito difícil. Ele a amaria para sempre somente por isso.

Eles estavam longe de terminar um com o outro. Esse pensamento fez bem ao seu espírito. Além disso, ele estava se saindo melhor do que a encomenda com respeito a Julia. Seu trabalho estava indo bem. Enfim, o que poderia querer mais?

De repente, junto com uma sensação de bem-estar que o invadiu, veio também uma fome terrível. Foi até o balcão e comprou dois Big Macs para ele. Quando Julia terminou de almoçar, comprou um sorvete para dividirem. *Então*, aproveitando a oportunidade e aqueles momentos agradáveis, parou em uma grande loja, pegou Julia no colo e a máscara da joaninha e se dirigiu direto para a máquina de tirar retratos.

Olhando a máscara de perto, pela primeira vez, Julia ficou com medo o suficiente para não perceber, quando ele colocou uma moeda de 25 centavos dentro da máquina. Ela continuava olhando espantada para a máscara quando ele se inclinou em direção à câmera. Ela levou um susto quando o primeiro flash espocou.

— Olhe — disse Brian tentando alegrá-la, levantando a máscara para cima e para baixo. — Sorria para a joaninha.

Os olhos de Julia se arregalaram quando o segundo flash espocou, e mais ainda quando espocou o terceiro. Numa última tentativa para fazê-la sorrir, Brian colocou a máscara em seu rosto e fez um som que ele imaginou poderia ser o da joaninha.

Julia deu um grito de terror.

— Jesus Cristo — murmurou, tirando a máscara. — Sou eu, é o papai — dizia. Mas ela chorava, apavorada. Então ele a pegou no colo, guardou no bolso outra série de fotos patéticas e saiu. Somente quando entravam na rua China Pond ele se lembrou que esquecera a máscara na loja.

— Sem problemas — respondeu Emily quando ele lhe contou o que acontecera.

— É fácil para você dizer isso. Não será você a única pessoa cuja criança não terá uma máscara. Como eu pude me esquecer, depois de tudo isso?

Emily estava tentando não rir. Ele estava simplesmente adorável em sua decepção. Tão comprometido em fazer as coisas certas.

— Vocês estavam nervosos — resumiu ela. — Julia estava chorando. Você queria sair daquele lugar o mais rápido possível. Está explicado.

Eles conversavam na sala de Brian, encostados no sofá com as pernas esticadas, ambos de calças de brim. Suas pernas até que eram parecidas. Tinham o mesmo formato, pensou Emily, compridas e retas. Só que as dele eram mais longas. Além do mais os seus pés descalços eram largos e gordos. E suas unhas não estavam pintadas com o tom sensual de vinho das dela.

Ela gostaria de poder dizer que havia pintado as unhas dos pés para Doug, mas Doug não viria esse final de semana. Ele havia telefonado para informar que iria passar todo o fim de semana trabalhando, para ter o próximo final de semana livre para Jill. Não para Emily. Para Jill.

Emily se indagava se poderia haver alguma mensagem embutida naquilo tudo. Por que tantas companhias, de repente, precisavam dos seus serviços nos finais de semana? Não estaria jogando muito golfe?

Ela havia pintado as unhas dos pés *depois* do seu telefonema, em um gesto de desafio por ter sido trocada pelo golfe.

Ela não estava ali com Brian para desafiar Doug, pensou. Ela estava ali porque gostava de estar com ele. Eles podiam não fazer amor, mas por Deus, como ela o desejava e sentia seu calor, sentada ali do lado dele. Estava tentando ser correta, mas não conseguia fingir para si mesma.

— Então, o que faço? — perguntou ele. — Telefonei para a loja, mas a vendedora da noite não achou a máscara, o que significa que alguma criança tem uma máscara de joaninha, sem a fantasia. O que farei com Julia?

A senhorita em questão dormia profundamente em seu peito, com o livro que Brian estivera lendo para ela, antes da chegada de Emily, jogado no chão.

Emily começou a pensar nos primeiros dias das bruxas que festejara com Jill. Depois, como se sentia segura em companhia de Brian, permitiu que seus pensamentos fossem um pouco mais para trás. Lembrou-se dos dois dias das bruxas que passara com Daniel.

— Daniel odiava máscaras. Não me deixava colocar nada em seu rosto. Então eu o fantasiava, fazia um chapéu de lã com orelhas, desenhava uns bigodes no seu rosto e ele era um ratinho. — Tão bom recordar. Não mais tão doloroso como costumava ser. — Eu aprendi minha lição quando foi a vez de Jill. A fantasia de minhoca era um tubinho de um tecido marrom-avermelhado. Fiz um capuz do mesmo material para a cabeça, mas o seu rosto ficava livre. Punha um pouco de batom, escurecia seu nariz e colocava cílios postiços bem exagerados. Não que minhocas tenham cílios, mas ela ficava engraçadinha. Posso fazer o mesmo com Julia. Um narizinho, cílios postiços, bigodes. Posso comprar uma fita colorida e amarrar em volta de limpadores de cachimbo para fazer as antenas. Ela vai ficar linda.

Brian relaxou e havia ternura em seus olhos.

— Você é demais! Obrigado por fazer isso por ela.

— Adoro fazer isso e tenho prática. Anos e anos de Dia das Bruxas. Anos e anos de Dia dos Namorados. Anos e anos de conferências com professores e encontros com pais. Minha vida foi tão dirigida, por tanto tempo, para assuntos de crianças, que agora me parece estranho viver sem esse mundo.

— Você era uma mãe muito consciendosa. Aposto que não teria perdido a máscara.

— Talvez não. Mas perdi a criança.

— Emily!

— É verdade.

— Não, não é. Uma criança foi *tirada* de você. Tem muita diferença.

Emily podia argumentar que deixara a criança sozinha, mas já estava cansada de se lamentar por algo que acontecera há tanto tempo. Ela estava cansada de se sentir culpada. Oh, ainda sofria por Daniel. Mas precisava sorrir, precisava relaxar. Daniel se foi, mas ela ainda estava viva.

Planejou contar tudo o que sentia a Doug, quando se encontrasse com ele, em Boston, na semana seguinte.

Celeste chegou à inauguração da galeria de arte em Cambridge, na tarde de domingo, segurando uma rosa na mão e uma pose de quem está com tudo. Morria de curiosidade, louca de expectativa, a ponto de explodir, por dentro. Por fora, no entanto, olhava para os lados com calma e sofisticação. Essa fora a imagem que escolhera para aquela oportunidade.

Usava um conjunto de lã cor de marfim, um chapéu da mesma cor, apenas com a aba preta e sapatos pretos de salto alto, tudo muito *sexy*. Pela primeira vez em muito tempo caprichara tanto para uma ocasião. Fantasias passavam pela sua cabeça e ela tinha um ar afetado, parecido com o da moderna galeria em que se encontrava.

Ela precisava disso, depois do fiasco da noite de quarta-feira com o veterinário. Ele se mostrara tímido ao extremo, respondendo somente ao que ela perguntava, evitando seu olhar. Falou sério quando disse que não deveria ter respondido ao seu anúncio, que a descrevia como uma mulher sensual e loura. Sentira pena dele. Era um solitário. Precisava de uma companheira humana. Mas ela não era mártir.

Olhou lentamente em volta do salão, passando por tipos artísticos e homens de negócios, até que deu com o homem que era uma mistura dos dois. Estava vestido de forma discreta, com um terno escuro, e segurava uma taça de champanhe. No entanto, seus cabelos negros e ondulados e seus incríveis olhos castanhos davam ao seu rosto queimado de sol um ar selvagem que o distinguia completamente dos outros.

Aqueles olhos se fixaram nela, de uma forma que o veterinário nunca compreenderia e, muito menos, faria. Ele tinha a idade exata, a altura exata e o peso exato. Era ele. Nenhuma dúvida sobre isso. Ele fora a razão dela ter feito a plástica no nariz e retocado o queixo duplo. Ele era a resposta às suas preces.

Ela não se moveu de onde estava e esperou que ele fosse em sua direção. Ele deu um gole no champanhe. Conversava com algumas pessoas, mas seus olhos raramente deixavam os dela.

Por fim, murmurando algo a seus amigos, se virou e, calmamente, caminhou em sua direção. Seus lábios se contraíram, másculos e satisfeitos.

— E ainda dizem que isso é impossível através de um anúncio.

Ela se permitiu dar um sorriso elegante, mas nada disse.

— Meu nome é Carter.

— Celeste.

— Celeste. — Novamente a contração dos lábios e uma voz baixa que disse: — Adorável, como você. — Ele olhou-a por mais algum tempo, antes de voltar a si e olhar em volta. — Venha. Deixe-me apresentá-la a meus amigos.

A palma da sua mão direita tocava levemente no fecho do seu sutiã — doce, secreta e intimamente — enquanto circulavam pelo salão. Foi apresentada à artista que expunha seus trabalhos, aos donos da galeria e a outros artistas. Foi, também, apresentada ao sócio de Carter.

Tudo parecia um sonho, inclusive Carter. Nada parecido com qualquer ocasião de sua vida, nada que ela tivesse vivido em Grannick. Por um momento, ela se sentiu uma impostora, sem classe e sem preparo, a despeito das roupas que usava e de seus sonhos. Então ela olhou novamente para Carter. Como ele era doce. Embora doce, parecia ser um homem com os pés no chão. Quando ele lhe entregou uma taça de champanhe, pegou outra para si e disse gentilmente "À nossa amizade", todos os seus receios se dissiparam.

Como ela sabia que aconteceria, ele tomou a liderança. De um canto sossegado, com uma vista das linhas angulares do edifício, ele lhe falou não de seus filhos, ou netos, como o viúvo havia feito interminavelmente. Falou das pessoas a quem ela havia sido apresentada, sobre o trabalho de cada uma, sobre suas vidas. Não lhe fez perguntas sobre seus conhecimentos artísticos, mas falou em termos gerais, sem arrogância ou condescendência.

Celeste estava fascinada. Ele era articulado e parecia saber tudo que dizia respeito à arte e à arquitetura. Era também suficientemente intuitivo para julgar seu nível de compreensão. Nem se excedia, nem a subestimava.

— Mas estou falando o tempo todo — disse ele finalmente, com um sorriso modesto.

— Estou adorando. Tudo o que disse é muito mais apropriado a este cenário do que qualquer coisa que eu poderia estar falando.

— Então nós teremos de mudar de cenário. — Seu olhar fixou-se em sua boca antes de retornar a seus olhos. — Ainda está claro lá fora. Você gostaria de passear um pouco?

Harvard Square estava cheia de gente. A maioria vestida de forma mais descontraída do que eles, mas tudo fazia parte da fantasia. Passear domingo à tardinha era o máximo do romance. Eles caminhavam em uma bolha de elegância, atentos a uma sensação de ebulição que parecia eclodir em seus corações.

Tudo parecia inocente. Passeavam e conversavam. Havia, porém, momentos em que apenas passeavam, sem falar; momentos de silêncio. Era quando Carter segurava a sua mão ou enganchava o braço dela no dele. Nesses momentos ela sentia como eles sintonizavam um com o outro. Não havia impaciência no caminhar, como ela imaginara que poderia acontecer com o maratonista, mas um ritmo confortável e sincronizado. Tudo parecia perfeito para Celeste, o prelúdio de algo destinado a acontecer. Muito melhor do que havia sonhado.

No momento certo encontraram um café e tomaram *cappucino royales.* Quando sentiram vontade de tomar algo mais forte, Carter sugeriu que fossem a um pequeno restaurante a alguns quarteirões dali. O restaurante era indonésio. Celeste escondeu sua ignorância deixando que ele escolhesse o cardápio.

Mais tarde, não saberia dizer o que comera. O lugar era escuro e seus pensamentos mais íntimos não estavam concentrados em nenhum prato. Ela se limitava a mordiscar e a ver Carter fazer a mesma coisa. Feliz, olhando para ele, pensou no maratonista e suas neuroses, no médico e seus compromissos, no veterinário e sua timidez. Vangloriou-se secretamente: "Eu sabia que seria assim, eu *sabia.*"

Ao final do jantar, ele lhe falou com voz rouca:

— Minha casa é logo descendo a rua.

Ela não pensou duas vezes. Esperava por isso há muito tempo e não esperaria um minuto a mais.

Já era noite quando chegaram à casa dele. Uma construção pequena, mas que aos seus olhos parecia tão espetacular quanto a galeria de arte onde estivera. Fora toda reconstruída com o mínimo de paredes e a atenção voltada para ângulos e linhas.

Guiada somente pela iluminação que vinha da rua e das janelas, ela deixou-se levar pela mão de Carter às suas costas. Subiu as escadas para aterrissar em um grande quarto, onde havia uma cama imensa.

O momento era de magnitude e Carter era um sonho. Ele representava toda bondade, força e gentileza que um homem podia ter.

Peça por peça, tirou as suas roupas, até deixá-la completamente nua na sua frente. Não a tocou, nem a beijou. Simplesmente olhava seu corpo, enquanto, peça por peça, tirava suas próprias roupas.

Celeste sentiu um arrepio na pele, o que só serviu para aumentar sua excitação. Seu corpo estava intumescido, seu sexo latejante e molhado. No momento em que ele tirou sua cueca e colocou uma camisinha, ela estava louca para receber o que acabara de ver.

— Deite — sussurrou ele.

Respirando forte, ela deitou-se. Levantou as pernas quando ele a penetrou. A recompensa foi total. Ele a tomou com uma força tal que a levou de um orgasmo a outro, sonho em cima de sonho, prazer e mais prazer. Não lhe ocorreu que nem sabia seu sobrenome, ou onde ele havia nascido, ou o que fazia para manter aquele corpo. Ele lhe inspirava confiança e ela retribuiu.

A lua brincava em volta das nuvens sobre a rua China Pond, atravessava a janela de Brian e lançava fragmentos prateados em tudo que estivesse ao seu alcance. Brian pusera Julia para dormir e estava estirado no sofá, desejando que Emily estivesse ali com ele, quando o telefone tocou. Ele atendeu.

— Sim?

Uma voz alarmada, mas audível:

— Detetive? Detetive, eu preciso de sua ajuda. Alguma coisa está saindo do lago. Não sei o que é, mas ela mantém sua cabeça para fora, cada vez mais alto. Tem alguma coisa ali. Eu sei que tem, mas não sei o que ela vai fazer. Você precisa vir aqui *urgente*.

Brian suspirou. Não era a primeira vez que ela o chamava. Na semana passada foram três. Sempre alarmes falsos.

— É o cachorro dos Haffenreffer novamente?

— Não, não é um cachorro. É outra coisa.

— Talvez um veado. Eu vi um no mato na noite passada.

— Não é um veado. Eu sei o que é um veado, e não é.

— Com o que se parece? — perguntou pacientemente em consideração à idade avançada de Myra.

— Ele tem um pescoço longo, muito longo e a cabeça pequena. E os olhos brilham!

— Brilham?

— Verdes!

Brian esfregou um olho com a palma da mão. O monstro nunca brilhara antes.

— Pode ser alguma brincadeira do Dia das Bruxas.

— Não, não, não. Não é uma fantasia. É real, perigoso e quer o meu salgueiro. Tenho de ir lá fora para fazer alguma coisa. Eu acordaria o Frank mas ele teve um dia muito difícil. Você pode vir aqui, detetive?

A última coisa que Brian queria era sair no frio. Mas Myra era velha e viúva, como sua mãe. Sua mãe era mais lúcida, mais sociável e ativa, mas mesmo assim ele associava uma à outra. Suspirou.

— Claro, Myra. Já estou indo para aí.

Então calçou seus tênis, colocou uma jaqueta e deu uma olhada para ver como estava Julia. Profundamente adormecida. Desceu as escadas e foi correndo até o final da rua onde ficava a casa de Myra. Quando ela não atendeu à porta, deu a volta e foi pelos fundos. A lua estava clara o suficiente para que ele pudesse vê-la sentada no banco debaixo do salgueiro.

Ele sentou-se ao seu lado e colocou as mãos no bolso do casaco para aquecê-las.

— Está muito frio, Myra. Você não devia estar aqui. — Ela usava um casaco, pelo menos.

— Eu tinha de estar.

— Por quê?

Ela pareceu desconcertada com a pergunta direta.

— Porque sim.

Ele olhou o lago. Sua superfície era um transparente reflexo da lua guarnecida pelas nuvens.

— Eu não vejo nada.

— Não. Ele está debaixo d'água, agora.

— Um monstro?

— Está aqui há anos. Eu falo com Frank, mas ele não me escuta. Mas ele está lá, e eu não agüento mais isso.

— Um monstro com olhos brilhantes.

Ela respirou profundamente e pareceu se acalmar.

— Bem, eu não sei se os seus olhos brilham. Às vezes me parece que sim.

Com uma voz suave, ele perguntou:

— Myra, Frank está enterrado aqui? — Pareceu-lhe uma explicação lógica para aquela fixação naquele lugar. Ela fora controlada toda a vida por um homem. Tanto que não conseguia aceitar a sua morte.

— Aqui? Não! Ele está do outro lado da cidade. O monstro está enterrado aqui.

— Enterrado?

— Dentro d'água.

Os olhos de Brian deslizaram sobre a superfície da água até as árvores do outro lado. Não viu nada.

— Você disse que ele queria o salgueiro. Por quê?

— As raízes do salgueiro vão direto até o lago. A coisa vai puxá-las até tragar a árvore para baixo da terra.

— Mas por que ele ia querer o salgueiro?

— Porque o salgueiro nos protege.

Brian olhou para os lados. Olhou Myra nos olhos e foi enfático sem deixar de ser gentil:

— Não existe monstro nenhum aqui.

Ela olhou espantada para ele, que continuou:

— Nada vai levar seu salgueiro.

— Alguém tem de fazê-lo.

— Por quê?

Ela pareceu ficar confusa.

— Não sei.

— Venha. — Ele a puxou para si. — Está muito frio para você aqui fora. Deixe-me levá-la para dentro.

— Mas vou ter de chamá-lo novamente. Ele está lá fora. Eu o vi.

— Bem — disse Brian —, chame quantas vezes precisar.

— Mas você não poderá fazer nada quando o solo congelar.

Ele colocou o braço em volta de seu ombro e a guiou escada acima.

— Eu estarei aqui, Myra. Você me chama e eu venho imediatamente.

Com essa promessa, ela se deixou conduzir para casa.

Dezoito

Sexta-feira seguinte Emily dirigiu para Boston cheia de esperanças. Estava louca para ver Jill, ansiosa para conhecer seus amigos e saber de seus lugares favoritos. Queria afixar rostos aos nomes que já conhecia, conhecer o salão de leitura da biblioteca, o refeitório, o grêmio. Queria poder visualizar cada pequeno detalhe de que Jill lhe falava por telefone.

Doug era outro assunto. Ela estava nervosa. Tudo dependeria do fim de semana tão esperado; do pouco tempo que passariam juntos. Ela precisava saber se ele ainda a amava um pouco. Caso contrário, o casamento estaria condenado.

Quando as luzes da cidade apareceram no horizonte, ela se lembrou da última vez que fizera a mesma viagem. Ela e Jill estavam de mãos dadas; com medo do desconhecido e da hora da despedida. Na ocasião toda a sua atenção e ansiedade estavam focalizadas em Jill e na sua experiência na universidade. Mal sabia o rumo diferente que sua vida tomaria.

Quando chegou, Jill a esperava do lado de fora do dormitório. Correu pela calçada com um sorriso largo, quando Emily saltou do carro. A visão da filha encheu Emily de emoção e felicidade: universitária, sorridente e satisfeita. Abraçou-a com muito carinho. Depois vieram as apresentações, porque Jill estava em companhia de nada menos que cinco amigos. Fariam uma miniturnê com Emily, enquanto não chegasse a hora de fazer a grande com Doug.

Emily havia combinado encontrá-lo no hotel às cinco horas. Ele só chegou às cinco e meia, e se não fosse pelo nervosismo de Jill olhando o tempo todo para o relógio, Emily não teria se importado. Ela adorava estar sozinha com Jill, sem ter de estar alerta para as necessidades de Doug.

Doug estava animado quando chegou. Compensação pelo atraso? Depois de uma breve parada para que ele trocasse de roupa, partiram para o campus da universidade.

A noite de sexta-feira consistiu em um jantar no refeitório, um concerto de três grupos de alunos e uma recepção no dormitório de Jill. Já era tarde quando Emily e Doug foram para o hotel. Feliz com a noite agradável, Emily caiu na cama e dormiu. Quando acordou na manhã seguinte, Doug tinha saído.

"Fui correr", dizia a nota que escrevera no bloco ao lado do telefone, sem dizer a que hora tinha saído nem quando voltaria.

Emily tomou um banho de chuveiro e se vestiu. Depois, sentou-se em uma poltrona e esperou. Ansiosa. Eles iam encontrar Jill às dez horas e ela não queria se atrasar.

Doug estava demorando muito. Ele não costumava se atrasar. Ela se perguntou se ele também se atrasava no trabalho ou se eram as responsabilidades de família que o deixavam indiferente.

Mas Emily não perguntou nada. Doug chegou suado e sem fôlego. Tempo suficiente para tomar banho, se vestir e sair para o evento do dia. Ela só voltou a pensar no assunto tarde da noite, quando qualquer pergunta ou resposta seriam irrelevantes. Ele tinha ficado com elas o dia todo. Ele tinha se mostrado bom de esportes nos torneios, discursos, no almoço, no jogo de futebol. À noite, no jantar em um restaurante com Jill, seus amigos e alguns pais, demonstrara ser gentil e amistoso. Havia sido uma presença e tanto.

Certamente, não passou muito tempo falando com Emily. Ela teve a impressão de que ele soubera mais do dia-a-dia de algumas pessoas que conhecera naquele dia do que sabia do dia-a-dia dela.

Mas Jill estava feliz por ter o pai por perto. Se estava preocupada pela falta de atenção dele para com Emily, não deixou transparecer.

Emily deitou na cama aquela noite virando-se para o outro lado, de costas para Doug. Não sabia se ele estava dormindo, não perguntou nada e nem deixou que seus corpos se tocassem. Estava quieta. Mantinha sua respiração baixa e uniforme. Se ela imaginara que aquele final de semana poderia ser um período de renovação em seu casamento, não fez nada para sugerir que gostaria de ter relações sexuais com ele. Seu sentimento de culpa foi às alturas.

Quando acordou, horas mais tarde, Doug já estava correndo outra vez. Sentiu alívio. E mais culpa.

Doug era seu marido. Ela deveria desejá-lo. Mas não era o caso. Ele mais parecia um estranho. Se ele fosse um dos pais que ela conhecera no dia anterior, poderia sorrir, trocar gentilezas superficiais e sair sem olhar para trás.

Jill era a única ligação entre eles.

Quanto mais Emily pensava no assunto, mais temerosa se sentia. Pessoas que se gostavam tão pouco quanto ela e Doug normalmente se divorciavam.

Divórcio. Deus, como ela odiava esta palavra.

Mas fazia sentido, no caso deles. Principalmente em se tratando de Brian. Se Emily, que levava fidelidade tão a sério, dormira com outro homem, era porque algo estava muito errado com seu casamento.

O divórcio fazia sentido.

Contudo, ela ainda rejeitava a idéia.

Sentindo-se inquieta, ela pulou da cama apressadamente, vestiu-se e fez as malas. Doug chegou no momento em que ela terminava, gentil, sem fôlego, e com pouco tempo, como na manhã anterior.

Desejando acabar com aquela ansiedade, sabendo que era agora ou nunca, ela o acompanhou até o banheiro.

— Podemos conversar?

Ele colocou seu relógio de corrida sobre a pia.

— Estou atrasado.

— Nós nunca conversamos, Doug. Acho que precisamos fazer alguma coisa.

Felizmente, ele não teve olhares condescendentes ou perguntou por que ela estava tentando destruir o fim de semana. Também não negou saber que algo estava errado. Ao contrário, indiferente, perguntou:

— O quê? — e curvou-se para lavar o rosto.

— Procurar um conselheiro matrimonial, talvez. — Foi seu último recurso. Não conseguia pensar em mais nada.

Ela teve de esperá-lo se recompor e começar a procurar o seu creme de barbear, então ele falou:

— Por que você deseja ver um conselheiro matrimonial?

— Porque nosso relacionamento está ruim. Não conseguimos nem falar um com o outro.

— Nós podemos falar, só que não falamos.

— Certo, dá no mesmo.

— Não, não dá no mesmo. Se escolhemos não falar é porque não queremos falar. Não há nada de errado com isso.

— Há, porque somos pessoas sociáveis. Conversamos com todo mundo, menos um com o outro.

— É o jeito do nosso relacionamento.

— Mas eu quero mudar isso.

— Bem, então vá você a um conselheiro.

— Quero que *nós* procuremos um conselheiro.

Ele terminou de ensaboar a parte de baixo do rosto e pegou a gilete.

— Eu não vou ver conselheiro nenhum.

— Por que não?

— Porque é uma perda de tempo e dinheiro.

— Não, se conseguir melhorar nosso relacionamento. Você não quer isso?

— Eu não acho que nosso relacionamento precise de um exame minucioso.

— Você pensa que está bom? — disse ela chorando. — Doug, estamos indo por caminhos separados. Raramente passamos uma noite juntos. Nós somente dividimos Jill e ponto final.

Ele continuava a fazer a barba, calmamente.

— É por causa do Daniel? — perguntou ela com o coração na boca.

— Não.

— É normal pensar nele com a Jill indo embora.

— Não penso nele.

— Então o que é?

— Como posso saber?

— O que você pensa?

— Neste momento? Em me aprontar em tempo.

— Doug, isso é importante.

Ele levantou a lâmina.

— Não reclame. Não há coisa que deteste mais que mulher reclamando.

Emily calou-se. Mas a injustiça do seu julgamento fez com que voltasse à carga no minuto seguinte.

— O que está acontecendo conosco não está certo. A vida devia se abrir para nós, não se fechar, agora que não temos mais responsabilidade com nossa filha. Você não deseja mais da vida?

— Como o quê?

— Como vida. Risos. Gargalhadas. Diversão. — Ela pensou em Brian, com quem ela tinha tudo isso e se sentiu culpada. Sua culpa aumentou ainda mais quando percebeu que Doug estava quase nu, e ela não sentia nada.

— Eu tenho tudo isso — disse ele de imediato.

— Com o trabalho, mas e com uma mulher? — desabafou sem pensar. — Você não quer uma mulher? — Ele era um homem normal e de sangue quente. Pelo menos o fora. Agora nem a procurava mais.

Em certa ocasião ele parou de procurá-la; depois, Emily teve a impressão de que ele só a procurava quando ela não estava disposta, para puni-la. Agora, no entanto, ele havia perdido até esse impulso.

Ela não havia perdido o ímpeto, como Brian lhe dissera de forma tão eloqüente.

— Eu tenho você — disse Doug, sem nenhuma lógica.

— Mas nós não nos divertimos juntos, apenas nós dois. Não nos tocamos. Não fazemos amor. Você quer isso?

Ele levantou a lâmina de barbear novamente.

— Se você estava tão desesperada por sexo, devia ter me dito. — Ele deu uma olhada no relógio. — Agora é um pouco tarde.

— Deus do céu, Doug! — Ela suspirou, admirada com sua vulgaridade; *sua ignorância*. Se ele pensava que ela o desejava, o que fazer com a falta de amor?

Falta de amor. Era isso que vinha tentando esconder de si mesma. Ela não o amava. Ele não a amava. Não havia mais por que estarem juntos.

Exceto por Jill.

Exceto porque Doug contava com aquelas horas em casa, entre uma viagem e outra.

Exceto pela casa que dividiam.

Exceto por Daniel.

Emily se virou e saiu do banheiro, pensando se alguma vez Doug havia pensado nessas coisas. Imaginava se alguma vez pensara em divórcio. E como poderia *não* pensar?

Ela continuou pensando, enquanto dirigia para o oeste em direção a Grannick. De qualquer forma ela se sentia triste. Deixar Jill tinha sido difícil, mesmo sabendo que faltavam somente dezoito dias para o Dia de Ação de Graças. Deixar Doug fora fácil. Tudo isso a estava aborrecendo demais.

A familiaridade de Grannick não a fez se sentir melhor, nem mesmo a visão de sua casa escura no final da rua China Pond. Viu luzes acima da garagem. Lá é que ela não poderia ir.

Mas estar com Brian significava esquecer os problemas que tinha de enfrentar. Gostaria de saber o que fazer.

Acendendo as luzes ao entrar, ela carregou sua mala para o quarto para desfazê-la. Depois, querendo ainda sentir um pouco do aroma dos finais de semana, nos bons tempos, foi se refugiar no quarto de Jill. Era bom estar ali. Dava-lhe uma sensação de amor. Sentou na cama e se abraçou com o gato de pelúcia de Jill, recordando menos o fim de semana e mais os muitos momentos felizes que viveram ali no passado.

Seus olhos percorreram o quarto. Era o quarto bagunçado de uma adolescente. Claro, ela havia tirado a poeira — cuidadosamente —, mas estava ansiosa para colocar em ordem as revistas que estavam na cesta e jogar fora o que era desnecessário, fazer algo como tirar do jarro uma rosa que já secara há muito tempo, atacar os papéis e livros empilhados em sua escrivaninha. Mas Jill queria as coisas como estavam.

Ela continuou abraçada ao Gato, deixando-se voltar no tempo, Surpreendeu-se cantando uma canção de ninar que retornara à sua mente algum tempo atrás. Costumava cantá-la para Jill. Não, para Daniel. Era a favorita dele. Ela o embalava com a música todas as noites. Às vezes ele chorava pedindo mais e ela repetia e repetia a canção. Os olhos de Daniel iam ficando mais e mais pesados com cada estrofe, até o final, "Mo-a, mo-a", que era apenas um sussurro. A visão de Daniel dormindo tão inocente jamais a abandonara.

Sentindo frio, ela entrou no closet e pegou o primeiro suéter de Jill que estava à mão. Era um suéter velho, mas bastava. Não ligava muito para roupas. Preferia um suéter velho com história do que um novo que não lhe dizia nada.

Dentro do closet havia um cesto cheio de blusas e pulôveres abandonados. Talvez pudesse pegar alguns emprestados — não, ela não estava limpando o closet —, e assim apanhou ao acaso um outro suéter, sacudiu-o e deu uma olhadela. Segurou-o por alguns momentos, sentindo o cheiro de Jill, que lhe dava tanta paz. Depois o dobrou direito e o deixou de lado. O próximo. Também não o usaria. Dobrou-o e colocou-o cuidadosamente em cima do outro. O seguinte, de uma gola rulê, era mais promissor. Ela o tirou para fora. Foi quando viu umas folhas de papel dobradas sobre o suéter que ficara no fundo do cesto.

Deixando o de gola rulê de lado, desdobrou as folhas. Era algo que Jill provavelmente havia escrito para a aula de inglês, na primavera passada. Não, estas folhas eram novas. Não se pareciam em nada com algo que se carrega de casa para a escola e vice-versa, e depois se esquece dentro do closet. Alguém escrevera nessas folhas recentemente.

"Percebendo as Coisas" era o título. Emily começou a ler.

"Toda a minha vida desejei ir para a universidade. Foi na universidade que meus pais se conheceram. Sempre me falaram do quanto se divertiram. Depois de procurar por diversas faculdades, me inscrevi na que achei mais adequada. Fui feliz. Consegui a primeira opção. A mesma das minhas melhores amigas. Estávamos todas excitadíssimas. Em abril, minha faculdade fez uma *open house* para os alunos que haviam sido selecionados. Confirmei minha presença e combinei com uma aluna que me levaria para dar uma volta para conhecer a universidade."

Emily se lembrava de tudo claramente. Uma Jill nervosa e muito excitada apanhara um ônibus para Boston em uma tarde de quinta-feira.

"Jessica era legal. Encontrou-se comigo no departamento de admissões e me levou para jantar no refeitório. Aquela noite havia festa nos dormitórios. Os colegas disseram que era proibido beber com os calouros, mas sempre pintavam algumas cervejas. Não a ponto de ficarmos bêbadas, mas apenas para nos fazer sentir que estávamos na faculdade. Me diverti muito."

Esperta, Jill nunca contara a Emily nada sobre a cerveja.

"Na manhã seguinte, Jessica me levou para conhecer as salas de aula, mas na hora do almoço víramos o suficiente. Jessica sugeriu que fôssemos até um de seus cafés favoritos para almoçar e conhecer alguns de seus amigos."

Sim. O Harvard Bookstore Cafe.

"Depois do almoço, caminhamos pela Newbury, uma rua elegante. Adorei as lojas e as pessoas. Venho de uma cidade universitária e nunca pensara em Boston como tal. Mas Boston parece uma cidade universitária: estudantes por todos os lados. Um dos calouros comprou algumas coisas em uma loja, e depois fomos todos tomar iogurte. Finalmente tivemos de voltar para apanhar minhas coisas e pegar o ônibus de volta para casa. Atravessamos a Commonwealth, andamos outro quarteirão, e estávamos atravessando a rua quando o vi."

Emily franziu a testa.

"Ele saía de uma das tradicionais mansões da cidade. Vestia um terno que eu já havia visto inúmeras vezes. Pensei na enorme coincidência de ele estar a negócios em Boston no momento em que eu também estava na cidade. Não precisaria pegar o ônibus para casa, no final das contas. 'Meu Deus', disse aos meus amigos. 'Aquele é o meu pai!' Eu estava a ponto de chamá-lo quando uma mulher saiu da casa atrás dele. Ela carregava um pequeno garoto no colo. Enquanto estava parada ali, assistindo a tudo, meu pai tomou o garoto de seus braços e então abraçou a mulher pelo ombro."

Mas Doug deveria estar em Nova York naquele dia. Emily se lembrou, pois fora o que ele dissera quando ela sugerira que ele poderia trazer Jill de Boston.

Passando a mão pelo peito, ela continuou.

"Jessica me perguntou se aquela mulher era minha mãe. Foi quando percebi que havia cometido um erro. Meu pai sabia que eu estava em Boston. Se estivesse lá, teria dado um jeito de me encontrar e me levar para casa. Além do mais, meu pai não estaria com uma mulher daquela maneira, ele não a beijaria daquela maneira, ou abraçaria o garotinho tão forte antes de tirar seus bracinhos do pescoço e devolvê-lo à mulher. Aquele homem não era o meu pai. Aquele pertencia àquela família e não à minha. Ele apenas se parecia muito com meu pai."

Emily respirava com dificuldade.

"Eu ainda penso naquele homem. Outro dia, ainda me perguntava se um homem poderia ter duas famílias. Ele poderia, se viajasse muito, como meu pai. Ele estaria com uma família durante a semana e a outra nos finais de semana. Meu próprio pai não faria uma coisa dessas, mas outro homem poderia fazer, suponho eu."

A carta, redação, o que fosse, terminava ali. Emily virou a página, mas não havia mais nada. O mesmo com a seguinte. Voltando à primeira, releu o último parágrafo. Releu tudo novamente, respirando mais rápido a cada página que virava. Seu corpo todo tremia.

— Meu Deus! — sussurrou. — *Canalha!*

Com o coração aos pulos, pôs as folhas de lado e, sem saber o que fazer, tirou o último suéter. Tremendo muito, ela o dobrou da melhor maneira possível e colocou-o no lugar. Arrumou todos os outros, depois apanhou as páginas escritas por Jill, fechou a porta do closet e desceu as escadas.

— Canalha! — murmurava com a mão no peito, tentando medir seu tumulto interno. Sua raiva precisava ser desabafada. Começou a andar de um lado para o outro, tentando reconhecer que ele fizera realmente a única coisa que ela se *recusava* a considerar. Mesmo *depois* de ter conhecido Brian. Porque *considerar* uma ligação permanente com o inquilino seria uma traição a Doug!

— Como *pôde*? — gritava enquanto caminhava, ferida e raivosa. — Uma mulher e uma *criança*? Como pôde *nos* enganar dessa maneira? Isso deve durar *anos*! E eu me sentindo culpada! Não posso acreditar!

Necessitando desabafar o horror que a agitava, pegou as folhas de papel, abriu a porta com violência e saiu para a rua. Andava furiosamente. De repente começou a correr. Sem fôlego, parou, curvou-se para pousar as mãos nos joelhos e recuperar as forças.

Estúpida e sonhadora Emily. Se recusando a ver, a imaginar, a aceitar. Mas tudo fazia sentido!

Ofegante, ela resumiu sua situação, ignorando completamente as folhas mortas de outono aos seus pés, bem como os galhos das árvores que pareciam braços espectrais no frio de novembro. Com mais adrenalina do que podia suportar, caminhou até a cidade e voltou. Já estava em casa, quando lhe veio um grande cansaço. E com ele, uma profunda tristeza.

Sentiu-se mal e foi até o jardim nos fundos da casa. À margem do lago, suas pernas se dobraram. Ficou de joelhos. Suas mãos se apoiavam na grama para suportar o corpo. Mas o contato com a grama era frio e desagradável. Tudo à sua volta era escuridão. Ela se sentia destruída. Tão destruída como quando admitira para si mesma que Daniel se fora. A traição de Doug era o círculo final da mesma e aparentemente interminável tragédia.

As lágrimas começaram a rolar. Ela não podia evitá-las, não podia contê-las. Tudo o que podia fazer era lutar internamente contra a dor que ameaçava destroçá-la. Ela chorava por ela e por Jill — por Daniel e por todas as coisas perdidas naquele dia nos Correios. Balançou-se um pouco, mas o movimento não aliviava sua dor. Chegando ao seu limite, abraçou os joelhos e enterrou o rosto.

De repente sentiu uma mão em seus cabelos, depois nos seus ombros e finalmente entre soluços ela era resgatada para um peito sólido e acolhedor. Ele não perguntou por que ela estava chorando, não pediu que parasse, não disse nada. Apenas abraçou-a e a deixou chorar. E ela chorou agradecida. Agora podia se permitir ser fraca.

Depois de algum tempo, as lágrimas diminuíram. Embaraçada, ela se apoiou no suéter de Brian.

— Nós temos de parar de nos encontrar dessa maneira — brincou ele, mas seus braços continuavam a abraçá-la.

Ela fez um som que poderia ser de riso e confirmou com a cabeça.

— O fim de semana foi ruim, não?

— Muito.

— Quer conversar?

Ela balançou a cabeça. Seus pensamentos eram confusos. Ela tinha de se livrar deles.

Ele friccionou seus braços.

— Você está gelada. Quer vir até minha casa?

Ela fez um leve movimento negativo com a cabeça.

— Para tomar um *brandy*?

Ela repetiu o movimento.

— Talvez você não deva ficar sozinha.

De uma forma convulsiva, ela disse:

— Eu tenho que ficar. Eu tenho que trabalhar algumas coisas que estão dentro de mim. — Ela limpou o rosto com as mãos.

Ele levantou-se, ergueu-a e caminhou ao seu lado até a porta da cozinha.

— Você tem certeza de que está bem?

Ela confirmou, tentando dar até um pequeno sorriso.

— Quando se chega ao fundo do poço, não há outra opção senão sair dele. — Ela queria ir para o seu quarto. Pareceu-lhe que sempre tivera medo daquele momento. Mas havia sobrevivido. — Obrigada, Brian — sussurrou, sabendo que ela lhe devia mais do que essas palavras, mas era incapaz de pronunciar outras naquele momento.

Viu seu sorriso compreensivo na escuridão. Ele tocou-lhe o queixo, virou-se e saiu.

Na verdade, Emily conseguiu dormir. Acordou cedo na manhã seguinte, descansada o suficiente para poder dominar as emoções que imediatamente a assaltaram. Procurando ocupar-se, para se livrar delas, encheu a casa com o som de Miles Davis e arrancou fora todo o papel de parede novo que havia posto no banheiro de cima, algumas semanas antes. Amassou-o e o socou dentro de um saco. Depois o levou para o depósito com o resto do lixo. Saiu, comprou um novo papel de parede, dessa vez de acordo com o seu gosto e não com o de Doug. Passou a manhã toda colocando-o no banheiro.

Sentiu-se melhor com isso. Foi até o shopping, comprou novos lençóis e um acolchoado azul-claro com flores brancas, feminino e leve, mais um tecido para cortinas e travesseiros de penas. Aproveitando seu estado de espírito, comprou tinta azul para as paredes e, como o azul a fazia lembrar de sol, areia e ondas, comprou quatro gravuras marinhas. Depois, parou na oficina e providenciou um novo amortecedor, novas correias de ventilador e pneus novos.

Curtindo a façanha, chegou em casa e ligou para Jill. Quando a secretária eletrônica atendeu, deixou uma mensagem alegre e carinhosa, dizendo como adorara estar com ela. Não mencionou as folhas que encontrara. Ainda não sabia como tratar do assunto.

Como para Kay e Celeste, segunda-feira significava o jantar das três. Apesar de querer ficar só, sabia que não poderia cancelar o compromisso sem uma explicação. Assim contou-lhes sobre o final de semana e encolheu os ombros, quando lhe perguntaram sobre Doug. Qualquer silêncio na conversa era ocupado por Celeste, que tagarelava *ad infinitum* sobre Carter.

Kay parecia não se sentir à vontade.

Emily não se sentia à vontade. Tentou fingir que se sentia feliz por Celeste, mas cada milagre de Carter a fazia lembrar-se da traição de Doug. Mais: fazia com que se lembrasse da própria traição. Ficava mais triste e se sentia mais humilhada. Pensar sobre o que acontecera a deixava com mais raiva. Não fizera nada para merecer a traição do marido. Só o traíra com Brian depois de anos de abandono. Mesmo assim, sentia culpa. Ele deveria ter conversado com ela, se era tão infeliz. Deveria ter pedido o divórcio, se tivesse se apaixonado por outra mulher.

Não havia nenhuma mensagem dele na secretária eletrônica quando ela chegou em casa. Mas ele estava em New Haven, como dissera. Ela telefonou para checar. O hotel confirmou sua presença, o que não a surpreendeu. Algumas das coisas que lhe dizia deveriam ser verdades. Mas havia um padrão. Durante cada semana, na estrada, ele ia a uma ou duas cidades, com planos de voltar na quinta ou sexta. Progressivamente, ele ligava no meio da semana para adiar sua chegada para um dia depois.

Brincando com sua intuição, ela esperou. Claro que ele ligou na quarta à noite para dizer que tinha chegado tarde a Bridgeport e que não estaria em casa antes de sábado. Uma pequena parte dela que ainda lutava contra suas suspeitas balançou. Mas as outras ficaram aliviadas.

Ela poderia ter sido cega por anos a fio, mas não era tão estúpida ou inocente caipira como Doug acreditava.

Também não era dependente de Brian! De jeito nenhum! Ao contrário, ela estava tentando manter distância para poder tomar suas próprias decisões. Mas precisava de um retorno agora, e ele lhe parecia a melhor escolha.

Tão logo Doug telefonou, ela bateu na porta de Brian. Ele a abriu vestido com calças e camisa suadas. Tinha o olhar sonolento mas caloroso. Ela quase deu meia-volta, não porque achasse que ele estava dormindo, mas porque a sua visão a fazia se sentir fraca num momento em que precisava ser forte.

Um piano tocava jazz. Algo novo mas parecido com Jelly Roll Morton.

— Marcus Roberts — disse Brian. — Conhece?

Ela balançou a cabeça e ele continuou:

— Eu o ouvi tocar na cidade no ano passado. Ele é bom. Quer café ou alguma outra coisa?

— Não quero nada. Só um pouco do seu tempo. — Pegou o papel de Jill de seu bolso e o passou a ele. Esperou-o terminar a leitura, antes de explicar como o havia achado. — Jill queria me dizer. Ficava me pedindo para não mexer no seu quarto, mas ela sabia que eu não resistiria; que arrumaria tudo, especialmente porque ela não o fazia quando estava em casa. Sua composição estava lá, nova em folha, esperando por mim.

Os olhos de Brian lhe perguntavam se ela acreditava que Doug era mesmo o homem que Jill vira.

— Jill certamente gostaria de negar — disse ela —, mas tudo isso agora faz sentido. No minuto em que li, eu soube. É muito simples e explica tanto... seu mau humor, o tipo de roupas que está usando, as novas atividades, como golfe. Explica todas as viagens e os telefonemas dizendo no último minuto que só estará em casa um dia depois. Houve uma vez que ele me disse que estaria em Baltimore e não estava. Ficou furioso quando lhe perguntei sobre o assunto. Ficou furioso porque tentei entrar em contato com ele. Que espécie de marido age dessa maneira?

Ela começou a andar pelo quarto, tocando nas coisas pela sensação do contato, mas sem notá-las.

— Há outras coisas que nunca fizeram sentido até agora. Ele não gosta que eu pergunte sobre seu trabalho, sua vida. *Não queria* que viajasse com ele. Ele não gostou quando Jill decidiu ir estudar em Boston. Tentou convencê-la a ir para outra universidade. Por tudo que agora eu sei, acho que ele ia até a casa *dela* quando me dizia que ia correr durante o último fim de semana em Boston.

Brian curvou-se contra o encosto da poltrona.

— Essa é uma acusação muito grave, um romance de muito tempo.

— Mas *faz sentido* — insistiu Emily. — Isso explica seu relacionamento comigo, ou a falta dele. — Ela havia superado o ponto do orgulho. A raiva havia eclipsado o constrangimento. — Também explica para onde vai o seu dinheiro. Ele ficou bem quando vendeu sua parte da fazenda e aplicou o dinheiro no novo negócio, mas o que ele queria? Suas despesas são pequenas! Ele deve esconder o que sobra. Ele nos mantém, a mim e a Jill, com a corda no pescoço, mas gasta muito com ele. Aposto como tem dinheiro, e nós não sabemos de nada.

— Você não assina o Imposto de Renda?

— Lógico. Mas eu leio? Não. Estúpida que sou, eu sei, mas eu confiava nele. Mesmo quando eu recebia os dividendos do livro, assinava os cheques para ele depositar em nossa conta. Eu não pago uma só conta no final do mês, de modo que não sei quanto entra e quanto sai.

Alguma coisa a intrigou de repente:

— Sabe, eu me ofereci uma vez para pagar as contas e poupá-lo do trabalho. Sem pestanejar, ele disse que eu não saberia diferenciar o que era e o que não era para pagar, o que só confundiria as coisas.

Ela se lembrou de algo.

— Ele sempre me desmerecia. Ao invés de dizer que não era problema para ele pagar as contas, dizia que eu ia confundir tudo. Se encontrasse um emprego, diria que eu era tão despreparada que só aumentaria o nosso imposto. Se quisesse viajar com ele, diria que eu me chatearia com as conversas sobre negócios.

— É uma forma de abuso — disse Brian calmamente.

Emily estava decepcionada consigo mesma.

— Bem, eu não sabia nada disso. Presumi que Doug entendia mais de finanças do que eu. Ele sempre dizia que as coisas estavam difíceis, a economia, tudo, enfim. As despesas com Jill, também.

Sua raiva aumentava a cada nova evidência da traição do marido.

— Então, quando ele me disse que eu poderia rodar mais um pouco com os pneus do meu carro, acreditei. Achei melhor deixar para depois. Só que enquanto isso *ele* gastava por outro lado. Eu achava que ele tinha que apresentar a imagem de um homem bem-sucedido. Que coisa bizarra! Veja suas roupas, seu carro, todo seu estilo de vida! Tudo parece estar tão acima do meu mundo!

— Roupas caras não significam nada.

Ela parou de andar e respirou fundo.

— Eu sei. Ainda assim. Se você não soubesse que ele é meu marido, você nos colocaria lado a lado?

— Não, eu a colocaria ao lado de alguém com muito mais substância.

— Não! Doug tem substância — disse ela com tristeza. — Só que estamos em grupos separados. Não era assim. Quando nos mudamos para cá, nós pensávamos do mesmo jeito sobre tudo. Então Daniel foi raptado. — Ela pensou outra vez no que Jill escrevera.

Brian perguntou, tentando aparentar calma:

— E sobre o garoto de Boston?

Precisamente. Ela olhava para os próprios pés.

— Eu não sei. Deve ser dela. Ou deles. Acho que essa é a parte mais dolorosa.

— Imagino como *tudo* isso deve ser triste.

E era. Mas havia algo mais. Indo até ele, ela segurou suas mãos.

— Estive confusa por tanto tempo, não entendia por que Doug se distanciava cada vez mais, pensando, às vezes, que *estava* imaginando coisas. Isso explica tanto que de certa forma é um alívio. É mais raiva do que dor. Na verdade, sinto mais por Jill do que por mim.

Ela sentiu a raiva voltando.

— Ele perdeu tanto do crescimento de Jill! Droga, ele poderia tê-la levado até a universidade e lá estava ele, na mesma cidade! Você pode imaginar ela o surpreendendo na rua daquela maneira?

— Ela pode ter se convencido de que não era ele.

— Não. Ela sabe. De outra forma não teria escrito o que escreveu e não teria deixado no lugar que deixou. Ela queria me contar e não sabia como fazer. Pode imaginar, ela tendo de guardar um segredo desses?

Emily tentava se controlar.

— Ela sempre perguntava por ele quando telefonava. Sempre queria saber onde ele estava e quando vinha para casa e o que faríamos. Disse-me que Doug e eu deveríamos tirar umas férias, para irmos juntos a algum lugar, como as Bermudas. Não. Ela sabe e está com medo. Como um pai pode fazer isso com a filha?

— Você falou com ele?

Ela deu um suspiro vacilante e balançou a cabeça.

— Não vou fazer isso pelo telefone. Ele ligou há pouco e disse que não poderia estar em casa sexta à noite, mas somente sábado. Imagino que esteja passando a noite de sexta com ela.

Seus olhos se fixaram em Brian.

— Eu quero evidências.

Ele a olhou com cautela.

— O que você quer dizer com evidências?

— Quero ver com meus próprios olhos, talvez tirar fotos.

— Segui-lo?

— Se possível. O problema é que, como não quero que Jill saiba, não posso perguntar-lhe onde exatamente ela o viu, então não tenho por onde começar.

Por isso ela veio. Não, talvez ela tenha vindo para contar a Brian a história toda, também. Talvez tenha vindo para tocar suas mãos e sentir seu calor. Mas de qualquer maneira, ele poderia ajudá-la.

— Já procurei na lista telefônica de Boston, mas não tem o nome dele. Eu quero o endereço. Existe uma maneira de se conseguir isso? Listagens locais que podem lhe dizer sobre uma pessoa, onde mora?

— No Registro de Imóveis. Posso dar um telefonema.

Ela sabia que podia contar com ele, mas queria fazer tudo por si mesma.

— Eu quero fazer isso. Esses arquivos estão abertos ao público?

— Sim. — Seus olhos procuravam nos papéis de Jill. — Você sabe o nome da rua?

— Eu conferi no mapa. Pelos dados da carta de Jill, me parece que seria a Marlborough. Mas, e se a casa não estiver em seu nome?

Brian ainda olhava o papel.

— Isso é muito vago. Se você não tem um endereço específico, pode ficar esperando na rua errada. Não acho uma boa idéia. E além do mais, não é seguro.

— Detetives fazem isso.

— Sim, armados. Você tem um revólver?

Ela estremeceu.

— Odeio revólveres.

— É bom. Imagine alguém que não odeie armas e veja uma mulher sentada dentro de um carro, sozinha, de madrugada. Em dois segundos, tira o revólver da mão dela e já o está apontando contra ela. Antes que a mulher tenha tempo para pensar no tubo de gás paralisante que traz dentro da bolsa. Além disso, detetives não se sentam às cegas em carros. Pelo menos não o fazem com muita freqüência.

— Então, como eles acham as pessoas?

— Conseguindo o endereço.

— Como?

— Arquivos públicos, gorjetas para informantes, contas de telefone.

— Mas, e se o telefone não está na lista?

Ela parou quando compreendeu o que Brian estava querendo dizer.

— Ele pode não ter a casa em seu nome, mas pode ter pago a conta de telefone, não? Ou a conta de luz, ou de gás. Ou pode estar dando cheques para a mulher com quem Jill o viu.

Era tão simples. Na sua frente. O escritório de Doug em casa era cheio de arquivos, todos corretamente ordenados. Tudo pronto e esperando.

— E ele não queria que eu usasse o talão de cheques — murmurou dirigindo-se para a porta. No meio do caminho se virou e lhe deu um abraço:

— Você é um amor!

— Eu posso dar uns telefonemas. Posso conseguir o telefone para você.

Mas ela balançou a cabeça, mais certa sobre isso do que qualquer outra coisa.

— Ele me manteve impotente e eu permiti que fizesse isso comigo. Ele me diminuiu, me humilhou. Estou com ódio. Eu mesma preciso fazer alguma coisa agora. É uma questão de amor-próprio.

O escritório de Doug era uma caixa de Pandora que, uma vez aberta, jorrou informações que o condenavam de todas as maneiras. Emily estava surpresa com a facilidade com que acessou essas informações e pela quantidade delas. Ele não havia camuflado nada. Estava tudo lá e à mão. Aparentemente, nunca ocorreu ao canalha que ela pudesse mexer em suas coisas. Ela vasculhou todos os dados bancários, contas pagas, cheques cancelados, os formulários de impostos que ela, inocente, assinara. Ela desligou o computador e foi verificar seu calendário. Imprimiu seus horários e falta de compromissos em certos dias quando ele havia lhe dito outra coisa. Verificou a freqüência dos seus vôos e as datas, detalhadamente, partidas e chegadas, completamente diversas das que ele a fazia crer. Ela encontrou certificados de depósito e investimentos.

Durante a maior parte do tempo, ela fez o trabalho sem nenhum sentimento, se aproximando de seu objetivo como se estivesse fazendo uma pesquisa para um livro. A satisfação de provar que estava certa em sua suspeita, as evidências na mão, a fizeram sentir-se inteligente para variar; ajudaram-na muito naquele momento inevitável de humilhação e raiva. E havia muita raiva e muita humilhação. Fora cega por anos a fio.

De repente pensou em Celeste. Um lampejo de compreensão. Celeste estava definindo o que queria de sua vida, seus objetivos, os caminhos que tomaria. Emily não concordava necessariamente com seus métodos, mas podia compreender seus motivos. O controle da própria vida era importante. Antes tarde do que nunca.

À tardinha, Emily tinha duas pastas contendo cópias duplicadas de dados condenatórios, tiradas na impressora que Doug havia inteligentemente comprado para seus negócios. Ela colocou uma das pastas na cozinha, no meio de seus livros de receitas que havia usado ano após ano para satisfazer Doug. Ela a queria à mão, caso ele optasse por negar, quando confrontado.

A outra ela escondeu, por segurança, no quarto de Daniel. Aquele era o lugar da casa em que Doug nunca entraria.

Dezenove

Sexta pela manhã, Emily encheu o tanque do carro. Com seus novos pneus, novas correias para o ventilador e novo amortecedor, rodou até Boston. Chegou perto do meio-dia, mais cedo do que o necessário, se a informação no calendário de Doug estava correta. Ele tinha compromissos em Bridgeport às nove e às onze. Imaginou que ele estaria na estrada ao meio-dia e em Boston lá pelas três horas. Mas ela não queria perder, de jeito nenhum, a oportunidade de vê-lo.

Ela levou meia hora dirigindo em volta do quarteirão antes que alguém saísse do estacionamento. Esperava por um lugar específico de onde pudesse ver a outra casa de Doug. Descobrira o endereço e o trazia na bolsa. De onde estacionara, teria uma visão perfeita da casa através do pára-brisa dianteiro.

Foi invadida por uma dor profunda ao olhar para a *outra* casa: uma bela e antiga construção de três andares de tijolos aparentes, com grandes janelas e uma porta trabalhada em carvalho, ladeada por dois barris de uísque cheios de flores. Mesmo vistas pelo lado de fora, as cortinas pareciam elegantes, certamente mais pesadas e mais elaboradas do que qualquer coisa que ela houvesse costurado. Não acreditava que a dona da casa as tivesse confeccionado. De uma janela a outra, em toda a extensão, havia um toque de requintado planejamento.

Ela tentou manter sua mente vazia, enquanto esperava sentada com o estômago dando reviravoltas, os olhos fixos na entrada da casa. Mas um pensamento não a deixava em paz. Se essa fosse uma segunda casa de Doug, era ali que ele investia a energia e as emoções que deveria investir na sua verdadeira família, na sua verdadeira casa. Talvez ela estivesse errada, pensou. Talvez houvesse explicação para as contas de telefone, gás e móveis. Talvez a mulher que morasse ali tivesse pago pelas cortinas. Mas Emily não acreditava nisso. E a raiva aumentava com a espera.

Havia levado sanduíches e uma garrafa térmica com café, mas não tocou em nada. Mantinha o olhar na entrada da casa e a máquina fotográfica de Jill no colo. Estava determinada a tirar umas fotos. Se Doug ousasse sugerir que suas alegações eram loucuras, ela queria ter algo para esfregar em sua cara bronzeada.

A cara bronzeada era *outra* coisa. Ele não havia conseguido aquela cor ao seu lado, mas jogando golfe no pequeno clube de campo nos arredores de Boston, do qual, de acordo com seus registros, era sócio há três anos.

Imaginava quem os membros do clube pensavam que era esposa dele. Pensava no que poderia acontecer, caso chegasse lá perguntando por ele. O que ocorreria se provocasse uma cena?

Mas não queria cenas. Não poderia agir assim. Não era sua maneira de ser. Mas, principalmente, não queria ser enganada novamente.

Só desviava os olhos da casa para dar uma rápida olhada nas horas ou em um passante ocasional. Entre uma e meia e duas horas, uma multidão emergiu. Terminara o horário do almoço. Hora de voltar para o trabalho. Ela viu estudantes que poderiam ser Jill e homens de negócios que poderiam ser Doug, mas nenhum deles subiu os degraus da casa com elegantes cortinas e porta de carvalho trabalhada.

Às três horas, seu estômago se revirava em nós de angústia. Às quatro, se perguntava se Brian não estaria certo. Talvez não devesse ter vindo às cegas, sem ter certeza de que Doug apareceria. Talvez devesse ter perguntado a ele diretamente. O material que ela tinha em seu poder era mais do que incriminador. Não precisava de foto.

Ela precisava era de autoconfiança. Por isso fora a Boston. Ela precisava saber que havia entendido a carta de Jill; procurar as provas e achá-las. Ela precisava saber que poderia derrotar Doug, no seu campo.

Essa era a maneira de acabar com a raiva. A dor, a humilhação, a profunda tristeza, só com o tempo

Então ela o viu. Ele virou a esquina a pé e se aproximou da casa, um Doug bronzeado, de aparência encantadora, vestindo roupas esporte. *Canalha,* não estava usando nem mesmo um *terno formal.* Totalmente alheio à possibilidade de estar sendo observado por ela.

Tremendo, ela pegou a câmera e focalizou-a em um minuto. Tirou uma foto, virou o filme, tirou outra, virou o filme e tirou outra. Fez um movimento mais para a frente, refez o foco novamente, e continuou tirando fotos, pensando, absurdamente, que Doug morreria se soubesse do bom uso que ela estava fazendo da câmera que ele havia comprado, tão generosamente, para Jill fazer seu curso de fotografia na escola.

Tentava ajustar ainda mais o foco, quando percebeu que eram suas lágrimas que o estavam embaçando. Lamentando-se, ela lutou com o desamparo que sentia, fazendo um esforço para continuar fotografando, enquanto Doug subia as escadas da casa.

Fotografou-o de pé na porta, procurando a chave no bolso, abrindo a porta e entrando. Ele tirou ainda uma outra da porta depois de ele já ter entrado, depois outra, e outra, até que a câmera escorregou das suas mãos, molhada de lágrimas. Foi quando o absurdo do que fazia a atingiu. Estar sentada dentro do carro, testemunhar em primeira mão a existência da outra vida de Doug, era puro masoquismo!

Pegou um lenço e tentou parar de chorar, mas as lágrimas jorravam sem parar. Seu casamento tinha acabado, sua vida tinha mudado para sempre. No final teria apenas um coração partido.

Então prendeu a respiração. De pé, na calçada, dois carros além de onde ela estava estacionada, olhando para ela, estava Jill.

Emily soluçou. Sentiu seu coração pulsando dolorosamente no peito. Tentou limpar rapidamente as lágrimas com as duas mãos, enquanto rezava para estar errada; para que Jill não estivesse ali. Mas ela estava. Por um rápido segundo, Emily ficou paralisada pela dor. No momento seguinte, a mãe dentro dela estava fora do carro.

O rosto de Jill estava pálido, como o de uma criança perdida. Sabendo como ela deveria estar se sentindo, Emily segurou-a em seus braços e lhe deu um forte abraço. A filha chorava. A maternidade exigia que ela fosse forte.

Mas quando Jill sussurrou "Eu te amo, mãe" — ela perdeu o controle e caiu em prantos. Ela se segurava em Jill, para o seu próprio bem, reconfortando-se com o carinho que sua filha-mulher lhe oferecia.

Um minuto antes de se recuperar conseguiu dizer entre soluços:

— Eu também te amo, meu coração.

— Você leu o que eu escrevi?

— Ahã.

— Eu não sabia o que fazer — disparou Jill. — Eu não estava certa de que era ele, mas havia tantas razões que me diziam o contrário. Depois, me senti tão culpada por pensar que ele poderia fazer uma coisa horrível dessas. Eu queria lhe contar, mas não sabia como. Escrevi, procurando não te magoar muito, mas sendo o mais sincera possível. Parti do pressuposto de que você iria fazer alguma coisa no meu armário.

Emily ainda secava as lágrimas.

— Só mexi no cesto dos suéteres. Não havia tocado em mais nada. Mas foi bom você ter escrito.

Emily teria feito qualquer coisa para manter Jill longe de tudo aquilo. Mas apesar disso, agora se sentia aliviada. Triste e adorada companhia. Ela precisava estar com alguém que amasse. Perguntou:

— Você veio aqui antes?

— Não. Eu disse a mim mesma que você faria o que quisesse.

— Então, por que veio hoje?

— Porque a primeira vez que o vi aqui foi numa sexta-feira. E porque ele estava muito estranho na semana passada. Gentil com todos, menos com você. — Fez uma pausa — Quem é ela?

Emily engoliu em seco. Ela tinha um nome. Mas Jill estava perguntando sobre o tipo de relacionamento.

— Não sei. Talvez ele tenha um amigo que morreu, e está dando uma atenção à viúva.

A resposta romântica que Emily encontrara para aquele triste momento não explicava por que ele tinha a chave da casa, por que não falara nada com Emily sobre ela, e certamente não explicava o que ela havia encontrado nos arquivos.

— Há quanto tempo ele vem aqui? — perguntou Jill.

— Não sei.

— Quem é o garotinho?

A garganta de Emily se fechou. Ela não estava preparada para pensar sobre o garoto. Além do mais, não sabia o *quanto* poderia revelar a Jill. Tinha medo de cometer um erro. Precisava de tempo para pensar.

— Vamos a algum lugar onde possamos conversar.

Elas voltaram para o carro e foram a um café perto do dormitório de Jill. Uma vez sentadas, pediram algo quente para tomar. De mãos dadas com a mãe, Jill recomeçou com as perguntas:

— Como você soube onde esperar?

— Eu descobri o endereço no escritório de seu pai.

— Estava lá, simplesmente escrito?

— Não. Havia contas.

— Ele a *sustenta*?

— Talvez não. Realmente não sei muito, Jill. Pode haver uma boa razão para tudo que ele está fazendo.

Mas Jill balançava a cabeça.

— Quando eu os vi da primeira vez, senti que havia algo entre os dois. Eles pareciam um casal. Pareciam uma *família*.

Emily sentiu uma dor aguda ao ouvir as palavras da filha. Eles *eram* uma família. Emily e Jill estavam *sós*. Se o garotinho fosse filho de Doug, seria meio-irmão de Jill. Teria Jill conjeturado sobre isso?

— Você vai falar com ele? — perguntou Jill.

Como se ela pudesse evitar. Tomou fôlego e respondeu:

— Sim. Preciso saber de tudo antes de tomar uma decisão.

— Quando?

— Quando ele for para casa.

— Amanhã?

— Provavelmente.

— A menos que telefone e diga que só chegará no domingo — desabafou Jill. — Eu o odeio por isso. Ele telefona dizendo que está trabalhando, mas não está. Está com a outra família.

— Não diga isso! — suplicou Emily chorando novamente. Seu grande medo sempre fora o de fazer Jill sofrer. Ela havia feito todo o possível para evitar isso. Mas estava acontecendo, inevitável e irrevogavelmente. — Se alguém pode se sentir assim sou eu, não você. O problema é entre seu pai e mim, não entre seu pai e você.

— Quando foi a última vez que ele passou um fim de semana em casa? Ele nem ficou o final de semana depois que eu parti. Você pensa realmente que ele estava em Pittsburgh?

— Sim. — Seu arquivo de vôos confirmou. — A maioria das vezes ele nos falou a verdade.

— Você o está defendendo — acusou Jill.

Emily estava tentando ser justa ao máximo. Mais do que ninguém, ela tinha o direito de duvidar de Doug. Mas ser vingativa não ajudaria Jill.

— Ele *estava* em Pittsburgh. E no começo desta semana, em New Haven, como falou.

— E hoje à noite? Onde ele disse que estaria?

Emily foi apanhada de surpresa. Respondeu:

— Bridgeport.

— Você não está *furiosa*?

— Claro que estou! — respondeu chorando, se soltando um pouco. — Estive confusa toda a semana. Estou com raiva, ferida, confusa e envergonhada. A lista é interminável. Tem momentos em que acho que estou enganada, depois fico chocada, então sinto náusea atrás de náusea. Estou casada com seu pai há vinte e dois anos. *Vinte e dois anos!* Não é fácil.

— Desculpe. — Jill franziu a testa. — É que não entendo. Há algo de errado conosco? Por que ele precisa estar com eles?

Emily não tinha resposta para isso.

— É uma das coisas que tenho de perguntar a ele.

Seus pedidos chegaram: um expresso para Emily e *mocha latte* para Jill. Emily levantou a xícara sem tirar os olhos de Jill. Sua filha era bonita, mas isso não era novidade. O que havia de novo era uma expressão de ilusão perdida: a última coisa que Emily queria ver.

— O quê? — perguntou Jill.

— Desculpe. Sinto-me tão triste com tudo isso.

— Mas não é culpa sua.

— Talvez se eu tivesse sido outro tipo de mulher, ou se tivesse crescido mais, junto com ele...

— Não *diga* isso. Não há nada de errado com você. Ele é que tem problemas. Ele enganou sua mulher. *E* sua filha!

— Nós não temos certeza de nada — disse Emily cautelosa, tentando muito, mas *muito* mesmo, ser justa. — Ele subiu alguns degraus e entrou numa casa. Foi tudo que vimos. Não sabemos o que aconteceu dentro da casa. Talvez não haja nada.

— Você está fazendo a mesma coisa novamente, mãe. Não o defenda. Ele mentiu para você. E *continua* mentindo. Você é boa demais. Você o deixou partir levando muita coisa. Acho que deveria se divorciar.

— Psiu. — Emily levou o dedo indicador aos lábios. Duvidava que Jill soubesse o efeito que um divórcio teria em sua vida. Só recentemente ela mesma começara a pensar no assunto.

— Você vai pedir o divórcio? — Jill a provocava.

— Não, se houver uma explicação para o que vimos hoje.

— Mas não há.

— Como você pode saber?

— Porque — disse ela, olhando com muita tristeza para Emily, sabendo que a mãe não poderia discordar — tudo isso já vem acontecendo há muito tempo. Sabemos disso. Temos andado há anos em torno dele como se estivéssemos caminhando sobre ovos. Nós o convencíamos, com agrados, a fazer alguma coisa por nós, e daí corríamos para acalmá-lo quando começava a ficar impaciente. Agíamos como se estivesse tudo bem. Essa é a verdade das coisas, quando se tem um homem em casa que viaja muito, mas que nunca diz ao retornar "Ahhhh! Como é bom chegar em casa!" Ele não planeja nada para nós. Não parece se importar com o que fazemos. Vocês dois nunca tiraram férias juntos. Nós três nunca tiramos férias juntos.

— Não temos dinheiro — respondeu Emily, como de hábito. Mas Jill sabia de tudo.

— *Nós* não temos — respondeu secamente, olhando para sua bebida. Respirou fundo, parecendo que ia acrescentar mais pontos negativos no marcador. Mas se calou e franziu a testa. — Ele me telefonou outro dia para a faculdade, bem-falante. Perguntou sobre meus amigos, sobre as aulas. Ouvia minhas respostas e fazia mais perguntas. Às vezes era até difícil desligar o telefone.

— Ele a ama. — Emily acreditava nisso, pelo menos.

— Ele se sente culpado. Você sabe a distância entre meu dormitório e aquela casa? Quinze minutos a pé, três de carro. Quantas vezes você acha que ele apareceu desde que comecei a faculdade? Uma vez por semana?

— Não. Ele esteve em Londres por duas semanas.

Quando Jill lhe dirigiu um olhar cético, Emily insistiu:

— Eu vi as etiquetas na mala.

— Ele estava com ela?

Emily suspeitava que sim, apesar de não ter certeza.

Jill ficou ainda mais acabrunhada.

— O que vou dizer a ele, mãe? Podia fingir antes, porque não tinha certeza de que era ele. Agora que sabemos da verdade, o que vou dizer quando ele ligar para mim? Não quero falar com ele. Não depois do que ele fez.

Emily pegou as mãos da filha e as apertou, enquanto pensava em algo para dizer. Queria que ela o mandasse para o inferno, era o que gostaria de responder, porque Doug não merecia a filha que tinha. Mas não era Doug que importava. Era Jill, e Emily queria o melhor para ela. Acabou dizendo:

— Ele ainda é seu pai.

— Ele nos tratou como *merda.*

— Se ele não a amasse, não ficaria telefonando.

— Ele se sente culpado, somente isso.

"Ele não se sente culpado em relação a mim", Emily pensou. "Nunca me telefona. Não faz perguntas sobre a minha vida e nem me segura no telefone por horas."

Emily sentia-se cansada. O dia parecia interminável e seus pensamentos faziam com que sentisse uma dor que parecia física. Depois de uma longa pausa, acrescentou:

— Tenho de falar com ele, Jill. Nós temos questões agora, você e eu, que somente serão respondidas depois dessa conversa. Só dispomos de um lado da história. Temos de ouvi-lo.

— Você pensa que ele vai dizer a verdade? — perguntou Jill com dúvida na voz.

Emily se lembrou da pasta, escondida entre os livros na cozinha, e a outra, idêntica, escondida na parte de cima da casa.

— Ele contará a verdade — disse com tranqüila confiança. E uma raiva silenciosa.

Essa raiva silenciosa manteve Emily sentada em um canto do sofá da sala, quando Doug entrou com o carro na garagem, no sábado à noite. Nunca entendera por que Doug dava uma última acelerada no automóvel antes de desligá-lo. Talvez para dar-lhe uma sensação de poder. De qualquer forma, ela não se mexeu. Nem mesmo depois de ouvi-lo bater a porta e a mala do carro; depois de ouvir seus passos subindo a escada dos fundos.

A porta da cozinha estava aberta.

— Emily? Cheguei!

Sua raiva aumentou. Gritando daquela maneira, parecia um herói conquistador, retornando da batalha certo de que ela o estaria esperando de braços abertos.

Sim, ela esperava para vê-lo. Mas não pelas razões que ele supunha. Isso podia garantir.

— Emily? — chamou novamente.

Ele atravessou a cozinha em direção ao vestíbulo e deixou suas malas ao pé da escada. Procurou, se virou e a viu.

— Por que está sentada aí no escuro?

— Não estou no escuro — respondeu ela.

— Praticamente. — Ele acendeu a luz para iluminar mais o ambiente e ofuscar o pálido clarão do abajur. Fez um show de esforço para tirar o blazer, com se estivesse se livrando de uma carga enorme. Finalmente, o cansado homem de negócios chegava em casa, depois de uma semana de trabalho incessante!

Ela gostaria de ironizar. Mas não o fez. Não respondeu nem se moveu. Continuou sentada, olhando, nervosa e triste, a despeito de tudo. E vagamente intimidada com o que estava para acontecer. Sabia que quando começasse a falar não haveria possibilidade de voltar atrás.

— Desculpe ter chegado tão tarde — disse ele coçando as costas. — Esperava estar em casa para o jantar, mas meu último compromisso só acabou depois das seis e a I-91 estava um pesadelo. Você não fez jantar, fez?

— Não, tive um pressentimento de que você chegaria tarde — respondeu com seu jeito tranqüilo, mesmo que esse não fosse exatamente seu estilo para a ocasião.

— Você está zangada — acusou. — Como se fosse culpa minha!

— Eu não disse isso.

— Não há necessidade de dizer. Posso sentir sua censura. Por Deus, Emily, você não acha que eu gostaria de estar livre ao meio-dia? Mas o compromisso se arrastou. Ficaram me fazendo mil perguntas. Não podia simplesmente sair! Não com o que estão me pagando.

"Não com o nosso desespero, atrás de cada centavo", completou ela em silêncio.

— Qual é a empresa?

— Pneus Eldridge. Eu era a última esperança, antes que abrissem falência.

— Isso explica a necessidade de você trabalhar aos sábados. O que havia na I-91 para ser um pesadelo?

— Acidentes. Um em New Haven, outro em Windsor Locks. O tráfego caminhava em duas pistas.

— Espero que ninguém tenha morrido. Amanhã procurarei saber nos jornais.

— Na verdade — consertou ele — parecia mais confuso do que trágico. Provavelmente cheguei no pior momento. Uma hora antes ou uma depois e teria passado sem problemas. Como vão as coisas por aqui?

— Bem.

Ele colocou as mãos nos bolsos e olhou em volta.

— O que tem feito? Escutado música?

— Não.

— Lendo?

Ela balançou negativamente a cabeça.

Ele olhou para ela e disse:

— Bem, alguma coisa há em sua cabeça. Vamos lá, Emily. Estive fora a semana toda e estou cansado. Tenho de fazer mais perguntas? Ou você vai falar?

— Eu passei o dia de ontem em Boston.

Ele não piscou.

— Foi visitar Jill?

— Bem, isso foi acidental. Eu só a vi, depois de vê-lo. E depois dela vê-lo, também.

Emily sentiu um momento de satisfação quando ele empalideceu. Mas ele se recompôs rapidamente e se virou para ela com raiva.

— Você estava me seguindo?

— Não, eu apenas estava sentada na rua Marlborough.

— Tomando conta de mim? Esperando que aparecesse? Me ludibriando, agora mesmo, quando falava de Bridgeport, quando sabia muito bem que eu não estive lá!

— Não, você esteve em Bridgeport. Eu telefonei para o hotel. Você saiu ontem pela manhã.

— Você ligou para o hotel? — gritou ele. — O que significa isso? Uma inquisição? E quem é você afinal, um juiz, um júri, uma executora? O que é isso, tédio? Você não tem nada para fazer, então resolveu criar alguns problemas? Ou é vingança contra mim por viajar tanto?

Ela estava impressionada com seu autocontrole.

— É inacreditável como você transforma as coisas, de forma que seja sempre eu a errada. Mas por que não? Você sempre agiu assim, sempre funcionou! Eu aceitava seus argumentos e saía com o rabo entre as pernas! Só que desta vez vai ser diferente, Doug. Há muito tempo que não sou a pessoa errada aqui nesta casa.

— E eu, sou? Eu? Aquele que sai de casa para ganhar a vida?

Com ódio, ela pulou do sofá.

— Aquele que está fora de casa, ganhando muito mais do que imaginamos e gastando com outra mulher, outra criança, uma casa de três andares em Back Bay, roupas que nunca foram vistas dentro desta casa, sócio de um clube de golfe, e muitas coisas mais que foram compradas e que não vieram para cá.

Por mais absurdo que fosse, ele respondeu:

— Mas eu preciso de roupas!

— Roupas de mulher? Roupas de criança? Você está pessoalmente se beneficiando com uma matrícula na Back Bay Montessori School? Dias em salões de beleza da Elizabeth Arden? Ou serviços de decoração de interiores da firma Dayton & Webb?

Ele pôs as mãos nos quadris.

— Você mexeu em meus arquivos?

— Bem, o que você queria? — Ela gritava. — Eu não sou estúpida, Doug. Eu posso ter lhe dado as vantagens da dúvida por mais tempo do que deveria, mas sabia que havia algo errado. Tentei lhe falar sobre isso, mas você sempre me colocava de lado, dizendo-me que essa era a maneira das coisas funcionarem e que eu era egoísta. Não sou egoísta, Doug. Sou humana. Quantas vezes você acha que poderia me dizer que chegaria no dia seguinte, sem nenhuma suspeita? Quanto tempo ficaria aqui sentada, sozinha, me perguntando por que você, também, não se sentia só?

— Eu tenho meu trabalho.

— Sim, foi o que me disse na semana passada. Uma meia verdade. A verdade inteira é muito mais do que isso. E você a conseguiu esconder por algum tempo. Há quanto tempo isso vem acontecendo, Doug?

— Acontecendo o quê?

— Por favor. A brincadeira acabou.

— Quanto tempo *o que* começou?

Ela respondeu:

— Rebecca Mills. Doug, eu sei. Eu vi cheques cancelados e extratos de pagamentos.

— Você não tem o direito de entrar no meu escritório.

— Seu escritório? — Ela começou a rir, porque ele estava fazendo o mesmo novamente. Pulando fora de uma acusação com outra de seu interesse. Só que ela agora sabia. — Esta é nossa casa. Não quebrei nenhuma fechadura. Simplesmente olhei os papéis que estavam ali. Foi um milagre não ter tropeçado neles antes.

Ele a encarou por algum tempo, então disse com um olhar de desprezo:

— Não foi nenhum milagre. Você é muito ingênua.

— Eu era. Mas perdi a inocência de certa forma. — Ela gesticulava. — Tenho cópias de tudo que encontrei, e cópias das cópias, guardadas em segurança. Tenho fotos suas entrando na casa com sua própria chave ontem à tarde.

Com os lábios pálidos, ele afirmou:

— Então você envenenou a cabeça de Jill. Você disse a ela que eu estava tendo um caso amoroso?

— Eu não disse nada a Jill. — Era exatamente o contrário, mas Emily não disse nada. Ela não queria colocá-lo contra ela. — Ela o viu entrar na casa. Ela estava ali, independentemente da minha presença.

— Você colocou minha própria filha contra mim.

— Não, não e não! — Emily falou alto. Não sabia a quem ele queria enganar e atacou novamente. Mas estava chegando ao seu limite. — Se ela se voltar contra você, é por sua própria culpa. Uma coisa é me tratar como uma pobre e patética idiota, mas quando se faz isso com os filhos, eles sentem mais depressa do que a esposa que tenta não ver a verdade, para manter a família unida. Jill percebeu que as coisas não iam bem. Você nunca estava em casa, e não me diga que foi por causa de trabalho. — E, antes que ele pudesse dizer algo, completou: — As pessoas escolhem o que fazem. Se são infelizes, mudam. Mas você não é infeliz, é?

Por um minuto ele não disse nada. Então seus olhos se tornaram duros.

— O que tem a ver infelicidade com o assunto? Eu tenho o filho que esperei por dezenove anos, desde que Daniel foi levado do nosso carro, porque *você* o deixou sozinho.

Emily sentiu que fora atingida. Respirando com dificuldade, ela deu um passo atrás, depois outro, odiando-se por recuar, mas precisando se sentar. Ela sempre soubera que Doug a culpara, mas ouvir, escutar, ver, sentir seu ódio, era bem diferente.

— O garotinho é seu filho?

— Você está absolutamente certa — disse Doug com escárnio. — Quatro anos e muito esperto.

Emily pensou em Daniel, que não tinha chegado a completar quatro anos, e sentiu seus olhos se encherem de lágrimas.

— Eu não sabia que você queria tanto ter um filho homem. Eu poderia ter tido outro, se tivéssemos tentado.

— Você está brincando? — Ele revidou com mais força, sentindo sua fraqueza. — Você teve sua chance, mas a jogou fora.

— Mas eu não raptei Daniel.

— Você o deixou sozinho. Estava sob seus cuidados, e você acabou com tudo. Encare isso, Emily, você acabou com tudo!

Isso fora o que ela sempre pensara, também, até que alguém, recentemente, dissera-lhe que as coisas não eram bem assim.

— Não fiz nada diferente do que outros pais fazem todo o tempo — argumentou como Brian fizera. — Não fiz nada que você mesmo não tenha feito. Você o deixou no carro uma ou duas vezes. Eu mesma vi.

Doug apontava o dedo polegar para o próprio peito.

— Mas eu não perdi a criança. Você perdeu. Você perdeu meu filho. Meu Daniel. Deus! Eu adorava aquela criança! — Ele passou a mão pela cabeça e ficou de costas. — Eu sonhava em trabalharmos juntos na fazenda... pai e filho, uma equipe, coisa que eu e meu pai jamais fomos, porque ele era mau e canalha! Quando Daniel desapareceu, nunca mais me senti o mesmo, abandonei todos os meus planos para a fazenda. Meus planos se transformaram num esquema de ganhar dinheiro. Medíocre, sim! Fui em frente e mandei tudo para o inferno. E nunca me arrependi disso! A fazenda ainda me traz lembranças. Não posso escapar delas. Nunca mais passei pelo local. Acho que ainda sofreria.

— Você nunca me falou sobre sua dor.

— Pois é, o que podia fazer?

— Nós poderíamos tê-la dividido. Poderíamos ter crescido mais perto um do outro, em vez de nos afastarmos.

Ele bufou:

— Eu tinha minha dor, você tinha a sua. Então você ficou grávida novamente e pensei que poderia ser uma outra chance. Mas Jill não era Daniel.

— Por que ela era menina?

— Porque ela era sua. Vocês duas eram inseparáveis. Você dava tudo o que tinha para ela. Ela se tornou um clone seu. Então, por que razão eu a quereria trabalhando comigo? Eu olhava para ela e via você. E pensava em Daniel!

Emily se encolheu. Se sentiu desnecessária, não amada, só e amedrontada. Pôs a mão no estômago.

— Você pretende continuar com isso?

— Não. Mas preciso separar Jill de todo o resto.

— De mim...

Ele não negou.

— É mais fácil agora que ela está na faculdade. Gosto de telefonar e falar com ela.

Emily concordou aliviada, pelo menos, por Jill.

— Mas ela acha que você telefona para ela por sentimento de culpa. Nós temos de pensar nisso, Doug. Os filhos sofrem quando um casamento acaba. Só porque ela tem dezoito anos, não significa que não vá sofrer.

Doug olhou para a escada, depois para seus sapatos.

— Então você quer o divórcio?

— Você não? — Ela o provocou. A idéia de continuarem juntos não lhe passava pela cabeça.

Ele continuou olhando para os sapatos.

— Doug, você tem outra mulher, outro filho, outra casa! Você me odeia! Imagino que esteja *louco* para se ver livre de mim. Francamente, não entendo como conseguiu permanecer aqui por tanto tempo. Não entendo como você mesmo não pediu o divórcio antes.

Ele ficou parado mais um tempo. Então levantou os olhos e disse numa voz petulante:

— Lógico que eu quero o divórcio, mas se você pensa em tirar proveito do que tenho, pense duas vezes. Você não me ajudou a construir meu negócio. Eu o construí, *apesar* de você.

Emily estava sem palavras. Ela não havia, nem por um momento, pensado em dinheiro. Além do mais, a acusação era absurda! Se ela fosse uma caçadora de ouro, estaria pendurada em seu pescoço há muito tempo. Mas não. Ela havia sido um ratinho prudente que contava seus trocados e aceitava seu orçamento apertado, sem reclamar.

Considerando seu silêncio como uma declaração de guerra, Doug jurou:

— Eu lutarei contra você, Emily. Você tem uma vida pacata e segura aqui. Você não precisa de muito. Eu lhe darei somente o que está acostumada a receber. Deus sabe que você não merece nem isso.

A indignação subiu pela sua espinha, continuou subindo e ela se levantou do sofá.

— Ah! Eu mereço — respondeu. — Eu mereço por todo o suor e as lágrimas que derramei durante anos. Por todo esforço que fiz para satisfazê-lo. Pelos anos de desrespeito e tentativas de me derrubar, quando não havia razão para isso. Você estava me punindo? Você nos fez crer que estávamos sem dinheiro para me deixar preocupada? Você cancelava suas chegadas, no último minuto, para me deixar aborrecida? Você me disse, e repetia sem cessar, que eu não poderia ter um emprego decente, para que eu me sentisse uma imbecil? E o meu livro? Foi imbecil?

— Aquele livro foi uma coisa de momento — disse ele debochando, fazendo um movimento de onda com as mãos. — Você teve o material certo, no lugar certo, no momento certo. Qualquer pessoa semi-alfabetizada teria conseguido publicar aquele livro.

Em outra época Emily teria acreditado em suas palavras. Mas os tempos haviam mudado.

— Não de acordo com minha editora. Ela quer que eu escreva outro. Eu sempre dava uma desculpa para ela, porque você não queria que eu trabalhasse. Mas agora isso não tem mais nenhuma importância para mim. A desculpa de ter que pagar mais impostos não é mais empecilho. Da última vez, com apenas um livro, eu ganhei o suficiente para pagar os impostos e ter uma apreciável soma para gastar... uma soma apreciável que desapareceu da sua conta bancária, aparentemente para nos manter solventes, e mais provavelmente para me manter na escuridão e evitar que eu soubesse o quanto você estava economizando. — Ela se lembrou o que Kay e Celeste sempre diziam. — Mas é isso que você quer, não é? Você me quer na escuridão. Você me quer ignorante do meu próprio potencial. Você não quer que eu ganhe dinheiro e me torne forte e mais independente do que você. Se eu me tornasse uma pessoa independente, não seria tão ingênua. Não deixaria você passar por cima de mim. Eu simplesmente mandaria você para o inferno!

Ela respirou fundo, incitada pelo desprezo que sentia pelo seu marido naquele momento. Continuou:

— Bem, estou dizendo agora, Doug. Vá para o inferno! Eu quero o divórcio. E não me diga que não vai me dar um centavo, porque eu tenho documentos suficientes para provar ao juiz que fui traída e enganada por muitos anos. Tenho provas da existência de bens que nunca soube que tinha. Vou sair do divórcio muito melhor do que entrei.

— Não, não irá. As mulheres nunca saem.

— Sairei. E daí se não sair? Você não é a pessoa com quem me casei. Não quero mais viver com você. — Seus olhos se desviaram para as malas e então disse: — E isso significa a partir desta noite. Não quero sentir o seu calor vindo da cama de outra mulher. Você pode ir procurar um quarto no Grannick Lodge, ou pode voltar para Boston. Não deve haver nenhum congestionamento de trânsito a esta hora da noite.

— Você está me enxotando da minha própria casa? Tente novamente, Emily. Você não pode me obrigar a sair.

— Não? — Ela estava fora de si. — É só chamar a polícia que você passará a noite na cadeia.

Ele fez um som de descaso.

— Sob qual acusação?

— Agressão. Ameaça de agressão.

— Mas eu nunca a ameacei fisicamente.

— É verdade — disse ela, sem uma ponta de remorso. — Mas farei essa acusação até segunda-feira, quando formalmente pedir o divórcio. E quando fizer isso, conseguirei uma ordem para mantê-lo longe desta casa.

— Esta casa é *minha*.

— E eu *vivo* aqui muito mais do que você. Qualquer membro do Departamento Policial de Grannick confirmará. Além do mais, você é proprietário de outra casa. Fique lá! Fique com o menino por quem você esperou dezenove anos. Fique com a mãe dele. Deixe-a lavar as suas meias para variar. Para mim, chega!

Ela se dirigiu como um furacão para a porta da rua e abriu-a completamente, com intenção de colocá-lo para fora. Mas uma vez tendo começado a desabafar ela não conseguia parar.

— Nosso casamento acabou há muito tempo, só que não queríamos admitir. Mas, por Deus — ela colocou a mão no peito —, é um alívio poder dizer isto. Nosso casamento foi um grande e desagradável esforço. Não havia me dado conta, até agora. Fiquei me agarrando às lembranças do casal que fomos um dia, mas elas estavam tão esfarrapadas e dilaceradas que eu quase não as reconheço mais. Aliás, nem as quero mais!

— E o que você quer?

— O que eu quero não vem ao caso. O que *não* quero é me sentir pequena e inadequada e, principalmente, *culpada* o tempo todo. Estou cansada de dar desculpas aos outros pelas suas ausências. Estou cansada de tentar agradá-lo, quando não é isso que você quer.

— Não sou uma pessoa de difícil convivência.

— Você é *muito* difícil de se conviver! — Ela gritou, porque ele estava fazendo o mesmo jogo novamente; fazendo-a se sentir *errada* e ela estava cansada disso! Então percebeu que ele a estava provocando. Levantou a voz e manteve seus olhos firmes nos dele.

— Vá embora, Doug. Me encontrarei com Shep Hubbard na segunda-feira. Mande seu advogado entrar em contato com ele. E telefone antes, se quiser passar aqui, amanhã, para pegar alguma coisa sua.

Ele ficou olhando-a por um longo tempo. Ela manteve seu olhar, sem piscar. Ele disse apenas:

— Você é durona.

Ela respondeu:

— Não sou, não. Mas estou aprendendo. — Fez um gesto para que saísse. Esperou que ele passasse por ela.

Vinte

Emily passou a manhã de domingo esvaziando o escritório de Doug. Tinha uma necessidade frenética de estar ativa e não conseguiu pensar em nada mais apropriado para o momento. O escritório de Doug era o símbolo da vida que ele construíra sem ela, e ela o queria transformado.

Encaixotou os livros e papéis dele. Esvaziou as gavetas e arquivos, levou as caixas para a garagem. Brian chegou nesse momento, os pneus estalando sobre a camada de neve, que havia caído à tardinha e que congelara. Tirou Julia do jipe e agasalhou-a com seu casaco de lã, de modo que somente seu rostinho ficasse de fora.

— O que você está fazendo? — perguntou enquanto caminhava em direção à garagem.

Emily sacudiu as mãos na calça jeans.

— Limpando.

— Precisa de ajuda?

— Não. — Ela acenou para Julia. Julia respondeu com um sorriso.

Brian perguntou gentilmente:

— Você está bem?

Emily confirmou com a cabeça.

— Essas coisas são dele?

— Ahã.

Ele falou satisfeito:

— Deixe-me ajudá-la.

Ela deu-lhe uma palmada no braço.

— Você é mau!

— Apenas egoísta. Senti sua falta.

Ela também. Mas suas mãos, sua mente, suas necessidades até agora estavam por conta de Doug. Ela inclinou-se para ele por um instante e depois se afastou.

— É verdade — disse ele, agora sério. — Posso carregar caixas.

Mas Emily disse que não com a cabeça e mandou-o embora. Ela precisava fazer o trabalho sozinha. Precisava do exercício e da terapia. Fez diversas viagens, até que tudo o que tinha no escritório, com exceção dos móveis, estivesse na garagem.

De volta a casa, olhando as gavetas vazias, a mesa nua e todas as máquinas que ela iria precisar para seu trabalho, maravilhou-se com sua coragem. Ela nunca ousara desafiar Doug. Jamais tivera consciência disso, mas era uma boa sensação. Essa era sua declaração de independência.

Um pequeno passo em direção à auto-estima.

A limpeza do escritório foi outra maneira de ela ter à mão suas próprias coisas, antes guardadas ao acaso. Agora as arrumara em ordem nas gavetas e nas estantes. Pegara um abajur antigo e elegante do porão. Comprara-o há alguns anos em uma liquidação, mas Doug o achara horrível. Colocou-o em um dos cantos da mesa. Pendurou seu diploma na parede. Encheu as prateleiras da estante com seus livros favoritos, fotos de Jill e, claro, de Daniel. Pôs um volume do livro que havia escrito, com a capa virada para cima, bem à vista.

A essa altura já eram quatro horas da tarde. Esperara ansiosa que Doug fosse apanhar roupas, papéis, alguma coisa. Naturalmente, sabendo que ela estava esperando, ele não aparecera.

Então, vestindo calças compridas, meias grossas e uma pesada camisa tipo suéter, enrolada diversas vezes nos punhos, sentou-se na mesa e fez uma relação cronológica dos papéis de sua grande pasta sanfonada.

De repente, sua disciplina acabou. Não conseguia mais se concentrar. Pelo menos, não do modo que queria. Sua mente era um turbilhão. Ficou olhando para o jardim, imaginando como seria a semana que se iniciava.

A porta dos fundos bateu.

— Que diabo, o que *você fez com as minhas coisas*?

Seu estômago deu um salto. Por um rápido momento ela se arrependeu do que havia feito. Então se lembrou da mulher, do filho, da casa, do clube, das repetidas mentiras e negativas. Posicionou-se firme sobre as pernas, levantou o queixo e esperou.

Ouviu as passadas furiosas dos mocassins italianos atravessando a cozinha e entrando no vestíbulo.

— *Emily?*

Ela se sentou na cadeira e esperou. Ele sabia onde ela estava.

Em poucos segundos, estava diante dela, todo de Armani, calças, suéter e uma jaqueta com o colarinho fechado. Estava exaltado e, para a satisfação de Emily, parecia pouco à vontade:

— Quase entrei na garagem! Você tem idéia do que aconteceria caso eu entrasse? Teria perdido muitos arquivos e teria amassado o carro! Você não tem nada na cabeça? Por que você colocou minhas coisas lá?

Ela havia conjeturado há pouco como seria vê-lo pela primeira vez depois do pedido de divórcio. Se ele tivesse aparecido se desculpando, sendo gentil, chocado, tentando conciliar as coisas para não prejudicar Jill, ela poderia ter algum escrúpulo. Mas sua entrada ultrajada resolveu o problema.

Por que ela tinha posto suas coisas na garagem? Porque havia uma certa justiça poética no ato. Não era na garagem que ele guardava seus bens mais preciosos?

Ela desdobrou as pernas.

— Pensei que estava ajudando. Agora a única coisa que você tem a fazer é colocá-las dentro do carro.

— *Tudo?* Mas você misturou tudo! Vou ter de separar novamente! São papéis importantes que você misturou de qualquer maneira!

Ela não sabia que importância podiam ter aqueles papéis enfurnados em um quarto onde ele não passara um só momento nas últimas semanas.

— Relaxe, Doug. Eu não misturei nada. Eu coloquei as coisas em caixas, exatamente como estavam arrumadas aqui. Tudo com etiquetas. Nada foi perdido.

Ele pôs as mãos nos quadris, balançou a cabeça e esbravejou:

— Você é inacreditável!

Emily não queria nem saber. Sabia o que ele diria em seguida. Cansara de ser masoquista.

— Se você veio apanhar suas roupas, sirva-se. Não toquei nelas.

Ele olhou-a por mais um minuto e deixou os braços caírem.

— Como Jill pôde me ver na sexta-feira? — Agora não havia raiva em sua voz. Só preocupação.

Emily se acalmou. Afinal, era necessário. Jill sempre fora a maior preocupação dela. Sempre quisera que Doug se sensibilizasse com a filha. Ele precisava ouvir a verdade:

— Ela já o tinha visto antes.

— Quando?

— Na primavera passada. No final da semana dos calouros. Ela vinha andando pela rua com outras amigas e viu você em frente da casa. Com eles. Ela tentou dizer para si mesma que não poderia ser você, mas isso a atormentava. Então ela viu como nós estávamos no último fim de semana.

— Como nós estávamos?

— Distantes. Ela é uma moça, Doug. Ela vê e compreende.

— Você falou com ela sobre o assunto, depois do último fim de semana?

— Somente na sexta, depois de nosso encontro na Marlborough. Ela estava triste. Tentei suavizar um pouco.

— Como?

— Eu lhe disse que poderia haver alguma explicação para o que havíamos visto. Disse que ela precisava falar com você. Que você era seu pai. Que ela não teria outro nesta vida.

— Ela me odeia?

— Um pouco, talvez. Mas também o ama. Na verdade está confusa.

— Como será que vai reagir se eu telefonar para ela?

— Não sei. Mas quanto mais tarde você telefonar será pior. Ela está tentando imaginar qual o lugar dela na sua vida. Precisa saber que você a ama. Precisa saber que você está preocupado com a reação dela a tudo isso.

Carrancudo por algum tempo, ele resmungou e olhou para longe. Parecia que usava suas roupas elegantes como uma proteção. Vagou pelo escritório. Inspecionou as estantes, as paredes, o abajur, como se estivesse anotando mentalmente cada modificação que ela fizera. Teria notado a foto de Daniel na parede? Teria notado o livro? Onde ele teria passado a noite?

— Você é rápida — disse, finalmente.

Ela segurou os joelhos.

— Eu sempre tinha que procurar um lugar quando queria fazer alguma coisa. Você tinha seu espaço, Jill tinha o dela. Nunca tive nada. Agora tenho o meu.

— Para fazer o quê? — perguntou ele, esticando o pescoço em direção à mesa.

— Para organizar meus pensamentos.

— Sobre o quê?

Ela olhou em seus olhos.

— Daniel. Estas são notas que reuni durante esses anos todos.

— Sobre Daniel?

— Daniel e eu. Meus sentimentos em relação a tudo que aconteceu. O que significa perder um filho daquela maneira.

— Se você está escrevendo um livro, é bom que eu saiba. Meu advogado vai precisar saber se está ganhando algum dinheiro.

— Não estou.

— Vai receber?

— Você está em melhor situação para responder. Você sabe melhor do que eu onde está o dinheiro dos direitos autorais do livro que escrevi.

— Se me caluniar em seu livro eu a processo.

"Que ego. Que mente distorcida."

— Não estou interessada em escrever sobre você.

— Mas não será inevitável? Nosso casamento acabou por causa de Daniel. As duas coisas estão relacionadas. Você não pode se aprofundar em um sem mencionar o outro. Afinal, por que você quer escrever sobre Daniel?

— Porque ele existiu.

— Mas como você vai reviver isso?

— Como posso *deixar* de fazê-lo? Ele era meu filho. Nós nunca o deixamos descansar.

— Nunca o enterramos, você quer dizer.

Ele virou-se para a janela, colocou as mãos nos bolsos das calças e ficou ali por um longo tempo antes de dizer relutante e mais calmo:

— Tenho pensado nele, também. Imagino que seja natural. Tenho dirigido muito por aí, para lugares que jurei que nunca iria. Digo a mim mesmo para mandar tudo para o inferno, mas é difícil.

Silenciou novamente. Continuou olhando para fora. Bastava olhar para as suas costas para ver que estava tenso. Finalmente, continuou:

— Tenho a sensação de que ao me separar de você estou sendo desleal para com Daniel. Estúpido, não? Ele não está aqui para saber o que faço. — Fez uma pausa e depois completou com a voz baixa: — Mas é como se estivesse.

Emily sabia o que ele queria dizer. Aquela parecia a primeira conexão honesta entre os dois, há anos.

— Foi aqui que o vimos pela última vez. Nosso único elo com ele: Grannick, esta casa, nosso casamento. — Ela olhou para um dos retratos de Daniel. — Foi por causa dele que você nunca pediu o divórcio?

Doug não respondeu.

— Se você me odiava tanto — prosseguiu —, se eu era uma constante lembrança do que você havia perdido, não entendo como não me deixou há mais tempo.

Ele levantou os ombros, e ela interpretou esse movimento como uma admissão. Havia algum consolo em saber que ela não era a única, cujo curso de vida havia sido conduzido por um fantasma.

Doug se virou. Seu rosto estava cansado. Pela primeira vez sem a expressão de orgulho, ressentimento ou machismo.

— Onde isso tudo vai acabar?

Vendo-o vulnerável como não se lembrava de tê-lo visto antes, Emily teve todas as chances para lamentar o que estavam para fazer. Mas seu lamento era apenas racional. Lamentava seu sofrimento. Lamentava ter deixado Daniel no carro aquele dia. Lamentava o fracasso de seu casamento.

Mas não lamentava o fato de que não mais planejaria sua vida em função das breves chegadas de Doug. Cada vez mais dolorosas. Durante dezenove anos, sua vida com Doug havia sido definida pela ausência de Daniel. Cada atitude era uma tentativa para compensar a perda, pedindo desculpas, penitenciando-se da forma mais servil e subserviente possível. Libertar-se dessa vida seria o primeiro passo para, finalmente, deixar Daniel descansar.

Onde tudo isso terminaria? Ela lutava e sacudia a cabeça, ansiosa por aquele final, mas tão confusa quanto ele. De repente um som veio da cozinha, e ela rapidamente olhou para a porta.

Os passos eram mais suaves agora. O tênis fazia um ruído diferente do mocassim no assoalho. Em segundos, Brian colocou a mão no batente da porta.

— Estou interrompendo algo?

Emily estremeceu por dentro. Sentiu a calma familiar que Brian lhe transmitia juntamente com a terrível inconveniência de sua presença naquele momento.

Doug dobrou os braços e se encostou na janela.

— Nós estávamos apenas conversando — respondeu ela a Brian. Então, preocupada com Julia, perguntou depressa:

— Está tudo bem?

— Tudo em ordem. Vou comprar uma pizza. Vocês gostariam de se juntar a nós? — Ele estendeu o convite a Doug, levantando as sobrancelhas.

Doug não disse uma palavra.

— Fica para outra vez — respondeu Emily.

Brian passou a mão nas calças.

— Ok, mas se mudarem de idéia, telefonem para mim. Julia provavelmente ainda vai dormir uma meia hora, e só sairei depois que ela acordar. — Com um aceno de mão para Doug, se virou e saiu.

A porta dos fundos tinha acabado de bater, quando Doug se dirigiu curioso para Emily e disse:

— Você não demorou muito.

— Não demorei o quê? — perguntou ela, apesar de saber o que ele queria dizer. Ela percebeu exatamente o que parecera a entrada de Brian. Parecera íntima e familiar. Obrigada, Brian!

— Você está de caso com ele. Minha nossa, você acreditou mesmo quando eu lhe disse que havia gostado dele!

Emily desdobrou as pernas. Ela não sabia com quem ficar mais aborrecida. Se com Brian por aparecer daquela maneira, ou se com Doug por aproveitar a ocasião para acusá-la.

— Você não tem direito de me fazer acusações, Doug.

Com um jeito presunçoso — até malicioso — ele se afastou da janela.

— Diga que não está dormindo com ele.

— O que faço ou deixo de fazer não é da sua conta.

Ele se aproximou da mesa.

— É por isso que você está me botando para fora, não é? Você está dormindo com *ele*. Engraçado, estava pensando sobre isso na noite passada. Não conseguia entender por que você tomara essa decisão tão rapidamente. Sem discussão, sem aviso, sem nada. Chego em casa e bum, você me manda embora. Agora sei o porquê.

Emily deu um pulo de raiva tão grande que ficou de pé.

— Você não sabe de nada — disse agitada. — Esqueça o Brian.

Depois ela discutiria o assunto com ele, pensou. Agora, estava furiosa com Doug:

— Eu quis que você fosse embora quando soube que tinha outra família completa, outras posses, enquanto se fazia de vítima para mim. E não há nada de novo nisso. Você tem essa relação há pelo menos quatro anos e nove meses, e todo esse tempo nosso casamento se tornava cada vez mais frágil. E não houve nada de repentino nisso! — gritou ela, cheia de raiva. — *Esqueça* o repentino! Perguntei meses a fio para você o que havia de errado, o que você queria, por que não se sentia feliz, por que não passávamos mais tempo juntos. Você nunca me disse a verdade. Aliás, nunca chegou perto da verdade. Cheguei a sugerir que fôssemos ver um conselheiro matrimonial para salvar nosso casamento. *Repentino?* Não há nada *repentino*. *Eu* tentei salvar o nosso casamento. Tentei muito. E você, o que fez? Você disse que não tinha tempo nem dinheiro para um conselheiro matrimonial. Era muito mais importante ser sócio do clube de golfe.

— Você está com ciúmes.

— De você ser sócio do clube? — Ela teria rido se não estivesse com tanta raiva. — Não exatamente. O que eu queria... quis, tempos atrás... era um casamento que significasse algo. Queria um companheiro. Queria conviver com alguém que se importasse comigo. Mas você não quis. Não quer. Você vem mentindo para mim há anos, para poder estar com sua amante e o filho dela.

— Ele é *meu* filho — disse Doug.

— Pois é. Você me contou ontem à noite. E eu então o chutei para fora. Você pode considerar esse chutar da maneira que quiser. Eu o acho bem apropriado.

— Apropriado coisa nenhuma. Você me queria fora para poder juntar os trapos com o policial. Foi ele que escolheu as cores do quarto?

Emily arrepiou-se.

— Eu as escolhi. Nem ele, nem outro homem, além de você, conhece aquele quarto. É meu, somente meu. E espero que continue assim durante algum tempo. Sabe o que descobri nas últimas semanas? — Ela estufou o peito. — Eu existo. Existe uma pessoa dentro deste corpo que não é escrava de ninguém. Essa pessoa está sentindo o que é ser livre pela primeira vez em sua idade adulta.

Ele deu um sorriso afetado.

— Agora, essa devoção por você mesma, a mulher que confunde maternidade com escravidão.

Ela levantou a mão.

— Essa não! Não estou me referindo à maternidade, e você sabe disso. Estou me referindo ao nosso casamento. Você me diminuía, Doug. Essa é a verdade.

— E ele não faz isso? — Uma pausa. — Querida, o único homem que dá total liberdade à mulher é aquele que não se importa com o que ela faz ou por onde ela anda. É isso. Ele é bom?

Se é! Muito melhor do que você, seu imbecil vaidoso, ela pensou. Depois se dirigiu à porta e disse:

— Acho que você deve ir embora.

Ele a seguiu.

— Por quê? Por que a estou colocando em uma posição desconfortável?

— Porque você já está *fora* do contexto. — Ela se virou para ele no vestíbulo. — Quando éramos casados você podia perguntar sobre a minha vida. Agora você não pode mais. *Especialmente* levando-se em conta o que fez comigo. O roto falando do esfarrapado! — Ela se virou e foi para a cozinha.

— Tenho todo o direito de perguntar as coisas a você. É *meu* dinheiro que você quer.

— É *meu* dinheiro! — gritou ela. — Ganho com meu esforço. E mal pago!

— Abaixe a voz.

Ela abriu a porta e berrou:

— Eu aumentarei minha voz o quanto quiser. A vida é minha, a casa é minha e a voz é minha. — Ela empertigou-se e falou baixo mas enfaticamente:

— Quero que você vá embora, Doug. Esta discussão acabou.

Enquanto passava por ela, perto o suficiente para roçar-lhe o corpo, falou baixinho:

— Com pressa para dar uma trepada rápida?

— Saia!

Uma trepada? Não exatamente. No instante em que o elegante carro preto desapareceu da sua vista, ela saiu feito um furacão da cozinha, atravessou o caminho da garagem e subiu as escadas para o apartamento sobre a garagem.

Brian estava com papéis espalhados sobre a mesa e, embora não parecesse exatamente culpado, certamente parecia inseguro.

— Por que você fez aquilo? — perguntou ela sem preâmbulos. — Você viu o carro. Sabia que ele estava aqui.

— Queria ter a certeza de que você estava bem.

— Podia ter telefonado ou tocado a campainha.

— Estava preocupado que ele pudesse lhe fazer mal.

— Ora essa, Brian!

— Estou falando sério. Tenho visto muita briga doméstica. Os homens não aceitam facilmente serem jogados na rua.

— Difícil ele ficar na rua. Ele tem um lugar muito bom para onde ir.

— Então o que ele veio fazer aqui?

— Falar comigo. Ele teria que fazer isso em algum momento. Ele é o pai de Jill. Sempre que ele quiser falar comigo sobre Jill, estarei à disposição dele.

— Era o que ele queria?

— Não, depois que ele viu você entrando daquela maneira, como se fizesse isso normalmente. Tudo que quis falar depois era sobre quando começamos a dormir juntos.

— Você contou para ele?

— Claro que *não*. Eu não confirmei *nada*.

— Por que não?

— Porque o que faço à noite é problema meu, não dele.

— Você ficou envergonhada?

— Por quê?

— Nosso relacionamento.

— *Claro* que não.

Dissimulada, talvez, pois começara o relacionamento com Brian enquanto ainda estava com Doug. Protetora da relação, certamente, e excitada por ela, até mesmo agora, quando estava furiosa. Mas envergonhada? Nunca. Perguntou:

— Como você pode me perguntar e até mesmo pensar numa coisa dessas?

Ele encolheu os ombros.

— Se eu fosse você, teria contado.

— Claro. Por isso você apareceu lá sem mais nem menos. Você queria que ele soubesse. Você não teria feito melhor se tivesse alugado um avião e escrito no céu.

— Você está absolutamente certa — disse Brian levantando-se do sofá. — Não tenho vergonha nenhuma do nosso relacionamento. Ele é muito bom, nobre e maravilhoso. Eu a amo. Não tenho vergonha. Você tem?

— Essa não é a questão — insistiu ela, com dureza contra aqueles olhos de um pálido azul que poderiam subjugá-la. Ele a amava. Oh, Deus, as palavras eram uma música doce, tão doce! Mas ela havia passado toda uma vida sendo acalentada por palavras que escondiam seus próprios pensamentos. Ela precisava ser mais honesta e mais objetiva. — Não é você quem vai dizer a ele o que vou fazer com a minha vida. A decisão é minha e de mais ninguém.

— Por que você não quer que ele saiba?

— Não me importo que ele saiba — gritou ela, frustrada ao máximo. — Mas eu tenho o direito de dizer a ele da minha maneira e no momento que quiser. Não precisava ver você entrando daquela forma! Tão espalhafatosamente possessiva que até um cego teria percebido. Eu não pertenço a você, Brian.

Ele ficou de pé perto dela, mantendo uma certa distância.

— Eu nunca disse isso.

— Talvez não, mas foi a sensação que deu. Eu pertenci a Doug, um dia. Deixei-me pertencer. Consenti em ser o segundo violino. Fui subjugada. Veja a que ponto cheguei.

— A que ponto chegou?

— Estou com quarenta anos e começando do nada.

— Eu não diria isso. Diria que você tem quarenta anos e está desabrochando de uma maneira que nunca poderia imaginar. Você não tinha maturidade aos vinte ou trinta. Agora você tem. Agora você tem a sua vida em suas mãos.

— Bem, isso me parece muito poético, mas não descreve alguns sentimentos que tive nos últimos meses, ou melhor, nos últimos *dias*. — Eles descobriram muitas coisas que germinavam e que agora se transformavam em pensamentos. — Também não descreve o medo ou o choque. Não descreve o terrível desgosto de perder meus alicerces, ou a sensação de ter o tapete puxado sob os meus pés. Não descreve a dor de ser traída, ou o conhecimento profundo de que deixei tudo acontecer. E, principalmente, não descreve a dura realidade, que não tenho ninguém a não ser eu mesma. Ainda não estou preparada para essa responsabilidade. E me dá medo! E o que me dá mais medo é que eu permiti que isso acontecesse. Deixei Doug me manter alheia às nossas finanças, me manter alheia aos seus sentimentos em relação a mim. Quer ser poético? Eu também posso ser poética. Eu deixei que me aleijassem. Agora estou aprendendo a andar.

— Você me ama?

— Sim, eu o amo! — Ela nunca teria tido um romance com ele se não o amasse. — Mas não quero usá-lo como muleta! Não quero sair de uma relação e cair noutra. Não quero ser dependente como fui. Se nós temos um futuro, você e eu, quero que seja diferente. Quero que haja respeito.

— Eu a respeito, desde o primeiro dia.

— Preciso de respeito próprio. E é nisso que vou investir agora.

— Escrevendo, você pode chegar lá.

— É mais do que isso — disse ela, e falou com uma confiança que a fazia se sentir muito bem. — Estou descobrindo minha voz. Estou decidindo o que quero para o jantar, não o que Doug quer, ou Jill quer. Estou dormindo no meu quarto, decorado da maneira que quero. Estou usando o banheiro quando quero e não quando ninguém quer mais.

— Eu não tenho esse tipo de problema. Mas o que isso tem a ver conosco?

— Significa — respondeu ela com um ar de alívio, uma catarse que ela jamais experimentara com Doug — que eu preciso do meu espaço. Significa — falou com um sorriso, se chegando a ele e passando os braços em seu pescoço —, que apesar de você ser a pessoa mais doce do mundo e ter ido em meu socorro, eu preciso lidar com Doug da minha maneira. Preciso dormir sozinha de vez em quando. Preciso me conhecer.

— Mas você me ama?

— Sim. — Ela fez um gesto de resignação dessa vez. Como ela poderia não amar, quando seus olhos a adoravam daquela maneira. — Eu o amo muito.

Ele escorregou as mãos pelas costas de Emily e a levantou. Depois colocou seus quadris entre as coxas dela, enquanto a encostava na parede junto da porta.

— Você dormirá comigo nos dias em que não precisar dormir sozinha?

Ela disse que sim com a cabeça.

— Você comerá o que eu decidir cozinhar de vez em quando?

Ela disse que sim, novamente.

— Você vai fazer amor comigo agora?

— Não.

— Por que não?

— Porque é muito cedo. Eu acabei de me separar.

— Mas fizemos amor antes...

— Psiu.

— Eu preciso de você, Emily. — Ela sentiu a respiração quente dele contra sua fronte. Seus braços a envolveram com muito cuidado e, curiosamente, com uma força incrível. — Eu fiquei em pânico, achando que ia acontecer alguma coisa entre vocês. Fiquei com medo que vocês pudessem se reconciliar.

— Como poderia fazer uma coisa dessas, amando você?

— Você poderia ter feito por Jill. É claro que eu admiraria esse seu gesto, mas perder você seria terrível. — Sua voz se quebrou num gemido, enquanto a apertava contra ele. — Oh, querida, eu vou precisar de você para sempre.

O sentimento era mútuo. Ela não queria isso, na verdade. Tinha intenção de trabalhar para se tornar auto-suficiente, mas também sentia falta dele. Seu corpo se lembrava da intimidade que desfrutaram. Cada pedaço dela gritava por essa intimidade. Significaria que ela estava ficando fraca? Ou apenas percebendo o que queria e pegando?

— Eu vim aqui para marcar minha independência.

— Então faça isso — falou ele baixinho. — Tome a iniciativa que quiser. Meu corpo é seu.

A situação era tentadora. Seu corpo era incrível — longo, forte, ligeiramente musculoso e com cabelos nas partes certas.

— E Julia?

— Dormindo. — Ele se virou para ela ansioso. Então, com as costas dela contra a parede, segurou seu rosto em suas mãos. — Estou tão louco por você, tenho tanto para dar, e não é somente sexo, é tudo que tenho dentro do mim.

— Eu sei — respondeu ela. Ele já vinha dando tudo que tinha dentro dele, desde o primeiro dia em que se conheceram. Apesar de uma parte sua achar que ela deveria ter recusado fazer sexo com ele (ela não seria usada novamente por mais ninguém), outra parte não entendia por que ela deveria negar a si própria aquele prazer. Não era o prazer um produto dessas outras coisas que vivem dentro de nós?

Decidindo que ser independente não significava ter de viver estóica e castamente, ela deu um gostoso suspiro e procurou, faminta, a sua boca.

Vinte e Um

Brian se sentia frustrado. Dava a Emily amor, sexo e espaço quando ela precisava. Mas ainda não conseguira lhe dar o que mais queria.

As impressões digitais que conseguira, que se referiam ao garoto de dois anos de idade chamado Daniel, não levaram a nada. Daniel Arkin não tinha passagem pela polícia, não fizera o serviço militar, nem passara por qualquer escola que exigisse as impressões digitais de seus alunos. Ele não era um Boina Verde, um homem-rã da Marinha ou um empregado do governo, ligado à Segurança — o último era compreensível, uma vez que teria apenas vinte e um anos, hoje. Mas Brian não deixara furo algum.

— Esqueça disso — John lhe dissera mais de uma vez. — Você não vai encontrar nada, a essa altura.

— O que você acha que aconteceu com ele?

— Um vagabundo. Um cigano. Meu Deus, não sei. Mas ele se foi.

Ele se fora mas certamente não fora esquecido. Isso é o que fazia Brian continuar. Não que ele quisesse que Emily se esquecesse de Daniel. Ele nunca pediria isso a ela. Queria uma resposta para que ela soubesse se havia ou não uma chance de ele ser encontrado.

Talvez não houvesse. Mas ele havia trabalhado em outros casos que pareciam sem solução, quando uma bolha subia à superfície. Ele não iria desistir, principalmente agora que a vida de Emily começava a mudar. Ela havia terminado com seu casamento e iniciara um livro.

Se entregava a Brian de um modo que sugeria perenidade. Mas ele queria mais do que uma sugestão.

Foi por isso que ele dirigiu duas horas até Lower Hadley, uma pequena cidade, onde havia seguido os passos de uma senhora que possuía uma loja de doces em Grannick ao tempo do desaparecimento de Daniel. A casa ficava depois dos Correios. Dela se poderia ver perfeitamente o carro de Emily, de onde o menino fora raptado. Mas, infelizmente, no momento do rapto, um caminhão obstruía a visão de quem quer que estivesse na casa. Além disso, uma máquina barulhenta estava ligada dentro da loja, o que abafaria qualquer som que pudesse vir de fora.

A dona da loja não vira nada, não ouvira nada, não sabia de nada.

Ele não ficou surpreso. Mas foi desanimador. Já havia falado, naquele dia, com quatro outras pessoas que estavam dentro da loja de doces — o dono da padaria, um cliente do escritório imobiliário, e dois fregueses.

Nada.

Na volta para Grannick, ele não sabia mais o que fazer. Havia procurado na lista de conhecidos maníacos sexuais. Havia até interrogado alguns deles que estavam na cidade na ocasião do rapto. Sem o conhecimento de John, mas sigilosa e gentilmente, tinha até checado a história de Nestor Berlo.

Quando viu que não conseguiria pista alguma, trabalhando na rua, voltou-se para o computador. Fez o que um grupo de trabalho faria. Listou todos os seqüestradores de crianças que haviam operado nos cinco anos seguintes ao desaparecimento de Daniel. Através dos contatos que estabelecera ao longo da sua carreira, acabou por traçar a trajetória de cada um deles.

Muitos haviam morrido. A maioria estava na prisão. Entrevistou três dos últimos, sem sorte. Os que estavam nas ruas durante o desaparecimento de Daniel tinham sólidos álibis. Estavam todos longe de Grannick no dia do crime. Álibis confirmados por oficiais de justiça, parentes, amigos ou empregados. Brian sabia o quão facilmente um amigo ou parente pode mentir. Mas não podia abrir uma investigação sem evidências mínimas. E ele não tinha nada. Nenhum deles havia seqüestrado uma criança de tão tenra idade, quer de carros ou de suas casas, sem pedir um resgate. Nenhum dos seqüestradores notórios, pelo menos. O que o levava aos que não eram conhecidos, ou seja, ao ponto de partida.

Ficou olhando o computador, lendo e relendo as listas com tanta freqüência, que sabia tudo de cor: nomes, perfis, folha corrida. Tinha esperança de que lendo e relendo as listas acabaria por encontrar um indício que lhe passara despercebido.

Queria resolver o problema. Queria que Emily pudesse fechar esse livro, literal e figurativamente. Pudesse finalmente fechar esse capítulo de sua vida. Mais do que tudo, queria que ela soubesse que o havia feito por ela; queria que ela o olhasse daquele modo que fazia com que seu peito se estufasse, sua garganta se comprimisse, tanta era a importância que ela tinha para ele.

Devia haver uma resposta. Ok, ele estava emocionalmente envolvido. Ok, ele não estava sendo tão realista quanto se esperava de um policial. Mas seu amor por Emily não o deixava desistir. Alguém, em algum lugar, sabia o que havia acontecido com Daniel.

Brian tinha vários motivos para passar no meio do dia na casa de Emily: 1) por falta de outra direção; 2) porque Emily passava o dia inteiro dentro de casa, estudando as notas sobre Daniel, espalhadas à sua frente; 3) porque Brian pensava que encontraria alguma pista entre as anotações de Emily que ela, tão emocionalmente envolvida, não enxergara; 4) porque uma vez que Doug fora embora, se sentia livre para amá-la.

Trouxe sanduíches na segunda. Na terça, porque nevava e o mundo do lado de fora era frio e quebradiço, ela fez uma sopa. Na quarta, por achar que ela devia dar uma parada, tirou-a da frente do computador e a levou ao restaurante.

Voltavam para casa quando seu rádio chamou. Ligou-o e ouviu o policial de plantão. Resmungando, parou em um posto de gasolina.

— O que foi? — perguntou Emily.

Ele devia tê-la deixado em casa, onde estaria a salvo e só teria o desaparecimento de Daniel para se preocupar.

— Brian, o que houve?

— Você não vai querer saber.

— Outra criança desaparecida, não é?

Ela ouvira parte da conversação no rádio. Ao dobrar em uma esquina, Brian lhe disse:

— Desaparecida não significa raptada. Deus do céu, o que *há* de errado com esta cidade?

— Foi no final da LaGrange, pelo que entendi. É uma área de gente muito rica. Falaram nos Hammelman?

— Soou mais ou menos assim. Você os conhece?

— Não muito. São proprietários de cinemas, amigos dos Berlo.

Brian disse num tom de voz um pouco mais alto, mais para si mesmo do que para Emily:

— Amigos dele, dela, ou dos amantes ao longo do caminho? — Os Berlo eram, definitivamente, muito estranhos. Ele reduziu quando se aproximaram do muro de pedra, não por eles, mas porque era o caminho para a rua China Pond.

— Deixo você em casa?

— Não.

Ele acelerou.

— Não pensei mesmo que deixaria. — Continuou em direção à LaGrange até encontrar a grande casa de tijolos, onde havia uma radiopatrulha estacionada atrás de um Mercedes esporte, estacionado atrás de um Jaguar, que por sua vez estava estacionado atrás de um Mercedes maior no canteiro circular.

— Espere aqui — disse a Emily, mas ela já descera do carro.

Munroe estava com os braços no teto da radiopatrulha. Informou a Brian:

— Uma garota de três anos. A mãe deixou com a babá. As duas desapareceram.

— Não deixaram nota alguma? — perguntou Brian.

— Nada. A criança estava com muita tosse. A mãe viria apanhá-la à uma hora para levá-la ao médico.

— Talvez a babá tenha ficado com medo e levado ao hospital, ela mesma.

— *Ele* mesmo. A babá era Richie Berlo.

— Richie Berlo? — Brian perguntou com desânimo.

— Sua mãe e a Sra. Hammelman são grandes amigas. Elas estavam indo para Hartford, e como a garotinha não podia ir para a creche, por causa da tosse, ele se ofereceu para ficar com ela.

— Ele não deveria estar na escola?

Munroe deu de ombros.

— Quando você o encontrar, pergunte. Metade do departamento está na rua procurando. Ninguém o viu.

— Eles já mandaram um boletim anunciando?

— Ainda não.

— Por que não? — perguntou Brian irritado. Nenhum boletim tinha sido divulgado pela mesma razão que levara Harold a olhar para o outro lado, quando Richie tentara roubar na sua farmácia. O dinheiro fala mais alto. Nestor Berlo não podia ser aborrecido. Custasse o que custasse.

Para Emily, Brian murmurou:

— Esse garoto é um desastre pedindo para acontecer.

— Eles não tocarão nele — confirmou ela.

— Eu tocarei. Conheço alguns de seus esconderijos. Venha. Vamos nos juntar à caçada. — Mas antes de alcançarem o jipe, Munroe foi informado pelo rádio que a caçada já se iniciara — e em alta velocidade — nos arredores da cidade. Munroe transmitiu a mensagem para Brian.

Brian colocou o sinalizador luminoso no teto do carro e arrancou.

— Eu nunca estive numa caçada, antes — disse Emily.

— E não estará agora — informou-lhe ele, enquanto ouvia o rádio para saber da posição dos outros carros. — Eu estou dirigindo rapidamente, o que é um pouco menos do que dirigir em alta velocidade, o que é bem menos do que perseguir alguém.

— Vá mais depressa.

— Não com você no carro e neve derretida na estrada.

— Você não quer pegar o Richie?

— Não. O que quero é estar lá quando ele for apanhado. Quero ter a oportunidade de interrogá-lo. Não tenho medo de seu pai, como todos nesta cidade parecem ter. — O rádio transmitia boletins nervosos, um atrás do outro.

— O quanto você sabe sobre Nestor? — perguntou Emily com o tato de uma leal moradora de Grannick.

— Eu sei que sua amante é do mesmo sexo que o amante de sua mulher, se é isso que quer saber. — Um rápido olhar respondeu-lhe que estava certo.

O rádio comunicou alguma coisa, e Brian franziu o cenho:

— Ridge Road?

Emily conhecia melhor a cidade:

— Deve ser River Road. É logo adiante. — Ela se inclinou para perto do rádio, porque as vozes vinham rápidas e nervosas. — *O quê?*

Brian fez o carro disparar literalmente e disse lacônico:

— Acidente.

— Quem?

— Eu não sei.

— John.

— Espere, vamos ouvir.

— John está ferido.

— Não sabemos disso.

— Eles acabaram de dizer. Estão chamando uma ambulância.

— Fique calma — disse Brian, longe de estar calmo. Ele odiava quando um policial era ferido, odiava mais ainda quando o conhecia e quando sabia a identidade do causador. Mas odiava principalmente o fato de que tudo aquilo poderia ter sido evitado.

Ele corria o máximo que o jipe permitia, derrapando um pouco no resto da neve que havia caído no dia anterior, e buzinando sem parar quando um motorista não avisado ameaçava seu caminho. Estava ansioso para chegar a River Road. Seus nervos latejavam quando viu a radiopatrulha de John retorcida contra uma árvore.

— Meu Deus! — gritou Emily, forçando a porta.

Brian queria que ela ficasse no carro, mas era difícil segurá-la. Escutaram a sirene da ambulância atrás deles. Ele correu em direção ao carro junto com outras pessoas. Emily foi das primeiras a chegar até John. Todos se afastaram quando o pessoal da ambulância se aproximou.

— Ele está vivo — disse ela a Brian. — Ele está falando.

Mas Brian podia ver a expressão de dor no rosto de John.

— Ele está ferido. Suas pernas?

— Sim.

Colocou sua mão no ombro de Emily e falou:

— Fique aqui até que o coloquem na ambulância. Você quer ir com ele?

— Sim.

Ele deu a ordem e ficou de lado. Dentro de um carro brilhante, observando tudo como se fosse apenas um espectador, estava o homem responsável pelo acidente: Richie Berlo. A criança dos Hammelman, com um pacote de doces nas mãos, estava sentada no banco da frente do seu carro.

— O que significa isso? — perguntou Brian com o olhar cansado. Antes que Richie pudesse responder, passou por ele e tirou a criança do carro. — Ei, você! — brincou com ela. — Onde esteve?

— Nós fomos passear — disse a vozinha doce da criança, que, imaginou, teria a idade de Julia. — Nós fomos rápido. Foi divertido.

— Sua mãe está preocupada.

— Mas eu não tive tosse nenhuma vez.

Bastou um olhar de Brian para impedir que Richie tentasse qualquer movimento. Levou a criança até Sam.

— Você a segura. Eu seguro ele. — Voltou-se para Richie com um par de algemas.

— Para que isso?

— Nós as usamos quando não confiamos na pessoa que estamos levando para ser interrogada. Para que ela não fuja.

— Interrogada? Por correr?

Brian colocou as algemas rudemente, puxando Richie com ele.

— Para onde vai me levar?

— Para começar, você vai dar uma olhada no cara que está deitado na maca ali. Caso você não o reconheça, ele é o chefe de polícia da cidade. Ele é marido de alguém, pai e amigo de muitas e muitas pessoas por aqui. Ele é o cara que poderia estar morto agora, graças a você. — Empurrou Richie para baixo pelo pescoço. — Olhe bem.

John estava terrivelmente pálido. O sangue corria pelo rosto cortado. Sua fisionomia se contorcia de dor.

Quando Richie começou a se virar, Brian segurou forte suas mãos.

— Olhe mais, mocinho — murmurou entre dentes, enquanto seus olhos encontravam os de Emily. Ela estava apavorada por John, mas havia algo em seu olhar que o acalmou.

Brian esperou que Emily subisse na ambulância, depois da maca. Sem muita gentileza, empurrou Richie para o jipe e o jogou lá dentro.

— Eu não o fiz bater na árvore — protestou o rapaz, quando tomaram a estrada.

Brian segurava o volante com as duas mãos.

— Você sabia que ele estava atrás de você. Você sabia que ele queria que parasse. Ele não teria batido na árvore se você não tivesse feito o que fez.

— Ele escorregou no gelo. Não foi minha culpa.

— O que você estava fazendo com a criança?

— Nada. Ela estava aborrecida, então resolvemos passear.

— E a mãe, que a esperava em casa à uma hora?

— Eu me esqueci, e de qualquer maneira — completou, petulante —, elas nunca voltam na hora que dizem. O almoço leva horas. É a coisa mais importante da vida delas.

— Por que você não estava na escola?

— Porque fiquei tomando conta dela.

— Mas não precisava. Você não precisa de dinheiro.

— Eu estava fazendo um favor a ela. Estava fazendo um favor para minha mãe, também. Além do mais, eu sou secundarista. A escola já não é mais tão importante.

— Não se você quiser ir para a faculdade.

Richie fez um som estridente.

— Ahhh — interpretou Brian. — Entrar para a faculdade não é problema. Não quando se tem um pai molhando as mãos certas. Assim, você estava fazendo um favor a Sra. Hammelman, é? O que a fez pensar que você raptou a filha dela?

Dessa vez Richie parecia estarrecido.

— *Raptar?* Eu não *raptei* a menina. Foi o que ela disse?

— Sim. Eu quero saber por quê.

A expressão do garoto era impertinente.

— Pergunte a ela.

— Estou perguntando a você. Você é filho da sua melhor amiga. Seu primeiro instinto seria confiar, não acusar.

— Ela não gosta do meu pai.

— Por que não?

— Adivinhe. Dou-lhe três chances. As duas primeiras não contam.

— Por que *não*? — Quando Richie não respondeu, ele disse: — Eu sou novo na cidade. Faz de conta que não sei de nada.

— Ela não gosta do meu pai — disse o rapaz calmamente — porque ela não consegue atraí-lo.

— E o que tem isso a ver com o fato de ela não confiar em você?

— Qual é, cara? Eu sou filho dele. Use sua imaginação.

— Eu sou lei e ordem, preto e branco. Não tenho imaginação. Diga-me: qual a razão dela não poder confiar no filho de Nestor?

— Que merda! — Ele olhou para fora.

— Desembuche, Richie.

— Ela pensa que eu sou *como ele*. Duhhhhh!

Brian gostaria de saber se aquele som que parecia uma sirene a vapor representava a angústia da confusão sexual do rapaz. Mas não queria tocar nesse assunto agora.

— Se a Sra. Hammelman pensa assim, por que deixou a filha com você?

— Provavelmente ela pensou que eu estaria seguro com uma garotinha. Onde estamos indo? Este não é o caminho da cidade.

— É que me deu vontade de dar uma volta. — Ele baixou uma das mãos do volante. — Relaxe um pouco.

— É melhor você me levar de volta. Eles devem estar querendo saber onde estou.

Brian apontou para o rádio.

— Eles sabem onde você está. Eles podem nos alcançar, caso queiram. Assim, podemos conversar. Não precisamos ir para a delegacia.

— Não precisamos mesmo — resmungou ele. — Eu estaria fora dali em cinco minutos.

— Não, sem minha ajuda. Rapto é uma acusação muito séria.

— Eu não raptei Sara.

— Mas existem outras acusações: dirigir perigosamente pondo em risco a vida de terceiros; não obedecer ordens e fugir da polícia. Lembre-se que neste momento meu chefe deve estar chegando ao hospital, machucado o suficiente para estar correndo risco de vida. Tem também a acusação de vandalismo, só um pouco, o suficiente para chatear. E, além de tudo, ainda não me esqueci do assunto do rapto. A senhora Hammelman devia estar muito preocupada para chegar a chamar a polícia. E a sua mãe deixou...

— Minha mãe estava apavorada. Ela sabia que se chegasse em casa sem mim, meu pai ficaria furioso. Ele quer sempre saber onde estou.

— Ele é muito rigoroso com você?

Richie confirmou.

— Imagino — disse Brian — que é um preço pequeno a pagar por uma vida tão fácil. Você vai para a escola quando e se quiser.

Rouba um vidro de vitamina C de uma loja, dirige o Lotus de seu pai, pinta os carros com spray, curte um passeio em alta velocidade, arrisca a vida de uma garotinha de três anos de idade e nunca foi punido.

— Mostrou o quanto *você* sabe — debochou Richie.

— Você desobedece às leis, mas conta com seu nome para tirá-lo dos problemas.

Richie se virou para ele e falou:

— Então me puna. Pode me colocar na cadeia. Foda-se!

— Não. Eu acho que vou levá-lo para casa.

— Multe-me ou me acuse de alguma coisa. Mas tire-me daqui! Você mesmo disse que era novo na cidade. Que não deve nada a meu pai. Então vá em frente. Acuse-me. Mas *me tire* da merda deste lugar.

Brian conduziu o jipe para fora da estrada. Era uma rua sossegada e bonita, e o sol brilhava na neve. Se houvesse casas, deviam estar escondidas atrás das árvores. Não havia nenhum carro à vista.

Deixando uma das mãos no volante, se voltou devagar para Richie.

— Isso me soa como um pedido.

Richie olhava para o pára-brisa. Brian continuou:

— Quer falar sobre o assunto?

— Falar sobre o quê?

— Como é viver... em casa? Por que sua mãe está sempre fora? Por que seu irmão mais velho nunca mais voltou?

Richie se encolheu no banco.

Agora, quase gentil, Brian disse:

— Você não precisa se defrontar com ele. Posso entender como seria duro.

— Não, você não pode! — gritou Richie, dando um tapa na própria perna. Havia lágrimas em seus olhos. — Você não pode entender ter um pai que faz... que faz... que faz essas coisas. — Ele olhava para longe.

— Com você? — Brian perguntou com muita calma.

Richie não negou.

Brian se sentiu enojado.

— Aposto que começou depois que seu irmão partiu.

— Ele sabia que isso podia acontecer, mas partiu do mesmo jeito. Ele não se importa comigo. Só pensa em si mesmo.

— Sua mãe sabe?

Ele hesitou novamente. Então, como não conseguisse mais conter a amargura, desabafou:

— Ela *tem* que saber! Mas finge que não vê. Ela tem uma boa vida, é claro que sabe, mas não faz nada por mim. — Olhou sério para Brian. — Eu não sou como ele. *Odeio* isso.

— Então, o que pretende fazer? Partir como seu irmão fez e nunca mais voltar?

— Eu gostaria de poder! — gritou histericamente. — Mas ele me quer por perto. Ele diz que vai me colocar na faculdade daqui!

— E você prefere ir para a cadeia. — Isso explicava sua pressa em ir para a cadeia.

— Prefiro *qualquer coisa.*

Brian sabia que não deveria tocar no rapaz, embora quisesse abraçá-lo; dizer que confiava nele e que compreendia a sua dor. Richie estava gritando e pedindo ajuda, em alto e bom som.

— Você não quer ir para a cadeia, Richie. Lá pode ser pior do que viver com seu pai. Mas essa não precisa ser sua escolha. Eu posso lhe sugerir outras.

— Não, você não pode. Meu pai controla todo mundo em Grannick. Ele faz o que quer e vai continuar assim.

— Ele não continuará com a pedofilia.

— Você não entende. Eles nunca o acusarão disso. Eu, com certeza, não vou acusá-lo. Ele me mataria se eu fizesse uma loucura dessas.

— Existem maneiras de se fazer as coisas. Maneiras calmas e sigilosas.

Mas Richie sacudia a cabeça:

— Ele me mataria.

— Ele nunca saberá que foi você quem informou.

— É. Claro — disse, triste e irônico.

Brian segurou seus braços.

— Você está vendo algum fio aqui? Não estou gravando nada. Aliás, essa foi uma das razões pelas quais eu o trouxe aqui. O que dissermos aqui ficará entre nós. Se algo vazar, será porque você falou.

O rapaz continuava em dúvida, mas havia um elemento novo, uma esperança em seus olhos que Brian não vira antes.

O policial aproveitou a vantagem:

— Veja, Richie, as preferências de seu pai não são segredo nesta cidade. A polícia sabe há anos. O negócio, portanto, é o seguinte: vamos dizer a ele que estamos preocupados com você, sobre o seu vandalismo, a ameaça que você representa, dirigindo como um louco, sobre o roubo na farmácia, essas coisas. Sem dizer que sabemos o que ele faz com você em casa, vamos sugerir que você passe um tempo com seu irmão ou com qualquer outro parente, longe de Grannick. Tenho certeza de que ele vai concordar, se a coisa for colocada desse jeito.

Mas Richie continuava deprimido:

— Ele me quer aqui!

— Ele não vai querer um escândalo!

— Não haverá escândalo algum. O dinheiro dele cala a boca de todo o mundo.

— Sim, é isso que ele quer. Ele quer que as pessoas fiquem quietas sobre suas preferências sexuais. Seu dinheiro é para calar as pessoas. Pense nisso, Richie. Claro, Grannick precisa do dinheiro, mas seu pai precisa mais ainda da sua privacidade. Ele paga muito por isso, o que nos faz pensar o quanto o sigilo é importante para ele. Ele pode ameaçar-nos se nós quisermos que ele mande você para fora da cidade, mas nós também podemos ameaçá-lo com o que faremos, caso ele não permita.

Richie estava quieto. Ele olhava para fora. Esfregava o queixo. Então voltou-se para Brian.

— Você acha mesmo que isso pode funcionar?

— Eu apostaria que sim. Ele não é invulnerável. Poucos são, na situação dele.

— E o que acontecerá, se eu for embora e ele me seguir?

— Ele seguiu seu irmão?

— Não.

— Ele não é bobo. Ele tem um negócio próspero para dirigir e uma reputação a zelar. Acredite, ele não fará nada para se colocar em risco. Ser homossexual é uma coisa. Ser um molestador de crianças é completamente diferente.

Richie ainda olhava pelo vidro do carro. Estava prestes a chorar.

— Não queria que nada acontecesse ao chefe Davies.

— Eu sei.

— Parei, assim que o vi deslizando. Ele vai ficar bom?

— Não sei ainda. Gostaria de dar uma passada no hospital comigo?

Houve uma pausa, um olhar amedrontado para ver se Brian estava falando sério, e então ele disse agradecido:

— Sim.

Kay estava no meio da última aula do dia, quando a diretora a chamou para atender um telefonema. Era Emily, dizendo que John havia se acidentado e que estava machucado. Para Kay isso parecia um absurdo. Seu marido estava em perfeita forma física, era forte e dirigia com muito cuidado.

— Cirurgia? — repetiu ela, fazendo eco à voz de Emily.

— Existe possibilidade de hemorragia interna e problemas com suas pernas.

— Que tipo de problemas?

— Ossos partidos, o que for. Não sei os detalhes. Kay, você é a pessoa indicada para fazer todas essas perguntas aos médicos.

— *John?* Mas como aconteceu?

— Ele estava perseguindo um carro em alta velocidade. O carro dele bateu numa árvore.

Kay recuou, mas a imagem que lhe vinha à mente era de Hollywood, não da vida real.

— Ele nunca sofreu um acidente antes. Como você chegou aí?

— Eu estava com Brian quando aconteceu. Nós chegamos junto com a ambulância.

— Eles o colocaram na *ambulância*? — Isso sugeria que ele deveria estar muito ferido. Mas ela não conseguia imaginá-lo em uma maca, muito menos em uma sala de operação.

— Quer que vá apanhá-la, Kay?

Algo na urgência com que Emily falava a fez acordar, finalmente.

— Não, eu vou dirigindo até aí. Estou saindo agora.

Durante todo o trajeto, Kay disse a si mesma que policiais se ferem combatendo o crime em outras cidades, em grandes cidades. John comparecera a muitos funerais em todo o estado mas os policiais mortos jamais eram de Grannick. Grannick era uma cidade tranqüila. Uma cidade onde se tinha paz. Perseguições automobilísticas em alta velocidade não eram mais do que corridas de garotões, cheios de adrenalina, em estradas desertas.

Ela ainda duvidava da gravidade da situação, quando saiu do carro em direção ao hospital, mas a atmosfera do lugar não podia ser ignorada. Principalmente vendo a expressão preocupada de Emily — muito preocupada.

Emily a levou à sala de espera.

— Eles prometeram que viriam aqui assim que tivessem uma posição.

Kay sentou-se em um sofá de vinil rosa. Era válido o que havia pensado sobre a cidade pequena e tranqüila. Ela e Emily estavam sozinhas na sala.

— Diga-me a verdade, Emily. Estamos falando de risco de vida?

— Não, não, não. A menos que ele não reaja bem à anestesia.

— Por que então a urgência da cirurgia? Ele foi baleado?

— Não houve envolvimento com armas.

— Ele bateu no outro carro?

— Não, somente na árvore. Havia gelo da neve de ontem na estrada. Ele fez uma curva e derrapou.

Um arrepio passou pelo corpo de Kay enquanto ouvia a amiga.

— Ele estava consciente na ambulância?

— Sim. Veio falando comigo.

— O que é que ele disse?

Emily sorriu meio sem jeito.

— Ele jurou o tempo todo que não podia ter batido com seu carro.

Era a primeira coisa que Kay ouvira e que parecia coisa de John, o que fez tudo parecer um pouco mais real.

— Suas pernas estão muito machucadas?

— Diversas fraturas, nas duas.

— Nas duas? Meu Deus, como é que ele vai andar?

— Ele não vai andar por algum tempo.

— Como ele vai fazer para trabalhar?

— Não vai trabalhar por algum tempo.

— Não posso imaginar uma coisa dessas! *Absolutamente, não consigo! Quanto tempo vai durar a cirurgia?*

— Eles não disseram.

Ela tentou analisar o significado daquele "eles não disseram". Não conseguiu e então tentou organizar seus pensamentos.

— Talvez devêssemos telefonar e chamar Marilee. Não. É bobagem. Ela vai ficar preocupada. Vou esperar até que saibamos um pouco mais. Até que ele acorde. Até eu falar com o médico. — Ela estava com medo. John nunca ficara incapaz de forma alguma. — Sinto como se estivesse falando sobre uma outra pessoa.

Emily segurou a mão da amiga entre as suas.

— Vai dar tudo certo.

— Eu sei. É justo. — Ela tentava remediar. — John sempre foi tão forte fisicamente. Tudo funcionava. Ele não tinha alergias, não tinha pressão alta. Nunca ficou doente. — Ela estava se sentindo vulnerável. — Não estou preparada para isso.

— Eu a ajudarei de todas as maneiras. John é como um irmão que nunca tive.

Mas ele era marido de Kay, e ele ia precisar dela. Preparada ou não, ela tinha de estar a seu lado.

Pouco antes das sete horas, ele foi levado para o quarto. Kay já estava lá.

Ela havia mandado Emily para casa. Assegurara que ficaria bem e dissera que ela já havia feito mais que o suficiente pelos Davies, por um dia. A verdade era que, apesar de gostar muito de Emily, apreciar a preocupação de todos do departamento que vieram vê-lo, ela precisava de um tempo sozinha para pensar — para aceitar que John estava ferido, agradecer por ele estar vivo, poder se recuperar e lidar com o gosto amargo que o medo da morte lhe deixara na boca.

Além disso, ela queria estar sozinha com ele quando ele abrisse os olhos. Queria ser a primeira imagem detectada pelos olhos do marido. Esperou, coração aos pulos, os olhos arregalados fixos, garrafas de soro, tubos e gesso, enquanto as atendentes terminavam de ajeitá-lo. Então ela se aproximou da cama. Seus olhos estavam fechados, um deles tinha recebido alguns pontos e estava inchado. Seus cabelos grisalhos estavam sujos, sua pele cinzenta, seus lábios pálidos e secos.

Ela tocou seu braço com as costas da mão. Ele se mexeu. Um olho se abriu, devagar sem conseguir focalizar direito. Ela se colocou ao alcance de seus olhos.

— Oi — disse ela, doce.

A voz de John se arrastava.

— Kay?

— Sou eu, meu bem. Como se sente?

— Horrível.

— Essa é sua aparência, na verdade — disse ela, porque o humor lhe parecia mais apropriado para o momento. — Você está com um olho roxo.

— Hum. — Ele fechou os olhos.

Kay ficou olhando para o gesso em suas pernas. Elas estavam suspensas em um suporte e pareciam pesar uma tonelada. O médico havia explicado que aquela elevação seria temporária, mas que John deveria ficar acamado por algum tempo. Com uma perna quebrada se podiam lidar, duas complicavam as coisas.

— Kay?

— Estou aqui. — Ela se inclinou mais perto.

— O que aconteceu ao garoto?

Ela sorriu, sentindo-se estranhamente calma. Ela deveria saber que ele estaria de volta à cena do acidente, colocando em ordem os acontecimentos. Aquilo era normal.

— Ele está bem. Está envergonhado pelo que fez. Brian o trouxe até aqui para vê-lo.

— Precisamos tirá-lo daquela casa.

— Brian está cuidando do assunto.

Ele tentou levantar a cabeça e olhar para suas pernas. Mas, enxergando apenas com um dos olhos e com um pescoço que parecia de borracha, não conseguiu ver nada. Kay segurou sua cabeça, quando ele vacilou, e apoiou-a outra vez sobre o travesseiro.

— Você tem de descansar. Fique quieto.

— Como estão as minhas pernas?

— Elas estão no conserto.

— Por quanto tempo?

— Dependendo do processo de cura, de dois a três meses.

— Ele gemeu.

— Dói?

— Humm. — Nem pergunta nem resposta. — Minha boca está seca.

Ela correu para pegar um copo com água. Segurou-o enquanto ele bebia pelo canudo. Então ela o alçou mais um pouco para que seu pescoço ficasse em uma posição mais confortável.

— Posso fazer alguma coisa? Você quer alguma coisa?

Seus olhos estavam fechados, seus lábios se moviam com dificuldade.

— Fique aqui só mais um pouco.

Ela se sentou na beira da cama.

— Eu telefonei para Marilee. Ela queria viajar hoje mesmo. Disse-lhe que esperasse até eu falar com você. Pediu-me para dizer que o ama. — Sua garganta parecia espremida. Levou as mãos ao pescoço, mas elas rapidamente mudaram de direção e pousaram nos braços do marido. — Eu também te amo — falou baixinho. — Você pode me escutar, John? Não gosto que coisas como essas aconteçam com você. — Ela tocou suas mãos. Leve e furtivamente, ela escorregou seus dedos pelos dele. Ele dormia.

Vinte e Dois

Em uma escala de 1 a 10, o acidente de John receberia somente um 4, mas afetou Emily profundamente. Fez com que ela pensasse na fragilidade da vida e na sua imprevisibilidade. Um metro mais à esquerda, e John teria evitado o gelo e estaria bem. Um metro à direita, e ele não teria alcançado a árvore. Teria caído no canal e estaria morto.

Dois passos, dados ou evitados, e Gayle Stasek teria voltado para casa sã e salva.

Três minutos, a mais ou a menos, e Jill nunca teria visto Doug em frente à casa em Boston.

Quatro minutos, a mais ou a menos, e quem quer que tenha raptado Daniel não o teria visto.

— Aterrorizador — suspirou, perdida em pensamentos, enquanto olhava as labaredas que queimavam na lareira e atingiam seu coração.

— O que foi? — perguntou Brian.

Ela estava sentada em frente a ele, cotovelos apoiados em seus joelhos.

— O quê?

— O que é aterrorizador?

— A rapidez com que as coisas acontecem. A finalidade delas. E se eu não tivesse ido aos Correios naquele dia? Ou se tivesse ido mais cedo ou mais tarde? O seqüestro de Daniel foi uma coisa de impulso, estou certa disto. Algum maluco apareceu ali, naquele momento. Se não tivesse deixado o carro daquele jeito, minha vida seria muito diferente. O mesmo com Gayle. Se ela não tivesse saído com pressa naquele dia, ou tivesse saído mais cedo ou mais tarde, você estaria, agora, com ela em Nova York. — Voltou a fixar os olhos no fogo. — Você sente falta de Nova York?

— Somente quando falo com meus antigos colegas. De longe, suas histórias parecem tão excitantes. Então eu desligo o telefone e me lembro das horas infindáveis, do perigo e dos casos que não foram solucionados. Não consigo esquecer disso.

— Você se sente entediado por aqui?

— Não. Sinto falta da ação. Sinto falta da camaradagem. Mas agora já conheço as pessoas aqui de Grannick. Elas me aceitam e há camaradagem. E ação, também, só que de forma diferente.

— Como assim?

— Pessoal. Lá, eu vivia envolvido em diversos casos. Aqui, cada caso é um impacto único, especial. Você vai mais fundo. Como Leila. Como Richie. Gosto disso. É gratificante. Por que é que você perguntou?

Ela perguntara porque queria que ele ficasse ali. Apesar das perseguições em alta velocidade, um policial em Grannick tinha mais chances de sobreviver do que em Manhattan. Emily se encolheu toda ao pensar em Brian sendo baleado ou levando uma facada.

— Eu estava me perguntando se você às vezes não se sente insatisfeito.

Ele a aninhou em seus braços.

— Pareço insatisfeito?

— Agora, neste momento, não. — Seus olhos pálidos a fitavam e a intrigavam. — Mas não sei o que vai acontecer com você, chefiando por outro dia o bom e velho Departamento de Polícia de Grannick.

— Certamente não estarei insatisfeito — assegurou com um brilho nos olhos. — Talvez com sono, algumas manhãs. Relaxado. Esperando pelo que vai acontecer, de uma certa maneira. O trabalho na cidade é intenso. Ele devora você. Eu nunca entendi por que tantos policiais tinham problemas no casamento... bem, descobri a razão. Mas somente depois que saí de Nova York. Não há muito para se dar a um casamento depois de doze, treze, quatorze horas de tensão todos os dias. Como ser um bom marido? Um pai que participa da vida dos filhos?

Ele olhou para Julia, que dormia em um cobertor ao lado deles. Emily se encheu de ternura ao ver Brian olhar para a filha. Havia toda uma gama de emoções em seu rosto, embelezado pelo fogo, pela proteção e pelo seu amor.

— Eu tomei a decisão acertada vindo para cá — falou ele. — Julia está se dando bem aqui. Ela não grita mais como costumava fazer, quando escutava um som mais alto, um grito ou uma sirene. Dorme a noite toda e acorda feliz em me ver. Ela está crescendo. Está falando. Certo, não dá para se entender tudo o que ela diz ainda. Mas eu entendo o que ela quer dizer.

Emily estava contente, só em ouvir a sua voz. Ela gostava de ouvi-lo falar. Gostava do som que vinha de cima e de trás dela.

— Minha mãe está triste porque não vamos à sua casa no dia de Ação de Graças. Eu lhe disse que não queria exigir muito de Julia, tão cedo. Ela precisa se estabilizar por mais algum tempo. Quando Jill virá para casa?

— Quarta à tarde. O serviço de meteorologia está anunciando neve.

— Neve para o dia de Ação de Graças? Boa! Que barato!

— Não, se eu tiver de ir me encontrar com ela.

— Ela sempre vem de ônibus.

— Eu sei. Mas quero estar com ela em seu quarto. Ela ainda não se acostumou com a separação.

— Ainda zangada com ele?

— E triste. Ela está arrasada. Quer odiá-lo, mas não consegue. Está brigando com seus valores. Vivo dizendo a ela que não tem de fazer nenhuma escolha, que pode ter os dois, mas é tudo muito recente.

Ele colocou o dedo no seu lábio inferior.

— Ela vai sair dessa. Ela tem você. Você é uma pessoa positiva.

— O que mais posso ser? Quero o melhor para ela. Não quero vê-la machucada.

— Ela está nervosa por causa do feriado?

— Um pouco. E você? É o seu primeiro dia de Ação de Graças sem Gayle.

— Eu penso nela. Gostaria que ela pudesse ver Julia. Mas você perguntou se eu estava triste por causa do feriado. Não. Nós sempre íamos para a casa dos pais de Gayle, em Westchester. Pura formalidade. Conversas chatas e intermináveis. Depois de algumas horas, eu já estava morrendo de vontade de ir embora. O que você e Doug faziam?

— Passávamos o feriado em casa. Os amigos davam um pulo aqui. Essa é a primeira vez que não asso um peru em vinte e dois anos.

— Você sente falta?

Devagar, deliberadamente, ela balançou a cabeça.

— Não poderia fazer o mesmo este ano. Não com tudo que aconteceu. Preciso de algo diferente para não ter de fazer comparações. — Ela sorriu, já antecipando o que aconteceria aquele ano. Todos iriam para a casa dos Davies... Brian e Julia, Emily e Jill, Celeste e Dawn e a nova paixão de Celeste, diversos amigos de Kay, diversos de John... todos trazendo alguma coisa para comer. Seria realmente diferente. — Eu posso garantir que nada será formal, este ano.

— Isso é bom. Não sou uma pessoa formal. Esse lado de Nova York não combina comigo.

— Você costumava ir à ópera?

— Não. Não ia. Mas ia ao teatro. Sinfônicas. Festas dadas pela firma de Gayle.

— Não consigo imaginá-lo vestindo um smoking. — Nunca o havia visto com algo além de uma camisa, gravata e jeans. Normalmente em casa usava calças de moleton. Para dormir, nada.

— Eu ficava bonito de smoking.

— Não duvido. Mas confinado.

— É verdade, também. Por isso eu passei adiante o smoking quando vim embora. Era simbólico. Deixar uma vida por outra.

"Mas, será que ele não acabará sentindo falta da agitação de Nova York? Não se encheria um dia de Grannick e quereria ir embora?" Era nisso que Emily pensava. Se estivessem juntos, seria um problema, pois ela não deixaria nunca a pequena cidade. Não poderia.

Ela se mexeu novamente, de forma que seu rosto se recostou no peito dele. Podia ouvir seu coração. Havia algo em estar relaxada contra ele, daquela maneira, algo suave como seu cheiro e a largura de seu peito. Era algo confortável, no sentido de não se estar só. O fato de Julia estar ali ao lado deles somente aumentava a sensação de prazer. Emily havia tido momentos como esses por um breve período com Daniel e Doug. Ela ansiara por eles depois do nascimento de Jill. Em vão.

— Eu a amo — disse Brian baixinho.

Ela se enroscou mais a ele.

— Você ouviu o que disse? — perguntou ele, baixinho.

— Sim — respondeu ela no mesmo tom.

— Quero me casar com você.

— Psiu. Não posso pensar nisso agora.

— Por que não?

— É muito cedo. Eu apenas quero curtir esses momentos. — Ela virou o rosto para ele. O calor do corpo de Brian parecia abafar a sua voz. — Não quero fazer planos agora. Quero somente ser eu mesma.

Ela sentiu uma grande mão protetora nas suas costas, que subia até os seus cabelos.

— Está certo — disse ele por fim. — Posso deixar você ser você por um tempo. Mas posso falar o que quiser quando estiver emocionado?

Ela riu.

— Pode falar o que quiser.

— Que bom — disse ele.

Ainda sorrindo, ela esperou que ele dissesse mais alguma coisa. Como ele não disse nada, ela deu um longo suspiro. Não precisava de palavras. Ela podia senti-las vindo dele. Isso era mais do que ela tivera por muito tempo. Era mais do que suficiente para o momento.

Doug telefonou para Emily aquela noite. Ela tinha acabado de botar um bolo de chocolate no forno.

— Como vai você? — perguntou ele com um entusiasmo inusitado.

Ela respondeu depressa.

— Nada mal.

— Quais são seus planos para o dia de Ação de Graças?

Ela lhe falou sobre o grupo que iria para a casa dos Davies.

— Já que John não pode ir a lugar algum, faz sentido.

— O Brian vai?

— Sim — respondeu ela sem explicações.

— O negócio é sério entre vocês?

— Kay não queria que ele fizesse nada, já que é novo na cidade e vive sozinho com Julia.

— Você não respondeu à minha pergunta.

— Não, não respondi. — Ela não tinha intenção de responder.

— Bem?

— O que você vai fazer no feriado?

Ele persistiu:

— O negócio entre você e Brian é sério?

— Não é da sua conta.

— Jill sabe que você está envolvida com ele?

— Jill gosta dele. Ela se sente segura sabendo que ele está por perto.

— Talvez ela não ficasse, se soubesse que você estava dormindo com ele.

Emily respondeu:

— Doug, por favor. Você está batendo em cavalo morto.

— Como assim? O que você faz afeta a ela. E eu me preocupo com ela.

— Oh, meu Deus! — explodiu ela. — Você é incrível. Está preocupado com o que faço? Nada do que tenha feito pode ser mais doloroso para ela do que o que você fez durante os últimos cinco anos.

— Oito anos.

— Desculpe, oito anos. — *Oito anos*. Ela sentiu o impacto da revelação dentro dela, se sentiu ferida, suja, enganada. — Você não pensava muito em mim, na verdade, não é?

— Eu a culpava pela perda de Daniel — respondeu ele como que se desculpando.

— Você não tem sentimentos, Doug. Você estava por aí, me traindo pelas costas há oito anos. Sabia que não havia futuro para nós, mas não teve coragem de tomar a iniciativa.

— Eu continuo pensando em Daniel — respondeu ele sem presunção.

— Você me odiava por causa de Daniel, mas não conseguia pedir o divórcio por causa de Daniel.

— É mais ou menos isso. — Houve uma pausa. Depois, ele perguntou, hesitante:

— Você acha que ele pode estar vivo em algum lugar?

Oh! Deus!

— Não.

— Por que não?

— Porque se ele estivesse vivo, teria entrado em contato conosco. Ele teria vinte e um anos.

— E se ele acreditar que as pessoas que o criaram são seus pais biológicos? Ele não saberia que teria de contatar alguém.

Emily havia considerado essa possibilidade.

— Penso que ele teria sabido de alguma forma.

— E se o trouxerem de volta?

— Quando?

— A qualquer momento. Digamos, daqui a quatro ou cinco anos?

Ela não estava entendendo aonde ele queria chegar.

— Sim?

— Você acha que as coisas poderiam voltar a ser o que eram?

— Entre nós?

— Sim.

— Não sei. Isso vai depender de como ele terá vivido durante esses quatro ou cinco anos. Qualquer coisa negativa e você irá me culpar novamente.

Ela segurou o telefone durante um longo tempo, ouvindo apenas sons entrecortados. Doug parecia estar lutando para encontrar uma definição sobre Daniel de uma forma que ela nunca pensou que ele fosse capaz. Embora, é claro, isso não o desculpasse por tudo o que havia feito com ela além do fato de ele continuar a culpá-la, de qualquer forma se sentia aliviada ao ver que ele se lembrava do filho; do seu *primeiro* filho.

— Fico imaginando se eles o encontrariam agora — disse Doug.

— Não. Já se passou muito tempo.

— Muitos casos são resolvidos depois de um longo tempo.

— Não casos como esse.

— Você gostaria de saber o que aconteceu com ele?

— Sim! Meu Deus! — gritou ela. — Era eu que brigava para continuarem com a investigação. Eu fui a única cujas emoções oscilaram anos e anos, enquanto você já as tinha deixado de lado. Quando eles arquivaram a investigação, mesmo assim eu tentei continuar. Mas não tínhamos elementos. Não posso reavivar minhas esperanças novamente. Simplesmente não consigo. Ele está morto, Doug. De um modo ou de outro, ele está morto.

— É isso que você vai escrever em seu livro?

— Se escrever um livro, será sobre meus sentimentos em relação a Daniel, antes, durante e depois. Será sobre os anos de tormentos e a batalha para encontrar uma resposta. Nosso divórcio talvez ajude. A outra maneira que pode ajudar é eu aceitar, finalmente, que não vou tê-lo de volta.

— Você será uma mãe desprezível se fizer isso.

— Mas eu tenho de sobreviver! — gritou ela. Lá estava ele novamente, fazendo-a se sentir culpada, quando ela não o era. — Não posso voltar a procurá-lo outra vez. Não me peça isso.

— E se eu pedir ao seu bom amigo Brian?

— Não! Não faça isso.

— Por que não?

Porque Brian não sabe nada de Daniel. Ele é o meu presente e futuro. Não quero manchá-lo.

— Ele não será capaz de encontrar nada. John não conseguiu, e só Deus sabe como ele tentou.

— John não é muito brilhante.

— Sim, ele *é*.

— E não conseguiu resolver esse caso.

— E você o culpa por todos esses anos! — Ela havia percebido isso, claro. Pela maneira como Doug começou a se distanciar de John. — Ele é um policial, não um fazedor de milagres. — Ela deu um profundo suspiro. — Tenho de desligar agora Doug. Estou fazendo um bolo para quinta-feira.

— Então vocês vão se reunir na casa dos Davies. Talvez eu apareça por lá, para dar um alô para todos.

Seu coração pulou.

— Acho que não é uma boa idéia.

— Por que não? Jill é minha filha. Tenho o direito de vê-la no dia de Ação de Graças.

— Antes ou depois. Não durante. — *Uma péssima idéia.* Poderia acabar com a alegria *de todos*!

— Eu gostaria de falar com Brian — Doug insistia, ferindo-a onde a sentia mais fraca.

— Se fizer isso, será sem meu consentimento. Antes ou depois da festa — repetiu ela. — Não durante.

— Eu quero esse mistério resolvido de uma vez por todas.

— Antes ou depois. Não durante. Até logo, Doug. — Ela desligou o telefone sentindo uma sensação desagradável.

* * *

Emily ficou esperando que Doug aparecesse. Ele estava obcecado com Brian, obcecado com Daniel. Não tivera muito interesse nos dois antes de ela ter descoberto sobre *suas* indiscrições. Mas ela não queria que ele chegasse perto de Brian de jeito nenhum, principalmente para falar sobre Daniel. Ela havia vivido e mantido falsas esperanças por muitos anos. Não poderia começar tudo novamente.

Ela não relaxou até o fim do jantar do dia de Ação de Graças, quando Jill, Marilee e Dawn saíram para visitar alguns amigos. Na cozinha, enquanto secava a louça que Kay lavava, disse:

— Eu achei que ele ia aparecer, só porque eu pedi que não o fizesse. Ele está tentando me desestabilizar emocionalmente.

— O que ele sabe sobre Brian?

— Nada. Ele imagina. — Ela encontrou o olhar de Kay com uma ponta de vergonha. — Ele não nos vê juntos como vocês.

— Ainda bem. Os olhos de Brian o trairiam. Os seus também, querida.

— Como posso evitar? Ele é tão diferente de Doug. Doug e eu não pudemos ser felizes. Mas tudo com Brian é mais profundo.

— Mais maduro?

— Falando francamente, é, sim — Emily concordou, mas ela estava olhando para Kay, pensando nas mudanças sutis ocorridas com ela recentemente. — Como vão as coisas por aqui?

Kay enrubesceu.

— Interessantes. Tudo é diferente com John em casa. É bom. Talvez precisemos de um choque de vez em quando. O seu foi ficar sabendo do adultério de Doug. O meu, o acidente de John.

A porta da cozinha se abriu. Celeste entrou.

— Então, garotas. O que acharam? Ele é ou não é maravilhoso?

Emily respondeu:

— Ele é definitivamente muito bonito!

— E charmoso — completou Kay.

— De qualquer maneira, não vimos os outros pretendentes.

— Ele é diferente do que imaginei encontrar através de um anúncio.

Celeste esperou. Depois de um minuto de silêncio, ela perguntou:

— Será que estou ouvindo alguns senões? Vocês vêem alguma coisa de errado nele? Eu não vejo nada.

— Nem eu — disse Emily.

Era o que a aborrecia. Carter era gentil, talvez até demais. Ela não queria usar a palavra lustroso, mas foi a que lhe veio à mente. Ele fora um convidado perfeito. Trouxera flores para Kay e um livro para John. Conversara sobre o cumprimento de leis com as pessoas certas e comentara sobre as faculdades com as meninas. Sorrira e contara piadas. Não chegara perto de Julia. Mas isso nem Celeste fizera. Fora isso que a incomodara nele? Não, ela sabia que não se tratava disso. O fato de ela achar Julia irresistível não obrigava todos a acharem o mesmo.

— Onde ele cresceu? — perguntou Kay.

— Em muitos lugares. Ele foi militar.

— Onde seus pais moram agora?

— Eles já morreram.

— Ele tem parentes?

Celeste negou com a cabeça.

— Ele está por conta de sua solidão.

— Nenhuma mulher no meio do caminho?

— Não. Eu li a carta dele para vocês. Seu trabalho o mantém em movimento contínuo, de modo que fica difícil arranjar uma esposa.

— Afirmações como essas não são definitivas. Ele pode ter tido uma esposa e tê-la abandonado.

Emily pigarreou.

— Sim, sabemos que essas coisas acontecem.

— Ele não é como Doug — Celeste declarou peremptória. — Desde que nos conhecemos, tem estado aqui em Grannick a maior parte do tempo.

— Qual o trabalho dele? — perguntou Kay.

— Ele é um homem de idéias, de planejamento. Ele cria os primeiros esboços e deixa o resto para seus assistentes.

— Ele trabalha enquanto está aqui?

— Claro que não. Por Deus, ele precisa de umas férias. O coitado tem trabalhado há anos, sem parar.

Ele não parecia uma pessoa estafada. Estava descansado, com a pele queimada de sol. Emily o teria tomado por um playboy, não um trabalhador incansável.

— Vamos lá, garotas — pedia Celeste, queixosa. — Não queiram acabar com a minha festa. Ele me trata como a uma princesa. Ele também trata Dawn como uma princesa. Vocês podem acreditar, ele apareceu ontem pela manhã com flores e presentes para nós duas. Não é incrível?

Emily pensou na manhã do dia anterior, o que implicava a tarde, a noite e a manhã seguinte.

— Ele está na sua casa?

— Claro.

— Dawn sabe que você dorme com ele? — perguntou Emily.

Emily não havia falado sobre Brian com Jill. Ela gostaria muito de conversar com Jill. Havia pensado em entrar no assunto uma dúzia de vezes durante a viagem que fizeram de Boston a Grannick. Mas na hora seus nervos a impediam. A situação de Celeste era diferente. Ela já estava divorciada há anos.

— Dawn o *adora* — estava dizendo Celeste. — Ela até se comporta bem quando ele está por perto. Nem tenho brigado com ela! Ele é uma boa influência para ela. Vocês acreditam que os dois fizeram café para mim esta manhã? Dawn, cozinhando? Dawn, esperando por mim? Dawn, *sorrindo* na minha presença? Eu não entendi o que significava aquele sorriso na primeira vez que o vi. Normalmente está de cara feia.

— A ausência faz o coração ficar mais doce — disse Kay.

Emily estava feliz por Celeste, mais por causa de Dawn do que por Carter.

— Momentos como esses são muito especiais. Eles são os que ficam para sempre. Jill e eu fomos passear na neve ontem à tarde, depois que ela chegou. Não havia neve suficiente para fazer um homem de neve, mas nos divertimos. Levamos Julia conosco. Ela nunca havia brincado na neve. Foi lindo vê-la. Fizemos anjos e bonequinhos com a pouca neve que tinha.

Brian estivera com elas e os quatro fizeram uma festa. Jill estivera muito concentrada em Julia para perceber que havia algo entre Emily e Brian. Era como Emily queria. Que os dois se conhecessem gradualmente. Desse modo, as relações — se tiverem de acontecer — acabam se tornando mais profundas.

Com eles, Emily não pensava em Doug nem em Daniel. Pensava em Jill, Brian e Julia. Percebia o quanto eles eram importantes para ela. A alegria simples daqueles momentos faziam os problemas parecerem coisas muito distantes.

Já era tarde quando o último convidado de Kay saiu. E um pouco depois de ter arrumado a casa, pois trabalharia no dia seguinte, ela também pensava sobre momentos especiais. Tivera muitos nos últimos dias.

Primeiro, fora a chegada antecipada de Marilee, sempre alegre, dizendo que a mãe não podia ficar sozinha e precisava de sua ajuda para cuidar do pai.

Kay não tivera coragem de lhe dizer que ela não estava sozinha. Com Emily, Celeste e metade da força policial e suas esposas, John tinha mais babás do que precisava. Também era verdade que com Marilee em casa, ela se sentia menos estressada. Em poucos meses longe de casa, Marilee havia crescido. Se tornara uma pessoa autosuficiente. Não se sentia mais amedrontada diante das responsabilidades como antes. Para Kay isso era uma dádiva.

Depois, fora o seu trabalho que, de repente, se tornara secundário. Tirou alguns dias para ficar com John até que ele saísse do hospital. Depois instalaram uma cama de enfermaria na sala de visitas. Ela corria para casa na hora do almoço e nos momentos de folga. Sim, ele não estava sozinho. Mas queria estar ali com ele. Depois de anos e anos sendo a última professora a deixar a escola, agora, assim que a aula terminava, ela corria para casa.

John sempre precisara dela de uma certa forma. Mas se tratava mais de cozinhar, arrumar a casa, lavar as roupas. Agora precisaria muito mais por causa das limitações físicas.

Mas não era só isso. Agora, haviam as necessidades emocionais. Ele era um doente horrível. Se o fato dele estar numa cama foi um choque para ela, para ele foi muito pior. Resmungava e fazia uma confusão dos diabos. Reclamava de tudo. Não gostava de como estava vestido, da posição na cama, dos programas da televisão, dos quadris que incomodavam, das pernas que doíam. Ele estava em um constante estado de irritação. Só se acalmava com a chegada de Kay. Ela era a única que conseguia fazê-lo rir.

Estava surpresa de ver o quanto isso significava para ela. Durante anos, eles dividiram uma casa, uma filha. Mas as respectivas atividades nunca foram muito compartilhadas.

Agora Kay estava presente quando Brian ou Sam ou um dos outros policiais passavam no fim do dia com um resumo das atividades do departamento. John insistia para que ela ficasse junto e parecia mais calmo com sua presença. Da mesma forma, ele insistia para que ela lhe contasse como fora o seu dia na escola.

Desse modo, se tornavam mais e mais unidos, e não somente em relação às coisas do espírito. Havia tarefas físicas, tarefas íntimas. Ele não permitia que ninguém as executasse, além de Kay. Assim, ela o tocava durante um dia mais do que o havia tocado durante meses, antes do acidente. Inicialmente acanhada, passou a fazê-las de forma cada vez mais natural. Não porque John estivesse preso a uma cama e por isso mesmo menos intimidador. Era isso que ele queria. Queria que *ela* o tocasse, que *ela* o ajudasse, que *ela* se sentasse ao seu lado na cama, segurando suas mãos enquanto o pessoal do departamento estava ali.

Ele se tornara mais possessivo, mais orgulhoso dela. E ela gostava disso. Por algum tempo, muito pouco, a mestra profissional dentro dela se assustara. Até perceber que não necessitava da aprovação dele para o que fazia. Ela simplesmente *gostava* do que fazia por ele, pelo seu marido. Passou a se sentir mais completa, mais segura e até mais magra. Não sabia se era a energia nervosa que estava queimando calorias ou a caminhada que dava bem cedo, todas as manhãs. Apesar de não ter perdido muito peso, se sentia bem melhor consigo mesma.

Encorajada pelas necessidades de John, ela ficara mais confiante. Dava banho nele mais lentamente. Fazia-lhe massagem nas costas. Em segurança enquanto ele estava sem roupas e vulnerável, ela olhava seu corpo de uma maneira que nunca ousara olhar antes. E ele adorava. Brincavam sobre sua excitação, facilitando as carícias. Kay o agradava, alternadamente, sentindo a pulsação em suas mãos e observando a protuberância de seus músculos do braço no momento do êxtase da tensão sexual, e a dor delineada em seu rosto, na hora do clímax. Depois desses momentos, parecia-lhe natural adormecer ao seu lado na grande cama de hospital instalada na sala.

Na noite do dia de Ação de Graças, ele pediu-lhe que tirasse a camisola.

— Aqui?

— Eu não posso ir lá em cima.

— John, aqui é a sala de estar.

— Hum.

— Marilee pode entrar.

— Ela vai passar a noite na casa de Jill.

— As pessoas podem ver.

— As luzes estão apagadas. Não há sombras. Eu estou completamente nu. Por que você não pode estar?

— Porque... Porque é diferente.

— Como diferente?

— Você é homem.

— Qual a diferença?

— Toda. — Ele estava bem de corpo. Os homens eram daquele jeito. Mais seguros de seus corpos do que as mulheres.

— Eu não toco em você desde o acidente.

— Sim, tocou sim.

— Não daquela maneira.

Ela estava sentada ao lado dele, no escuro, pensando como as coisas eram tão gostosas daquela maneira. Então a mão de John começou a se mover. Ele tocou seu rosto e desceu. Ela tentou pará-lo, mas seus dedos trabalhavam rapidamente sob a camisola.

— Você não devia — falou ela baixinho.

— Por que não? Eu a amo.

— Eu sou gorda.

— Quem disse?

— Eu.

— Não para mim. — Ele abaixou um lado da camisola.

— John.

Ele abaixou o outro lado, descobrindo os seios dela. A escuridão não escondia nada — nem o contorno de seu corpo, nem a maneira como seus olhos a olhavam, nem a consciência de que tentava ocultar seu corpo com a camisola.

Ele puxou a camisola mais para baixo e começou a tocá-la. Apesar de consciente, não deixou de sentir algo se retesando dentro dela, ainda que quisesse ir para baixo dele, que era a maneira que normalmente acontecia. Assim ela se sentia menos exposta.

Mas ele não podia ficar em cima dela, não com todo aquele gesso.

— Tire tudo agora — disse ele zangado.

Ela balançou a cabeça.

— Outro dia.

— Quero agora.

— John. — As mãos de John em seus seios a faziam gemer de prazer. — É embaraçoso.

— Por quê?

— Porque... porque...

— Por que é embaraçoso?

Eles estavam na sala. Ele estava deitado ali, olhando para ela. Ela se sentia exposta.

— Eu lhe disse. Sou gorda.

— Você não é gorda. Tire a camisola.

— Você vai ver tudo.

— Eu quero ver.

— Mas eu não quero que veja.

— Você me vê. Eu quero vê-la.

— Mas você é bonito de se ver. Eu não sou.

— Você está brincando?

— Não.

— Você acha que não gosto do jeito que você é?

— As mulheres não envelhecem do mesmo jeito que os homens. Elas têm estrias, celulite e gorduras. — Ela puxou a camisola para cima.

— Mas eu gosto do jeito que você é.

— Bem, você deve gostar. Eu sou sua mulher.

— Eu não *devo*. Eu gosto.

— Eu me sinto como aquele cardigã macio que você gosta de vestir. Ele é velho e esgarçado, mas é familiar e é quente.

— Eu *gosto* da maneira que você é.

— Você não deve dizer isso, John.

— Mas eu sinto isso. E gosto de senti-la. E quero ver você nua.

Ela queria muito acreditar no que ele dizia.

— Você quer mesmo?

— Quantas vezes tenho de dizer?

— Muitas, eu acho. Você normalmente não diz.

— Você quer dizer, quando eu a toco?

— Não. Os homens são físicos. Eles precisam tocar. O tocar não me diz nada sobre mim. Só as palavras fazem isso.

— Ah.

Desde que se casaram que Kay ouvia aquele "Ah". Resolveu perguntar:

— O que significa "Ah"?

— Olhe para mim. Você acabou de me masturbar e eu quero novamente.

Ela obedeceu. Ele estava mais do que pronto.

Ele abaixou sua camisola até a cintura.

— Fico assim por estar perto de você, tocando-a e pensando no que o resto de você está sentindo. Eu gosto de ver o seu jeito, Kay. Gosto de olhar para você.

— Estou ficando velha.

— Bem, eu também. Mas eu não quero ninguém jovem e magra. Eu quero você.

Na escuridão, ele sorriu um sorriso curvo e atrevido. Esse sorriso era o mesmo há anos. Ele ainda a fazia derreter por dentro.

— Venha, querida — disse ele, fazendo-a sentir sua ereção. — Deite-se nua ao meu lado e me faça gozar.

Kay saiu da cama apenas o tempo suficiente para tirar suas roupas. Então voltou e deitou-se ao seu lado. Mas ele havia dito as palavras certas. E ele continuava dizendo, dizendo, sem parar, enquanto a tocava, e, entre uma e outra, ela finalmente encontrou coragem, subiu em cima dele e o fez gozar.

Ahhh, sim, ela lhe dera muita satisfação, mas ela também estava satisfeita. Ela precisava das palavras. Ele precisava da ação. Foi uma troca, apaixonada.

Myra saiu da cama com muito esforço. Abriu o seu caminho vagarosamente até o banheiro. Com dificuldade, fez suas abluções. Então, com o robe de flanela de Frank em volta do corpo, se virou para a escada. Mal tocou a mão trêmula no corrimão, quando sentiu uma tontura. Se agarrou à madeira velha e gasta, e se deixou escorregar pesadamente.

O dia de Ação de Graças a tinha exaurido. Sim, ela tinha adorado ver seus filhos e seus netos, mas o esforço que fizera para se manter comportada a havia deixado cansada.

Esse comportamento fora necessário, porque todos estavam de olho nela. Havia uma troca de olhares quando pensavam que ela não estava vendo, e uma vigilância acirrada quando ela conversava com os outros. Procuravam por sinais de loucura. Procuravam desculpas para tirá-la dali.

Ela, por sua vez, não havia lhes dado nenhum motivo. Havia sido gentil, lúcida e perfeitamente afável. Com exceção da hora em que resolveram falar sobre a conveniência de ela se mudar da sua casa. Nessa hora, ela bateu pé. Não se mudaria.

Não iria se mudar. Pouco lhe importavam as atrações da casa para a qual queriam levá-la. Ela não sairia da sua casa.

Abriu os olhos e fechou-os novamente, pois tudo continuava a girar à sua volta. Estava exausta. Não era mais jovem, e tensões como essas a deixavam sem ação.

A frustração também a deixava exausta. E ela era só frustração. As pessoas não a ouviam. Não a enxergavam. Ela tentava, tentava e eles não conseguiam entender sua mensagem.

Agora havia neve. Não tanta, é verdade, e quase já tinha acabado. Mas a próxima nevasca poderia ser maior e o ar era frágil. E pior, a grama do jardim nos fundos da casa estava morta, o chão abaixo da neve estava duro e sem vida. Meses eram perdidos com a neve. Ela não sabia se poderia esperar pelo degelo.

Desanimada, abriu os olhos. Ela gostaria de uma xícara de chá, talvez com biscoitos e geléia. Isso poderia fazê-la se sentir melhor e dar-lhe um pouco de força. Com esforço, se levantou e, segurando firme, desceu as escadas, um degrau de cada vez. Quando terminou, exausta, sentou-se novamente. Descansou a cabeça na pilastra e fechou os olhos.

O corpo curvado parecia uma patética pilha de ossos e ela se sentia mais do que nunca perto do fim. Não importava o que ainda tinha de fazer. Suas forças definhavam rapidamente. Ela poderia morrer antes...

Qual era sua escolha, afinal? Se a morte era inevitável, o que importava o resto? Se ela desafiasse Frank, morreria. Se mantivesse silêncio, morreria também.

Estava a caminho da sepultura, não restava dúvida. A pergunta era: o que a estaria esperando do outro lado? Se fosse Frank — raivoso e se sentindo traído — sabia o tipo de inferno que encontraria.

Mas se Frank estivesse no inferno — e ela fosse para o céu — mas não, ela não iria para o céu.

Silêncio.

Somente um pouco mais.

Vinte e Três

Celeste está feliz da vida. Tivera o melhor fim de semana do mundo com Carter. E o melhor com Dawn. Agora os dois haviam partido. Carter para Cambridge, depois para Paris por uma semana, a trabalho. E Dawn para a faculdade. Carter enviara flores que foram entregues uma hora depois dele ter partido. Dawn não havia enviado nada. Mas tudo bem. Sua alegria durante o final de semana havia sido um presente duplo. Interno e externo.

Num impulso, porque estava feliz com o companheiro ideal para suas necessidades, e porque, mesmo estando ligada em Carter, ele não estava por perto, ela telefonou para o viúvo.

— Oi, Michael. É Celeste. Gostaria de saber como você passou o dia de Ação de Graças. Você o comemorou?

Ele deu um risinho de satisfação que ela se lembrou era um jeito seu de ser, como um felpudo e velho chinelo.

— Sim, sou um velho inglês na família. As crianças estão totalmente americanizadas. Tivemos um ótimo feriado. Obrigado. E você?

— Eu também. Minha filha e eu estamos indo bem. Acho que tenho sido muito exigente com ela. Mas tivemos um excelente fim de semana.

— O que fizeram?

— Nós fomos jantar na casa de amigos. Muitos de nós sem parentesco entre si, mas de qualquer maneira como uma grande família. Exatamente como imagino que foi a sua festa.

— Sim e não. O marido de minha filha perdeu o emprego, de modo que isso prejudicou um pouco a alegria.

— Que pena, meu caro.

— Gostaria de empregá-lo, mas o seu campo é completamente diferente do meu. Ele faz pesquisas médicas. Infelizmente, a companhia em que ele trabalhava faliu. Parece que havia irregularidades em alguns estudos. Apesar de meu genro não estar envolvido, perderam um contrato a mais do que poderiam, o que colocou a firma numa situação difícil.

— Sinto muito.

— Bem — prosseguiu ele, novamente otimista. — Encontraremos alguma coisa. Isso poderá acarretar uma mudança de cidade, o que não gostaríamos, mas se acontecer teremos de aceitar. Não se tem muita escolha, não é? Mas estou feliz por você e sua filha. Dawn, não é?

Gentileza dele lembrar o nome de Dawn.

— Isso mesmo.

— Ela está gostando da faculdade?

— Muito.

— Então ela está bem consigo mesma. Isso é muito importante.

As palavras do viúvo inglês permaneceram na mente de Celeste muito tempo depois de ela desligar o telefone. Ela sabia o que significava se sentir bem consigo mesma. Graças ao trabalho do cirurgião plástico no seu nariz e à dedicação de Carter, ela se sentia bem como não acontecia há anos. Isso fazia diferença na perspectiva de vida de alguém.

Carter telefonou para Celeste de Cambridge na segunda à noite. Celeste, que havia acabado de chegar do jantar com Emily e Kay, falou rapidamente sobre John. Ficou feliz por ouvir sua voz. Ele não falou muito. Estava viajando para Paris no dia seguinte e tinha muito que fazer antes da partida. Suas desculpas e palavras gentis, dizendo que sentia sua falta, valeram mais do que uma longa ligação.

Ela foi deitar pensando nele, naquela noite e na próxima. Ele dissera que não teria tempo para telefonar de Paris por causa da diferença de fuso horário e da atenção que precisava dedicar aos clientes. Todavia, cada vez que o telefone tocava seus olhos cresciam e seu pulso se acelerava.

Foi o que aconteceu quarta-feira à tarde. Ela havia acabado de chegar, dirigindo a caminhonete da igreja, quando o telefone tocou e ela saiu correndo para atendê-lo. Imaginou que deveria ser meia-noite em Paris. Carter poderia ter voltado ao hotel. Deitado na cama, pensara nela e resolvera telefonar.

Mas não era Carter. Era Allison, a companheira de quarto de Dawn.

— Dawn está aí? — perguntou, com uma voz hesitante.

A decepção por não ouvir a voz de Carter foi suavizada pela possibilidade de Dawn ter decidido ir vê-la. Ela, de sua parte, prometera que não faria visitas de surpresa à faculdade. Fora uma das precondições impostas pela garota para estudar em um estabelecimento tão perto da casa da mãe. Talvez o agradável fim de semana que passaram juntas tenha amolecido o seu coração, pensou Celeste. A não ser, é claro, que estivesse indo para pedir-lhe alguma coisa.

— Eu não sei dela, Allison. Ela disse que vinha para cá?

— Pensei que ela estivesse aí.

Em casa não havia sinal da passagem de Dawn. A cozinha estava do jeito que Celeste deixara.

— Espere um momento. — Cobriu o telefone com as mãos. — Dawn? *Dawn?* — Nenhuma resposta. Para Allison, respondeu:

— Sinto muito.

— Está tudo bem?

— Com Dawn? Você deve saber melhor do que eu. Não falei com ela depois que ela voltou para a escola.

Houve um silêncio do outro lado da linha. Celeste sentiu uma sensação estranha no ar. Essa sensação logo se tornou realidade, quando Allison disse nervosa:

— Ela não voltou desde os feriados, senhora Prince. Não para cá, pelo menos.

— O que é que você quer dizer?

— Eu não a vejo desde antes dos feriados.

— Desde a semana passada? Mas ela partiu no domingo à noite. Eu mesma a deixei aí. — Mas Celeste sabia que Dawn não gostava de dividir o quarto com Allison. Reclamava que ela era muito perfeitinha, muito estudiosa, muito formal. — Ela pode estar em outro quarto?

— Não. Ninguém a viu. Eu perguntei. Além do mais, suas coisas estão aqui. Se ela tivesse se mudado, teria levado o que é seu, não?

Celeste não pensara nisso.

— Estranho — disse alto. — Poderia ser algum rapaz? — Dawn não havia falado sobre namorado algum no fim de semana, mas era típico dela manter segredo sobre esses assuntos. Certamente essa fora a razão de seu bom humor. — Tem alguém em especial aí? Alguém com quem ela esteja saindo?

— Não. Perguntei aos rapazes também. Ninguém a viu depois dos feriados.

Muito estranho, Celeste pensou. Talvez mesmo alarmante.

Allison continuou:

— Pensei que ela tinha ficado em casa doente ou qualquer outra coisa. Mas como ela não apareceu nem ontem nem hoje, e nem telefonou, achei que deveria ligar.

Celeste escondeu sua aflição. Dawn era conhecida por suas extravagâncias.

— Você falou com alguém? A inspetora ou qualquer outra pessoa?

— Não, não quero prejudicá-la.

Celeste deu uma risada.

— Ah, não se preocupe. Ela sabe se prejudicar sozinha, obrigada. Escute, Allison, vou dar uns telefonemas. Faça-me um favor, continue a perguntar por aí. Se souber de alguma coisa me ligue.

Celeste se lembrou dos feriados do último outono, quando Dawn não aparecera em casa. Telefonou imediatamente para Jill, mas Jill não a havia visto. Telefonou para Marilee. Nada também.

Ainda assim, Celeste não entrou em pânico. Dawn armava proezas o tempo todo. Essa última, sem dúvida, era para compensar o fato de ter se comportado tão bem nos últimos feriados.

Pensando assim, Celeste estava subestimando os cuidados do decano de estudantes e até mesmo da polícia do campus. Mas com Jackson a coisa era diferente. Ao ouvir a voz do ex-marido ao telefone, Celeste compreendeu que ela era a responsável pela filha e que o peso dessa responsabilidade era todo seu.

— Você *não* tem idéia de onde ela possa estar? — perguntou ele.

— Eu pensei que ela estava com você. — Isso era possível. Dawn o via de vez em quando. — Nós tivemos ótimos momentos durante os feriados. Pensei que tivesse sentido um pouco de culpa por não ter passado o dia de Ação de Graças com você e houvesse decidido visitá-lo.

— Dawn não se sente muito culpada pelo que faz.

A percepção de Jackson surpreendeu Celeste, uma vez que ele a guardava para as entranhas dos seus computadores. Arruinou a imagem com a pergunta seguinte:

— Se você a deixou lá, para onde ela foi?

— Se soubesse, não estaria telefonando!

— Ninguém a viu?

— Não.

— Você sabe se houve algum problema na faculdade?

— Você quer dizer, como algum estuprador em série? Vamos lá, Jackson, nós estamos falando de Dawn. Ela está aprontando alguma coisa.

— Ela nunca fez isso antes.

— Sim, ela fez. — Celeste contou-lhe sobre os feriados de outono.

— Bem, você já falou com Jill e com Marilee, que são suas melhores amigas, e elas não sabem dela. Eu repito: ela nunca havia feito nada parecido antes.

Na sua confusão, Celeste se desdisse:

— Suponho que não. — Ela estava aborrecida ao máximo com Dawn, e, contra a sua vontade, apenas um pouco preocupada.

— Você não quer chamar a polícia? — perguntou Jackson.

— Ainda não. Ela tem mais de dezoito anos. Não há sinal de nenhum crime. Antes de chamar a polícia, eu mesma vou procurá-la.

— Onde?

— Entre amigos, imagino.

— Você me dá notícias, Celeste?

— Claro.

Celeste passou a próxima hora telefonando para outras amizades de Dawn, além de Marilee e Jill. Não foi fácil, pois a maioria estava nas faculdades. O esforço parecia inútil. Aparentemente, ela tinha sido a última a vê-la.

Esperou por notícias até as nove horas da noite. Sem saber se sentava em uma cadeira e esperava até o dia seguinte ou se entrava em pânico, decidiu ir até a casa de Emily.

Emily sentiu uma espécie de soco no estômago ao ouvir a história de Celeste. Pensou imediatamente em Jill e nos anos e anos que brigara contra o medo, contra a perspectiva de que algo ruim pudesse acontecer a ela. Pensou em Daniel. Ela pensava nele mais e mais.

Daniel marcou cada parte de sua vida. Doug, Jill, a casa, a cidade, os amigos, até Brian, e agora Dawn. Dawn era diferente, por certo. Ela tinha dezoito anos — e, embora bastante interessante para chamar atenção, estava longe de ser boba.

De qualquer maneira, mesmo as pessoas espertas se machucavam de vez em quando.

Ansiosa, Emily levou Celeste pela entrada da garagem até o apartamento de Brian. Ele assistia aos Celtics na TV. Estava desalinhado, mas aos olhos de Emily pareceu maravilhoso. Sentiu-se culpada por fazer esse tipo de conjeturas quando deveria estar preocupada com a filha da amiga.

Ele sentiu a tensão imediatamente. Fez com que entrassem e sentassem. Emily ficou admirando-o, enquanto ele ouvia Celeste. Ele saberia o que fazer. Estava feliz por ele estar ali.

— Fico em pânico agora? — perguntou Celeste quando acabou

de repetir a Brian tudo que havia contado para Emily momentos antes.

Emily viu através do seus secos gracejos. Não importava quantas vezes houvesse insistido no que Dawn aprontava; não importava quantas vezes houvesse dito que a filha era adulta e independente, a verdade é que Celeste estava preocupada.

Brian também sentiu o mesmo. Falou calmamente e Emily suspeitou de que algumas das suas palavras eram dirigidas também a ela. Ele sabia por que ela havia levado Celeste para vê-lo, em vez de esperar até o dia seguinte. Ela tentara passar a impressão de que tudo estava muito bem, mas não conseguira enganá-lo. Aquele homem, cuja perna roçava levemente na sua, parecia ler os seus pensamentos.

— Não é preciso entrar em pânico ainda — disse ele a Celeste. — Há outras coisas a serem consideradas.

Estavam sentados em volta da mesa de café. Emily e Brian de um lado e Celeste de frente para eles. Ele anotava nomes que Celeste lhe dizia em uma folha de papel amarelo. Embaixo da lista de nomes havia uma lista dos motivos possíveis para o desaparecimento de Dawn. Ao seu lado, Emily podia ler a lista facilmente. Para Brian, Dawn havia fugido.

A alarmista dentro dela queria argumentar com ele, mas a realista lhe dava razão. Não havia sinal de ação violenta. Além disso, Dawn tinha um histórico de gostar de se meter em encrencas.

Ele apontou com a caneta para a lista e olhou para Celeste.

— Você já falou com colegas da faculdade e amigos aqui da cidade. Nenhum deles a viu. Você acha que alguém pode estar mentindo?

— Não vejo por que alguém mentiria.

— Para proteger Dawn.

— De mim? Todo mundo sabe que não concordo com as coisas que ela faz. Ela já está acostumada com isso.

Emily não podia mencionar na presença de Brian o sem-número de vezes em que ouvira Celeste dizer que mataria Dawn se ela fizesse isso ou fizesse aquilo. Perguntou:

— E se ela tiver feito alguma coisa imperdoável desta vez?

A memória de Celeste não a ajudou.

— Como o quê?

Brian respondeu rapidamente:

— Como se tivesse cometido um crime... ou, esqueça isso agora... como se tivesse sido reprovada na faculdade. Você acha isso possível?

Celeste deu uma gargalhada.

— Não exatamente.

— Dawn é muito inteligente — explicou Emily. — Ela pega as coisas na primeira vez. Tem uma memória prodigiosa. Dá uma olhada nos livros e apreende tudo com facilidade. Estuda pouco e recebe ótimas notas.

— Se ela estudasse um pouco mais — completou Celeste, mordaz — poderia ser a primeira da classe. Ela tem a cabeça do pai.

— Muito bem. — Brian riscou PERDER O ANO na sua lista. — Ela está grávida?

— Deus, não.

— Você tem certeza?

— Claro que tenho. A menos que ela tenha apanhado os meus absorventes na semana passada só para simular.

Ele riscou GRAVIDEZ.

— Como ela estava de dinheiro?

— Bem.

— Ela não poderia precisar de mais dinheiro? Não poderia estar vendendo drogas ou se prostituindo?

Emily percebeu a palidez no rosto de Celeste. Mas as perguntas eram necessárias. Haviam surgido no primeiro estágio do caso de Demery, sobre o qual ela havia escrito o seu livro, antes que o pedido de resgate houvesse sido enviado. Embora Susan nada fizesse por dinheiro, algumas colegas o faziam. Prostituição significava dinheiro vivo e rápido.

— O pai de Dawn paga a faculdade — acrescentou Celeste. — Além disso, lhe dá uma mesada muito boa.

— Talvez tenha gastado tudo.

— Os extratos bancários vão lá para casa. Eu os leio. Ela tem um saldo muito bom. Pelo menos tinha, até a semana passada.

Emily viu Brian colocar um risco sobre SEXO.

— Ela já tomou drogas?

— Não.

Ele riscou HÁBITOS.

— Ela bebe?

— Não muito — afirmou Celeste. Deu uma olhada para Emily e acrescentou. — Bem, talvez beba muito, mas somente em festas. Eu nunca a vi beber durante o dia ou sozinha. Só bebeu um pouco de vinho comigo e com Carter na semana passada. E não me pareceu que estivesse sofrendo.

— Ele já teve algum problema com a lei? Perturbação da ordem? Conduta imoral? Dirigir alcoolizada?

— Não.

— Então se eu ligar meu computador na delegacia, não vou encontrar seu nome?

— Não.

— Nada formal. E informal? Nunca ninguém do departamento de polícia a flagrou fazendo alguma bobagem, levou-a para a delegacia, passou-lhe uma lição de moral e depois mandou-a para casa?

— Não.

Ele riscou REGISTRO e foi para a parte de RAPAZES.

— O que você sabe sobre o rapaz com quem ela estava saindo, quando não apareceu aqui nos feriados de outono?

— Até a semana passada ela não queria saber dele. Posso garantir.

— Você telefonou para ele?

— Telefonei para Jill, que por sua vez telefonou para seu amigo, que é irmão dele. Ele disse que não a vê há cinco semanas.

— E sobre outros rapazes? Algum outro irmão de alguém?

— Ela não disse nada nem para Jill ou Marilee quando estiveram juntas em casa, e são suas melhores amigas.

Emily viu Brian levar a caneta até a palavra RAPAZES para riscá-la. Mas hesitou e deixou-a intacta. Embora sentindo um pouco de culpa, Emily teve de concordar com ele. Na lista de Dawn, os rapazes ocupavam um lugar bem no alto. Brian estava certo em não dispensá-los por enquanto.

— Ela se dá com o pai? — perguntou ele.

Celeste sacudiu a mão.

— Eles não são grandes amigos, mas não chegam a ser inimigos. Ele mora ao sul de New Hampshire.

— Ela estaria querendo chamar sua atenção?

— Se quisesse, estaria perdendo tempo. Ele não se preocupa com nada além de sua mesa de trabalho e seus compromissos diários.

— Ela se ressente dele por causa disso, ou por ele não estar mais presente na vida dela?

Celeste certamente se ressentia, mesmo depois de todos esses anos. Emily podia perceber isso em sua voz. Seria um milagre se Dawn não houvesse percebido. Para Emily, Celeste parecia querer esconder seu ressentimento; parecia querer se defender. Tanto que disse:

— Não terrivelmente. Vamos indo muito bem sem ele. — Fez uma pausa. — Isto é, tão bem quanto duas pessoas podem ir quando não se dão muito bem. — Seu rosto se desanuviou ao lembrar. — Mas semana passada foi tão *gostoso*, realmente foi. — Ela olhou para Emily como se quisesse incluí-la na sua opinião. — Nós *estávamos* bem. Eu *gostei*, na verdade. E honestamente, se houvesse alguma coisa errada com ela, eu teria percebido. Passamos mais tempo juntas em um fim de semana do que nos três últimos anos.

Brian falou com a voz calma, grave e pausada:

— Você, Dawn e Carter.

Era verdade, pensou Emily. Na festa na casa dos Davies os três ficaram o tempo todo grudados uns nos outros. Inseparáveis. Ninguém pôde deixar de notar.

Celeste sorriu.

— Dawn gostou muito de Carter. Ele soube exatamente como lidar com ela. A tratou como a uma pessoa adulta. Preciso tomar umas lições com ele.

Emily não estava certa se queria que Celeste tomasse lições com Carter. Havia alguma coisa sobre ele... Emily não sabia explicar o que era. Bom demais, gentil demais, perfeito demais.

— Onde é que Carter está agora? — perguntou Brian.

— Paris, até domingo.

— Quando ele viajou?

— Ontem.

— Ele poderia ter alguma idéia de onde Dawn estaria?

— Não sei como, se eu mesma não tenho.

— Ela pode ter falado com ele.

Celeste abanou a cabeça.

— Se ela tivesse lhe contado alguma besteira, ele teria me dito. E também teria ficado muito zangado com ela.

— Eles são tão íntimos assim?

— Estivemos juntos a maior parte do tempo nesses cinco dias.

— Vocês três?

— Sim.

Surpreendente, pensou Emily. Interessante ouvir essas palavras da boca de uma mulher que vivia dizendo estar ansiosa para ver a filha se tornar adulta e independente; uma mulher que dizia não querer nada além de divertimento, na segunda metade da sua vida.

— E esse negócio de ela ficar o tempo todo colada em você e no Carter, não lhe deu nos nervos? — perguntou Brian.

— Não. Ela foi agradável para variar. Nós não discutimos. Foi a primeira vez em minha vida de adulta que me senti parte de uma família.

Mais surpresas. Emily jamais supusera que Celeste quisesse tanto uma família. Muito interessante.

— Só que Carter não é da família — lembrou Brian a ela.

— Você entende o que quero dizer. Ele se transformou numa

espécie de figura paterna para ela. Ela nunca havia tido isso na vida. Se agarrou como pôde.

— Ela teve dificuldade em se despedir dele no... quando foi mesmo? No domingo?

— É, foi no domingo. Ela não teve dificuldade alguma. Estava muito bem.

— Rindo? Abraçando?

— Sim. Onde é que você quer chegar?

— Ela se apaixonou por ele?

— Ela não ousaria.

— Ousar não tem nada a ver com se apaixonar.

— Ele é meu. Isso não seria certo.

— Explique-me o que significa o que é "certo" para uma jovem impressionável — acrescentou Brian. Emily concordou:

— E se Dawn ficou gamada com a aparência de Carter? Com suas boas maneiras? Com a atenção que deu a ela? — Aos olhos de Emily, fora exatamente isso que acontecera. — Ficar derretida é meio caminho para a paixão. Não há nada de errado com isso. Muitas garotas se impressionam com homens maduros e tudo fica por aí.

Mas Celeste não gostava dessa versão. Insistiu:

— Não houve nada. Ela somente *gostou* dele.

— Você pode entrar em contato com ele? — perguntou Brian.

— Agora? Não. Eu lhe disse. Ele está em Paris.

— Você não tem seu telefone em Paris?

— Não.

— Você tem meios de consegui-lo?

— Eu poderia telefonar para seu escritório. Eles devem ter o telefone. Mas não gostaria de fazer isso. Pode embaraçá-lo. Vai parecer que eu o estou caçando. Além do mais, ele não sabe nada sobre Dawn. Acredite. Se ele soubesse *qualquer coisa*, teria me contado.

Ouvindo-a falar, Emily pensou que ela mais parecia uma adolescente apaixonada contando sobre o seu namorado.

— Há quanto tempo você conhece Carter? — perguntou Brian.

Celeste hesitou.

— Quatro semanas.

— Não é muito tempo para se estar tão certa sobre alguém.

— Nós somos muito íntimos. — E voltando-se para Emily: — Por que ele está me atacando?

— Por favor, Celeste — respondeu Emily o mais gentil que pôde. — Ele está tentando checar todas as possibilidades; relacionar todas as pessoas que estiveram com Dawn ou que possam saber alguma coisa sobre ela. Seu relacionamento com Carter foi muito envolvente, muito rápido. Parece um redemoinho. Falando sério, Celeste, há muita coisa que você não sabe sobre ele.

— Você está com ciúmes.

Emily prendeu a respiração, lançou um rápido olhar para Brian e respondeu:

— Não, não estou não. — Mas não se estendeu sobre esse assunto. Em vez disso continuou. — Você não o conhece direito, Celeste. Você não conviveu o suficiente com ele. Você não o conheceu em situações diferentes.

— Mas eu confio nele.

— Ótimo. Confie nele, mas leve alguns fatos em consideração. Primeiro, ele não é o pai de Dawn. Segundo, passou menos tempo com ela do que com você. Terceiro, se você o conhece pouco, o mesmo acontece com ele. Ele não sabe do grau de intimidade que você tem com Dawn. Ele não sabe as regras do jogo familiar de vocês. Ele não pode saber todos os segredos que vocês dividem. Por que é que ele deve achar que se ela lhe contar alguma coisa, ele necessariamente deve passá-la a você?

— Talvez ele não queira traí-la — disse Celeste, esperançosa.

— Exatamente. Desse modo, com a melhor das intenções ele pode saber alguma coisa. Talvez até, neste exato momento, ele possa nos dizer onde ela está.

Celeste deixou que se passasse pelo menos um minuto. Pensou e, com certa má vontade, acabou concordando:

— Vendo a coisa por esse prisma, pode até ser que ele saiba alguma coisa. — Olhou para Brian com um pouco mais de humildade. — Mesmo que seu escritório tenha o telefone de Paris, ninguém estará lá até amanhã pela manhã. Talvez eu devesse estar em casa, esperando ele me chamar. Ele me disse que não telefonaria, mas que estava fazendo tudo para retornar em uma semana em vez de em dez dias como havia planejado anteriormente. Mas sempre há uma chance de Dawn telefonar. Não muita. Mas quem sabe.

— Fique em casa. É o melhor a fazer.

— Ela está lá fora cuidando da sua vida, não é? — Celeste perguntou com tristeza nos olhos.

— Provavelmente.

— Você realmente não acha que ela está com problemas?

— Não.

Mas a mente de Emily estava longe. Seu coração batia forte no compasso de todos os problemas a sua volta.

— Emily? — disse Brian docemente.

Seus olhos encontraram os dele. Ela dobrou os braços na altura da cintura e inclinou seu corpo sobre eles.

— Eu estou bem.

— Tem certeza?

Ela confirmou com a cabeça.

Quando Brian perguntou a Celeste se tinha uma foto recente de Dawn, ela respondeu:

— Eu tenho uma afixada no quadro de cortiça da cozinha.

Brian olhou para seu bloco de apontamentos, franziu a testa, e com diplomacia, fez outra pergunta a Celeste:

— Se a colega de quarto de Dawn está correta ao dizer que o *closet* está intacto, e se ela está andando por aí há três dias agora, o que estará vestindo?

— Quando eu a deixei na faculdade no domingo à noite, ela estava de jeans e com dois suéteres, um por cima do outro, e sapatos baixos. Mas tinha com ela uma sacola de excursão com roupa limpa. Ela pode ter vestido alguma coisa... o saiote que ela usou na festa dos Davies, camisas e camisetas, enfim...

Brian anotou o que achou importante, deixou cair a caneta sobre a mesa e se levantou.

— Vamos presumir que ela partiu por sua livre e espontânea vontade. Amanhã continuaremos a pesquisar e repensaremos tudo.

Emily acompanhou Celeste até o carro.

— Dawn estará bem — disse, tentando insuflar coragem na amiga.

Mas Celeste já passara do ponto de precisar de coragem. Ela estava furiosa:

— Não, ela não estará bem. Ela estará numa grande merda. Ela vai ver o que vai lhe acontecer, Emily. Isso é uma promessa.

Para Emily a raiva era mais fácil de suportar do que certos pensamentos que não deixavam a sua mente. Imagens fragmentadas de roupas sendo rasgadas, o dedo de Susan Demery, o assento vazio do seu carro; o assento onde deixara Daniel sozinho por alguns minutos.

Brian estava desligando o telefone, quando ela voltou.

— Quem era? — perguntou Emily.

— A polícia do campus. Queria que soubessem que estou investigando o caso.

— Você pediu que procurassem no campus, não pediu?

Ele a abraçou. Com a cabeça reclinada em seu peito as coisas não pareciam tão tristes.

— Não faz mal algum se fazer uma busca na base — disse. — Não que esteja esperando algum problema. Não estou mesmo, Emily. Este não é o caso de uma garotinha de dois anos, que não fala, que não pode lutar ou que não reconhece o perigo quanto se confronta com ele. Também não é o caso de uma herdeira de dezoito anos. Há muitos indícios para justificar a razão de Dawn não estar onde deveria. — Ele verificou as horas no relógio de pulso. — Já passa das dez. Você acha que Myra está dormindo?

— Suas luzes ainda estão acesas. — Emily comentou, pois Myra era outro motivo para preocupações. — Por quê? — perguntou ansiosa.

— Porque talvez ela possa ficar aqui com Julia enquanto dou um pulo ao departamento.

— Eu posso ficar com ela. — Era mais seguro.

— Mas eu gostaria que você fosse comigo — disse ele. Aqueles olhos maravilhosos de um prateado intenso devolveram à casa a sua sinceridade. — Você conhece Dawn e você sabe como funciona uma investigação. Quero você me ajudando.

— Ajudar em vez de ficar aqui sentada imaginando coisas deprimentes?

— Isso também. Julia está dormindo. Ela vai dormir até de manhã, e não vamos permanecer fora muito tempo. Uma hora, talvez duas. Você acha que Myra pode cuidar de Julia?

— Acho que sim. Ela tem sofrido muito ultimamente. Ninguém a escuta. Sua família está querendo que se mude. Se não concordar, vão levá-la à força para um asilo.

— Eles irão ao tribunal?

— Não. Venderão a casa, empacotarão tudo e a levarão. Eles não ganhariam no tribunal. Myra, quando quer, é perfeitamente lúcida.

Brian deu-lhe um rápido beijinho na testa:

— Vou falar com ela. Volto já. — E saiu.

Passaram-se bem uns quinze minutos antes de ele voltar, e Emily entendeu a demora quando viu Myra apoiada em Brian, caminhando bem devagar. Parecia ter perdido a força de algumas semanas antes.

— Você tem certeza que não se importa de fazer isso? — perguntou Emily.

— Não tenho conseguido dormir ultimamente — disse Myra, e seu casaco escorregou dos braços. — O detetive me falou que sua amiga não sabe onde está a filha.

— Dawn. É verdade. Mas ela provavelmente está com amigos.

— Escrevi o número do departamento ali perto do telefone — disse Brian a Myra. — Se houver algum problema, telefone. Melhor ainda, eu telefonarei para cá. Assim informo a você como estão indo as coisas. — Ele se dirigiu para a porta.

Emily o acompanhou.

— Se Julia acordar, dê-lhe o coelho. Ele às vezes cai da cama.

— Sirva-se de comida e bebida — disse Brian.

— Se não encontrar o número de Brian, ligue para 911 — acrescentou Emily.

— O aquecedor, às vezes, faz um som estranho. Não se preocupe — disse Brian.

Myra os seguiu com os olhos até o topo da escada. Emily não conseguia esconder uma ponta de preocupação. Então a porta se fechou e eles partiram.

Brian colocou a descrição de Dawn no boletim de rede da área de Boston, alertando sessenta departamentos diferentes em Massachusetts, mais a polícia estadual. Agora, todos estariam à procura de Dawn. Ele passou por fax a foto da garota para todas as delegacias. A reprodução não era boa e não eram poucas as mocinhas louras de dezoito anos. Mas era melhor do que nada.

Depois de acessar o computador, Brian ligou para Myra. Tocou cinco vezes e para ele demorou algumas semanas de sua vida, até ela atender.

— Como está a minha Julia? — perguntou, forçando uma alegria que não sentia.

— Você encontrou a moça?

— Não. Não vamos encontrá-la esta noite. Estamos somente estabelecendo uma base para a busca. Julia está bem?

— Está. Toda hora vou dar uma olhada. Ela não acordou.

Havia mais firmeza em sua voz.

Brian se sentiu menos preocupado.

— Ahhh — disse ele. — Que bom.

— Onde você está procurando?

— Por aqui mesmo. Acreditamos que ela não esteja longe.

— Você deve procurar debaixo do salgueiro.

Ele deveria saber que ela diria uma coisa dessas. Voltou a se preocupar com Myra pensando coisas sem sentido, enquanto tomava conta da sua filhinha. Esforçava-se para se convencer de que ela era apenas uma velha inofensiva. Para acalmá-la, disse no mesmo tom jovial:

— Bem, já temos uma pista para trabalhar. Durante a noite fica difícil procurar. Telefone-me imediatamente se Julia lhe der trabalho.

— Ela não dará — respondeu Myra.

— Como está ela? — perguntou Emily quando ele desligou o telefone.

— Julia? Dormindo. Myra? Acordada e atenta. — Na verdade, um pouco vivaz demais.

Sua confiança na segurança de Julia se restabeleceu com o passar do tempo. Acessou o nome CARTER DEMMING no computador.

Emily estava de pé atrás dele.

— Você não gosta dele, hem?

— Eu o acho legal. Mas ela não o conhece bem e havia muita intimidade entre ele e Dawn na casa de Kay e John, semana passada. Fico me perguntando se é pura coincidência o fato deles terem deixado Celeste, um depois do outro, no domingo passado.

— Mas Celeste foi deixar Dawn na faculdade. Ela a viu se dirigindo para o dormitório.

Os olhos do policial estavam presos na tela do computador enquanto ele falava.

— Então ela voltou para casa, passou mais uma hora com Carter e se despediu dele. Ele foi embora. Ela não viu para onde ele foi.

— Você acha que ele pode ter dado a volta e ter ido pegar Dawn?

— Não posso afirmar.

— Ele poderia lhe fazer mal?

Ele não podia afirmar isso também. Tinha conhecido alguns Dr. Jekyll e Mr. Hydes em seu trabalho. Mas não queria alarmar Emily sem necessidade, e, além disso, não achava que Carter fosse um maníaco.

— Eu apenas acho que os dois resolveram se divertir um pouco.

— Mas se ele está em Paris agora, por que ela não está na faculdade?

— Nós temos certeza de que ele realmente está em Paris? — Ele bateu na tecla *Esc* do computador. — Ele não tem ficha criminal, pelo menos em Massachusetts.

Brian procurou no sistema federal, mas não encontrou sinal de Carter. Nem mesmo nos boletins individuais para todas as regiões da Nova Inglaterra e Meio-Atlântico.

Ele tinha uma idéia, mas somente depois de algum tempo e inúmeras ligações pôde voltar ao computador e acessar os arquivos que queria.

— Contribuintes? — falou Emily quando a lista apareceu na tela.

— Bens imobiliários. Celeste disse que ele mora em Cambridge. — Procurou na lista em ordem alfabética, até encontrar *ds*, depois os *des*, e finalmente os *demms*. — Se ele mora lá, não é proprietário. Pelo menos, não tem nada em seu nome.

— Eu não estou gostando disso, Brian.

Ele alcançou o telefone e ligou para informações.

— Alô, Cambridge? — ele disse. — Gostaria de uma lista de Demming, D de David, primeiro nome Carter. — Então esperou.

— Sinto muito senhor, mas não tenho esse nome listado.

— Existem números não listados com esse nome?

— Não.

Ele desligou o telefone.

— Alguma coisa está errada.

— Nós a alertamos quando colocou o anúncio — dizia Emily aflita. — Mas ela estava determinada. Ela disse que poderia separar os que prestavam dos que não prestavam.

Brian sentiu a angústia de Emily:

— Não presuma o pior. Ele pode ser mais nebuloso do que perigoso. Dawn pode estar perfeitamente bem.

— Devemos telefonar para Celeste, agora?

— Não. Não vai adiantar nada. Deixe para amanhã. Ela vai tentar procurar por ele. Veremos se tem sorte. — Pegou o telefone e ligou novamente para casa.

— Oi, Myra, como vão as coisas?

— Encontrou-a?

— Não. Na verdade, só amanhã poderemos fazer alguma coisa.

— Bem, então está certo. Agora você vai olhar debaixo do salgueiro?

— Eu lhe disse que iria. Como está minha garotinha?

— Ela é uma gracinha, dorme que chega a ressonar. Eu estava lá agora mesmo olhando-a e ela se virou e fez uns sons muito engraçadinhos com a boca, como se estivesse tomando a mamadeira. Ela ainda toma mamadeira, não? Eu posso lhe dar leite se ela acordar. Eu fiz isso antes. Lembra? Quando ela estava dormindo no carro. Quando você chegou em casa e não queria que ela acordasse. Aí você a levou e eu me sentei com ela. Ela é uma coisa pequenina e linda. Gostaria que acordasse para poder brincar com ela. Mas não vou acordá-la. Não farei isso. Você vai olhar debaixo do salgueiro amanhã, não vai?

— Claro que vou, Myra. Podemos ficar mais vinte minutos por aqui?

— Não se preocupe. Fiquem o tempo que quiserem. Acho que não conseguirei dormir, de qualquer jeito, se for para casa agora. Isso é muito emocionante. Não, eu não poderia dormir. Faça o que tiver de fazer e fique com a Emily ao seu lado. Se eu a conheço bem, ela deve estar preocupada comigo, achando que tenho de ir para a cama. Mas diga a ela o que acabei de lhe dizer. Não estou nem um pouco cansada. Ficarei aqui a noite toda até amanhã, se for preciso. Fique à vontade detetive, por favor. Você é um bom homem. Fique à vontade.

Emily sentou com as pernas cruzadas em cima das cobertas. Debaixo delas, da cintura para baixo, estava Brian. Sua cabeça no travesseiro, seu corpo, assim como o dela, ainda úmido do chuveiro. Seus dedos se tocavam lentos e suaves.

Ele lhe deu um abraço.

Ela sorriu.

— Nós vamos encontrá-la — falou ele baixinho.

Ela concordou. Trouxe sua mão para seu colo e mediu seus dedos contra os dela.

Ele disse:

— Sinto que você tenha que reviver tudo isso novamente.

Ela sorriu meio de lado:

— É minha sina na vida, eu acho. — Na medida em que pensava sobre o que dissera, seu sorriso foi desvanecendo. Nenhum dos casos, nem mesmo o de Dawn significavam para ela o que Daniel significava. E o caso de Daniel, ela sabia, ninguém solucionaria. Mais séria, procurou os olhos de Brian. — Doug telefonou?

— Para mim, não.

— Ele me ameaçou. Disse que queria falar com você sobre Daniel. Depois de todos esses anos ele quer saber o que aconteceu com ele.

— É duro ficar sem resposta.

Emily sabia disso. E como!

— É por isso que disse a mim mesma que ele morreu. — Ela estudava o braço de Brian, os cabelos amarelados em volta dos braços. Ela passou as mãos sobre eles numa direção, depois em outra. — E se Doug ligar para você? O que é que você vai fazer?

— Se ele ligar para falar sobre o desaparecimento de Daniel?

— Você reabriria o caso?

Brian ficou tão quieto que ela levantou os olhos para ele. Sua expressão fez seu coração pular.

— Eu já fiz isso — disse ele sem orgulho. — Eu o estudei de ponta a ponta, checando tudo e mais o que não havia sido checado na ocasião. Não cheguei a lugar algum, Emily. — Sua respiração tornou-se rouca, de repente. — Me desculpe, mas é que eu queria tanto fazer isso por você.

Ela assentiu. Deveria ter imaginado que ele estivera investigando.

Seus dedos abraçaram os dela, e ele conduziu sua mão para o seu peito e a deixou ali. Depois de algum tempo sussurrou:

— Como eu gostaria de levá-la para algum lugar bem longe. Um lugar onde eu nunca mais tivesse de ver nenhum traço de dor em seu rosto, Emily.

— A dor é parte da vida — disse ela. — Assim como a perda. Quanto melhor a vida, maior a dor da perda. Daniel era especial. — Da cama, ela olhava para fora da janela. A lua aparecia sobre a floresta, cobrindo as árvores desfolhadas com traços de gelo tão delicados quanto sinistros, quase sobrenaturais. — Ele está lá fora — disse ela baixo mas enfaticamente, como se um forte anseio houvesse tomado conta de todo o seu ser. — Vivo ou morto, ele está lá fora, eu precisava tanto saber onde ele está. Então, talvez, a dor vá embora.

Brian beijou os dedos dela, um a um. Ela continuou:

— Pensei que houvesse superado, realmente pensei. Mas de repente ele está voltando. Por que *agora*? — Mas ela sabia. A partida de Jill para a universidade havia desencadeado um processo emocional, que a levara a uma encruzilhada. Daniel estava lá. Na estrada atrás dela, era um assunto não resolvido. E estava parado no meio da estrada que ela queria tomar, a estrada para o futuro. — Estou presa aqui, Brian. Quero crescer, mas não consigo, porque coisas que aconteceram há dezenove anos estão me puxando para trás. Dezenove anos. Deveria ter superado. Há algo de errado comigo.

— Não há nada de errado com você. Só que você amou por muito tempo e com muita intensidade.

— Isso é uma maldição.

— Não, uma força.

— Não me sinto forte.

— Mas é. Você é uma das mulheres mais fortes que conheço.

— Então por que tudo isso me *machuca* tanto?

Não precisou de nada além de um pequeno puxão para trazê-la

para ele. Deitada contra ele, ela colou o rosto em seu peito. Suas mãos encontraram o calor necessário, entre seus corpos.

Ele não disse nada, não tentou explicar coisas que não poderiam ser bem explicadas. Não lhe ofereceu trivialidades ou poluiu a noite com assuntos diversos. Ele simplesmente segurou-a, permitindo que ela desabafasse toda a dor que havia reprimido por tanto tempo. E ela se deixou ir, se abandonou em soluços, gemidos e pranto. Vinham do fundo do seu ser e eram a expressão dos piores medos e tormentos que existem no fundo da alma de uma mãe.

Esgotadas as lágrimas, ela dormiu.

Vinte e Quatro

Na manhã seguinte, Brian estava colocando Julia no carro, no seu assento de criança, quando Myra veio em disparada, atravessando a rua. Seus olhos brilhavam e quase não havia fôlego em sua voz.

— Eu estava contando os minutos desde o amanhecer. Você vem agora?

Era um pouco menos de sete horas da manhã, mais cedo do que Brian costumava sair. Mas ele queria deixar Julia na casa de Janice, tomar um café no Nell's, correr ao departamento a tempo de trabalhar no computador, antes de passar na casa de Celeste.

— Este não é o momento apropriado — disse ele, colocando apressadamente Julia no carro.

— Mas você prometeu — disse Myra.

— Eu não me esqueci.

— Vocês ainda não encontraram a garota, encontraram?

— Ainda não.

— Então você tem de vir olhar no meu jardim!

Ele saiu de costas do carro depois de ajeitar Julia e fechar a porta de seu lado.

— Primeiro as prioridades. Agora vou ao departamento. Mais tarde vou ao seu jardim. — Tomou Myra pela mão e a encaminhou para a calçada. — Além disso, está muito frio e vai ser difícil olhar embaixo do salgueiro enquanto não esquentar um pouco.

— Meu Deus, ela desapareceu agora! Você não pode esperar até a primavera!

— Não até a primavera — e ele a levava para casa. — Só até o final da manhã, talvez por volta do meio-dia. Estará mais quente quando o sol sair.

— E se não sair?

— Eu olharei de qualquer maneira. Mas me dê algumas horas. Prometo que voltarei.

— Mas e se você a encontrar primeiro? — perguntou Myra, com tanto horror, que Brian chegou a pensar que ela havia enlouquecido definitivamente.

Ele abriu a porta da casa e a deixou na sala de estar. Depois lhe deu um olhar reconfortante, como se estivesse confirmando o seu compromisso.

— Eu voltarei. Irei com você até o salgueiro, encontrando ou não a Dawn. Mas eu só poderei fazer isso se você ficar dentro de casa me esperando. Você promete que ficará aqui dentro até eu voltar?

Myra olhou para ele sem piscar. Devagar e obedientemente ela fez que sim com a cabeça.

Ocorreu a Brian que sua própria mãe não era muito mais nova do que Myra, e que ela poderia degenerar futuramente; que ele talvez tivesse de tomar certas decisões dolorosas, como os filhos de Myra.

Tristonho, ele deu um beijo na testa da velha antes de fechar a porta e descer para a rua.

Às oito horas da manhã, Celeste começou o dia telefonando para o escritório de Carter. Ele costumava chamá-la de lá a essa hora e, normalmente, não estava sozinho. Mais de uma vez havia pedido que ela esperasse, enquanto dava instruções a um de seus assistentes.

Hoje, ninguém atendia o telefone. Ela tentava a cada cinco minutos, caminhando pela casa impaciente, quase fora de si, entre uma ligação e outra. Queria ver as coisas solucionadas logo. Era muito desagradável não saber onde estava sua filha. Mais desagradável ainda era a suspeita que Brian e Emily haviam posto na sua cabeça acerca de Carter. Isso só deixava as coisas piores. Ela não queria imaginar que ele fosse nada menos que maravilhoso.

Um pouco antes das oito e meia, Kay entrou rapidamente pela sua porta.

— Acabei de saber sobre Dawn! Por que não me chamou ontem à noite?

— Não havia razão. Eu já havia falado com Marilee e ela não sabia de nada. Estou muito confusa, Kay. Será que Dawn está por aí, aprontando alguma bobagem? Será que devo me preocupar?

— Você já contatou Carter?

Celeste ficou desconfiada.

— Como sabia que eu estava tentando fazer isso?

— Brian deu uma parada lá em casa. Ia fazer umas coisas no departamento. Você se encontrou com ele? Ele deve passar por aqui.

Celeste sabia o que Brian pensava. Mas ele estava redondamente enganado. Ela ia provar.

— Ninguém no escritório até agora. Devem chegar por volta das nove.

— Carter disse para você que estava indo para Paris?

— Ele está em Paris. — Ela discou o número do escritório novamente. Deixou tocar oito vezes e desligou.

— Ele deveria ter uma secretária eletrônica — falou Kay. — Ah, Emily está chegando. Com café. Deus a abençoe.

Celeste estava mais preocupada com a sugestão de Kay do que com o café.

— Por que você acha que ele deveria ter uma secretária eletrônica? Ela não é pré-requisito para o sucesso.

— Apenas pensei que ele não gostaria de perder alguma chamada.

— Lojas de roupas não têm secretária eletrônica. Nem restaurantes, nem supermercados ou escolas. — Pausa. — Falando nisso, você não deveria estar indo para a escola? — Se Kay tinha vindo para ser negativa, quanto mais cedo saísse, melhor.

— Não vou dar aula hoje. Não com a Dawn desaparecida. — Ela abriu a porta para Emily. — Você é uma salvadora de vidas.

— Como está ela? — perguntou Emily baixinho para Kay.

— Estou bem — respondeu alto, Celeste —, ou poderia estar, se todos aqui não fossem tão desconfiados. Estou preocupada com Dawn e vocês estão preocupados com Carter.

Emily lhe passou um xícara de café.

— Conseguiu falar com ele?

— Estou esperando o escritório abrir. Isso vai ser tão embaraçoso. O que é que eu vou dizer? — Ela dramatizou, fazendo a voz melosa: — "Oi, querido, só liguei para ter certeza de que você está no lugar que disse que estaria." — Ela tirou a tampa do seu café, derramou um pouco no caminho e praguejou. Seu olhar mal-humorado atingiu as duas amigas. — São os ossos do ofício. Só isso. Vocês não queriam que eu colocasse um anúncio no jornal. Se for provado que Carter não tem nada a ver com isso, com que cara vocês vão ficar?

Dito isso, colocou as mãos nos bolsos traseiros do jeans. Emily tirou a tampa do seu café. Bebeu um longo gole e disse:

— A boa notícia é que ele não tem ficha policial.

Celeste arrepiou-se toda.

— Vocês checaram?

— As más são que ele não tem casa nem telefone em seu nome em Cambridge — continuou Emily.

— Emily, eu estive na casa dele. Usei seu telefone.

— Tem certeza que a casa era dele? E o telefone?

— De quem *mais* poderiam ser?

— De um amigo, talvez.

— Com que finalidade?

— Impressioná-la.

Celeste se sentiu traída, não por Carter, mas por Emily, Kay, Brian, John e todos os outros horríveis céticos do mundo.

— E sua carreira também é uma brincadeira? Seus *desenhos*, um embuste? Desculpe, mas eu vi amostras dos desenhos. Não, sua carreira é real. Conheci seus amigos. Conheci seus clientes. Conheci até seu *sócio*.

Emily olhava para dentro da xícara.

Para Celeste aquele olhar, mais do que qualquer outra coisa, expressava dúvida.

— Agora você está pensando que a palavra "sócio" pode ser usada levianamente; que talvez o homem que ele tenha me apresentado seja seu parceiro de golfe, de pôquer. Ou de *crime*! Como pode ser tão negativa? E o fato de que uma pessoa é inocente até que se prove o contrário? — Ela se virou para o telefone, discou o número do escritório de Carter, beliscando seu dedo indicador com a unha do polegar, enquanto o telefone chamava sem parar.

Ela bateu o fone com força no gancho, no momento em que via uma sombra alta se materializar na porta da cozinha. A sombra bateu, girou a maçaneta e entrou.

Celeste pensou no que mais poderia dar errado.

— Você não deveria ter vindo — disse ela. — Kay, Emily, vocês se lembram de Jackson?

Celeste o analisou enquanto se diziam breves alôs. Não o via há alguns anos, desde que Dawn começara a dirigir e a visitá-lo sozinha. Ele parecia bem. Cansado e cheio de trabalho, talvez, mas isso não era nada de novo para o velho e trabalhador Jack.

Seus olhos se viraram para ela e lá se fixaram.

Ela cruzou os braços e sustentou o olhar. Se ele tinha vindo para censurá-la pelo comportamento de Dawn, ela o mandaria embora. Faria o mesmo se se juntasse à campanha contra Carter.

Ele a surpreendeu ao perguntar simplesmente:

— Ela telefonou?

Celeste meneou negativamente com a cabeça.

— Ela vai aparecer. Eu sei que vai. Você não precisava ter vindo até aqui.

— Você devia estar muito preocupada, para chegar a me telefonar.

— Eu só telefonei porque pensei que você pudesse saber dela. Não era para você largar tudo e correr para cá.

— Você não acha que posso ter ficado preocupado também?

— Na verdade, não — disse Celeste se lembrando de todos aqueles anos solitários que a menina passara com ela. — Não, não acredito nisso — disse, alteando a voz.

— Talvez porque você nunca dividiu os problemas dela comigo. Se houve problemas, eu nunca soube. Eu só escutava sobre a grande mãe que você era.

— Ah, bem, nós vamos para o outro quarto — murmurou Kay e, puxando Emily com ela, saíram da sala.

— Eu *fui* uma grande mãe — disse Celeste a Jackson — ou pelo menos uma boa mãe. Não digo que não tenha cometido erros, mas tentei acertar. E foi duro. Não tinha ninguém para me ajudar. Não tinha ninguém com quem desabafar, quando as coisas ficavam difíceis.

Jackson estava de costas com as mãos apoiadas no balcão. Seu corpo esguio não estava relaxado, mas também não estava tenso. Também não estava querendo argumentar com Celeste.

Talvez por isso mesmo, ela continuou botando para fora todo o ressentimento. Falou sobre a sua constante preocupação em relação a Dawn. Falou sobre o seu nervosismo. Falou até sobre Carter.

— Eu estava sozinha quando ela nasceu. A responsabilidade era toda minha. E você sabe que ela não foi uma criança fácil! Ela era uma cabeça-dura briguenta, como é até hoje.

— Como a mãe — disse Jackson com um sorriso maroto.

— Eu *nunca* desafiei meus pais do jeito que ela faz comigo.

— Não agora, talvez, mas você era uma menina selvagem quando a conheci. — Continuava com aquele sorriso diferente, que falava de lembranças bem antigas. Lembranças que suavizaram a ira de Celeste, fazendo-a se sentir, estranhamente, mais vulnerável. A despeito dos anos que estiveram separados, Jack a conhecia como ninguém.

— Muito bem — admitiu ela. — Eu era rebelde e fiz coisas que não devia por algum tempo. Mas nunca meti meus pais em confusão alguma. E Dawn não sabe nada daqueles dias, de modo que você não pode dizer que está seguindo meu exemplo. A verdade é que ela sempre me enfrentou. E ainda *enfrenta*. Sempre testou os limites que lhe impunha.

— Ela sempre foi uma boa aluna.

— Isso é verdade. Cabeça boa, ela tem. É sua filha. Mas ela não teria se saído bem, se eu não ficasse atrás dela para que estudasse. Pode dizer que sou uma mãe ranzinza, mas alguém tem de fazer isso e você estava longe. Você ficou com a parte mais fácil. Você sempre ganhou bem. Não custava nada mandar um cheque para ela todos os meses. Você ganha dinheiro naquilo em que você é bom. Mas eu não era boa para ser mãe. Eu não tinha a aptidão natural que algumas mães têm. Eu não gostava de ficar jogando joguinhos de criança, decorando biscoitinhos e comprando roupinhas. Eu não tinha paciência. Mas eu a assumi, porque, uma vez que ela havia nascido, era minha, e não havia ninguém mais para tomar conta dela. Então, se cometi alguns erros, pelo menos tentei. Bem mais do que alguém que está aqui agora pode alegar que fez.

Ela deu as costas para ele e discou para o escritório de Carter. Eram cinco para as nove. Certamente, alguém já deveria estar lá. Mas o telefone continuava a chamar e nada.

— Para quem você está telefonando? — perguntou Jackson.

— Estou tentando encontrar a pessoa com quem tenho saído. Pode ser que ele tenha uma idéia de onde Dawn possa estar.

Jackson cruzou os tornozelos.

— Quem é ele?

— Seu nome é Carter, e é arquiteto.

— É sério?

— Nós nos vemos sempre, se é isso que quer saber.

— Dawn gosta dele?

— Claro que gosta. Por que não gostaria?

— Você nunca teve um relacionamento sério antes. Talvez ela

esteja com ciúmes. Talvez ache que você está dando seu tempo para outra pessoa.

— Duvido. Quando foi para a faculdade, deixou instruções específicas. Não me telefone. Eu telefono para você. Isso parece reação de alguém preocupada com o meu tempo?

Ele encolheu os ombros e, em seguida, alguém bateu na porta. Brian.

— Ora, por que não? — exclamou Celeste, atravessando o aposento para que ele entrasse. — Junte-se à multidão. Kay e Emily estão no outro quarto, para não testemunhar a violência doméstica. Este é Jackson, pai de Dawn.

Ela voltou para seu lugar ao lado do telefone enquanto os homens se cumprimentavam. Brian foi para perto dela. Em uma voz baixa, tentando manter privacidade, mesmo em um ambiente pequeno como a cozinha, ele disse:

— Estou tendo dificuldade para encontrar o que quer que seja sobre Carter.

— Surpresa, surpresa. Ele está limpo.

— Não. Estou dizendo que não consigo encontrar nenhum arquivo provando que Carter Demming existe. Não é contribuinte federal. Nem possuidor de cartões de crédito — depois de uma pausa. — Nem está registrado como arquiteto.

Celeste argumentou com arrogância.

— Você deve estar soletrando seu nome errado.

— Tentei diferentes formas.

Ela levantou a mão.

— Espere um instante. Eu o localizarei. — Já passava das nove horas. Ela ligou novamente o número do telefone e esperou, rezando, brigando com o pânico. Respirou aliviada quando uma voz masculina atendeu.

— Alô.

— Oi — disse com um sorriso. — Aqui quem fala é Celeste Prince. Sou amiga de Carter. É o Mark? — Ele era o sócio que Carter lhe havia apresentado no primeiro dia, em Cambridge.

— Não. Jared.

— Ah. — Ela manteve o sorriso. — Jared, estou tentando encontrar Carter. Você tem seu telefone?

Houve um som de papéis sendo mexidos, depois um gélido:

— Um momento — e o som do telefone sendo posto sobre a mesa.

— Ele está procurando o telefone — disse ela para Brian com um ar triunfante. Brian duvidava que a firma de Carter existisse, e ali estava ela falando com um de seus colegas.

Jared voltou com um jeito alegre e lhe deu um número de telefone.

Celeste anotou-o no bloco ao lado do telefone. Tinha sete dígitos, como nos Estados Unidos.

— Tem um código de área? Código do país? Alguma coisa internacional?

— Internacional? Esse telefone é de Cambridge.

— Não, não. Preciso localizá-lo em *Paris*.

— Paris? Mas ele não está em Paris. Com quem a senhora quer falar, mesmo?

Celeste engoliu um medo terrível. Ela estava atenta à presença de Brian e Jackson, cada um de um lado.

— É importante que fale com ele. Ele chamará mais tarde?

— Duvido. Nós falamos com ele na semana passada. Ele nunca chama mais do que uma vez por mês.

Ela mordeu o lábio inferior.

— Sei. Bem, se ele telefonar, pode fazer o favor de pedir que ele ligue para Celeste? É urgente. — Desligou antes que Jared pudesse perguntar pelo seu sobrenome e telefone, ou qualquer coisa que a pudesse humilhar.

— E então? — perguntou Brian.

Ela continuava olhando para o telefone.

— Ele não está lá. — Ela não sabia o que fazer, a quem chamar. Alguma coisa estava errada. Ela imaginou que Carter estivesse sempre no escritório, mas se ele não estava lá, onde estaria? E se não estava lá, quem ele seria? E por que teria mentido para ela? E o que estaria fazendo com Dawn? Se sentiu nauseada.

Brian chegou perto dela e perguntou gentilmente:

— Ele não está em Paris?

Ela disse que não com a cabeça.

— Onde fica esse telefone?

— Cambridge. — Ela encontrou seus olhos e, numa última tentativa de se defender, argumentou:

— Ele me disse que estava indo para Paris. Talvez esse cara, Jared, não saiba. Ele disse que não falava com Carter desde a semana passada. — Mas Carter havia dito para ela, na segunda, que estava ligando do escritório. Se ele não esteve lá, de onde teria ligado? Onde estaria Dawn?

— Quer que eu tente esse número? — perguntou Brian.

Ela assentiu e chegou para o lado. Ela abraçou a cintura com um braço, apoiou o cotovelo nele, e começou a roer as unhas.

Depois de um minuto, Brian desligou.

— Ninguém responde.

Ela sentiu uma ponta de alívio, mas por pouco tempo. Pequenas coisas a intrigavam. Pequenos detalhes que ela não percebera. Detalhes que não lhe pareceram importantes, porque Carter a fizera se sentir tão bem.

— Não faz sentido — disse ela a Brian. — Você o conheceu. Ok, você não gostou dele. Mas ele lhe pareceu um vigarista?

— Não. Nenhum vigarista profissional se parece com um vigarista. Caso contrário, seria um péssimo vigarista.

— Mas por que ele faria isso? Não que eu ache que ele tenha feito, me desculpe. Desencontros acontecem. O fato de eu não conseguir encontrá-lo não significa nada. Mas apenas como argumentação: se ele não é o que disse ser, por que disse? Eu não tenho dinheiro. Não poderia me trapacear.

— Com que freqüência ele esteve aqui?

— Diversos dias em uma semana. E ainda nos feriados.

— Quem fez as compras?

Ela hesitou por um minuto.

— Eu.

— Vocês jantavam fora?

— Aqui? Não. Ele disse que gostava de ter-me só para ele. — Ela tinha adorado ouvir aquilo. Agora as mesmas palavras já não lhe davam tanto prazer. As palavras pareciam sujas.

Brian tocou em seu braço de um modo que pretendia ser confortador.

— Isso tudo pode ter sido um jogo, nada mais.

Ela não entendia.

— Por sexo?

— Possivelmente.

Ela cruzou os braços.

— Eu não quero pensar dessa forma. Não quero. Ele era tão melhor do que os outros. — Ela pensou em Michael, o viúvo com o sorriso afável, tão gentil, tão estável e tão pouco romântico. Carter fora feito para dar ordens.

— E sobre Dawn? — perguntou Jackson.

Sua cabeça rodou. Ela havia se esquecido dele. Pôs as mãos nos quadris.

— Dawn está bem. Carter não faria mal a ela. — Ela tinha de acreditar nisso. A alternativa era impensável. — Digam o que quiserem, mas ele não é uma pessoa cruel. Não sou estúpida, ou pouco observadora. Em todo o tempo que passei com ele, nunca o vi levantar a voz ou fazer um gesto impaciente. Nunca o vi ranger os dentes. Nunca vi seus músculos tensos, ou suas juntas ficarem brancas, ou uma pequena veia saltar em sua têmpora, do jeito que a sua faz quando algo sai do seu controle — disse ela, apontando para o ex-marido. — É isso.

— Estou preocupado com Dawn.

— Carter é gentil e tem consideração. Ele foi *maravilhoso* com ela. Ela teve um período maravilhoso com ele. Ele não lhe faria mal. Exatamente o contrário. Ele reestruturou nosso fim de semana para incluí-la. Ele deu a ela tanta atenção quanto deu a mim. Ele *adorou* Dawn.

Um pensamento intruso se meteu entre as suas palavras ditas com prazer e ingenuidade. Fez uma pausa. Dirigiu o olhar incrédulo para Brian. Sua cabeça se movia de um lado para outro, negando.

— Ele não a tocaria — murmurou. — Ele não faria isso. Ela é minha *filha*, pelo amor de Deus!

— Penso — disse ele — que primeiro precisamos encontrá-la antes de tirarmos outras conclusões. Você tem o endereço do lugar em Cambridge que pensava ser dele?

Celeste o entregou a ele.

— O carro que ele dirigia no dia de Ação de Graças... — era dele, também?

— Pensava que sim.

— Um BMW branco. O número?

— Não tenho a menor idéia.

Brian pegou o telefone.

— Vamos ver se resolvemos isso por telefone.

— Ela tem dezoito anos — disse Jackson. — Você vai acusá-lo de quê?

— De nada, absolutamente, desde que ela esteja com ele por sua livre e espontânea vontade.

— Nós não sabemos se ela está com ele — insistia Celeste. Ela não queria Dawn com Carter. Não daquela maneira. Mas agora que já a tinham deixado com a pulga atrás da orelha... via coisas, ouvia palavras sob outras luzes. Lembrou-se do fim de semana. Começava a ver as coisas de um modo diverso. Viu Dawn flertando com Carter, e Carter a encorajando. Viu abraços casuais, que talvez não fossem tão casuais. Viu uma certa cumplicidade entre eles que poderia ser inocente ou maliciosa. — Eu confiei nele — disse para si mesma. — Eu confiei nela.

Enquanto falava ao telefone, Brian levantou o polegar para Celeste, lhe dizendo com isso para não pensar no pior. Mas agora que a semente fora plantada em seu cérebro, ela não conseguia se livrar da idéia de que seu amante era também amante de sua filha. Isso a fez se sentir velha, cega, desesperada e tola.

Foi Jackson que a tomou pelas mãos, levou-a para a mesa da cozinha e, gentilmente, fez com que sentasse.

Não levou muito tempo para encontrá-los. Eles estavam mais ou menos a uns 45 km ao sul, em uma cidadezinha menor do que Grannick, em um motel, que raramente via BMWs, muito menos por três dias consecutivos. A polícia local, que estava de olho naquele carro há dias, chamou Grannick, no instante em que o boletim chegou às suas mãos.

A descrição batia. Nenhuma dúvida sobre isso, também. O gerente confirmou a descrição de Dawn, e sua mulher confirmou a de Carter.

Jackson levou Celeste em seu carro, seguindo o jipe de Brian e Emily. Uma vez no estacionamento, ao lado do BMW, Celeste pulou do carro. Agarrada ao seu casacão, foi até a porta que lhe indicaram e bateu.

Um minuto de intensa agonia até Carter abrir a porta. Ela mal teve tempo de notar que ele estava somente com um velho jeans e uma expressão chocada no rosto. Brian passou por ela, com o crachá de detetive à mostra, e empurrou Carter para fora do quarto. Encostou-o contra a parede.

Celeste ficou parada na porta. Dawn estava ajoelhada na cama com as cobertas sobre o corpo até o peito. Estava descabelada, mas intacta.

— Mãe!

Celeste estava furiosa, ferida e enojada, tudo ao mesmo tempo. Ela abriu a boca para gritar com Dawn, mas, contra a sua vontade, seus olhos se encheram de lágrimas. Então pressionou a boca com os dedos e ficou ali parada, incapaz de dizer qualquer coisa.

— Nós estávamos preocupados — disse Jackson, saindo de trás de Celeste.

— Papai! — gritou Dawn, apavorada.

Ocorreu a Celeste que a presença de Jackson era também uma pesada mensagem para Dawn. Embora isso a deixasse furiosa — afinal fora ela que tivera de sofrer sozinha para criar a filha — não podia deixar de se sentir grata a ele. Finalmente ele dividia com ela um pouco do peso da irresponsabilidade de Dawn.

— Ninguém sabia onde você estava — disse Jackson. — Você deveria ter deixado um recado com alguém. Todo mundo está a sua procura no campus. Você está sendo procurada em todo o estado. Por que não deixou que alguém soubesse onde estava?

Dawn, nervosa, olhava de um para o outro e para a porta, como se quisesse que Carter falasse algo. Mas Brian estava mantendo Carter do lado de fora. Celeste o abençoava por isso. Ela tinha muito a dizer a sua filha, mas nada a dizer a Carter.

Interessante, Carter não lhe parecera nem um pouco atraente quando o viu. Nem ao menos sexy.

— Por que não avisou? — repetiu Jackson.

— Não sabia onde estava indo.

— Você está aqui há três dias. Por que não telefonou?

— Estava ocupada.

— E não lhe ocorreu telefonar?

— Não precisava — disse ela, levantando o queixo com um ar de desafio. — Tenho dezoito anos. Sou maior de idade.

— Você não pensou que sua mãe poderia ficar preocupada?

Celeste ainda mantinha as mãos sobre a boca. Ela se sentia doente; conseguia evitar as lágrimas, mas não o enjôo que vinha do estômago.

— Não pensou? — repetiu Jackson.

— Não. Não pensei. Ela estava só pensando no momento de me ver pelas costas. Ela nunca liga para mim na faculdade.

— Você me disse para eu não telefonar! — gritou Celeste.

— Só porque eu sabia que você não telefonaria e não queria ficar sentada esperando. Mas você poderia ter telefonado, se sentisse falta de mim.

— Estava seguindo suas instruções.

— Que se ajustavam bem ao que você queria. Você estava preocupada com você mesma, como sempre. Você não via a hora de se ver livre de mim para poder viver sua vida. Eu fui um estorvo que a manteve presa todos esses anos.

Celeste estava ferida.

— Eu nunca disse isso.

— Você não precisava dizer. Eu sentia. É verdade, não é?

— Não da maneira que você pensa.

— Então qual é a maneira?

Celeste procurava desfazer o mal-entendido.

— Eu estava tentando dar um bom exemplo.

— Bem, isso deve ter sido muito difícil, porque o que você queria era a sua liberdade.

— Não me libertar de você, mas me libertar da responsabilidade. Ela me dava medo.

— Medo? — debochou Dawn.

— Sim, medo. Quanto mais velha você ia se tornando, com menos medo eu ficava, porque você poderia responder por si mesma. Mas depois surgiram novos problemas: festas, bebidas, encontros, coisas *aterradoras* para uma mãe! Então eu quis saber o que você estava fazendo. Talvez gritasse e brigasse, mas isso porque eu tinha medo que você pudesse cometer erros, e seria por minha causa.

— Mesmo? — perguntou Dawn com debochado atrevimento.

— Não — respondeu Jackson. — Sua mãe não lhe disse para que fugisse com seu namorado. Você fez isso porque quis.

Celeste estava petrificada pela monstruosidade do fato.

— Como você *pôde*? Minha própria filha! Como pôde *dormir* com ele?

— Ele me protegeu. Usou uma camisinha.

— Não é essa a questão. Mas já que você falou, ele a estava protegendo de quem? De mim? De todas as mulheres que vieram antes? Não seja boba. Ele não a estava protegendo. Ele estava *se* protegendo.

— Ele me ama — insistiu Dawn.

— Ele ama as *mulheres*... você, eu, outra no próximo mês.

— Você gosta muito dele.

— Eu gostei, fui estúpida. Pensei que ele fosse a resposta às minhas preces. E você sabia disso! E ainda assim você veio para cá com ele! — Ela passou a mão no peito. — Dawn, será que eu não lhe passei *nenhum* valor? Como pôde *fazer* isso?

— Você nunca se importou que eu transasse.

— Não é essa a *questão*! — gritou, olhos cheios de lágrimas. — Tudo bem, você não fez isso sozinha. Carter também está errado. Mais errado que você. Ele sabia o que estava fazendo. Mas você... você... você é minha *filha*, carne da minha carne. Como pôde me machucar dessa forma? Você sabia que eu estava apaixonada por ele. Isso pode ou não ter sido uma burrice minha. Mas eu estava apaixonada. — Pausa. — Dane-se tudo! Eu fui uma boa mãe quando você era pequena. Alguma vez eu a sujeitei a algum "tio"? Alguma vez eu impus algum amigo masculino a você? Não. Sempre coloquei você em primeiro lugar. Como você pôde fazer isso comigo agora? Fui *tão horrível* para merecer esse tipo de traição?

Para satisfação de Celeste, Dawn não respondeu.

Celeste tirou um lenço de papel do bolso e passou nos olhos. Ela se sentia derrotada, muito cansada, sem forças e enjoada. Com muita tristeza na voz, disse para Jackson:

— Vou para o carro. Não estou me sentindo bem.

Celeste podia sentir que o cheiro de Carter recendia por todo o quarto. Saiu sem olhar para Dawn, enrolada em um lençol até o pescoço. Andou até a entrada do motel, desceu os degraus, mantendo-se de costas para Brian e Carter. Recostou-se no porta-malas do carro de Jackson.

Emily foi em sua direção.

— Ela está bem?

— Oh, sim.

— Envergonhada?

— Ela? Difícil...

— Ela deve estar se sentindo envergonhada, mas está acuada.

As pessoas acuadas tendem a se defender mesmo contra a mais forte razão. Ela vai ficar nesse estado por algum tempo.

— E depois? — perguntou Celeste, olhando para o nada. Ela não sabia, absolutamente, o que fazer. — Ela pensa que ele a ama.

— Ele pode falar com ela de outra maneira, depois que terminar com Brian.

— O que Brian pode dizer? Dawn era cúmplice.

— De quem? Quem *é* Carter? Certamente não é quem disse que era. Pense em tudo que não encaixava. Quando uma pessoa esconde sua identidade dessa maneira, normalmente está escondendo algo maior. Se for o caso de Carter, Brian descobrirá.

As palavras de Emily não a consolaram muito. Levou o lenço de papel já amassado ao nariz e começou a chorar.

— Oh, Emily, estou tão envergonhada. Acreditei em tudo que ele disse. Ele me jogou um laço, e eu o agarrei com tanta força. Precisava tanto acreditar nele.

Emily passou o braço em volta dela.

— Eu sei.

— Eu devo ter deixado transparecer que essas coisas não eram importantes todos esses anos, que estava tudo bem comigo, como se não quisesse ser perturbada por nenhum homem, mas eu estava representando. Mais para mim mesma do que para os outros. Não é que eu *precise* de um homem...

— Celeste — interrompeu-a Emily. — Todos que a conhecem sabem disso. Tendo sido uma representação ou não, você conseguiu. Você criou Dawn sozinha. Você fez uma vida para você, com suas próprias forças.

— Mas eu queria ter mais. Queria me divertir mais. Sentia falta de companhia. Houve momentos em que me senti tão só que quase morri.

— Você podia ter me chamado — disse Jackson.

Celeste passou o lenço nos olhos. Levou um minuto para se recompor antes de se afastar de Emily.

— Nós estávamos divorciados, Jackson. Não conseguimos viver juntos. Não poderia chamá-lo.

— Nós poderíamos ter continuado amigos. Diabos, eu poderia ter dado um jeito em você.

Ela riu a despeito de tudo. Quando o olhou, viu um sorriso consciente e terno. Ela colocou o braço sobre o ombro dele.

— Você acha que eu seria capaz de me comunicar com seus amigos? Mais do que pude com você?

— Talvez — disse ele. — Alguns deles não são tão maus.

— Então por que não estão casados?

— Provavelmente, pela mesma razão que eu não estou. Porque não somos pessoas sociáveis. É preciso uma santa para ficar casada com qualquer um de nós.

— Ou uma santa ou uma louca por computadores como vocês. — Celeste sorriu quase timidamente. — O que Dawn está fazendo?

— Não sei. Não há muito mais a fazer.

— Brian ainda está com aquela "coisa"?

— Ainda está falando com ele.

— Estou me sentindo uma imbecil.

Jackson encostou-se ao lado de Celeste, atrás do carro.

— Diga-me uma coisa — falou ele de um jeito tranqüilo. — Foi divertido pelo menos enquanto durou?

Celeste suspirou.

— Sim, foi muito bom.

— Então valeu a pena.

— Você acha? Isso destruiu a relação com a minha filha.

— Destruiu?

— Bem, não destruiu, mas desgastou certamente.

— Para sempre?

Celeste não estava certa se poderia ver além da dor e da raiva que sentia.

— Não sei.

— Talvez você devesse olhá-la de forma diferente, de agora em diante.

Ela não estava certa de querer ouvir conselhos de Jackson, não depois de ele ter sido omisso por tanto tempo. Mas era a questão de partilhar responsabilidade e, além do mais, ela estava curiosa.

— Como?

— Como adulta. Diga-lhe como foi que você a criou. Conte-lhe sobre seu medo. Ela vai entender.

Celeste pensou em Dawn, encostada na cama, com as cobertas até o queixo.

— Quando? Você acha que ela virá para casa depois de tudo?

— Para onde irá então? Você é a mãe dela. Você cometeu um erro. Ela também. Vocês podem ter aprendido algo juntas.

Celeste sentiu uma pontada do antigo medo, da antiga insegurança com que conviveu durante os anos em que criou Dawn.

— Deus — murmurou. — Não sou boa nisso.

— Você é melhor do que eu — disse Jackson. — E você é muito melhor do que muitas mães. Veja por este prisma. Você não teve de tirá-la da cadeia. Não teve de tirá-la da rua. Não teve de dormir com o reitor para conseguir uma vaga para ela.

— Pelo amor de Deus, Jackson!

— Viu? Você não é tão ruim assim.

Celeste resmungou novamente, mas a verdade era que seu estômago começava a relaxar pela primeira vez nas últimas vinte e quatro horas. E a presença de Jackson era um dos motivos desse relaxamento. Como pai de Dawn, ele era o único que poderia ter ajudado daquela maneira.

Ela lhe disse:

— Você está sendo tão bom para mim como era nos meus tempos de garota selvagem. O que aconteceu conosco, Jack?

— Nós só sabíamos viver nas crises. É isso.

— Muito triste.

— Sim.

— Então, o que faremos a respeito de Dawn?

Sua voz ficou mais baixa.

— Deixe o policial levá-la para onde ela quiser... casa, faculdade. Deixe-a decidir. Ou ela pode pegar um táxi. Ela tem dinheiro. Se não tiver é porque o Casanova esqueceu de trazer a carteira. Não vai lhe fazer mal sofrer um pouco.

— Eu tenho de falar com ela, não? — perguntou Celeste, mas ela não queria falar com a filha agora. Estava muito zangada. Além disso, ela não pretendia sair correndo atrás de Dawn, que, aliás, segundo ela própria, era uma adulta. Se era adulta, ela que procurasse a mãe.

— Você falará com ela no momento certo — assegurou-lhe Jackson.

— E o que vai acontecer agora?

Ele olhou para o relógio. Era daqueles que dão todas as informações de que se precisa, além de horas, minutos e segundos.

— Já passou da hora do almoço. Podemos parar em um lugar para comer alguma coisa. Quem sabe encontraremos respostas enquanto comemos.

Vinte e Cinco

— Graças a Deus que ela está bem — disse Emily a Brian, depois de deixarem Dawn na faculdade e se dirigirem para China Pond. Ela se virou em seu cinto de segurança para encará-lo.

— Foi ótimo que ela nos deixou levá-la. Você acha que Carter vai voltar a procurá-la?

— Não se ele tiver alguma coisa na cabeça. Ele sabe que estamos por dentro de tudo. Escreverei um relatório sobre toda a ocorrência para ter no arquivo, caso ele ataque novamente. Mas ele não me parece do tipo que gosta de correr riscos. Provavelmente vai procurar outra mulher para sustentá-lo.

— Você acha que ele é casado?

— Estou pensando em checar.

— Será que é mesmo arquiteto?

— É possível. Mas se for, não deve ser tão bem-sucedido como quis fazer crer. Não tem nenhum escritório elegante em Cambridge e aposto que não tem metade dos clientes que disse a Celeste. E se viaja, como contou a ela quando respondeu ao anúncio, deve ser para fugir das mulheres que descobrem o seu jogo. Sua carteira de motorista é de Minnesota. E o BMW é de um amigo.

Uma parte de Emily fora contra a idéia de Celeste de colocar um anúncio sentimental. Uma parte de Emily também gostaria de dizer agora a Celeste "Eu te falei". Mas não conseguia.

— Pobre Celeste. Tem um coração enorme. Muitas vezes me

pergunto o que ela teria feito de sua vida se não houvesse engravidado tão cedo. Talvez tivesse tido uma carreira profissional. Talvez tivesse se divorciado de Jackson e se casado com outro mais compatível com ela e, quem sabe, teria outro filho.

— Quem sabe sobre a vida, ponto parágrafo — disse Brian. — Os *ses* podem deixar qualquer um maluco.

Se eles quisessem mexer no passado, poderiam. Emily sabia muito bem disso. Por outro lado, *se* eles quisessem trabalhar o futuro teriam interessantes possibilidades.

Se ela escrevesse um livro, e ele fosse publicado?

Se ela fosse reconhecida como uma escritora?

Se ela fosse economicamente auto-suficiente?

Mas, se a lembrança de Daniel continuasse a assombrá-la?

Não. Se *Brian* continuasse *amando-a*? Se ela se mudasse com Julia e ele, ou se eles fossem morar com ela? Se ela fosse esposa e mãe pela segunda vez? Se Brian quiser *mais* filhos?

Ela também escreveria? Teria energia para isso, depois de se dar a um marido e uma filha? Será que ela *gostaria* de ser uma esposa e mãe em tempo integral, novamente?

Ela pensava nisso tudo, enquanto ele dirigia. O jipe fez uma curva e entrou na China Pond. A primeira coisa que viram foi Myra agitando os braços freneticamente.

— Oh, meu Deus — disse Emily.

Myra estava atrás da cerca branca e agitou a mão, quando se aproximaram, e dirigiu-se a Brian assim que chegaram, antes mesmo que ele abrisse a porta do carro.

— Está ficando tarde — Emily a ouviu dizer. — Brian, você disse que faríamos o trabalho antes do meio-dia. Então decidi ficar aqui esperando até você chegar. E agora? Podemos ir?

Brian saiu do jipe. Segurou gentilmente nos braços de Myra para que ela se acalmasse. Depois falou:

— Nós a encontramos, Myra. Dawn está sã e salva em casa.

Myra parecia chocada.

Emily explicou:

— Ela está com Celeste e está bem. Foi um alarme falso.

— Não foi alarme falso — gritou Myra. — Eu vi.

— Dawn pensou que estava apaixonada — continuou Emily. — Aos dezoito anos isso acontece. Depois que Celeste a deixou no dormitório do campus no último sábado, ela esperou um pouco e saiu de novo.

Myra não ouvia nada. Ela puxava a mão de Brian, tentando levá-lo para sua casa.

— Você tem de olhar debaixo do salgueiro. Você me prometeu!

Emily foi invadida por uma onda de tristeza. *Pobre Myra!*

— Mas nós a achamos — repetia Brian. — O caso foi resolvido.

— Não está resolvido, não! — Myra falou mais alto. — Você tem de olhar no meu jardim!

Emily tentou soltar a mão de Brian das de Myra e encontrou muita resistência.

— Está bem — disse ela suavemente, ajudando Brian a levar Myra para casa. — Está bem.

— Não, não está bem e não posso agüentar isso por mais tempo, não posso! E ninguém me escuta! Você tem de olhar debaixo da árvore. Debaixo da árvore!

Emily lançou um olhar preocupado na direção de Brian. Ela nunca havia entendido aquela obsessão de Myra pelo salgueiro. Poderia entender, caso Frank adorasse a árvore. Mas ele não gostava. Ele havia amaldiçoado a árvore, assim como tudo mais. Amaldiçoara o salgueiro pelo espaço enorme que ocupava no jardim e pelo trabalhão que dava para tratar dele.

Brian olhava desorientado.

— Myra, o que há exatamente debaixo do salgueiro?

Myra balançou a cabeça:

— Eu nunca disse que tinha alguma coisa debaixo do salgueiro.

— Mas você quer que olhemos...

— Vocês pensam que eu sou louca — gritou ela. — Eu sei. Meus filhos também pensam. Mas eu não sou louca. Eles querem se livrar de mim, como se eu fosse uma roupa velha, mas não há nada de errado comigo. Juro que não há!

Emily gostaria de acreditar. Não conseguia ver Myra em um asilo de velhos. Não, enquanto ela lutava desesperadamente para ficar na sua casa. Emily queria entender o que ela pretendia dizer. O lugar era muito grande para uma pessoa sozinha. Só tinha como companhia o fantasma de Frank.

Por outro lado, Emily também não podia criticá-la. Ela, igualmente, achava que não podia deixar China Pond. Mas o caso de Daniel não fora resolvido. O de Frank, sim.

Emily teve um pensamento estranho; em seguida, diversos outros em seqüência rápida. Todos envolviam Daniel e Frank. Frank e Daniel. No estacionamento dos Correios, no mesmo momento. Debaixo do salgueiro.

Ela estava chocada e respirava com dificuldade. Tossiu, colocou a mão trêmula no peito. Não gostava nada do que estava pensando.

— Acho que preciso entrar um minuto — disse, enquanto os pensamentos continuavam a assaltá-la. Largou a mão de Myra subitamente e, meio caminhando, meio correndo, se dirigiu para a rua. Mas não foi para casa. De lá poderia ver o pátio de Myra. Não queria ver *nada* que pudesse haver sob o salgueiro despido de folhas. Correu para o lado da garagem, passou pela porta de Brian, e se encostou na parede de madeira. Deixou-se escorregar até o chão.

Em segundos, Brian estava ao seu lado.

— O que foi, Emily? — Ela agarrou os próprios joelhos. Sua voz saiu alta e ondulada. — Estranhos pensamentos. Pensamentos estranhos.

— Sobre Frank Balch?

Ela confirmou. Frank Balch e Daniel. Não podia ser. Não, na porta ao lado. Não, todos esses anos.

— Ele foi interrogado. Sua história fechava. Mas Myra. Myra...

— Fale-me sobre o Frank. O que sabe sobre ele?

— Ele era o tipo de pessoa que se evita a qualquer custo.

— Perverso.

— O que *você* sabe sobre ele? — ela perguntou, ríspida.

— Somente que as pessoas continuam mencionando seu nome quando falamos sobre Daniel. Tentei checar mais, mas foi impossível.

Ela colocou o queixo sobre os joelhos. Seu estômago começou a rodar. Ela se balançava tentando conter a dor, batendo com as costas na parede, o que parecia aliviá-la.

— A obsessão de Myra com o salgueiro — perguntou Brian. — Há quanto tempo começou?

— Há muitos anos. Ficou pior depois que Frank morreu. Foi quando ela começou a catar toda sujeira em volta do salgueiro e a plantar flores. Foi quando ela colocou o banco. *Oh, Deus.* Sempre achei que ela era um pouco maluca no que dizia respeito ao pátio. Mas a sua persistência, a maneira como insistiu há pouco que não era louca... — A voz de Emily crescia numa onda quase histérica: — Eu acredito nela! E me pergunto por que ela ficou nos chamando para ver o que há debaixo da árvore.

Emily se balançava com força contra a madeira. Ela queria pensar que a louca era ela com esses pensamentos horríveis. Só que eles não pareciam loucos, mas sim uma resposta para um quebra-cabeça que montava. Assim como a outra vida de Doug fizera sentido depois de descoberta.

Brian pegou seu rosto em suas mãos. Ele não falava com ela, mas com seus próprios pensamentos.

— Um método para a loucura. As pessoas fazem coisas para parecerem malucas, só que elas não são. Como Richie, querendo fugir de seu pai. Como Leila, precisando de ajuda para cuidar de seus filhos. Como Dawn, querendo que Celeste soubesse que ela precisava de amor ou atenção ou reconhecimento, o que fosse. Gritos de socorro.

O peito de Emily parecia que ia explodir. Ela esticava suas costas contra a madeira e respirava profundamente, mas de nada adiantava. Tudo à sua volta era frio. As mãos de Brian eram o seu único elo com o calor. Elas pontuavam a urgência da sua voz.

— Frank e Myra foram interrogados na ocasião. Frank disse que não viu nada. John submeteu-o a um interrogatório pesado. Ele tinha sua história pronta. E Myra também.

— E se... — Ela não conseguia colocar os pensamentos em ordem para falar. Era horrendo demais!

— Frank terminara o que fora fazer nos Correios, quando você chegou. Ele pegou o seu carro e foi para casa. Testemunhas confirmaram tudo.

— E se...

— Eles ouviram o carro dele saindo do estacionamento. Um carro grande, com o silenciador quebrado, fazendo muito barulho. Mas na verdade ninguém o viu entrar no carro. O barulho é que fez as pessoas olharem. E ele estava saindo...

Ela se forçava a olhar nos olhos de Brian.

— Não pode ser! Ele não seria capaz de morar do outro lado da rua, tão perto de mim, todos esses anos, se estivesse mentindo. Nem Myra. — Ela engoliu uma sensação amarga de bile que lhe veio à boca. — Diga que estamos errados, Brian. Isso é terrível demais. Não há uma razão!

Com calma, ele disse:

— Preciso ir lá.

— Cavar, você quer dizer. — Ela começou a chorar. Eles iam desenterrar o seu bebê. — Você não precisa de... de... permissão, ou alguma coisa?

— Conseguirei uma, por via das dúvidas. Devia ter feito isso há muito tempo.

— Você não tinha... motivo!

— Eu ainda não tenho. Não acredito, realmente.

Mas ele estava tão convencido quanto ela. A gravidade de sua voz confirmava isso.

— Tenho de alertar John e Sam. Eles ajudarão. Quer ir para a casa de Kay por um tempo?

Mas Emily não se mexia. Ela era a mãe de Daniel. Fora ela que deixara seu filho sozinho no carro, em vez de soltá-lo do cinto de segurança e levá-lo com ela naquele dia. Ela não cometeria o mesmo erro duas vezes. Não ficaria longe dele.

Sam e diversos outros policiais do departamento chegaram com pás. Kay já estava lá, segurando Emily, que tremia apesar do casacão grosso, luvas e chapéu. Myra estava encolhida nos degraus, seus olhos concentrados nos homens que cavavam.

Eles começaram a cavar diretamente na frente do banco de ferro e alumínio trabalhado. Passada a primeira camada, a terra era mais fofa. Eles cavaram aproximadamente 60 cm, mas não encontraram nada.

Brian havia esperado algo pouco profundo. Ele não poderia imaginar Frank cavando três vezes isso sem despertar suspeitas. Havia policiais por toda a parte nas horas e dias imediatamente após o desaparecimento de Daniel.

Para sorte de Frank, o seu jardim não podia ser visto da rua. Para sorte de Frank, seus filhos já haviam partido todos na ocasião. Além disso, Frank deve ter cavado durante a noite.

Brian se aproximou de Myra. Sua respiração era visível no frio.

— É esse o lugar certo?

Ela olhava tão gelada quanto a geada no solo. Não quisera ficar dentro de casa como Brian sugerira. Agora ela dizia:

— Eu não disse que tinha alguma coisa lá.

— Você acha que devemos cavar perto do lago?

Seus olhos se viraram para a água.

— Você não conhece Frank, ou não estaria perguntando. Ele podia cavar um buraco, quatro, cinco vezes mais fundo sem derramar uma gota de suor. Ele cortava madeira. É o mesmo tipo de trabalho.

Eles cavaram, até que os buracos ficassem com 90 x 90cm, então 1,20m x 1,20m. As luzes do dia estavam começando a esmaecer, a temperatura a cair, quando eles cavaram 1,50m x 1,50m.

Então eles encontraram algo, um pequeno disco coberto com sujeira e ferrugem, que parecia uma pedra, mas fazia um barulho seco contra a ponta da pá. Brian pegou-o, removeu a sujeira com as mãos. Era um broche, do tipo que se coloca na lapela, ou em um chapéu de criança.

O GAROTO DO PAPAI, ele leu e sentiu a garganta se fechando. Seu rosto estampava toda a dor que sentia. E não conseguia escondê-la de Emily. Levantou os olhos para ela.

Ela balançava a cabeça e se afastava, à medida que ele se aproximava. Ela não queria ver o que ele tinha nas mãos, não queria acreditar que Daniel estava ali... ali... debaixo... morto... todos esses anos.

— Emily — disse, alcançando-a.

— Nãããoo!

Ele a trouxe para perto dele e abraçou-a, como se quisesse protegê-la de algo. Mas esse algo estava dentro dela. Todas as palavras de conforto do mundo não poderiam confortá-la. Dezenove anos — meses de infrutíferas investigações —, dezenas de cenários possíveis, envoltos em inumeráveis pesadelos e especulações diárias — tudo errado, e a verdade cruel demais para acreditar. Seu bebê.

— Do lado da minha casa! — gritava ela de dor.

— Kay vai levá-la para casa.

— Não! Eu vou ficar!

— Emily... Emily... — Ele abraçou-a com força. Queria confortá-la, mas era impossível, não ali, não ainda. Falando em seu ouvido, ele disse: — Isso ainda pode levar horas.

— Eu sei. — Eles deviam estar procurando por ossos, pedaços de roupa. *Oh Deus,* o que restou do meu bebê. — Vou ficar.

Ela estava atenta a tudo. Parada ali no jardim, com Kay a seu lado, esperava que o frio a deixasse insensível. Em vão. A dor era uma ferida em carne viva como sempre fora, só que agora era remexida com o horror da verdade.

Ali ao lado. Era impensável.

As escavações continuaram por mais uma hora. Emily não podia ver direito o que os homens colocavam nas sacolas de plástico, porque começava a escurecer e a distância era razoável. Mas sua mente sabia. Ela estava com Daniel, lembrando-se da última vez que o segurara no colo. Como se isso houvesse acontecido algumas horas antes. Podia ainda sentir o cheiro dos cereais que ele comera no café da manhã. Podia sentir seus cabelos sedosos, sua pele macia.

— Já fizemos o que podíamos. — disse Brian. — Daremos mais uma olhada amanhã pela manhã, mas acho que o trabalho está terminado.

Terminado. Daniel fora encontrado. Emily imaginou um pequeno caixão, um túmulo, uma lápide. Leve sensação de conforto em um mundo de mentiras.

Brian abraçou-a e virou-se para levá-la para casa.

— Quer ir para casa agora?

— Onde você vai? — perguntou Emily.

— Tenho de conversar com Myra.

Para saber por quê? Como? Perguntas que ela havia feito em agonia durante dezenove longos anos. Seu bebê morto e enterrado no quintal de sua vizinha.

— Eu vou junto.

— Acho melhor você não ir.

— Eu vou junto.

Os olhos de Brian diziam que ele temia pelo seu estado emocional. Os olhos de Emily diziam que ela não sairia do lado dele, enquanto não soubesse a verdade. Brian olhou para Kay e disse:

— Já tivemos discussões parecidas com essa, antes. Emily e eu. E ela sempre vence.

Foi um leve toque, uma pequena referência ao dia-a-dia deles, tão melhor do que a sorte de Daniel, que, absurdamente, Emily começou, de novo, a chorar.

— Pare de se punir, Emily — lamentou Brian, aproximando seu rosto do dela.

— Eu tenho de ouvir.

— Posso contar-lhe mais tarde.

Mas ela se agarrou a ele e, esfregando os olhos, disse para Kay:

— Julia está na casa de Janice Stolski. Você poderia apanhá-la?

— Não se preocupe com Julia agora — protestou Brian. — Ela pode ficar até mais tarde.

Mas esse relacionamento, essa responsabilidade, agora mais do que nunca, davam significado à sua vida.

— Quero vê-la. E a Jill. Doug pode pegá-la em Boston antes de vir para cá. — Seus olhos pediram esse outro favor a Kay.

— Feito — disse Kay. — Eu telefonarei para ele. Onde posso conseguir seu telefone?

Emily lhe deu o número de Doug.

— E Celeste. Diga a ela o que aconteceu.

— Farei tudo. — Kay abraçou-a por um momento mais.

— Obrigada. Estaremos esperando.

Emily havia estado na casa de Myra incontáveis vezes nesses anos todos, mas nunca fora tão difícil como agora. Sua imaginação dava voltas. Não conseguia parar de pensar. A cada peça que passava, flashes de violência espocavam em sua mente.

Myra. Myra e Frank. E Daniel.

Emily se sentiu nauseada. Ela tentava não vomitar. Ela queria ouvir, precisava ouvir.

Absurdamente, uma vez sentados na sala — Brian e Emily, com dois policiais ao fundo —, Myra ofereceu-lhes uma xícara de chá. Todos recusaram.

Calmamente, Brian começou:

— O que aconteceu, Myra?

— O que aconteceu, quando? — perguntou ela.

— No dia em que Daniel Arkin desapareceu.

Ela franziu o cenho.

— Bem, nós estávamos aqui quando a polícia chegou e dissemos o que sabíamos. Havia a questão de Frank haver estado na cidade no mesmo momento que Emily. Mas ele saiu antes, sem ver nada. Nós contamos isso à polícia.

— Sim. Isso é o que está nos arquivos. Mas agora nós sabemos que não é a verdade.

— Quem disse? Certamente não fui eu.

— Não. Mas nós encontramos evidências que nos levam a crer que seu marido e, possivelmente, a senhora também, estão envolvidos na morte de Daniel.

— Eu *nunca* disse isso. Frank ficaria furioso se pensasse que eu disse algo. — Ela deu uma olhada para trás, por cima dos ombros, para o resto da casa e sussurrou: — Por favor. Ele tem um gênio terrível!

— Foi o que aconteceu aquele dia? — perguntou Brian. — Ele ficou furioso?

Emily lembrou-se dos gritos vindos da casa de Frank e Myra, gritos que escutara durante anos. Agora se perguntava o quanto aqueles gritos tinham a ver com Daniel.

— Isso é importante Myra — gritou Emily quando Myra não respondeu a Brian. Myra parecia chocada com o tom de voz da vizinha. Mas Emily não esmoreceu. Sentia-se traída. Daniel havia sido assassinado por pessoas em quem confiava. Ela não sentia pena de Myra.

— Frank era duro com você, mas ele está *morto*. — Como Daniel. Oh, Deus! — Ele não pode mais feri-la agora. Você tem de nos contar o que aconteceu.

Myra falava com o chão.

— Eles pensam que só as mães tem problemas com os filhos quando eles crescem e se vão. Mas não é verdade. Algumas vezes os homens têm problemas. Às vezes eles sofrem até mais.

— Foi assim com Frank? — perguntou Brian.

— Alguns homens ficam zangados quando seus filhos partem. — Myra continuava, como se contasse uma história sobre outra pessoa. — Eles acham que as crianças os estão abandonando. Eles pensam que as crianças não são gratas por tudo que fizeram.

— E esses homens — perguntou Brian —, o que eles fazem?

— Oh, eles ficam esquisitos. Ficam furiosos com as mulheres por qualquer coisinha. Eles gritam. Às vezes até batem nelas. Mas Frank nunca me bateu. Ele nunca levantou a mão para mim. Mas os homens maus fazem isso. Eles vêem as pessoas que ainda têm suas crianças em casa e ficam enfurecidos.

— Enfurecidos? — perguntou Brian.

— Eles não compreendem por que os outros vivem com seus filhos quando os deles foram embora. Então chutam as coisas e começam a praguejar. Algumas vezes, eles vêem crianças sozinhas em um carro e isso os deixa *mais* loucos. Então eles pegam essas crianças emprestadas. Só por algum tempo. Só para ter uma criança em casa novamente. Pode *imaginar*? Meu Frank *nunca* faria uma coisa dessas. Ele era um homem decente e cumpridor das leis.

Pegava emprestado? Pegava *emprestado*? Emily estava estarrecida.

— *Emprestadas?* — perguntou Brian.

— É. Só por pouco tempo.

— Mas *por quê*? — gritava Emily. — Frank *odiava* crianças.

— *Meu* Frank? — Myra balançou a cabeça. — Não o meu Frank.

— Eu escutava gritos todo o tempo!

— Bem, quando as crianças desobedecem, o pai grita, mas isso não significa que ele não as ame. Meu Frank ama os filhos. Ele é um ótimo pai.

— Ele era severo, exigente e abusivo!

— Ele esperava que eles ajudassem nas tarefas. Ficou zangado quando foram embora de casa. Ele os queria aqui, junto dele.

— Será que ele pensou que *meu filho* poderia ajudá-lo? Ele só tinha *dois* anos. O que Frank *pensava*? Que demônio o *possuiu* para apanhar o meu filho?

— Quem? Frank? Frank nunca pegou o filho de ninguém.

Emily soltou uma respiração trêmula.

Brian segurou sua mão.

— Esses homens que pegam crianças emprestadas — perguntou a Myra —, o que eles fazem com elas?

— Oh, eles as trazem para casa, carregam-nas pela casa. E as esposas ficam *furiosas*. Suas esposas dizem a eles que não podem sair pegando as crianças dos outros. Eles discutem até não poderem mais e ficam muito zangados. — Seus olhos se fixaram em seus dedos entrelaçados. — Eles não querem piorar as coisas. Eles tentam consertar as coisas, só que não conseguem.

— Onde eles estão? — perguntou Emily numa voz alta.

Myra parecia estar distanciada de tudo.

— Na cozinha.

— E o menino? — perguntou Brian. — Onde ele estava?

— Com eles — disse, e ficou em silêncio.

Emily viu Daniel ali, viu-o amedrontado com a violenta voz de Frank, correndo para a porta, forçando seu rosto pela tela, chorando por ela. Ela viu seu rostinho ficando vermelho com seus gritos, viu as lágrimas escorrendo, escutou os gemidos soluçantes, vindo mais forte e mais alto.

Seu coração se partiu. Seu corpo se dobrou todo, incapaz de ficar ereto.

De forma aguda, Myra gritou:

— Ele não ficava quieto! Eu tentei fazê-lo ficar quieto! Ele estava tornando as coisas piores! Mas não parava de chorar, porque estava com medo. E quanto mais ele gritava, mais louco Frank ficava.

Ela parou abruptamente. Seus olhos iam de Emily para Brian e depois para o chão, mas, se havia tristeza neles, Emily já ultrapassara o ponto de notá-los. Brian foi ao seu encontro, mas não foram seus braços que ela sentiu. Sentiu braços pequeninos que se agarravam a ela, chorando com os joelhos arranhados, chorando por causa da dor da vacina contra sarampo, chorando de medo das máscaras do dia das bruxas. Ela sentiu aqueles bracinhos pequenos agarrados à porta dos fundos dos Balch, tentando alcançar a maçaneta, lutando por ar, gritando por socorro, gritando por Emily. No meio do terror, ela suspirou profundamente e então falou:

— Estou bem, estou bem — quando Brian tentou tirá-la da sala. Ela levantou a mão para reforçar suas palavras.

Brian olhou preocupado para Emily. Foi até ela, esfregou as mãos nos seus braços para cima e para baixo, uma tentativa de acalmá-la. Sentou-a no sofá e depois de certificar-se de que ela estava realmente bem, virou-se para Myra outra vez:

— O que aconteceu depois?

Ela parecia confusa.

— Quando?

Ele fez a pergunta de outra maneira:

— O que acontece em situações como essa em que a criança chora e deixa o homem cada vez mais louco?

— Acontece — começou ela, como se fosse a coisa mais óbvia do mundo — que ele pede para a criança ficar quieta, mas a criança está com tanto medo que não o ouve. Então o homem lhe dá um tapa para chamar sua atenção. A criança chora mais e ele bate mais.

Emily emitiu um som, mas imediatamente levantou a mão para Brian, assegurando que estava bem. A mão se curvou e se fechou contra a sua boca. Ela não queria gritar, não queria interromper. Ela tinha de ouvir toda a história. Tinha de saber tudo, finalmente.

Myra se virou para ela.

— A esposa então tenta fazê-lo parar de bater, mas ele a joga ao solo com um empurrão. Quando ela, por fim, consegue se levantar, a criança está quieta.

Emily recomeçou seu balançar convulsivo.

— Morta? Morta então?

— Sim, porque sua cabeça bateu na mesa e ela não se movia. A esposa tentou fazê-la acordar, mas ela não respirava.

Emily virou-se como um raio em direção da porta. Um dos policiais a deteve, depois Brian.

— Se esse foi o final — sussurrou ela —, se ele não soube de nada depois disso, também não preciso saber. Não é mais importante.

E ela pensou no terror de seu bebê; pensou nele sendo separado da vida e jogado no vazio, no nada. Só que esse não foi o final. Seguiram-se anos de agonia. Um casamento destruído, a busca inconsciente por um rosto familiar na multidão; um rosto que deveria estar com ela e que estava fora do lugar. E mais a culpa, a raiva, a energia gasta na tentativa de encontrar respostas que estavam debaixo de seu nariz, todos esses anos. Ela se volta para Myra. Há ódio em seus olhos. Ela grita:

— Por que não me *contou*? Todos esses anos você *sabia*, e eu sofrendo as dores do *inferno*. Você me via todos os dias, via meu marido, via minha filha. Você deixou que esse *bárbaro* ficasse perto dela! Como pôde? Como pôde me *esconder* o que ele havia feito?

Mas ela sabia. Talvez não todos os detalhes das ameaças, mas podia imaginá-las. *Eu te mato*, ele deve ter dito, ou *Vou matar os seus filhos* ou *Diga uma palavra e eu te mando pro inferno, sua velha imbecil.* Myra ficara tão aterrorizada que mesmo após a morte de Frank não conseguiu se libertar dele. Desse modo ela carregou o seu segredo com ela. Esse segredo a assombrou, a perseguiu e se tornou uma obsessão, por isso, de modo patético e evasivo, tentava fazer com que as pessoas se sentassem no banco embaixo do salgueiro. Como se esse simples fato fizesse com que soubessem que Daniel estava enterrado ali. E se descobrissem, ela não teria de denunciar o marido. E ele não precisaria mais se vingar dela, do outro lado, onde estivesse.

— Eu preciso ir embora — balbuciou Emily alguns segundos antes das suas pernas fraquejarem. Sentiu-se carregada, colocada sobre algo macio, abraçada. Mas foi somente depois de muito tempo que sentiu algum calor. E ainda levou mais tempo para ela conseguir dormir.

Na manhã seguinte, Celeste estava na cozinha fazendo biscoitos amanteigados para Emily. Era um pequeno gesto, mas ela precisava fazê-lo.

Emily sempre fora uma amiga leal, ficando ao seu lado durante momentos difíceis com Dawn. O último, com Carter, tinha sido o pior de todos, mas não era nada comparado com o que a própria Emily havia passado.

Celeste tinha de manter isso em mente para não cair na tentação da autopiedade. Pois bem, havia perdido Carter. Na verdade, ela lamentava mais a perda do sonho do que propriamente a perda do homem.

Dawn era outro assunto. Ela voltara para a faculdade. Celeste não sabia nada além disso.

Limpou as mãos nas calças jeans e abriu a porta do forno. Uma fileira de biscoitos já estava pronta. Agora a segunda. Ela fechou a porta do forno e marcou o tempo.

— Oi!

Ela se virou.

Dawn estava na porta da cozinha, do lado de dentro, com um ar recatado no rosto. O coração de Celeste disparou, em parte por ter sido apanhada de surpresa. Ela não sabia quando Dawn apareceria. Mas não esperava que fosse tão cedo. Não sabia o que dizer, pensar ou sentir.

— Eu soube do Daniel Arkin — falou Dawn. — Pensei em dar uma passada na casa de Emily.

Esta não é a casa de Emily, Celeste pensou. *Por que você está aqui?*

— Como vai ela? — perguntou a garota.

— Bem.

Dawn fez um gesto com a cabeça. Olhava para a batedeira.

— Os biscoitos são para ela?

Certamente que não são para você queridinha, não depois do que fez.

— Sim, são para Emily. Ela tem sido uma amiga boa e leal.

— Isso significa que ela me odeia, também?

— Não sei. Você vai ter de perguntar a ela.

— Você me odeia?

— Ainda não cheguei a uma conclusão.

— Mas você está decepcionada.

— Muito.

Dawn ficou pensando nas palavras da mãe por um minuto.

— Depois do que Jill me contou ao telefone, ontem à noite, eu fiquei pensando em Daniel. Fiquei pensando que alguma coisa parecida poderia ter acontecido comigo e Carter. Mas como eu poderia saber que ele era um crápula?

— Ele foi da mãe para a filha. Isso poderia tê-la feito desconfiar.

— Mas você não desconfiou.

— Claro que desconfiei. No minuto que percebi que ele estava com você, entendi tudo. Você poderia tê-lo detido no momento em que ele sugeriu a escapada. Naquele momento, você já deveria ter percebido que ele não era boa coisa. Homens decentes não fazem isso.

Ela encolheu os ombros.

— Eu estava zangada.

— Porque eu fiz plástica no nariz? Porque eu estava me divertindo, enquanto você estava na faculdade? Porque eu estava feliz?

Ela se encolheu novamente, agora se sentindo culpada. Celeste continuou:

— Você nunca ouviu a expressão, plante hoje para colher amanhã? Foi o que você fez, Dawn. Menina, você pode ser muito inteligente nos estudos, mas em matéria de bom senso, sua nota é zero.

— Eu lamento tanto! — gritou Dawn.

— Por quê? Por que está preocupada que eu não a deixe usar mais o meu carro? Ou que seu pai corte sua mesada, ou pior, renegue sua promessa de pagar pela sua educação? Ele não precisa pagá-la, Dawn. Eu é que lhe digo, agora, o que você tanto adora jogar na nossa cara: você é adulta!

— Eu *sei*.

— Adultos têm de assumir responsabilidade pelos seus atos.

— Eu sei. — Ela estava encolhida numa cadeira junto à mesa e disse numa voz calma: — Eu estava errada. Não deveria ter feito o que fiz. — Levantou os olhos cheios de tristeza. — Mas ele não era real. Bonito. *Sexy*. Ele me fez sentir especial. É bom a gente sentir isso de vez em quando.

Imediatamente Celeste pontificou:

— Não é, não.

— Eu estava *errada*, mãe. Você vai usar isso contra mim para o resto da vida? — Ela parecia tão infantil que Celeste se lembrou da criança que um dia ela fora, levada e cheia de vontades. Mas tão cheia de vida, como ela mesma, Celeste, fora uma vez. Tão cheia de vida que às vezes Celeste sentia inveja.

— Você se lembra das terríveis brigas que tivemos sobre a hora de você voltar para casa? — perguntou.

Dawn balançou a cabeça afirmativamente.

— Você achava que eu estava querendo controlar sua vida. Talvez estivesse. E, talvez, não pelos melhores motivos. — Ciúme, talvez. — Mas eu também tinha razões muito válidas. Eu já tive a sua idade. Eu me meti em muita confusão, de modo que sei o que uma adolescente é capaz de fazer. Só que as coisas eram diferentes no meu tempo. Mais inocentes, menos explícitas. Eu queria vê-la em casa a salvo e fora das ruas, antes que se enchessem de malucos. Eu me preocupava muito, Dawn. Eu teria feito tudo isso se quisesse me ver livre de você?

— Eu não disse que isso era tudo que você queria.

— Você disse que eu não via a hora de você sair de casa para eu poder ser livre. Mas, se isso fosse verdade, por que nunca deixei você passar a noite toda fora de casa? Se liberdade fosse o que eu queria, por que deveria me preocupar sobre onde você poderia estar? Mas me importava. Porque você é minha filha, e eu a amo, mesmo que no momento eu não sinta esse amor. Só uma grande decepção.

— Eu não vou ver Carter nunca mais.

— Você pode vê-lo. Eu não o quero mais.

— Eu também não. Ele não é uma pessoa legal.

— Essa não é a questão.

Dawn olhou para o próprio colo.

— Eu sei.

Celeste ficou em silêncio.

— Certo ou errado — admitiu Dawn —, ele estava saindo com minha mãe. Eu errei em fugir com ele. Sinto muito.

O relógio do forno tocou. Colocando suas mãos nas luvas de cozinha, Celeste retirou a bandeja de biscoitos. Colocou-os em cima do fogão, tirou as luvas e desligou o forno.

— E agora? — perguntou Dawn.

— Agora eles vão esfriar.

— Quanto a nós.

— Não sei. Foi você quem disse: "Não me telefone. Eu telefonarei para você."

— Eu queria que você telefonasse.

— Mas não foi o que disse.

— Mas era o que eu queria.

— Então você tem de me dizer.

— Está bem. Eu quero que você me telefone.

— Ok. Então eu telefono.

Dawn balançou a cabeça. Umedeceu os lábios.

— Fico pensando na Emily sem saber que Daniel estava morto todos esses anos. Fico pensando que alguma coisa poderia acontecer com você e eu não saberia.

— Não vai acontecer nada comigo. — Embora não dissesse nada, as palavras de Dawn a haviam tocado.

— Carter me contou como vocês se conheceram. E se o próximo for um maluco?

— Carter contou a você? — Celeste estava embaraçada. Depois de uma pausa, perguntou, como houvesse lhe ocorrido uma idéia:

— Como ele explicou ter colocado um anúncio?

— Um amigo colocou para ele.

— Você acreditou?

— Agora não acredito mais.

— Obrigada.

— Você não precisa colocar um anúncio. Existem homens em Grannick que adorariam sair com você.

— Eu queria conhecer pessoas novas.

— Você ainda quer?

Depois do vexame com Carter, Celeste considerou o assunto.

— Sim. Mas eu me precipitei. Serei mais cautelosa. — Ela poderia ver o viúvo novamente. Talvez o veterinário, cuja timidez pode esconder coisas horríveis. E havia ainda duas respostas muito interessantes para o seu anúncio. Chegaram enquanto ela estava de caso com Carter. Sobre essas, ela ainda não se decidira. Poderia responder, quem sabe? Poderia inclusive colocar um anúncio, usando a palavra "inteligente" em vez de "sensual", que foi o que Kay havia aconselhado da primeira vez. Poderia ser interessante ver os frutos que dariam.

Ela estava tentada a dizer a Dawn sobre o rapaz de vinte e cinco anos, mas decidiu não falar. Compartilhar isso com ela seria doentio. Além disso, Dawn precisava sair com colegas da faculdade. Vinte e cinco era muito velho para ela com dezoito e, ahhh, sim, muito jovem para quarenta e três.

Tirando uma espátula da gaveta, Celeste começou a pegar os biscoitos e colocá-los em um prato. Ela se sentia melhor, não exatamente exuberante, mas bem menos deprimida. A vida continua. Havia esperança para ela, ainda.

O biscoito na espátula estava morno e leve, ligeiramente dourado e apetitoso. Ofereceu um a Dawn.

~ Vinte e Seis

O funeral foi realizado dois dias depois, em uma amarelada manhã de dezembro, no cemitério nos arredores de Grannick.

Emily estava com medo. Ela havia passado aqueles dois dias tentando se recompor. Chorara com Jill, mesmo com Doug, apoiando-se em Brian nos momentos em que não podia ficar só. Não dormia muito. As lágrimas a deixaram exausta. Ficava acordada pensando no terror, nas mentiras e no sangue. Achava que o funeral seria o pior.

Estava enganada. Tudo que veio antes foi dor e angústia, mas a ponta de conforto que ela sentira naquela noite, sob o salgueiro, quando imaginou Daniel finalmente sendo enterrado, começou a aliviá-la. A descida do caixão para dentro da terra era mais uma bênção. Finalmente, seu filho estava sendo enterrado no lugar certo. Myra havia se libertado da sua carga, e Emily enterrara Daniel com amor.

O que deveria ser um ritual para poucas pessoas levou ao cemitério quase a metade dos habitantes da cidade. Emily encontrou amigos e conhecidos. Suas presenças lhe deram o conforto de que precisava. Depois foram todos para sua casa e lá ficaram até tarde. Palavras gentis, expressando solidariedade, criando uma interminável corrente de boa vontade.

Somente na manhã seguinte Emily foi capaz de respirar profundamente e manter sua respiração relativamente normal, durante o café da manhã em companhia de Jill.

— É tudo tão estranho para mim. — disse Jill. — Eu nunca o conheci.

— Eu também não, de certa forma. Ele tinha apenas dois anos, recém-formado como pessoa.

— Eu ainda não entendo como Frank pode ter feito isso. Pode apostar que quando for procurar uma casa para morar, vou olhar duas vezes para a cara dos meus vizinhos.

— Olhe duas vezes — suplicou Emily —, mas não fique atormentada. Você não pode viver com medo. Se eu suspeitasse de tudo e de todos, depois do desaparecimento de Daniel, você provavelmente seria uma neurótica. Você precisa considerar a qualidade da vida que quer ter. Seja positiva.

— Como você. Você sempre foi.

— Eu sempre tentei.

— Por mim?

— Sim. E por seu pai. Penso que agora vou tentar ser positiva comigo mesma. — Ela olhava Jill comendo, saboreando todos os seus movimentos tão familiares, as coisas que ela amava e sentiria falta.

— Foi bom ter você ao meu lado.

— Lamento pelo motivo.

— Eu também. Mas foi bom. Nós precisávamos de uma solução. Peça para seu pai falar sobre o assunto enquanto dirige. — Doug ia levá-la para Boston no final da manhã. — Ele está passando por momentos difíceis.

— Mais do que você. Como é que pode?

— Durante muito tempo ele se recusou a falar sobre Daniel. Eu vinha sofrendo há anos. O sofrimento dele está apenas começando.

— Quando vai acabar?

— Não sei nem se acaba completamente, mas a ferida cicatriza com o tempo. Pensei que a minha havia cicatrizado. Estava errada. Acho que, sem perceber, me acostumei a conviver com o mistério da morte de Daniel. Mas ele estava lá, afetando tudo. Eu não compreendia o quanto era importante resolver o caso.

Ela pensou no quanto havia se agarrado ao casamento, à casa, à cidade, às funções de dona-de-casa. Queria que Daniel encontrasse uma mãe quando voltasse. Só percebeu o que vinha fazendo todos esses anos, quando Daniel foi encontrado.

— Estou pensando em vender a casa.

Os olhos de Jill se arregalaram.

— Vender?

— Como você se sentiria, se eu a vendesse?

— Acharia esquisito.

— Isto é um veto à idéia?

— Não, é que foi muito de repente.

As palavras mal haviam saído de sua boca, quando um olhar de compreensão surgiu no rosto de Jill.

Emily deu um sorriso triste, como se compreendesse a expressão da filha:

— Tenho tido dificuldade em olhar para a casa dos Balch. Eu a vejo toda vez que entro na rua. Depois olho para o nosso jardim e vejo o lago, o jardim deles e o salgueiro. Não estou certa de que posso ficar aqui. O que está feito, está feito. Não posso mudar. Daniel está enterrado em outro lugar agora. — Pensou no terreno gramado em que ele jazia. Levou um minuto até ela poder dizer: — Eu acho que não quero ficar me lembrando do que aconteceu aqui. Não vejo que bem poderia me trazer.

— Para onde você iria?

— Não iria para longe. Eu gosto de Grannick. — O apoio que recebera nos últimos dias a tinha convencido. Ela não poderia dar as costas a todas as amizades de mais de vinte anos. Ela gostava muito de Grannick. Só não queria olhar para o quintal dos Balch.

— E sobre Brian?

Emily manteve sua voz calma e relaxada.

— O que sobre Brian?

— Se você vender a casa, ele ficará sem o apartamento. Você quer ficar com ele, não quer?

— Sim.

— Ele a ama.

— Ele falou sobre isso com você?

— Não precisou.

— O que você acha?

— Você e papai não vão voltar a viver juntos?

— Não. Há muita dor entre nós.

— Você tem o direito de ser feliz. Eu quero que você seja feliz.

Emily saiu de sua cadeira e abraçou Jill com força.

— Eu te amo — e chorou todas as fortes emoções que ainda estavam na superfície do seu ser.

— Mas você o ama, também — disse Jill.

Emily teve de se afastar para ver seu sorriso.

— É verdade. Eu também o amo.

— Você tem certeza que quer tomar conta de um bebê?

— Não. Não tenho certeza se quero tomar conta de um *homem*. Preciso de tempo para me encontrar.

— E ele, como vai ficar?

Emily enxugou os olhos, sorriu e disse:

— Eu a avisarei quando souber, certo?

Brian tirou um dia de folga do trabalho. Queria passar um tempo com Julia. Na verdade ele queria passá-lo com Julia *e* Emily, mas sabia que Emily ficaria com Jill toda a manhã, e ele respeitava essa necessidade.

Então ele se deteve em suas próprias necessidades, deixando de lado os sentimentos dolorosos dos últimos dias. Brincou com Julia enquanto ela ainda estava no berço, ficando escondido de maneira que ela não pudesse vê-lo, e então aparecendo de repente, fazendo-a rir. Deixou que brincasse com seu creme de barba. Primeiro ela borrou o seu rosto, depois o dela. E depois deixou que ela o ajudasse a limpar tudo.

Normalmente pela manhã ele ficava distraído, pensando no dia que teria pela frente. Essa manhã só queria pensar em Julia e aproveitou todo o tempo com ela.

— O que você quer vestir? — perguntou abaixado do lado dela, examinando a pilha de roupas limpas, dobradas, esperando para serem usadas.

— *Eta.* — Um dedinho apontou para a que ela queria.

— A camisa vermelha?

Ela fez que sim com a cabeça.

— E calças? Ou uma saia? Gostaria de vestir uma saia? Dar um sufoco nos rapazes do departamento?

O dedinho apontou novamente.

— Calças verdes. Vermelho e verde. Está antecipando um pouco o Natal. Por que não deixamos o verde? Tente novamente.

— *Eta* — disse Julia, apontando para um jeans vermelho, olhando para ver a reação de Brian.

— Boa escolha, Júlia. Um viva para Julia! — Ele bateu palmas com as mãos dela e puxou a calça da pilha. Agora Julia estava vestidinha.

Foram tomar café no Nell's, Julia sentada em seu colo, enquanto ele sentava em um banco do balcão. Ela adorava rosquinhas; todos gostavam dela. Brian saiu dali com uma sensação boa. Alguma coisa a ver com café fresco, novos amigos, os confortos simples de uma pequena cidade, a sensação de que agora tudo estava direito, nos lugares certos. Essa sensação persistiu até sua chegada à delegacia. Todos os que conheciam Brian, conheciam Julia. Ela era o centro das atenções, não dava trabalho. Nesse dia ela saiu com um policial, para ver um cão perdido que fora encontrado, e voltou correndo, sorrindo, para os braços de Brian.

De volta ao jipe, ela caiu no sono. Brian queria dirigir passeando um pouco. Ela ainda dormia quando ele deu uma parada na casa de John. Pensou em deixá-la no jipe. Ele subiu e foi até a entrada da casa, com intenção de deixá-la dormindo no carro. De repente parou e pensou em Daniel. Não porque tivesse medo de que ela pudesse ser raptada. Não do jipe do chefe de polícia local. Mas ele a queria no seu colo. Voltou para o carro e a levantou tão suavemente que ela nem acordou.

John estava na sala falando ao telefone, seu gesso a única lembrança do acidente. Desligou o telefone e sorriu.

— Hum. O que é que a deixou tão cansada?

— Eu. Nós estávamos brincando. Este é nosso dia de ficarmos juntos.

— Ela se lembrará disso quando crescer.

— Faço isso mais por mim do que por ela — pilheriou Brian. — Vou me lembrar disso quando estiver numa velha cadeira de rodas num asilo. Como vão as pernas?

John bateu com a palma da mão numa das pernas engessadas:

— Peso morto. Preciso tirar esse negócio. Preciso andar de novo. — Olhou para o relógio. — Preciso voltar a trabalhar. Ler relatórios não é a mesma coisa que estar lá, quando as coisas acontecem. Você ouviu falar do Hook?

— Sim. Acabei de vir do departamento.

— Então ele vai voltar para a faculdade?

— É o que ele diz. Disse que quer ser advogado.

— Acha que será dos bons?

Brian ponderou sobre isso com o queixo encostado nos cabelos encaracolados e macios de Julia.

— Não sei. Ele é um policial que segue os regulamentos. Vai ser um advogado que segue os regulamentos. Isso é bom para nós. Advogados que interpretam a lei ao pé da letra são os mais fáceis de se lidar. São os criativos que nos ferram. Não penso que Hook será um deles.

— Bem colocado — disse John. Deu outra olhada no relógio. — Posso falar com você sobre um assunto?

Brian estava andando de um lado para o outro, curtindo o contato com o corpinho de Julia. Estava contente.

— Claro.

— O que você acha de Grannick?

— Gosto muito daqui.

— Você está planejando ficar?

— Eu estava. — Começou a caminhar mais devagar. Será que John estava tentando fazê-lo ficar à vontade, antes de lhe dizer alguma coisa?

— Algum problema?

— Nenhum problema. Você é bom para o departamento. Você tem qualificações que os outros não têm. Vou ficar por um bom tempo de fora até minhas pernas ficarem boas. É bom saber que você está por perto, bem postado sobre as duas pernas. — Fez uma pausa e prosseguiu: — Estava com medo que você fosse embora, caso a Emily também fosse. Como ela está?

— Nada mal. Tão sofrida quanto a verdade. De qualquer maneira é bom se saber de tudo, depois de todos esses anos.

— Eu devia ter visto alguma coisa — resmungou John.

Não era a primeira vez que ele dizia isso a Brian. Estava angustiado, desde que o corpo fora encontrado. Como sempre, Brian tentava apaziguar a culpa que seu chefe sentia.

— Você interrogou Frank. Interrogou-o inclusive mais de uma vez. Ele não caiu em nenhuma contradição. Não havia nada para se desconfiar dele.

— Você viu alguma coisa.

— Somente depois que Myra quase me enlouqueceu com o negócio da árvore. Emily é como você. Continua dizendo que deveria ter desconfiado. Mas era loucura! Frank podia ser mau, mas quem poderia imaginar que ele carregaria uma criança para casa?

— Emprestado, foi a palavra que Myra usou. Ouvi dizer que ela está indo embora da cidade.

— Agora que o segredo de Frank foi descoberto, ela acha que pode ir.

— Eu entenderia se Emily também quisesse ir embora.

— Você acha que ela vai?

— Não.

— Você conversou com ela sobre isso?

— Ainda não. Está na minha lista de coisas para fazer ainda hoje.

— Hum. — John pareceu mais relaxado. — Eu não quero que ela vá embora, e nem quero que você vá. Pode dizer isso a ela. — Deu outra olhada no relógio.

— Está esperando alguém?

— Minha mulher. Nós temos um encontro marcado.

— Ah, é?

— Para almoçar. Ela está demorando.

— Quer que fique com você até ela chegar?

— Não. Tenho outras ligações para fazer. Vá aproveitar o seu dia com Julia.

Brian não estava certo disso, em virtude do que tinha de fazer em seguida, mas não havia como evitar. Estava frio. O inverno tinha chegado. Ele sentiu que era agora ou nunca.

Ele se dirigiu para o shopping, estacionou do lado de fora da Lord & Taylor e encontrou o departamento de crianças sem muita dificuldade. Essa era a parte fácil. A difícil vinha em seguida.

Sentia-se ligeiramente assustado diante da quantidade de peças de roupas. Não sabia por onde começar. Uma senhora com cara de avó se aproximou.

— Julia precisa de roupas para frio — disse num rompante. — Eu não tenho a menor idéia de tamanho, estilo, cor, nada.

Esther Nelson ocupou-se dele. Perguntou-lhe quantos anos tinha a menina, fez com que ela ficasse de pé, mostrou-lhe as opções, falou-lhe dos prós e contras de cada uma. No final a parte mais difícil foi escolher entre duas que eram igualmente lindas. Uma rosa e a outra verde-limão. No fim, ele simplesmente colocou Julia diante das duas.

— Qual delas você prefere, gatinha?

— *Eta* — disse Julia, olhando para a verde sem nenhuma dúvida.

Esther fez com que se interessassem por um chapéu, luvas, luvas com pregadores. Como a coisa toda fora menos complicada do que ele esperava, deixou que Julia escolhesse algumas roupas de inverno, entre aquelas que ele e a senhora Nelson haviam selecionado previamente. Estava tão contente que até comprou o ursinho com o qual Julia se agarrara desde que haviam entrado na loja.

O melhor de tudo foi que Esther lhe deu seu cartão, com as horas em que trabalhava, assegurando que ele poderia telefonar para ela da próxima vez em que precisasse comprar roupas para Julia.

Cheio de ânimo, levou a filha para almoçar no restaurante. Eles já conheciam todos por ali. Julia conversava, em sua língua, com a garçonete, orgulhosa de seu ursinho. Pegou pedaços de galinha, tomate e azeitonas do prato de salada de Brian. Era fácil notar que ela também estava de bom humor.

De bom humor, os dois caminharam do restaurante até a loja de flores na mesma rua. Lá, ele escolheu uma pequena cesta enfeitada com tecidos azuis e brancos, que o faziam lembrar do quarto que Emily havia decorado para si mesma. Para a surpresa do florista, Brian pediu que ele cortasse um grande e branco lírio e fizesse em volta dele um arranjo com bonitas flores d'água. Então se dirigiu para a papelaria.

Ele segurava Julia enquanto procurava um cartão. Quando ela começou a ficar impaciente, colocou-a no chão. Escolheu o cartão que queria. A paisagem de um celeiro em uma campina. Tão serena como Emily o deixava quando estava com ele. Depois de pagar pelo cartão no caixa, se voltou para sair. Julia não estava à vista.

— Julia? — chamou alto. Foi até a frente da loja e olhou nos corredores cheios de balcões. Procurou na seção de brinquedos. Nada. — Julia! — gritou.

— Papai, papai, papai!

Levou um minuto até poder ver uma criaturinha com calças vermelhas e jaqueta, e cabelos castanhos encaracolados por baixo da cortina da máquina de fotos.

— Quem está aí? — perguntou ele, abrindo a cortina.

Julia estava com os braços no assento. Sorria para ele.

— O que você está fazendo aí?

Ela batia no assento com as duas mãos.

— Papaipapai nagoo.

— Sim. Lembra-se de quando nos sentamos aqui? Lembra-se de quantas vezes nos sentamos aqui? Julia não queria sentar. Julia não queria sorrir. Tudo que Julia queria era chorar.

Ela tentou fazê-lo entender apontando para a parte preta do olho da câmera, e olhou para ver se ele tinha entendido.

— E agora? Tem uma luz que explode. Você não gosta dessa luz.

Seu olhar se manteve firme nos dele.

— Então você quer?

Ela tentou subir na cadeira, mas não tinha altura nem destreza para tanto. Seus olhos se voltaram para ele, insistentes, ansiosos.

— Você quer tentar? — Ele a sentou na cadeira e esperou que ela começasse a chorar.

Ela olhou para a câmera. Quando ele não fez nada, ela apontou.

— Papai *iss*.

Ele tirou alguns trocados de seu bolso e os mostrou para ela.

— Eu tenho de colocar algumas moedas na máquina. Não é fácil. Não quero perder dinheiro, a menos que você sorria. Você vai?

— Papai *iss*.

Ele a ergueu, sentou-se no banco e colocou-a em seu colo e esperou pelo show de lágrimas.

Ela passou um braço em seu pescoço, apontou para a câmera e disse alguma coisa que parecia significar, "ponha as moedas e deixe o resto por minha conta".

Ele colocou as moedas. Se ajeitou às pressas. O primeiro flash espocou:

— Bum! Depois mais outro! Sorria, linda Julia! Bum! Já foram dois! Meu Deus, nós estamos conseguindo! Bum! Foram os três! Viva, a vovó vai ficar louca de alegria, bum! Lá vamos nós.

Emily estava no escritório, escutando o estilo suave de um trombone, sentindo-se um pouco só, um pouco pensativa e um pouco insegura, quando Brian abriu a porta e chamou.

— Tem alguém em casa?

— Aqui no escritório! — respondeu ela sem sair do lugar. Estava sentada atrás da mesa de trabalho, o coração batendo mais rápido. Quando ela os viu, pai e filha, a solidão foi embora.

— Oi!

Brian colocou Julia no chão. Ela correu para Emily.

— Ememememem!

— Oi, queridinha. — Emily se levantou, pegou Julia e a sentou no seu colo.

— O que estiveram fazendo?

— Um pouco de tudo — respondeu Brian.

Uma linda cesta se materializou na mesa de Emily. Enfeitada com um tecido parecido com a colcha de sua cama, cheia de lírios e flores d'água. Um envelope vinha junto com a cesta. Ela o alcançou por detrás de Julia, tirou o cartão e o admirou por algum tempo. Depois leu o que Brian havia escrito no verso. Sua letra era horrível. Graças a Deus não havia muito que decifrar.

Duas palavras: "Nós esperaremos." Só isso.

Era o suficiente.

— Você é — disse ela profundamente emocionada — um homem incrível!

Ele se aproximou e sentou-se na beirada da mesa, suas pernas ao lado da cadeira de Emily.

— Você sabe o que eu quero.

Ela sabia. Ele queria se casar com ela.

— Uma parte minha quer, também. Mas há uma outra parte que precisa se recuperar de tudo, que precisa respirar um pouco, tem de pensar em quem ela é. Soa egoísta?

— Não

— Eu o amo. — Ela pegou Julia novamente e abraçou-a. — E amo essa coisinha, também.

— Eu vi um celeiro esta manhã.

— Como o do cartão?

— Um pouco. Sim, na verdade muito parecido. Fica na montanha, fora de Creighton Path.

Emily sabia qual era. Lá também havia uma fazenda. Uma estrutura despojada feita de pedra e madeira. Havia ainda a casa da fazenda, o celeiro, campinas e bosques. Haviam pertencido aos Fossey, de Grannick, por muitas gerações. Fazia anos que o celeiro não abrigava nada além de carros, desde que os filhos dos Fossey haviam retornado para a cidade, adultos.

O filho mais velho estava se desfazendo de tudo. Da fazenda, do celeiro, campinas e bosques, tudo posto à venda.

Emily sabia disso. A propriedade era uma das mais bonitas da cidade. O olhar de Brian dizia que ele também concordava. Dizia ainda algo mais.

— Bem, você não pode ficar aqui — protestou ele como se tivessem discutido o assunto uma dúzia de vezes, quando na verdade ela nunca discutira o assunto com ele, nem uma vez. — Você não pode ficar se punindo pelo resto de sua vida, tendo de ver a casa dos Balch todos os dias.

— Eu sei.

— Sabe?

Concordando com a cabeça, ela pegou na mão dele. Depois, levou-a à sua garganta.

— Você acha que nós podemos comprá-la?

— Juntos, podemos tudo. Você irá morar comigo?

— Ainda não. — Não enquanto não tiver certeza sobre mim mesma. Não enquanto não nos casarmos. Mas havia outras escolhas. — Eu fico com o celeiro.

— Eu vou comprar o celeiro.

— Mas Brian, ele é pouco maior do que uma concha!

— Exatamente.

— Você não pode fazer Julia morar numa concha.

— Também não consigo imaginar você morando ali.

— Quanto tempo se levaria para isolar o local e torná-lo viável?

— Poderia estar habitável em um mês.

— Só isso?

— Só.

Ela imaginou um grande espaço iluminado pelo céu, com áreas separadas para dormir, comer e escrever. Imaginou um sótão espaçoso para Jill que depois poderia ser usado como quarto de brinquedo para Julia, se as coisas funcionassem. Imaginou encontros na floresta e fazer amor nos campos. E uma infinidade de coisas boas, tão diferentes de seu passado. Tão diferentes quanto o dia da noite. Ela imaginou ir ao cemitério nos arredores da cidade para contar a Daniel sobre o lugar em que estava morando.

Esse pensamento a agitou por um momento. As coisas iam funcionar.

— O que você acha? — perguntou ele, pensando na casa *versus* o celeiro. A pergunta calou fundo dentro de Emily.

Emily suspirou. Ela conseguiria. Ela havia caído no abismo, atravessara-o todo e sobrevivera. Um mundo diferente se apresentava para ela agora, com algumas das alegrias de antes e ainda mais.

Ela beijou sua mão e recolocou-a em seu pescoço.

— Eu acho, eu acho. — Como não conseguia encontrar as palavras, como sua garganta se espremera toda, como o amor fazia dessas coisas, ela apenas sorriu e balançou afirmativamente com a cabeça. E disse:

— Sim.

Posfácio

Emily estava sentada sozinha no pequeno muro de pedras. Estava com os braços apoiados nos joelhos, suas mãos soltas entre eles. Vestia calças de linho e um blazer da mesma confecção de Nova York, uma blusa de seda aberta no pescoço, e lindos brincos de ouro. Ela aparentava ter dezesseis anos. Seus cabelos lhe davam esse ar de juventude. Mas ela se sentia mais velha. Melhor. Mais sensata. Bem-sucedida.

Atrás dela, estavam as árvores que Deus tinha disposto com muita arte. Na sua frente, a câmera, refletores e luzes que o fotógrafo tinha arrumado com maestria.

Atrás do fotógrafo, Brian e Julia.

Julia ria com seu sorriso de cinco anos.

— Sorria, Emmy.

Brian não precisou dizer nada. Tudo que tinha a fazer era olhar para Emily com aqueles olhos cinza-azulados de satisfação, para fazê-la sorrir. Para compensá-la do sofrimento pelo qual havia passado, a vida decidira tratá-la melhor.

Outro livro estava para ser publicado, por isso a necessidade de se tirar uma fotografia. Não era o livro de Daniel; esse havia alcançado sucesso dezoito meses atrás. Este último tinha a ver com pedidos de socorro, do que ela havia presenciado em Grannick, apesar de ter ido muito além de sua cidade, com casos que ela pesquisou, viajando e fazendo entrevistas por todo o país.

O livro de Daniel tinha sido uma necessidade pessoal, um resumo da grande angústia de sua vida, uma homenagem ao seu filho. Ela ainda o pegava e lia algumas partes a esmo, quando queria se sentir perto dele, mas essa necessidade estava se tornando cada vez menor. Ela já podia falar mais livremente sobre ele. Emancipada, ela o levava consigo para onde quer que fosse. Uma marca em seu coração, como um símbolo de beleza, que não desapareceria nem a constrangeria.

O novo livro tinha sido muito mais do que um exercício intelectual e independente. Quem lera os originais, pessoas ligadas às leis, serviço social, à educação, gostara. Embora ela não pensasse nele como um *best-seller*, certamente poderia colocar o seu nome entre os bons escritores, sem mencionar o crescimento de sua renda.

A publicação em si poderia ser um anticlímax. Para Emily o mais importante fora o dia em que terminara o trabalho, colocara o ponto final, imprimira o manuscrito e desligara o computador. Nesse dia ela se sentira completa. Fora nesse dia que ela se dirigira a Brian com um sorriso doce e confiante para lhe dizer "SIM".

Depois desse "sim" se casaram no fim de semana. O que deveria ser uma cerimônia, acabou, bem ao estilo de Grannick, incluindo Jill e Julia, todas as amigas de Jill, a família de Brian, seus amigos e os de Emily, amigos em comum e todos aqueles que de uma certa forma eles amavam e eram amados por eles. E mais todos aqueles que faziam parte do seu dia-a-dia.

Era uma vida rica. Emily tinha sua carreira. Ela tinha Brian. Ela tinha Jill. Ela tinha Julia. Ela tinha Kay e John, que se tornaram inseparáveis com o passar do tempo. Ela tinha Celeste, que continuava saindo muito, mas com mais prudência.

Jill havia se formado, trabalhava em uma agência de publicidade em Boston e visitava Emily e Brian com freqüência. A fazenda era um oásis para a sua vida ocupada.

— Está ótimo — disse o fotógrafo. — Vamos tirar outra igual a essa.

Emily não sabia como a primeira havia saído, mas continuava a pensar em coisas alegres. Depois de algum tempo, depois de muitas mudanças de poses e de cenários, quando o fotógrafo já estava guardando o seu material, ela pediu:

— Não dá para tirar uma foto minha com a minha família? — Brian respondeu antes que o fotógrafo pudesse dizer algo:

— De jeito nenhum. Este dia é seu. São suas fotos. Além do mais nós temos mais fotos de família do que precisamos.

Ela lembrou da sala de estar da fazenda com suas paredes de pedras e estantes cheias de fotos emolduradas. Havia fotos de Julia, outras de Jill, Jill com Emily, Emily e Brian, e Emily, Brian, Julia e Jill. Havia algumas da formatura de Jill na faculdade, com outras de sua formatura no segundo grau. Havia fotos da formatura de Julia no maternal, fotos do dia das bruxas, fotos de Natal, aniversários. Havia fotos tiradas por profissionais e fotos de amadores. E fotos tiradas na máquina automática da cidade. Havia, antigas mas não menos importantes, fotos de Daniel.

No que dizia respeito a Emily, nunca haveria fotos demais para documentar o significado da vida. Mas ela não discutiu com Brian. Hoje era o seu dia. Uma pequena cópia dessa foto estaria em breve junto às outras. Seria a primeira dela, sozinha.

Sozinha, mas nunca mais solitária.

Impresso no Brasil pelo
Sistema Cameron da Divisão Gráfica da
DISTRIBUIDORA RECORD DE SERVIÇOS DE IMPRENSA S.A.
Rua Argentina 171 – Rio de Janeiro, RJ – 20921-380 – Tel.: 2585-2000